Kristen Heitzmann

Die Villa im Weinberg

francke

Über die Autorin:
Kristen Heitzmanns Liebe zum Geschichtenerzählen erwachte im Grundschulalter und führte sie über das Studium der Englischen Literatur in den Beruf der Schriftstellerin. Sie lebt mit ihrem Mann und vier Kindern am Fuß der Rocky Mountains.

Bibliografische Information Der Deutschen Bibliothek
Die Deutsche Bibliothek verzeichnet diese Publikation in der
Deutschen Nationalbibliografie;
detaillierte bibliografische Daten sind im Internet
über http://dnb.ddb.de abrufbar.

ISBN 978-3-86827-180-5

Originally published in English under the title *Secrets*
by Bethany House Publishers, a division of Baker Publishing Group,
Grand Rapids, Michigan, 49516, USA

Deutsch von Dorothee Dziewas
Umschlagbild: © iStockphoto.com / BenGoode
© iStockphoto.com / eliandric
Umschlaggestaltung: Verlag der Francke-Buchhandlung GmbH /
Christian Heinritz
Satz: Verlag der Francke-Buchhandlung GmbH
Druck: Bercker Graphischer Betrieb, Kevelaer

www.francke-buch.de

Der Herr segne euch je mehr und mehr,
euch und eure Kinder!
Ihr seid die Gesegneten des Herrn,
der Himmel und Erde gemacht hat.

(Psalm 115,14-15)

Prolog

1931

Antonia ergriff die Hand ihres Großvaters und zog ihn in die Dunkelheit. „Komm, Nonno. Du darfst dich nicht wehren." Er hinkte stärker denn je, aber es war nicht viel Zeit. Sein weißer Schopf leuchtete im Kerzenschein. Im Keller gab es weder Gas noch Strom, und der Gang wurde nur von der Messinglaterne erhellt, die sie in der Hand hielt.

„Komm –" Sie verstummte, als sie Geräusche über sich vernahm. Durch das Holz und den Stein und die Erde klang es, als wären Murmeln auf einem gekachelten Boden ausgeschüttet worden. Aber das war es nicht. Sie hatte gebetet, dass Papa sich irrte und sie nichts zu befürchten hatten. Aber er hatte recht gehabt. Signore!

Sie wurde von dem verzweifelten Drang erfüllt, zurückzulaufen und die Treppe hinaufzurennen. Sie hatten Papa gefunden! Was sonst konnte es sein? Doch Nonnos Griff schloss sich fester um ihre Hand. Er sagte nichts, aber der schmerzliche Ausdruck in seinen Augen weckte ihre Willenskraft. Nonno brauchte sie. Vorsichtig führte sie ihn tiefer in den stillen Steinschlund, der ihre Gegenwart verschluckte, während die Angst hinter ihnen hereinsickerte.

Ihr Herz schrie: *Papa!* Aber ihre Tränen waren lautlos. Sie durften kein Geräusch machen, das man oben hören konnte. Plötzlich wurde die Hand ihres Großvaters, mit der er sie festhielt, zu einer Kralle, und er sank in die Knie.

„Nonno?" Sie kniete sich neben ihn, während er zusammensackte, und ein Schrei stieg in ihr auf, als er ihre Hand an seine Brust presste. *Nonno!* Sie musste Hilfe holen! Sie musste –

Er klammerte sich an sie und keuchte: „Nein, Antonia. Sie dürfen dich nicht finden."

Nicht finden? Was spielte ihre Sicherheit für eine Rolle, wenn sie die Menschen, die sie am meisten auf der Welt liebte, verlor? Tränen tropften von ihrem Kinn. Hektische Gedanken huschten wie Mäuse in dem Tunnel herum, während sich zugleich Brunnen der Trauer aus ihren Augen ergossen. Sie konnte ihn nicht verlassen. Sie konnte nur seine Hand halten und jeden seiner qualvollen Atemzüge begleiten, bis sie aufhörten. Sie schloss die Augen in stiller Totenklage. *Nonno …*

Kapitel 1

Sonne.
Tau auf den Trauben.
Ein blauer Reiher am Himmel, die Beine wehen wie ein Band hinterher.
Nonnos Hand in meiner. Er bückt sich, pflückt eine Traube,
eine Kugel, gesättigt von schwarzer Erde und Gebet.
Klein in seinen langen, knorrigen Fingern.
Dicke, gegerbte Haut, aber im Innern voll Überfluss
nebelverhüllter Morgen und fauler Stunden voller Sonne.
„Ist es so weit?"
Er legt sie in meine Hand und schließt meine Finger um sie. „Bald."
Und er lächelt.

Die Krankenschwestern im St.-Barnabas-Krankenhaus hatten aufgegeben, sie hinauszuscheuchen. Solange die Angehörigen den medizinischen Fachkräften Platz machten, durften sie am Bett wachen. Ihre Gebete erfüllten den Raum genauso wie der Sauerstoff, der durch einen Schlauch in Nonna Antonias Nase strömte, in ihre Lunge. Lance atmete den Glauben seiner Familie ein und seinen eigenen aus.

Obwohl Nonnas Körper gebeugt und faltig war, hatte sie sein ganzes Leben lang das Herz dieser Familie verkörpert, und sie würden sie nicht ohne Kampf ziehen lassen. Lance lehnte sich vor und drückte ihre knochige Hand. Andere hätten an seiner Stelle sein können, zum Beispiel Nonnas eigener Sohn – Lance' Vater – oder Mama oder seine Schwestern, aber eigentlich war es sein Platz. Lance würde das nicht laut sagen, aber das brauchte er auch gar nicht.

Nonna wusste, dass er hier war. Selbst im Medikamentennebel wusste sie es, und sein Händedruck versicherte ihr, dass er hier sein würde, solange sie ihn brauchte. In den vergangenen zwei Jahren war er herumgeirrt, hatte versucht, Antworten auf Fragen zu finden, auf die es keine Antworten gab. Aber jetzt war er da. Sie beide brauchten die Verbindung durch diesen Händedruck. *Ich bin hier, Nonna.* Wenn er seine Kraft irgendwie in sie hineinströmen lassen könnte, würde er es tun. Kraft und Trost und Mut und ein wenig von dem, was er auf der Straße gelernt hatte: *Wehr dich. Lass dich nicht von ihnen unterkriegen.*

Aber eigentlich brauchte er ihr das alles gar nicht zu erzählen; den Großteil hatte er ja von ihr gelernt. Seine Kehle schnürte sich zu, als er an all die Verbände dachte, die sie im Lauf seiner Kindheit auf seine Wunden gelegt hatte. *„Sag Papa nichts, Nonna"*, hatte er sie unzählige Male gebeten.

„Der Mann hat Augen im Kopf, ragazzo piccolo. Er merkt es ohnehin."

Aber wenn es darauf ankam, hatte sie immer seine Partei ergriffen. *„Sei nicht so streng mit ihm. Er gibt sein Bestes."*

Dieses Beste war allerdings relativ durchschnittlich, und das war sein Problem. Nicht wie bei Tony, dessen Bestes einem Superhelden gut zu Gesicht gestanden hätte. Noch ein Stich. *Mach es nicht noch schlimmer,* sagte er sich, aber wann hatte er jemals seinen eigenen Rat befolgt? Lance blickte sich im Zimmer um. Mamas Lippen formten ein lautloses Gebet; Papa hatte den Kopf in den Händen vergraben. Er musste erschöpft sein, schließlich hatte er ganz normal gearbeitet und war dann sofort hierhergeeilt, nachdem er den Anruf bekommen hatte.

Seine Schwester Monica versuchte, ihren Sohn Nicky zu beruhigen, aber der enge Raum und die erdrückende Sorge mussten den Kleinen verrückt machen. Monica warf ihm einen Blick zu und schob sich dann zur Tür hinaus, an Lucy vorbei, deren kleine Tochter Nina auf ihrem Arm eingeschlafen war. Lance' dritte Schwester, Sofie, sollte eigentlich lernen. Sie machte gerade ihre Doktorprüfung und konnte sich eine Ablenkung nicht leisten. Nicht, dass sie selbst ihre Prioritäten so gesetzt hatte, aber das waren die Tatsachen.

Diese Tragödie würde ihnen allen etwas abverlangen. Für Lance war es am einfachsten, bei Nonna zu bleiben, weil er wie immer keine Verpflichtungen hatte. Manchmal hatte das seine Vorteile; in einer Krise war man verfügbar.

Aber Lance wollte dies hier nicht als Krise sehen. Sie waren immer noch dabei, sich von der letzten zu erholen, von Tony. Er blickte kurz zu Gina hinüber, die an der Tür stand, und er wusste, dass die Gefühle in ihr Achterbahn fuhren. Seine Schwägerin sollte wirklich zu Hause sein. Er kam hier schon allein klar. Nonna Antonia war eine Kämpfernatur. Sie schlug zurück und sie traf immer. Sie hatte ihm oft genug sein Hinterteil versohlt, wenn sie nicht gerade damit beschäftigt gewesen war, ihn zu verteidigen.

Sie alle sollten nach Hause fahren und schlafen. Papa hatte noch nichts zu Abend gegessen. Lance suchte den Blick seiner Mutter, als sie ihre Gebete für einen Augenblick unterbrach. Er deutete mit einer Kopfbewegung zu Papa hinüber, und sie verstand, was er sagen wollte. Seine Familie besaß die bemerkenswerte Fähigkeit, sich ohne Worte zu verständigen – allerdings hinderte sie das nicht daran, trotzdem viel zu reden.

Wahrscheinlich hatten sie die Geduld des Krankenhauspersonals ohnehin ein bisschen überstrapaziert, und er wollte Nonna gerne ein Weilchen für sich haben. Mama war diejenige, die dafür sorgen könnte. Sie stand auf und begann, die anderen hinauszuscheuchen. Lance konnte den kollektiven Seufzer der Erleichterung aus dem Schwesternzimmer beinahe hören. Er lächelte, dann ließ er das Kinn auf die Brust sinken und döste vor sich hin.

Lance erwachte mit einem plötzlichen Erschrecken, das ebenso greifbar war wie sein Bedürfnis, die Toilette aufzusuchen. Nonna war wach. Ihre Hand hielt seine wie im Todeskrampf umklammert, und sie gab Geräusche von sich, wie er sie noch nie von ihr gehört hatte. Er versuchte sich nicht anmerken zu lassen, dass sie ihn erschreckten, sondern beugte sich beruhigend über sie.

„Was ist denn, Nonna?" Er konnte keinen Sinn in den Geräuschen erkennen, und ihre Unruhe wurde stärker. Auf keinen Fall durfte er riskieren, dass durch die Anstrengung noch ein Blutgefäß platzte, deshalb betätigte er verstohlen die Klingel, um die Krankenschwester zu rufen. „Keine Sorge. Hab ein bisschen Geduld, dann kannst du wieder sagen, was du sagen willst."

„Baa … baa …"

In ihren Augen lag ein Entsetzen, das er bislang nur einmal darin gesehen hatte, und er wollte nicht, dass sie jemals wieder so leiden musste. Er führte ihre Hand an seine Lippen. „Alles wird gut, Nonna." Wo blieb denn nur die Krankenschwester?

Aber dann war sie da, ein schlanker, fähiger Engel, der das übernahm, was er nicht konnte. Sie musste irgendetwas am Tropf eingestellt haben, denn Nonna beruhigte sich und schlief, aber es gab etwas, was sie ihm hatte mitteilen wollen. „Wie lange wird es dauern, bis sie wieder sprechen kann?"

Die Krankenschwester zog ihre dünnen blonden Augenbrauen hoch. „Das kann man unmöglich sagen. Jeder Fall ist anders."

Nonna war kein Fall, und es würde sie wahnsinnig machen, wenn sie nicht ihre Meinung sagen konnte. „Wann denn frühestens?"

„Das hängt vom Ausmaß der Schädigung ab und davon, welche Region des Gehirns betroffen ist, und von vielen anderen Faktoren. Es kann in ein paar Tagen sein oder erst in ein paar Jahren." Sie fügte sanft hinzu: „Oder gar nicht."

„Sie versucht, mir etwas zu sagen."

Die Schwester nickte. „Es ist frustrierend. Aber sie muss sich ausruhen und dem Heilungsprozess Zeit geben."

„Können Sie eine Minute auf sie aufpassen, während ich einen Boxenstopp mache?"

Die Krankenschwester lächelte. „Ihr passiert schon nichts."

Lance blickte auf die Schlafende hinunter und überlegte, dass Nonna wohl nichts dagegen haben würde, wenn er auf die Toilette ging, aber er spürte ihre Not in seiner Nase, in seinen Nerven und in den Knochen seiner Hand. Er musste herausfinden, was sie ihm hatte sagen wollen, aber wie? Vielleicht würde sie am Morgen mehr sagen können. Er ging zur Toilette und setzte sich dann wieder neben sie und versuchte, es sich in seinem Sessel einigermaßen bequem zu machen. „Gute Nacht, Nonna. Träum was Schönes."

Lance erwachte, als er eine Hand auf seiner Schulter spürte und den Duft von Latte Macchiato roch. Er drückte die Hand von Chaz und flüsterte seinen Dank. „Wie bist du reingekommen?"

„Sie dachten, ich gehöre zur Familie."

Lance grinste den groß gewachsenen Jamaikaner an. Sie mussten das Personal wirklich ziemlich aus dem Konzept gebracht haben.

Chaz deutete mit dem Kopf zum Bett hinüber. „Wie geht es ihr?"

Lance zuckte mit den Schultern. „Sie versucht, mir etwas zu sagen, aber ich verstehe es nicht."

Chaz ging in die Hocke, die Beine angewinkelt wie bei einem Grashüpfer. Er stellte keine weiteren Fragen mehr. Offenbar fiel es ihm leichter, die Grenzen medizinischer Wahrsagerei zu akzeptieren. Keiner wusste, wie die Sache sich entwickeln würde. Und vielleicht würde Nonna das, was ihr so dringend erschienen war, auch ganz vergessen.

Aber das tat sie nicht. Während seine Familie kam, um sich Sorgen um sie zu machen und auf sie einzureden, blieb Nonna passiv, aber sobald er wieder mit ihr allein war, versuchte sie es auszudrücken. Er nahm ihren Frust und Ärger in sich auf, konnte aber ihre Botschaft nicht deuten. „Alles wird gut, Nonna."

Aber das war es nicht, was sie von ihm hören wollte. Der Arzt hatte ihr, hatte ihnen alles erklärt. Sie hatte eine Blutung in der linken Gehirnhälfte erlitten. Auch wenn es neue Behandlungsmethoden für Schlaganfälle gab, die durch ein Blutgerinnsel verursacht worden waren, und Schäden so manchmal verhindert oder rückgängig gemacht werden konnten, brauchte das Gehirn dennoch Zeit für die Heilung.

Sie litt an einer Aphasie, einer Störung im Gehirn, die ihre Fähigkeit zu sprechen, hören, lesen oder schreiben beeinträchtigte, und an einer Sprachstörung, da die Muskeln ihres Gesichts, ihrer Zunge und ihrer Lippen geschwächt waren. Es gab eine Lähmung auf der rechten Seite, und der Arzt warnte die Angehörigen, dass sie mit einer gewissen emotionalen Labilität rechnen mussten – plötzliche Stimmungsschwankungen, gefolgt von Tränenausbrüchen. *Als wäre ihr körperlicher Zustand nicht schon schlimm genug*, dachte Lance.

Er hatte selbst Stimmungsschwankungen, vor allem deshalb, weil er nicht verstand, was sie brauchte. Die Botschaft hatte nichts von ihrer Dringlichkeit verloren, obwohl Nonna sie nur noch zeigte, wenn sie allein waren. Es war etwas, was ihm galt und nicht der restlichen Familie. Das löste in ihm eine überwältigende Not aus. Er konnte an nichts anderes mehr denken als daran, was Nonna ihm sagen wollte.

Er begann Sachen aus dem Haus zu holen, nach denen sie eventuell verlangen könnte. Ihr Gebetbuch, ihre Rezeptkarten – beide ungefähr gleich wichtig für sie –, ihr Schmuckkästchen, in dem sich das goldene Medaillon von Nonno, sein Ehering und die anderen Schmuckstücke befanden, die er ihr im Laufe der Jahre geschenkt hatte. Die Stücke waren nicht besonders wertvoll und, wie sich herausstellte, sowieso nicht das, was Nonna wollte.

Für Lance war es ein merkwürdiges Gefühl gewesen, Nonnas Schlafzimmer zu durchsuchen. Er hatte den Raum bisher selten betreten, da sie selbst sich kaum dort aufhielt. Sie stand früh auf und ging spät zu Bett, und in den Stunden dazwischen war sie immer unter Leuten. Aber es musste etwas geben, was sie brauchte, und in diesem Zimmer bewahrte sie nun einmal ihre Sachen auf – dort oder in der Küche ihres Restaurants, aber ihre Rezepte hatte er ihr bereits gezeigt, und er konnte sich nicht vorstellen, dass sie ihre Töpfe oder Kochlöffel wollte.

Lance hatte mit den Dingen auf ihrem Nachttisch begonnen und war von da aus zu den Gegenständen auf ihrer Kommode übergegangen. Jetzt öffnete er die oberste Schublade und kam sich vor wie ein Voyeur. Dies waren die Wäscheschubladen seiner Großmutter, und dies ging ihn normalerweise nichts an, aber er wusste nicht, was er sonst tun sollte. Bei jedem Gegenstand, den er ihr gezeigt hatte, war sie unruhiger geworden, aber in ihrem Blick lag die Aufforderung, es weiter zu versuchen. So deutete er ihn jedenfalls.

Also kramte Lance in der Unterwäsche. Er kam sich dumm vor, bis er auf ein Päckchen Briefe stieß. Hastig zog er es heraus. Das war vielversprechend. Liebesbriefe von Nonno? Vielleicht konnten die sie trösten. Er sah noch einmal in der Schublade nach, fand aber nichts mehr. Er würde es mit den Briefen versuchen, und wenn sie ihn anfunkelte, würde er eben weitersuchen müssen.

Doch als er Nonna die Briefe brachte, war ihre Erregung offensichtlich. Er legte sie auf den Nachttisch neben ihrem Bett, aber sie begann sofort, Geräusche von sich zu geben. Er nahm den Packen wieder in die Hand. „Soll ich sie dir vorlesen?"

Sie gab einen quiekenden Ton von sich, ein hartes, wütendes Geräusch, von dem Lance wusste, dass sie es nicht so meinte. Aus ihr sprachen Frust und Panik und sicherlich auch ein wenig Verärgerung, weil er so schwer von Begriff war. Aber das war ja nichts Neues. „Ich weiß nicht, was du willst, Nonna." Er versuchte ihr die Briefe in die Hand zu drücken, aber sie stieß sie fort.

Vielleicht war es ein bestimmter Brief, den sie wollte. Schnell knotete er das Band auf und zeigte ihr einen Brief nach dem anderen. Sie waren nicht alle in derselben Handschrift verfasst. Einige hatte eindeutig Nonno geschrieben, aber es gab auch noch andere, und als er einen von denen hochhielt, stöhnte sie.

„Soll ich ihn dir vorlesen?"

Sie stöhnte wieder und machte eine kleine Bewegung mit den Fingern, als wolle sie den Umschlag in die Hand nehmen. Er reichte ihn ihr.

„Soll ich ihn für dich aufmachen?"

Ein scharfer Ton machte ihre Verärgerung deutlich. Wenn sie den Brief nicht wollte, war es dann vielleicht der Umschlag? Er war an sie gerichtet, aber das wollte sie ihm mit Sicherheit nicht mitteilen. Er drückte ihren Finger auf den Absender.

Suora Anna Conchessa
Santuaria di Nostra Signora del Monte
Liguria, Italia

„Soll ich dieser Person schreiben?" Ihr Blick gab ihm keine eindeutige Antwort. „Sie anrufen? Soll sie herkommen?"

Ihr Ärger war ebenso groß wie der seine. „Was denn, Nonna? Ich kann nicht Gedanken lesen." Sie hätte ihm dafür einen Klaps auf die Finger gegeben, wenn sie gekonnt hätte. „Tut mir leid." Lance starrte auf die Adresse und versuchte zu erraten, was sie von ihm wollte. Ihr Fingernagel, den sie auf die Anschrift drückte, war blass. „Ich soll dorthin fahren?"

Mit einem Seufzer der Erleichterung sank Nonna in ihre Kissen zurück.

„Du schickst mich ins Kloster?"

Nonnas Lippen zuckten fast unmerklich auf einer Seite.

„Prima. Vielleicht, wenn es dir besser geht …"

Sie schlug die Augen auf und funkelte ihn an. Er wünschte, er würde sie nicht so gut kennen, dass er die Bedeutung dieses Blickes kannte.

„Wer kümmert sich denn darum, dass du dich ordentlich benimmst, wenn ich nicht hier bin?"

Sie stieß ein tiefes, kehliges Knurren aus.

„Ist ja schon gut. Ich fahre." Für sie würde er bis ans Ende der Welt gehen, aber was hatte es mit diesem italienischen Nonnenkloster auf sich? Was auch immer es war – Nonnas Beharrlichkeit war unmissverständlich, und darunter sah er Angst durchschimmern.

„Was tust du?" Ricos Gesicht drückte das aus, was Lance empfand.

„Mehr weiß ich auch nicht, aber das wollte sie mir die ganze Zeit sagen." Lance stopfte noch ein Hemd in seinen Rucksack.

Rico beherrschte den beleidigten Blick bis zur Perfektion. „Du machst dich also einfach aus dem Staub."

Lance quetschte ein Paar Jeans in den Beutel. Er wollte mit Rico nicht über Einzelheiten sprechen. Sie hatten trotz ihrer gemeinsamen Geschichte bereits unüberbrückbare Meinungsverschiedenheiten festgestellt. Es spielte keine Rolle, ob er in Italien, in Ecuador oder im Zimmer nebenan war.

„Das ist doch nur wieder eine Ausrede, um abzuhauen, Mann."

Lance erwiderte nichts, sondern packte Socken und Boxershorts ein. „Sprich selbst mit ihr, Rico. Nonna braucht etwas, und ich bin derjenige, der herausfinden muss, was es ist." Er blickte sich in der Wohnung um, die er mit Chaz und Rico teilte. Er würde nicht viel mitnehmen, aber das Notwendigste musste er dabeihaben.

„Wie lange wird das dauern?"

Lance schüttelte seinen Kopf. „Ich weiß es nicht. Aber auch wenn ich bleiben würde, wären wir hier fertig. Such dir jemand anders."

Rico warf den Kopf in den Nacken und jammerte. „Das kann doch nicht dein Ernst sein."

Lance zog den Reißverschluss seines Rucksacks zu und schulterte ihn. Er musste einen Flieger erreichen. Rico und er drückten einander die Hände. „Pass für mich auf Nonna auf."

„Darauf kannst du dich verlassen." Nach Jahren einer Freundschaft, die dicker war als Blut, war Ricos Griff drahtig und fest. Sie würden sich schon wieder vertragen. Diese Freundschaft beruhte auf mehr als nur einer Sache, und das würde Rico irgendwann einsehen.

Der Flug war lang und schien noch länger, weil eine genervte Mutter mit ihrem Kleinkind neben ihm saß. Nach drei Vierteln der Wegstrecke schlief Lance über dem Atlantik mit dem Kind auf seiner Brust ein, während die Mutter ihren von Herzen kommenden Dank murmelte.

Der Motorroller, der die spektakuläre Straße zu dem auf dem Berg oberhalb des Golfes von Genua gelegenen Kloster hinaufschnaufte und -knatterte, war ein erbärmlicher Ersatz für seine Harley. Die Luft roch nach Kiefernwäldern und Zitronenbäumen, Mandelblüten und Kräutern. Zuvor hatte die Straße ihn durch dunkle Tunnel geführt und am Ufer des Tyrrhenischen Meers wieder ans Sonnenlicht gebracht.

Während er bergauf fuhr, breitete sich unter ihm das aquamarinfarbene Wasser aus, und die Stadt Genua klebte zwischen ihm und den rauen ligurischen Apenninen. Der mit Hotels gefüllte Bogen der Riviera di Ponente und der Riviera di Levante war ein Wasserspielplatz, aber Lance war nicht hier, um sich zu vergnügen. Seine Straße stieg immer steiler zu dem Kloster hinauf, das wie eine Festung aus dem Stein und Unterholz des Berges wuchs.

Es war schwer zu erkennen, wo die Mauern des Klosters begannen und der Berg aufhörte. Erst nach langem Suchen entdeckte Lance den Haupteingang. Er hatte vorab eine *cumbessia* gebucht und bekam so ziemlich das, was er erwartet hatte: eine Zelle. Ein vergittertes Fenster, das auf den Innenhof hinausging, eine Tür in die gleiche Richtung. Fließendes Wasser – kalt – und ein Bett.

Das ganze Kloster schien im Boden zu versinken. Die flachen, rechteckigen Steine der Gebäude sahen aus, als wären sie ohne Mörtel aufeinandergeschichtet worden, aber sie standen schon seit Jahrhunderten. Ein alles durchdringender Friede erfüllte Lance. Verglichen mit der Bronx war das hier nahezu außerirdisch. Kein Telefon, kein Fernsehen. Es war egal. Sie hätten ihn auch im Stall unterbringen können, es hätte ihm nichts ausgemacht. Er brauchte Antworten, und das bedeutete, dass er seine Großtante, Conchessa DiGratia, auch bekannt unter dem Namen Schwester Anna Conchessa, finden musste.

Lance' Bitte bei seiner Ankunft, mit ihr sprechen zu dürfen, war ohne Erklärung abgelehnt worden. Kein verheißungsvoller Auftakt, aber Nonna hatte darauf bestanden, dass er sie besuchte, davon hatte er sich vor seiner Abreise noch einmal überzeugt. Sie wollte, dass er mit ihrer Cousine sprach, einer Cousine, von der er noch nie zuvor gehört hatte. Der Grund dafür war in Nonnas Gehirn eingeschlossen.

Die freundliche Nonne, die ihn und eine Handvoll anderer Pilger willkommen geheißen hatte, lud ihn ein, das Kloster zu erkunden, konnte ihm aber nicht sagen, wann er seine Tante sehen durfte.

Also ging Lance im Garten umher und ließ die Hektik, die ihn auf seiner Reise angetrieben hatte, von sich abfallen. Seine typische New Yorker Aufdringlichkeit würde ihm hier nichts nützen, und es war unmöglich, innerhalb dieser uralten Mauern nicht die Zeitlosigkeit der

Ewigkeit zu spüren. Es war nicht Vergesslichkeit, nur die Erkenntnis, dass selbst die Zeit nur durch Gottes Wort weiterlief.

Das Abendessen war einfach. Leider war die Nonne, die es auftrug, nicht alt genug, um Nonnas Cousine zu sein. Lance brach sich ein Stück Focaccia ab und genoss den Geschmack der frischen Kräuter, die er im Garten um die Gebäude herum hatte wachsen sehen. Zufrieden mit der schlichten Mahlzeit, schlief er in dieser Nacht tief und fest, trotz des kargen, schmalen Betts, und erwachte mit neuer Hoffnung, sein Ziel vielleicht heute zu erreichen.

Nachdem er gefrühstückt hatte, fragte Lance wieder nach seiner Tante. Er wartete am Tisch, während die anderen Pilger zu ihren Tagesaktivitäten aufbrachen. Die Schwester, die zu ihm kam, war ebenfalls zu jung. „Es tut mir leid. Aber Schwester Anna Conchessa sagt, ihre Cousine Antonia habe keinen Enkel."

Lance hob die Hände. „Sie kennt mich nicht. Ich bin aus Amerika hergeflogen. Hier." Er gab ihr den Brief, den Conchessa seiner Großmutter vor vielen Jahren geschickt hatte. „Zeigen Sie ihr den."

Die Ellbogen auf den Tisch gestützt, vergrub Lance das Gesicht in den Händen und wartete. Er hatte nicht damit gerechnet, dass Conchessa sich weigern würde, mit ihm zu sprechen. Warum sollte sie seine Worte anzweifeln? Warum konnte sie nicht glauben, dass Antonia geheiratet und weitere Generationen geboren hatte? Sie sollte ihn zumindest anhören.

Die Frau kam nach einiger Zeit zurück und reichte ihm den Brief. „Es tut mir leid. Sie backt Brot für Mariä Verkündigung. Die Gläubigen, die den Weg zum Kloster hinaufkommen, erhalten Brot."

Lance sah seine Chance. „Vielleicht kann ich helfen."

Die Nonne zog die Augenbrauen so hoch, dass sich der Rand ihrer Haube verzog. Sie war es offensichtlich nicht gewohnt, dass Pilger ihre Hilfe anboten.

„Sagen Sie ihr, Nonna Antonia habe mir das Kochen beigebracht. Ich kann Brot backen." Er wusste nicht, ob es die Sprachbarriere war oder reine Ungläubigkeit, die sie zögern ließ, bevor sie erneut davonging, um als sein Sprachrohr zu fungieren.

Einige Minuten später kehrte sie zurück. „Wenn Sie mir folgen wollen."

Lance war sich nicht sicher, wer von ihnen beiden überraschter war.

Er folgte der Nonne in die Küche, in der eine Frau stand, die mindestens so alt war wie Nonna. Obwohl die Jahre sie nicht gebeugt hatten, reichte die tonnenförmige Schwester ihm gerade einmal bis zur Schulter. Er wusste sofort, wer hier das Sagen hatte, und als sie wortlos auf die Spüle zeigte, wusch er sich gründlich mit Wasser und Seife die Hände und machte sich dann daran, Teig zu mischen und zu kneten ...

Kapitel 2

Das Kreischen der Säge und das dröhnende Hämmern waren in den vergangenen Monaten eine konstante Melodie gewesen; der Duft von Holzbeize und Lack zog mit der Brise im Sonoma Valley zu dem Fenster, von dem aus Evvy zusah. Ihre neue Nachbarin war fleißig, und der abgenutzte Werkzeuggürtel um ihre schmalen Hüften schien an ihr festgewachsen zu sein, während sie manchmal bis in die Nacht hinein arbeitete, stark und umsichtig für eine so junge Frau. Aber sie packte das alles an, als müsse sie immer einen Vorsprung vor etwas oder jemandem halten, obwohl sie ganz allein arbeitete. Es wirkte irgendwie hektisch, als treibe sie sich bei allem, was sie tat, selbst an.

Evvy kannte das Gefühl. Jeder Atemzug, den sie mit ihren aufgeweichten Lungen tat, war eine Herausforderung. Wenn sie wüssten, wie schlimm es wirklich war, würden sie nicht zögern, sie ins Krankenhaus zu zwingen, und dann würde sie die Wiederbelebung von Ralphs Haus verpassen. Eigentlich spielte es keine Rolle. Es gehörte nicht mehr Ralph. Aber sie fühlte sich trotzdem verantwortlich. Sie hielt Wache.

Es gab so viele Erinnerungen. Und nicht nur ihre eigenen. Ralphs Gedächtnis brachte jetzt alles durcheinander, aber er hatte Geschichten erzählt …

Das Kreischen wuchs zu einem weinerlichen Jaulen an, das sie so sehr in den Zähnen schmerzte wie noch nie zuvor. Es verging mit einem duftenden Hauch von frischem Ahorn, der sich mutig mit modriger Feuchtigkeit und Alter mischte. Rese atmete den Duft ein, der ihren Lungen angenehmer erschien als die frischeste Luft. Sie ließ den Drücker der Gehrungssäge los, betrachtete den sauberen Schnitt an der Leiste und fuhr dann mit den Fingerspitzen darüber.

Ahorn, Eiche und Kirsche waren ihre Gefährten, seit sie denken konnte. Der Hobel hatte ihre Hand geformt, der Holzbeitel ihre Augen und Finger geprägt. Sie konnte mit jedem Elektrowerkzeug fachgerecht umgehen, hatte mit der Nagelpistole gearbeitet, hatte Zierleisten gefräst und jedes Holz geschliffen und geschnitzt und behandelt, das sich dafür eignete. Sie hatte auch Rohre und Elektroleitungen verlegt, obwohl es ihr nicht so viel Spaß machte, wie mit Holz zu arbeiten. Nichts ließ sich damit vergleichen.

Rese wusste, wie man ein Angebot für einen Auftrag erarbeitete, wie sie einschätzen konnte, ob sie den Job wollte, wie man hinter die Beschädigungen blickte und ein wahres Juwel sah – so wie das, was sie hier in Sonoma gefunden hatte. Der Wert der Immobilie wurde schon durch das Umfeld gesteigert – eine ländliche, sich selbst schützende Stadt, die das Potenzial für explosionsartiges Wachstum und Aufschwung rund um den Weinanbau erkannte und sich trotzdem dafür entschieden hatte, ihre Identität zu wahren, anders als ihr Zwilling Napa.

Der Ort schrie förmlich: „Behaltet euren Glitzer und Glamour und das große Geld! Wir sind vom alten Schlag, und uns gefällt es so, wie es hier ist." Nur der heruntergekommene Zustand der Villa, die historisch zu wertvoll war, um abgerissen zu werden, und zu baufällig, um darin zu wohnen, war für den Ort ein Makel gewesen. Trotzdem hatte Rese jedes nur erdenkliche Argument vorbringen müssen, um die Kein-Wachstum-Beschlüsse in Bezug auf Wohnraum zu durchbrechen – eine Schlacht, ähnlich wie jene, die sie um Genehmigungen und Regelungen ausgefochten hatte. Sie baute hier keinen neuen Wohnraum, sondern erweckte nur eine alte Immobilie zum Leben, die ihren Unterhalt selbst verdienen würde. Hoffte sie.

Das Haus war für die Zukunft gebaut worden, und wenn Rese mit dem Facelifting fertig war, würde es wieder in dem gleichen herrschaftlichen Glanz erstrahlen wie bei seiner Geburt. Ohne jeden Prunk und Schnörkel hatte die Villa eine schlichte Anmut, die von einem meisterhaften Verständnis von Linie und Form zeugte, und sie blieb diesen Elementen jetzt bei ihrer Renovierung treu. Ein Meister musste das Herz eines Ortes erkennen, um ihm gerecht zu werden. Das hatte man ihr beigebracht, aber sie hatte schon immer ein Auge dafür gehabt, und da dies das allerletzte Mal sein würde, hatte sie mit Bedacht gewählt.

Rese schluckte den Kloß in ihrer Kehle herunter, während sie auf das Gerüst stieg und das Eckstück der Deckenleiste an der Wand befestigte. Es passte wie angegossen, genau auf Gehrung geschnitten. Eine Welle der Befriedigung stieg in ihr auf, als sie auf die Bretter des Gerüsts trat und ein paar Nägel einschlug, um die Zierleiste zu sichern. Dass eine solche Kleinigkeit so wichtig war! Sie strich zärtlich über das Holz, bewunderte seine Maserung und sog seine Schönheit in sich auf.

Jedes Brett hatte seinen eigenen Fingerabdruck durch seine Maserung, die sich während des Wachsens in Sonne und Regen gebildet hatte. Sie nahm das, was ein Stück Holz zu dem machte, was es war, was es stark oder biegsam machte, alle Elemente, die es schön, nützlich und langlebig machten, nicht als selbstverständlich. Sie, die in Kalifornien aufgewachsen war, kannte all die Argumente gegen das Schlagen von Bäumen, aber letzten Endes ließ nichts sich mit Holz vergleichen.

Rese bewahrte allerdings alle Reste auf, und aus vielen schnitzte sie die Verzierungen, die ihr Markenzeichen waren. Nicht viele Menschen wurden heutzutage noch an ihrer Handarbeit erkannt, aber sie hatte sich von Anfang an vorgenommen, mehr als ein namenloser Handwerker zu sein, wie die anderen es waren.

Vor Jahren schon hatte sie Enden und Reste gesammelt und mit den verschiedenen Beiteln geübt, bis die runden Griffe besser in ihrer Hand lagen als ein Stift oder ein Buch oder ein Springseil. Sie konnte gut genug zeichnen, um ihre Entwürfe zu Papier zu bringen, aber erst wenn sie ins Holz schnitt, geschahen die Wunder.

Rese kletterte wieder hinunter, schob die nächste Leiste in die Halterung der Gehrungssäge und suchte ihre Bleistiftmarkierung. Sie richtete die Klinge an der Holzkante aus, überprüfte den Winkel und griff nach der Säge. Bevor sie sie jedoch ansetzen konnte, flackerte das Bild vor ihr auf: Dicke, schwielige Finger mit kurzen, eingerissenen Nägeln, das silberfarbene Metall der Klinge.

Sie kniff die Augen zusammen und holte durch die Nase tief Luft, dann betätigte sie den Auslöser der Säge und zog sie durch das Holz. Noch ein sauberer Schnitt. Sie zog die Leiste aus der Halterung, kletterte aufs Gerüst und befestigte sie an Wand und Decke. Konzentrieren und ausführen. Nicht nachdenken, nicht erinnern, nicht vorstellen, was wäre wenn. Nur den Rhythmus des Holzes finden.

In dem Augenblick, als Lance den verwilderten Garten der Villa in Sonoma betrat, streckte der Boden seine Arme aus und zog ihn an sich. Die Weinstöcke entlang dem niedrigen Eisenzaun lockten ihn wie knorrige Hände. Uraltes Blut rührte sich in seinen Adern. Es musste der richtige Ort sein, oder der Boden würde ihn nicht rufen. Der Wind fuhr mit frühlingshaften Fingern durch sein Haar. Neue Triebe und Blüten erwachten im Garten, aber das Haus schien leblos.

Der cremefarbene Putz war makellos. Keine Dachrinne hing durch, kein Fensterladen war schief. Die Pfosten der Veranda waren erst kürzlich weiß gestrichen worden, obwohl die schmale Veranda, in deren Mitte sich die Tür befand, nicht mehr Aufmerksamkeit erregte als die langen rechteckigen Fenster des ersten Stockwerks oder die bogenförmigen im zweiten Stock. Eine angenehme Symmetrie ließ alles miteinander verschmelzen und doch ... ein Gefühl des Innehaltens, als hätte sich ein großer Schlaf über die Mauern gesenkt, sodass sie jetzt warteten ... und beobachteten.

Auf dem Lieferwagen in der Einfahrt stand *Barrett's Renovierungen,* was den tadellosen Zustand eines Gebäudes erklärte, das mehr als hundert Jahre alt war. Aber alle Restaurierungsarbeiten hatten nicht die Stille des Ortes durchdrungen. Während sein Blick über das verputzte Gesicht vor ihm wanderte, wurde Lance bewusst, wie tief das Bedürfnis sich innen verankert hatte ... das Recht – ja, das Recht.

Der Schieferweg wirkte dunkel, als er ihn bis zu den abgenutzten, aber festen Stufen unter dem bogenförmigen Tor hindurchging und die Veranda betrat. Bevor er an die Tür klopfte, legte Lance seine Hand auf das Holz. *Was wirst du mir zeigen, altes Haus?* Er schloss die Augen und presste seine andere Hand auf die Innentasche seiner Jacke. Ein zweiter Brief steckte darin, ihm anvertraut von der alten Frau, die er nach drei Wochen in der Küche des Klosters lieben gelernt hatte. Ein Brief mit einem Absender, der zu dem Haus gehörte, vor dem er jetzt stand. *„Nutze ihn weise, Lance"*, hatte sie ihn angewiesen.

Das werde ich, liebe Tante.

Aber würde er es wirklich tun? Er fing immer mit guten Absichten an, selbst wenn sie ihn in Schwierigkeiten brachten – wie es häufiger der Fall gewesen war, als ihm lieb war. Er begann immer klug. Nur die Sache zu vollenden, gelang ihm nicht.

Diesmal würde es anders sein. Hier ging es nicht um ihn. Er tat es für Nonna. Ein Schraubstock presste seine Brust zusammen und löste sich erst, als er langsam Atem holte und klopfte. Das Heulen einer Säge ertönte aus dem Innern des Hauses, und sein zweites Klopfen verhallte unbeachtet. Er hätte vorher angerufen, aber er hatte gerade erst im Fenster die Gelegenheit für eine Begegnung erkannt.

Lance packte den Türknauf und öffnete die Haustür. Das Gefühl der Zielstrebigkeit floss durch seine Hand und seinen Arm hinauf, als er die breite Treppe sah, die vor ihm nach oben führte. Er konnte sich beinahe vorstellen, wie die junge, anmutige Antonia die Stufen herunterschritt und ihn mit offenen Armen in Empfang nahm und ihn auf beide Wangen küsste. Er hatte sie nie so gesehen, nur mit sanften Falten, wie Krepp, aber sie war immer noch schön.

Er ließ den Blick durch den geräumigen Salon schweifen; verputzte Wände, die auf einen Anstrich warteten, verhießen Eleganz. Dunkelgrauer und sandfarbener Steinfußboden im Eingangsbereich, sonst überall Holz. Hohe Decken und lange, schmale Fenster. Das Haus war alt, wenn auch nicht uralt wie die Gebäude, die er in Italien gesehen hatte. Alter ohne Krankheit. Weisheit, nicht Senilität. Aufmerksame, erwartungsvolle Reife. Er schluckte. Er hatte nicht erwartet, dass er so intensiv auf das Haus reagieren würde.

Lance riss sich zusammen und rief: „Hallo?“ Oder vielleicht dachte er es nur. „Ich bin nach Hause gekommen“, flüsterte er, obwohl er noch nie zuvor einen Fuß in dieses Haus gesetzt hatte. Er schüttelte den Kopf. Völlig überspannt. Er trat ein und machte sich auf die Suche nach der Quelle der Arbeitsgeräusche.

Ein Geräusch ließ Rese herumfahren, und sie sah im Türrahmen eine Gestalt stehen. Das Gesicht des Mannes zeigte einen Ausdruck der Zugehörigkeit, als hätte *sie sein* Reich unbefugt betreten. Einen Augenblick lang fühlte sie sich unter dem prüfenden Blick seiner dunklen Augen wie ein Eindringling. Oh nein. Sie war zu viele Jahre das fünfte Rad am Wagen gewesen, um dieses Gefühl in ihrem eigenen Esszimmer zuzulassen. „Kann ich Ihnen helfen?“

Er hatte die Hände in die Taschen seiner Jeans gesteckt. „Ich suche Rese Barrett.“

„Ja?“

„Sind Sie Rese?“

„Sie haben sicherlich einen untersetzten Mann mit Igelfrisur erwartet.“ Er leugnete es nicht, und es schien ihm auch nicht unangenehm zu sein, dass er auf das Klischee hereingefallen war. Wahrscheinlich war er einer der Nachbarn, die sich wegen der Pension Sorgen machten und unbedingt ihre Erwartungen mitteilen wollten, als wüsste sie nicht selbst, dass sie genügend Parkmöglichkeiten für die Gäste schaffen und Lärm in den späten Abendstunden vermeiden musste. In dieser Straße am Stadtrand stand nur ein Haus so nah, dass die Bewohner möglicherweise gestört würden, und dieser nächste Nachbar hatte sich noch nicht gezeigt. Bis jetzt?

Aber der Mann blickte zu der Deckenleiste hinauf, die sie in der Hand hielt, und sagte: „Sie brauchen Hilfe.“

„Nein, brauche ich nicht.“ Sie trieb einen letzten Nagel durch die Leiste. *Hilfe* und *brauchen* gehörten nicht zu ihrem Wortschatz. Selbst jetzt nicht.

„Das haben Sie aber selbst gesagt.“

„Gesagt?“

Er zeigte durch die Tür auf das Schild im Fenster des Salons. Die von der Sonne beschienenen, spiegelverkehrten Buchstaben zeigten die Worte: „Hilfe gesucht“, und neben ihrem Namen und der Telefonnummer hatte sie in dicken schwarzen Lettern geschrieben, was sie brauchte: Zimmermädchen/Köchin.

Er trat vor und streckte die Hand aus. „Ich heiße Lance. Lance Michelli.“

Rese seufzte und kletterte von dem Gerüst herunter. Sie befestigte den Hammer an ihrem Gürtel und umschloss seine Rechte mit festem Griff. „Sie können Betten machen?“ Sie würde ihm nichts aufgrund seines Geschlechts unterstellen.

Er sagte: „Kochen“, und bevor sie etwas einwenden konnte, fügte er hinzu: „Ich habe bei zwei der besten Chefs in Italien und New York gelernt.“ Er blickte zu der gerade angebrachten Deckenleiste hinauf. „Und ein bisschen schreinern kann ich auch.“

Sie musterte seine schlanke Gestalt, den modischen Haarschnitt und vor allem den Diamanten in seinem Ohr und unterdrückte ein verächtliches Schnauben. „Ich bin hier die Schreinerin. Und wenn Ihre andere Behauptung stimmt, sind Sie für meine Stelle überqualifiziert. Warum bewerben Sie sich nicht in den Nobelrestaurants auf der Plaza?“

Er ließ den Blick über die langen, unterteilten Fenster des Esszimmers schweifen. Wieder hatte sie das Gefühl, als gehöre er hierhin, als er leise antwortete: „Dieses Haus ist genau das, was ich suche."

Sie argumentierte weiter gegen ihre eigenen Interessen. „Das hier ist eine Frühstückspension – Muffins, Obst. Ich brauche keinen Koch."

„Warum nicht Espresso und Gebäck? Frittata und Crêpes, Mandelfocaccia und Torten?"

Der Gedanke verselbstständigte sich. Sie versuchte ihn niederzuringen, aber er hatte sich in ihre Fantasie geschlichen, als gehörte er dorthin, so wie dieser Lance in ihr Esszimmer geschlichen war. Sie runzelte die Stirn. So etwas Ausgefallenes hatte sie sich nicht vorgestellt. Ein gutes Frühstück ja, aber …

„Oder ein Abendessen", fuhr er fort. „Saltimbocca oder *pollo marengo* oder Lasagne. Welche anderen Pensionen bieten das schon?"

Ihr Magen knurrte. Wie lange war es her, dass sie aufgehört hatte zu essen? Sie kannte die meisten Sachen, von denen er sprach, nicht einmal, abgesehen von Lasagne – und sie stellte sich vor, wie der Duft aus der Küche herüberzog. Sie hatte nicht vorgehabt, warme Mahlzeiten anzubieten, obwohl die Küche dafür durchaus groß genug war. Die Familie, die die Villa gebaut hatte, musste diesen Raum zum Mittelpunkt des Familienlebens bestimmt haben. Rese verbrachte am liebsten möglichst wenig Zeit in Küchen.

Sie musterte ihn noch einmal. Eigentlich hatte sie so schnell gar keine Reaktion auf ihr Schild draußen erwartet, und sie hatte gerade erst die Anzeige geschaltet. Es war verrückt, den ersten Bewerber zu nehmen, der zur Tür hereinspaziert kam, nur weil er gut reden konnte und ihren leeren Magen ansprach. Aber seine Idee faszinierte sie. Sonoma hatte einige Frühstückspensionen, sodass sie eine Menge Konkurrenz haben würde. Die meisten von ihnen waren zu Fuß vom Marktplatz in der Altstadt aus zu erreichen, während ihr Haus am Stadtrand lag. Mit dem Auto war es nicht weit, aber die Leute mussten einen Grund haben, sich für ihre Pension zu entscheiden anstatt für eine, die näher am Stadtzentrum lag. Sie hatte noch nicht eröffnet, aber sie hatte schon genug Arbeit in das Haus gesteckt, um einen Beschützerinstinkt für ihr Projekt zu entwickeln. Selbst wenn sie die Häuser anderer renovierte, hatte sie immer das Gefühl, als gehörten sie ein kleines bisschen auch ihr, wenn sie fertig war.

Diesmal gehörte alles ihr, und sie wollte, dass es funktionierte – es musste funktionieren. Wieder fühlte sie den Schraubstock um ihre Kehle, und wieder kämpfte sie dagegen an. Sie brauchte keinen eingebildeten Koch, aber was war mit einem, der unwiderstehliches Essen zubereitete? War dieser Mann zu Unwiderstehlichem in der Lage?

Vielleicht, aber er lenkte sie vom eigentlichen Thema ab. „Sehen Sie, es tut mir leid, aber es würde nicht funktionieren."

„Warum nicht?"

„Es ist eine Doppelstelle, Zimmermädchen und Koch. Ich kann mir nur eine Person leisten."

Er überlegte einen Augenblick und zuckte dann mit den Schultern. „Okay."

„Nicht okay."

„Sie können Schreinerin sein, aber ich kann nicht putzen?"

„Das meinte ich nicht." Und es trieb ihr die Schamröte ins Gesicht, dass er ihr solche Gedanken unterstellte. Sie hatte weniger Vorurteile als jeder andere Mensch auf diesem Planeten. „Es gibt für die Arbeit nur einen Mindestlohn plus Kost und Logis. Ich bin sicher, Sie können etwas Besseres finden … und ehrlich gesagt suche ich eine Frau." Sollte er sie doch verklagen. Es war keine Diskriminierung, sondern eine praktische Überlegung. Sie würde das Haus nicht mit einem Mann teilen. Sie hatte zu viele Jahre lang ausschließlich mit Männern zusammengearbeitet, um sich noch einmal auf eine solche Situation einzulassen.

Seine Augen blitzten auf. „Sie werden keine männlichen Gäste aufnehmen?"

„Männliche Gäste halten sich in den Räumen im Obergeschoss auf. Und sie reisen wieder ab."

„Und was ist mit dem Gebäude hinten im Garten?"

„Wie?" Rese wandte sich um und folgte seinem Blick durch die hohen, gebogenen Fenster zu dem baufälligen Steinhäuschen, das beinahe vollständig von alten Weinstöcken umgeben war. „Das ist nicht bewohnbar."

„Ich mache Ihnen ein Angebot: Sie stellen Material und Werkzeug zur Verfügung und ich mache die Arbeit."

Er machte *ihr* ein Angebot? Sie starrte aus dem Fenster, während ein anderer Gedanke sich einschlich und mit den anderen verband. Es widerstrebte ihr, das alte Gebäude im Garten aufzugeben, aber Zeit, es vor der Eröffnung zu restaurieren, hatte sie auch nicht, wenn sie ihre Pension eröffnen wollte, bevor die Hauptsaison begann.

Sie warf einen erneuten Blick auf seinen Ohrstecker, die schicken Jeans und die Lederjacke – nicht der Typ Mann, den sie jemals für ihre Kolonne angeheuert hätte. Außerdem würde das Gebäude ihren Kriterien nicht standhalten. „Strom müsste verlegt werden und –"

Er hakte die Daumen in seine Gürtelschlaufen. „Ich kann Leitungen verlegen."

Und mit brennenden Fackeln jonglieren und mit den Zehen Ziehharmonika spielen, keine Frage. „Sie müssten die Sicherungen in der Küche anzapfen, und es gibt Probleme mit der Elektrik. Die Geräte funktionieren, aber mit dem anderen Trennschalter stimmt etwas nicht. Ich bin noch nicht dazu gekommen und weiß auch noch nicht, wann das der Fall sein wird."

„Ich sehe es mir an."

Sie verbarg ihre Skepsis nicht. „Haben Sie so etwas schon mal gemacht?"

„Ich habe alles schon mal gemacht."

Rese schnaubte verächtlich. „Sich an allem versucht, aber nichts richtig können?"

Er reckte das Kinn vor und funkelte sie an. Er hatte wirklich eine intensive Ausstrahlung. Sie wusste, dass er Ärger machen würde. Ärger, den sie nicht gebrauchen konnte. Sie fällte kein Urteil, aber seine Hände waren zu schmal für körperliche Arbeit und hatten keinerlei Schwielen. Es war offensichtlich.

Aber er sagte: „Wenn ich das Kutscherhaus wieder aufbauen kann, bekomme ich dann die Stelle?"

Sie spürte einen starken Wunsch, den sie nicht einordnen konnte. So toll war die Arbeit nun auch wieder nicht. In einem Restaurant in der Stadt würde er mehr verdienen, obwohl er von dem Geld nicht in der Stadt würde leben können. Kost und Logis waren ein echter Vorteil, von dem sie gehofft hatte, dass jemand ihn zu schätzen wusste.

Sie hatte nicht erwartet, dass die Person, die sie einstellen würde, ihre eigene Unterkunft herrichtete, aber wenn er den Job so dringend wollte, dass er das Kutscherhaus in Angriff nahm, würde ihr das einen zweiten Raum als Büro bescheren. Diese Vorstellung passte gut zu den anderen Gedanken, die er in sie hineingepflanzt hatte. Bestimmt hätte er es selbst vorgeschlagen, wenn sie erwähnt hätte, dass sie einen Arbeitsplatz für ihren Computer brauchte.

Rese stieß die Luft aus. Es nutzte nichts, ihn noch weiter zu mustern. Anhand seines Äußeren würde sie nichts mehr herausfinden. Leistung war das, was zählte. „*Falls* Sie das schaffen, gibt es eine Probezeit, damit ich sehe, ob Sie auch wirklich kochen können. Und putzen."

„Abgemacht." Sein Handschlag war fest und selbstbewusst. „Wann fange ich an?"

„Ich eröffne am 1. Mai." Noch etwas mehr als drei Wochen, um die Renovierungsarbeiten abzuschließen, eine Internetseite einzurichten und anderweitig Werbung zu machen. Wenn er das Kutscherhaus bis dahin nicht bewohnbar gemacht hatte, war er, was die Unterkunft betraf, auf sich allein gestellt. „Ihr Stundenausgleich hängt von den Reservierungen ab."

„In Ordnung." Er blickte sich um. „Was dagegen, wenn ich mich ein bisschen umschaue?"

„Nur zu." Sie hob eine neue Leiste auf den Arbeitstisch. „Vielleicht überlegen Sie es sich ja auch noch anders. Es gibt hier viel zu putzen." Und sie würde keine Kompromisse eingehen, was diesen Teil der Abmachung anging.

Rese richtete ihre Bleistiftmarkierung aus, während er loszog. Noch drei Stücke, dann war die Deckenleiste fertig. Dieses Zimmer und der Salon hatten am meisten Arbeit gekostet, weil in den letzten Monaten sowohl bauliche als auch verschönernde Maßnahmen daran nötig gewesen waren, aber das meiste davon war jetzt erledigt, sodass nur noch der letzte Schliff blieb.

Die sechs Schlafzimmer oben waren von der Zeit und von Vandalen nicht so zugerichtet worden wie das Erdgeschoss. Ihre Gäste würden überwiegend in den ursprünglichen Mauern wohnen, abgesehen von den Badezimmern, die jemand vor ihr eingebaut hatte. Rese hatte beschlossen, dass diese frühere Renovierung ausreichend war, da sie nur eine begrenzte Menge an Arbeit eigenhändig erledigen konnte. Dann wurde ihr mit einem Schlag bewusst, dass sie das gerade geändert hatte.

Sich an allem versucht, aber nichts richtig können? Wusste sie eigentlich, wie herablassend sie klang, wie verächtlich ihr Blick und ihr sarkastisches Schnauben waren? Rese Barrett hatte ihn abgeschätzt und beurteilt. In diesen wenigen Minuten hatte sie mehr gesehen als … als er offenbaren wollte? Lance runzelte die Stirn. Vielleicht war es nichts Persönliches. Vielleicht nahm sie von jedem erst einmal das Schlimmste an.

Während er durch die Zimmer der alten Villa ging, bestätigte sich sein erster Eindruck. Verglichen mit denen seiner europäischen Vorfahren war das Haus kein architektonisches Meisterwerk, aber es war trotzdem ein stattliches Gebäude. Sein Puls ging schneller, als er die Räume durchschritt, die frisch tapeziert und gestrichen, aber noch nicht möbliert waren.

Er hatte von den Leuten in seinem Hotel erfahren, dass die Adresse, nach der er gefragt hatte, gerade zu einer Frühstückspension umgebaut wurde. Dann hatte er den Lieferwagen draußen gesehen und eine Baufirma erwartet und nicht eine Frau, die alles allein machte – auch wenn sie überaus Respekt einflößend war. Rese Barretts Arbeit war kompetent und interessant, aber sie hatte keine Ahnung, welche Geheimnisse in diesem alten Haus verborgen waren, welche Erinnerungen sie überstrichen hatte. Sie konnte nicht wissen, dass das Haus eine Geschichte hatte oder dass es seine Geschichte war.

Bis vor Kurzem hatte er es ja selbst nicht gewusst. Drei Wochen in Ligurien hatten ihn hierhergeführt, und er hatte nicht gewusst, was er finden würde – wenn er überhaupt etwas fand. Er hatte nicht damit gerechnet, dass er ausgerechnet hier Arbeit finden würde, aber eigentlich sollte es ihn nicht überraschen. Seit er Nonna verlassen hatte, schien jeder Schritt sorgfältig geplant zu sein. Vielleicht tat er endlich einmal genau das, was er tun sollte.

Lance ging in die Küche hinunter. Keiner der anderen Räume schien ihm so einladend wie dieser, und er vermutete, dass es nicht allein daran lag, dass hier vergleichsweise wenig verändert worden war. Der Fliesenboden war vielleicht sogar noch das Original. Der Gasherd und die riesige Spüle waren alt, aber das war ihm ganz recht. Er schloss die Augen und stellte sich das Leben vor, das sich in diesem Raum abgespielt hatte, eine junge Antonia mit ihrer Mutter, ihrer Großmutter, mit Schwestern, Cousinen … Er konnte das Lachen und Schimpfen beinahe hören.

Er legte die Hände auf die steinerne Arbeitsplatte und holte tief Luft. Die Stelle als Koch war ganz eindeutig ein Geschenk des Himmels. Der Job als Zimmermädchen – eine göttliche Komödie. Rese Barrett? Buße. Er konnte sich vorstellen, dass Nonna zustimmen würde. Aber damit konnte er leben. Er konnte mit allem leben, wenn er dafür das tun konnte, weshalb er hergekommen war. Nonna Antonia verließ sich auf ihn, und ihre Not verschärfte seine eigene und hinderte ihn daran, ein schlechtes Gewissen zu haben. Er würde die Gelegenheit haben, zu finden, was immer Nonna brauchte, und danach konnte Rese die Frau einstellen, die sie wollte.

Er ging zur Hintertür hinaus und kämpfte sich durch vertrocknete Weinreben und anderes Gestrüpp bis zum Kutscherhaus durch, wobei er an den Geruch von Leder und Fett, Rosshaar und Dung, das Quietschen von Zaumzeug und Rädern dachte. Stattdessen schlug ihm, als er unter dem durchhängenden Dach das kleine Haus betrat, das Aroma von Unkraut und modrigem Holz entgegen, und außer dem Summen von Fliegen war kein Geräusch zu hören.

Die Wände würden wahrscheinlich nicht einstürzen, obwohl der Mörtel an manchen Stellen vollständig zwischen den Steinen weggebrochen war. Die Überreste des Dachs hingegen könnten ihm durchaus auf den Kopf fallen. Damit musste er anfangen. Obwohl er nicht mit so etwas gerechnet hatte, war ihm diese Art Arbeit nicht fremd. Neben allen möglichen anderen Arbeiten hatte er auch schon einmal auf dem Bau gearbeitet. Er hatte sehr vielfältige Erfahrungen, und das würde ihm jetzt zugutekommen, egal, was seine neue Chefin davon hielt.

Lance konnte an dem Kutscherhaus arbeiten, solange er hier war, selbst wenn sie nicht für seine Zeit bezahlte. So würden sie beide etwas von der Sache haben. Der Gedanke erleichterte sein Gewissen. Sie hatte viel Arbeit in die Villa gesteckt, und er hatte nichts dagegen, seinen eignen Schweiß hinzuzufügen. Der Ort hatte es verdient. Wie viel wusste sie von seiner Geschichte? Wie es aussah, hatte sie das Haus erst kürzlich erworben. Er hätte sich über das schlechte Timing ärgern können, aber es hätte nichts geändert, wenn es noch zum Verkauf gestanden hätte. Er hätte es sich nie und nimmer leisten können.

Und so war Rese Barrett seine unmittelbare Zukunft – ob es ihm gefiel oder nicht. Vielleicht erklärte das die Vorahnung, die er gleich gehabt hatte, als sie ihm gegenübergestanden hatte, das Gefühl, dass sie ein Teil seiner Suche war. Das war natürlich gewesen, bevor sie den Mund aufgemacht hatte.

Durch das Fenster beobachtete Rese, wie Lance mit der Brechstange und der Leiter, um die er gebeten hatte, auf das Steinhäuschen zuging. Er würde alle Hände voll zu tun haben, wenn er das Gebäude in ein Wohnhaus umwandeln wollte. Sie war skeptisch, was das Ergebnis betraf, aber es war einen Versuch wert. „Ein bisschen schreinern" konnte keinem Vergleich mit den vielen Jahren standhalten, die sie in dieses Handwerk investiert hatte – das war nicht persönlich gemeint. Herausragende Leistung erforderte ständige Beschäftigung mit der Materie und eine Sorgfalt, zu der nur wenige Menschen bereit waren. Aber wenn er Erfahrung im Bau hatte und verhindern konnte, dass das Gebäude einstürzte, musste es ja vielleicht nicht schön sein.

Sie konnte kaum fassen, dass sie einen solchen Gedanken nicht sofort verwarf, wo ihr doch hervorragendes Handwerk alles bedeutete. Sie befestigte das letzte Stück Deckenleiste und ging auf dem Gerüst entlang, um letzte Nägel einzuschlagen und mit Kitt zu verkleiden, sodass sie fast unsichtbar waren. Die Einzelheiten ihrer eigenen Arbeit waren niemals unwichtig.

Sie baute das Gerüst ab und wandte ihre Aufmerksamkeit den Sockelleisten zu. Nicht jeder würde bei Sockelleisten Perfektion erwarten, aber eine nicht ganz saubere Kante würde ihr wehtun wie ein Schnitt in den Finger. Ihr überkritisches Auge für Details war vielleicht nicht gesund, wie manche Leute angedeutet hatten, aber es gehörte ebenso zu ihrem Wesen wie ihre braunen Haare und Augen, und ihr Aussehen konnte sie leichter ändern als ihren Perfektionismus.

Rese arbeitete den ganzen Nachmittag und packte ihr Werkzeug erst zusammen, als das letzte Tageslicht schwand. Sie würde eine Lampe anschließen müssen, aber der Kronleuchter war noch nicht eingetroffen, und aus der Decke ragten nur zwei Kabel heraus. Sie hatte Arbeitsleuchten, konnte sich aber nicht überwinden, sie einzusetzen. Noch nicht, sagte sie zu sich selbst. Noch nicht.

Während sie sich noch einmal im Zimmer umsah, hörte sie Geräusche aus der Küche. Ihr Koch?

Er packte eine Papiertüte mit Lebensmitteln aus und blickte zu ihr hinüber, als sie hereinkam. „Haben Sie gegessen?“

Sie schüttelte den Kopf und deutete dann mit dem Kinn auf die Dose, die er auf die Arbeitsplatte gestellt hatte. „Ich mag eigentlich keine Artischocken.“

„Die hier werden Sie mögen.“ Er goss Olivenöl in die alte Kupferpfanne, die sie als Dekoration über den Herd gehängt hatte. Offenbar fand er sie brauchbar. Er arbeitete zügig, als er eine Knoblauchzehe zerdrückte und sie in dem Olivenöl verteilte. Dann legte er zwei dünne Hühnchenbrüste in die Pfanne. Der durchdringende Duft stieg in ihre Nase und lockte sie. Vielleicht konnte er wirklich kochen.

Rese ging wieder an ihre Arbeit und überließ ihn seiner. Je mehr sie darüber nachdachte, desto glücklicher war sie, die Kontrolle über die Küche aufzugeben. Sie ließ diese Rolle von sich abblättern wie die dünne Haut seiner Knoblauchzehe. Auch wenn sie nie wieder kochen musste, würde sie es nicht vermissen.

Lance badete das Hühnchen in Chardonnay, und als das meiste davon verkocht war, bedeckte er das goldbraune Fleisch mit gedünsteten Artischockenherzen und verteilte fein gehacktes Basilikum und frisch geriebenen Parmesan darauf. Die knackigen grünen Bohnen, die mit Olivenöl und Zitronensaft zubereitet waren, waren die perfekte Ergänzung, und zum Abschluss garnierte er jeden Teller mit einer Scheibe Zitrone und drei Basilikumblättern.

Er hatte Hunger, aber diese Mahlzeit sollte Rese außerdem zeigen, was er konnte. Er machte sich keine Sorgen über ihre Abneigung gegen Artischocken. Viele Menschen waren der Meinung, dass sie eine Sache nicht mochten, weil sie nicht gut zubereitet gewesen war. Er wäre sehr überrascht, wenn sie sich beschweren würde.

Am frühen Nachmittag hatte er das Dach des Kutscherhauses abgerissen und war dann mit seiner Harley in die Stadt gefahren, um sich in seinem Hotelzimmer frisch zu machen. Der Empfang, der ihn dort erwartete, war weitaus herzlicher als der bei Rese Barrett. Baxter war viel zu lange eingesperrt gewesen und hatte ihn mit seinem wuscheligen Kopf beinahe wieder zur Tür hinausgestoßen. Nachdem er dem Hund seinen Auslauf verschafft hatte, waren sie einkaufen gegangen und dann zusammen zur Pension zurückgefahren. Er hoffte, dass er den Hund schon dort lassen konnte, auch wenn das Haus noch nicht bewohnbar war. Er würde Rese nach dem Essen fragen. Diese Reihenfolge versprach in der Regel mehr Erfolg.

Er schenkte Wasser in zwei Gläser und machte sich auf die Suche nach ihr. Der zweite Stock war leer, aber er fand sie gleich vor dem einzigen Schlafzimmer im Erdgeschoss, das zu ihrem eigenen Quartier gehören musste. Dem Anblick ihrer Haare nach zu urteilen hatte sie gerade geduscht. Sie bildeten einen dunklen Rahmen um ihr Gesicht und waren noch kürzer als seine. Vermutlich wollte sie keine Arbeit damit haben. „Das Essen ist fertig."

„Wir müssen ein paar Regeln klären. Jenseits dieser Tür haben Sie nichts zu suchen." Sie zeigte auf die Tür, die auf den schmalen Flur hinausging und ihre Privaträume von der Küche trennte.

„In Ordnung." Er drehte sich um und ging zurück. Wenn sie kaltes Essen wollte, konnte sie es kalt haben.

Aber sie folgte ihm und setzte sich auf einen der wackeligen Holzstühle in der Küche. Er hatte keine Ahnung, wo sie diese Stühle erstanden hatte, aber er hoffte, dass sie für ihre Gäste etwas Besseres im Sinn hatte. Er setzte sich, sprach ein lautloses Dankgebet für das Essen und beobachtete Rese genau, als sie den ersten Bissen aß.

Sie schnitt noch ein Stück ab und aß es. Kein Kommentar, kein veränderter Gesichtsausdruck. Er schnitt in das saftige Hühnerfleisch, atmete den Duft von Öl und Kräutern, Käse und Wein ein und aß dann einen Bissen. Perfekt. Was war mit ihr los?

Sie fuhr sich mit der Serviette über den Mund. „Sie müssen ein paar Formulare ausfüllen und sich auf zwei verschiedene Arten ausweisen. Außerdem brauche ich zwei Referenzen."

„Soll ich das machen, bevor Sie Ihre Bohnen probieren?"

Sie blickte mit gerunzelter Stirn auf ihren Teller hinunter. „Nein, wir können erst essen." Sie spießte eine Bohne auf und biss sie in der Mitte durch. Daran, wie sich ihre Zähne in das Gemüse gruben, konnte er erkennen, dass die Bohnen genau *al dente* waren. Sie kaute und aß die zweite Hälfte, dann nahm sie wieder etwas von dem Hühnchen.

Er nippte an seinem Wasser. Was hatte sie vor? Ihn durch Desinteresse einzuschüchtern? Oder ihn durch einen Mangel an Reaktion zu ärgern? Wie viele Frauen bekamen eine schmackhafte Mahlzeit gekocht und aßen sie in stoischem Schweigen? Es war nicht so, dass der überwältigende Genuss auf ihrer Zunge sie hatte verstummen lassen. Er hätte genauso gut einen Hotdog servieren können.

Baxter bellte an der Hintertür. Sie hob den Kopf. Lance legte seine Gabel auf den Tisch. „Das ist bloß Baxter."

„Sie haben einen Hund?"

„Ich wollte ihn gerade erwähnen." Wenn Baxter sich nicht bemerkbar gemacht hätte, wäre er Schritt für Schritt vorgegangen. *Mögen Sie Tiere? Hätten Sie etwas dagegen, eins auf dem Grundstück zu haben?*

„Was will er?"

„Sich vergewissern, dass ich ihn nicht vergessen habe. Normalerweise ist er nicht so unsicher, aber das hier ist alles neu. Wir sind erst seit zwei Tagen in der Stadt."

Sie stand auf, ging zur Tür und spähte durch das Glas nach draußen, wo er die Mischung aus Cockerspaniel und Retriever unter einem Baum zurückgelassen hatte. „Hat er Hunger?"

„Wollen Sie ihm Ihr Hühnchen geben?"

Sie blickte über ihre Schulter. „Das würde ich lieber selbst essen."

Sieh mal an, was für eine Überraschung. „Ich habe ihn gefüttert, bevor wir herkamen. Er ist nur einsam."

Sie öffnete die Tür und ging hinaus. Lance lachte kurz. Wie es aussah, hatte der Hund die besten Aussichten, sie zu beeindrucken.

Baxters klagendes Jaulen hörte auf, wie es das immer tat, wenn man ihn ordentlich am Ohr kraulte. *Der Hund scheint also kein Problem zu sein.* Lance aß noch ein Stück von dem duftenden Hühnchen. Vielleicht musste er nur das richtige Gericht finden. Jeder Mensch hatte irgendeine Speise, der er nicht widerstehen konnte. Rese kam wieder herein und wusch sich die Hände. Dann setzte sie sich.

Er fragte: „Was essen Sie gerne?"

Sie zuckte mit den Schultern. „Alles, was ich nicht selbst kochen muss."

„Es muss doch etwas geben, was Sie besonders gern mögen."

Wieder dieser direkte Blick. „Essen ist mir egal."

Hatte sie eine Ahnung, wie unsympathisch sie war? Mit dieser Einstellung und Persönlichkeit würde sie keine Woche im Gastgewerbe überleben. „Was ist Ihnen denn dann wichtig?“

Sie blickte auf und betrachtete die Wände und die Decke mit stummer Faszination. „Dieses Haus“, flüsterte sie schließlich, und die Gefühle, die in ihrer Stimme mitschwangen, überrumpelten ihn.

Lance' Brust zog sich zusammen. Er wollte diesen Tonfall in ihrer Stimme nicht hören, das gleiche Gefühl, das er für diese Villa empfand – für ein Haus, das ihr vielleicht gar nicht gehörte. Er spießte eine Bohne auf und biss sie in der Mitte durch. Das Essen hatte seinen Reiz verloren.

Kapitel 3

In dem grauen Nebel, der sich über das Tal gelegt hatte, überwachte Rese die Anlieferung der Betten und Kommoden. Sie hatte die Stücke aus einem Nachlass über eBay erworben, und die erste Ladung war vor drei Stunden angekommen.

Den Vormittag hatte sie mit den Möbelpackern zugebracht, wobei sie jedes einzelne Möbelstück auf Schäden hin untersuchte, den Männern Anweisungen gab, wohin die Teile gehörten, und dann den Aufbau überwachte. Sobald die Matratzen in den Betten lagen, bezog sie jedes Bett mit der Wäsche, die zu dem jeweiligen Raum gehörte. Inneneinrichtung war nicht gerade ihre Leidenschaft, aber sie hatte genug Geschick darin, um eine thematische Gestaltung umzusetzen, die sie auf der Homepage mit entsprechenden Bezeichnungen präsentieren würde.

Sie ging in den Raum mit dem Namen „Jasmingarten" und streckte sich auf einem zierlichen Himmelbett für zwei Personen aus, um das sich weiße, zarte Schleier rankten. Die nagelneue Matratze von bester Qualität fühlte sich tief und einladend an, die Daunendecken extravagant. Vielleicht hatte sie es übertrieben. Sie wusste nicht, was von ihr erwartet wurde.

Aber es entsprach ihrem Wesen, nur die besten Grundbausteine zu verwenden, um ein hervorragendes Ergebnis zu erzielen. Wenn sie danach ging, konnte sie kaum billige Bettdecken für ihre Pension wählen. Waren das nicht die entscheidenden Zutaten einer Pension? Ein gutes Bett und ein ordentliches Frühstück? Was sie lieferte, war zufriedenstellend. Und wenn das, was sie vor ein paar Tagen gegessen hatte, etwas zu bedeuten hatte, würde Lance seinen Teil der Leistung ebenfalls erbringen.

Allerdings war er flatterhaft. So düster, wie er sie während der Mahlzeit angesehen hatte – kochte er etwa nicht gerne? Aber warum wollte er dann die Stelle haben? Ernste Zweifel beschlichen sie. Ihr erster Eindruck war gemischt gewesen, aber er hatte ihre Skepsis niedergeredet – was nicht unbedingt gut war. Sie hatte die Personen angerufen, die er als Referenz angegeben hatte, und obwohl er nirgendwo sehr lange geblieben war, mochten die Leute ihn. Popularität war nicht viel wert; Leistung war das, was zählte.

Sie setzte sich auf und blickte zum Fenster hinaus. Baxter kam mit wedelndem Schwanz und hoch erhobenem Kopf aus dem Kutscherhaus, sah sich um und verschwand dann wieder im Gebäude, in dem Lance arbeitete. Baxter war ganz eindeutig ein Bonus. Er hätte gleich sagen sollen, dass er einen Hund hatte.

Rese machte sich wieder an die Arbeit und packte die Kiste mit Fotografien und Lampen, Dekoartikeln und Büchern aus, die zum Thema des Zimmers passten. Fernseher und Halterungen dafür hatte sie noch nicht besorgt. Das war ein ganz anderes Einkaufen.

Ihr Magen knurrte. Lance hatte noch keines der Frühstücksgerichte gemacht, die er erwähnt hatte. Nach seiner Ankunft hatte er an beiden Tagen gleich mit der Arbeit am Kutscherhaus begonnen. Es sollte ihr eigentlich egal sein. Sie hatte so lange nichts Vernünftiges mehr gegessen. Warum sollte Essen auf einmal wichtig sein?

Rese ging hinunter und machte sich einen Toast – kaum ein verlockendes Frühstück. Sie hätte die trostlose Langeweile gar nicht bemerkt, bevor Lance gekommen war und ihr Mund wässrig gemacht hatte. Während sie das knusprige, aber geschmacklose Brot kaute, wanderte sie ins Esszimmer und überlegte, welche Arbeiten noch zu erledigen waren. Die Ankunft der Möbel hatte ihre Arbeit unterbrochen, aber sie musterte den Raum mit einem kritischen Blick.

Der Holzfußboden musste abgeschliffen und neu versiegelt werden, obwohl ein Großteil von einem Teppich in blassem Ecru und Grüntönen verdeckt sein würde, die zu den butterfarbenen Wänden passten. Sie hatte das Holz in Ahorn natur belassen, und die geschnitzten Verzierungen der Türen würden eine antike Oberfläche bekommen, wenn sie fertig waren.

Eleganz ohne Stickigkeit. Es war ein großzügiger Raum, anders als die modernen Esszimmer, in denen kaum eine Familie Platz fand. Natürlich waren die Familien größer gewesen und hatten enger zusammengelebt, als dieses Haus erbaut worden war. Ohne Gäste war es für Rese allein viel zu groß.

Sie drehte sich langsam um und dachte über die Menschen nach, die in diesem Raum zusammen gegessen, in der großen Küche gekocht und den jetzt verwilderten Garten angelegt hatten. Wer hatte in den

Zimmern im Obergeschoss geschlafen? Dieses Haus hatte eine Geschichte, die so spannend war, dass sie sie förmlich mit Händen greifen konnte. Manche Gebäude waren wie alte Duftsäckchen, die kein Aroma mehr verströmten; dieses hier strahlte etwas Mächtiges aus, das sie nicht recht fassen konnte. Deshalb hatte sie es ausgewählt – deshalb und aufgrund des bemitleidenswerten Zustands, in dem es sich befunden hatte.

Sie wünschte, sie wüsste mehr darüber. Vielleicht würde das Gerümpel auf dem Dachboden, wo sie die beiden Küchenstühle gefunden hatte, Aufschluss über die Geschichte des Hauses geben. Da der Raum unmittelbar über den frisch renovierten Schlafzimmern lag, sollte sie ihn besser ausräumen und sich vergewissern, dass dort keine Nagetiere und so wenig Spinnen wie möglich hausten. Und weil sie ohnehin schon in ihrer Arbeit unterbrochen worden war, konnte sie genauso gut jetzt hochgehen und nachsehen, was da auf sie zukam. Bei der Besichtigung hatte man ihr erklärt, es befinde sich nur Müll dort oben, aber sie hatte den Dachboden nicht selbst begutachten können. Sie bezweifelte, dass in den letzten Jahren irgendjemand dort oben gewesen war, vielleicht auch schon seit Jahrzehnten nicht mehr. Falls es dort etwas Wertvolles gegeben hatte, war es zweifellos schon vor langer Zeit geplündert worden.

Sie blieb am Fuß der Treppe stehen, die zum Dachboden führte, und warf durch die Türen einen Blick in die jetzt möblierten Gästezimmer. Ihr Herz schlug ein wenig schneller. Es nahm Gestalt an – beinahe zu schnell. Schon bald würde die Arbeit getan sein. Aber daran wollte sie nicht denken.

Rese stieg die dunkle Treppe hinauf und betrat den Dachboden. Zwei kleine Fenster ließen schwaches Tageslicht herein, und eine einzelne Glühbirne baumelte vom mittleren Holzbalken. Sie sah Stapel aus Zeitungspapier, mehrere kaputte Stühle, die zu den beiden in der Küche passten, einige widerliche Vorhänge und einen elektrischen Ventilator, der in der Steckdose steckte, neben der die Glühbirne herabhing.

Die Luft war stickig, weshalb der Ventilator wahrscheinlich hier oben stand. Sie bückte sich und betätigte den Ein-Schalter. Das Gerät erwachte surrend zum Leben und bewegte den Staub und die Gegenstände in der Nähe. Alles, was sie von ihrem Standort aus sah, war mehrere Jahrzehnte jünger als die Villa selbst, aber trotzdem wertloser

Müll. Sie sollte ihn beseitigen, aber schon bei dem Gedanken daran drehte sich ihr Magen um. Was, wenn sie die Vorhänge hochhob und etwas sich darin bewegte? Sie ballte die Hände zu Fäusten. Sie war nicht mit Angst vor Mäusen, Spinnen und plötzlich vorbeihuschenden Dingen geboren, sondern man hatte sie ihr schadenfroh beigebracht. Aber …

Sie spürte eine Bewegung hinter sich und schrie auf, während sie mit geballten Fäusten herumfuhr. Lance machte einen Schritt zurück, die Hände abwehrend erhoben, während das Adrenalin ihre Angst in Zorn verwandelte.

„Was fällt Ihnen ein! Warum schleichen Sie sich so an?"

Er streckte die Hand aus und schaltete den Ventilator aus. „Ich habe mich nicht angeschlichen."

Ihr Brustkorb hob sich vor Entrüstung und nachlassender Angst. „Was wollen Sie?"

Er betrachtete das Durcheinander hinter ihr. „Interessiert sich das Gesundheitsamt für den Dachboden?"

Wahrscheinlich konnte man das verhindern. Nur den Gästen zugängliche Räume mussten den Hygienestandards entsprechen. Sie konnte den Dachboden abschließen, aber nachdem sie ihn jetzt begutachtet hatte, würde sie die Sache lieber erledigen. „Ich weiß es nicht. Aber es müsste mal ausgemistet werden." Sie klopfte auf die Rückenlehne eines Polstersessels und nieste.

Er wedelte die Staubwolke beiseite. „Ich mache das."

„Wirklich?"

Er zuckte mit den Schultern. „Putzen gehört doch zu meinen Aufgaben, oder nicht?"

Wenn die Pension eröffnete, ja. „Was ist mit Ihrem Zimmer?"

„Ich habe jetzt alles abgerissen und warte darauf, dass das Holz und der Gipskarton geliefert werden."

In den vergangenen Tagen hatte er das gefährliche Dach entfernt und einen Großteil des Gestrüpps und der Weinstöcke, die den Weg zu der Hütte versperrten, zurückgeschnitten. Sie hatte gesehen, wie er Löcher in der Mauer mit Mörtel zugeschmiert hatte. Bislang hatten seine Zeit und Arbeit sie nichts gekostet. Aber sie würde ihn dafür bezahlen müssen, wenn er den Dachboden entrümpelte, etwas, was sie auch selbst tun konnte.

Sie hob mit der Fußspitze eine Ecke des Vorhangs hoch. „Es könnte eklig sein."

„Eklig macht mir nichts aus."

Ihr sollte es auch nichts ausmachen. Aber ihr Magen drehte sich angesichts des schimmelnden, ungezieferverseuchten Mülls um. Sie mochte alte Dinge, keine verrotteten. Sie konnte sich dazu zwingen, es zu tun. Aber wenn Lance sich anbot, warum dann ablehnen? Es war in Ordnung, zu delegieren.

„Also gut. Ich will alles, was interessant oder wichtig sein könnte, sehen. Alles, was sich in den Zimmern gut machen würde und vor allem Informationen über das Haus, Bücher und so. Ich möchte gerne mehr über dieses alte Gemäuer wissen." Sie stemmte die Hände in die Hüften und blickte sich noch ein letztes Mal um. Einige Einzelheiten auf diesem Dachboden würde sie lieber nicht erfahren.

„Wo möchten Sie den Müll haben?"

„Timbuktu?"

Einer seiner Mundwinkel zuckte.

„Schleppen Sie die Sachen erst einmal in die Auffahrt." Rese hatte erwartet, dass er sich vor der Arbeit als Zimmermädchen drücken würde. Hier ging es noch nicht darum, Toiletten zu putzen, aber er schien nichts gegen diesen Teil seiner Stellenbeschreibung zu haben.

Lance jubelte. Das war genau das, was er sich erhofft hatte. Bei seinem ersten Rundgang war die Tür verschlossen gewesen, und er konnte schließlich keine Besichtigung des Dachbodens verlangen. Aber dann traf er Rese dort und sie brauchte seine Hilfe beim Entrümpeln. Wenn das nicht Gott war, was dann?

Grazie, Signore. Die Ungeduld brannte in seinem Innern. Es war nicht der Heilige Gral, den er suchte. Und noch nicht einmal unbedingt ein Schatz. Was er zu finden hoffte, reichte viel tiefer. Aber mit einem hatte sie recht: Es gab eine Menge Müll, durch den er sich wühlen musste. Er nahm die verschimmelten Vorhänge, schleppte sie die Treppen hinunter und ließ sie draußen fallen.

Als Nächstes holte er die zerbrochenen Stühle und stapelweise Ausgaben der *Index Tribune* heraus, die aus den achtziger Jahren stammten und ihn nicht interessierten. Fleckige Lampenschirme und kaputte Plastikvorhänge folgten. Eine Sammlung zerdrückter, steifer Lederschuhe. Sogar einen alten mechanischen Rasenmäher fand er, obwohl es ihm ein Rätsel war, wieso jemand einen Rasenmäher auf den Dachboden geschleppt hatte.

Lance untersuchte einen Duschkopf und warf ihn dann auf den Müllhaufen. Eine Vase, die hinter einem Balken versteckt war, verdiente mehr Aufmerksamkeit. Er wischte sie mit einem alten Lappen ab und stellte sie beiseite, damit Rese sie begutachten konnte. Er war sich nicht einmal sicher, was er zu finden hoffte. Aber je eher er das Durcheinander beseitigte, desto einfacher würde die Aufgabe sein.

Nach zwei Stunden kam Rese herauf. Sie roch nach Beize. Ein viel zu großes Herrenhemd hing ihr bis auf die Oberschenkel, und die Ärmel hatte sie mehrmals umschlagen müssen. Sie warf einen Blick auf den Platz, den er bereits leer geräumt hatte, fragte aber dann: „Wollten Sie etwas zu Mittag kochen?"

Er sah auf seine Uhr. Beinahe zwei Uhr. Ihm war gar nicht bewusst gewesen, dass es schon so spät war. Aber er wollte nicht aufhören, und er hatte auch keine Lust, jemals wieder für sie zu kochen. „Nein."

Sie stemmte ihre Arme in die Seiten. „Sie bekommen die Zeit bezahlt."

„Für die Dachbodenentrümpelung. Selbst bei zwei Jobs kann ich nicht mehr als eine Sache gleichzeitig machen." Obwohl die Tatsache, dass sie ihn fragte, interessant war. Er hatte Zutaten für Sandwiches und Fertigsuppe in der Küche gesehen. Sollte sie sich doch selbst etwas zu essen machen.

Sie wischte sich mit dem Handrücken über die Stirn. „Sie müssen aber auch zwischen beiden Jobs wechseln können, wenn die Situation es erfordert."

Offenbar hatte sie Hunger bekommen, aber er war skeptisch, ob es etwas nutzen würde. „Bitten Sie mich, etwas für Sie zu kochen?"

„Sie sollten mir zeigen, was Sie sonst noch können."

Er blickte aus der Hocke zu ihr auf. „Es ist also eine Bitte?"

Sie hob das Kinn. „Vergessen Sie's. Ich mache mir ein Brot."

So ein Dickkopf. Offensichtlich gab sie lieber Befehle, als dass sie um etwas bat. Aber er musste sich gut mit ihr stellen. Er durfte diese Arbeit nicht verlieren. „Ich mache uns etwas."

„Es ist nicht viel da."

Er schaltete den Ventilator aus, den er trotz des nervigen Geräuschs angestellt hatte. „Ich kann in die Stadt fahren und einkaufen."

„Ich gebe Ihnen Geld."

Er legte den Kopf schief. „Schreiben Sie doch eine Liste."

Sie hob abwehrend die Hände. „Ich habe keine Ahnung, was Sie brauchen."

Er grinste. „Sagen Sie mir einfach, was Sie mögen."

„Eigentlich ist es mir egal."

„Was kaufen Sie normalerweise?"

Sie hatte die Hände wieder in die Hüften gestemmt. „Makkaroni und Käse, chinesische Nudeln ..."

Er hob die Hand, um sie zu unterbrechen. „Ich verstehe. Aber Sie müssen etwas für mich tun."

Sie warf ihm einen skeptischen Blick zu. „Was denn?"

„Bleiben Sie bei Baxter, wenn ich mein Motorrad starte." Er ging zur Treppe. „Sonst will er mitfahren."

„Wie denn das?", fragte sie, während sie ihm die Treppe hinunter folgte.

„Ich habe eine Art Sattel vorne auf meinem Sitz."

„Das ist ein Witz, oder?"

„Nein."

„Ich kann nicht fassen, dass Sie Ihren Hund auf dem Motorrad mitnehmen."

„Tja, er fährt nur mit einer Harley." Am Fuß der Treppe drehte Lance sich um.

„Aber es ist trotzdem gefährlich."

„Auch nicht mehr als für mich."

Wieder hatte sie die Hände in die Seite gestemmt. „Er hat keine Wahl."

Lance überlegte. „Natürlich hat er die."

Sie nahm die letzte Stufe, die Hand auf dem Geländerpfosten. „Nicht, wenn Sie ihm das antrainiert haben. Das ist so, als würden Sie ihn durch einen brennenden Reifen oder so was springen lassen. Er macht es nur Ihnen zuliebe und nicht, weil er es will."

Warum machte sie so eine große Sache daraus? „Dann dürften Sie ja keine Mühe haben, ihn festzuhalten."

Sie runzelte die Stirn. „Wie sehr versucht er es denn?"

„Sie halten ihn besser am Halsband fest. Und erinnern Sie ihn daran, dass er gar nicht mitkommen will."

Sie funkelte ihn an, als er hinausging. Aufgrund der Nahrungsmittel, die sie genannt hatte, beschloss er, es mit Pasta zu versuchen. Vielleicht Fettuccini mit Krabben und Brokkoli in einer Zitronenbuttersauce mit Kapern und Schalotten. Er ließ die Harley an und hörte Baxter bellen. *Diesmal nicht, Kumpel. Du willst gar nicht mitkommen. Das denkst du nur.*

Lance lenkte das Motorrad aus der Einfahrt auf die Straße. Interessant, dass sie das Vergnügen des Hundes seinem Gehorsam zuschrieb. Sicher, er hatte bei seinen ersten Fahrten den Welpen in seine Jacke gesteckt und später den Sattelgurt entwickelt, der Baxters Beine stützte. Aber der Hund mochte es einfach nicht, zurückgelassen zu werden, und wenn Lance mit dem Motorrad unterwegs war, hatte Baxter damit ebenso wenig ein Problem wie mit der Ladefläche eines Pickups oder dem Beifahrersitz. Zwischen seinen Armen fuhr der Hund bequem und sicher.

Lance parkte bei der Markthalle von Sonoma. Er wünschte, er hätte Baxter mitgenommen, aber andererseits hoffte er, dass der Hund sich inzwischen bei Rese einschmeichelte. Er ging hinein und wählte das Biogemüse und die anderen Dinge aus, die er brauchen würde. Wenn er wirklich ernsthaft kochte, machte er seine eigene Pasta, aber jetzt würde die abgepackte Variante genügen. Als er bezahlen wollte, fiel ihm ein, dass Rese ihm doch kein Geld mitgegeben hatte, aber das machte nichts. Er würde ihr einfach den Beleg geben. Er lud die Lebensmittel in seine Motorradtaschen und fuhr zur Villa zurück. Drinnen war alles ruhig, als er in die Küche ging, und er stellte überrascht fest, dass Rese immer noch mit Baxter im Garten saß.

Das Tier hatte den Kopf auf ihren Schoß gelegt. Offensichtlich hatte sie seine Anweisungen ernst genommen, und Baxter hatte sie dazu gebracht, Mitleid mit ihm zu haben. Sie mussten das Motorrad gehört haben, als er angekommen war, aber keinen von beiden schien es zu interessieren. Sollte ihm recht sein – schließlich musste er das Mittagessen kochen.

Rese saß mit dem Hund neben sich im Garten. Sie hatte nicht vorgehabt, den Tag zu vertrödeln, aber ihr nagender Hunger und der Gedanke an Lance' Essen hatten ihre Malerarbeiten unterbrochen. Trotzdem hätte sie weitergearbeitet, während er fort war, aber sobald sie sich an den Hund kuschelte, war es um sie geschehen.

Dass sie Lance eingestellt hatte, verringerte ihre Produktivität. Schon die Tatsache, dass er da war, lenkte sie ab. So war es noch nie gewesen. Sie konnte einen ganzen Bautrupp um sich haben und ihre Kollegen kaum bemerken, es sei denn, sie stieß auf etwas, was ihre Aufmerksamkeit fesselte – zum Beispiel einen Hund. Sie lächelte dem Tier zu, und Baxter stupste sie mit seiner feuchten Nase an.

Sie kraulte seine Ohren, während sie den verwilderten Garten betrachtete. Die Sonne kroch zwischen den Farnwedeln und Blättern hindurch. Abgetretene Plattenwege zwischen überwucherten Pflanzkübeln mit Hortensien und Azaleen, überquellende Beete von Calla und Pfingstrosen, die gerade anfingen zu blühen, üppiger Flieder, der Spinnweben und Vogelnester beheimatete.

Die Bäume waren seit Jahren nicht mehr beschnitten worden, und die Hecke musste ebenfalls dringend gestutzt werden. Eine Kaskade aus Geißblatt schickte ihren süßen, pfeffrigen Duft durch die Luft, und rechts von ihr summten Bienen in einem Beet mit widerlich süßlich riechendem weißem Steinkraut, stiegen dann auf und tanzten wie trunken in der Luft. Der milden Sonne und dem Morgennebel überlassen, hatte der Garten über die Stränge geschlagen.

Mit der nötigen Sorgfalt könnte er wunderschön sein, aber Rese verstand so gut wie nichts von Gartenarbeit – von Blumen, Büschen oder Bäumen, es sei denn, Letztere waren zu Brettern verarbeitet worden. Mit Holz war sie vertraut, aber nicht mit grünen, wachsenden, blühenden Dingen. Sie seufzte. Jedes Mal, wenn sie dachte, sie wäre am Ziel, fand sie neue Arbeit, was zugleich eine Erleichterung und eine Enttäuschung war.

Sie stand auf und ging zum Kutscherhaus hinüber. Das Dach war abgetragen, das alte Holz ordentlich an einer Mauer entlang gestapelt, und Lance hatte angefangen, den Boden freizulegen – für eine Zementplatte, vermutete sie. Er schien ordentlich und systematisch zu arbeiten, zwei Dinge, die sie zu schätzen wusste, die sie ihm aber instinktiv nicht zugetraut hätte.

Sie hatte kaum einen Grund, nur aufgrund der äußeren Erscheinung seine Fähigkeiten oder Gründlichkeit anzuzweifeln. Er schien sich tatsächlich als guter Koch zu entpuppen, so wie er es behauptet hatte. Warum also sollten seine anderen Behauptungen nicht auch stimmen? Seine vielfältige Erfahrung bedeutete vielleicht nicht, dass er nicht kompetent war. Sie interpretierte das hinein, weil ihr eigenes Ziel so klar gewesen war.

Rese blickte über die Hecke zum Nachbarhaus hinüber. Ein Gesicht am Fenster? Sie war sich bei diesem Licht nicht sicher. Und sie wollte nicht hinstarren. Sie wandte sich wieder ihrem eigenen Haus zu. War Lance mit dem Essen fertig? Sie erinnerte sich an seine düstere Miene, als er das letzte Mal gekocht hatte.

Ärger. Das hatte sie in jenen Augenblicken gedacht. Aber sie hatten eine Probezeit vereinbart, und so konnte sie sich aus der Affäre ziehen, wenn er sie nicht überzeugte. Sie trat auf den gepflasterten Weg und stieß sich den Fuß an einem unebenen Stein, der unter Efeuranken beinahe vollständig verborgen war. „Autsch." Baxter stupste sie mitfühlend mit der Schnauze an und sie setzte sich wieder neben ihn. Der Garten musste gemacht werden. Vielleicht konnte Lance sich auch darum kümmern. Auf keinen Fall wollte sie verklagt werden, weil sich jemand verletzt hatte.

Rese streichelte den Hund. Sie hätte tagelang so sitzen und ihn kraulen können. Er war so sanft und aufmerksam. Und ja, er hatte geheult, als Lance ohne ihn weggefahren war. Aber ihre Zuwendung hatte ihn getröstet. Sie hatte ihm geholfen, während er zugleich eine Leere füllte, die sie schon zu lange in sich spürte. *„Warum können wir keinen Hund haben, Daddy?"*

Weil er zu viel Arbeit machte. Sie arbeiteten zu viel. Wegen ihrer Arbeit waren sie oft lange Zeit am Stück fort, und man konnte kein Tier dabeihaben, wenn man sich konzentrieren musste. Rese atmete tief ein. Sie wusste nur zu gut, was passierte, wenn man sich ablenken ließ.

Lance hatte die Safranfäden in Wein eingeweicht und die Fenchelsamen zerstoßen, er hatte den Knoblauch und die Krabben mit einem Hauch Cognac angedünstet und dann die Pasta und den Brokkoli zubereitet. Es war nicht schwierig. Wie Conchessa es ihm beigebracht hatte, lag die Qualität des Resultats im Timing, im Würzen und im Beten. *„Man muss nichts Extravagantes machen, um zu beeindrucken. Mach es einfach. Mach es gut. Mach es mit Liebe und Anbetung. Dann wird es eine Gabe."*

Er war froh, dass er ihre Worte im Kopf hatte. Obwohl sie keine Empfehlungen von professionellen Köchen hatte und auch keine weitergeben konnte, hatte sie in drei kurzen Wochen die genusssüchtigen Exzesse, die er von Nonna Antonia gelernt hatte, gemäßigt. Conchessa verwendete keine Zutaten, die nicht jederzeit verfügbar waren oder die nicht im Klostergarten wuchsen. Er schätzte ihre Einfachheit, aber auch Nonnas New Yorker Extravaganz. Er konnte beides miteinander kombinieren. Wenn er blieb, würde er seinen eigenen Kräutergarten anlegen und sowohl einfache als auch ausgefallene Meisterwerke erschaffen.

Jetzt verteilte er erst einmal das Nudelgericht auf zwei Teller, versah beide mit einer Gabel und einer Serviette und trug sie nach draußen. Rese blickte auf, und ihre Miene war verwirrt. Die von Baxter war es auch. Ach, du liebe Güte, sie hatten sich ineinander verliebt. Lance hielt Rese einen der beiden Teller und eine Serviette hin.

Sie nahm beides mit überraschter Miene. „Ich hatte keinen Lieferservice erwartet."

Er ließ sich auf dem Boden nieder und stieß Baxter mit dem Knie an, woraufhin dieser mit dem Schwanz wedelte. „Und ich habe nicht erwartet, dass Sie mit dem vierbeinigen Gauner Händchen halten."

Rese lachte. Lance beobachtete sie unwillkürlich. Wenn jemand ihm am ersten Tag erzählt hätte, dass sie ein solches Geräusch von sich geben konnte, hätte er kein Geld darauf gewettet. Vielleicht hatte er sie einfach an einem sehr schlechten Tag erwischt. Das könnte der Grund für ihre mangelnde kulinarische Begeisterung gewesen sein. Selbst er hatte manchmal Durchhänger. Aber diesmal hatte er sich besondere Mühe gegeben.

Sie nahm einen Bissen, kaute und schluckte und aß dann die nächste Gabel voll. Er wartete, aber sie sagte nichts, sondern aß nur einen Bissen nach dem anderen. Was war ihr Problem? Sie hatte doch um dieses Essen gebeten!

Er würde jedenfalls nicht fragen, wie es ihr schmeckte. Er aß seine Pasta und stellte zufrieden fest, dass sie sowohl ausgewogen als auch köstlich war. Vielleicht hatte sie mit all dem Fertigmüll ihre Geschmacksnerven ruiniert. Vielleicht wusste sie nicht, dass Essen gut schmecken sollte. Sie aß ohne jeglichen Kommentar auf. Er warf ihr unwillkürlich einen fragenden Blick zu.

„Was ist?"

„Hat es Ihnen geschmeckt?" Er hätte sich am liebsten auf die Zunge gebissen.

Sie sagte: „Beide Gerichte könnten wir auf die Speisekarte setzen – wenn ich mich entscheide, das mit dem Abendessen zu machen."

Lance schluckte den Wunsch, sie zu schütteln, herunter, nahm ihren Teller zusammen mit seinem und ging in die Küche. Er wusch das Geschirr in der Spüle und räumte auf.

Als er die Treppe hinaufstieg, klingelte sein Telefon. Er erschrak, und die Sorge machte seine Finger ungeschickt, als er in der Tasche kramte und die Nummer seiner Eltern auf dem Display sah. Schlechte Nachrichten? Er hatte gerade erst angefangen. Gott würde ihm doch gewiss mehr Zeit geben …

„Lance."

„Hey, Mann?" Die Begrüßung hatte den melodischen Klang von Chaz' jamaikanischem Akzent. „Du warst in Rom, und sie haben dich nicht zum Papst ernannt?"

Er konnte Gelächter im Hintergrund hören. Die Angst strömte aus ihm heraus wie Sand durch ein Sieb. „Nicht Rom. Genua." Chaz war nicht da gewesen, als er nach Hause geflogen war, sein Motorrad und seinen Hund eingesammelt hatte und nach Sonoma aufgebrochen war. Denjenigen, die da gewesen waren, hatte Lance absichtlich nichts Genaues gesagt, und sie hatten Chaz höchstwahrscheinlich zu diesem Anruf angestiftet. Es gefiel Lance nicht, Dinge vor seiner Familie und seinen Freunden zu verheimlichen, aber Nonnas Wunsch war eindeutig. Das hier ging nur ihn etwas an und niemanden sonst.

„Was machst du auf der falschen Seite des Landes?"

„Ich arbeite." Lance war beim Dachboden angekommen und betrachtete die Herausforderung vor ihm.

„Und auf allen Inseln New Yorks gibt es keine Arbeit?" Es war für Chaz ein tröstlicher Gedanke, sich die Bezirke der Stadt als Inseln vorzustellen.

Lance lächelte. „So etwas nicht." So gut wie unbezahlt und mit geheimer Motivation.

„Du bist verrückt, Mann. Du solltest nach Hause kommen."

„Du klingst wie Mama. Steht sie hinter dir?"

Chaz lachte langsam, rollend, wie es für ihn üblich war. „Sie wirft mir böse Blicke zu. Du weißt schon – nichts zu essen, bevor ich herausgefunden habe, was du vorhast." Im Hintergrund waren Geräusche zu hören, und Mama sagte etwas, dann lachte Chaz wieder.

Lance spürte einen Anflug von Sehnsucht nach seiner Familie. Er war in den letzten Jahren viel unterwegs gewesen, und es wäre schön, zur Abwechslung mal eine Weile am gleichen Ort zu bleiben. Aber er tat etwas, was wichtig war – wichtiger, als Mama oder sonst jemand ahnen konnte. „Wie geht es Nonna?"

„Nicht gut."

Sein Herz machte einen Satz.

„Sie hat versucht, eine der Schwestern zu schlagen."

Lance legte den Kopf in den Nacken und grinste. Verzweiflung und Zorn, keine Frage. Aber wenn sie kräftig genug war, einen Wutanfall zu bekommen … *Danke, Herr.* „Hab für mich ein Auge auf sie, ja, Chaz?"

„Zwei Augen. Dann seh ich besser, Mann."

Lance lachte. „Ja, geht mir auch so." Er würde beide Augen und seinen ganzen Verstand brauchen, um diese Situation zu meistern. Aber der Anruf hatte seine Entschlossenheit gestärkt. Keine Verärgerung würde ihn aufhalten. Nicht, während Nonna noch so hilflos war. Ihre Worte aus dem Brief, den sie vor vielen Jahren an Conchessa geschrieben hatte, fielen ihm wieder ein. *Ich kann dir keine Namen oder Einzelheiten nennen, aber ich fühle es in meinem Herzen, einen Sturm, der schlimmer ist als die Naturgewalten. Ich fürchte, wir werden alles verlieren.*

Kapitel 4

Wenn sie die jungen Leute nebenan beobachtete, kam sie sich irgendwie unwirklich vor, als sähe sie die Welt, die sie verlassen würde, ein Theaterstück, das ohne die Schauspieler aus dem letzten Akt weiterging. Die Lungenentzündung hatte ihr alle Kraft geraubt und sie gelangweilt und nachdenklich zurückgelassen – als wäre sie nur ein Hauch. Überhaupt nicht ihr normaler Zustand.

Aber dass Ralphs Haus von Fremden bewohnt wurde – von jungen Leuten, die etwas anderes, Neues daraus machten – weckte ihre Aufmerksamkeit. Selbst wenn die vielen Stunden im Bett sie nicht verrückt gemacht hätten, war ihre Verfassung doch gewiss ein Grund, sich für das zu interessieren, was nebenan vor sich ging. Eine neugierige alte Wichtigtuerin? Nein, eine kranke, alte Frau mit Ausblick. Evvy kicherte, hustete und keuchte dann.

Ach, was würde sie nicht alles für einen tiefen Atemzug geben, ohne husten zu müssen, und für einen Arzt, der sie nicht ansah, als würde sie verwelken und mit dem nächsten Windhauch davongetragen werden. Röntgenbilder, Antibiotika, diese und jene erstklassige Behandlungsmethode. Ihre negativen Reaktionen auf alle Medikamente hatten dazu geführt, dass sie allein auf ihren Körper gestellt war und darauf, ob dieser weitermachen wollte oder nicht.

In diesem Augenblick tat sich in dem kleinen Theaterstück nebenan etwas, worüber sie nachdenken konnte, und das war gut. Wenn sie erst einmal das Interesse am Leben verlor, würde sie in den himmlischen Wagen steigen und die letzte Fahrt gerne antreten. Vielleicht würde sie den Fahrer sogar beiseitedrängen und die Zügel selbst in die Hand nehmen. *Hier kommt Evvy Potter, Herr, bereit oder nicht.*

Sie war nicht schlecht gelaunt. Ihre Freunde riefen regelmäßig an, und die, die noch mobil genug waren, kamen zu Besuch, aber die Gefahr der Ansteckung, weil sie die Antibiotika nicht vertrug, hatte ihrem Sozialleben einen ziemlichen Dämpfer verpasst. Nein, sie war froh über die Ablenkung, die die dunkelhaarige Frau ihr bot, die nebenan wie ein Handwerker mit ihrem Werkzeuggürtel und den groben Arbeitsschuhen arbeitete. Evvy hätte zu gerne gesehen, was drinnen gemacht worden war, aber … würde es ihr wehtun, wenn es zu anders aussah?

Unsinn. Veränderung gehörte zum Leben dazu; darunter zu leiden, war eine Schwäche, die sie nicht kannte. Ein kurzes, sanftes Sehnen nach einer besseren Zeit war unvermeidlich. Aber darüber hinaus? Sie würde nicht Trübsal blasen, sie nicht. Jeder Tag hatte etwas, irgendeinen kleinen Augenblick, den sie wie eine Seifenblase in ihrer nassen Hand hielt.

Und der kleine Sketch, der sich im Nachbargarten abspielte, hatte ihr einen solchen Augenblick beschert. Sie schmunzelte und trat vom Fenster zurück. Es erschöpfte sie nicht mehr so, dort zu stehen, wie es zuvor der Fall gewesen war. Es ging ihr schon wieder besser, trotz der düsteren Warnungen des Arztes, als sie schon wieder ein Antibiotikum ablehnte, das sie wie einen Kugelfisch aufquellen ließ oder einen Ausschlag an Körperstellen verursachte, die lieber ungenannt blieben. Sie fühlte sich sogar beinahe kräftig genug, um etwas frische Luft zu schnappen. Aber sie hatte versprochen, sich noch einige Tage auszuruhen, und in der Zwischenzeit konnte sie über die Spannung nachdenken, die in der Szene, die sie gerade mit angesehen hatte, fast greifbar gewesen war.

Sie lachte leise und dachte an Ralph und seinen häufigen Unmut, obwohl er zu höflich war, um ihm freien Lauf zu lassen. Es war eine süße und zugleich schmerzliche Erinnerung. Sie hatte ihn schon so lange nicht mehr gesehen, weil sie zu krank war, um ihn zu besuchen. Vielleicht bald, wenn es Gott gefiel. Sie seufzte. Alles zu seiner Zeit.

Als Rese gerade die Leiste fertig gestrichen hatte, traf der Kronleuchter ein. Dies erwies sich nicht gerade als ein besonders produktiver Tag. Aber sie hatte genug Erfahrung, um das Beste daraus zu machen. Sie stellte die Leiter unter dem Elektroanschluss auf und ging dann, um Lance vom Dachboden zu holen. Natürlich konnte sie die Lampe auch selbst anbringen. Aber dies war eine Gelegenheit, seine Angeberei zu testen, bevor sie ihn auf den Sicherungskasten in der Küche und die Verkabelung des Kutscherhauses losließ. Sie würde sehen, ob seine Behauptungen nur elektrische heiße Luft waren.

Sie reichte ihm das Werkzeug, mit dem man Kabel freilegte und schnitt. Vielleicht war es ungerecht, dass sie sein Können ständig anzweifelte, aber trotz der guten Referenzen konnte sie einfach nicht anders. Etwas nagte an ihr, und Rese war klug genug, dieses Gefühl nicht zu ignorieren. Wenn etwas zu gut schien, um wahr zu sein, dann war es das in der Regel auch. Dass Lance mit den Fertigkeiten, mit denen er prahlte, einfach so auftauchte, war kaum zu glauben.

Er nahm das Werkzeug. „Haben Sie die Sicherung rausgedreht?"

Sie warf ihm einen verächtlichen Blick zu.

Er kletterte hinauf und kürzte die Kabel, wobei er die brüchige Isolierung an den Enden entfernte.

Also wusste er, wofür das Werkzeug gut war. „Achten Sie darauf, dass alle Korrosion weg ist."

„Mhm." Er steckte das Werkzeug in seine Gesäßtasche. „Okay, Sie können raufkommen."

„Rauf?"

„Bringen Sie den Kronleuchter mit."

Sie beide auf der Leiter? Sie hob den Kronleuchter hoch, um sein Gewicht zu testen. „Ich bin nicht sicher, ob das eine gute Idee ist."

Er blickte auf sie hinunter. „Meine Absichten sind rein elektrisch."

Sie warf ihm einen strengen Blick zu. „Ich meine, was die Stabilität der Leiter betrifft."

„Aber keiner von uns beiden kann dieses Monster gleichzeitig halten und anbringen."

Da hatte er recht. Sie kletterte mit dem schweren Bronzekronleuchter hinauf, bis sie Lance erreicht hatte. Zum Glück war er kein so kräftiger Mann wie ihr Vater. Was sie zusammen auf die Waage brachten, war wahrscheinlich weniger als sein Gewicht. Aber sie waren zu zweit, und sie war zwischen Lance und der Leiter gefangen, während sie den Leuchter hochhielt und er die Kabel verband und die Flügelmuttern anzog.

Es wäre ihr lieber gewesen, wenn er die Lampe gehalten hätte, aber sie hatte es selbst anders arrangiert. Sollte sie ihre Strategie überdenken? Nein, sie wollte immer noch Beweise. Eingeklemmt, wie sie war, konnte sie den Geruch des Dachbodens in seinem Hemd riechen. Wie oft hatte sie selbst nach modrigen alten Räumen gerochen? Vielleicht roch sie in diesem Augenblick danach. Oder nach Schweiß und Holzbeize. Sie bevorzugte diesen Geruch gegenüber ...

„Schraubenzieher.“ Er sagte es wie ein Chirurg, und sie hatte noch nie gerne Krankenschwester gespielt.

Aber sie zog das Werkzeug aus ihrem Gürtel und reichte es ihm. Während er die Verankerungsschrauben festzog, hielt sie den Leuchter ruhig, bis er langsam und mit leicht belustigter Miene die Arme sinken ließ. „Glühbirnen?“

Sie blickte hinunter. „Die muss ich holen.“

Er hielt ihren Ellbogen, als sie eine Sprosse nach unten kletterte. Sie entzog sich seinem Griff. Merkte er denn nicht, dass sie ihr ganzes Leben lang auf Leitern gestanden hatte? Sie teilte sie nur nicht gerne mit anderen. Wenn man Arbeitswerkzeuge zu etwas anderem als den ursprünglichen Zwecken verwendete, forderte man das Schicksal heraus. Als sie unten war, rief sie: „Die Glühbirnen kann ich selbst reindrehen.“

„Okay.“ Er kam herunter und reichte ihr den Schraubenzieher. „Ich muss wissen, was ich mit ein paar Sachen vom Dachboden machen soll.“

Sie schob das Werkzeug an die entsprechende Stelle ihres Gürtels und sagte: „Zeigen Sie.“ Gespannt darauf, was er gefunden hatte und wie gut er vorangekommen war, folgte sie ihm nach oben.

Er führte sie zu der Wand und deutete auf ein halbes Dutzend wollene Läufer. Einer war über den anderen ausgebreitet. „Sie sind in ganz gutem Zustand, wenn Sie sie reinigen wollen. Sie waren in Mottenkugeln eingepackt.“

Das konnte sie riechen, und es war ein Duft, den sie liebte, obwohl er so giftig war. Die Blumenmuster würden sich in mehreren Räumen gut machen. „Super.“

„Wo soll ich sie hinbringen?“

„In den Flur im zweiten Stock.“ Sie sah sich um. „Was haben Sie noch gefunden?“

„Nicht viel. Eine Vase.“ Er reichte sie ihr. „Das meiste von dem Zeug hier ist Müll. Da fragt man sich, wieso die Leute so etwas nicht gleich wegwerfen.“

„Vielleicht war es noch in Ordnung, als sie es hier verstaut haben. Oder hatte einen ideellen Wert.“ Sie begutachtete die Vase, die mit Wiesenblumen bemalt war, drehte sie um und untersuchte den Boden. Eine schwache Schrift war zu erkennen. Sie hielt die Vase unter die Glühbirne, die von der Decke baumelte. Eine Unterschrift. Wahrscheinlich der Künstler. „Ich frage mich, wer Flavio war.“

Lance riss ihr die Vase aus der Hand. „Wer?“

„Auf der Unterseite steht Flavio. Der Künstler, vermute ich. Sieht handgemalt aus.“ Rese sah sich noch einmal auf dem Dachboden um. „Ich wundere mich, dass sie hier oben überlebt hat. Ich hatte gedacht, alles halbwegs Wertvolle wäre längst geplündert worden.“

Lance’ Finger umschlossen die Vase fester und auf seiner Stirn zeigten sich Falten.

„Was ist los?“

Sein Lächeln wirkte aufgesetzt. „Nichts.“

Sie blickte ihn forschend an. So gutgläubig war sie nicht, dass sie das glaubte. „Sie haben doch irgendetwas.“

Er gab ihr die Vase zurück. „Ich hasse den Gedanken an Vandalen und Diebe. Wenn wertvolle Dinge der Habgier oder Dummheit zum Opfer fallen.“

„Ich bezweifle, dass sich hier irgendetwas befindet, was ernsthaft wertvoll wäre.“ Sie drehte die Vase in den Händen. Sie sah alt aus und fühlte sich auch so an, mit einem schwarzen Film überzogen, obwohl Lance sie abgewischt haben musste. Innen befand sich zweifellos der Staub von vielen Jahren. „Wo stand die?“

„Neben einem Balken hinter den Zeitungen versteckt. Wahrscheinlich voller Spinnen.“

Sie warf ihm einen bösen Blick zu, dann drehte sie die Vase um und schüttelte sie.

Er lachte. „Das habe ich auch schon gemacht. Keine Spinne mit einem anständigen Netz würde so leicht lockerlassen.“

Sie umfasste den schmalen Hals der Vase, betrachtete die bauchige Rundung darunter und stellte sich nur zu lebhaft vor, was er beschrieb. Als er die Hand nach der Vase ausstreckte, überließ sie sie ihm.

„Ich leere sie aus.“

Rese ging ein paar Schritte weiter in den Raum hinein, die Hände in die Hüften gestemmt. Eine Kiste mit Einmachgläsern und ein altes Fahrrad würden vielleicht bei einem Trödelladen noch ein paar Dollar einbringen. Ein mit zerfetztem Kunststoff bezogener Stuhl beherbergte wahrscheinlich Mäuse. Lance zog sie wegen der Spinnen vielleicht auf, aber sie war trotzdem froh, dass er diese Arbeit übernommen hatte. „Sonst noch was?“

„Noch nicht.“

Sein Tonfall ließ sie aufhorchen. Sie drehte sich um, aber er lächelte nichtssagend. Sie hatte keine Zeit für seine Spielchen. „Sagen Sie mir Bescheid, wenn Sie etwas finden."

„Gilt das auch für Dinge, die krabbeln?"

Sie runzelte die Stirn. „Alles, was lebt, können Sie als Ihr Eigentum betrachten."

Er betrachtete nicht nur das als sein Eigentum. Lance drehte die Vase um und las die Signatur selbst noch einmal. Wie viele Flavios konnte es geben? Nur einen, von dem er gehört hatte, als Conchessa ihm Antonias Stammbaum erklärt und erzählt hatte, was sie im Laufe der Jahre aus Briefen erfahren hatte.

Flavio tauchte viel früher in der Geschichte auf, als Lance hatte nachforschen wollen. Ob wohl ein Datum auf der Vase stand? Er zog eine Kiste mit Zeitschriften unter die Glühlampe, stieg darauf und hielt die Vase ins Licht. '89. Wenn er recht hatte, war damit 1889 gemeint – und Flavio hatte einst seiner Ururgroßmutter Carina den Hof gemacht.

Lance hielt seine Begeisterung im Zaum und arbeitete, bis es auf dem Dachboden zu dunkel wurde. Wenn er einfach alles ausräumen würde, wäre er viel schneller, aber er musste sorgfältig suchen, sonst übersah er vielleicht etwas Wichtiges, so wie er die Signatur auf der Vase übersehen hatte.

Er nahm das Erbstück mit hinunter in die Küche, legte es vorsichtig in warmes Wasser, um den Schmutz zu beseitigen, und trocknete es schließlich sorgfältig. Er musste dafür sorgen, dass Rese die Vase an einem sicheren Platz aufbewahrte. Vorerst einmal verstaute er sie in einer Ecke der Küche, wo Rese sie wahrscheinlich nicht bemerken würde.

Sein Gewissen nagte an ihm. Er wollte sie Rese nicht vorenthalten. Er suchte nur nach Antworten. Wenn der richtige Zeitpunkt gekommen war, würde er entscheiden, was er damit tun würde. Er fuhr mit dem Finger über die Wölbung der Vase, dann ging er und suchte Rese, die er schließlich im Esszimmer fand.

Er blinzelte zu den flammenförmigen Glühlampen des Kronleuchters hinauf und bemerkte, wie weit sie schon war. Sie schuf einen Raum, der perfekt zu seinen kulinarischen Ideen passte. „Werden wir den Gästen Abendessen servieren?“

Sie blickte von der Zierleiste auf, die sie mit gleichmäßigen Pinselstrichen beizte, und folgte seinem Blick durch den Raum. „Ich habe mich noch nicht entschieden.“

Der Wechsel vom Plural zum Singular entging ihm nicht. Aber er war schließlich auch nur der Lakai. Jeder Besitzanspruch, den er in der Küche oder auf dem Dachboden empfunden hatte, existierte nur in seinem Kopf. „Ich gehe jetzt. Unterm Dach ist es zu dunkel.“ Er kramte in seiner Hosentasche nach dem Schlüssel. „Ich mache morgen weiter.“

„Sie kochen nicht?“

Er bemühte sich, seinen Groll nicht zu zeigen. „Ich habe mich ausgetragen.“ Er hatte bereits mehr Stunden als die eines normalen Arbeitstages auf dem Block in der Küche notiert, und sie hatte sich weitere persönliche Bemühungen nicht verdient. „Im Schrank sind chinesische Nudeln.“

Sie nickte. „Gute Nacht.“

Er ging hinaus und pfiff laut nach Baxter. Lance stieg auf seine Harley, doch Baxter sprang auf seinen Schoß und setzte sich. Klar, der Hund wollte nicht weg. Lance schob die Hinterläufe des Hundes in die Ledertaschen und ließ das Motorrad an. Bei Murphys Grill holte er Hamburger für sie beide und fuhr dann zum Sonoma Valley Inn.

Als er mit Baxter in seinem Zimmer saß, nahm Lance seine Gitarre und dachte über Rese Barretts „Wanderers Einkehr“ nach. Der Name passte nicht. Er klang zu schwach und kurzlebig, wenn man bedachte, dass das Haus schon so lange existierte und viel Arbeit und Leid miterlebt hatte. Und Verlust. Er knirschte mit den Zähnen.

Was hatte Nonna nur zu sagen versucht? Er sah die qualvollen Bemühungen immer noch vor sich, mit denen sie ihm eine Botschaft vermitteln wollte – etwas, was er für sie tun sollte, etwas, wofür es vielleicht schon zu spät war. *Nein.* Er schlug mit der flachen Hand auf die Gitarre, sodass Baxter aufschreckte.

Nonna Antonia würde gesund werden. Sie war eine Kämpfernatur. Und während sie sich bemühte, wieder Herrin über ihren Körper zu werden, würde er einer Sache auf den Grund gehen, die er noch immer nicht verstand. Vielleicht kämpfte er gegen Windmühlen, aber der verblichene Briefumschlag, der ihm in die Hand gedrückt worden war, hatte ihn zu Conchessa geführt, und was er dort erfuhr, hatte ihm den Weg nach Sonoma gewiesen.

Ohne zu sprechen, hatte Nonna Antonia ihm diesen Auftrag erteilt, wie sie es so oft getan hatte, als er noch ein Kind gewesen war. Sie konnte nichts erklären, nachdem die eine Hälfte ihres Gesichts gelähmt war und ihr halbes Gehirn nicht mitspielte. Aber sie hatte ihn losgeschickt, damit er etwas Wichtiges erledigte, und genau das würde er tun. An dem Leuchten in ihren Augen, als er ihre papiertrockene Wange geküsst hatte, hatte er erkannt, dass sie sicher war, dass er alles tun würde, was nötig war.

Rese lag wach und lauschte in die Dunkelheit. Warum mussten die Nächte ein solcher Kampf sein? Und der Schlaf ihr Feind? Sie hatte einen Großteil ihres Lebens in alten Häusern verbracht, und sie kannte die Geräusche, die sie machten. Sie wusste, dass in der Dunkelheit keine Ungeheuer lauerten, keine Schatten, keine Gespenster. Warum konnte sie die Leere nicht ebenso gut abwehren wie den Spott und Hohn im wirklichen Leben?

Der Bericht des Ingenieurs war sehr ausführlich gewesen, und sie hatte die baulichen Maßnahmen durchgeführt, die Villa mit stabilen Konstruktionen und neuen Dichtungen an den alten Fenstern versehen. Alles müsste nun abgedichtet und widerstandsfähig wie ein Neubau sein und … all diese Dinge. Aber als sie jetzt dalag und der Wind das Haus drangsalierte und die Mauern mit mächtigen Seufzern bedrängte, hörte sie ein weiteres Stöhnen. Es klang so, als hätte jemand Schmerzen. Schmerzen, die von Kummer und Wut und Vergehen sprachen.

Unsinn. Nichts als Wind. Es sei denn …

Hatte Lance auf dem Dachboden irgendetwas aufgeschreckt? Noch während ihr der Gedanke kam, ließ ein Jaulen sie hochfahren. Welche furchtbaren Dinge waren in diesem Haus geschehen? Sie wollte es nicht wissen! Sie zog mit einem Ruck die Bettdecke hoch. *Sei nicht albern.* Was wäre, wenn jemand sie so sehen könnte?

Oh, die Jungs würden feixen, wenn sie wüssten, dass sie so schreckhaft war. Angst vor dem Alleinsein? Angst vor ein paar Geräuschen?

Auf keinen Fall. Aber was war es? Sie rieb sich die Augen mit den Fäusten. Es spielte keine Rolle. Sie musste schlafen.

Ihre Schulter schmerzte. Ihr Arm schien keinen rechten Platz zu finden, wo er liegen konnte, und sie würde einen steifen Hals haben, bevor die Nacht vorüber war. Sie zwang ihre Muskeln, sich zu entspannen. Es war so lange still, dass sie beinahe einschlief, doch dann schreckte ein heftiger Knall sie plötzlich wieder auf, und sie lauschte angestrengt. Schlechte Filme über geistig umnachtete Leute, die in Dachkammern eingesperrt waren, und Moms Gespenstergeschichten vermischten sich in ihrer Fantasie.

Sie hätte Lance nie den Auftrag geben sollen, dort oben aufzuräumen. Sie hielt inne und spürte Zorn in sich aufsteigen. Was fiel ihr eigentlich ein? Sie hatte keine Angst. Sie wollte nur schlafen, und die Geräusche hielten sie davon ab und regten ihre Gedanken an. Hatte sie etwas übersehen – aber was? Sie war systematisch vorgegangen, gründlich. Abgesehen vom Dachboden.

Sie hatte dort oben keine Arbeiten ausgeführt, sondern ihre Energie und Mittel auf die Bereiche konzentriert, die es nötig hatten. Wenn Lance den Boden erst einmal vollständig ausgeräumt hatte, würde sie hinaufgehen und nachsehen und den Windfang, der der Wind gefunden zu haben schien, verstopfen. Es gab eine logische Erklärung für das Stöhnen. Keine Gespenster oder … Menschen, die Schmerzen hatten.

Aber was war, wenn er gekommen war? Ein Schauer echter Angst kroch ihren Rücken hinauf. Wenn Walter … *Hör auf!* Sie hatte seit Jahren nicht mehr an ihn gedacht. Er war nicht real. War es nie gewesen. Das wusste sie. Aber … *Stopp!* Sie hatte schon genügend Mühe einzuschlafen, auch ohne irrationale Gedanken. Irrational? Sie hatte mehr Nächte, als ihr lieb war, damit verbracht, im Dunkeln nach Walter Ausschau zu halten.

Aber dadurch wurde er keine reale Person, und sie weigerte sich, noch eine einzige Minute an solche Gedanken zu verschwenden. Sie rollte sich auf die Seite und schlug das Kissen in Form. Temperatur, Feuchtigkeit, Alter, irgendein Mangel, den der Wind aufgedeckt hatte. Das waren die Dinge, die ein Haus nachts Geräusche machen ließen. Wenn alles still war, hörte man besonders gut.

Ein tiefes Heulen erklang über ihr. Sie biss die Zähne zusammen. Wenn es auf dem Dachboden Tiere gab, würde Lance sie finden. Alles andere würde sie selbst beheben. Sobald er mit der Entrümpelung fertig war, würde sie alles gründlich untersuchen. Sie schloss die Augen fest und zwang sich, sie nicht wieder zu öffnen. Sie würde keine irrationalen Ängste dulden. Wenn sie den ungehobelten Männern in der Kolonne ihres Vaters die Stirn bieten konnte, konnte sie auch einem leeren, alten Haus die Stirn bieten.

Und darin schlafen. Sie würde schlafen. Das würde sie.

Kapitel 5

Knie verkrustet vor Dreck.
Ein scharfer Schnitt mit dem Messer.
Das warme Gewicht der Früchte in meiner Hand.
Wie leicht meine Füße sind, wie schwerelos. Mein Korb fließt über.
Andere Hände. Viele Hände. Hände, die einander halten.
Wir lachen. Wir singen. Wir tanzen zwischen den Weinstöcken.
Es ist die beste Zeit, die es gibt, wenn das Land
zurückgibt, was wir ausgeschüttet haben.

Als Lance am nächsten Morgen ankam, öffnete er mit dem Schlüssel, den Rese ihm gegeben hatte, die Tür, die vom Garten in die Küche führte. Von ihr war nichts zu sehen, aber der Klang der Morgennachrichten ertönte aus ihrem Zimmer. Da er ihr nicht in der Küche über den Weg laufen wollte, wo sie vielleicht von ihm erwartete, dass er kochte, trug er seine Ankunftszeit auf dem Block in der Küche ein und ging nach oben. Die Bezahlung war nur eine nebensächliche Motivation für ihn. Geld hatte ihn noch nie irgendwo gehalten, und diesmal bedeutete es ihm noch weniger. Aber da die Entrümpelung des Dachbodens das Einzige war, wofür er im Augenblick bezahlt wurde, würde er die Stunden auch aufschreiben.

Die Luft unterm Dachstuhl war an diesem Morgen klamm und kühl, und ihm wurde bewusst, dass er die ganze Nacht das kleine Fenster hatte offen stehen lassen. Er bückte sich und hob eine tragbare Filmleinwand auf, die der Wind umgeweht haben musste, dann kletterte er über die Stapel und schloss das Fenster. Er wandte sich um und betrachtete die Situation mit einer beinahe greifbaren Vorfreude.

Vielleicht gab es auf dem Dachboden nichts mehr, was auch nur entfernt mit ihm zu tun hatte, aber in seinen Träumen war er durch das Gerümpel gekrochen und hatte Teile der Geschichte gefunden. Und Nonna Antonia hatte ihm dabei zugesehen, wie er sie wie einen zerbrochenen Spiegel wieder zusammengesetzt und dann hineingesehen hatte. Und in diesem Spiegel hatte er nicht nur sein eigenes Gesicht gesehen, sondern auch das von Nonna und anderen Menschen.

Mit diesem Traum im Gedächtnis machte er sich daran, Rollen aus Linoleum und alte Lackdosen auszuräumen. Es war ein Wunder, dass das Ganze nicht explodiert war, und nach etwa einer Stunde hatte die Wirklichkeit seinen Traum vertrieben. Wie Rese gesagt hatte, war die Chance, hier etwas Wertvolles zu finden, mehr als gering.

Es dauerte nicht lange, und sie kam zu ihm hinauf, und ihre bestimmende Haltung machte die Situation deutlich. Er war ein Lakai. „Das klingt ja wie Krieg hier oben." Sie sah sich um, als würde sie außer ihm noch jemand anders hier erwarten – vielleicht eine Armee, die er ins Haus geschmuggelt hatte?

„Die Hängematte." Er deutete auf einen alten Stahlrahmen mit einer morschen Leinenschlinge, den er in den ausgeräumten Teil des Raumes gezerrt hatte. Das Ding war sehr schwer und hatte Gummifüße. „Wollen Sie die?"

„Mit einem neuen Stoff wäre sie nicht schlecht."

Angesichts der Tatsache, dass sie gerne alte Dinge wieder zum Leben erweckte, sollte ihn das nicht überraschen. Aber er betrachtete das Gestell skeptisch.

Sie legte den Kopf schief. „Wir könnten es lackieren."

Hatte sie tatsächlich „wir" gesagt? „Wo soll ich es hintun?"

„Erst einmal in den Garten. Ich fasse mit an." Sie packte eine Seite des Gestells und hob es an, und als ihr das Gewicht bewusst wurde, griff sie nach. „Fertig?"

Er nahm die andere Seite und folgte ihr.

„Passen Sie bei der Treppe auf. Sie ist steil."

„Danke." Er musste hinter ihrem Rücken grinsen. Schließlich hatte er diese Treppen schon mehrfach erfolgreich gemeistert. Aber wenn es ihr besser ging, wenn sie ihm Anweisungen erteilte, nur zu.

Sie kippte das Gestell zur Seite, um durch die Tür zu gehen, und er bemerkte, wie geschmeidig und muskulös sie in T-Shirt und Malerhosen aussah. Ein weites T-Shirt verbarg eine gute Figur genau wie eine schlechte, obwohl er vermutete, dass das ihre Absicht war.

Warum sie nicht mehr aus sich machte, verstand er nicht, aber vielleicht war es auch besser so, da er eine Aufgabe zu erfüllen hatte. Er konnte seine wandernden Gedanken nur auf das völlig unpassende

Gefühl der Verbundenheit zurückführen, das er empfand. Sie platzierten die Hängematte in der Nähe des Geräteschuppens. „Bis ich mich entschieden habe, was ich damit machen will", sagte sie.

Ah. Die Arbeit war also „wir", aber die Entscheidungen waren „ich". Dieses Mädchen wollte das Sagen haben.

„Gut." Er ging wieder nach oben. Bis jetzt hatte er auf dem Speicher nichts gefunden, was Aufzeichnungen oder persönlichen Unterlagen ähnelte. Wahrscheinlich würde er die ganze Arbeit umsonst verrichten. Aber er schleppte den nächsten Packen Zeitungen, diesmal aus den späten 1960er Jahren – hinaus, und stellte ihn zu den anderen in die Auffahrt.

Er fand ein Glas mit Knöpfen und eine Schachtel mit Taschentüchern, die eine Frau vielleicht interessant fand. Er legte sie dorthin, wo er „Sachen für Rese" sammelte, und entsorgte als Nächstes einen Haufen spinnwebenverseuchter Lumpen, unter denen ein Mäusenest zum Vorschein kam, komplett mit hin und her huschenden Tieren, die auseinanderstoben und sich zwischen den Dachbalken versteckten. Sie würden Fallen aufstellen müssen.

Lance trug die Lumpen in die Auffahrt und sagte ihr Bescheid. Bildete er sich das ein, oder lief ihr ein Schauer über den Rücken? Sie arbeitete wie ein Mann, benahm sich wie ein Mann, also was sollte diese kleinmädchenhafte Reaktion?

Er sagte: „Wir brauchen Fallen."

„Kaufen Sie, was Sie brauchen, und geben Sie mir die Quittung."

„Wollen Sie die, in denen die Mäuse festklemmen und strampeln, bis sie sterben, oder die, bei denen ihnen das Genick gebrochen wird?"

Sie warf ihm einen düsteren Blick zu. „Musste das sein?"

„Sie treffen doch gerne die Entscheidungen."

„Ich habe doch gesagt, dass Sie für die Tiere zuständig sind."

Wie Gott mit Adam.

Sie straffte sich. „Nehmen Sie die, die am schnellsten wirken. Ich will nicht, dass sie leiden."

„Gut. Ich habe ein paar Dinge gefunden, die Sie interessieren könnten. Wollen Sie sie sehen?"

Sie war erstaunlich gleichgültig. „Bringen Sie sie später mit runter."

Es war also keine Einbildung gewesen. Sie wollte den Mäusen nicht zu nahe kommen. Interessant. Er hätte sie nicht für jemanden gehalten, der auf Stühle klettert. Ganz im Gegenteil. Obwohl er sich vorstellen konnte, was sie sagen würde, wenn er diesen Gedanken laut ausspräche. Er unterdrückte ein Lächeln und lachte stattdessen in sich hinein. Sie war die Art Frau, die man einfach aufziehen musste – nicht, dass es ihm jemals einfallen würde, das zu tun.

Rese brauchte einige Minuten, bis sie ihre Fassung wiedergewonnen hatte, und sie wünschte, sie hätte sich nicht so lebhaft vorgestellt, was er so deutlich beschrieben hatte. Und sie war heilfroh, dass Lance den Dachboden übernommen hatte. Sie brauchte kein schlechtes Gewissen zu haben. Es war ganz einfach Arbeitsteilung.

Sie trat wieder in einen grauen Morgen hinaus, der aber keinen Regen bedeutete. Im Tal begann beinahe jeder Morgen mit Frühtau und Rückwärme. Deshalb gedieh der Wein hier so gut, ein Geben und Nehmen, ein Rhythmus, den sie spürte, obwohl sie keine Geduld dafür aufbrachte. Um diese Tageszeit hatte der Tau sich verflüchtigt, aber die Sonne war noch nicht herausgekommen, und es war nicht so trocken, wie sie es sich gewünscht hätte.

Aber sie hatte gestern Zeit verschwendet und würde auch heute verspätet anfangen. Es wäre besser, sich nicht so häufig ablenken zu lassen. Als sie zu dem Gartenhäuschen ging, machte sie sich ein Bild von der Feuchtigkeit der Oberflächen. Es wäre besser, wenn es trocken wäre, aber sie konnte nicht länger warten. Sie schleppte die Leiter heraus und legte sie am Dach an, dann ging sie zurück und holte einen Besen.

Dies war etwas, was sie nicht gerne tat, aber da der Schornstein bei jeder Gelegenheit Ruß ausspuckte, musste sie ihn fegen, bevor die Umstellung auf Gas erfolgen konnte. Sie kletterte mit der langstieligen Bürste und den Verlängerungsstücken hinauf und zog sich dann aufs Dach. Es war hoch und steil, und die Dachpfannen waren so rutschig, wie sie vermutet hatte.

Sie ging vorsichtig, obwohl sie auf Dächern und Gerüsten herumlief, seit sie denken konnte. Sorglosigkeit war nicht zu entschuldigen, egal, wie viel Erfahrung man hatte. Die Dachziegel hatten dem Zahn der Zeit besser widerstanden, als sie erwartet hatte, und das war ein wichtiges Argument für diese Immobilie gewesen.

Aus dem Augenwinkel sah sie, wie Lance die nächste Ladung zur Auffahrt trug, aber sie konzentrierte sich weiter auf die rutschige Oberfläche. Sie erreichte den Schornstein und legte den Gurt, den sie an ihrem Gürtel befestigt hatte, darum. Dann machte sie sich daran, die Bürste hinabzulassen. Ein scharfes Kreischen und wild schlagende Flügel sprangen ihr ins Gesicht. Sie wich mit einem Ruck zurück und wehrte die Vögel mit der Bürste ab. Trotz Riemen und Gürtel rutschte ihr Fuß ab, und ein Knie schlug gegen die Kante einer Dachpfanne. Sie biss sich auf die Lippen, um nicht aufzuschreien, aber einen Augenblick später kam Lance zu ihr aufs Dach geklettert.

„Alles in Ordnung?"

Sie biss die Zähne zusammen und rieb sich das Knie. „Warum sollte es nicht?"

Er bemerkte die Bussarde, die über ihnen kreisten. „Das sah aus wie eine Szene aus *Die Vögel*." Sein Mundwinkel zuckte. „Die haben wohl hier gebrütet." Er hielt sich an dem Riemen fest, der an ihrem Gürtel befestigt war.

Rese zog sich am Schornstein hoch. „Dann müssen sie eben woanders brüten. Ich muss den Schornstein ausfegen, damit die Gasleitung gelegt werden kann."

„Sollen die Installateure das doch machen."

„Tja, ich bin die Installateurin." Sie fasste die Bürste wieder fester.

„Sie verlegen Gasleitungen?"

„Bei Gas traue ich niemandem." Lance sah sie neugierig an, aber sie gab keine weiteren Erklärungen ab. Sie schob die Bürste in den Schornstein und warf ihm einen Seitenblick zu. „Ich brauche keine Hilfe."

Er blickte hoch. „Sind Sie sicher?"

„Ganz sicher." Rese stieß die Bürste weiter vor und befestigte ein Verlängerungsstück am Griff. Sie war schlecht gelaunt, weil sie nicht genug geschlafen hatte, und ihr Knie schmerzte, aber am meisten litt sie darunter, dass er ihre Panik gesehen hatte. Die anfängliche Aggression der Vögel kam daher, dass sie sie erschreckt hatte, und das hätte sie erkennen und Ruhe bewahren müssen. Stattdessen hatte sie Angst und Schwäche gezeigt. Er sagte jedoch nichts weiter, während er dastand und zusah.

Nach Asche riechender Staub stieg auf, als sie den Dreck eines ganzen Jahrhunderts von den Wänden des Schornsteins kratzte. Im Trockenen hätte es noch schlimmer gestaubt, sodass die Feuchtigkeit auch ihr Gutes hatte, auch wenn Rese sich wegen ihr blamiert hatte. Sie wischte sich mit dem Ärmel über Augen und Nase. Lance beobachtete den Himmel, aber die Vögel kreisten träge, weil sie zu dumm waren, um zu begreifen, dass gerade ihr Heim zerstört wurde.

Sie setzte die letzte Verlängerung an und reinigte den untersten Teil des Schornsteins. Vielleicht nicht professionell, aber für ihre Zwecke ausreichend. Sie zog die Bürste heraus, baute die Verlängerungsstücke auseinander und sagte: „Das war's. Sie können jetzt runtergehen."

Sein Blick wanderte vom Himmel zum Boden hinunter. „Ist Ihnen schon mal aufgefallen, dass rauf einfacher ist als runter?"

Sie löste den Gurt und zog ihn aus seiner Hand. „Nicht drüber nachdenken. Einfach gehen." Sie sah das Zögern in seinem Gesicht und bemerkte, dass er heute einen kleinen goldenen Ring im Ohrläppchen trug. Ein Mann, der seine Ohrringe wechselte. „Sagen Sie nicht, dass Sie Höhenangst haben."

„Ich hab noch nie drüber nachgedacht." Er klammerte sich mit einer Hand an den Schornstein.

Sie verlagerte ihr Gewicht lässig auf ein Bein. „Na, super. Sie kommen mich retten, und jetzt darf ich Sie runtertragen."

Er reckte trotzig das Kinn vor. „Habe ich das gesagt?"

„Ich sehe nicht, dass Sie sich bewegen."

„Ich gehe ja schon." Er beugte sich ein wenig vor.

„Beeindruckend." Sie zog die Augenbrauen hoch.

Er murmelte etwas, ließ den Schornstein los und begann über das Dach zu laufen – genau wie sie erwartet hatte. Wenn man den Stolz eines Mannes anstachelte, war er zu allem fähig. Er erreichte die Leiter und ließ sich über die Dachkante hinab, ohne aufzublicken.

Sie packte die Bürste und machte sich selbst auf den Weg zur Leiter. Betont lässig schwang sie sich über die Kante, aber die Bürste verfing sich in der Dachrinne und sie schlug sich die Seite an der Leiter an. Mit zusammengebissenen Zähnen wartete sie reglos, bis der Schmerz nachließ, dann kletterte sie langsam hinunter. *Blöde Vögel. Blöder Kerl. Blöde … Rese.* Sie hatte nicht aufgepasst.

Das Bild einer blutbespritzten Wand erschien plötzlich vor ihrem geistigen Auge. Sie kniff die Augen zusammen und hielt inne, während sie gegen dieses Bild ankämpfte, bis der Schmerz in ihrer Seite ihre Gedanken durchdrang. Die Verletzung konnte nicht sehr schwer sein, obwohl die Plastikkappe über der Aluminiumkante, an der sie sich gestoßen hatte, schon lange abgebrochen war. Es tat einfach nur weh. Sie kam unten an und warf Bürste und Verlängerungsstücke ab. Dann drehte sie sich um und sah, dass Lance noch immer dort stand. Sie hatte erwartet, dass er beleidigt abziehen würde, aber wie es aussah, hatte er alles mit angesehen.

„Wie schlimm ist es?"

„Gar nicht." Sie hielt sich die Seite.

Mit einer entschlossenen Bewegung zog er ihre Hand weg und hob den Saum ihres Hemdes an. Die Haut über ihrer Hüfte war ziemlich aufgeschürft, und Blut füllte die Kratzer. In der kühlen Luft tat es noch mehr weh.

„Erste-Hilfe-Set?"

Sie seufzte. „In meiner Werkzeugkiste. Ich mach das schon." Sie zog ihm das Hemd aus der Hand. „Ist keine große Sache." Abgesehen von der Peinlichkeit. Wenn man sich nicht konzentrierte, kam es zu Unfällen. Wenn er nicht aufs Dach gekommen wäre, hätte sie sich richtig konzentriert, aber sie wollte die Schuld nicht einem anderen in die Schuhe schieben.

Sie war für sich selbst verantwortlich und würde die volle Verantwortung übernehmen. Sie hatte schon früh gelernt, weder im Weg zu sein noch irgendjemandem zur Last zu fallen. Aber mit ihrer Seite und dem schmerzenden Knie hatte sie es diesmal nicht besonders gut hinbekommen.

Im Gartenhäuschen riss sie den Deckel des Erste-Hilfe-Sets auf, nahm drei Pflaster heraus und klebte sie über die Wunde, wobei ihre Entrüstung größer war als der Schmerz. Wenn er noch einmal ihr Hemd hochhob, würde sie Hackfleisch aus ihm machen.

Du liebes bisschen, die beiden waren einfach zu köstlich. Evvy konnte sich beinahe vorstellen, dass der Herr sie zu ihrem Vergnügen organisiert hatte. Sie hatte das Fenster einige Zentimeter weit hochgeschoben, um die Frühlingsluft hereinzulassen, und dabei hatte sie die beiden auf dem Dach gesehen, wie Vogelscheuchen mit wild wedelnden Armen, während die Bussarde sie umkreisten.

Die jungen Leute waren nicht mehr zu sehen, aber sie stand am Fenster und sog mit kleinen, armseligen Atemzügen die frische Luft ein. Sie fühlte sich immer noch wie ein robuster, winziger Dynamo, trotz des Gehstocks, der Schmerzen und der Zeit, die sie brauchte, um auch nur die geringste Kleinigkeit zu tun. Im Herzen jung geblieben zu sein war ein Klischee, denn ihr Herz war genauso alt wie der Rest von ihr. Jugend, so fand Evvy, war viel mehr eine Frage der Perspektive.

Vielleicht war das Geschenk der Jugend an die Jungen wirklich verschwendet, weil sie nicht die Erfahrung hatten, Dinge zu erkennen. Man brauchte sich nur das von Ängsten getriebene Paar im Nachbarhaus anzusehen. Ohne Perspektive war es einfach, sich über kleine Dinge zu streiten. All die Energie und so wenig Selbstbeherrschung. Evvy lachte in sich hinein. Deshalb waren sie so spaßig.

Ein kleiner brauner Zaunkönig landete auf dem Dach unter ihr. Er hüpfte unruhig hin und her, fand einen Samen oder etwas für den Bau seines Nests. Sie hatte ihre Futterstelle schon seit über einem Monat nicht mehr gefüllt. Kein Wunder, dass der Vogel sie so verächtlich ansah.

„Hast du nicht gehört? ‚Seht euch die Vögel an! Sie säen nicht, sie ernten nicht, sie sammeln keine Vorräte – aber euer Vater im Himmel sorgt für sie.‘ Im Moment müsst ihr euch an ihn wenden, so wie ich … so wie ich.“

Evvy wandte sich vom Fenster ab und ließ den Blick durch ihr Zimmer wandern. Es sah in letzter Zeit etwas unordentlich aus. Es war zu lange her, dass es gründlich saubergemacht worden war. Regenbogenfarbene Staubflocken tanzten unter ihrem Bett in den Sonnenstrahlen, die durch die morgendlichen Wolken brachen, aber auf den Oberflächen hatte sich nur wenig davon niedergelassen. So viel konnte sie tun und tat es auch.

Während sie sich mit einer Hand am Fußende ihres Bettes abstützte, machte sie die schiebende Bewegung, die jetzt, wo die Arthritis in ihren Knien saß, ihren Gang ausmachte. Dann ließ sie los und streckte die Hand nach der Kommode aus. Im Laufe der Jahre hatte sie sich von Dingen getrennt, die andere für wertvoll hielten, sodass ihr Zimmer und ein Großteil des Hauses recht spartanisch waren. Als sie und ihre Mutter in das Haus neben Ralphs eingezogen waren, hatte man sich noch etwas leisten können. Sie würde jetzt nicht in dem Haus leben, wenn sie es nicht geerbt hätte. Aber mit den Antiquitäten, die sich noch darin befanden, würde sie bis zum Ende finanziell abgesichert bleiben. Mehr als ein Möbelstück stammte aus der Zeit, als Kalifornien sich zum eigenen Staat erklärt hatte. Ihre Mutter hatte gesammelt; Evvy gab Dinge her.

Auf dem rechteckigen Häkeldeckchen auf ihrer Kommode standen nur wenige Gegenstände. Kein Schmuckkästchen, nur ein Brillenetui, Bürste und Kamm und zwei Fotografien in Silberrahmen. Sie betrachtete sie liebevoll, ihre Geliebten. Einer in Soldatenuniform am Bahnhof, der andere in seinem Garten, der auf der anderen Seite der Hecke neben ihrem Grundstück wuchs. Sie nahm das Foto von dem Soldaten in die Hand und betrachtete die klaren Linien seines jungen Gesichts. Pflichtbewusstsein sah sie darin. Sie nickte und stellte den Rahmen wieder hin.

Das andere Gesicht zeigte Humor und eine *joie de vivre* in den vielen Fältchen rund um Augen und Mund. Oh, er war ein Charmeur. Aber sie hatte ihm nicht den Vorzug gegeben. Sie konnten es ausfechten, wenn sie alle drei im Himmel versammelt waren. Evvy kicherte und machte sich auf den langen Weg zum Badezimmer.

Lance stapfte zum Kutscherhaus. Ja, Rese hatte so ausgesehen, als brauchte sie Hilfe. Aber beim nächsten Mal würde er diesen Fehler nicht noch einmal machen, es sei denn, sie hatte Schaum vor dem Mund. Aber eigentlich war selbst das nicht genug. Die Frau hatte vielleicht Nerven. Er hätte sie den Bussarden überlassen sollen.

Er packte die Schaufel, die er in die Ecke gelehnt hatte, und die Blasen an seiner Hand brannten. Er hatte schon länger nicht mehr solche Arbeiten verrichtet. Aber wenn Rese klarkam, würde er auch klarkommen. *Höhenangst? Runtertragen?* Eine Biene kam hereingeflogen und summte um seinen Kopf. Mit einer Handbewegung versetzte er ihr einen Schlag, sodass sie gegen die Wand prallte, wo sie benommen weitertorkelte, bis sie durch das offene Dach entfloh.

Lance warf die Schaufel auf den sandigen Boden. Möwen und Tauben flatterten über ihm, und die Bussarde kreisten immer noch. Die Restaurierung des Kutscherhauses geschah in seiner Freizeit, nachdem er das spontane Angebot gemacht hatte, den Dachboden zu entrümpeln. Er hätte auf den Dachboden zurückkehren können, aber im Moment musste er vergessen, dass er für Rese Barrett arbeitete. Das war ohnehin nur vorgetäuscht, ein Mittel zum Zweck.

Er fing an zu graben, wo er vorhin aufgehört hatte. Er musste das Gestrüpp entfernen und eine ebene Unterlage für den Zementboden schaffen. Aber als er den Spaten in die Erde stieß, ertönte ein kratzendes Geräusch. Er schob den Sand beiseite und fand einen Pflasterstein. Was war das?

Er entfernte noch mehr von dem Sand. Nicht nur ein Stein, sondern mehrere. Er nahm sich eine andere Ecke vor, dann noch eine. Ein Boden – einer, den Ur-Urgroßvater Quillan vielleicht selbst gelegt hatte, mit Steinen, die aus dem nahe gelegenen Steinbruch stammten.

Lance bückte sich und strich über die Steine. Er konnte die Mühe fühlen, mit der sie verlegt worden waren, die Sorgfalt und den Stolz, der dazu geführt hatte, dass ein solcher Boden in einem Kutscherhaus lag. Er presste seine flache Hand mit geschlossenen Augen auf einen der Steine und fühlte erneut eine tiefe Ahnung und Verbundenheit aufsteigen. *Herr.* Trotz Rese und ihrer Arroganz, trotz seiner eigenen Unzulänglichkeiten war hier etwas Wichtiges, und all das gehörte zu einem Plan. Vorsichtig legte er einen Stein nach dem anderen frei, so genau zugeschnitten und so dicht verlegt, dass er vermutlich überhaupt keinen Mörtel für die Fugen brauchte. Am liebsten würde er den Boden in seiner ursprünglichen Form belassen.

Es war ein unerwartetes Geschenk. Das Grundstück bot sich ihm dar, ersparte ihm Zeit und Mühe durch das Werk seiner Vorfahren. Ein Erbe. Lance schluckte den Kloß in seiner Kehle herunter, demütig und dankbar. Er bauschte eine einfache Sache zu sehr auf, aber er konnte nicht anders. Das Leben war zerbrechlich, und die Schatten, die blieben, berührten jene, die später kamen.

Hufe und Füße hatten diesen Boden betreten, aber Lance kniete jetzt darauf und dachte liebevoll an jene Füße und jene Hände, die diese Steine zu einem Fußboden zusammengefügt hatten. Er hatte kein Recht, dies als sein Eigentum zu betrachten, aber Conchessa hatte gesagt, er solle dem Drängen in seinem Innern vertrauen und seinem Gefühl folgen. Er legte die Stirn an die Steinmauer. *Öffne mir die Augen.*

Nach einigen Herzschlägen schlug er die Augen auf. Genug geträumt.

Zurück an die Arbeit. Er zog sich an der Schaufel hoch. Seltsam, dass sich so viel Sand angesammelt hatte. Er hatte beinahe den Verdacht, dass er absichtlich hergebracht worden war, obwohl es besser gewesen wäre, den Steinfußboden zu belassen, wie er war, selbst wenn der Raum später als Garage oder Stall benutzt worden war.

Er schaufelte weiter und füllte eine zweite Schubkarre mit Sand. Er leerte sie in die flache Mulde hinter dem Gebäude, dann nahm er wieder die Schaufel zur Hand. Jetzt machte ihm die Arbeit nichts mehr aus. Es war Liebesmüh. *Mach es einfach; mach es gut.* Und schätze, was daraus wird, denn nichts ist sicher. Nichts in diesem Leben.

Er befreite den restlichen Fußboden von mehreren Schubkarrenladungen Sand und machte sich dann daran, ihn zu fegen. Die großen, flachen Steine waren gut verlegt, eben und genau eingepasst, und er säuberte sie jetzt mit der nötigen Sorgfalt. Während er den Besen wieder und wieder über die Steine bewegte, bemerkte er etwas Metallisches, das in einer Ecke klemmte.

Wie ein Archäologe bei einer Ausgrabung hockte er sich hin und grub das Teil mit den Fingern aus dem verkrusteten Dreck. Er hielt die Luft an, während er den Gegenstand in den Händen wendete und die Erde von dem filigranen unteren Teil klopfte, der vom Alter ganz geschwärzt war. Ein Schlüssel! Was für eine Symbolik. Aber der Schlüssel wozu?

Er blickte sich um. Gehörte er zu den verloren gegangenen Türen zum Kutscherhaus oder zu einer Kutsche? Vielleicht war der Schlüssel für eine Truhe oder etwas im Haus – auf dem Dachboden? Er wusste es noch nicht, aber er würde die Stücke zusammenfügen und das in Erfahrung bringen, weshalb er hergekommen war. Er schloss die Finger um den Schlüssel. Ein Schlüssel, der Geheimnisse erschließen konnte …

Baxter kam hereingerannt, sprang an ihm hoch und lief dann wieder hinaus. Einen Augenblick später erschien Rese in der Türöffnung. „Ihr Holz ist da."

Er schob den Schlüssel in seine Tasche und drehte sich um. „In Ordnung." Er schob sich an ihr vorbei, um die Lieferung in Empfang zu nehmen. Rese würde natürlich bezahlen.

Es wunderte ihn nicht, dass sie das Abladen des Holzes neben dem Kutscherhaus überwachte, aber sie überraschte ihn, als sie sagte: „Das haben Sie gut geschätzt."

Er starrte sie an. Ein Wort der Anerkennung? *Ich habe Gnade vor deinen Augen gefunden, o Herrscherin?*

Sie bezahlte die Fahrer und schickte sie weg. „Sie brauchen eine Plane für die Gipsplatten. Ich habe welche im Lieferwagen." Sie zeigte auf ihr Fahrzeug. „Bedienen Sie sich."

Er wollte ihr gerade danken, aber sie hatte sich schon wieder zum Gehen gewandt. „Was macht Ihre Seite?"

„Alles bestens." Sie ging weiter.

Er wandte sich ab. Was dachte er sich nur? Sie würde einen Anfall bekommen, wenn sie seine Gedanken lesen könnte. Wehe ihm, wenn er in ihr ein Mädchen sah oder gar eine Frau. Er sollte besser daran denken, dass sie ein Mittel zum Zweck war.

Er deckte den Gipskarton ab und pfiff dann nach Baxter. Zeit fürs Mittagessen. Gestern war er kleinlich gewesen und hatte Rese' deutliche Frage nach einem Abendessen ignoriert. Das gleiche Widerstreben nagte noch immer an ihm. Sie hatte sein Essen nicht kritisiert oder beleidigt. Sie war nur so unglaublich gleichgültig gewesen.

Mit dem Hund vor sich auf dem Sattel fuhr er in die Stadt und aß in der *Cucina Viansa* am Marktplatz zu Mittag. Das Focaccia-Sandwich war nichts Besonderes. Niemand machte Focaccia wie Nonna, noch nicht einmal Conchessa, obwohl auch ihres diesem hier haushoch überlegen war. Aber Baxter schmeckte den Unterschied ohnehin nicht. Lance trug den Rest nach draußen, wo der Retriever inzwischen ein Publikum um sich versammelt hatte. „Na, gibst du wieder eine Vorstellung, Baxter?"

Die drei Frauen drehten sich um. „Gehört der Ihnen? Er ist wunderbar. Was für ein toller Hund."

Eine sommersprossige Blondine sagte: „Haben Sie keine Angst, dass er wegläuft?"

Lance zuckte mit den Schultern. „Er weiß, dass ich drinnen bin. Er wäre beleidigt, wenn ich ihn anbinden würde."

Sie lachten. „Er ist so lieb."

„Und sanft." Das kam von der größeren Brünetten.

„Hörst du, Baxter?" Lance gab ihm das Sandwich, das Baxter mit einem Happen verschlang. „Sie wollen deine Nummer."

Baxter wedelte mit dem Schwanz, während er das Lob ebenso gierig in sich aufnahm wie das Essen. Lance stieg auf sein Motorrad, das er am Bordstein abgestellt hatte, und der Hund sprang ebenfalls auf. Niemand schimpfte. Sie lachten und riefen und winkten, während er Baxter anschnallte und losfuhr.

Rese war nirgends zu sehen, als er parkte und wieder ins Kutscherhaus zurückging, aber sie hatte an der Außenwand Böcke aufgestellt und die Werkzeuge zurechtgelegt, die er für das Zimmern des Dachstuhls brauchen würde. Er blickte zum Haus hinüber und hatte ein schlechtes Gewissen. Hatte sie das tatsächlich für ihn vorbereitet, während er in der Stadt gegessen hatte? Er seufzte. Er war nicht für ihre Mahlzeiten zuständig.

Sie hatte den Arbeitsplatz wahrscheinlich aufgebaut, um sich zu vergewissern, dass es auch richtig gemacht wurde, obwohl sie damit hätte rechnen können, dass er auf dem Speicher weitermachte. Sein Interesse galt jetzt dem alten Gebäude, aber das wusste sie nicht, oder? Er blickte zum Haus hinüber. Vielleicht war sie doch nicht so ahnungslos, wie er dachte.

Er zog das Maßband aus seinem Gürtel und machte sich an die Arbeit. Während der Nachmittag sich dem Abend entgegenneigte, sägte und baute er die Streben und Balken für das Dach, wobei er Rahmen für Dachfenster frei ließ, die das eine kleine Fenster in der Rückwand des Hauses ergänzen sollten. Glastüren auf der Vorderseite, wo die alten Kutscherhaustore gewesen waren, würden ebenfalls zu einem offenen Ambiente beitragen. Er zimmerte Rahmen in Standardgröße, froh über die zwei Sommer, die er für *Habitat for Humanity* gearbeitet hatte. Das Reich Gottes bauen – im wahrsten Sinne des Wortes.

Dies hier war den einfachen Häusern gar nicht so unähnlich, die er für Menschen gebaut hatte, die ein ordentliches Dach über dem Kopf brauchten, außer dass er hier bereits Steinmauern und den wunderschönen Boden hatte. Morgen würde er das Schlafzimmer und das Bad abtrennen und dann Gräben für Abwasserrohre, Gasleitungen und Stromkabel ziehen. Er legte Rese' Hammer hin und betrachtete die Balken, die auf dem Steinfußboden lagen. Was würde Quillan Shepard wohl von den Veränderungen halten, die er hier vornahm? Der Gedanke an seinen Vorfahren verstärkte in ihm das Bedürfnis, seine Arbeit gut zu machen, sich seiner Familie würdig zu erweisen. Lance ballte die Hände zu Fäusten und schloss die Augen. *Herr, hilf –*

„Sie haben eine Menge geschafft."

Er fuhr herum.

Rese stand in der Türöffnung, aber plötzlich ging sie in die Hocke. „Wow. Ich wusste nicht, dass hier ein Steinfußboden ist." Sie berührte ihn beinahe ehrfürchtig. „Ich dachte, Sie müssten einen Estrich gießen."

„Ich habe keine Ahnung, warum er unter Sand begraben war."

„Er ist toll. Sehen Sie mal, wie genau die Steine zusammengefügt sind."

Sie sah auf einmal so liebenswert aus, dass er den Kommentar, sein Ururgroßvater könnte den Boden verlegt haben, herunterschluckte. Er wusste es nicht mit Sicherheit. Quillan konnte ja auch italienische Steinmetze damit beauftragt haben. Im Steinbruch von Sonoma arbeiteten genügend von ihnen, da mit diesen Steinen auch die Straßen von San Franzisko gepflastert worden waren. Der Boden konnte später von einem anderen Verwandten hinzugefügt worden sein oder von jemand anders.

Ihr Blick wanderte über die hölzernen Rahmen, die auf dem Boden lagen. „Sie wollen die Front verglasen? Das dachte ich mir." Sie war gut.

Er fragte: „Wo haben Sie bauen gelernt?"

Sie stand auf. „Mein Vater. Und Sie?"

„Habitat."

Sie stemmte die Hände in die Hüften. „Sie haben Häuser für die Armen gebaut?"

Sie brauchte nicht so ungläubig dreinzuschauen. „Welcher Teil überrascht Sie – dass ich es wollte oder konnte?"

„Ehrlich gesagt, beides. Sie sind nicht der Typ dafür."

Und er hatte nette Gedanken über sie gehabt. „Und was wäre der Typ?"

Sie zuckte mit den Schultern. „Größer, kräftiger, weniger … modisch."

Gut, dass er nicht gewalttätig war.

Sie bemerkte seinen skizzierten Plan, der zwischen den Balken lag. „Wollen Sie eine Unterteilung machen?"

Mit einem Seufzer nahm er den Zettel und zeigte ihn ihr. „Schlafzimmer und Bad." Er hatte im Haus seines Vaters, in dem seine Familie wohnte, jede Menge Installationsarbeiten gemacht.

Sie blickte auf. „Ein Bad habe ich nicht kalkuliert.“

Ein Bad habe ich nicht kalkuliert, äffte er sie insgeheim nach. „Was haben Sie denn gedacht, was ich benutzen würde?“

Sie runzelte die Stirn. „Das ist ein Kostenfaktor, den ich nicht eingeplant hatte.“

„Sie machen mit mir ein super Geschäft.“ Und das wusste sie auch. Arbeitszeit war weitaus teurer als das Material.

Sie überlegte eine ganze Weile und nickte dann. „Also gut.“

„Herzlichen Dank.“

Sie warf ihm einen Blick zu. „Schließlich war das alles nicht geplant.“

Er ließ den Arm sinken. „Wenn Sie wollen, dass ich gehe, brauchen Sie es nur zu sagen.“ Warum hatte er das gesagt? Er ging nirgendwohin. Aber sie regte ihn mehr auf als alle Menschen, die ihm jemals begegnet waren.

Sie sah ihm direkt in die Augen. „Kein Grund, emotional zu reagieren.“

Jetzt hatte er die Hände in die Hüften gestemmt. „Emotional? Kennen Sie das Wort tatsächlich?“

Sie hob die Hände. „Beruhigen Sie sich. Ich rechne aus, was das Bad kosten wird.“ Sie wandte sich zum Gehen.

„Sie haben meine Frage nicht beantwortet.“

Sie blickte über ihre Schulter zurück. „Welche Frage?“

„Haben Sie überhaupt eine Vorstellung davon, was Gefühle sind?“

Ihr Blick begegnete seinem und hielt ihm stand, aber sie antwortete nicht, sondern drehte sich schließlich um und stapfte auf das Haus zu. Lance fuhr sich mit der Hand über Mund und Kinn. Stein. Eiskalt. Marmor. Er konnte sie als Brunnenfigur im Garten aufstellen. Eine Melodie kam ihm in den Sinn, und die Worte gesellten sich zu den Noten. *Im Garten kalt wie Stein, eine Frau, Haut aus Bronze. Herzschlag ruhig und lautlos, und Verachtung liegt in ihrem Blick.* Er schüttelte den Kopf. Trotz ihrer schlanken Kurven fehlte ihr jegliche weibliche Weichheit. Er runzelte die Stirn, als sie im Haus verschwand. Kein Mann, der bei Verstand war, würde sich mit ihr einlassen. Gut, dass sie ein Geschäft hatte, das sie führen musste.

Sein Herz setzte einen Schlag aus. Nein, warte. Sie brauchte dieses Haus nicht mehr als er. Nicht persönlich gemeint. Hier ging es um seine Vorfahren.

Kapitel 6

Rese gefiel seine Unterstellung überhaupt nicht. Nur weil sie sich nicht vor Lachen ausschüttete oder sich die Augen ausheulte, hieß das doch nicht, dass sie keine Gefühle hatte. Sie hatte ihre Selbstbeherrschung mit viel Mühe aufgebaut, zu viel Mühe. Und in den letzten Monaten noch mehr.

Er hatte keine Ahnung, welche Belastung das ganze Projekt gewesen war, eine überwältigende Übung in Entschlossenheit und Tapferkeit nach … Ihre Kehle schnürte sich zusammen. Nicht zu Gefühlen fähig? Er sollte einmal einen Tag in ihrer Haut stecken, dann würde er sehen, wie schwer es gewesen war, überhaupt weiterzumachen. Von den Jungs hatte sie kein Mitgefühl erwartet, und als sie es zeigten, war das beinahe schwerer zu ertragen gewesen als ihr Spott. Aber sie hatte sich auch das nicht anmerken lassen. Sie wollte nicht. Rese reckte das Kinn vor und dachte daran, wie überrascht alle gewesen waren, als sie die Firma verkauft hatte und gegangen war.

Ihr Magen knurrte. Sie hatte gehofft, dass Lance heute Abend etwas kochen würde. Er hatte seit gestern Mittag nicht mehr gekocht, und hatte sie ihn dafür nicht eingestellt? Sie riss die Schranktür auf und begutachtete das magere Sortiment eingelegter Gemüse und Fertigsuppen. Sie schloss die Tür wieder und ging zum Kühlschrank. Sie hatte mittags schon ein Brot gegessen und hatte keine Lust, jetzt das Gleiche zu tun.

Sie schnaubte verächtlich. Seit wann war das wichtig? Essen war essen. Es sorgte dafür, dass der Körper funktionierte. Sie hatte sich auf weitere Gerichte von Lance gefreut, aber auf keinen Fall würde sie jetzt hinausgehen und ihn darum bitten. Während er an seinem Haus baute, wurde er nicht bezahlt. Material und Werkzeug. Das war ihre Abmachung.

Zum Material gehörten wohl auch die Badezimmerarmaturen und der Ofen, um das Gebäude zu heizen, wie er ihn auf der Skizze eingezeichnet hatte. Sie hätte selbst daran denken sollen und hätte es unter normalen Bedingungen auch getan. Wenn sie eine Renovierung des Kutscherhauses geplant hätte, wären alle Einzelheiten bedacht und die Kosten berücksichtigt worden.

Bis Lance aufgetaucht war, hatte sie sich strikt an ihr Budget gehalten. Aber es stimmte, dass es für sie ein gutes Geschäft war – Arbeiten für Baumaterialien, und das Kutscherhaus würde anschließend fertig sein. Sie schloss die Kühlschranktür und ging in ihr Bad, um zu duschen. Das Wasser brannte in der Schürfwunde an ihrer Seite und erinnerte sie an ihre Unvorsichtigkeit. Das würde nicht noch einmal passieren. Wenn sie sich auf ihre Arbeit konzentrierte, würde kein Raum für Unfälle sein.

Als sie aus ihrem Zimmer kam, sah sie Lance, der sich an der Spüle in der Küche die Hände wusch. Sie blickte ihn prüfend an, um zu sehen, ob er noch wütend war, aber er schien sich beruhigt zu haben. „Machen Sie etwas zu essen?"

Er schüttelte das Wasser von seinen Händen. „Nein."

„Ich kaufe die Zutaten."

Er nahm ein Handtuch und rieb seine Unterarme ab. „Ich bin müde."

Sie wusste, wie das war. Wie oft hatte sie sich in die Küche geschleppt und sich nichts sehnlicher gewünscht, als dass wie durch Zauberhand eine Mahlzeit auf dem Tisch erschien? So wie sie es sich jetzt wünschte. Lance' Zauberhand.

Rese verdrängte die Enttäuschung. Sie würde irgendetwas essen und den Abend damit zubringen, so müde zu werden, dass sie schlafen konnte ... Sie straffte die Schultern. „Ich habe überlegt. Sie brauchen Ihr Hotelzimmer nicht zu behalten. Sie könnten oben wohnen, bis Ihr Haus fertig ist." Sie verschränkte ihre Arme. „Dann müsste Baxter nicht eingesperrt sein."

„Das macht ihm nichts aus."

Sie sah zum Küchenfenster hinaus zum Mandelbaum, unter dem der Hund lag, den Kopf auf die Pfoten gelegt. „Warum für ein Zimmer bezahlen, wenn meine möbliert und bezugsfertig sind? Sie könnten sich aussuchen –"

„Ich dachte, Sie wollten mich nicht im Haus haben."

Rese blickte zu Boden. Das hatte sie gesagt, aber die letzte Nacht war unheimlich gewesen und schlafloser als gewöhnlich. Sie wollte das nicht noch einmal durchmachen. Wenn Lance Geräusche hörte, wusste sie, dass sie sich das alles nicht einbildete. „Wenn Sie ganz oben sind –"

„Werde ich Sie nicht belästigen?"

Sie wandte sich um und sah ihn überrascht an.

„Sie haben keine sehr hohe Meinung von Männern, oder?"

Wie kam er denn darauf? „Hören Sie, es war nur eine Idee. Sie brauchen nicht so –"

„Emotional zu werden?"

„Kann ich meine Sätze vielleicht mal selbst beenden?"

Er verschränkte die Arme. „Also gut. Nicht so was?"

„Beleidigend zu werden."

Er verdrehte die Augen.

„Ich wollte nur sagen, wenn Sie oben wären und ich hier unten, würden wir uns gegenseitig nicht stören. Wenn Sie hinten im Kutscherhaus fertig sind, werde ich Gäste aufnehmen und nicht allein sein …" Das hatte sie nicht sagen wollen.

Er legte den Kopf schief. „Haben Sie Angst?"

Sie schnaubte. „Nein."

Sein Mundwinkel wanderte nach oben. „Seien Sie ehrlich."

„Ich habe keine Angst. Es ist …" Diesmal wünschte sie sich, er würde den Satz vollenden. Sie fuhr sich mit den Fingern durchs Haar. „Ich habe nicht gut geschlafen. In diesem Haus …"

„Spukt es?" Das Lächeln wurde breiter.

„Seien Sie nicht albern."

Er lachte, aber dann klang seine Stimme schroff. „Wollen Sie, dass ich Sie beschütze?"

Sie funkelte ihn an. „Ich bin nicht sicher, was ein Mann mit Ohrring da wohl ausrichten kann."

Seine Miene verhärtete sich, als er seinen goldenen Ohrring berührte. „Deshalb bin ich kein richtiger Mann?"

„Das habe ich nicht gemeint."

„Doch, das haben Sie." Jetzt loderte das Feuer wieder in seinen Augen.

„Ich bin nur nicht daran gewöhnt, das ist alles. Die Männer in meiner Kolonne –"

„Ihrer Kolonne?"

Sie schluckte. „Ja, in meiner Kolonne. Ist das so schwer zu akzeptieren? Dass ich einem Bautrupp Befehle erteilt habe?"

„Nein, das kann ich mir nur zu gut vorstellen."

Irgendwie war das kein Kompliment. Sie warf die Hände in die Luft. „Vergessen Sie's, okay?"

Er nagte an seiner Oberlippe. „Sie halten mich für einen Weichling."

Sie richtete ihren Blick gen Decke.

„Einen emotionalen Weichling."

Sie holte Luft, um ihm zu widersprechen, aber er trat näher und blickte sie finster an. „Nur weil ich nicht rülpse und mich kratze und weil ich finde, dass ein Ohrring gut aussieht, bin ich noch lange nicht –"

„Das behaupte ich ja auch gar nicht." Sie wand sich unter seinem Blick.

Er schluckte. „Sie bringen nicht gerade das Beste in einem Mann zum Vorschein."

Das saß. „Warum nicht?"

„Sie reden und benehmen sich wie ein Kerl."

„Und?"

„Und Sie sind kein Mann, auch wenn Sie einen Männernamen haben."

„Ich heiße Theresa."

Lance hielt inne und musterte sie zu lange.

Sie wandte den Blick ab. „Nennen Sie mich nicht so, ich hasse den Namen."

„Weil er hübsch ist?"

Sie antwortete nicht. Ihr Vater hatte sie Rese gerufen, seit sie klein war. Mom war es gewesen, die Theresa zu ihr gesagt hatte, und zwar vor allem, wenn „er" da gewesen war.

„Ich wette, Sie könnten es auch nicht leiden, wenn ich sagen würde, dass Sie hübsch sind."

Rese spürte, wie die Röte ihren Nacken hinaufkroch. Sie musste sich das nicht anhören.

„Tja, ich habe Neuigkeiten für Sie. Sie sind hübsch. Auch mit den kurzen Haaren, den weiten T-Shirts und allem anderen."

Sie war wütend. „Sind Sie fertig?"

„Nein. Ich möchte Sie heute Abend zum Essen einladen."

„Was?" Sie stemmte die Hände in die Hüften.

Er lehnte sich an die Arbeitsplatte. „Sie haben richtig gehört. Ich bitte Sie um eine Verabredung."

Der Mann hatte eindeutig den Verstand verloren.

Er legte den Kopf schief. „Es sei denn, Sie hätten lieber ein Sandwich oder eine Dose Bohnen."

Ihr Magen protestierte, aber sie reckte das Kinn in die Höhe. „Ich verabrede mich nicht mit meinen Angestellten."

„Dann betrachten Sie mich als Partner."

„Ich brauche keinen Partner." Sie ließ die Arme hängen und verschränkte sie dann wieder.

Er sagte sanft: „Dann betrachten Sie mich als Freund."

Darauf hatte Rese keine Antwort. Sie hatte den größten Teil ihres Lebens mit Männern verbracht. Aber schon als Mädchen hatte sie ihre Energie darauf verwendet, besser zu sein als sie. „Ich weiß nicht, wie das gehen soll." Nicht, dass sie besonders gut darin gewesen wäre, Freundschaft mit Frauen zu schließen. Ihre beste Freundin, Star, war eigentlich mehr ein Schmetterling als ein echter Mensch. Sie flatterte herein, um den Nektar der Anerkennung aufzusaugen, und nahm ein Stückchen Stabilität mit, das sie auf dem Weg aber wieder verlor.

Lance trat einen Schritt vor. „Zuerst beschließt man, dass man Zeit miteinander verbringen will. Zum Beispiel bei einem Abendessen."

Sie schüttelte den Kopf.

„Warum nicht? Sie hätten doch gegessen, wenn ich es gekocht hätte."

„Das ist etwas anderes."

„Weil ich für Sie arbeite?" So wie er es sagte, klang es hässlich.

Hatte sie es so gemeint? Das war eine Beziehung, die sie einordnen konnte. Mit der sie umgehen konnte.

Er sah sie kritisch an und schüttelte den Kopf. „Sie sind wirklich unglaublich." Er ging an ihr vorbei zum Hintereingang und pfiff schrill nach seinem Hund. Eine Minute später hörte sie, wie sein Motorrad ansprang und das Motorengeräusch dann allmählich leiser wurde. Sie starrte quer durch die Küche auf die Schränke, in denen sich ihre trostlose Auswahl befand. Aber es machte nichts. Ihr war sowieso der Appetit vergangen.

Lance parkte am Marktplatz und ließ Baxter absteigen. Er streckte seinen verspannten Rücken und beschloss, ein wenig im Park spazieren zu gehen, der sich in der Mitte des Platzes befand. Von den riesigen Eukalyptusbäumen hingen zarte Blätter, und die Rinde an den Baumstämmen blätterte in großen Fetzen ab. Es war ein schöner Abend. Und es wäre schön gewesen, ihn zusammen mit einem anderen Menschen zu verbringen.

Er hatte nicht vorgehabt, Rese einzuladen, aber sie hätte es sich wenigstens überlegen können. Schließlich hatte er sie nicht angebaggert. Okay, er hatte sie ein bisschen geneckt, aber sie musste auch dringend lockerer werden. Viel lockerer. Trotzdem hätte er sie nicht um eine Verabredung gebeten, wenn in ihrer Stimme nicht eine solche Einsamkeit gelegen hätte. Die Statue war hohl. Er hatte das Echo gehört.

Er blieb stehen und beobachtete einen Vogel, der mit den dürren Beinchen und dem Körper eines Seetauchers auf den kleinen Teich mit dem Brunnen zuwatschelte. Eine ganze Reihe grünhalsiger, braun gefleckter und weißer Gänse paddelten im Wasser und suchten den Rasen ab. Es war ein hübsches Bild, aber er musste an die Bussarde denken. War das erst heute *Morgen?*

„Hallo Baxter."

Lance drehte sich um und sah die sommersprossige Blondine, der er bereits mittags begegnet war. „Hi."

Sie ging in die Hocke und kraulte den Hund hinter den Ohren. „Hi." Sie trug ein blaues Stricktop, das nicht ganz bis zum Gürtel ihrer Hose reichte. Ihre Taille war gebräunt und voller Sommersprossen wie ihre Arme.

„Ich heiße Lance." Er streckte die Hand aus.

Sie stand auf. „Sybil Jackson." Der Name passte zu ihr, eine Mischung aus exotisch und Mädchen von nebenan.

„Du wohnst hier?"

„Schon mein ganzes Leben." Sie warf ihre Haare zurück. „Aber du bist entweder neu hier oder zu Besuch."

Er setzte seinen breitesten Bronx-Akzent auf. „Hey, was geht?"

Sie lachte, ein temperamentvolles, kehliges Lachen, das in ihm die Erinnerung an heiße Nachmittage auf der Straße weckte, als er für ein paar Dollar mit seinen Kumpels mehrstimmig gesungen hatte. Er blickte über den Platz zu den historischen Gebäuden hinüber. „Gibt es hier was, wo man gut essen kann?"

Sie lächelte. „Jede Menge."

„Was magst du gerne?"

„Das Swiss Hotel ist gut." Sie zeigte auf ein Gebäude in der Nähe.

„Hättst du Lust, mir Gesellschaft zu leisten?"

Sie musterte ihn lächelnd. „Warum nicht?"

Sieh mal einer an. Er war also nicht aussätzig. Lance gab Baxter Anweisung, draußen zu warten, und ließ Sybil vorgehen, als sie das Gebäude betraten. Die Plakette am Haus wies darauf hin, dass im Jahre 1850 General Vallejo hier gewohnt hatte. Eine Vitrine hinter der Rezeption zeigte die ursprünglichen Lehmziegel, aus denen die Rückwand bestanden hatte.

Der Speisesaal hinter der Lobby war neueren Datums, aber Sybil erklärte ihm, dass schon seit vier Generationen die gleiche Familie das Hotel führte. Es war angenehm, sich mit einer Frau zu unterhalten, die ganz normal reagierte. Sie flirtete nicht direkt, aber sie interessierte sich offensichtlich für das, was er zu sagen hatte. Und nicht nur das – sie war völlig aus dem Häuschen, als sie erfuhr, dass er kochen konnte.

„Ein Mann in der Küche – davon träume ich."

Na gut, sie flirtete. Aber war das nach Rese so schlimm?

Genüsslich biss sie in ein Stück Fleisch. Während bei Rese alle Zeichen auf Abwehr standen, war Sybil das genaue Gegenteil. Sie schloss die Augen und stöhnte leise. „Gourmetfrühstück?"

„Vielleicht koche ich abends auch etwas Besonderes."

Ihre Augenlider hoben sich auf halbmast. „Abendessen vorher und Frühstück danach. Perfekt."

Was hatte der Barkeeper in ihren Drink getan?

Sie sagte: „Verrätst du mir, wie du kochen gelernt hast?"

Gute alte Familientradition. „Meine Großmutter hat es mir beigebracht."

„Deine Großmutter?" Das hatte Sybil offenbar nicht erwartet.

Er beschrieb die Stunden, die er mit Nonna im Restaurant verbracht hatte, die Kräuter und Gewürze, die seinen Geruchssinn geschult hatten, die Düfte, die von der Küche auf die Straße hinausgezogen waren. Sein Herz zog sich bei den Erinnerungen zusammen.

Weil er wusste, wie verlassen und allein Nonna sich fühlen musste, betete er, dass sie bald aus der Reha nach Hause kommen würde. Besuche der Angehörigen waren nicht dasselbe, wie das Herz der Familie zu sein, und das war sie immer gewesen. Aber darüber wollte er mit Sybil nicht sprechen.

„Ich habe angefangen, ihr in der Küche zu helfen, als ich sieben war, und mit dreizehn habe ich richtig Geld verdient. Ich habe alles durch Anfassen und Probieren gelernt."

Sybil ließ ihre Zunge langsam über die Lippen wandern und legte so mehr in seine Worte hinein, als er beabsichtigt hatte. Mit ihrer Figur und ihrem Duft könnte sie ihm leicht zu Kopfe steigen. Er kannte die Signale, und sie standen alle auf Grün. Aber das war nicht seine Absicht.

Lance bezahlte für das Essen und nahm die Reste, die er für Baxter hatte einpacken lassen. Dann begleitete er Sybil hinaus und erstickte jeden weiteren Gedanken ihrerseits im Keim. „Ich bringe jetzt lieber Baxter nach Hause. Danke für die Gesellschaft."

Mit Baxter vor sich fuhr er zu dem Hotel, das ihn hundertfünfundachtzig Dollar die Nacht kostete, plus eine Gebühr für Baxter. Rese' Angebot erschien ihm immer verlockender. Er warf sich aufs Bett und wählte mit seinem Handy die Nummer seiner Eltern. Niemand nahm ab, deshalb rief er in seiner eigenen Wohnung an und hatte kurz darauf Chaz am Apparat.

„Keine Veränderung, Mann. Alles zu Gottes Zeit."

„Das sagst du nur, weil du nicht aus New York stammst. Wir Eingeborenen haben eine Sitte. Wir nennen es die Tür einrennen."

„So was in der Art habe ich gestern Abend gesehen. Kein schöner Anblick."

„Hat Rico überlebt?"

Chaz lachte. „Er war nicht dabei, Mann."

„Dann verrate ihm nicht, was er verpasst hat. Ich bin schließlich nicht da, um ihn rauszuhauen."

„Darüber will er mit dir reden."

„Da bin ich sicher." Lance rieb sich die Stirn. „Sag ihm nicht, dass ich angerufen habe."

„Der Herr hasst die Lüge."

„Ich sage nicht, dass du lügen sollst, Chaz. Du sollst ihn nur nicht anstacheln. Spielt er heute Abend?"

„Irgendwo. Er wird jammernd nach Hause kommen."

„Bestimmt." Lance streckte sich und gähnte. Er legte auf und lag dort, so müde, dass er einfach so einschlafen könnte. Sein Körper spürte die Knochenarbeit mehr, als er sollte. Vielleicht war er ein Weichling. Dünn, schwach und *modisch,* wie Rese gesagt hatte. Sie selbst bestand wahrscheinlich aus solidem Stahl.

Aber während er vor sich hin döste, fragte er sich, ob sie sich in dem großen, alten, knarrenden Haus fürchtete. Er hätte nicht vom Spuken sprechen sollen. Aber andererseits hatte sie es verdient.

Kapitel 7

Rese saß auf der Bettkante, die Ellbogen auf die Knie gestützt. Es war albern, sich vorzustellen, dass Gespenster durch die Gänge im Obergeschoss huschten und sich auf dem Dachboden versammelten. Sie glaubte nicht an Gespenster oder an Mutters Todesfeen.

„Was ist eine Todesfee, Mom?"

„Ein jammernder Geist, der beinahe so laut heulen kann wie du."

„Warum heult er?"

„Weil jemand sterben wird."

Mom und ihre Todesfeen. Aber Rese sah sich im Zimmer um, stand auf und schloss die Tür, dann vergewisserte sie sich, dass das Fenster fest verriegelt war. Dumm. Moms lebhafte Fantasie verdrängte nur nachts Dads Pragmatismus – wenn sie verwundbar war. Rese blickte über ihre Schulter und schalt sich dann dafür.

Ihr Vater würde sagen, sie sei albern, und er musste es wissen. Seit sie neun war, waren sie und Dad auf sich gestellt gewesen. Er war jeden Tag zur Schule gekommen und hatte sie mit seinem großen Lieferwagen abgeholt. Ihre Hausaufgaben hatte sie dort gemacht, wo er gerade für Millionen von Dollar Gebäude renovierte. Und wenn sie mit ihren Aufgaben fertig war, begann ihre eigentliche Ausbildung. Ihr Vater sagte, sie bemerke Dinge wie kein anderer. Und sie hatte sie seinen Mitarbeitern gezeigt – alles, was falsch zugeschnitten oder unordentlich genagelt war, vor allem die Verzierungen. Sie war eine Perfektionistin. Wenn etwas nicht passte, musste man es noch einmal machen.

Mit vierzehn Jahren arbeitete sie wie ein Profi mit dem Werkzeug. Und als sie einundzwanzig war, übernahm sie die Leitung von Dads zweiter Kolonne. Sie sorgte dafür, dass alles, was sie taten, seinen Ansprüchen gerecht wurde. Und es war ihr egal, was die Männer davon hielten, machte sich nichts aus den spöttischen Bemerkungen. Sie tat so, als würden ihr auch die Streiche nichts ausmachen, aber sie waren nicht so leicht zu ignorieren, vor allem, wenn sie grausamer Natur waren.

Rese rollte sich auf ihrem Bett zusammen. Ihr Magen knurrte. Sie hätte etwas essen sollen. Sie konnte immer noch in die Küche gehen, die sich gleich gegenüber befand. Aber dann wäre sie draußen in dem großen, dunklen Raum. Sie hörte keine Geräusche wie in der vergangenen Nacht, kein Heulen auf dem Speicher, aber die Stille war beinahe noch schlimmer. In ihrer Intensität schien sie wie ein Maul, dessen Zähne sie beinahe zu spüren glaubte. Rese schüttelte über sich selbst den Kopf. Sie sollte sich dazu zwingen, es zu tun. Aber sie zog die Decke über sich und versteckte sich.

Jedes Mal, wenn sie fast eingeschlafen war, dachte sie, sie hätte etwas gehört. Hatte Lance es ernst gemeint? Hatte er etwas auf dem Dachboden gesehen, von dem er nicht wollte, dass sie es sah? Mom hatte ihr Geschichten erzählt, die man nie in Kinderbüchern finden würde. Aber das war eigentlich nicht das, wovor sie Angst hatte. Er war es. Der „Freund". Sie hatte lange nicht mehr an ihn gedacht. Warum kam er jetzt zum Vorschein?

Weil Dad nicht mehr in ihrem gemeinsamen Haus schnarchte? Er war immer wie eine Abwehrmauer gewesen. Moms „Freund" ging, wenn Dad nach Hause kam – oder zumindest sprachen sie und Mom nicht mit ihm, wenn Dad da war. Der Schmerz, mit dem sie ihren Vater vermisste, krampfte ihre Eingeweide zusammen. Bis jetzt war sie noch nie allein gewesen, hatte mit ihren vierundzwanzig Jahren noch nie ohne ihn gelebt. Sie waren Partner gewesen. Sie hatte das College aufgegeben, um mit ihm zusammen zu arbeiten, hatte sich Wissen über Holz und Beize und Farben und Rohre angeeignet. Sie hatten ein blühendes Unternehmen, bis …

Jetzt drängten die anderen Bilder sich in den Vordergrund. Rese gab auf. Sie schaltete die Lampe ein und nahm die Fernbedienung, die auf ihrem Nachttisch lag und mit der sie irgendein hirnloses Programm auf ihrem kleinen Fernseher einstellte. Manche Leute lasen, um einzuschlafen. Aber das war nicht ihr Ding. Wie bei ihrem Vater. Sie konnte sich nicht daran erinnern, dass er jemals ein Buch gelesen hätte. Jeden Tag die Zeitung, aber nie eine Geschichte einfach nur so zum Vergnügen. *„Im Leben gibt es schon genug Lügen; warum sollte ich die von anderen Leuten lesen?"*

Mom war diejenige gewesen, die Geschichten geliebt hatte. Und was Dad sagte, war nicht von der Hand zu weisen. Rese seufzte. Diese Erinnerungen waren schön und schmerzlich zugleich. Sie lehnte sich an das Kopfteil des Bettes und zappte durch die Sender, aber die Wiederholungen oder Talkshows, die über den Bildschirm flimmerten, interessierten sie nicht. Wenn man bedachte, wie schwer sie tagsüber arbeitete, sollte sie eigentlich nachts in der Lage sein zu schlafen. Der Streit mit Lance hatte allerdings auch nicht gerade geholfen. Warum nahm er alles so persönlich?

Rese versetzte ihrem Kopfkissen einen Schlag und schob es hinter sich, während sie versuchte, sich auf die Werbung zu konzentrieren und zu vergessen, dass sie allein in einem Haus war, das von selber zu atmen schien. Das Ächzen der letzten Nacht hatte sich zu einer bedrückenden Stille gewandelt.

Eigentlich sollte sie durchs Haus gehen, durch jedes Zimmer, auch auf den Dachboden, und sich selbst beweisen, dass dort nichts war. Natürlich war da nichts. Das musste sie nicht beweisen. Alte Häuser waren ihr vertraut. Sie hatte sie auseinandergenommen und kannte sie bis zu den Eingeweiden.

Eingeweide. Sie schloss die Augen und schauderte. Das war doch lächerlich. Sie musste sich zusammenreißen. Sie warf die Fernbedienung hin und schlug die Bettdecke zurück. Nur in die Küche, um etwas zu essen zu holen. Nein. Sie konnte nicht in der riesigen Küche stehen, ohne zu wissen, ob der Rest des Hauses leer war. Sie drückte eine Hand auf ihre Brust und öffnete ihre Schlafzimmertür.

Auf dem schmalen Flur war alles still. Sie öffnete die Tür zur Küche. Dunkelheit umfing sie, und sie tastete nach dem Lichtschalter. Ihre Hand wanderte über die Wand, bis sie den Schalter gefunden hatte. Nachdem sie mehrmals tief Luft geholt hatte, um sich zu beruhigen, ging sie von der Küche ins Esszimmer. Sie drehte nur so viel am Dimmer, dass der Raum schwach erhellt war. Keine Gespenster. Sie ging weiter in den Salon. Es waren ursprünglich zwei kleine Räume gewesen, die sie wegen der beschädigten Wand dazwischen zu einem großen Raum verändert hatte. Leer sah er jetzt zu groß aus, aber mit kleinen Sitzecken versehen würde er sich gut eignen, um den Nachmittagstee zu reichen.

Auf der anderen Seite führte die Treppe nach oben. Vielleicht hatte sie sich schon ausreichend umgesehen. Sie musste nicht hinaufgehen. *„Feigling. Du bist ja nur ein feiges Mädchen."* Bobby Frank war ein Idiot. Sie musste ihm gar nichts beweisen. Aber das hatte sie trotzdem getan. Sie war den Baum ganz hinaufgeklettert, bis zum Wespennest, und hatte die Stiche davongetragen, die es bewiesen.

Rese schluckte. „Also gut, Bobby. Sieh mal!“ Sie stieg die Treppe hinauf. Das Holz schwieg unter ihren Füßen. Sie erreichte den breiten, ovalen Treppenabsatz und ging von dort aus ins erste Gästezimmer. Leer. Sie ging von Zimmer zu Zimmer und ließ dabei immer das Licht an und die Tür offen stehen.

Und jetzt der Dachboden. Sie würde nicht aufgeben, bevor die Aufgabe ganz und gar erledigt war. Außerdem hatte sie nicht gesehen, wie weit Lance mit seiner Entrümpelung gekommen war, seit er ihr von den Mäusen berichtet hatte. Der Gedanke, dass etwas Warmes, Lebendiges – auch wenn es nur ein Nagetier war – dort hauste, hatte beinahe etwas Tröstliches. Schade, dass sie Fallen besorgt hatten. Immerhin konnte sie nachsehen, ob die Fallen etwas genutzt hatten.

Rese holte tief Luft, zog die Tür zum Dachboden auf und stieg zögernd die knarrenden Stufen hinauf, während sie sich vortastete, als das Licht aus dem Flur schwächer wurde. Eine Lampe über der Treppe wäre eine gute Idee. Vielleicht konnte Lance Leitungen verlegen. Aber andererseits würde sie nach heute Nacht keinen Grund mehr haben, im Dunkeln hier heraufzukommen. Sie stieß mit dem Zeh gegen die Stufenkante und stolperte. Sie hielt sich am Handlauf fest und lauschte, ob über ihr etwas zu hören war.

Hatten die Geister sich in irgendeine dunkle Ecke gekauert und warteten jetzt darauf, dass sie oben ankam? Sie schluckte und stieg langsam bis zum Dachboden hinauf. Es roch nach Staub und Mäusen und altem PVC. Lance hatte den gesamten vorderen Bereich leer geräumt. Der nackte Boden lag blass vor ihr im Mondlicht.

Gut, sie hatte nachgesehen. Nein, sie musste hineingehen und das Licht einschalten, damit die Todesfeen wussten, dass heute Nacht niemand sterben würde. Keine Kobolde, keine Feen, keine heulenden Gespenster. Sie griff nach der Kette neben der Glühbirne und hielt inne. Was, wenn sie das Licht anmachte und die Mäuse dann über den Boden huschten?

Rese ließ die Hand sinken. Sie hatte genug bewiesen. Kein Poltergeist, nichts, was in der Nacht Lärm machen konnte. Sie ließ das Licht aus, ging die Treppe wieder hinunter und schloss die Tür hinter sich. Dann schaltete sie das Licht im Flur und den Gästezimmern aus. Sie war allein, weit und breit kein Spuk in Sicht. Und vor allem kein „Freund“.

Sie ging die Haupttreppe hinunter und schaltete das Licht im Eingangsbereich aus, dann im Salon, im Esszimmer und in der Küche. Sie öffnete die Tür zum Flur und schrie auf. Dann schlug sie, so heftig sie konnte, auf die schemenhafte Gestalt ein.

„Au!“ Er packte ihre Hände.

„Lance?“ Sie konnte ihn auf dem dunklen Gang nicht richtig sehen, aber sie erkannte seine Stimme. Die Luft platzte aus ihrer Lunge, und sie ließ den Kopf auf die Handgelenke sinken, die er an seine Brust presste. Sie fühlte sich so schwach, dass sie ihn am liebsten noch einmal geschlagen hätte.

„Beruhigen Sie sich, bevor Sie jemandem wehtun.“

„Sie haben es verdient.“ Ihre Brust hob und senkte sich. Wenn er das lustig fand …

„Sie zittern ja wie ein nasser Hund.“

„Was erwarten Sie denn?“ Sie versuchte sich zu befreien. „Lassen Sie mich los.“

„Nur, wenn Sie mit dem Boxen fertig sind.“

Sie entriss ihm eine Hand. „Ich bin fertig.“ Aber er hatte besser einen guten Grund, warum er in ihrem Flur herumlungerte, obwohl sie ihm gesagt hatte, er solle die Schwelle nicht übertreten. „Was machen Sie hier?“

„Ich bin gekommen, um Ihnen zu sagen, dass ich meine Sachen herbringe. Ich wollte Sie nicht erschrecken.“ Er hielt ihr anderes Handgelenk noch umfasst und zog sie in die Küche, wo er das Licht über dem Herd einschaltete. „Ich habe durch die Tür gerufen.“

„Ich war auf dem Dachboden.“

Er wandte sich halb um, und das Licht spiegelte sich in seinen Augen. „Was wollten Sie denn da?“

„Die Fallen überprüfen.“

Er rieb sich mit dem Daumen die Unterlippe, eine eindeutig skeptische Geste.

„Ich habe Ihre Arbeit begutachtet.“

„Ohne Licht?“

Sie entwand sich seinem Griff. „Woher wollen Sie wissen, dass das Licht nicht an war?“

„Ich habe zuerst die Treppe hinaufgesehen. Der Dachboden war dunkel, aber alles andere war erleuchtet wie ein Weihnachtsbaum.“

Sie konnte sich vorstellen, was er dachte. Sie fuhr sich mit beiden

Händen durchs Haar. „Jedenfalls möchte ich, dass Sie in Zukunft meine Zimmer nicht mehr betreten. Der Bereich ist privat."

Er drückte sie auf einen Küchenstuhl. „Sie zittern immer noch."

„Mir ging es gut, bevor Sie sich auf mich gestürzt haben."

„Ich bin nur in den Flur getreten."

Sie legte die Hände auf die Tischplatte. „Von einem Zimmer, in dem Sie nichts zu suchen hatten."

Er setzte sich ihr gegenüber an den Tisch. „Was haben Sie auf dem Speicher gemacht?"

Sie ballte die Fäuste. „Ich habe das Haus abgesucht."

Er zog die Augenbrauen hoch. „Nach Gespenstern?"

Sie funkelte ihn an.

„Sie sind ganz schön mutig. Ich weiß nicht, ob ich im Dunkeln auf den Dachboden gegangen wäre. Aber ich weiß ja auch, was da oben ist."

„Fangen Sie bloß nicht damit an."

Er lachte. „Ich meine, irdischer Natur."

Sie rieb sich die Augen.

„Müde?"

Sie nickte. Es war nach Mitternacht. Nicht, dass es für sie ungewöhnlich gewesen wäre, dass sie zu dieser Zeit nicht schlafen konnte. Sie kämpfte diesen Kampf nur allzu oft. Aber wieso zog er um diese Uhrzeit hier ein?

„Ich würde uns etwas Heißes zu trinken machen, wenn unsere Kaffeemaschine schon da wäre."

Sie lugte zwischen ihren Fingern hindurch. „Was denn?"

„Aufgeschäumte Milch mit, sagen wir, Amarettosirup."

„Klingt gut." Sie ließ die Hände auf den Tisch sinken.

Er lehnte sich auf seine Unterarme. „Bestellen Sie unsere Maschine."

Sie konnte die Wärme seiner Hände nur wenige Zentimeter von ihren entfernt spüren, so wie Funken, die von einer Quelle zur anderen überspringen. *Unsere* Maschine. Sie war zu müde, um sich über grammatische Fragen zu streiten. Er würde ohnehin derjenige sein, der die Maschine benutzte. „Ich denke darüber nach."

„Himbeertrüffel Latte. Pfefferminzmokka."

Sie schluckte. „Warum sind Sie zurückgekommen?"

„Damit Sie mich im Dunkeln schlagen können." Er lehnte sich zurück und betrachtete sie.

Sie seufzte. „Ich muss ins Bett."

„Ich werde leise sein."

Sie stieß sich vom Tisch ab und ging in ihr Zimmer. Trotz des Schreckens, den er ihr eingejagt hatte, war sie beruhigt. Es war kein Eindringling gewesen, wie sie befürchtet hatte, als die Gestalt sich im Dunkeln bewegt hatte. Und auch kein Geist. Sie hatte gedacht, sie würde endlich Walter sehen.

Obwohl Lance nicht vorgehabt hatte, Rese zu erschrecken, verspürte er ein Gefühl boshafter Befriedigung. Zweimal hatte sie ihn aus Angst angegriffen – es konnte kein Zweifel daran bestehen, dass sie eher kämpfen als fliehen würde. Was zu der Frage führte, warum er sich Sorgen darüber gemacht hatte, dass sie in dem großen Haus allein war. Aber es hatte ihm keine Ruhe gelassen, bis er sich entschieden hatte herzukommen, obwohl er das Hotel schon bezahlt hatte. Irgendein übermächtiger Beschützerinstinkt oder das Bedürfnis, gebraucht zu werden.

Lance ging hinaus und holte seinen Rucksack und seine Gitarre. Sie hatte gesagt, er könne sich irgendein Zimmer aussuchen, also stieg er mit seinen Sachen die Treppe hinauf. Er wählte das Zimmer direkt an der Treppe zum Dachboden. Es war in antikem Marinestil eingerichtet und in schlichtem Dunkelblau und Beige gehalten. Eine Herrenkommode aus Walnussholz, ein schwarzes Metallbett und eine Holztruhe am Fußende des Bettes bildeten die Einrichtung. Natürlich gab es ein Flaschenschiff, auf dem Sims über einem kleinen Kamin. Ein altes Aquarell, das ein Schiff in stürmischer See zeigte, hing über dem Bett, und an der Seitenwand waren ein Netz und eine Harpune dekoriert, während in der Ecke ein Kapitänssessel stand.

Er ließ sich aufs Bett fallen, um die Matratze zu testen. Nicht schlecht. Sie hatte gute Qualität gekauft. Er überflog die Titel der Bücher auf einem kleinen Regal und sah Robert Louis Stevensons *Schatzinsel,* Melvilles *Moby Dick* – als ob irgendjemand lange genug bleiben würde, um das zu lesen –, eine Sammlung von Seefahrergedichten und eine Geschichte des Walfangs.

Schlief Rese schon? Er hatte sich Sorgen gemacht, weil sie Angst haben könnte, und dann genau das getan, was er vermeiden wollte. Allerdings war es nicht seine Schuld. Er hatte ihren Namen gerufen und war erst in den Flur gegangen, als sie nicht geantwortet hatte. Eine Werkzeug schwingende Frau sollte man nicht im Dunkeln überraschen, obwohl sie alles andere als bedrohlich erschienen war.

So wie Rese gezittert hatte, musste ihre Angst eine tiefere Ursache haben als den Schrecken, den er ihr eingejagt hatte. Warum hatte sie das Haus abgesucht? Wie viele Menschen würden nachts mit diesem Haus klarkommen, nachdem ihre Gedanken sowieso schon aufgewühlt waren?

Dieses Haus machte ihm keine Angst. Es war das Haus seiner Vorfahren. Rese dagegen hatte keine Geschichte, kein Blut, die mit dem Haus verbunden waren. Merkwürdig, welch starkes Gefühl der Verantwortung ihn deshalb durchströmte. Er war nicht für Rese Barrett verantwortlich, aber er würde um ihretwillen behutsam vorgehen. Nicht, dass sie diesen Gefallen erwidern würde, wenn die Rollen vertauscht wären. Aber das spielte keine Rolle.

Herr, hilf mir, das hier zu erledigen, ohne ihr dabei wehzutun. Lance sank auf die Knie und legte die Stirn auf seine verschränkten Hände, während er Weisung und Weisheit suchte – zwei Dinge, die ihm immer zu entgleiten schienen. Er wusste, dass diese Eigenschaften für diejenigen, die sie ernsthaft suchten, zu finden waren. *„Suchet, dann werdet ihr finden."* Aber manchmal kam es ihm vor, als spiele er Verstecken. Als suche und suche er vergeblich, während alle anderen sich an einem Ort zusammendrängten und er im Dunkeln an ihrem Versteck vorbeiging. Er kletterte ins Bett und schlug die kleine Bibel mit Goldschnitt auf. Das Lesebändchen markierte die Stelle im Matthäusevangelium, an der er beim letzten Mal zu lesen aufgehört hatte.

Sein Blick fiel auf die Worte des Herrn. *„Dann sagte Jesus zu seinen Jüngern: ‚Wer mir folgen will, muss sich und seine Wünsche aufgeben, sein Kreuz auf sich nehmen und auf meinem Weg hinter mir hergehen.'"*

Lance dachte darüber nach. Das war nicht neu und noch nicht einmal schwierig. Er war bereit dazu. Er hatte schon viele Kreuze getragen, manche davon noch nicht einmal seine eigenen, wenn er sich als Kind auf die Seite der Schwachen, der Abgelehnten, der Gehänselten gestellt hatte. Seine Mutter hatte seine blauen Flecke verarztet und stets gesagt: *„Dein Herz bringt dich in Schwierigkeiten, Lance, aber hör nicht auf, da-*

rauf zu hören.“ Und sein Vater hatte dann für gewöhnlich hinzugefügt: *„Manchmal könntest du aber auch auf deinen Verstand hören.“*

Er las weiter: *„Denn wer sein Leben retten will, wird es verlieren. Aber wer sein Leben um meinetwillen verliert, wird es gewinnen.“* Ein Schmerz durchzog seine Brust. Er wusste, wie zerbrechlich das Leben war. Starke, vor Leben strotzende Männer lösten sich in nichts auf. Leben voller Mut und Hoffnung … Tonys Leben und dann einfach … vorbei. Lance schluckte den Schmerz hinunter. *„Was hat ein Mensch davon, wenn er die ganze Welt gewinnt, aber zuletzt sein Leben verliert? Womit will er es dann zurückkaufen?“*

Tonys Seele war beim Herrn. Aber sein Leben hätte nicht enden sollen. Sie alle litten noch immer darunter. *Was hast du dir nur dabei gedacht, Gott?* Er ballte die Hände zu Fäusten. *Du hast den Falschen erwischt.* Als wenn er Gott sagen könnte, was er tun sollte. Aber warum den Versager leben lassen und den nehmen, den alle bewundert hatten?

„Denn der Menschensohn wird in der Herrlichkeit seines Vaters mit seinen Engeln kommen. Dann wird er allen vergelten nach ihrem Tun.“ Der Teil bereitete ihm Sorgen. Da war kein Raum für gute Absichten. Wenn er es gut meinte, aber trotzdem das Falsche tat, und das Tun das war, was zählte … Lance rieb sich das Gesicht. Er legte die Bibel auf den Nachttisch. Irgendwo in dem Buch stand, dass Gott das Herz ansah. Darauf verließ er sich.

Kapitel 8

Frisches Basilikum, noch warm.
Streng riechender Käse.
Teig so weich wie Babyhaut.
Kneten, wenden, falten, ausrollen.
Rhythmus.
Puls.
Lachen.
Leben erfüllt unsere Küche.
Kummer wird leichter. Freude würzt
die Augenblicke zwischen uns mit einem Probierlöffel.

Als Rese erwachte, hörte sie gedämpfte Geräusche aus der Küche, aus der wunderbar aromatischer, würziger Duft herüberzog. Lance! Sie stand auf und zog ein helles Sweatshirt über ihr Stricktop und die Jogginghose, da der Morgen immer noch kühl war. Sie wusch sich das Gesicht in dem kleinen Bad zwischen ihrem Schlafzimmer und dem zusätzlichen Raum, den sie als Büro eingerichtet hatte. Sie putzte sich die Zähne und ging dann in die Küche.

Lance blickte vom Herd auf. „Morgen."

„Guten Morgen."

„Gut geschlafen?" Er löffelte gerade eine Fleischfüllung in die Mitte eines dünnen Pfannkuchens.

„Erstaunlich gut." Sie hatte besser geschlafen als in allen Nächten, die sie vorher in diesem Haus verbracht hatte. Nur einmal war sie aufgewacht und hatte sich daran erinnert, dass Lance oben war.

„Gut." Er rollte den Pfannkuchen und legte ihn in eine Auflaufform.

Sie gähnte. „Und Sie?"

„Ich habe wunderbar geschlafen – nachdem die Gespenster endlich ruhig waren."

Sie lächelte halbherzig. Sollte er sich ruhig lustig machen, es war ihre eigene Schuld.

„Wollen Sie Tee?"

Sie nahm den Becher mit Tee, den er ihr reichte. Daran könnte sie sich gewöhnen.

„Er wird besser, wenn ich Milch aufschäumen kann. Mit der Espressomaschine." Er goss etwas über die Pfannkuchenrollen und stellte sie in den riesigen Ofen. „Was steht heute auf dem Plan?"

Er war ganz offensichtlich ein Morgenmensch. Sie rieb sich die Schläfen. „Konversion des Gasofens. Und ich muss an der Website arbeiten."

„Website?"

„Sie wissen schon: Bilder von den Zimmern, Preise, Buchungsformular ... was ist?"

Er stützte die Hände auf die Arbeitsplatte. „Rese mit einer Kettensäge. Rese mit einem Vorschlaghammer. Aber Rese mit einem Computer? Unvorstellbar."

Jetzt wusste sie, wie er sich gefühlt haben musste, als sie seine Fähigkeiten angezweifelt hatte. „Ich habe einen Kurs gemacht, als die Firma meines Vaters eine Internetpräsenz brauchte." Offenbar tat er absichtlich so skeptisch. Sie ignorierte den Köder. „Ich dachte, Sie könnten vielleicht ein paar Dinge machen, die wir zum Frühstück anbieten. Bilder von Gerichten gehen immer gut."

„Nur, wenn das Essen auch gut aussieht."

Sie bemerkte, dass seine Miene etwas verkniffener wirkte. „Sieht Ihr Essen denn nicht gut aus?"

„Sagen Sie es mir."

„Das sollte es. Dafür bezahle ich Sie schließlich." Sie bemerkte die Vase, die er auf dem Dachboden gefunden hatte. Mit ein paar blühenden Zweigen aus dem Garten wäre sie der perfekte Akzent. „Ich muss bald die Werbebroschüren drucken lassen und die Homepage einrichten."

Seine Miene war undurchdringlich. „Wollen Sie die Gerichte einzeln oder zusammen fotografiert haben?"

„Sie sind derjenige, der sich mit Essen auskennt."

Er nahm die Kupferpfanne vom Herd. „Die Küche ist nicht gerade professionell eingerichtet. Ich brauche ein paar Dinge."

Sie kaute auf ihrer Unterlippe. „Ich weiß nicht. Ich habe die Fernseher noch nicht gekauft, und das ist ein ziemlich teurer Posten."

„Fernseher?"

„Für die Gästezimmer."

Er stellte die Pfanne in die Spüle. „Warum wollen Sie das denn machen?" Er wischte mit einem Lappen über die Pfanne und spülte sie dann mit kochend heißem Wasser aus. „Sie sollten dieses Haus zu einem Ort machen, an dem Menschen zu sich selbst finden, zu einer echten Oase."

Seine Ideen hallten in ihren Gedanken wider, wie sie es alle zu tun schienen, aber sie konnte es sich nicht vorstellen. „Was sollen die Leute denn dann machen?"

Er warf ihr über die Schulter einen Blick zu. „Abgesehen von den offensichtlichen Dingen könnten sie reden, Spiele spielen, einander vorlesen. Nachdem sie durch die Weinberge gestreift sind, wollen die Gäste sich mit einem guten Merlot und einem Stück Brie entspannen und die Geschäftigkeit des Alltags hinter sich lassen."

Wie ein Fisch, der einen Blick auf die luftige Welt über der Wasseroberfläche wirft, sah sie ihn neugierig an. War das sein Ernst?

Er drehte sich um und erwiderte ihren Blick. „Es soll doch etwas Besonderes sein, oder?"

Sie versuchte so auszusehen, als wären seine Ideen für sie nichts Neues. Aber sie platzte heraus: „Vorlesen?"

„Warum nicht? Und Sie haben übrigens eine Bocciabahn da draußen. Jedenfalls ist der Rahmen noch da, wir brauchen nur etwas Sand."

„Was für eine Bahn?"

„Boccia. Italienisches Sandbowling. Man spielt es mit bunten Kugeln, wie Bowling und Krocket und Hufeisenwerfen in einem." Er trocknete die Pfanne ab und hängte sie an die Wand. „Aber was die Küche betrifft … ich habe einen Katalog, in dem Sie das meiste von dem, was ich brauche, finden."

Rese runzelte die Stirn. Er lenkte sie absichtlich ab, um sie zu verwirren. Und er wollte versuchen, ihr seine Ideen unterzujubeln. „Ich habe für die Küche eigentlich keine großartigen Kosten eingeplant."

„Tatsächlich?" Er hängte das Handtuch über die Stange und drehte sich dann um. „Sie können nicht erwarten, dass ich ohne die richtige Ausrüstung die besten Ergebnisse erziele."

„Ihre Ergebnisse waren doch in Ordnung."

„Wirklich?" Er verschränkte die Arme vor der Brust, und seine Miene war skeptisch und herausfordernd.

„Was ist los?“

Er lehnte sich gegen die Küchenzeile und musterte sie.

Sein prüfender Blick gefiel ihr nicht. „Wenn Sie etwas auf dem Herzen haben, sagen Sie es.“

Er wandte sich um und ließ das Wasser aus der Spüle ablaufen. „Ist schon gut.“

Was konnte sie schon mit dem anfangen, was er auf dem Herzen hatte? Mit seinen Emotionen? Sie hatte sich noch nie Gedanken über die Gefühle ihrer Mitarbeiter gemacht. Sie war zu sehr damit beschäftigt gewesen, ihre eigenen zu schützen.

Rese deutete mit dem Kinn zu der Pfanne über dem Herd. „Die habe ich in einem Antiquitätenladen gekauft. Als Dekoration.“

Er klopfte mit dem Finger dagegen. „Kupfer leitet die Hitze am besten. Die Pfanne ist das Beste, was diese Küche zu bieten hat.“

Sie seufzte. „Dann zeigen Sie mir wohl besser den Katalog.“

Er ging nach oben und kam kurz darauf mit einem Hochglanzkatalog mit ausgefallenen Küchenutensilien zurück. Selbst zu Großhandelspreisen würden die Sachen nicht billig sein. Rese war von Natur aus und durch ihre Erziehung sparsam und achtete immer darauf, dass kein Auftrag mehr kostete als veranschlagt, wenn sie es verhindern konnte. Durch den Umbau des Kutscherhauses hatte er schon zusätzliche Kosten verursacht. Und jetzt wollte er offenbar eine Traumküche.

Aber wenn sie die Fernsehgeräte für die Gästezimmer nicht kaufte … Sie versuchte sich vorzustellen, wie die Leute einander Geschichten vorlasen und Spiele spielten oder es sich mit einem Glas Wein gemütlich machten und … also gut. Keine Fernseher.

Sie hörte zu, während er verschiedene Gegenstände vorschlug. Es waren nicht sehr viele, und der weitaus teuerste Posten war die Espressomaschine. Wenn er davon sprach, klang es alles so gut, aber hoffentlich blieb er lange, sonst würde die Anschaffung sich nicht lohnen. Als sie beinahe den ganzen Katalog durchgegangen waren, holte Lance die Auflaufform aus dem Ofen.

Ein warmer, würziger Duft zog durch die Küche, und als er einen Teller vor ihr platzierte, stieg ihr das dampfende Aroma verführerisch in die Nase. Sie konnte sich nicht erinnern, schon einmal erlebt zu haben, dass ihr das Wasser von etwas im Mund zusammenlief, was sie noch nicht einmal probiert hatte. Es war lächerlich.

Er setzte sich mit seinem Teller und sprach ein Tischgebet. Die Tatsache, dass er betete, überraschte sie weniger als ihre eigene Ungeduld, den ersten Bissen zu essen. Als sie es tat, hatte das Warten sich gelohnt. Sie kaute langsam und genoss die Würze der Fleischfüllung in ihrer zarten Hülle. So etwas gab es nicht in der Tiefkühltruhe zu kaufen. Ihre Gäste würden das beste Frühstück in der Stadt bekommen.

Sie schnitt und aß Bissen um Bissen und spürte, wie die Wärme sich in ihrem Magen ausbreitete. Sie hatte gestern den ganzen Abend nichts gegessen. Über dem Schrecken, den Lance ihr eingejagt hatte, war ihr der Hunger vergangen, und sie hatte völlig vergessen, weswegen sie eigentlich aufgestanden war. Jetzt war sie froh, dass sie hungrig zum Frühstück gekommen war.

Sie wischte sich den Mund und blickte zu Lance auf. „Glauben Sie, dass Sie die Kabel hier drin bald verlegen können?“ Sie wollte ihren Zusammenstoß im Dunkeln nicht wiederholen.

Seine Miene war wie versteinert, als er aufstand und ihre Teller zur Spüle trug, ohne zu antworten.

„Lance?“

„Wann soll ich es machen?“

„So bald wie möglich.“

„Gut.“ Er presste das Wort heraus.

Was war denn mit ihm los? Sie hatten sich keine halbe Stunde unterhalten, und sie war sicher, dass sie nichts Beleidigendes gesagt hatte. Sie hatte sogar eingewilligt, sein Spielzeug zu kaufen. Die Frage, ob ihn etwas störte, hatte zu nichts geführt, also schüttelte sie den Kopf und ging hinaus. Sie hatte viel zu tun. Lance Michelli konnte in seinem eigenen Saft schmoren – eine Formulierung, die besonders gut zu ihrem launischen Koch passte.

Lance war fest entschlossen, sich von ihrem merkwürdigen Schweigen den Tag nicht verderben zu lassen. Was immer das Problem war, es war ihres. Er hatte die Stelle und das war alles, was zählte. Es zählte nicht, dass er etwas Köstliches gekocht hatte, um sie für den Schrecken in der Nacht zu entschädigen, oder dass sie wie ebenbürtige Partner über Pläne und Möglichkeiten und Anschaffungen geredet hatten. Nein, sobald Rese Barrett etwas zu essen vor sich stehen hatte, verstummte sie. Selbst Nonna hätte das nicht verstanden.

Nachdem er die Küche aufgeräumt hatte, machte er sich an die Elektrik in der Küche. Rese hatte Werkzeug und Materialien zur Verfügung gestellt und dabei ihr Wissen unter Beweis gestellt. Interessant, dass sie nicht darauf bestand, die Arbeit selbst zu machen. Hatte sie in der Vergangenheit schlechte Erfahrungen mit Elektroarbeiten gemacht? Vielleicht war dabei ihr Genusszentrum beschädigt worden.

Während er den Verlauf der Kabel überprüfte, kochte es in Lance. Also gut, es machte ihm doch etwas aus. Vielleicht hätte er es vergessen, wenn Rese mit einem Pressluftbohrer irgendwo verschwunden wäre. Aber sie hatte sich in der Küche zu ihm gesellt und den Herd von der Wand abgezogen, um die Gasleitung für das Gasfeuer auf der anderen Seite vorzubereiten.

Jetzt arbeiteten sie im Grunde genommen zusammen, und ihm blieb nichts anderes übrig, als sie zu beobachten. Sie war selbstbewusst und zielstrebig. Und sie war stark. Er hätte beinahe gefragt, ob er ihr beim Abrücken des Herds helfen solle, aber sie schaffte es ohne ihn. Wahrscheinlich hätte sie sein Angebot ohnehin als Beleidigung empfunden und hätte sicherlich seinen Ohrring wieder ins Feld geführt. *Weiß nicht, ob ein Mann mit Ohrring eine Hilfe ist. Muss schwach und emotional sein.*

Lance fand das Problem beim Schalter selbst und machte sich daran, es zu beheben. Den Kurzschluss in Rese zu reparieren, war dagegen unmöglich. In ihrem Gehirn gab es keinen Widerstandsregler, der ein gedimmtes Licht ermöglichte. Nur Flutlicht oder Dunkelheit.

„Sie führen Selbstgespräche."

Er blickte über die Schulter und zog die Augenbrauen hoch. „Entschuldigung." Er konzentrierte sich auf die Kabel, aber als er aus dem Augenwinkel sah, wie es neben ihm bunt aufleuchtete, wandte er sich um.

Eine Frau stand im Raum. Sie hatte ihr rotoranges Haar hochgesteckt, sodass es in Korkenziehenlocken um ihr Gesicht fiel. Ihre Lippen waren leuchtend pink geschminkt, ihre blauen Augen mit changierendem Grün umrahmt. Üppige Federn eines Pfaus ragten ein Stückchen über den Rand eines weißen Tops mit Spaghettiträgern heraus, das kaum etwas verbarg.

„Wow", sagte das Farbenwunder. „Man kann die Elektrizität förmlich spüren."

„Star!" Rese stand auf und umarmte den Regenbogen.

Ganz und gar nicht die Reaktion, die er erwartet hatte. Sie konnten sich nicht kennen. Ihn hatte Rese mit kühler Ablehnung gemustert, als er hier erschienen war, aber jetzt standen die beiden umschlungen da, und diese Star kicherte und fuhr mit der Hand durch Rese' Haare. „Du bist ja wieder ganz kurz."

„Und du ganz rot."

„Gefällt es dir? Ich mag es. Es macht mich impulsiv."

Rese verschränkte die Arme. „Ich habe Neuigkeiten für dich, Star. Es liegt nicht an den Haaren."

Star lachte. „Ich kann nicht fassen, dass du das Haus wirklich gekauft hast, aber ich kann sehen, dass du es aufgemöbelt hast." Ihre Pirouette ließ leuchtende Locken durch die Luft fliegen, bevor sie sich wieder auf ihrer Schulter niederließen. „Wer ist der schnuckelige Pirat?"

Lance war zu überrascht, um zu antworten, aber Rese sagte: „Lance Michelli, mein Koch."

Ihr Koch. „Sie haben das Mädchen vergessen." Er reichte Star die Hand.

Sie schob ihre Hand in seine. „Ich bitte Sie, mein Herr, scherzen Sie nicht, denn Sie sind wahrlich kein Mädchen."

„Es ist eine Stellenbeschreibung. So werde ich hier gesehen."

Sie blickte über die Schulter zu Rese hinüber, wobei sie seine Hand immer noch festhielt. „Ich wusste doch, dass hier die Funken fliegen." Sie befeuchtete einen Finger, berührte damit sein Handgelenk und machte ein zischendes Geräusch. „Heiß."

Dann ließ sie seine Hand los und eilte zu Rese zurück. „Du machst den Männern, die für dich arbeiten, immer Dampf." Sie lachte. „Kann ich eine Weile hierbleiben?"

Rese legte den Kopf schief. „Ich habe eigentlich noch nicht eröffnet."

„Gut. Ich kann nämlich nicht zahlen."

„Das ist aber eine Überraschung." Tatsächlich, Rese lächelte. „Lance ist in einem der Gästezimmer oben. Du kannst dir ein anderes aussuchen."

Dreißig Sekunden, um Star ein Zimmer zu überlassen. Drei widerwillige Tage für ihn. Und er blieb nur vorübergehend.

„Danke." Star umarmte sie und rauschte hinaus.

Es war Lance egal, solange er sein Ziel erreichen konnte. Aber was, wenn Star die Frau war, auf die Rese gehofft hatte? Wenn sie beschloss, dass sie ihn nicht brauchte – was dann? Er drehte sich wieder zur Wand und widmete sich den Kabeln.

Rese trat neben ihn. „Das war Star."

„Das habe ich mitbekommen."

„Sie ist ein bisschen …"

„Impulsiv."

„Geradeheraus." Sie lehnte sich an die Wand. „Das mit dem Piraten tut mir leid."

„Man hat mich schon Schlimmeres genannt." Rese selbst hatte das getan. Er war lieber ein Pirat als schwach und emotional.

Rese ging wieder hinter ihren Herd zurück. „Sie wird nicht lange bleiben. Das tut sie nie."

Lance drehte das Kabel zusammen. „Sie könnten ihr Arbeit geben." Zum Beispiel die Doppelstelle, die er im Augenblick innehatte.

„Oh nein. Ich will, dass wir befreundet bleiben."

Ach ja. Kein Verwischen der Grenzen. Keine Beziehungen zu einfachen Angestellten. Wenigstens war sein Job als Leibeigener nicht in Gefahr. Er schloss das Kabel an, ging dann zum Sicherungskasten, drückte die Sicherung rein und betätigte den Schalter. Es wurde Licht. Jetzt würde er Rese nicht mehr im Dunkeln erschrecken. Gut so. Er hatte sich beinahe Sorgen um sie gemacht.

„Sie haben es geschafft." Nur ein gelinder Schock in ihrer Miene, bevor sie sich wieder hinter den Herd hockte.

Er verneigte sich mit einer ausladenden Geste des Gehorsams, aber sie sah es nicht. „Dann mache ich mal auf dem Dachboden weiter." Er wollte gerade die Treppe hinaufsteigen, als Star mit drei leuchtend bunten Stofftaschen, die vermutlich Kleidung enthielten, zur Haustür hereinkam.

„Soll ich mit anfassen?"

„Gerne." Sie drückte ihm die Taschen in die Arme. „Ich muss ein Zimmer aussuchen." Sie ging auf Zehenspitzen die Treppe hinauf und ihr kurzer, dünner Rock schwang bei jeder Bewegung mit.

Lance senkte den Blick auf die Stufen, die er hinaufging, und blieb dann auf dem Flur stehen, während sie von einem Zimmer zum nächsten tanzte.

„Rosa. Rosafarbenes Licht einzuatmen ist wohltuend. Das habe ich in einem Buch gelesen."

Rosafarbenes Licht einatmen. „Wollen Sie das rosa Zimmer?" Es war eine Mischung aus zartem Rosa und Creme mit einem Rosenspalier über dem Kopfteil des Bettes. Ein bisschen weiblich, aber hübsch.

Sie ging ein paar Schritte in den Raum hinein und drehte sich langsam im Kreis. „Wie sehe ich aus?"

Wie sie aussah? Er war der Meinung gewesen, es ginge darum, wo er ihre Taschen abstellen konnte. „Sie sehen gut aus."

Sie rieb sich mit den Fingern die Schläfen. „Gut? Ich muss strahlen." Star huschte an ihm vorbei in das Zimmer gegenüber, das ein Bett im Kolonialstil mit grüner Bettdecke und Aquarelle vom Regenwald an den Wänden beherbergte. Sie streckte die Arme aus und legte den Kopf in den Nacken, sodass ihr Hals einen anmutigen Bogen zeichnete, der in der zarten Spitze ihres Kinns endete. „Und jetzt?"

Lance schluckte. „Strahlend."

Sie flog zu ihm, packte seine vollgepackten Arme und zog ihn ins Zimmer.

Er umklammerte die Taschen. „Soll ich sie hier hinstellen?"

„Ja, irgendwo."

Er ließ sie fallen.

Sie beugte sich vor und küsste seinen Hals, und er konnte den pinkfarbenen Flecken, den ihre Lippen hinterließen, förmlich spüren. „‚Wie schön der Mensch ist! Schöne neue Welt, die solche Bürger hat!'" Sie machte einen Schritt zurück und wirbelte herum.

„Also dann." Lance ging und rieb sich den Hals. Als er seine Hand zurückzog, glitzerte sie. Er ging die Treppe hinauf zum Dachboden und fragte sich, wie er zwischen einem Stein und einer manischen Fee gelandet war.

Kapitel 9

Rese musste den Kamin umbauen – die letzte große Arbeit, bevor sie den Boden im Esszimmer fertig machen und sich dem Salon zuwenden konnte. Als sie allein gearbeitet hatte, hatte sie ihre Arbeit jeden Tag bewältigt. Dann war Lance aufgetaucht. Er übernahm ein paar große Projekte, aber seit er da war, ließ ihre Konzentration sehr zu wünschen übrig. Und jetzt noch Star …

Rese seufzte. Sie liebte Star. Aber es würde unmöglich sein, sich auf irgendetwas zu konzentrieren. Wie zum Beweis erschien Star in diesem Augenblick.

„Das ist ja das reinste Museum hier!"

Rese blickte aus der Hocke zu ihr auf. „Nicht dein Geschmack?"

„Ich bin begeistert. Ehrlich." Star schwirrte durch die Küche wie ein Glühwürmchen, das in einem Marmeladenglas gefangen war. „Es ist nur so alt."

Rese lächelte. „Das war der Plan."

„Mein Zimmer ist wundervoll."

„Der Regenwald?"

Star kicherte. „Hast du spioniert?"

„Das war nicht nötig. Es ist das farbenfrohste Zimmer."

„Dein Koch ist anbetungswürdig. Du solltest ihn nicht quälen."

Quälen? Rese erhob sich. Sie wusste immer noch nicht, warum er beleidigt war. „Lance nimmt alles persönlich."

Stars Lachen klang hell durch den Raum. „Welch Geist in deinem hübschen Köpfchen haust. Du weißt nicht, wie schmerzhaft du stichst, aber schreist ‚Pfui!', wenn sie bocken."

Rese stemmte die Hände in die Hüften, aber Star schlang die Arme um ihren Hals und drückte sie. „Jetzt gehe ich und suche mir eine einträgliche Beschäftigung."

„Wirklich?" Sie wollte Star nicht entmutigen, aber die Vorstellung, dass sie eine richtige Arbeit haben könnte …

„Zweifle nicht." Star warf ihr eine Kusshand zu und ließ die Küche leer und trostlos zurück, während Lance' Licht dämmrig schien.

Rese schaltete die Lampe aus. Hatte sie ihn verletzt? Sie zog die Stirn kraus. Seine Selbstgespräche und seine kurz angebundenen Antworten erweckten den Eindruck. Aber wie? Sie hatte ihm ein Zimmer gegeben und sich bereit erklärt, seine Utensilien zu kaufen. Sie ging ihre morgendliche Unterhaltung in Gedanken noch einmal durch und war sich noch immer sicher, dass sie ihn nicht beleidigt hatte. Er war derjenige gewesen, der wegen ihrer Website gestichelt hatte.

Sie schüttelte den Kopf. Nicht ihr Problem. Er hatte seine Arbeit und sie ihre. Solange sie sich nicht im gleichen Raum befanden, lief alles bestens. Sie hatte vor, in Stars Abwesenheit ihr Projekt fertigzustellen. Lance konnte schmollen, soviel er wollte.

Die Dinge weiter hinten auf dem Speicher waren viel älter und widerlicher als der Rest. Hier hatte sich das Ungeziefer versammelt. Alle Fallen waren zugeschnappt, obwohl eine davon den kleinen Kerl, der den Käse gestohlen hatte, nicht erwischt hatte. Lance leerte die Fallen und zog vermoderte Decken und alte Lederstiefel hervor. Dann kehrte er bergeweise Staub und Dreck zusammen. Ein Korb aus Stoffstreifen zerfiel ihm förmlich in den Händen, und Mäusedreck fiel zu Boden, als er den Korb anhob.

Er pustete den Staub beiseite und hielt dann die Luft an, während er darauf wartete, dass die Wolke sich verzog. Er bückte sich nach etwas auf dem Boden. Eine flache Metalldose mit einem Alpenmotiv auf dem Deckel. Sein Herz raste. Genau so etwas hatte er zu finden gehofft. Er ließ die Stoffreste fallen und nahm die Schachtel zur Hand.

Sie sah aus wie die Briefpapierschatulle einer Frau. Er versuchte den Schnappverschluss zu öffnen, aber er war abgeschlossen. Er schüttelte die Dose. Dem Geräusch und Gewicht nach zu urteilen Papier. Vielleicht war es nichts als Briefpapier, aber seine Begeisterung war geweckt.

Er fuhr herum, als er jemanden die Treppe hinaufkommen hörte. Schnell schob er die Schachtel unter die schimmeligen Lumpen. Dann stand er auf und trat Rese entgegen. „Hallo." Er rieb sich die Hände an seinem Hosenboden ab. „Haben Sie das Gasfeuer installiert?"

„Ja." Sie suchte den Raum mit ihren Blicken ab. „Und Sie sind hier oben auch beinahe fertig."

„Was jetzt noch da ist, wollen Sie nicht anfassen, das können Sie mir glauben."

„Ich bin schon mit Schlimmerem fertig geworden. Aber ich bin froh, dass Sie es machen." Sie stemmte die Hände in die Hüften. „Vielleicht können wir nach dem Mittagessen –"

„Sie können ohne mich essen. Ich habe keinen Hunger." Es stimmte. Der Geruch und der Zustand der Dinge, die er geschleppt hatte, die unglaublich frustrierende Erfahrung, für sie zu kochen, aber vor allem der Wunsch, das Innere der Schachtel zu sehen, verdrängte jeden Gedanken an Essen.

„Oh. Ist gut." Sie zögerte noch einen Augenblick und ging dann hinunter.

Er war also nicht ganz ehrlich gewesen. Juristisch gesehen könnte man wohl sagen, dass alles auf diesem Dachboden ihr gehörte. Moralisch gesehen konnte er andere Argumente ins Feld führen – wenn Nonna etwas verloren hatte … oder alles? Er bückte sich und holte das Kästchen wieder hervor. Dabei stieß er versehentlich das Glas mit den Knöpfen um, sodass der Inhalt sich verteilte, als das Glas über den Fußboden rollte.

Er stellte die Schachtel ab und hielt das Glas mit dem Fuß auf. Dann durchsuchte er kurz den Inhalt. Nichts als Knöpfe. Er sammelte sie auf und verschloss den Deckel fest. Er würde es zu Rese hinunterbringen. Wenn sie in der Küche war und sich etwas zu essen machte, konnte er auf dem Weg nach unten unbemerkt in seinem Zimmer vorbeigehen. Aber wo war Star?

Als Lance auf dem Treppenabsatz des Obergeschosses ankam, sah er ihre Tür offen stehen und die Taschen immer noch dort liegen, wo er sie abgeladen hatte. Niemand war in dem Zimmer. Er schlüpfte in sein eigenes, schob die Blechdose in seine Schublade und brachte Rese dann die Schachtel mit Taschentüchern und die Knöpfe. Sie machte sich gerade Dosenravioli warm, und das hatte sie auch verdient.

„Wo ist Star?"

„Sie sucht sich einen Job."

Also würde Rese sie tatsächlich nicht einstellen. „Ich komme nicht näher, weil ich ziemlich dreckig bin, aber ich dachte, das hier interessiert Sie vielleicht." Er stellte beide Gegenstände auf die Arbeitsplatte. „Taschentücher und Knöpfe."

„Oh." Nicht ganz die Ehrfurcht, die sie angesichts des Steinfußbodens gezeigt hatte, aber immerhin mehr Interesse, als sie irgendeiner der von ihm gekochten Mahlzeiten entgegengebracht hatte.

Er sagte: „Die könnten in dem weißen Zimmer hübsch aussehen." Warum fühlte es sich an, als unterbreitete er ihr ein Friedensangebot? Das Zeug gehörte schließlich ihr.

Rese nickte. „Ich könnte die Taschentücher hinter Glas ausstellen. Aber die Leute stehlen vielleicht die Knöpfe."

„Sie meinen, als Andenken?"

„Oder mehrere. Alte Knöpfe sind ziemlich wertvoll. Ich möchte sie nicht verlieren."

Lance schluckte. Wenn die Knöpfe ihr schon so am Herzen lagen … „Kleben Sie den Deckel zu."

Sie zog die Augenbrauen hoch. „Ein praktischer Vorschlag von einem Mann mit Ohrring."

„Können Sie vielleicht mal aufhören, darauf rumzureiten?" Er hatte sich für den schlichten Goldring entschieden in der Hoffnung, dass er nicht so auffiel.

Sie lachte. „Wollen Sie etwas von den Ravioli?"

„Das sind keine Ravioli. Das ist Katzenfutter in aufgeweichter Pappe."

Sie blickte in den Topf. „Oh."

Er ging zur Tür. „Noch ein, zwei Ladungen, dann müsste ich alles raushaben. Ich fege oben und dann brauche ich dringend eine Dusche." Und einen Blick in die Metalldose.

Katzenfutter in aufgeweichter Pappe. So hatte es noch niemand ausgedrückt, aber die Beschreibung passte. Leider. Sie kratzte die schlappen Quadrate vom Boden des Topfes auf ihren Teller. Sie konnte nicht erwarten, dass er alle ihre Mahlzeiten kochte. Zumal sie noch nicht eröffnet hatten.

Es war egal. Essen und zurück an die Arbeit. Aufgeweichtes Katzenfutter oder nicht.

Sobald sie mit Essen fertig war, holte Rese ihre Digitalkamera aus dem Büro und ging nach oben. Sie hätte die Zimmer fotografieren sollen, bevor Lance und Star eingezogen waren. Aber sie hatte nicht erwartet, dass Lance mitten in der Nacht auftauchen würde oder Star überhaupt. Sie hatte schon lange aufgegeben, etwas von ihrer Freundin zu erwarten. So war sie weniger enttäuscht. Star war eben so, wie sie war.

Rese unterdrückte ein Lächeln. Lance hatte es zweifellos aus der Nähe und ganz persönlich gesehen. Etwas anderes gab es bei der theatralischen, gefühlsgeladenen Star nicht. Und bei Lance? Rese seufzte. Vielleicht war sie diejenige, die merkwürdig war.

„Haben Sie überhaupt eine Vorstellung davon, was Gefühle sind?“ Lance' Worte hatten sie getroffen. Es war ja nicht so, dass sie nichts fühlte. Sie ließ es sich nur nicht anmerken. Es machte sie verletzlich, schwach – etwas, was sie nie zu sein gelernt hatte.

Rese wusste nicht, welcher Wind ihr Star diesmal ins Haus geweht hatte, und sie wusste auch nicht, wie lange es dauern würde. Sie erschien und verschwand wie die Assistentin eines Zauberers, obwohl Rese den Zauberer kaum sah. Die eigentliche Frage war, woher sie von der Pension gewusst hatte. *„Ich kann nicht fassen, dass du das Haus wirklich gekauft hast.“*

Wer hatte ihr davon erzählt? Rese runzelte die Stirn. Wer wusste überhaupt davon? Sie hatte alles verkauft, Sausalito verlassen und dann ein Haus gesucht, das sie für sich selbst renovieren konnte, nachdem ... Der Schmerz kam so plötzlich und heftig, dass sie sich beinahe gekrümmt hätte. Sie holte tief Luft und zwang sich, ihre ganze Aufmerksamkeit der anstehenden Aufgabe zu widmen.

Sie nahm die Kamera und fotografierte die vier leeren Zimmer, dann schleppte sie Stars Taschen in den Flur und machte Bilder von ihrem Zimmer. Rese hatte sich tatsächlich nicht über die Wahl gewundert. Star hätte genauso gut ein bunt gefiederter Vogel im Dschungel oder eine schillernde Libelle sein können. Kein anderes Zimmer hätte ihr gefallen.

Lance hatte sich das Zimmer ausgesucht, das sie für ihren Vater mit seiner Liebe zu Seefahrergeschichten eingerichtet hatte. In einer anderen Ära wäre er Schiffsbauer gewesen. Die Tür war geschlossen, und sie hörte die Dusche. Sie würde die Bilder später machen müssen. Lance hatte seine Tagesgerichte noch nicht gekocht, also konnte sie mit der Website genauso gut bis morgen warten und heute die Tischlerarbeiten im Salon erledigen.

Sie hatte gutes Ahornholz und eine Drechselbank und Fräsmaschine, um Regale für die eine Wand zu bauen. Bei der Aussicht wurde ihr Herz weit. Die anderen Arbeiten bei einer Renovierung machte sie ebenfalls gerne, aber das Schreinern war ihre Leidenschaft, vor allem das Schnitzen der Verzierungen.

Nichts verschaffte ihr mehr Befriedigung, als das Holz zu Blättern und Wirbeln, Nuten und Rillen zu formen. Es war vielleicht eine ausgestorbene Kunst in einer Zeit, in der billig vorgefertigte Stücke die sorgfältige Arbeit von Handwerkern ersetzten, aber nicht in ihren Häusern. In jedem Gebäude, das sie renoviert hatte, gab es mindestens ein handgeschnitztes Element: ein Kaminsims, verzierte Blenden oder sogar eine Spindel mit Löwen an der Treppe eines Herrenhauses in San Francisco. Ihre Unterschrift.

Lance trocknete sich ab und zog eine frische Jeans und ein sauberes T-Shirt an. Er würde Wäsche waschen müssen, aber im Augenblick konnte er nur an eines denken. Er vergewisserte sich, dass die Tür abgeschlossen war, dann holte er die Metalldose aus seiner Schublade. Er wischte über das Alpenmotiv und befingerte die Messingecken und das Schloss.

Vielleicht war es nur ein Andenken, zurückgelassen von jemandem, der in dem Haus gewohnt hatte. Aber die Alpen konnten auch irgendeine besondere Bedeutung haben, wenn man bedachte, dass das Piemont, aus dem seine Familie ursprünglich stammte, eine Region Italiens am Rand der Alpen und neben Ligurien war, wo er Conchessa gefunden hatte. Die Schachtel stammte sehr wahrscheinlich aus Europa, und sie war eindeutig alt.

Er nahm sein Taschenmesser von der Kommode und zog einen Zahnstocher heraus. Er wollte das Schloss nicht aufbrechen, wenn er es vermeiden konnte. Vorsichtig bewegte er den Zahnstocher im Schlüsselloch, während er leichten Druck auf die Dose ausübte.

Dreck, der sich im Laufe der Zeit angesammelt hatte, bröselte aus dem Loch. Vielleicht war es nur verstopft. Er fuhr mit dem spitzen Gegenstand in alle Ecken und Kanten des Schlüssellochs und versuchte dann wieder, den Deckel zu öffnen. Diesmal gab er ein wenig nach, aber sprang nicht auf. Also war die Dose wahrscheinlich doch abgeschlossen.

Als er sie umdrehte, raschelten die Papiere darin. *Herr, das muss etwas sein. Hilf mir, sie aufzumachen. Lass mich einen Blick hineinwerfen.* Er klappte den Schraubenzieher an seinem Taschenmesser aus und steckte ihn ins Schlüsselloch. Das Werkzeug passte gerade so hinein, und Lance bewegte die flache Spitze vorsichtig hin und her, bis sie an einer Stelle hängen blieb. Langsam drehte er das Werkzeug. Mit angehaltenem Atem versuchte er erneut, den Deckel zu öffnen, der nachgab und dann mit einem schabenden Geräusch aufging. Als Lance in die Schachtel blickte, stieg die Spannung wie Seifenblasen in der Spüle in ihm auf.

Zusammengefaltete Zeitungsartikel, gelb und brüchig, aber intakt. Er hob sie vorsichtig heraus und las die oberste Überschrift: *Held des Tages.* Er überflog den Bericht. Ein versuchter Bahnraub bei der Union Pacific, und Quillan Shepard hatte die Tat verhindert. Lance jubelte innerlich. Sein Ururgroßvater! Nonna hatte Conchessa in den Briefen, über denen er mit seiner alten Großtante im Kloster gebrütet hatte, von ihm erzählt. Nonnas Worte verrieten die überschwängliche Zuneigung eines jungen Mädchens, die so ähnlich schien wie das, was er für sie empfand.

Lance wandte sich wieder den alten Artikeln zu. Quillan schien eine wahre Heldentat vollbracht zu haben. Selbst wenn man den übertriebenen Stil des Journalisten berücksichtigte, war es eine dramatische Geschichte. Quillan hatte eine Gruppe Mitreisender versammelt, bewaffnet mit Sportgewehren und Pistolen, und hatte die Räuber zur Rede gestellt und schließlich zum Aufgeben überredet.

Lance zog die Augenbrauen hoch, als er die nächste Information las. Quillan kannte den Anführer der Bande. Shane Dennison? Der Bericht behauptete, Quillan sei vor Jahren mit Dennison in einen Überfall verwickelt gewesen, aber von allen Anschuldigungen freigesprochen worden.

Es ist die alte Geschichte, in der ein Junge einen Mann bewundert und dann den wahren Charakter dieses Mannes erkennt. Aber Quillan Shepard hat sich rehabilitiert, indem er für das Gesetz eintrat, und zwar gegen den, der ihn zuvor in Verruf gebracht hatte. Dieser unerschütter-

liche Mann mit beherzter Miene ist der Stoff, aus dem heutzutage die Helden sind.

Lance rieb sich den Nacken. *Unerschütterlicher Mann mit beherzter Miene.* Er bezweifelte, dass irgendjemand Quillans Männlichkeit in Frage gestellt hätte. Bis Rese aufgetaucht war, hatte allerdings auch noch niemand seine Männlichkeit in Zweifel gezogen. Der Bericht endete mit einem Aufruf an die Leser, für Recht und Gesetz einzutreten, auch wenn es persönliche Risiken barg. Lance' Mundwinkel zuckte. Er musste doch etwas von Quillan in sich haben.

Lance legte den Zeitungsbericht vorsichtig beiseite. Der nächste Ausschnitt schien ein Folgeartikel zu derselben Geschichte zu sein, obwohl er einer Zeitung in Cheyenne, Wyoming, entstammte.

Überschrift: *Kluger Bankangestellter hält Räuber auf. Lance las weiter.*

Der berüchtigte Bank- und Zugräuber Shane Dennison wurde am Mittwoch an der Fort Laramie Bank erschossen. Der Bankangestellte Simon Blessing behauptet, den berüchtigten Verbrecher bei einer Pokerrunde im Saloon gesehen zu haben. „Ich erkannte das Muttermal unter seiner Lippe von den neuen Plakaten." Weil er vermutete, Dennison könne Probleme machen, informierte er den Inhaber der Bank, Thaddeus Marsh. Die Gesetzeshüter waren vor Ort, als Dennison die Bank überfiel. Der Räuber wurde erschossen, als er versuchte, durch ein Fenster zu fliehen. Zwei Komplizen wurden verhaftet und warten auf ihren Prozess.

Es las sich wie ein alter Groschenroman. Aber die nächsten Artikel waren noch beeindruckender. Sie stammten aus Harpers Monatszeitschrift und berichteten über Quillan. Es wurden sogar Gedichte von ihm zitiert. Conchessa hatte ihm ein Buch mit Quillans Gedichten gegeben, das er auf dem Flug nach Hause gelesen hatte. Er konnte Ähnlichkeiten zu seinen eigenen Songtexten erkennen. Hatte er seine poetische Ader etwa von diesem Mann geerbt?

Lance fügte die Puzzleteile zusammen, wie er es in seinem Traum getan hatte. Vielleicht war es ein prophetischer Traum gewesen, in dem der Herr eine Lösung versprach. Es ärgerte ihn ein wenig, dass der Spiegel, nachdem er die Scherben zusammengefügt hatte, noch immer zerbrochen war. Aber im Moment fand er wenigstens die richtigen Stücke.

Er nahm ein Päckchen Briefe und löste das Band, das sie zusammenhielt. Der erste Brief roch modrig, und er war froh, dass die Blechschatulle ihn geschützt hatte. Das dicke Papier ließ sich nur mit Mühe auffalten. Es war am unteren Rand mit von Hand gezeichneten Rosen verziert worden, aber sie waren fast bis zur Unkenntlichkeit verblasst.

13. März 1883

Meine liebste Carina,

herzlichen Glückwünsche zur Geburt Deines Sohnes, Vittorio DiGratia Shepard. Und auch Deinem Mann die besten Glückwünsche. Ich nehme dankbar die Ehre an, Pate Eures Kindes zu werden. Er wird von meiner Förderung auf eine Weise profitieren, die Deinem Quillan fehlt: Stolz auf die alte Heimat und die Geschichte unseres Volkes. Darin und in allem werde ich die heilige Aufgabe erfüllen, als wäre er mein eigener Sohn.

In tiefster Verbundenheit,
Flavio

Lance zog die Augenbrauen hoch, als er die selbstgefälligen Worte las. Dieser hatte Carina den Hof gemacht und schien Quillan fast beiläufig zu erwähnen. Interessant, dass sie ihm eine so wichtige Rolle in Vittorios Leben zugedacht hatten. Quillan musste sich der Beziehung zu seiner Frau sehr sicher gewesen sein. Lance faltete den Brief vorsichtig zusammen und schob ihn in den Umschlag zurück.

Der nächste Brief war auf dünnem Pergamentpapier geschrieben und ohne jegliche Verzierungen. Er roch ebenso alt, fühlte sich jedoch eher brüchig an als steif. Vorsichtig faltete Lance ihn auseinander.

12. Oktober 1925

Mein Liebling Antonia,

es ist mir eine Freude, Deinen fünfzehnten Geburtstag zu feiern. Heute wird das Haus mit Lachen und guten Wünschen erfüllt sein, aber es wird keinen geben, der Dich mit größerer Freude betrachtet als Dein eigener Papa, noch nicht einmal die jungen Burschen, denen Du den Kopf verdreht hast. Du bist immer noch meine ragazza piccola.

In Liebe,
Papa

Der fünfzehnte Geburtstag seiner Großmutter. Und Vittorio, der Sohn von Quillan und Carina, war ihr Vater. *Ragazza piccola:* das kleine Mädchen ihres Vaters. Er hatte sie offensichtlich vergöttert. Warum hatte sie kaum von ihm gesprochen?

Etwas regte sich in ihm, etwas, das stärker war als Stolz auf seine Familie. Dies war seine Vergangenheit, seine Herkunft, und er wusste so wenig über die Menschen, die vor ihm gelebt und ihn erschaffen hatten. Er schloss die Augen und stellte sich seine Großmutter Antonia als fünfzehnjährige Schönheit vor. Aber stattdessen sah er vor seinem geistigen Auge eine Frau mit braunen Haaren und braunen Augen.

Sofort schlug Lance die Augen wieder auf. Er wollte jetzt nicht an Rese denken. Nicht, während er das hier vor ihr verheimlichte. Wie würde sie reagieren, wenn er ihr die Schachtel und seinen Inhalt zeigte? Wenn er ihr erzählte, wer diese Leute waren, wer er war …

Der nächste Brief war eindeutig von einer Frau geschrieben worden. Er starrte einen Augenblick lang auf die Form und Anmut der Wörter, ungeachtet dessen, was für Sätze sie bildeten, und genoss einfach die Schönheit der Linien. Dann begann er zu lesen.

Lieber Mr Michelli … Lance zuckte zusammen, als ein beinahe elektrischer Schlag ihn durchfuhr.

Wegen Nonno müssen Sie sich keine Sorgen machen. Er ist sehr modern und offen. Mein Papa ist derjenige, den Sie überzeugen müssen, und da er ebenso klug ist wie ich, bleiben Ihre Chancen gering.

Hochachtungsvoll,
Antonia DiGratia Shepard

Seine Großmutter hatte Sinn für Humor – und ein gesundes Selbstbewusstsein. Er drehte den Brief um.

Schöne Antonia,

ich bin der Aufgabe gewachsen, das versichere ich Ihnen. Ich werde heute Abend um acht Uhr bei Ihnen sein.

Ihr leidenschaftlicher Verehrer
Marco Michelli

Nonno Marco. Er hatte ihren eigenen Brief für seine Antwort benutzt. Selbstsicher. Leidenschaftlich. Lance hatte immer eine Nähe zu ihm gespürt. Er lächelte. Sein Großvater war mit nichts außer „meiner Mandoline auf dem Rücken und meinem guten Aussehen", wie er selbst sagte, nach Amerika gekommen. Offenbar hatte er nicht einmal Geld für Papier und Briefmarken gehabt. Aber trotz Nonnas herablassender Worte schien sie jedoch so beeindruckt gewesen zu sein, dass sie diesen kleinen Briefwechsel aufgehoben hatte.

Lance faltete den Brief zusammen und legte ihn zu den anderen. Das Einzige, was jetzt noch in der Schachtel lag, waren zwei Fotografien. Ein vergilbtes Bild einer blonden Frau, auf dessen Rückseite jemand in Bleistift „Helena" geschrieben hatte, und eines von einem älteren Mann mit üppigem weißem Haar, der mit einem Federhalter in der Hand an einem Schreibtisch saß. Lance' Kehle schnürte sich zusammen. Das musste Quillan Shepard sein, auch wenn kein Name auf der Rückseite stand.

Er holte das Päckchen von Conchessa hervor, das er ebenfalls in der Schublade verstaut hatte. Daraus zog er einen kleinen Gedichtband hervor, dessen Seiten abgenutzt und so weich und biegsam wie Stoff waren. Er schlug das Buch auf und blätterte behutsam die ersten Seiten um, bis er zu einer Radierung kam, die seinen Ururgroßvater zeigte. Das Haar war genauso dick und lang und sein Gesichtsausdruck waren genauso fesselnd wie auf dem Foto. Lance betrachtete die Fotografien noch einmal und legte dann alles vorsichtig wieder in die Schachtel.

Der Inhalt hatte die Verbindung seiner Familie mit diesem Haus bewiesen und passte zu dem, was Conchessa ihm erzählt hatte. Obwohl sich in der Metalldose nichts befand, was seine Fragen beantwortete oder das Problem löste, vor dem er stand, war es ein Anfang. *Zeig mir den Weg. Lass mich deinen Willen tun.*

Lance schloss den Deckel der Blechdose und schob sie wieder in seine Schublade. Er klappte sein Handy auf, drückte die Nummer des Zimmers, in dem Nonna lag, und wartete. Sie würde nicht selbst abheben, aber normalerweise war immer jemand bei ihr. Wenn sie dazu in der Lage war, würden sie ihr das Telefon ans Ohr halten, sodass er ihr erzählen konnte, was er gefunden hatte.

Aber das Telefon klingelte, ohne dass jemand abnahm. Vielleicht war sie in der Therapie und hob und senkte die Arme im Wasserbecken oder was immer die kleinen Schritte waren, die ihr wieder zu ihrer Gesundheit verhalfen. Wenn er darüber nachdachte, wusste er eigentlich gar nicht so genau, was er ihr sagen sollte.

Das letzte Mal, als er direkt mit ihr gesprochen hatte, hatte sie versucht etwas zu sagen, und die Anstrengung hatte sie frustriert und ermüdet. Insofern war es besser, mit den anderen zu sprechen, aber diese Information war ausschließlich für Nonna gedacht. Er war nicht sicher, woher er das wusste; es war eher ein Gefühl, das sie von Anfang an geteilt hatten, dass er wusste, was sie brauchte, ohne sie zu fragen, und umgekehrt.

Er würde warten, bis er mehr gefunden hatte, etwas Konkretes, das er ihr sagen konnte. Er hoffte nur, dass, was immer es war, es ihr Frieden geben würde.

Kapitel 10

Das Zerdrücken der Trauben.
Saft und Überreste getrennt:
der eine zum viel beachteten Gebrauch, die anderen bescheiden.
Stiele und Haut kehren auf das Land zurück und erneuern seine Kraft.
Aber der Saft, ah, der Saft. Kanas Schatz.
Wir streben immer nach dem Wunder.

Rese bekam kaum mit, dass Lance zur Küchentür hinausging, wahrscheinlich um am Kutscherhaus weiterzuarbeiten, denn sie war mit ihren Gedanken woanders. Die Arbeit mit Holz war eine schöne und schwere Leidenschaft zugleich geworden, weil die Geräusche und Gerüche voller Erinnerungen waren, die kamen, egal wie sehr sie versuchte, sie zu unterdrücken.

Die ersten Monate der Renovierung waren eine willkommene Zeit verschwommener Aktivitäten gewesen, aber mit jedem Tag ließ die Betäubung etwas nach. Der Schmerz wurde heftiger, die Bilder immer lähmender. Sollte die Zeit nicht die Wunden heilen?

Sie hörte draußen ein Auto und blickte von ihrer erhöhten Position auf dem Gerüst durch das Wohnzimmerfenster nach draußen. Eine blonde Frau mit lockerem Hüftschwung stieg aus. Wollte sie etwas verkaufen? Die Frau kam nicht zur Tür, sondern ging um das Haus herum. Rese legte die Stirn in Falten. Sie musste Lance gesehen und angenommen haben, dass er hier das Sagen hatte. Typisch.

Er würde sie sicher eines Besseren belehren, aber als die Frau nach einer Weile immer noch nicht zum Haus gekommen war, kletterte Rese hinunter und ging in die Küche. Die Frau war tatsächlich bei Lance, eine Hand auf dem Rücken in einer weiblichen Pose, die alles zeigen sollte, ohne dass es so aussah. *Mein Name ist Blondine. Dumme Blondine.*

Die Frau lachte mit Lance, als Baxter seine Schnauze in ihre andere Hand drückte. *Verräter.* Lance gestikulierte und redete lebhaft, während er auf das Kutscherhaus zeigte und offensichtlich die Arbeiten daran erläuterte. Die Frau nickte und lächelte, als würden sie sich bereits kennen. Etwas in Rese' Magengegend zog sich zusammen.

Lance zeigte auf das Haus, und Rese duckte sich schnell, damit sie sie nicht sahen. Es wäre zu peinlich, wenn er sah, dass sie ihn beobachtete. Sie stieg wieder auf ihr Gerüst und vermaß den Raum in drei unterschiedlichen Höhen. Die alten Wände waren gerader als ein Neubau.

Sie liebte die Qualität, mit der man in der Vergangenheit Dinge hergestellt hatte. Vielleicht war das ihr Problem; sie war im falschen Jahrhundert geboren. Allerdings wäre sie vor hundert Jahren ganz aus dem Tischlerberuf verbannt gewesen, nur weil sie eine Frau war. Also war sie einfach eine Außenseiterin, und eigentlich war es ihr auch egal.

Stimmen erklangen in der Küche, dann rief Lance: „Rese?"

Sie schluckte den Kloß in ihrer Kehle hinunter. Was war nur mit ihr los?

„Hier."

Sie kamen zusammen herein. Lance sagte: „Das ist Sybil Jackson. Macht es Ihnen etwas aus, wenn ich ihr das Haus zeige?"

Ja, es machte ihr etwas aus.

Sybil warf ihre Haare mit einer Geste zurück, die Rese verachtete. „Ich bin freie Mitarbeiterin beim *Index Tribune.* Lance sagte, dieses Haus hat Geschichte. Vielleicht kann ich was darüber schreiben."

Rese blickte von ihr zu Lance. „Was für eine Geschichte?"

Er zuckte mit den Schultern. „Jedes Haus, das so alt ist wie das hier, hat eine Geschichte. Sie sollten überlegen, es unter Denkmalschutz stellen zu lassen."

„Dann würde die Renovierung zu viel kosten. Ich könnte keine anderen Materialien benutzen als diejenigen, die als authentisch und angemessen gelten." Rese ließ das metallene Maßband mit lautem Krach fallen und freute sich insgeheim, als Sybil erschrak.

Lance reichte ihr das Maßband und ging dann mit Sybil zur Treppe. „Die Gästezimmer sind fertig. Da bekommst du einen besseren Eindruck."

Jede Wette. Rese wandte sich wieder ihrer Arbeit zu, während Lance und Sybil nach oben gingen. Sybils katzenhafter Gang hatte eine dunkle Erinnerung geweckt. Alanna. Mom hatte die Rolle der Alanna zu weit getrieben und sie manchmal sogar dann noch gespielt, wenn Dad nach Hause gekommen war. Er hatte es gar nicht gemocht, wenn ihre

Mutter um ihn herumgeschlichen war und mit dieser rauchigen Stimme gesprochen hatte, die nicht ihre eigene war. Manchmal hatte er sie mit Gewalt von sich abhalten müssen und ihr befohlen, sich nicht so zu verhalten. Dann hatte Mom gelacht, Alannas hasserfülltes Lachen.

Rese versuchte, sich auf ihre Aufgabe zu konzentrieren. Nicht die Konzentration verlieren. Aber das förderte nur noch schlimmere Bilder zutage. Ihr wurde schwindelig. Sie umklammerte das Metallgerüst, als ihre Beine plötzlich hilflos unter ihr nachgaben.

Sie presste eine Hand auf ihre Stirn und versuchte krampfhaft, nicht an das Blut zu denken, das auf ihren Schoß gesprudelt war, an den kupfernen Geruch versickernden Lebens. Sie stolperte, fiel auf das schmerzende Knie, und ihr Atem ging heftig und stoßweise. Tränen stiegen hinter ihren Augenlidern auf, ein Gefühl, das zugleich ungewohnt und unwillkommen war. Sie ignorierte den Schmerz, wie sie einen Schlag mit dem Hammer auf ihren Daumen ignorieren würde, aber den Anblick und Geruch von Blut, das durch ihre Finger sickerte, konnte sie nicht abschütteln.

„Rese?“

Sie konnte nicht antworten. Das Gerüst bebte.

„Rese?“ Lance kletterte auf das Brett und berührte ihren Arm. „Haben Sie sich wehgetan?“

Sie zwang sich, die Augen zu öffnen. „Nein.“ Sie warf Sybil einen Blick zu und zog sich dann hoch, um aufzustehen. „Ich habe nur das Gleichgewicht verloren.“

Er musterte sie, aber ließ es auf sich beruhen. „Wir gehen was essen. Wollen Sie mitkommen?“

„Nein.“ Sie wusste sehr wohl, dass bei dreien einer zu viel war, und außerdem hatte sie zu tun.

„Sicher?“

Sie nickte. Je eher sie gingen, desto besser. Sie brauchte kein Publikum.

Lance fuhr mit dem Motorrad, Sybil hinter ihm auf dem Sitz, die Arme um seine Taille geschlungen. Baxter stand verlassen in der Auffahrt und bellte. Rese stieg vom Gerüst und rief den Hund in den Salon. Wenn die Möbel erst einmal da waren und die Pension eröffnet hatte, würde Baxter nicht mehr hineindürfen. Aber im Moment, in dem leeren Zimmer, würden sie und Baxter sich gegenseitig trösten.

Diesmal drehte sich die Unterhaltung um Sybil und ihre Arbeit als freie Journalistin. Sie nippte an dem Château St. Jean Fume Blanc, einem Wein aus der Region, den sie aus einem bestimmten Jahrgang bestellt hatte. „Ich wusste immer schon genau, was ich sagen muss und wie."

Oder wie Rese es ausgedrückt hätte: *„Ich weiß genau, was ich tun muss und wie ich es tun muss."* Waren eigentlich alle Frauen in dieser Gegend Alphaweibchen? Er betrachtete Sybil, deren Haar wie ein Wasserfall auf ihre Schultern fiel, ganz fein und weich – das wusste er schon vom Sehen. Als sie aufstand, um zur Toilette zu gehen, blitzte die Haut zwischen Bluse und Rock gerade lange genug auf, sodass er ihr Bauchnabelpiercing sehen konnte. Sie konnte vielleicht gut mit Worten umgehen, aber ihre eigentliche Begabung lag im Unterschwelligen. Mit Mühe unterdrückte er seine Reaktion darauf.

Sie hatte ihn überrascht, als sie bei der Villa aufgetaucht war, aber ihr Benehmen war freundlich und professionell gewesen. Jetzt glitt sie wieder in ihre frühere Stimmung zurück. Oder war sie einfach ein sinnlicher Typ? Im Gegensatz zu Rese, die … *Rese.* War bei ihr wirklich alles in Ordnung? Er begann sich Sorgen zu machen.

Lance bezweifelte, dass sie wirklich das Gleichgewicht verloren hatte, aber er hatte keine Ahnung, was der Grund für die Qual war, die er in ihrem Gesicht gesehen hatte. Etwas stimmte nicht. Aber vielleicht war Star inzwischen bei ihr. Er runzelte die Stirn. Der Gedanke war auch nicht gerade beruhigend.

Dann kam Sybil zurück und glitt auf ihren Stuhl wie der Mondschein über den Fluss. Sie kannte alle Tricks. Aber was ihn eigentlich interessierte, war ihre Kenntnis der Region. Welche Rolle konnte sie bei seiner Suche spielen? Oder war sie eine Ablenkung, die er nicht gebrauchen konnte? Sie nahm den Faden ihrer Unterhaltung wieder auf und sprach über die Herausforderung, für eine kleine Zeitung mit einer langen Geschichte in einer Stadt zu schreiben, die sich ihrer Meinung nach zu Recht gegen Wachstum und Entwicklung wehrte und mit Verachtung auf ihre Schwesterstadt Napa blickte. Ihre Ansichten waren gut formuliert, wohl überlegt und offensichtlich intelligent, wenn auch einseitig. Ihre Stadt war ihr wichtig.

„Du lebst also schon dein ganzes Leben hier?"

„Ich habe in Stanford studiert."

„Und dann wieder nach Sonoma."

Die Haare fielen ihr über die Schulter. „Ich bin verwöhnt. Meine Familie ist hier seit vier Generationen im Bankgeschäft. Ich kann mir eigentlich gar nicht vorstellen, woanders zu leben."

„Deine Familie hat Wurzeln."

„Mein Ururgroßvater Arthur Jackson eröffnete die Bank 1921 und hatte seine Finger in beinahe jedem Geschäft in der Stadt. Unsere Familie taucht in der Geschichte des Ortes oft auf."

Hier war sie, eine unerwartete Gelegenheit. Oder war es Gott, der seine Suche lenkte? „Schreibst du darüber?"

Sie verdrehte die Augen. „Ich konzentriere mich auf aktuelle Themen, das, was die Leute heute bewegt. Vor allem politisch und gesellschaftlich. Wie den Wachstumsstopp. Ich weiß nicht, wie Rese Barrett ihren Antrag auf Zulassung eines Gewerbes durch den Stadtrat bekommen hat, außer dass Männer wie mein Vater sich mehr für Einkommen interessieren als dafür, das Klima dieser Stadt zu schützen."

„Rese kann ziemlich überzeugend sein. Und da sie ein bereits existierendes Gebäude wieder nutzbar macht, vermute ich, dass alle außer ihrer unmittelbaren Konkurrenz davon profitieren."

Sybil fuhr mit dem Finger an dem Stiel ihres Weinglases hinunter. „Ihre unmittelbare Konkurrenz sind Leute wie die Sebastiani-Cuneos im Stone Cottage."

„Wichtige Familien."

„Leute, die das, was wir haben, vor Fremden bewahren, die hereingeplatzt kommen."

„Gehörst du auch diesem Lager an?"

Sybil schob sich das Haar mit einer Hand aus dem Gesicht. „Ich will, dass Sonoma so bleibt, wie es ist, und sich nicht an das große Geld verkauft wie Napa."

„Rese ist kaum großes Geld."

„Ein Riss im Damm."

Lance spielte mit seinem Löffel. „Klingt ein bisschen überheblich, aber wenn man die Stellung deiner Familie bedenkt, ist das verständlich."

„Ich habe es dir nur erzählt, weil du dich offensichtlich für Geschichte interessierst."

„Das tue ich." Zumindest seit Nonna ihn zu Conchessa geschickt hatte und durch sie ans andere Ende des Landes. Erstaunlicherweise spiegelte Sonoma ihre italienischen Wurzeln viel besser wider, als die Hektik der Bronx es tat. Er hatte immer das Gefühl gehabt, dass Nonna in der schnellen, hektischen Großstadt New York irgendwie fehl am Platze war. Dieses Weinanbaugebiet war ihre Heimat.

„Während der Prohibition und der Weltwirtschaftskrise hier in Sonoma im Bankgeschäft zu sein, muss eine ziemliche Herausforderung gewesen sein."

Sie zuckte mit den Schultern. „Nicht jeder Bankier springt aus dem Fenster."

„Dein Ururgroßvater hat es also überstanden."

Sie zog eine Augenbraue hoch. „Er hat seine Investitionen geschickt verteilt."

„Alkoholschmuggel?" Er hatte gelesen, dass große Weinhändler Traubensaftkonzentrat und Hefe verkauft hatten, mit der Warnung, dass das Hinzufügen von Wasser zu einem Gärungsprozess führen könne – ein Produkt, das ebenso legal war wie Messwein, aber nicht gerade dem Geist der Prohibition entsprach.

Mit einem ironischen Lächeln stützte sie den Ellbogen auf den Tisch und bog das Handgelenk wie einen Schwanenhals. „Meine angesehene, gesetzestreue Familie? Also wirklich! Weißt du denn nicht, dass mein Vater als Bürgermeister kandidiert?"

„Nein, das wusste ich nicht." Woher auch?

„Nicht, dass mich das interessiert. Ich stehe auf meinen eigenen Füßen." Sie rieb ihre Wade an seinem Schienbein. „Und du?"

„Ich habe in letzter Zeit jedenfalls nicht auf anderer Leut's Füßen gestanden."

Sie lachte. „Ich meine *Michelli.* Irgendwelche Mafialeichen?"

„Du meinst den Typ mit den Betonschuhen in meinem Kleiderschrank?"

Sie lachte wieder. „Du hast mir deinen Kleiderschrank nicht gezeigt."

Er nahm die Rechnung von der Bedienung entgegen und gab ihr seine Kreditkarte. Nein, er hatte Sybil seinen Schrank nicht gezeigt – er hatte ihr nicht mal sein Zimmer gezeigt, vor allem, weil er das Bett nicht gemacht und seine Kleider nicht aufgeräumt hatte. „Wenn du einen Artikel über die Pension schreiben müsstest, wie würdest du die Vergangenheit des Hauses recherchieren?"

Sie zuckte mit den Schultern. „Grundbucheinträge, Steuerlisten, alles, was irgendwo über die Besitzer veröffentlicht sein könnte."

Da hatte er bereits nachgeforscht.

Sie leerte ihr Weinglas. „Es ist nicht gerade das beste Anwesen. Es gab eine bessere Villa in der Nähe, die abgerissen wurde."

„Warum?"

„Alter, Erdbebenschäden." Sie hob wieder die Schultern. „Ich weiß es nicht." Und es war ihr offensichtlich auch egal.

„Diese hier ist gut gebaut. Sie hat die Zeiten überdauert."

Sie tupfte sich den Mund mit ihrer Serviette ab. „Das ist nicht gerade Stoff für einen spannenden Bericht."

Er unterschrieb das Kreditkartenformular und schob den Durchschlag in seine Hemdtasche. „Was ist mit der Tatsache, dass Rese sie selbst renoviert? Frauenthema und so?"

Sybil sah ihn mit ihren graublauen Augen an. „Es war eigentlich nur ein Witz, als ich sagte, ich würde was schreiben. In dieser Gegend gibt es genug Leute, die ihre Pensionen für originell und faszinierend halten." Sie schüttelte mit einer Kopfbewegung ihre Haare auf den Rücken. „Wenn es einen Skandal dort gäbe oder ein Verbrechen, dann könnte sie Gratiswerbung bekommen."

Der Beschützerinstinkt erwachte in ihm. „Sie hat nicht darum gebeten. Du hast davon angefangen."

„Ich wollte nur, dass du mich herumführst." Sie stand auf. „Fertig?"

Er holte die Schlüssel aus seiner Hosentasche und wünschte, sie hätte ihren eigenen Wagen genommen. So wie sie sich auf der Harley an ihn presste, blieb nichts der Fantasie überlassen. Er hielt neben ihrem Auto und stellte den Motor ab.

Sie streckte sich ein wenig, ließ aber seine Taille nicht los. Stattdessen legte sie das Kinn auf seine Schulter und flüsterte in sein Ohr: „Du könntest mir dein Zimmer zeigen."

„Zu viele Leichen im Kleiderschrank." Er wand sich aus ihrem Griff und stieg ab.

Sie folgte langsam und ließ dabei ihren Rock hochrutschen.

Lance wandte den Blick ab. Im Wohnzimmer brannte Licht. Er konnte sehen, dass Rese arbeitete, immer noch auf dem Gerüst, ohne jedes Anzeichen von Schwindel. Er hatte sie auf dem Dach und auf Leitern gesehen. Sie war wie eine Katze. Sie verlor nicht das Gleichgewicht.

Sybil schob einen Arm um seine Taille und packte sein Hemd. „Wenn du mir dein Zimmer zeigst, zeige ich dir meins."

Er sah sie an. „Ich bin nicht auf der Suche nach einer Beziehung, Sybil." Beziehungen brachten ihn nur in Schwierigkeiten. In riesige Schwierigkeiten.

„Ich werde morgen früh einfach so tun, als würde ich dich nicht kennen." Sie hakte ihre Daumen in den Bund seiner Jeans.

Die körperliche Anziehung wurde von einem unbestimmten Ekelgefühl gemildert. Er trat einen Schritt zurück und entzog sich ihrer Umarmung. „Das müsste ich beichten."

Sie verschränkte die Arme und drückte ihre Brust nach oben. „Und was ist für eine Absolution notwendig?"

Er lächelte. „Göttliche Erlaubnis?"

Sie legte den Kopf schief und musterte ihn. „Das ist wirklich eine Herausforderung. Ein Heiliger, der so sexy wie die Sünde ist."

„Das behaupte ich gar nicht. Ich will nur keine Komplikationen."

„Also dann …" Sie holte ihren Autoschlüssel aus der Handtasche und ging auf ihren Wagen zu. „Man sieht sich."

Er nickte, hoffte aber gleichzeitig, dass es nicht zu oft der Fall sein würde. Sie war zwar intelligent und schön, doch er stand nicht auf rücksichtslose Frauen. Auch nicht, wenn sie zur herrschenden Klasse von Sonoma, Kalifornien, gehörten. Er atmete tief durch und ging ins Haus.

Baxter rappelte sich auf und kam über den hölzernen Fußboden gerutscht, um ihn zu begrüßen. Lance hatte sich schon gefragt, warum der Hund nicht angerannt gekommen war, als er das Motorrad in der Auffahrt gehört hatte. „Na, du alter Trickser? Hast du sie dazu gebracht, dich reinzulassen?"

Rese lehnte am Geländer. „Er war traurig, weil Sie ohne ihn gefahren sind."

„Danke, dass Sie seinen Kummer gelindert haben." Er betrachtete die Regalwand, die sie baute. Sie war äußerst genau – eine Rese Barrett haute nichts einfach so zusammen. Und sie baute auch keine Dinge, die nur praktisch waren. Das Regal war ein wunderschönes Stück; fein gemasertes Holz mit Zierleisten, die mit dekorativen Rillen versehen waren.

„Er ist ein guter Gesellschafter." Sie kletterte zu ihrer Werkbank hinunter.

„Hast du das gehört, Baxter?" Er ging in die Hocke und kraulte den Kopf des Hundes. „Die Dame mag dich."

Sie nahm das Maß für ein Stück Zierleiste. „Hunde sind einfacher als Menschen."

Interessanter Gedanke. Er stand auf. „Gehen wir mit ihm spazieren." Woher war das gekommen?

Sie zog ihre Sicherheitsbrille über die Augen. „Ich will fertig werden."

Gut. Er würde nach oben gehen und darüber nachdenken, dass er noch einmal Glück gehabt hatte. Aber als sie eine Rille in das Stück Holz gefräst hatte, stand er immer noch da und sah ihr zu. Ihre Hände waren sicher und stark und erinnerten ihn an die Straßenmaler in Italien. Sie stieg mühelos wieder auf das Gerüst, ohne auch nur darauf zu achten, wohin sie trat. Vielleicht war ihr vorhin wirklich schwindelig geworden, aber er bezweifelte es. Irgendetwas hatte sie aus dem Gleichgewicht gebracht.

Rese überprüfte die Passform der Leiste und kletterte, nachdem sie zufrieden war, wieder hinunter. Er wartete unten, zog ihr die Brille vom Kopf und warf sie auf die Werkbank. „Baxter braucht Auslauf."

Sie blickte den Hund an.

„Sag's ihr, Baxter."

Der Hund bellte.

Sie lachte und warf Lance dann einen abschätzigen Blick zu. „Das ist nur ein Trick."

Unbeeindruckt deutete er mit dem Kinn auf die Tür, und schließlich kapitulierte sie. Draußen sprang Baxter herum wie ein Welpe, aber Rese wurde starr und stumm, als sie den Pfad hinuntergingen. Sie wusste offenbar nicht, wohin mit ihren Händen, und am Ende ließ sie sie steif wie Holzpfähle herunterhängen. Ihr Unbehagen belustigte ihn angesichts ihres sonstigen starrköpfigen Selbstbewusstseins.

Er warf ihr einen Blick zu. „Was ist los?"

„Nichts." Sie rieb sich den Nacken und ließ dann die Hand wieder sinken.

Lance nahm ihre Hand in seine, überwiegend aus dem Bedürfnis heraus, ihr eine sinnvolle Beschäftigung zu geben.

Sie zog die Hand fort. „Ich bin nicht blind."

„Nur starr und salzig wie Lots Frau." Er grinste.

„Weil ich mich nicht an Sie ranschmeiße?"

Puh. Falsche Zurückhaltung konnte man ihr wirklich nicht vorwerfen. Er dachte sofort an Sybil auf seinem Motorrad. War Rese deshalb so aufgebracht?

„Ihr Regal wird schön."

Sie blickte über die Schulter zur Villa zurück. „Ich sollte eigentlich weiter daran arbeiten."

„Sie brauchen auch mal eine Pause."

„Warum?" Sie sah ihn an. „Wenn man tut, wofür man geschaffen ist, warum sollte man dann aufhören?"

Auch wieder wahr. Wenn man wusste, wozu man geschaffen war. Aber das würde er nicht mit ihr diskutieren. „Weil man aufhören soll, wenn es am schönsten ist?"

Sie ging schweigend weiter. Wie es aussah, würde er die Unterhaltung bestreiten müssen – wenn es überhaupt eine gab. „Warum renovieren Sie?"

„Mein Vater." Sie schlang die Arme um ihren Oberkörper.

Eine kühle Brise erfasste sie, sodass sie schauderte. Bei jeder anderen Frau hätte er seine Jacke abgestreift und über ihre Schultern gelegt. Bei Rese konnte es sein, dass er dafür einen Kopf kürzer gemacht wurde. „Er hat Ihnen viel beigebracht."

Sie schob die Mimosenzweige zur Seite, die über den Gehweg hingen. „Er war ein unglaublicher Handwerker."

Lance bemerkte die Vergangenheitsform und das leichte Beben in ihrer Stimme. „Das sieht man an Ihrer Arbeit."

„Wir haben ein paar berühmte Villen renoviert, eine Menge Aufträge in der Altstadt von San Francisco. Es war seine Leidenschaft, etwas wirklich Altes zu erneuern, ohne den Kern der Sache zu verändern."

„So wie Sie es mit der Pension machen."

Rese nickte. „Er wurde von seinem Vater ausgebildet und ich von ihm."

„Haben Sie keine Brüder?"

Sie warf ihm einen finsteren Blick zu. „Wollen Sie damit sagen, wenn es Jungen gegeben hätte, wäre ich nicht in seine Fußstapfen getreten?"

„So was in der Richtung." Sollte sie ihn doch wegen Vorurteilen verachten; er hatte jede Menge Spott von seinem Vater und seinem Bruder einstecken müssen, weil er so viele Stunden bei Nonna in der Küche verbracht hatte Er wusste, wie es funktionierte.

Sie schüttelte den Kopf. „Keine Brüder. Meine Mutter starb, als ich neun war."

Dann war zumindest dieser Kummer nicht so frisch wie der andere. „Wer hat für Sie gesorgt?"

„Mein Vater. Ich habe meine gesamte Freizeit auf seinen Baustellen verbracht. Durch Zusehen und Fragen habe ich mehr gelernt als alles, was man mir in der Schule beigebracht hat."

„Keine gute Schülerin, oder?"

Sie blieb stehen. „Wieso glauben Sie das?"

Er pfiff Baxter aus dem Garten eines Hauses zurück. „Na ja, wenn Sägen und Hämmern Ihre besten Fächer waren ..."

„Sie vergessen Mathematik und Technik und Physik und das Berechnen und Entwerfen, das zum Bauen dazugehört."

„Stimmt." Er hob einen Stock auf und warf ihn für den Hund. „Aber Sie lesen nicht."

„Woher wollen Sie das wissen?"

Er grinste. „Nur ein Nichtleser würde etwas so Umfangreiches wie *Moby Dick* in ein Zimmer stellen, in dem der Gast nur ein Wochenende verbringt. Offenbar kennen Sie nicht den Schrecken, eine Geschichte nicht zu Ende lesen zu können."

Sie nahm an seiner Stelle den Stock, den Baxter ihr brachte, und warf ihn. „Es passte zum Thema."

„Und das Regal im Wohnzimmer?"

„Das fülle ich für Leute, die gerne lesen."

Lance zog den Kopf ein, um unter einem Zylinderputzerbaum hindurchzugehen, und betrachtete den Garten, in dem Lilien und Schneeballsträucher wuchsen. „Wir sollten den Garten machen."

Sie nickte. „Ich wollte Sie darum bitten. Ich habe kein Händchen für Pflanzen."

„Wirklich?" Er pflückte einen schirmförmigen Samen aus ihren Haaren. „Sie keimen schon."

Sie lächelte halbherzig.
„So ist es besser."
„Was?"
„Sie sehen beinahe aus, als würden Sie unseren Spaziergang genießen."
Sie schob die Hände in die Hosentaschen. „Ich gehe gerne spazieren."
„Manche Mädchen würden ein ‚mit dir' hinzufügen."
Rese warf ihm einen Blick zu. „Sie meinen Sybil?"
„Oh Mann." Er musste eine Grimasse gezogen haben, denn sie lachte, dieses großartige Lachen, das sie so selten hören ließ. Er überlegte, ob er ihr von seiner Hoffnung erzählen sollte, Sybil könnte ihm helfen, die Vergangenheit zu durchforsten, aber dann würde er zu viel verraten. Andererseits ... „Wie viel wissen Sie über die Villa?"
Sie zuckte mit den Schultern. „Sie ist solide gebaut, viel besser als alle anderen Häuser in der Straße. Wer sie erbaut hat, wollte etwas schaffen, das auch ein Erdbeben übersteht."
Nur Rese würde diesen Aspekt hervorheben. „Und wer hat sie erbaut?"
„Ich weiß es nicht." Sie kraulte Baxters Kopf und bedankte sich für den Stock, den er ihr wieder gebracht hatte. „Ich habe keine Originalunterlagen." Sie warf den Stock erneut. „Ich habe das Haus bei einer Versteigerung der Bank günstig erstanden, weil es so lange leer gestanden hatte, dass jemand das Erdgeschoss mutwillig beschädigt hat."
„Die Gästezimmer waren in Ordnung?"
„Die Treppe war weg." Sie applaudierte, als Baxter den Stock in der Luft schnappte. „Irgendein Idiot hat dort ein Feuer gemacht. Als Erstes habe ich also die Treppe neu gebaut."
Er blieb stehen und sah sie an. „Sie haben die Treppe selbst gebaut? Die ist neu?"
Sie lächelte. „Restauriert."
„Sie sind wirklich gut." Er erwartete, dass sie erröten würde, so wie sie es getan hatte, als er gesagt hatte, sie sei hübsch.
Stattdessen sagte sie mit undurchdringlicher Miene: „Mein Lehrer war der Beste."
Schweigend gingen sie weiter, und Lance spürte ihre Trauer. Er kannte den Geruch, der die Luft mit dem Gestank kranker Seelen füllte. Er

dachte an Tony, den sie von einem Augenblick auf den anderen verloren hatten, und daran, wie seine Familie ins Wanken geraten war. Zwei Michelli-Söhne, und ausgerechnet der von beiden, der sein Leben im Griff hatte, war nicht mehr da.

Rese rieb über die Gänsehaut an ihren Armen. Diesmal zog er seine Jacke aus und bot sie ihr an.

Sie schüttelte den Kopf „Warum sollte ich es warm haben und Sie frieren?"

„Ich habe lange Ärmel." Sein Leinenhemd ließ den Wind durch, aber es war besser als ihr T-Shirt. „Ich habe die Jacke auf dem Hinweg getragen, Sie können Sie auf dem Rückweg haben. Gleiche Wärmebedingungen für alle."

Sie sagte nur: „Nein, danke. Es geht schon."

Er würde die Jacke ihr nicht aufdrängen, obwohl etwas in ihm zögerte, als er sah, wie sie zitterte. Eine merkwürdige Verbindung hing zwischen ihnen, aber sie schien es nicht zu bemerken.

„Wenn Sie also nicht mit einem Mann spazieren gehen, was machen Sie dann bei einer Verabredung? Ins Kino gehen? Abendessen? Tanzen?"

Sie schnaubte verächtlich, sagte aber nichts.

Er kniff ein Auge zusammen. „Armdrücken?"

Sie blieb stehen und stemmte die Hände in die Hüften. „Nichts von alledem."

Er nahm wieder ihre Hand, und sie fühlte sich in seiner kalt und schwielig an.

„Lance."

Er ließ ihre Hände leicht zwischen ihnen hin und her schwingen, während sie weitergingen. „Wollen Sie wissen, wie für mich eine klasse Verabredung aussieht?"

„Nein."

„Ein schöner Spaziergang Hand in Hand, ein glücklicher Hund, der herumspringt. Eine schöne Frau mit einem tollen Lachen. Ein kühler Abend, an dem ich meine Jacke hergeben muss –"

„Sie mussten sie nicht hergeben."

„Ich habe es versucht." Er schob seine und ihre Hand in die Jackentasche, was sie noch weniger duldete als die vorige Berührung.

Sie zog die Hand fort. „Ich habe Ihnen schon gesagt, dass ich mich nicht mit Angestellten verabrede."

„Warum nicht?“

Sie verdrehte die Augen. „Es ist kein guter Stil.“

„Ich glaube, Ihre früheren Angestellten waren unterbelichtete Schlägertypen.“

Sie lächelte doch tatsächlich und senkte den Blick. „Ich weiß noch nicht einmal, ob es funktioniert, Sie als Koch zu beschäftigen. Was ist, wenn ich nicht genug Gäste habe, um Sie bezahlen zu können?“

Er zog eine Grimasse. „Dann müssten Sie selbst das Frühstück machen.“

Sie boxte gegen seinen Arm.

Er hielt ihre Hand fest und schob sie in seine Armbeuge. Als sie ihn anfunkelte, sagte er: „Tun Sie so, als wäre ich blind.“

„Taub wäre einfacher. Wenn ich gewusst hätte, dass Sie solche Schwierigkeiten machen, hätte ich Sie niemals eingestellt.“

„Ich habe nicht viel Konkurrenz gesehen.“ Er legte seine Hand auf ihre und schlenderte weiter.

„Ich habe die Anzeige gelöscht und das Schild aus dem Fenster genommen.“ Sie reckte das Kinn ein wenig vor. „Sie kommen der Frau, die ich wollte, nah genug.“

„Autsch.“

Sie wandte den Blick ab. „Tut mir leid.“

Er war nicht gewillt, ihr die Bemerkung durchgehen zu lassen. Aber sie sah ihn jetzt mit ihren dunkelbraunen Augen und einem ernsthafteren Blick an, als er ihn je bei ihr gesehen hatte, und wiederholte ihre Entschuldigung.

„Ist der Ohrring schuld?“

Sie schüttelte den Kopf. „Ich meinte es nicht so.“

Baxter rannte in den Garten der Pension, als sie in die Auffahrt bogen. Sie zog ihre Hand aus seinem Arm. „Ich muss das Bücherregal fertig machen.“

Er beobachtete mit nachdenklicher Miene, wie sie ins Haus ging. Rese Barrett war ein interessanter Fall. Sich mit ihr anzufreunden, war vielleicht eine ebenso große Herausforderung wie die Aufgabe, Nonnas Geheimnisse zu enthüllen, aber der Gedanke gefiel ihm irgendwie. Er ging in sein Zimmer hinauf und holte seine Gitarre hervor.

Kapitel 11

Eine Melodiezeile.
Das Lied, an das ich mich nicht erinnern kann,
zieht durch meine Gedanken wie ein suchender Schatten.
Die Töne bleiben.

Rese konnte nicht widerstehen. Sie hatte zwar gehofft, Star würde inzwischen zurück sein, aber von ihr war immer noch nichts zu sehen. Und die wunderschöne Musik, die oben erklang, musste von Lance stammen. Wenn er CD gehört hätte, wären kurze Pausen zwischen den Liedern gewesen, doch eine Melodie floss übergangslos in die nächste über. Sie klopfte.

„Es ist offen." Die Musik hörte nicht auf.

Sie öffnete die Tür und sah, dass er es sich auf seinem Bett bequem gemacht hatte und eine fröhliche Melodie auf seiner Gitarre spielte. Er spielte die letzten Töne und setzte sich auf. „Habe ich Sie gestört?"

„Nein. Ich wusste nur nicht, dass Sie Gitarre spielen können."

Er lehnte sich wieder gegen das Kopfteil des Bettes und strich leise über die Saiten. „Von allem ein bisschen."

Sie wünschte, sie hätte das nicht gesagt. Offensichtlich war er vielseitig begabt.

„Wollen Sie was hören?" Er zog ein Knie an und sein nackter Fuß ruhte auf der Bettdecke, die Zehen leicht eingerollt und die Sehnen unter der Haut sichtbar. Seltsam, wie verletzlich so ein nackter Fuß wirken konnte.

Diese Situation hatte sie nicht bedacht, als sie getrennte Aufenthaltsbereiche gefordert hatte, aber sie zog den Kapitänssessel ein wenig aus der Ecke und setzte sich. „Okay."

„Was mögen Sie? Rock, klassisch, Country?"

Selbst seine Musik war vielseitig. „Egal."

Er begann mit einem melancholischen Vorspiel und sang dann eine Ballade von einem Jungen, der seinen Weg macht. Sein klagender Ton erfüllte die Worte mit Gefühl, bis er mit kräftigerer Stimme und einer komplizierten Schlagtechnik in den Refrain überging.

Es war ein Stück, das sie noch nie gehört hatte, und während sie zuhörte, fragte sie sich, warum nicht. Sie lehnte sich im Sessel zurück, während seine Finger über die Saiten huschten und seine Stimme lauter und leiser wurde. Er sah sie an, während er sang, ganz im Einklang mit seiner Kunst, so wie sie es war, wenn das Holz unter ihren Händen Gestalt annahm. Die Geschichte eines Jungen auf der Suche nach Sinn entfaltete sich, dann klang Lance' Stimme aus und seine Finger zupften die letzten Töne.

Sie ließ den Klang verhallen und sagte dann: „Das Lied kenne ich nicht."

„Ich habe es selbst geschrieben."

Sie beugte sich ein wenig vor. „Wirklich? Sind Sie der Junge?"

„Er ist eine Art ‚Jedermann', aber ich habe das Lied in einer schwierigen Phase geschrieben."

Sie lehnte sich wieder zurück. „Schwierig inwiefern?"

Er umarmte seine Gitarre. „Es war das erste Mal, dass ich in echte Schwierigkeiten geraten war."

Rese wappnete sich. „Was für Schwierigkeiten?"

„Ich habe einer Freundin geholfen, ihrem Stiefvater zu entkommen."

„Entkommen?"

„Er hat … sich an ihr vergriffen." Lance rieb sich den Unterarm. „Also habe ich das Auto ihrer Mutter genommen und sie da rausgeholt." Sein Blick wanderte zu einer Stelle an der Wand, als sehe er die Vergangenheit wieder vor sich.

Rese beugte sich vor. „Wohin haben Sie sie gebracht?"

„So weit wie möglich, bis Gil uns mit seinem Pickup einholte."

Rese starrte ihn an. „Wurden Sie verhaftet?" Wegen Autodiebstahl und Entführung?

„Die Beamten übergaben mich Tony …" Er lächelte ein wenig. „Was auch nicht besser war. Mein Bruder trug seine New Yorker Polizeikluft wie eine zweite Haut, und dass plötzlich sein kleiner Bruder mit einem minderjährigen Mädchen und einem gestohlenen Auto vor ihm stand und seine Kollegen feixten – ich kann Ihnen sagen, das war nicht lustig."

„Wie alt waren Sie?"

„Sechzehn."

Rese verschränkte die Arme. „Wie ging die Sache aus?"

„Tony ließ mich stundenlang auf einem Stuhl in der Polizeiwache sitzen, wo ich mit eigenen Augen sehen konnte, mit was für Leuten er zu tun hatte. Schließlich hatte er Zeit, mich zu befragen. Meine Geschichte passte nicht zu der von Cici, weil sie das sagte, was Gil von ihr verlangte."

„Ich wette, Sie waren sauer."

Lance zuckte mit den Schultern. „Ich verstand, warum sie es tat. Und Tony kannte mich. Er sagte: ‚Wenn du das nächste Mal jemandem helfen willst, Lance, hör auf deinen Verstand und nicht nur auf dein Herz.'" Lance senkte den Blick auf die Bettdecke. „Ich weiß nicht, was er zu Gil gesagt hat, aber die Anzeige wurde zurückgezogen, und wie alles andere wurde es eine Geschichte, die Tony erzählte, um mich zu ärgern." Sein Lächeln wirkte traurig.

Rese spürte etwas Tieferes als nur Verlegenheit, aber Lance griff einen neuen Akkord auf seiner Gitarre. „Jetzt kommt ein kleiner Flamenco." Er begann ein Lied mit spanischem Flair, bei dem seine Finger über die Saiten flogen und einen starken Rhythmus schlugen und zupften.

Als das Lied zu Ende war, konnte sie ihn nur anstarren. Jetzt passten der Ohrring und seine Überempfindlichkeit und seine nervöse Disposition. Aus jedem Ton strömten Emotionen.

„Wollen Sie Konzerte geben?"

Er zog die Augenbrauen hoch. „Für unsere Gäste?"

Da war dieses „unser" wieder. „Sie könnten abends spielen und Musikwünsche erfüllen."

Er schlug die Saiten mit der Fingerkuppe an und sang: *„When the moon's in the sky like a big pizza pie, it's amore."*

Sie lachte. „Es ist mein Ernst."

Er legte die Gitarre beiseite und schlang die Arme um seine Knie. Die Hosenbeine seiner Jeans waren hochgerutscht, und sie konnte seine knochigen Schienbeine sehen. „Ich weiß nicht, Rese. Nicht, dass ich mich unabkömmlich mache."

„Sie könnten einen Hut rumgehen lassen."

„Wollen Sie mir damit sagen, dass Sie mich nicht bezahlen wollen?"

Sie lächelte. „Es ist nur eine Idee."

Er legte den Kopf schief. „Sie wollen wirklich, dass es funktioniert, nicht wahr?"

„Natürlich." Sie verschränkte die Finger. „Warum sich all die Arbeit machen, wenn –"

„Das verstehe ich eben nicht. Ich kann mir vorstellen, wie Sie das Haus hier renovieren, das ist Ihr Job. Aber eine Pension führen? Werden Sie das Sägen und Hämmern nicht vermissen?"

Ihre Brust zog sich zusammen. Sie hatte sich eingeredet, dass dies hier ihr letztes Projekt sein würde, ihrem Vater zu Ehren vollendet. Sie konnte nicht so weitermachen wie bisher, nicht ohne ihn. „Nein."

Er musterte sie einen Augenblick lang. „Also, verstehen Sie mich nicht falsch, aber … Sie müssen an Ihrer Präsentation arbeiten."

„Präsentation?" Wovon redete er?

„Interaktion."

Wollte er damit sagen, dass sie unfreundlich war? Zweifel und Ängste machten sich breit, und sie wusste, dass ihr das Schwierigkeiten bereiten würde. „Ich kann den Leuten ihr Zimmer zeigen."

Er stand auf, nahm ihre Hand und zog sie die Treppe hinunter zur Eingangstür. Sie stand mit fragender Miene da, als er in die Dunkelheit hinausging und die Tür hinter sich schloss. Er klopfte und sie öffnete, halb verwirrt, halb verärgert.

„Hi." Er lächelte. „Tut mir leid, dass ich so spät komme. Ich weiß, dass ich um drei hier sein sollte, aber ich hatte Probleme mit meinem Motorrad. Waren Sie schon im Bett?"

„Das geht Sie überhaupt nichts an."

Lance lehnte sich gegen den Türrahmen und grinste. „Das meine ich."

„Wenn irgendein Idiot mir eine persönliche Frage stellt …"

„Rese, das Ganze ist persönlich. Gastfreundlichkeit hat etwas mit Beziehung zu tun. Sie geben den Menschen das Gefühl, zu Hause zu sein."

„Wenn sie sich zu Hause fühlen wollen, sollen sie zu Hause bleiben."

„Und was wird dann aus Ihnen?"

Sie betrachtete seine ernste Miene. „Also gut. Ja, ich habe schon geschlafen, aber das macht nichts. Kann ich Ihnen Ihr Zimmer zeigen?"

Sein Lächeln wurde breiter. „Ich würde lieber Ihres sehen."

Sie warf ihm einen finsteren Blick zu. „Da sind Sie an der falschen Adresse, Sie Trottel."

Er warf den Kopf zurück und lachte. „Gut. Ich sehe, Sie wissen, wo die Grenze ist."

Sie schnaubte verächtlich. „Wollen Sie nicht endlich reinkommen?

Es ist kalt hier draußen." Der Abendnebel hatte sich über den Garten gelegt.

Lance trat ein und schob sich zwischen sie und die Wand, und sie schloss die Tür. Er legte eine Hand an ihre Taille. „Was werden Sie mit unverschämten Gästen machen?" Seine Hand brannte warm, als er auf ihren Mund hinuntersah.

Sie hätte einen festen Gegenstand nehmen sollen, mit dem sie sich wehren konnte. „Ich kann auf mich aufpassen." Sie machte einen Schritt und ärgerte sich darüber, dass ihr Puls beschlossen hatte sich zu beschleunigen.

„Führen Sie das Haus schon lange?" Er zeigte auf die Treppe und sie machte sich auf den Weg nach oben.

„Wir haben erst seit Juni geöffnet."

„Wir?"

Offenbar eine Freud'sche Fehlleistung. „Mein verrückter Koch und ich. Sein Essen ist wundervoll, aber –"

„Was?" Lance blieb auf der Stufe unter ihr stehen.

Sie wandte sich halb um. „Ich sagte, sein Essen ist wundervoll, aber er –"

„Sag das noch mal."

Sie stand nur wenig höher als er und starrte ihm in die Augen. „Was soll ich sagen?"

„Dass mein Essen wundervoll ist." Er betrat die Stufe, auf der sie stand, ohne den Blick abzuwenden.

Sie befeuchtete ihre Lippen. Worauf wollte er hinaus? Warum wirkten seine Augen so weich? Sie hatte einen Witz gemacht, indem sie ihn als verrückt bezeichnet hatte, aber darum ging es ihm offensichtlich nicht. Irgendwie schien die Distanz zwischen ihnen plötzlich dahinzuschmelzen. „Dein Essen ist wundervoll."

„Meinst du das ernst?"

Sie hob die Hände. „Du bist der Koch. Weißt du denn nicht, was du tust?"

Er umfasste ihre Taille mit beiden Händen. „Sprich mir nach: Lance, das war köstlich."

Er *war* verrückt. „Ich habe doch nur –"

„Sag es, Rese."

Seine Hände sandten ein warmes Gefühl durch ihren Oberkörper, und sie konnte sich nicht mehr an seine Worte erinnern. „Was soll ich noch mal sagen?“

„Das war köstlich.“

Sie wiederholte es.

Ein triumphierendes Lächeln ging über sein Gesicht. „Danke. Ich freue mich, dass es dir geschmeckt hat.“

Etwas machte Klick. Sie *hatte* ihn beleidigt. Aber woher sollte sie das wissen? Ihr Vater hatte nie etwas zu ihren Mahlzeiten gesagt, eine Verhaltensweise, die sie beide sich angewöhnt hatten, als ihre Mutter noch am Leben war. Sie kritisierten das Zeug nicht, das sie zum Abendessen auftischte, sondern ertrugen es. Als sie dann nur noch zu zweit waren, hatte ihr Vater in wortloser Erschöpfung gegessen und sich dann vor den Fernseher gesetzt. So war das eben.

Aber hatte es nicht Augenblicke gegeben, in denen sie sich beim Kochen besondere Mühe gegeben und gehofft hatte, er würde etwas sagen? Sie war überglücklich gewesen, wenn er auf seine ruhige Art ihre Tischlerarbeiten gelobt hatte, und ja, sie hatte sich gewünscht, er hätte auch ihre anderen Anstrengungen bemerkt.

Es war eine unangenehme Erinnerung. Sie starrte Lance an. „Bist du jetzt fertig?“

Er ließ ihre Taille los und wandelte sich in den neugierigen Gast. „Sie haben mir noch nicht mein Zimmer gezeigt.“

„Es ist oben auf dem Treppenabsatz.“

Er zeigte hinauf und sie ging widerstrebend voran und blieb vor seiner offenen Tür stehen. „Dies ist Ihr Zimmer. Ich hoffe, Sie werden sich darin wohlfühlen.“

„Das werde ich bestimmt.“ Er stellte sich neben sie in den Türrahmen. „Ich habe gehört, dass es nach dem Abendessen Musik gibt?“

Ihr Herz machte einen Satz. Wollte er damit sagen, dass er es tun würde? „Ja, ein Sänger und Gitarrist.“

„Ist er gut?“

Er war heute Abend offenbar auf Komplimente aus. Sie blickte in sein Gesicht, das keinen halben Meter von ihrem entfernt war. „Was ich gehört habe, war sehr gut. Bitten Sie ihn nur nicht, *‚It's Amoree‘ zu* spielen.“

Lance lachte und wurde dann plötzlich wieder ernst. Sein Blick wanderte zu ihrem Mund.

Ein Gefühl der Panik verwandelte ihre Beine in eine schwabbelige Masse. „Sieh mich nicht so an."

„Wie denn?" Seine Stimme war so cremig wie aufgeschäumte Milch.

„So, als wolltest du mich küssen."

„Das will ich aber." Seine Hand legte sich wieder um ihre Taille, warm und fest.

Ihre Lungen sogen etwas ein, das dicker war als Luft. „Lass es."

Sein Blick begegnete dem ihren. „Fragst du dich nicht, wie es wäre?"

„Einen Mann mit Ohrring zu küssen?"

„Mich zu küssen."

Sie fragte sich nicht und würde sich auch nicht fragen. Die ganze Sache war aus dem Ruder gelaufen. „Ich küsse den Koch nicht."

Er legte den Kopf schief und lächelte ein wenig. „Okay."

„Also … ich hoffe, es gefällt Ihnen hier. Der Koch wird morgen früh ein … köstliches Frühstück zaubern."

Er holte Luft und stieß sie wieder aus. „Gute Nacht, Rese."

„Gute Nacht."

Er schloss die Tür hinter ihr. Sie hätte nicht hinaufgehen sollen. Er war offensichtlich jemand, der seine Flagge auf jedem Stück Land aufstellte, das er erobert hatte. Vom ersten Augenblick an hatte er sie überrumpelt – mit seinem Blick, der ihr das Gefühl gab, in ihrem eigenen Haus eine Fremde zu sein. Ein Schauer lief ihr über den Rücken, und sie blickte sich schnell im leeren Flur um. Aber er war genau das. Leer.

Kapitel 12

Nonna Carina –
geliebt, ein wenig verwöhnt, selbst mit mehr Weiß in ihrem Haar
als Schwarz und einer Haut, die nicht mehr so zart ist wie Blütenblätter.
Das Kinn vorgestreckt, den Rock herumgewirbelt.
Nonno Quillans Augen tanzen. Ganz gelassen.
Ihre Füße stampfen auf.
Tiefes Lachen.
Empörung.
Er zieht sie in seine Arme. So waren sie immer.
So ist das Leben. So ist die Liebe.

Während der ganzen Nacht versuchte Lance erfolglos zu vergessen, dass er Rese beinahe geküsst hätte. Und schlimmer noch, dass er sie an etwas Persönlichem und Schmerzlichem hatte teilhaben lassen. Die Erinnerung an Tony war schwer genug. Die Erinnerung daran, wie Tony ihm aus der Klemme geholfen hatte, war noch schmerzlicher.

Tony war der Typ, den jedes Kind bewunderte. Wenn er in seiner Polizeiuniform in Schulen ging, zog er Menschen an wie ein Magnet. Obwohl Polizisten nicht immer beliebt waren, machte Tonys geheimnisvoller Nimbus ihn zu etwas Besonderem. Als Tonys kleiner Bruder hatte Lance sich im Abglanz seines Lichtes gesonnt – bis er alt genug war, um Entscheidungen zu treffen, die ihn selbst das kosteten.

Ein Stich des Bedauerns. Warum hatte er dieses Lied gewählt? Und ihr diese Geschichte erzählt? Schuldgefühle? Vielleicht wollte er, dass sie Zweifel bekam, was ihn betraf, und irgendwie erriet, dass er sie an der Nase herumführte. Wenn es einen anderen Weg gäbe, würde er es nicht tun. Bis er fand, wonach er suchte, musste er sein Anliegen für sich behalten. Und dass er sie beinahe geküsst hätte? Tja, das war seine angeborene Schwäche. Mama sagte immer, er habe eine Achillesferse, wo sein Herz sein sollte.

Lance konnte nicht einmal so tun, als brauchte sie ihn. Und wenn diese Ausrede nicht funktionierte, was war es dann? Denn dort auf der Treppe, als sie ihm in die Augen gesehen und gesagt hatte, sein Essen sei wundervoll, hatte er innerlich gejubelt. Jetzt, wo die Morgensonne in die Küche fiel, fing er an, für die strengste Kritikerin zu kochen, der er je begegnet war. So leise wie möglich rührte er einen Crêpeteig an, dann die Ricottafüllung und die Beerensauce.

Rese kam aus ihrem Flur und sah schläfrig, unordentlich und anbetungswürdig aus. Sie gähnte und streckte sich wie eine Katze, dann ließ sie sich auf einen Stuhl am Tisch fallen.

Er sagte: „Komm her."

Sie sah ihn an, als hätte er sie zu zwanzig Liegestützen verdonnert. Er war schon lange wach und hatte die Zutaten fürs Frühstück eingekauft und vorbereitet, aber sie stand mühsam auf und schlurfte zum Herd, barfuß und schlecht gelaunt. Er goss ein wenig Teig in die zu große Kupferpfanne. Dann nahm er ihre Hand, legte sie um den Griff der Pfanne und half ihr, den Teig auf dem Pfannenboden zu einer dünnen Schicht zu verteilen.

„Sie werden einheitlicher, wenn wir die Crêpepfanne haben. Aber du bekommst schon mal einen Eindruck." Er bemerkte einen Hauch von Interesse in ihrem Gesicht, und das war mehr, als er erwartet hatte. Er reichte ihr den Pfannenwender. „Bei einer so dünnen Crêpe dauert es nur einen Augenblick. Sie soll nicht knusprig werden, sonst lässt sie sich nicht mehr gut aufrollen." Er gab ihr ein Zeichen, den Pfannkuchen zu wenden. „Du musst vorsichtig den Rand lösen und den Wender einfach darunterschieben."

Sie drehte die Crêpe um und blickte zu ihm auf.

Er lächelte. „Gut. Und jetzt hol dir einen Teller."

Sie nahm zwei aus dem Schrank und stellte sie neben den Herd. Er ließ ihre Crêpe auf einen der Teller gleiten, löffelte schnell einen Klecks Ricottafüllung darauf und rollte den Pfannkuchen auf. Dann verzierte er ihn mit Beerenpüree und reichte ihn ihr. „Genieß sie." Und er meinte es ernst.

Er bereitete in wenigen Augenblicken seine Crêpe zu und setzte sich dann zu ihr.

Sie blickte auf. „Lance, das ist köstlich."

Er zog einen Mundwinkel nach oben. Sie hatte es aufgesagt wie ein Kind, das Mathematikformeln auswendig lernt. „Magst du die Konsistenz der Füllung, die süße, aber zugleich saure Sauce und die leichte, buttrige Crêpe?"

„Alles.“ Sie senkte den Blick und aß ihren Teller leer. „Können wir noch einen machen? Ich bin völlig ausgehungert.“

„Du solltest keine Mahlzeiten auslassen.“ Er ging zum Herd zurück.

„Das hätte ich auch nicht, wenn du gekocht hättest.“

Das war bislang das ehrlichste Kompliment. Er goss Teig in die Pfanne und schloss wieder ihre Hand in seiner um den Pfannenstiel. Die Bewegung der Pfanne war beinahe sinnlich, und mit ihrem Arm parallel zu seinem, ihrer warmen Hand und ihrem Nacken so nah musste er sich zwingen, sich auf die Arbeit zu konzentrieren. Sie stellten die Pfanne ab, aber er ließ nicht los. Sie blickte auf und ihr schläfriges Gesicht war unglaublich verlockend.

„Soll ich ihn jetzt wenden?“

Er warf einen Blick auf den Crêpe. „Noch einen Hauch länger.“

„Einen Hauch?“

Er bohrte ihr einen Finger in die Seite, aber sie zuckte zusammen. „Ah. Kitzelig.“

Sie wehrte ihn mit dem Pfannenwender ab und mit einem Blick, der Attila den Hunnenkönig aufgehalten hätte.

Er deutete mit dem Kinn auf die Pfanne. „Jetzt ist sie so weit.“

Sie fuhr mit dem Pfannenwender um die Crêpe und versuchte dann, sie vom Boden anzuheben.

„Vorsichtig. Am besten löst du sie hier.“ Er führte ihre Hand.

Die Haustür ging auf. Stars Stimme sang: „Ah, welch herrliches Parfüm, das den Gaumen lockt.“

Rese trat zur Seite, als die verrückte Lady sie unterbrach. „Das sind Lance’ Crêpes.“

„Welchen Gefahren muss ich trotzen, welch Verbrechen begehen, um diesen Preis zu erlangen?“

Lance blickte Rese an, die sagte: „Setz dich. Du kannst diese hier haben.“

Er ließ den Pfannkuchen auf einen sauberen Teller gleiten, füllte und rollte ihn auf und löffelte die Sauce darüber. Dann reichte er ihn Star, die sich auf seinen Platz gesetzt hatte. „Rese hat diesen hier gemacht.“

„Ich habe ihn nur gebacken. Du hast den Teig und die Füllung und all das gemacht.“

„Nächstes Mal wecke ich dich, dann kannst du alles machen.“

Sie funkelte ihn an. „Untersteh dich.“

„Vielleicht macht es dir ja Spaß."

Sie schüttelte den Kopf. „Ich habe gekocht, seit ich neun Jahre alt war. Es wird mir keinen Spaß machen."

Star seufzte mit einer solchen Begeisterung angesichts des ersten Bissens, dass selbst Lance es übertrieben fand. Wie um alles in der Welt waren diese beiden Frauen Freundinnen geworden?

Er sagte: „Nichts für ungut, Rese, aber du hast nicht gekocht." Sie öffnete den Mund, um zu widersprechen, aber er zeigte mit dem Finger auf sie. „Wenn ich dir Spanplatten geben und dich auffordern würde, eine Zedernholztruhe daraus zu schreinern, könntest du das?"

„Natürlich nicht."

„Genauso ist es beim Kochen. Du hast vielleicht Mahlzeiten zubereitet und sie sogar ‚gekocht'. Aber das hat nichts mit Kunst zu tun."

„Das hier" – Star ließ ein Stück Crêpe von ihrer Gabel baumeln – „ist Kunst." Sie trug dieselbe Kleidung wie gestern, und ihre Haare sahen noch wilder aus. „Aber andererseits ist Kunst auf das Auge des Betrachters angewiesen, so wie Manna einen Gaumen mit Geschmack verlangt."

Erstaunlich treffend und genau das, was er meinte. Allerdings war er nicht sicher, ob er sich von ihr verstanden fühlen wollte.

„Wusstet ihr, dass der Weinbauer Benziger Kunst für seine Etiketten in Auftrag gibt? Die einzige Vorgabe ist, dass das Parthenon enthalten sein muss." Star aß einen Bissen. „Ich habe die Nacht dort verbracht."

„Im Parthenon?", sagten Lance und Rese wie aus einem Munde.

„In dem kleinen Pavillon auf dem Benzinger-Anwesen, wo der alte Doktor Gras raucht."

Jetzt sah Lance klarer. Nur ein chemisch verändertes Gehirn konnte so funktionieren wie das von Star.

„Ich dachte, du wolltest dir eine Arbeit suchen", sagte Rese.

„Das habe ich ja getan. Aber ich habe jemanden kennengelernt, und er hat mir eine private Führung angeboten und dann kam eins zum anderen und …" Sie machte eine lässige Handbewegung. „… hier bin ich und esse Crêpes."

Lance ging zum Herd und bereitete eine Crêpe für Rese zu, in der Annahme, dass sie noch immer eine wollte. Star hatte die Stimmung zerstört.

Aber sobald sie zu Ende gegessen hatte, stand Star auf. „Ich muss mich umziehen. Ein gewisser junger Winzer wartet auf mich."

„Zu einem Bewerbungsgespräch, nehme ich an", sagte Rese.

„Natürlich." Star rauschte hinaus.

Zu viele Fragen, die er über diese Frau stellen konnte. Wie hatten sie sich kennengelernt? Worüber redeten sie? Er setzte die dampfend heiße Crêpe vor Rese ab und sagte: „Kunst."

Sie blickte auf ihren Teller hinunter. „Wenn ich so etwas gemacht hätte, hätte Dad es vielleicht bemerkt."

Aha. „Er hat dich nicht gewürdigt?"

Sie nahm ihre Gabel. „Er hat meine Tischlerarbeiten gewürdigt." Sie schnitt ein Stück von der Teigrolle ab.

Lance setzte sich. „Also hast du die besonders gut gemacht."

„Ich war besonders gut darin, deshalb hat er mich gelobt."

„Meinst du nicht, dass es auch andersherum funktioniert?"

Sie blickte ihn verständnislos an. „Spitzenleistungen werden gelobt."

„Lob spornt zu Spitzenleistungen an."

Sie schüttelte den Kopf. „Nein. Wenn man Arbeit lobt, die nicht den Ansprüchen genügt, fördert man Mittelmäßigkeit."

„Selbst Mittelmäßigkeit ist ein Schritt auf dem Weg zur Spitzenleistung."

Sie lehnte sich auf ihrem Stuhl zurück. „Aber wenn man Lob erhält, bevor man das Ziel erreicht hat, warum dann weitermachen?"

„Weil das Ziel sich lohnt." Er schob Stars Teller beiseite und setzte seine Hand mit der Kante auf den Tisch auf. „Wenn ich von hier nach hier will" – er versetzte die Hand quer über den Tisch auf ihre Seite – „schaffe ich es nicht immer in einem Versuch. Zuerst komme ich vielleicht nur bis hier." Er markierte ein Drittel der Strecke. „Habe ich etwas erreicht?"

Sie nickte. „Schon."

„Dann lächle."

Ihre Imitation war wenig überzeugend.

Er bewegte die Hand ein Drittel weiter. „Bin ich meinem Ziel jetzt näher gekommen?"

Sie lächelte, ohne dass er sie dazu auffordern musste, wenn auch nicht gerade begeistert.

Er schob seine Hand über den Tisch und nahm ihre. „Wo wäre ich jetzt, wenn du meine ersten Versuche missbilligt hättest?"

„Du würdest den Unterschied zwischen uns in angemessener Weise respektieren."

Da war sie wieder, die unerbittliche Hierarchie. Er lehnte sich zurück. „Du brauchst dringender einen Partner als einen Koch."

„Nein, brauche ich nicht." Sie stand auf und trug ihren Teller zur Spüle. Dann machte sie Anstalten zu gehen.

Er sagte: „Spül ihn selbst."

Sie warf einen Blick über die Schulter zurück. „Wie bitte?"

„Ich bin nicht im Dienst. Du kannst deinen Teller selbst abwaschen."

Sie schnaubte, aber sie tat es.

„Die Sache ist die: Menschen leisten das, was man von ihnen erwartet, aber Zufriedenheit erwächst aus Anerkennung."

Sie zog die Augenbrauen hoch und seufzte. „Okay." Dann fügte sie hinzu: „Danke für die Crêpes. Sie waren wundervoll." Sie klang sogar, als meinte sie es ernst.

Er zog eine Grimasse. „Nicht schlecht für einen verrückten Koch?"

„Genau."

„Danke."

„Gern geschehen."

Er stand auf und wusch seinen Teller ab. „Wir brauchen vielleicht einen Geschirrspüler, wenn wir die meiste Zeit ausgebucht sind."

„Lance!" Sie stemmte die Hände in die Hüften.

„Nur so eine Idee." Er trocknete seinen Teller ab.

„Deine Ideen sind teuer. Jedes Mal, wenn du den Mund aufmachst, habe ich mehr Schulden als vorher."

Er ging zur Tür, die in den Hof hinausführte. „Ich gebe nur schnell Baxter etwas zu fressen und arbeite dann an meiner Unterkunft weiter." Jetzt, wo die abgedrehte Star im Haus war, schien es ihm sinnvoll, möglichst bald fertig zu werden.

„Gut. Ich bin im Salon."

„Euer Majestät." Er duckte sich, sodass der Spülschwamm ihn nicht traf. Sie war vielleicht eine harte Nuss, aber es machte unglaublich viel Spaß.

Sosehr sie sich auch bemühte, Rese konnte die Dinge, die Lance über Lob und Anerkennung gesagt hatte, nicht vergessen. Es schien ihr respektlos gegenüber dem Andenken ihres Vaters, die Gültigkeit des Arguments in Betracht zu ziehen. Ermutigung für die Schritte auf halbem Weg? Sie dachte, sie hätte gearbeitet, um das zu beherrschen, was ihr wichtig war. Hatte sie stattdessen das Lob ihres Vaters als Lohn gebraucht? Arbeitete sie deshalb so fleißig in dem einzigen Bereich, in dem sie eine Chance hatte, seine Anerkennung zu gewinnen?

Sie seufzte. Es war für Dad nicht leicht gewesen, nachdem ihre Mutter gestorben war. Er hatte getan, was er konnte. Und sie hatte versucht, das zu sein, was er brauchte. Sie hatten auf die einzige Weise weitergemacht, die sie kannten. Wenn Lance Anerkennung wollte, konnte Rese sie zeigen. Das bedeutete nicht, dass sie selbst darauf angewiesen war. Wirklich nicht.

Sie kletterte auf das Gerüst, um das Regal abzuschleifen. Dies war nicht das kunstvollste Haus, an dem sie je gearbeitet hatte, aber es bot gute Möglichkeiten für ihr Talent. Sie hatte noch nie ein Gebäude renoviert, das sie behalten wollte, einen Ort, der ihr gehörte.

Es klopfte an der Tür. Von ihrem Platz hoch oben auf dem Gerüst rief sie: „Herein!"

Die Haustür öffnete sich und eine winzige Frau kam hereingeschlichen. Sie war nicht so klein, wie ihre gebückte Haltung sie erscheinen ließ, aber ihre Hände waren wie Vogelkrallen, von denen eine sich um den Griff eines Gehstocks klammerte. Ihre Haare hatten einen ungewöhnlichen Blaustich. Rese vermutete, dass sie grau sein sollten.

Die Frau hob ihren Stock. „Sie sind also diejenige, die Ralphs Haus gekauft hat."

Rese war nicht sicher, wie sie darauf antworten sollte.

„Ich wäre schon eher gekommen, aber die Lungenentzündung hatte mich fest im Griff." Sie arbeitete sich weiter vor. „Aber ich habe Sie durchs Fenster beobachtet."

Das Gesicht, das sie vom Garten aus gesehen hatte? Erleichterung machte sich breit. Nur eine kleine alte Dame, die auf ihre neue Nachbarin neugierig war. Rese legte das Schleifpapier fort und kletterte vom Gerüst. „Ich heiße Rese Barrett."

„Kann Ihr junger Mann das nicht für Sie machen, Schätzchen?" Sie schwenkte ihre Klaue in Richtung Bücherregal.

Sie meinte zweifellos Lance, wenn sie sie von nebenan beobachtet hatte. „Nein, ich mache das selbst."

Die Frau drehte sich langsam um. „Ralph wollte das Haus renovieren, aber er kam nie dazu. Er war mein Freund."

Rese zog die Augenbrauen hoch.

„Wir waren sehr diskret. Die anderen sollten es nicht wissen."

„Die anderen?"

„Die Clique." Sie stützte beide Hände auf den Kopf ihres Gehstocks. „Mittwochs haben wir uns zum Kartenspielen getroffen, hier in diesem Zimmer. Obwohl ..." Sie zog eine Grimasse. „Es ist jetzt größer."

„Ich habe eine Wand eingerissen." Während sie den Blick durch den Raum schweifen ließ, stellte Rese sich eine Gruppe alter Leute vor, die über ihren Karten gackerten.

„Ich liebe Kartenspiele. Ich gewinne fast immer." Das Lachen der Frau verwandelte sich in ein Husten, das so schlimm klang, dass Rese sich Sorgen zu machen begann.

Ihr eigener Atem ging schneller. „Ist alles in Ordnung, Miss ..."

Die Frau wehrte ab. „Gütiger Himmel, lassen Sie bloß dieses förmliche Getue. Ich bin Miss Potter. Miss Evvy Potter. Mit zwei v, damit die Leute nicht Ivy sagen. Das ist kurz für Evelyn. Aber Evelyn hieß meine Mutter, also wurde aus mir Evvy."

Gut, dass das geklärt war ...

„Mein erster Verehrer fiel im zweiten Weltkrieg. Hat unter Patton gedient. Die meisten Männer aus dieser Gegend kamen zurück, aber James nicht." Sie schniefte und schüttelte den Kopf. „Ralph habe ich kennengelernt, als ich dreiundsiebzig war. Ich wohne nebenan." Sie zeigte zum Seitenfenster hinaus auf das Haus, dann lehnte sie sich verschwörerisch vor. „Er war jünger als ich. Neunundsechzig. Ein Skandal." Sie lachte. „Aber wir haben uns gut verstanden. Sechzehn Jahre lang waren wir Nachbarn – und haben uns geliebt – und niemand hat etwas gemerkt." Ihre Augen funkelten lustig. „Wir haben uns einen Spaß daraus gemacht, besonders gereizt miteinander umzugehen." Evvy Potter schüttelte traurig den Kopf. „Er musste in ein Heim. Er war einfach nicht kräftig genug. Und er hat ein paar Sachen vergessen." Sie tippte sich an die Schläfe. „Nicht, dass ich ihm das gesagt hätte."

Rese sagte: „Das muss schwer sein."

Evvy zuckte mit den Schultern. „Wenn man neunzig wird, gewöhnt man sich daran, Freunde zu verlieren. Es dauert nicht mehr lange, bis wir alle an der Himmelspforte stehen."

Der Himmel. Ein Trost für die, die daran glaubten, vermutete Rese.

„Was sagten Sie gleich, wie Sie heißen?" Evvys Blick war jetzt wieder prüfend.

„Rese Barrett."

„Was für ein Name ist denn Rese?"

„Eine Abkürzung von Theresa." Es war das zweite Mal innerhalb weniger Tage, dass sie das jemandem erzählte.

Evvy nickte. „Und der junge Mann, den ich gesehen habe?"

„Er ist mein Koch. Er wird mir helfen, die Pension zu führen."

„Ich dachte mir schon, dass Sie Gäste aufnehmen. Das Haus ist viel zu groß für einen allein. Ralph hat das auch immer gesagt." Sie grinste schelmisch. „Meistens dann, wenn er mir einen Antrag gemacht hat. ‚Evvy, dieses Haus ist zu groß für mich. Es gehört eine Frau hinein.'"

„Sie haben Nein gesagt?"

„Ich habe zweiundfünfzig Jahre lang mit meiner Mutter zusammengelebt und achtunddreißig Jahre allein. Ralph war eine wunderbare Ablenkung. Aber ich hatte nicht vor, mit dem Mann zusammenzuziehen."

Rese konnte sich ein Lächeln verkneifen. „Sie können gerne rüberkommen. Ich weiß nicht, was für Gäste ich haben werde, aber vielleicht spielt ja jemand Karten."

Evvys Gesicht legte sich in Falten wie Krepp. „Das ist nett." Sie wandte sich zum Gehen und sagte über die Schulter: „Und lassen Sie sich von den nächtlichen Geräuschen nicht stören."

Rese erstarrte, und in Gedanken hörte sie wieder das Stöhnen und Heulen jener Nacht.

„Ich bin sicher, dass es nicht spukt. Obwohl hier jemand ermordet wurde."

Rese spürte, wie eine Gänsehaut über ihre Arme kroch. „Auf dem Dachboden?"

Evvy zog die Augenbrauen hoch. „Ich weiß nicht, in welchem Raum. Ralph wüsste es vielleicht. Aber ich glaube nicht, dass ich ihn jemals gefragt habe."

Nachdem Evvy die Tür hinter sich ins Schloss gezogen hatte, betrachtete Rese das Wohnzimmer. Mord. Alte Häuser hatten immer eine

Geschichte, hatte Lance gesagt, aber nicht viele hatten die zweifelhafte Ehre eines Mordes. Sie hätte fragen sollen, wer ermordet worden war und wann, nicht wo. Aber sie war nicht sicher, ob sie es wirklich wissen wollte. Sie konnte es sich nur zu gut vorstellen, wenn die Lichter erst einmal aus waren. Wenn sie dem Knarren einen Namen und ein Gesicht geben konnte … Es war nicht so schlimm gewesen, seit sie sich in der Nacht, als Lance sie erschreckt hatte, den Geistern gestellt hatte.

„Re –"

Mit einem Aufschrei fuhr sie herum.

Lance blieb stehen, die Hände abwehrend erhoben. „Was ist?"

Sie schloss die Augen, weil sie wieder einmal einen Narren aus sich gemacht hatte. Und das nur, weil eine alte Frau ihr etwas eingeredet hatte. Sie hob trotzig den Kopf. „Was willst du?"

Er erwiderte ihren Blick. „Nägel fürs Dach."

„Oh. Ich habe keine mehr. Du musst welche besorgen."

Er betrachtete sie skeptisch. „Brauchst du sonst noch etwas?"

Beruhigungspillen. Das war das dritte Mal, dass er ihr Herz dazu gebracht hatte, wie wild zu hämmern. Gestern Abend in der Tür zu seinem Zimmer nicht mitgerechnet. Das war ein ganz anderes Herzklopfen gewesen. „Nein."

„Alles in Ordnung?"

„Natürlich." Rese drehte sich um, sammelte die restlichen Holzstücke vom Boden auf und legte sie auf die Werkbank. Warum hatte sie nicht erklärt, dass sie Besuch von ihrer Nachbarin bekommen hatte? Warum erzählte sie ihm nicht von der tollen Neuigkeit, dass in diesen Wänden Blut vergossen worden war? Blut ließ sich nicht wegwischen. Man konnte es überstreichen, und trotzdem kam es immer wieder zum Vorschein.

Ihre Lungen zogen sich zusammen. Sie hörte den qualvollen Schrei, sah das Blut auf die Wand spritzen. *Dad!* Sie selbst in Zeitlupe, wie sie auf ihn zulief, als er zu Boden fiel. Die warme, rubinfarbene Flüssigkeit, die durch ihre Finger rann. Rese presste die Fäuste gegen ihr Gesicht und versuchte zu atmen. Dann fing sie an zu weinen, und die Tränen, gegen die sie angekämpft hatte, füllten ihre Hände, wie sein Blut es getan hatte.

Sie fuhr zusammen, als Lance ihre Schultern berührte und sie zu sich umdrehte. Was machte er hier? Warum war er nicht gegangen?

„Was ist los, Rese? Was ist passiert?"

Sie schüttelte den Kopf. „Nichts."

Er hob sanft ihr Kinn an, sodass sie zu ihm aufblicken musste.

„Es ist nur …" Sie entzog sich ihm, ging auf Distanz. „Ich habe an meinen Vater gedacht. Wie …", sie holte zitternd Luft, „wie er gestorben ist." Sie zwang sich, ihn anzusehen.

Seine Augen waren weich und tief. „Wie ist er gestorben?"

Sie schluckte. „Wir haben gearbeitet. Nur wir beide. Ein altes Pförtnerhaus in der Nähe von Muir Woods." Dad hatte diese Wälder geliebt, die majestätischen Mammutbäume, die in den Himmel ragten, ein mächtiges Zeugnis von Zeit und Überlebenskunst.

„Wir waren so weit weg von allem." Wenn es in der Stadt geschehen wäre, hätte der Notarzt sie erreicht. Stattdessen war sie die Einzige dort gewesen. „Es war dunkel geworden, und ich habe die Arbeitsleuchte eingeschaltet." Hinter ihren Augen blitzte es weiß auf, wie ein Stromstoß. Ihr Schrei unterbrochen von – sie vergrub das Gesicht in den Händen und schüttelte den Kopf. „Ich kann nicht." Es laut auszusprechen, war schlimmer als monatelanges Schweigen. Sie senkte den Kopf. „Du kannst jetzt gehen. Ich komme schon klar."

„Das kannst du wohl kaum richtig einschätzen."

Sie runzelte die Stirn. „Mir geht es gut, Lance. Fahr und hol deine Nägel."

„Ich will dich nicht allein lassen."

Sie lächelte schwach. „Mit einem Mordopfer?"

Er warf ihr einen fragenden Blick zu. „Ein Mordopfer?"

„Der Nachbarin zufolge wurde jemand in diesem Haus umgebracht."

„Welche Nachbarin?"

Sie deutete mit dem Kinn in Richtung Seitenfenster. „Miss Evvy Potter. Aber ich habe mich mit dem Gespenst geeinigt. In letzter Zeit habe ich kein Stöhnen gehört."

„Was hat sie dir noch erzählt?"

„Sie war in einen jüngeren Mann verliebt. Er war erst neunundsechzig."

Lance legte den Kopf schief.

„Aber sie haben es niemandem erzählt. Damit die anderen nicht neidisch wurden."

Er lächelte. „Sie klingt interessant. Ich muss sie auch mal kennenlernen."

„Ich glaube, der Altersunterschied wäre ihr dann doch zu groß."

Lance strich sich übers Kinn. „Wer weiß."

„Du hältst dich vielleicht für einen Adonis, dem keine Frau widerstehen kann, aber Evvy ist für dich zu unabhängig." Sie schlang die Arme um ihren Oberkörper.

„Ich mag unabhängige Frauen. Ich mag sogar launische, verwirrte, menschenscheue Frauen."

„Ich bin nicht menschenscheu."

Sein Lächeln brachte Lachfältchen an seinen Augen zum Vorschein. „Hast du gedacht, ich spreche von dir?"

Sie warf ihm einen finsteren Blick zu. „Gehst du jetzt endlich? Ich habe zu tun."

„Du wirst mir aber nicht auf dem Gerüst ohnmächtig, oder?"

„Ich werde nie ohnmächtig." Obwohl sie beinahe katatonisch gewesen war, als der Notarztwagen endlich bei der Hütte angekommen war. Aber daran wollte sie jetzt nicht denken. Schon gar nicht, bevor Lance sie in Ruhe ließ. Sie ging zum Gerüst und kletterte wie ein Affe hinauf. Ohnmächtig werden. Ha. Er würde eher in Ohnmacht fallen als sie.

Rese hob das Schleifgerät, aber bevor sie an der Stelle weitermachen konnte, an der sie aufgehört hatte, drang ein Geräusch wie ein gedämpfter Schuss durch die Wand.

Kapitel 13

Mama duftet nach Eisenkraut und Sommerrosen.
Das Rascheln von Taft. Kleine weiße Hände.
Haut wie nicht entrahmte Milch, frisch und glatt,
aber ohne Süße.
Schön, aber ich finde keinen Trost dort,
denn Missmut klammert sich wie ein hungriger Lausbub an sie.

Lance kraulte Baxters Ohren, als der Hund bettelte, mitfahren zu dürfen. Während er auf sein Motorrad stieg, warf er einen Blick zum Haus zurück. Er musste Rese' Worte respektieren. Ihre herzzerreißenden Tränen waren in dem Augenblick versiegt, als er sie berührt hatte. Sie wollte allein trauern. Und er hatte genug, worüber er nachdenken musste.

Ein Mord in der Villa musste wichtig sein. Auch wenn andere Menschen in dem Haus gewohnt hatten, ließ Nonnas Schweigen eine Tragödie in der Vergangenheit vermuten, und ihre jetzige Dringlichkeit war vielleicht ein Hinweis auf ein Unrecht, das wieder gutgemacht werden musste. Gab es größeres Unrecht als ein Menschenleben, das gewaltsam beendet wurde? Er war fasziniert. Was wusste Rese' Nachbarin sonst noch? Wenn sie so alt war, wie sie klang, konnte sie einiges wissen. Vielleicht alles.

Was hatte Rese gesagt, wie sie hieß? Potter. Eve Potter. Er blickte zu dem kleinen Haus neben der Villa hinüber, dessen abschüssiges Dach zu einem mit Eisenkraut umrankten Spalier und einem Garten hinunterreichte, der beinahe so ungepflegt war wie ihrer. Das Haus musste gebaut worden sein, nachdem die Weinberge der DiGratias verschwunden waren, oder vielleicht war es eine Ergänzung für Schwiegereltern oder verheiratete Kinder gewesen.

Lance zögerte. Sollte er jetzt mit der Nachbarin sprechen? Zu auffällig. Als er das Motorrad anließ, sprang Baxter auf den Sattel, fest entschlossen, nicht zurückzubleiben. Sie fuhren in die Stadt und kauften die nötigen Materialien. Der Hund genoss die Fahrt, auch wenn sie kurz war. Es war schon zu lange her, dass sie freie Fahrt auf einer Landstraße gehabt hatten. *Bald, Kumpel, bald.*

Er konnte Nonnas Auftrag nicht ignorieren, und seine neue Sorge um Rese kam noch hinzu. Aber wenn er erst einmal erledigt hatte, wofür er hergekommen war, würden er und Baxter sich wieder auf den Weg machen. Oder etwa nicht?

Nachdem er vom Einkaufen zurück war, machte Lance sich daran, das Dach des Kutscherhauses zu bauen. Die Sonne brannte auf Nacken und Schultern herunter, während er die Spanplatten festnagelte. Seine Muskeln spannten sich und traten hervor, als erinnerten sie sich an die körperliche Arbeit. Seine Hände waren auch schwieliger geworden.

Von unten jaulte Baxter leise einen Willkommensgruß. Lance unterbrach seine Arbeit und sah hinunter. Sybil. Sein erster Reflex war, sich zu verstecken, aber das war auf dem Dach ein bisschen schwierig. Dann überlegte er, wie Rese mit der Situation umgehen würde – direkt und unmissverständlich. Er würde Sybil einfach sagen, dass er kein Interesse hatte.

Er legte den Hammer auf eine Querverbindung und kletterte hinunter, während sie den Hund streichelte. Dann stand sie auf und entblößte zehn Zentimeter zwischen ihren tief sitzenden Shorts und der Paisleybluse, die zu ihrem blauen Schmuck passte. Er konnte nicht verhindern, dass sein Blick darauf ruhte, aber zum Glück forderte Baxter wieder ihre Aufmerksamkeit.

Sie lachte und kraulte den Nacken des Hundes. „Bist du mit deiner Harley gefahren, Baxter?"

Lance antwortete an seiner Stelle: „Er hat die meiste Zeit hier abgehangen."

Sie blickte auf. „Wir könnten doch mit ihm irgendwohin fahren."

Er lehnte sich an den Türrahmen. „Ich kann nur einen Passagier mitnehmen." Obwohl Sybil theoretisch den hinteren Sitz haben könnte, auch wenn Baxter vorne auf dem Sattel saß.

Sie richtete sich auf, stemmte die Handflächen in den unteren Rücken, und die Sonne glitzerte in dem Perlenstecker der ihren sonnengebräunten Bauchnabel betonte. „Es ist ein schöner Tag für einen Ausflug. Hast du die Weinberge schon gesehen?"

Er riss mit Mühe den Blick von ihrem Bauch los und sah ihr wieder ins Gesicht. „Nein, aber das muss warten. Ich habe viel zu tun."

„Gönnt sie dir keine Pause?" Sybil betrat das Kutscherhaus und sah sich um.

Er konnte Rese die Schuld geben, aber das wäre unehrlich gewesen. Er hatte den Handel vorgeschlagen. „Ich mache das auf eigene Rechnung, aber ich habe nicht viel Zeit."

„Willst du hier wohnen?"

Er blickte sich in dem Raum um, der ungefähr dreimal so groß war wie die Zelle in dem italienischen Kloster und den er, im Gegensatz zu seiner Wohnung daheim, mit niemandem teilen musste. Es fühlte sich mehr wie ein Zuhause an als viele Orte, an denen er gewohnt hatte. Ja, er könnte hier leben. „Es hat Charakter, vielleicht sogar eine Geschichte." Mord und Gewalt.

Sie verdrehte die Augen. „Nicht schon wieder."

Er hob die Hände. „Eine Nachbarin hat Rese erzählt, dass jemand in der Villa ermordet wurde."

Sybil neigte den Kopf zur Seite. „Du bist immer noch auf die Story aus?"

„Na ja ..."

Sie legte den Zeigefinger an ihre Wange. „Ist das für Rese oder für dich?"

Rese würde alles, was er herausfand, wissen wollen, aber würde er es ihr erzählen? Er zuckte mit den Schultern. „Ich bin einfach unglaublich neugierig."

Sie lächelte. „Du weißt doch, wie das Elefantenkind seinen Rüssel bekam, oder?"

Er hatte sich schon gedacht, dass sie viel las.

Jetzt musterte sie ihn. „Weißt du was? Ich werde meine journalistische Erfahrung einsetzen." Sie lächelte. „Und du gehst heute Abend mit mir zum Jazzfestival."

„Jazzfestival?"

„Ein weibliches Jazzensemble im Park. Sechs Uhr."

Lance rieb sich das verschwitzte Kinn mit dem Handrücken. Jazz im Park war durchaus erträglich, vor allem, wenn er Informationen erhielt, zu denen er allein vielleicht keinen Zugang hatte. Es musste mehr geben als das, was er gefunden hatte, vor allem, wenn die Geschichte der Nachbarin stimmte. Nonnas Brief an Conchessa ließ auf eine Tragödie schließen, und jetzt sprach diese Nachbarin von Mord. Bei seiner Suche in der Gegend hatte er nichts herausgefunden – aber andererseits wusste er auch nicht, wie man so etwas anfing.

Vielleicht war Sybil der Schlüssel. „Klar.“ Er lächelte. „Finde was Schönes heraus.“

Sybil streichelte Baxter und warf dann ihr Haar über die Schulter zurück. „Wir sehen uns im Park.“

Einige seiner besten Kumpels waren Frauen. Und einige seiner schlimmsten Albträume auch. Er konnte Sybil jederzeit sagen, was für ein Versager er war. Trotz ihrer mangelnden Zurückhaltung hatte sie Klasse und Stammbaum. Sie würde ihn im Handumdrehen fallen lassen.

Als Star zur Tür hereinkam, wusste Rese sofort, dass die Eskapade vorüber war und die Nachwehen unmittelbar bevorstanden. Sie kletterte vom Gerüst herunter und ging mit ihr die Treppe zum Regenwaldzimmer hinauf, in der Annahme, dass es nur noch wenige Augenblicke dauern würde, bis die Wirkung mit voller Wucht einsetzte.

„Ich weiß, dass ich dumm war. Und es ist mir egal.“ Stars Augen wurden glasig, bevor die Tränenbäche herabstürzten. „Ich wollte nur vergessen.“

Rese strich ihr über das verfilzte und zerzauste Haar, dessen Locken sich hoffnungslos verknotet hatten. Star vernachlässigte ihre Haare oft, aber die konnte man Strähne für Strähne auskämmen. Der Rest war nicht so einfach zu entwirren.

Star schluckte. „Es tut weh, Rese.“

„Ich weiß.“ Manchmal wünschte sie, sie könnte ihren Schmerz herauslassen, wie Star es tat. Aber es schien nicht zu helfen, und sie bereute schon jetzt ihren kurzen Tränenausbruch von vorhin.

„Er hat gesagt, ich soll mich behandeln lassen.“

„Wer hat das gesagt?“

„Maury.“

Rese vermutete, dass sie nicht von dem Winzer der letzten beiden Tage sprach. Der war nur eine Reaktion gewesen und nicht der Grund für Stars plötzliches Erscheinen und den anschließenden Zusammenbruch. „Wer ist Maury?“

Star biss die Zähne zusammen. „Wir haben uns das Atelier geteilt.“

Und noch einiges mehr, vermutete Rese. Star hatte keine Grenzen und kein Urteilsvermögen. Aber es war bedeutsam, dass sie zusammen mit dem Typen gemalt hatte. Bedeutsam und riskant.

Star schlang die Arme um ihre Taille und schluchzte. „Es hätte der Durchbruch sein können – ich hätte mehr tun können, als nur bei irgendwelchen Märkten und Festivals zu spielen – wenn er nicht …“ Sie ballte die Hand zur Faust und schlug mit einem Aufschrei gegen ihre Brust. „‚Und wo die Schuld ist, mag das Strafbeil fallen!‘“

Das war im übertragenen Sinne gemeint, hoffte Rese … aber sie war sich nicht hundertprozentig sicher. Wenn Star wütend war, dann nahm das dramatische Ausmaße an. Sie ließ sich weinend aufs Bett fallen. „Ich habe ihm geglaubt.“

Rese setzte sich neben sie. „Was hast du ihm geglaubt?“

„Er hatte die Beziehungen. Er sagte, wenn die Leute erst mal meine Arbeit sehen würden –“ Stars Augen verengten sich zu Schlitzen. „Er hat mich geliebt, bis ihm klar wurde …“ Sie rollte sich auf die Seite. „Zuerst war ich eine Herausforderung für ihn. Sein Stil hat sich geändert, verbessert. Aber das konnte er nicht ertragen.“ Sie stützte sich auf einen Ellbogen. „‚Gesellschaft, niederträchtige Gesellschaft hat mich verdorben!‘ Ich werde nie wieder malen können.“

Rese entknotete eine rote, verfilzte Strähne mit den Fingern. „Sag das nicht, Star.“

„Meine Muse ist tot. Er hat sie erwürgt.“ Stars Kopf sank an ihre Schulter.

Rese ließ die wirren Locken los. „Sie kommt bestimmt zurück. Du wirst schon sehen.“

„Warum kann ich nicht so sein wie du?“ Star fuhr hoch und packte Rese bei den Schultern. „Du brauchst nichts.“

Klar. Der einzige ganz und gar autonome Mensch auf diesem Planeten.

„Es liegt daran, dass deine Mutter gestorben ist, während meine …“ Star blinzelte die Tränen fort. „Ich wünschte, meine wäre gestorben.“

„Ich weiß.“ Das war nicht neu. Star hielt den Tod von Rese’ Mom für ein Wunder, eine Befreiung aus dem Elend, während das Dilemma von Star angedauert hatte. Was immer Rese auch sagte, sie würde an dieser Meinung nichts ändern können.

„Kann ich hierbleiben?“ Star fuhr mit der Hand unter ihrer Nase entlang.

Rese streichelte ihre Schulter. „Ich werde dich ja wohl kaum rausschmeißen."

„Ich putze oder mache irgendwas anderes." Sie wischte sich mit ihrer Bluse das Gesicht ab.

„Du könntest dir eine andere Arbeit suchen."

„Ich kann mir noch nichts suchen. Ich kann einfach nicht."

„Okay."

Star stöhnte und wiegte sich hin und her. „Ich wollte, dass das vorbei ist. Die verrückten Schwestern."

Rese versteifte sich. Sie hatte lange nicht mehr daran gedacht. Vielleicht hatte Moms Tod sie wirklich von manchen Dingen befreit. „Wir sind keine verrückten Schwestern." Rese brachte Star dazu, sie anzusehen, und redete ihr ins Gewissen. „Wir sind auch nicht verrückter als alle anderen. Jeder hat Probleme."

Star umarmte sie stürmisch. „Ich kann ohne dich nicht leben."

„Doch, das kannst du. Du bist stärker, als du glaubst."

Star legte den Kopf in den Nacken. „Ich bin stark wie die Erde, hoch wie der Himmel, tief wie das Meer."

Rese lächelte. „Genau."

Star lachte. „Ach – es hat gutgetan, sich mal richtig auszuheulen."

Rese wurde ernst. Sie hätte längst weinen sollen, aber bis heute Morgen mit Lance … und selbst dann hatte sie die Tränen zurückgedrängt. Sie und Star waren eben unterschiedliche Menschen.

„Komm, ich kämme deine Haare." Rese fuhr mit den Borsten der Bürste vorsichtig durch Stars Locken, bis sie sich entknoteten. Sie waren gleich alt, aber Star war ihr immer wie eine kleine Schwester erschienen. „Und jetzt ruh dich ein bisschen aus. Dann fühlst du dich wieder besser." Rese wünschte, sie könnte ihr mehr bieten, etwas, das die jahrelange Selbstzerstörung fortwischen oder zumindest Hoffnung und inneren Frieden bringen könnte. Aber was gab es da schon? Als Star eingeschlafen war, erhob Rese sich vorsichtig vom Bett und ging wieder an die Arbeit.

Es war ein warmer und schöner Abend, und die Sonnenstrahlen fielen durch die Eukalyptusbäume, Eichen und Nadelbäume hindurch auf den Rasen. Es war beinahe sechs Uhr und der Platz im Park war mit Familien und Paaren und Rentnern gefüllt, die sich um Tische versammelt hatten oder auf Decken saßen und Essen und Wein ausgebreitet hatten. Italienischer Einfluss. Lance lächelte.

Er ging zwischen Rese und Star, die erstaunlich ruhig und vernünftig war. Vernünftig vor allem deshalb, weil sie bislang kein einziges Wort gesagt hatte. Ihren Augen nach zu urteilen, kam sie gerade von einem Trip zurück oder hatte abgrundtiefen Kummer. Rese tat so, als wäre nichts gewesen, also waren diese Schwankungen bei ihrer Freundin offenbar normal.

Er blickte sich nach Sybil um, sah sie aber noch nicht. Streng genommen hätte er Rese und Star nicht einfach mitbringen dürfen. Er war davon ausgegangen, dass Rese ablehnen würde, aber sie sagte: „Das ist genau das Richtige für Star." Und dann waren sie mit dem Lieferwagen hergefahren.

Sie kamen zu dem kleinen Amphitheater und Lance fand einen Platz für vier Personen. „Wollt ihr was essen oder trinken?" Es gab Verkaufsstände auf beiden Seiten des Platzes. Ein Bauernmarkt war dort errichtet, obwohl er nicht genau sehen konnte, was es zu kaufen gab. Er sah einen Hotdogstand, erwähnte ihn aber nicht.

Rese wandte sich an Star. „Willst du etwas?"

Star hob die Hände und ließ sie kraftlos wieder auf den Schoß fallen, wie ein verletztes Vögelchen seine Flügel heben würde, aber sie antwortete nicht.

„Ich sehe mal nach, was es gibt." Lance ließ sie allein und schlenderte an den Buden vorbei. Auf der einen Seite fielen ihm Sträuße bunter Wicken ins Auge, während ein anderer Stand Mohnblumen, Margeriten, Pfingstrosen und Butterblumen anbot. Frisches Gemüse, Pfirsiche, Erdbeeren und Honigwaben sandten ihre Düfte in die Abendluft. Ein Straußenfarmer hatte Körbe mit Federn, Eiern und getrocknetem Straußenfleisch aufgebaut.

Schließlich kam er zu einem Stand, vor dem eine lange Schlange anstand, um Eintopf nach Hausfrauenart zu kaufen. Dort, wo er herkam, war das immer ein gutes Zeichen. Rico aß niemals etwas an einem Ort, wo er nicht warten musste. Lance kaufte zwei Teller mit Eintopf und beim Kiosk nebenan zwei Flaschen Wasser und trug alles in einem flachen Pappkarton zurück.

Rese gab Star einen Teller und einen Becher und nahm dann ihre eigenen aus der Schachtel. „Und was ist mit dir?"

Er blickte sich um. „Ich warte noch ein bisschen." Von Sybil war noch immer nichts zu sehen. Vielleicht suchte sie ihn irgendwo anders. „Ich komme gleich wieder." Er ging die Betonstufen hinauf und um den Teich herum. Ein paar Enten kamen auf ihn zugewatschelt, um zu sehen, ob er Futter für sie hatte, aber als er die Hand nicht ausstreckte, wandten sie sich aussichtsreicheren Kandidaten zu.

Der süße Duft von Popcorn hing in der Luft, als er den Teich umrundete und Sybil sah. Ihr blauer, knöchellanger Rock war auf einer Seite bis zum Oberschenkel geschlitzt, aber sie schaffte es, elegant auszusehen anstatt billig. Ihre Riemchensandalen klapperten ein wenig auf dem Gehweg, als sie näher kam, und er konnte ihr Parfüm riechen. Aber was ihn am meisten interessierte, war die Mappe in ihrer Hand.

„Tut mir leid, dass ich zu spät bin. Ich hatte nicht erwartet, dass ich tatsächlich etwas finden würde."

„Aber das hast du?"

Sie schüttelte ihre seidigen Haare über die Schulter zurück und schlug die Mappe auf. „Ich bin mir nicht sicher, was ich davon halten soll." Sie zog die Kopie eines Artikels aus der *Index Tribune* heraus und gab sie ihm.

Er suchte nach dem Datum und spürte, dass sein Puls schneller ging.

Einheimischer erschossen
In der Nacht von Sonntag auf Montag wurde Vito Shepard in seinem Haus erschossen.

Vito Shepard. Quillans Sohn Vittorio?

Die Nachbarn wurden aus dem Schlaf gerissen, als in den frühen Morgenstunden Schüsse „wie im Krieg" ertönten. „Ich habe vorher noch nie eine Maschinenpistole gehört und hoffe, dass ich auch nie wieder eine hören werde", sagte Nachbar Joseph Martino. „Es ist eine Tragödie."
Andere waren der Meinung, das Opfer habe nur bekommen, was es verdient hatte. „Die Italiener haben den Staat schon zu lange an

der Nase herumgeführt", sagte ein einflussreicher Bürger, der ungenannt bleiben wollte.
Die Polizei fand Mr Shepard tot in seinem Haus, und es gibt Gerüchte über unrechtmäßig erworbenen Reichtum. Eine Durchsuchung des Grundstücks förderte jedoch nichts zutage. Die Behörden suchen Mr Shepards Tochter und bitten um Hinweise über den Aufenthaltsort von Antonia Shepard.

Vito ermordet; Antonia vermisst. Lance ließ das Blatt Papier sinken und spürte, wie sich Kummer und ein Gefühl der Ungerechtigkeit in ihm breitmachten. Und Ärger, wegen der Erwähnung von unrechtmäßig erworbenem Reichtum und der „Italiener". Die organisierte Kriminalität war aus der Prohibition erwachsen, und San Francisco hatte seine eigene Mafia. Es war denkbar, dass Mitglieder seiner Familie damit zu tun gehabt hatten, vor allem, wenn den Menschen, die ihr ganzes Leben lang Wein angebaut und gekeltert hatten, das Gesetz so unsinnig erschien. Es ging nicht darum, sich billig zu betrinken, sondern darum, die Schönheit, das Leben und die Fruchtbarkeit des Landes zu feiern.

Heutzutage verstanden die Leute das, wie man an den üppigen Weinbergen in Napa und Sonoma Valley sehen konnte. Aber in den dreizehn Jahren, in denen die Prohibition den vornehmen Genuss von Wein zu einer Mentalität des schnellen Sich-Betrinkens hatte verkommen lassen, hatten die Menschen das nicht begriffen. Mächtige auf beiden Seiten hatten das Ganze benutzt, um ihre Macht auszubauen. Aber die Beamten erschossen Mitwirkende nicht in ihren Häusern. Das hier war eine private Geschichte gewesen.

Er hatte über den Mann in Zement Witze gemacht, aber es war nicht lustig. Das Stereotyp des Italieners lebte auch im Computerzeitalter weiter, und jetzt schien es so, als hätte es einen wahren Kern.

Lance blickte auf. „Das ist interessant."

„Wenn dir das gefällt, dann sieh dir mal dies hier an." Sybil reichte ihm eine andere Kopie.

Es war eine Todesanzeige.

Vittorio DiGratia Shepard starb am Sonntagabend friedlich in seinem Haus. Er hinterlässt den angesehenen Dichter Quillan Shepard, Vater, und eine Tochter, Antonia. Trauerfeier im Kreise der Familie.

Lance überprüfte das Datum, das mit dem aus dem Artikel übereinstimmte. Er blickte auf. „Starb friedlich?"

„Wie es scheint, war das die offizielle Version."

Er bekam ein beklemmendes Gefühl in der Brust.

Sybil schwenkte das erste Blatt. „Das hier wurde nie veröffentlicht. Ich habe es im Archiv gefunden, aber es stand nicht in der Zeitung."

Lance zog die Stirn kraus. „Warum nicht?"

Sie zuckte mit den Schultern. „Jemand wollte nicht, dass es drinstand."

„Also haben sie die Todesanzeige abgedruckt und es dabei belassen?"

„Sieht so aus. Ich habe die Polizeiakten eingesehen."

Er konnte sich einen überraschten und bewundernden Blick nicht verkneifen. „Und?"

Sie schüttelte den Kopf. „Keine rauchende Maschinenpistole."

Lance blickte zwischen den beiden Kopien hin und her. „Könnte die erste Story eine Ente sein? Irgendein eifriger Reporter, der sich wichtig machen wollte?"

Sybil fasste ihre Haare zu einem Zopf zusammen und ließ sie über ihren Rücken fallen. „Könnte natürlich sein. Aber ich bezweifle es. Vor allem, weil der Bericht archiviert wurde. Und deine Nachbarin hat Gerüchte darüber gehört. Ich habe schon aus weniger eine Story gemacht."

Lance dachte nach. Würde es seinem Anliegen helfen, wenn er auf ein früheres Unrecht aufmerksam machte? Nichts brachte ihn direkt damit in Verbindung – bis jetzt. Rese würde auch weiterhin nicht … Sein Gewissen machte sich ernsthaft bemerkbar. Es gefiel ihm nicht, Geheimnisse zu haben. Aber was sollte er machen? Er brauchte Antworten, und dann würde er entscheiden, was er mit den Informationen tat.

„Also gibt es hier eine Geschichte?"

Sybil schüttelte den Kopf. „Alte Nachrichten." Sie lächelte. „Aber wenn Vitos Geist anfängt zu spuken …"

„Woher willst du wissen, dass er es nicht tut?"

Sie schob ihre Hand unter seinen Arm. „Tut er es denn?"

„Rese hat neulich nachts ein Stöhnen gehört."

Ihrem Gesichtsausdruck nach zu urteilen, gingen Sybils Gedanken in eine Richtung, die er lieber nicht einschlug. Aber sie schmunzelte nur und sagte: „Also, wenn sie anfängt, die durchlöcherte Leiche zu sehen, sag mir Bescheid." Sie zog ihn mit sich. „Die Musik fängt an. Komm, sonst kriegen wir keinen Platz mehr."

„Ich habe schon Plätze."

„Wie denn das?"

„Rese und ihre Freundin halten sie frei."

Sybil blieb stehen und sah ihn an. „Du hast Rese mitgebracht?"

Er hatte also doch geschummelt. „Sie musste mal raus."

„Seid ihr beide zusammen?"

Er konnte Ja sagen und ihre Jagd beenden, aber es war einer der wenigen Punkte, bei denen er ehrlich sein konnte. „Rein geschäftlich." Obwohl Rese' Blick, als er sich mit Sybil zu ihr setzte, interessant war. Star war immer noch in einer anderen Welt und reagierte kaum, als er die beiden einander vorstellte. Sybils Reaktion auf die beiden anderen Frauen hätte ihn belustigt, wenn Rese nicht plötzlich ganz zerbrechlich ausgesehen hätte. Er fing die ganze Sache nicht sehr geschickt an, und die Folgen waren eventuell schwerwiegender, als er wahrhaben wollte.

Erstaunlicherweise machte Sybil nach dem Konzert keinen Druck auf ihn. Vielleicht wegen Rese und Star. Vielleicht hatte sie sich einfach auf eine andere Strategie verlegt. Sobald Lance zu Hause war, ging er in sein Zimmer und las sich die Artikel noch einmal durch.

Es gab keine Erklärungen, warum Antonias Vater erschossen worden war oder von wem oder welche Folgen das in Bezug auf sein Haus gehabt hatte. Warum hatten die Shepards – oder die Michellis durch Marcos Heirat mit Antonia – ihr Land und dieses Haus, in dem er jetzt schlief, verloren? Wer war an dem Mord beteiligt gewesen, und konnten diese Leute die Familie vertrieben haben?

Wenn die Geschichte vertuscht und sogar bis in die Polizeiakten hinein manipuliert worden war, dann war irgendein hohes Tier darin verstrickt. Und wenn es so war, wie groß war dann die Chance, dass noch irgendetwas von Bedeutung existierte? Aber Nonnas Reaktion bedeutete, dass noch etwas zu tun war. Grund genug, um ihn hierherzuschicken, und mit Gottes Hilfe würde er ihr Geheimnis enthüllen.

Kapitel 14

Ich bin klug für mein Alter und sehe unter die Oberfläche.
„Engelsblick" nennt Nonna Carina das,
wenn man das Leid, die Freude der anderen spürt.
Mein Herz schlägt außerhalb von mir in einem Rhythmus,
den ich nicht ignorieren kann.
Mein Geist tanzt. Mein Geist trauert.
Mein Geist weiß, was mein Verstand nicht weiß.

Selbst jetzt, wo das Kutscherhaus kein Dach hatte, spürte man den Geruch von Alter. Lance atmete ihn ein und fragte sich, woher er kam. Die Steinmauern konnten es nicht sein, und die Dachsparren und Balken, die er in den vergangenen drei Tagen gezimmert hatte, waren neu. Der Boden? Nur Steine im Sand. Er schnupperte. Wenn er versuchte, es zu riechen, gelang es ihm nicht. Der Geruch war nur am Anfang da, wenn er das Gebäude betrat.

Er seufzte. Wahrscheinlich war alles Einbildung. Er blickte auf den Boden hinunter. Er hatte die Rohre entlang der Außenwand verlegt. Jetzt musste er den Boden anheben, um sie in die Erde zu lassen; die Steine hochhebeln, unter der Wand graben und das Bad ausloten. Warum widerstrebte ihm das so?

Er nahm das Stemmeisen, das er bereitgelegt hatte, schob es unter den ersten Stein und löste ihn vorsichtig. Es versetzte ihm einen Stich. Was sollte das? Es war nur ein Steinboden, auch wenn Rese ihn ehrfürchtig angesehen hatte und er ihn bewunderte.

Er packte den Rand des Steins und hob ihn hoch. Er hatte die Platten mit Kreide nummeriert, um sicherzugehen, dass er sie in der richtigen Reihenfolge wieder verlegte, wenn er fertig war. Jetzt legte er den Stein beiseite, zuversichtlich, dass er den Boden wiederherstellen konnte, wenn seine Arbeiten beendet waren. Die Erde drunter war so hart wie der Stein selbst. Es würde eine Weile dauern, bis er sich da hindurchgegraben hatte, um die Rohre ins Haus zu legen. Er hebelte den nächsten Stein hoch und legte ihn zu dem ersten.

Er hatte das Bad für die vordere Seite des Schlafzimmers geplant, damit er von dem Steinboden so wenig wie möglich aufnehmen musste. Aber dort sollte er die Ritzen verfugen. Der Handwerker, der vor ihm hier gearbeitet hatte, würde das verstehen. Er hob den nächsten Stein auf und fand Fels darunter, keine Erde. Es war ein poröser, kalkfarbiger Stein. Hm. Durch den würde er sich nicht graben können.

Aber da war es wieder, dieses Gefühl des Schuldbewusstseins. Er runzelte die Stirn. Ein Teil von ihm wollte die Steine wieder zurücklegen und das Badezimmer vergessen. Aber das war albern. Er konnte Rese kaum bitten, ihr Bad mit ihm zu teilen, und die anderen Badezimmer waren für die Gästezimmer bestimmt. Wer auch immer schließlich in dem Kutscherhaus wohnen würde, brauchte ein Bad, und er war derjenige, der es bauen musste. Wenigstens konnte er seine Arbeit so sorgfältig machen, wie sie es verdiente.

Er fuhr mit dem Finger über den Stein. Er war kühl und rau wie jeder Stein, der nicht dem Sonnenlicht ausgesetzt war. Wieder bemerkte er den Hauch von Alter, und er neigte den Kopf leicht zur Seite und versuchte herauszufinden, von wo der Geruch kam. Vor seinem geistigen Auge stiegen Bilder von italienischen Kapellen und Grotten auf. Er stellte sich Tante Conchessa mit schwarzem Schleier und Rosenkranz vor.

Lance schüttelte den Kopf. Er hatte zu viel Fantasie. Er platzierte das Stemmeisen unter dem nächsten Stein und hob ihn an. Wieder Stein darunter. Sie hatten das Kutscherhaus auf einem Felsen erbaut. Da würde er die Rohre niemals durchbekommen. Aber dann sah er die Naht. Seine Kehle schnürte sich zusammen, als er die Steine genauer begutachtete. Sie waren mit Mörtel verbunden. Eindeutig nicht natürlichen Ursprungs.

Ein älterer Boden von einem früheren Gebäude? Vielleicht war dies nicht einmal das ursprüngliche Kutscherhaus, sondern nur eine später errichtete Garage. Er stieß das Stemmeisen neben dem Stein in die Erde und suchte nach der Unterseite des Steins. Das Werkzeug kratzte an der Seite, bekam aber keine Kante zu fassen. Er bohrte noch ein Stück tiefer. Wieder schabte das Eisen nur über den Stein, ohne ihn anheben zu können. Die Steine waren offenbar dicker als die Steinplatten des jetzigen Fußbodens.

Lance holte die Schaufel und legte den Stein mühsam dreißig Zentimeter tief frei. Der nächste Aushub offenbarte eine weitere Zementnaht. Die Steinblöcke waren ungefähr dreißig Zentimeter breit und zwanzig Zentimeter hoch. Dies war ein von Menschenhand geschaffenes Werk. Ein Grab? Ein Schauer lief ihm über den Rücken. War es das, was er gespürt hatte? Vielleicht hatten sie Vito Shepard hier begraben. Trauerfeier im Kreis der Familie. Er stützte die Schaufel auf dem Stein ab.

Er hatte die Wahrheit ausgraben wollen, aber nicht im wörtlichen Sinne. Wenn dies das Grab seines Urgroßvaters war oder auch das Grab eines anderen …

Er konnte das Bad an eine andere Stelle versetzen, aber dann würde er einen neuen Graben ziehen müssen, und wer wusste, was er noch unter dem Boden finden würde. Außerdem gab es keine Beweise dafür, dass es ein Grab war. Aber was war es dann? Er starrte auf den Boden, der ihm keine Antworten gab. Vielleicht wäre es ein Fehler, alles zuzudecken, bevor er es wusste. Wenn etwas auf dem Grundstück versteckt war, dann vielleicht unterirdisch. Aber warum schlug sein Herz jetzt nicht schneller, so wie es bei der Metalldose gewesen war? Warum spürte er einen dumpfen Kummer, als ob … etwas verloren sei?

Lance suchte mit den Blicken den Boden ab. Der Teil, den er freigelegt hatte, war aus massivem Stein. Er würde einen Presslufthammer brauchen, um weiterzukommen. Wenn diese Steinkonstruktion in beide Richtungen weiterging, gab es vielleicht eine Öffnung, und dann würde er sich die Option offen halten. Er ging hinaus und begutachtete den Graben. Es könnte funktionieren. Im Moment würde er alles lassen, wie es war, und die Rohre neben dem Stein entlangführen.

Er hob den Bereich neben dem Stein aus, wobei er Mühe hatte, den Erdboden, der so lange unberührt geblieben war, zu durchdringen. Er grub einen Tunnel unter der Mauer hindurch und verband ihn mit dem Graben auf der anderen Seite. Dann schob er das Rohr hindurch, aber während er arbeitete, dachte er die ganze Zeit über die Steinblöcke nach. Wie weit reichten sie unter dem Steinfußboden? Wie weit in Richtung Villa ging die Konstruktion? Gab es eine Öffnung? Wohin führte sie?

Er wischte sich mit dem Arm den Schweiß von der Stirn und sah Rese näherkommen. Er richtete sich schnell auf und ging hinaus, um sie abzufangen.

„Die Küchenutensilien sind gekommen. Ich habe den Lieferschein kontrolliert und die Ware angenommen."

Er stützte sich auf seine Schaufel. „Prima." Er sollte mehr Begeisterung zeigen. Er wollte wirklich gute Arbeit leisten, solange er hier war. Aber seine Gedanken kreisten so sehr um die Vergangenheit, dass es ihm schwerfiel, an die Gegenwart zu denken. Und was war mit der Zukunft?

Sie sagte: „Ich lasse dich das alles organisieren."

„Gut." Er lächelte. Je weniger man ihm in der Küche hineinredete, desto besser. Als spielte das überhaupt eine Rolle.

„Wie läuft's?"

Er blickte auf den Graben hinunter. „Ich kann jetzt ausloten." Wenn sie nicht hineinging, würde er nichts über das Stein-Etwas sagen.

Aber sie betrat das Haus. „Ich sehe, dass du die Steinplatten aufhebeln musstest. Das dachte ich mir."

Sein Blick wanderte zum Himmel hinauf, und einen Augenblick später hörte er ihre Frage: „Was ist mit diesem Stein hier drin?"

Genau genommen war er auch außerhalb des Kutscherhauses. Lance war mit der Schaufel darauf gestoßen. Das Ganze war auf jeden Fall lang genug, um eine Grabstätte zu sein. Er ging ins Haus. „Ich bin nicht sicher. Vielleicht ist es einfach Fels."

Sie kniete sich hin und untersuchte das Gestein. Er hatte gehofft, sie würde es nicht tun. „Nein. Da ist Mörtel verwendet worden."

„Ein altes Fundament vielleicht."

Sie blickte auf. „Die Steine sind übereinander geschichtet. Es ist eine Mauer oder so etwas."

Er hätte das verräterische Loch auffüllen sollen. „Es könnte ein Grab sein."

Ihre Augen weiteten sich. „Was?"

Er erzählte ihr, was er von Sybil erfahren hatte, sowohl von dem unveröffentlichten Artikel als auch von der nicht dazu passenden Todesanzeige.

Sie blickte aus der Hocke zu ihm auf. „Glaubst du, das hier ist Vito Shepards Grab?"

Er zuckte mit den Schultern. „Es könnte sein."

Sie stand auf. „Und du hast einfach weitergegraben?"

„Irgendwo müssen die Rohre ja hin."

Sie runzelte die Stirn. „Warum sollte man hier jemanden begraben?"

„Wenn die Sache vertuscht wurde oder ein Skandal war, könnte die Familie ihn hier vergraben und das Grab gründlich versteckt haben."

Sie warf einen erneuten Blick in das Loch, eindeutig skeptisch, aber nicht vollständig überzeugt, dass er recht hatte. „Es könnte aber auch etwas anderes sein. Ein Rübenkeller vielleicht."

Ihm stockte der Atem – oder ein Weinkeller. Es würde nichts nutzen, wenn er sie auf diese Fährte brachte. Sie würde alles ausgraben wollen, und dann wäre es nicht mehr möglich, irgendetwas geheim zu halten.

Er zog die Augenbrauen zusammen. „Unter dem Kutscherhaus? Das ergibt keinen Sinn. Ich habe dieses Gemäuer erst entdeckt, nachdem ich die Steinplatten aufgenommen hatte. Ein ziemlicher Aufwand, um an die Kartoffeln zu kommen." Und ein Weinkeller wäre im Haus gewesen, vielleicht in der riesigen Speisekammer. *Klar, überrede dich selbst.* Er konnte sie nicht ansehen. „Soll ich es ausgraben?" So, er hatte sich Mühe gegeben.

Sie warf ihm einen Blick zu. „Natürlich."

„Ist vielleicht völlig harmlos."

„Ist vielleicht ein ganzes Mausoleum." Rese blickte nachdenklich drein und betrachtete das Loch. „Glaubst du, dass Menschen … nach ihrem Tod woandershin gehen?"

„Entweder in die eine oder die andere Richtung."

Sie sah nicht überzeugt aus. „Könnte jemand verloren gehen?"

„Du meinst, als Geist herumhängen?"

„Beantworte das lieber nicht." Sie hob abwehrend die Hände. „Am besten buddelst du es wieder zu. Ich will kein Stöhnen mehr auf dem Dachboden hören."

Er sollte ihr sagen, dass das offene Fenster das Geräusch gemacht hatte, aber im Moment verschaffte ihm ihr Aberglaube vielleicht etwas Ruhe. Als Kompromiss bot er ihr einen schalen Trost an. „Ich habe nichts gehört. Und mein Zimmer ist gleich unter dem Dachboden."

Sie nickte. „Zu viele Gespenstergeschichten. Meine Mutter hat sie geliebt."

„Und du nicht?" Er lehnte die Schaufel an die Wand.

„Eigentlich nicht." Sie schlang die Arme um ihren Oberkörper und schauderte.

Er neigte den Kopf zur Seite. „So wie wir das Haus nach Geistern abgesucht haben, dachte ich, du wärst immun."

„Besser als darauf zu warten, dass sie kommen und mich holen."

Er betrachtete ihr Gesicht. „Du hättest gehen können."

„Ich laufe nicht davon." Vielleicht, um ihren Mut zu beweisen, ging sie in die Hocke und berührte die Erde von der Mörtelfuge zwischen zwei Steinblöcken. „Sind Gräber nicht aus Marmor oder so?"

„Nicht, wenn man in Sonoma lebt, wo es einen Steinbruch und Steinmetze gibt. Und wenn man eine Leiche hat, die man unauffällig begraben muss."

„Aber wäre das Grab dann nicht tiefer?"

„Nicht, wenn es einen Eingang gibt."

Sie sprang auf, die Hand an der Kehle, und warf ihm dann einen finsteren Blick zu.

Er lächelte. „Ich werde es heute noch zuschütten."

„Sorg dafür, dass es nicht … gestört wird."

„Ehrenwort." Er hob zwei Finger. Er war mit der Grabtheorie ein Risiko eingegangen und schien sie damit abgeschreckt zu haben. Er wollte diese Möglichkeit allein erforschen, aber er würde das, was dort war, nicht anrühren. Er war ein Teil davon.

Rese hatte vorgehabt, ihn nach dem knallenden Geräusch in der Wand zu fragen, aber nach all dem Gerede von Gräbern und Geistern hätte das paranoid geklungen. Es konnte Luft in den Rohren gewesen sein oder knackendes Gebälk. Sie hatte sich nur wegen Evvys Geschichte eingebildet, dass es wie ein Gewehrschuss klang. Tatsächlich wusste sie gar nicht, wie ein Gewehrschuss klang, weder durch eine Wand noch auf irgendeine andere Weise.

Als Lance von dem Zeitungsartikel berichtet hatte, war ihr das Geräusch wieder eingefallen, aber es wäre albern gewesen zu sagen: „Hey, ich habe da zufällig den Schuss in der Wand gehört." Aber hatte sie das wirklich? Es hieß, alte Wände hätten Ohren und alte Häuser ein Gedächtnis. War Vito im Wohnzimmer erschossen worden? Vielleicht hatte eine Kugel die Wand getroffen und die Schallwellen waren eingesperrt worden und …

Sie ballte die Hände zu Fäusten. *Sei nicht albern,* würde ihr Vater sagen. Putz und Holz haben kein Gedächtnis. Also Luft in den Rohren. Kein Grund, es Lance gegenüber zu erwähnen. Die eigentliche Frage war, warum er irgendwelche Artikel über die Villa hatte. Und warum er ihr nicht schon früher davon erzählt hatte.

Sie seufzte. Vielleicht war die ganze Sache verrückt. Unterirdische Gräber, überirdische Geräusche, ein Unternehmen, von deren Führung sie nichts verstand. Es war der Traum ihres Vaters gewesen, ein eigenes Haus zu renovieren, und ihre Idee, eine Pension daraus zu machen, die sich rechnete, sodass sie dem Baugewerbe den Rücken kehren konnte. Was hatte sie sich nur dabei gedacht? Dad hätte den Beruf, den sie beide liebten, nie aufgegeben ... die Arbeit, die ihn umgebracht hatte.

Rese spürte, wie ihr Magen sich zusammenzog. Er hatte immer *eines Tages* gesagt. Und dann hatte er keine Tage mehr gehabt. Das war der Grund dafür, dass sie diese Sache durchziehen musste. Das und ihr Zusammenbruch nach seinem Tod. Sie presste die Hand an ihre Schläfe. Sie hatte nicht mit den Arbeitern weitermachen können wie vorher. Selbst wenn sie mit ihr zusammengearbeitet hätten, sie hätte es nicht gekonnt. Die Geräusche, die Arbeit selbst, die immer mit jener Nacht verbunden sein würden. Sie musste zu Dads Andenken diese letzte Renovierung vollenden, und dann hoffte sie, dass sie nie wieder eine Säge schwingen musste.

Das Gerede von Tod und Mord im Haus hatte ihre Erinnerungen angefacht. Oder vielleicht waren sie schon da gewesen und hatten darauf gewartet, dass er ihren Widerstand aufgab. Stars Tränen hatten sie ausgelaugt und teilnahmslos gemacht, sodass sie den ganzen Tag schläfrig gewesen war. Rese konnte es sich nicht leisten zu schwächeln.

Sie schliff die Bücherregale, bis ihre Finger keine rauen Stellen mehr entdecken konnten, und trug dann die Beize auf. Sie kannte diese Arbeit. Wenn sie die Gedanken und Erinnerungen in Schach halten konnte, würde sie alles so machen, dass ihr Vater stolz auf sie wäre. Eine letzte Ehrung all dessen, was er ihr beigebracht hatte. Und dann, was dann?

Trotz der schmerzlichen Erinnerungen war die Renovierung der einfache Teil. Sich selbst neu zu definieren war etwas ganz anderes. Wie Lance freundlicherweise bemerkt hatte, war sie nicht mit einer gastfreundlichen Persönlichkeit gesegnet. War das etwas, was sie lernen konnte? Oder war jemand wie Lance nötig, dessen natürliche Ausstrahlung Leute anzog und sie dazu brachte, Dinge zu tun und zu denken und zu fühlen, die sie ohne ihn nie kennengelernt hätten?

Sie verdrängte diesen Gedanken. Dies war ihre Pension, und sie würde sein und tun, was nötig war, Lance zum Trotz. Er arbeitete für sie, und sie sollte nicht erwarten, dass zu viel von ihm abhängig war, schon gar nicht, wenn seine Vergangenheit ein Hinweis darauf war, dass sie ihn eher früher als später ersetzen würde. Sie war klug genug, sich nicht auf jemand anders zu verlassen als auf sich selbst.

Rese ging ins Arbeitszimmer, um an der Homepage zu arbeiten. Sie brauchte immer noch Bilder von Lance' Zimmer. Sie würde ihn fragen, wenn er hereinkam. Ihr Magen knurrte. Sie hatten ohne Mittagspause gearbeitet, und der Abend rückte näher. Sie würde ihn besser schon jetzt fragen.

Sie ging wieder hinaus und sah, dass er die Rohre für seine Badezimmerarmaturen angeschlossen und die Spüle und das Toilettenbecken ausgelotet hatte. Jetzt war er dabei, über den Steinblöcken, die sich unter dem Fußboden befanden, die in sich geschlossene Duschkabine zu installieren. Damit war diese Sache also erledigt.

„Ich brauche Bilder von deinem Zimmer für die Internetseite, Lance."

Er blickte zu ihr auf. „Äh … das Zimmermädchen war noch nicht drin."

„Ich kann das machen." Sie hatte oft hinter ihrem Vater hergeräumt.

Er richtete sich auf, blieb aber in der Hocke. „Hat es Zeit bis morgen?"

Sie zuckte mit den Schultern. „Wahrscheinlich schon." Es gab jede Menge andere Dinge, die sie tun konnte. „Übrigens hat Star angeboten zu putzen."

Er wischte sich die Hände an der Jeans ab. „Ich dachte, du wolltest nicht –"

„Sie muss eine Weile bleiben." Rese wollte ihm nicht zu viel erzählen, aber fügte hinzu: „Es geht ihr im Moment nicht gut und … wenn sie die Zimmer macht, könntest du dich um den Garten kümmern."

Er musterte sie einen Augenblick und sagte dann: „Das bedeutet aber, dass ein Zimmer weniger zur Verfügung steht."

„Wenn ich es brauche, nehme ich sie zu mir." Sie hatten schon viele Nächte zusammen verbracht. Häufig hatte nicht einmal ihr Vater davon gewusst, wenn Star zitternd und ausgehungert und vor Schmerzen halb wahnsinnig zum Fenster hereingeklettert war.

Lance beugte sich wieder über seine Arbeit. „In Ordnung."

Es war ihre Entscheidung, aber es war ein gutes Gefühl, dass er ihr zustimmte. Sie sollte ihn weiterarbeiten lassen. Und sie selbst sollte auch wieder an ihre Arbeit gehen. Aber sie sagte: „Hast du eine Ahnung, was ein knallendes Geräusch in einer Wand verursachen könnte?"

Er blickte auf. „Knallend?"

„Wie eine Art Schlag. Gedämpft." Sie stieß die Luft aus. „Ich habe im Wohnzimmer gearbeitet und etwas wie einen gedämpften Schuss gehört."

Er sah sie genauso an, wie sie es erwartet hatte. „Schuss."

Jetzt hatte sie damit angefangen, also konnte sie den Gedanken genauso gut zu Ende führen. „Vielleicht wurde Vito dort erschossen. Was ist, wenn Leute dort spielen und lesen und … Schüsse hören oder Blutflecken an der Wand erscheinen?"

Er lachte. „Eine ganz schön lebhafte Fantasie, Theresa."

Sie warf ihm einen grimmigen Blick zu. „Nenn mich nicht so."

Sein ganzes Gesicht wurde von seinem Lächeln erfasst.

Sie reckte das Kinn vor. „Ich soll es also einfach vergessen?"

Er blickte zum Haus hinüber. „Wenn es da drüben spukt, erfahren wir es noch früh genug."

Warum war das kein tröstlicher Gedanke? Ihr Vater würde sagen, sie solle nicht albern sein. Der Tod war das Ende. Es gab keine Seelen, die in den Himmel kamen oder ins ewige Feuer. Das Leben hörte einfach auf. Der Körper wurde wieder zu Erde. Stimmte das? Sie spürte jedenfalls nichts von ihrem Vater. Er war fort. Sie hatte zugesehen, wie das Leben ihn verlassen hatte, und dann hatte sie seinen leblosen Körper in ihren Armen gehalten.

„Alles in Ordnung?"

Sie sah Lance an. Er war eindeutig zu scharfsinnig.

Rese holte tief Luft. „Ja."

„Sicher?"

Sie würde nicht noch einmal in seiner Gegenwart zusammenbrechen. „Na ja, ich habe Hunger."

Sein Lächeln war viel zu besänftigend. Es schlich sich in ihr Inneres und gab Lance eine Bedeutung. Das gefiel ihr nicht. Es beunruhigte sie, dass sie seine Meinung hören wollte, seinen Rat suchte. Und es hatte ihr nicht gefallen, dass Sybil am Vorabend an seinem Arm gehangen hatte. Die Aufmerksamkeit, die Lance erregte, sollte ihr gleichgültig sein. Aber seit er erschienen war, hatte er begonnen, ihr wichtig zu werden.

Vielleicht sollte sie ihn für ihre Homepage fotografieren. Die Kreationen von Küchenchef Michelli. Das war eine gute Idee. Die Zimmer würden ausgebucht sein. Und ein Plakat, auf dem Lance lächelnd mit seiner Gitarre abgebildet war. Die Leute würden in Scharen kommen. Ihr Magen zog sich zusammen.

„Rese?"

„Was?"

„Ich habe gefragt, was du essen willst."

Sie riss sich zusammen. „Ach, irgendwas." Wenigstens konnte sie den Trost seiner Mahlzeiten annehmen.

Also waren sie wieder an diesem Punkt angelangt, oder? Na gut – irgendetwas. Er öffnete die Kühlschranktür, holte das Brot heraus und … gekochten Schinken. Perfekt. Er schmierte zwei Brote, verteilte eine Handvoll Kartoffelchips auf beide Teller und stellte ihren auf den Tisch. „Essen ist fertig", rief er und setzte sich mit seinem eigenen Teller hin. *Danke für das Essen, Herr.* In seinen Hungertagen am College hatte er Schlimmeres gegessen.

Rese kam herein und sah ihn überrascht an. „Das ging ja schnell. Ich habe Star gefragt, ob …" Ihr Blick fiel auf die Teller, aber ihre beherrschte Miene zeigte keine Enttäuschung. Den steinernen Blick beherrschte sie wirklich gut. „ … sie etwas mitessen will, aber sie hat keinen Hunger."

Er hatte gar nicht an Star gedacht. Seit dem Jazzkonzert hatte sie sich kaum blicken lassen. Keine Ahnung, wie Rese sie zum Arbeiten bringen wollte. Aber er hatte nichts dagegen, ihr das Putzen der Badezimmer zu überlassen.

Rese setzte sich, nahm einen Kartoffelchip und biss anschließend in das Sandwich. Lance nahm ebenfalls einen Bissen von seinem – es schmeckte genauso fad, wie es aussah. Eine Mahlzeit konnte schnell vorübergehen, wenn man sich nicht unterhielt, und er war entschlossen, nicht derjenige zu sein, der für ein Gespräch sorgte. Nachdem er sein Brot halb aufgegessen hatte, wünschte er, er hätte sich mehr Mühe gegeben. Geräucherte Putenbrust auf Rosmarinfocaccia mit gerösteten Pinienkernen …

Er legte den Rest seines Sandwichs auf den Teller und starrte Rese an. „Was ist eigentlich dein Problem, was Essen betrifft? Ich weiß, dass du gezwungen warst zu kochen, aber was hat es mit der Regel auf sich, dass man während der Mahlzeiten schweigen muss?"

„Ich rede."

„Beim Essen tust du es eben nicht." Er legte die Hände flach auf den Tisch. „Gemeinsam zu essen, ist in jeder Kultur dieser Erde ein Ritual, Rese. Das Brotbrechen steht für Verbundenheit, Annahme, Beziehung."

Sie warf ihm einen Blick zu.

„Ich meine nicht so eine Beziehung. Einfach nur zwischenmenschlichen Kontakt, Interaktion, das gemeinsame Genießen eines Augenblicks auf der Reise."

Sie wischte sich mit ihrer Serviette die Lippen. „Mahlzeiten waren stressig."

„Weil du kochen musstest?"

„Schon vorher." Ihre Augen waren dunkel und geheimnisvoll, als sie aufblickte. Würde sie sich tatsächlich öffnen? „Es war nicht klug, Bemerkungen über das zu machen, was meine Mutter gekocht hatte, also hielten wir den Mund und brachten es hinter uns."

Lance beobachtete sie und versuchte, die Dynamik dahinter zu verstehen. Natürlich hatte es Sachen gegeben, die seine Mutter kochte und die sie als Kinder nicht gemocht hatten. Calamari zum Beispiel oder Lammskopf. Aber nichts hätte seine Familie dazu gebracht, schweigend um den Tisch zu sitzen. „Eine Mahlzeit ist nicht etwas, das man hinter sich bringen muss. Eine Mahlzeit ist Leben."

Sie blickte auf ihr Sandwich hinunter.

Er atmete frustriert aus. „Nicht diese Mahlzeit. Ich hätte etwas Besseres machen sollen."

„Das ist doch in Ordnung."

„Es ist nicht in Ordnung. Das ist das Problem. Du erkennst den Unterschied nicht."

„Das tue ich wohl."

Er lehnte sich vor. „Aber du zeigst es nicht."

„Was soll ich denn sagen? Dass das hier ein langweiliges, schlabberiges Sandwich ist?"

„Ja!" Er packte die Tischkante und rüttelte daran. „Du sollst Enttäuschung zeigen."

Sie musterte ihn verwirrt. „Und das würde dich glücklich machen?"

„Ja, Rese. Wenn ich etwas serviere, das nur unwesentlich schmackhafter ist als Hundefutter, dann würde ich gerne sehen, dass du enttäuscht bist."

„Ich bin enttäuscht."

Lance beugte sich noch weiter vor. „Dann sag nicht ‚irgendetwas', wenn ich dich frage, was du essen möchtest."

„Was soll ich denn sonst sagen?"

„Sag: ‚Etwas mit Hühnchen', oder: ‚Wie wäre es mit einem Salat?', oder auch nur: ‚Ich lasse mich überraschen.'"

Sie sah aus, als hätte er soeben vorgeschlagen, dass sie Star die Leitung der Pension übertragen sollte. Er ließ sich auf seinem Stuhl zurückfallen und seufzte.

Sie biss sich auf die Unterlippe und unterdrückte ein Lächeln.

„Du findest das lustig?"

„Nein, ich …" Sie senkte den Kopf und hatte Mühe, ein Grinsen zu verbergen.

Er stand auf und trug ihre Teller zur Spüle. Sie lachte ihn aus? Rese Barret mit all ihren komischen Eigenarten?

„Sei mir nicht böse."

Er fuhr herum und sah sie an. „Böse sein? Du kannst einem …"

Sie hob trotzig das Kinn. „Nur zu. Du willst es doch schon die ganze Zeit sagen."

Er drehte das heiße Wasser an und spritzte etwas Spülmittel auf das Geschirr. „Es würde ja doch nichts nützen."

„Es würde dich davon abhalten zu brodeln."

„Ich brodle nicht." Er knüllte einen Spüllappen zusammen und warf ihn ins Wasser.

„Und du redest mit dir selbst."

Er fuhr mit dem eingeseiften Lappen über den Teller und spülte ihn unter fließendem Wasser ab. „Du würdest jeden dazu bringen, Selbstgespräche zu führen." Er legte den Teller auf das Ablaufblech.

„Es ist nicht meine Angewohnheit, männliche Egos zu streicheln."

Jetzt war er wütend. Er stürmte zum Tisch und stützte seine nassen Arme auf die Tischplatte. „Mein Ego streicheln? Glaubst du, das ist es, was ich will?"

„Ich weiß nicht, was du willst."

„Du bist wirklich eine klasse Arbeitgeberin. Ich wette, deine Arbeiterkolonne –"

Der Blick, mit dem sie zu ihm aufsah, war so voller Schmerz, dass er erstarrte. Zwischen zwei langen Atemzügen war die Energie zwischen ihnen fast mit Händen zu greifen. Dann richtete er sich auf. „Tut mir leid, ich hätte nicht –"

„Sagen sollen, was du denkst?" Sie presste die Hände gegeneinander. „Du hast recht. Es war nicht einfach, den Befehl über Männer zu haben, die dachten, ich hätte nicht das Recht, ihnen zu sagen, dass ihre Arbeit nicht gut genug war, dass die Teile nicht richtig passten, die Kanten nicht glatt waren. Wie konnte ich es wagen, sie dafür zu kritisieren, dass sie zu spät zur Arbeit kamen, nicht rechtzeitig fertig wurden oder mit einer Bierfahne erschienen!" Sie schob den Stuhl vom Tisch zurück und stand auf. „Ich war ja nur die Tochter vom Chef und hatte kein Recht, die zweite Kolonne zu übernehmen – obwohl ich alle Arbeiten ebenso gut oder besser erledigen konnte als jeder der Männer."

Sie begann zu zittern, und Lance wünschte, er hätte sie nicht provoziert.

„Rese …"

„Ich habe ihre Bemerkungen gehört. Ihre Streiche ertragen. Ich habe mir angewöhnt, meine Brotdose mit ausgestreckten Armen aufzumachen, damit die Mäuse und Schlangen mir nicht auf den Schoß sprangen. Ich habe den Mund gehalten, als –" Schmerz und Wut verzerrten ihr Gesicht.

„Als was?"

„Es spielt keine Rolle."

Er packte sie an den Schultern. „Was?"

„Zwei von ihnen wurden wütend, weil ich Schlamperei bei ihrer Arbeit entdeckt hatte." Sie wandte den Blick ab.

„Du warst ihr Chef. Das war dein Job."

„Ich war vierzehn. Dad war der Chef."

Er spürte ihre Anspannung, und sein Instinkt regte sich. „Die haben dir wehgetan?"

Sie zuckte mit den Schultern. „Sie haben gewartet, bis mein Vater wegen irgendetwas wegmusste. Einer hat gegrapscht, während der andere mich mit den Freuden von Zungenküssen bekannt gemacht hat."

Seine Wut flammte auf, als er sich vorstellte, dass sie so in der Falle gesessen hatte. Sie war noch ein Kind gewesen, vielleicht besserwisserisch, aber das war keine Entschuldigung. „Hast du es deinem Vater erzählt?"

Ihre Augen brannten. „Damit sie die Genugtuung hatten?"

Sie hatten gewusst, dass sie nichts sagen würde. Warum wären sie sonst das Risiko eingegangen? Die Wut in ihm brannte heftiger. „Sie sind also davongekommen?" Es war die gleiche Situation wie bei Cici, und er fühlte sich genauso hilflos, wie er es damals gewesen war.

„Sie sagten, sie hätten sich geprügelt. Wie sollten sie sonst eine geschwollene Zunge und ein blaues Auge erklären?"

Sie war also selbst mit der Situation fertiggeworden. Und jetzt? Würde sie ihm eine scheuern? Lance hob ihr Kinn an, weil er die hässlichen Erinnerungen auslöschen wollte. „So soll es nicht sein." Rese erkannte seine Absicht, da war er sicher, und er wappnete sich für einen Schlag oder einen Stoß, als seine Lippen ihre berührten. Ihr Mund war völlig ungeübt, und trotzdem sandte die Berührung Stromstöße durch seinen Körper. Was tat er hier eigentlich?

Er zog sich zurück. „Es sollte schön sein."

Sie schluckte. „Es sollte rein geschäftlich sein."

Er grinste. „In der Küche mache ich die Regeln."

Sie schüttelte den Kopf. „Nein. Hier drin … kochst du."

Er legte den Kopf schief. „Also wie war es, einen Mann mit Ohrring zu küssen?"

Ihr Blick wanderte zu dem Ring in seinem Ohrläppchen, schien sich aber irgendwie nicht darauf zu fokussieren. „Anders."

„Anders als was?"

„Das andere Mal." Sie legte die Stirn in Falten.

„Gut." Aber es war nicht gut, weil er es noch einmal tun wollte.

Sie trat zurück, und ihr misstrauischer Blick deutete darauf hin, dass sie seine Gedanken lesen konnte.

Sein Mundwinkel zuckte. „Bei mir bist du sicher."

Sie starrte ihn an und sagte dann: „Ich weiß."

Als sie ging, traf ihn die Wucht ihres Vertrauens wie ein Stein. Sie vertraute ihm wirklich. Er trommelte mit dem Daumen auf seinen Oberschenkel. Er wollte sie nicht verletzen. Er musste nur … einen Auftrag erledigen, und dann? Sie würde am Ende nicht weniger haben, als sie gehabt hatte, bevor er aufgetaucht war. Nicht weniger. Obwohl er keine Ahnung hatte, wie er das bewerkstelligen sollte.

Kapitel 15

Sie hatte vorgehabt, an der Homepage zu arbeiten, aber ihr Gehirn brachte keinen einzigen Gedanken zustande. Rese fuhr den Computer herunter und starrte zur Küchentür hinüber. Lance hatte seinen Kuss zu einer schönen Erfahrung machen wollen, aber er war so viel mehr als nur schön gewesen, dass es ihr Angst machte.

Zugegeben, den einzigen anderen Kuss, den sie je erlebt hatte, hatte sie sehr energisch beendet, sodass Charlie mehrere Tage lang wie ein Taubstummer geklungen hatte. Und das war zehn Jahre her. Lance weckte Gefühle in ihr, gegen die sie keine Verteidigungsstrategie hatte. Warum hatte er sie geküsst?

Vielleicht sammelte er Küsse wie Trophäen. Aber Sybil hatte er nicht geküsst, obwohl die beiden eng aneinandergeschmiegt auf dem Motorrad nach Hause gefahren waren. Ja, sie hatte ihn vom Fenster aus beobachtet. Sybil hatte ihn die ganze Zeit befingert, und Lance hatte sie abgewehrt. Vielleicht mochte er die Herausforderung. Glaubte er wirklich, sie würde das Spiel mitspielen?

Rese berührte ihre Lippen. Sein Kuss hatte nichts Aggressives an sich gehabt. Er war süß und zärtlich gewesen, als hätte er sich verpflichtet gefühlt zu – sie fuhr zusammen. Wenn er Mitleid für sie empfand, würde sie schreien! Sie war nicht irgendein Opfer, das auf Mitgefühl angewiesen war, und schon der Gedanke ließ sie die Hilflosigkeit der damaligen Situation erneut durchleben. Sie war also genötigt worden. Das war wahrscheinlich die offizielle Bezeichnung, obwohl es kaum so schlimm gewesen war, wie dieses Wort klang. Sie hatte nicht zugelassen, dass die Kerle ihr wehtaten.

Und der Gedanke, dass Lance sie aus Mitleid geküsst haben könnte, machte sie wütender als ein Schlag mit dem Hammer auf den Daumen. Sie schob ihren Stuhl zurück und stapfte hinaus. Er war nicht mehr in der Küche. Wahrscheinlich war er in sein Zimmer gegangen. Nicht der beste Ort, um ihn zur Rede zu stellen, aber wenn sie daran dachte, dass es ihr Zimmer war, in dem er mit ihrer Erlaubnis wohnte …

Rese erklomm die Treppe voller Entschlossenheit. Eine einfache Frage, das war alles. Dann konnte sie ihm versichern, dass sie sein Mitgefühl nicht brauchte. Warum hatte sie überhaupt von dem dummen Thema angefangen? Sie klopfte an seine Tür und wartete.

Eine Schublade wurde drinnen geschlossen, und sie hoffte, dass sie ihn nicht unbekleidet erwischt hatte. „Ich kann später wiederkommen, wenn –"

Die Tür ging auf. Seine Augen waren warm und neugierig. Ihre Frage blieb ihr im Hals stecken. Wer hatte diese dämliche Idee gehabt?

Seine Mundwinkel zuckten belustigt. „Ja?"

Rese schluckte. „Du sollst nicht glauben, dass … dass …"

Er legte eine Hand um ihre Taille. „Dass?"

„Ich dein Mitgefühl brauche oder …"

Er legte einen Finger unter ihr Kinn und küsste sie, bevor sie ihren idiotischen Satz beenden konnte. Seine Hand legte sich in ihren Nacken, und der Kuss wurde intensiver. Das hatte sie nicht gewollt. Oder vielleicht doch? Ihr Herz schlug so heftig, dass es ihre Rippen zu sprengen drohte, während ihre Lippen mit seinen verschmolzen. Jede Absicht, sich gegen ihn zu wehren, wurde durch die rebellische Leidenschaft erstickt, die sie in sich entdeckte.

Er löste sich von ihr und sagte leise: „Das ist kein Mitgefühl."

Sie lehnte sich gegen den Türrahmen, ebenfalls ganz heiser und außer Atem. „Und was ist es dann?"

„Ich würde sagen, man nennt es Anziehung."

„Warum?"

Er betrachtete ihr Gesicht. „Weil du trotz allem einfach hinreißend bist."

Hinreißend? Niemand, der bei klarem Verstand war, würde sie jemals hinreißend nennen. Sie sollte den Gedanken eigentlich als Beleidigung empfinden, aber seine Worte ließen flüssiges Feuer durch ihren Körper strömen. „Du hast gesagt, ich sei männlich und …"

Er fuhr sich mit den Fingern durch die Haare. „Verlang nicht von mir, dass ich es erkläre."

„Es verkompliziert alles."

„Wem sagst du das!"

Genau das war der Grund gewesen, warum sie eine Frau für die Arbeit gesucht hatte. Sie hasste diese Verletzlichkeit, diese weichen Knie. Sie straffte die Schultern. „Wir können nichts miteinander anfangen. Nichts Persönliches. Wenn wir zusammenarbeiten."

Seine Augen verengten sich. „Die ach so wichtige professionelle Hierarchie."

Sie machte einen Schritt zurück auf den Gang hinaus. „So ist es." Aber war es die Wahrheit? Sie wusste es nicht mehr. Es hatte früher funktioniert, die Männer hatten sie respektiert, wenn sie sie in die Schranken verwiesen hatte.

„Gut." Er legte eine Hand auf die Türklinke. „War das alles?"

Jetzt fühlte es sich an, als hätte sie die Nagelpistole auf ihre eigene Brust gesetzt. „Äh, ja."

Er schloss die Tür. Mit hölzernen Schritten ging sie den Flur hinunter. Vielleicht war Star … Aber sie hatte sich unter ihrer Bettdecke vergraben und atmete pfeifend durch die Nase. Rese stolperte die Treppe hinunter. Keine Chance, dass sie würde schlafen können. Und zu lesen half auch nichts. Sie brauchte körperliche Arbeit. Zum Beispiel könnte sie den neuen Lack auf den Holzböden polieren, auch wenn das laut sein würde. Sie schleppte die Poliermaschine ins Wohnzimmer und warf den Motor an. Ja, ziemlich laut.

Lance zog sich das Kissen über den Kopf und hielt es mit beiden Händen dort fest. Vermutlich hatte er es verdient, aber wie lange hielt sie das noch durch? Er ging davon aus, dass seine Ohren sich daran gewöhnen würden, bevor sie aufhörte. Star musste im Koma liegen. Gut. Er konnte in jeder Situation schlafen, vorausgesetzt, er war in der richtigen Gemütsverfassung.

Er summte eine Melodie, die er in Ligurien geschrieben hatte, und dachte über die Dinge in der Blechdose nach. Er hatte sie gerade noch verstecken können, denn ihren energischen Schritten auf der Treppe nach zu urteilen, hatte er befürchtet, Rese würde einfach ins Zimmer gestürzt kommen. Dann hatte sie dort gestanden und ausgesehen wie …

Mitgefühl? Er war derjenige, der Mitgefühl verdient hatte. Er drückte sich das Kissen fester auf die Ohren. Es war seine eigene Schuld, weil er eine Linie überschritten hatte, die er nicht vorgehabt hatte zu überschreiten. Er sollte ihr dafür dankbar sein, dass sie der Sache ein Ende gemacht hatte. Er rollte sich auf die Seite, das Kopfkissen immer noch fest aufs Ohr gedrückt. Würde sie die ganze Nacht weitermachen?

Willkommen in der Pension der Schlaflosigkeit. Er rieb sein Gesicht und vergrub sich tiefer in den Kissen, und allmählich wurde er trotz des Lärms schläfrig. Während er langsam in den Schlaf hinüberglitt, fragte er sich, ob am nächsten Morgen wohl noch Fußbodenlack übrig sein würde. Er träumte, dass Rese mit der Maschine durch die Bretter brach, nachdem sie sie zu Sägemehl geschliffen hatte. Er packte ihre Hand und erklärte ihr, dass es nicht persönlich gemeint war. Es war eine Familienangelegenheit; konnte sie das nicht sehen?

Im dämmrigen Morgenlicht schüttelte Lance den Traum ab. Er stützte sich auf einen Ellbogen und bemerkte die Stille. Gut. Sie war schlafen gegangen. Er stand auf, wusch sich und zog sich an, dann ging er in die kühle, regnerische Luft hinaus, um seiner morgendlichen Routine nachzugehen, die zu tief saß, als dass er sie hätte ignorieren können. Nachdem er Baxter gefüttert und ihm gesagt hatte, er solle dableiben, rollte er das Motorrad leise die Auffahrt hinunter und ließ dann den Motor an, um in die Stadt zu fahren.

Das Ungewöhnliche an diesem Morgen war, dass er nach dem Gottesdienst zum Friedhof fuhr. Der ältere Teil beherbergte viele interessante Gräber, aber er war aus einem bestimmten Grund hier. Er musste jemanden finden – oder auch nicht. Eine halbe Stunde später wurde er fündig. *Vittorio DiGratia Shepard, 1883-1931*. Es war also kein Grab, das er im Kutscherhaus gefunden hatte. Rese würde erleichtert sein, aber dann würde sie wieder neugierig werden. Besser, wenn er es ihr nicht erzählte. Jedenfalls noch nicht.

Er betrachtete den Grabstein noch eine Weile, dann wanderte sein Blick zu dem Grab daneben. *Helena Glorietta Shepard.* Die blonde Frau auf dem Foto? Todesjahr 1918. In dem Jahr hatte es auf diesem Friedhof einige Beerdigungen gegeben. Eine Epidemie? Er kannte seine Geschichte nicht gut genug, um sich zu erinnern. Auf dem nächsten Stein stand der Name *Carina Maria DiGratia Shepard,* und sie war 1929 gestorben, zwei Jahre vor ihrem Sohn.

Helenas Grab zierte ein Vers aus dem Johannesevangelium: *Ich bin die Auferstehung und das Leben. Wer an mich glaubt, der wird leben, auch wenn er stirbt.* Aber auf Carinas Grabstein war ein Gedicht eingemeißelt. *Eine Seele, die das Leben durchlaufen hat, bis sie einen findet, an den sie sich klammert und in alle Ewigkeit bindet.* Und der Name *Quillan Shepard.* Die letzte Ehre für seine Frau? Lance blickte von diesem Stein zum nächsten und dann zu den anderen daneben hinüber. Wo war Quillans Grab? Er suchte die Gräber in der Nähe ab, aber Quillan war nicht bei dem Rest der Familie zu finden. Merkwürdig.

Er hatte erwartet, dass Vitos Grab fehlen würde, aber nicht das seines Ururgroßvaters. Vielleicht hatte es einen Grabstein gegeben, und er war dem Zahn der Zeit zum Opfer gefallen. Aber es gab keine Lücke zwischen diesen Steinen und denen der nächsten Familie. Vielleicht war er so berühmt gewesen, dass er irgendwo anders einen Ehrenplatz erhalten hatte. Lance suchte den ganzen Friedhof ab, fand aber kein Grab von Quillan Shepard. Offenbar lag er woanders mit Moos auf seinem Stein und Gras auf dem Grabhügel. Er schüttelte den Kopf, ging zu seinem Motorrad, fuhr zur Pension zurück und ging hinein.

Rese kam ihm im Flur entgegen. „Wo warst du?"

„Kirche."

„Am Donnerstag?"

Er hakte seine Daumen in die Taschen seiner Jeans. „Ja."

Ihre Augenbrauen zogen sich zusammen. „Gehst du da jeden Tag hin?"

„Es sei denn, ich habe einen Grund, nicht zu gehen." Was sollte das Verhör? Er hatte keine feste Arbeitszeit, obwohl er in den vergangenen Tagen immer eher aufgestanden war als sie. Den Friedhof zu besichtigen, hatte ihn aufgehalten, aber er hatte gedacht, sie würde heute lange schlafen.

Sie schob das Kinn vor. „Warum?"

Was interessierte es sie, warum er in die Kirche ging? „Ich tue das eben." Eine Gewohnheit von Geburt an, und er fühlte sich verpflichtet, sie aufrechtzuerhalten. Als er das erste Mal wirklich Gottes Gegenwart im Gottesdienst wahrgenommen hatte, hatte er sich persönlich von Gott berufen gefühlt. Erfüllt von dem Verlangen, etwas Großes für Gott zu tun, war er nach Hause gegangen und hatte Sean McMahan seine wertvollste Baseballkarte geschenkt. Als Seans Vater verlangt hatte, dass sein Sohn die Karte zurückgab, hatte Lance festgestellt, dass es gar nicht so einfach war, Gottes Willen zu erkennen. Und sosehr er sich auch bemühte – bisher hatte er noch nicht herausgefunden, was er tun sollte.

Rese war mit der Antwort offensichtlich nicht zufrieden, also fügte er hinzu: „Es macht mich zu einem besseren Menschen.“ Gott allein wusste, wie schlimm es sonst um ihn stehen würde.

Sie lehnte sich an das Geländer. „Inwiefern besser?“

Wie sollte er ihr das Bedürfnis erklären, den Tag in der Gegenwart des Herrn zu beginnen, und dass er den Auftrag spürte, etwas zu bewirken, und dabei hoffte, dass es ihm irgendwann gelang? Nach gestern Abend würden alle Erklärungen schwach klingen.

Sie streckte sich. „In der Speisekammer ist eine Maus.“

„Wirklich?“ War sie deshalb so gereizt? Er folgte ihr den Flur hinunter. Ein Nagetier würde dort wenig zu beißen finden, weil er die Regale noch nicht mit Lebensmitteln gefüllt hatte. Er hatte mit einem Spezialitätenhändler gesprochen, um die Waren zu beziehen, die er brauchte, wenn sie Tagesgerichte anbieten wollten, aber er hatte noch nichts bestellt. Rese hatte ihre eigenen Köstlichkeiten in den Küchenschränken neben seinen wenigen Zutaten verstaut, aber es gab nichts, was eine Maus in die Speisekammer hätte locken können, sondern nur die Küchengeräte, die er fürs Erste dort aufbewahrte.

Rese zog die Tür auf. Er steckte den Kopf hinein, suchte den Boden ab, dann die Regale, wobei er sich auf Zehenspitzen stellen musste, um das oberste Bord zu inspizieren. Er wandte sich mit hochgezogenen Augenbrauen zu Rese um.

„Sie war da drin.“ Sie schloss die Tür und ging in die Hocke, um den Spalt zwischen Tür und Fußboden zu untersuchen. „Hier kann sie nicht durchgekommen sein.“ Sie öffnete die Tür wieder, ging hinein und durchsuchte den leeren Raum. „Es muss irgendwo ein Loch geben.“

Aber es war keins zu sehen. „Ich kann eine Falle aufstellen.“ Obwohl er sich offen gestanden nicht vorstellen konnte, wie eine Maus hineinkommen konnte, ohne dass man die Tür aufmachte. Vielleicht hatte einer von ihnen beiden sie versehentlich nicht ganz geschlossen.

Sie hatte die Hände in die Hüften gestemmt. „Wie konnte sie dann entkommen? Ich habe die Tür sofort zugemacht, als ich sie gesehen habe.“

Er legte den Kopf schief. „Ich weiß es nicht, Rese. Aber diese Maus ist ja wohl kaum eine nationale Bedrohung.“ Obwohl es das für sie vielleicht war, wenn man bedachte, was sie über ihre Brotdose erzählt hatte. Er zog sie aus der Speisekammer und schloss die Tür. „Ich werde eine Falle aufstellen. Wenn das Tier sich da drin versteckt, kriegen wir es."

„Ich verstehe aber nicht, wie sie rauskonnte."

Sie hatte sich völlig in diesen Gedanken verrannt. Er sah sie an. „Hast du überhaupt geschlafen?"

„Anderthalb Stunden." Sie schob die Hände in die Taschen ihrer Jeans.

„Das ist nicht gesund."

„Ich bin daran gewöhnt."

„Dann ist es noch schlimmer. Vielleicht hast du dir die Maus eingebildet. Mit der Menge Schlaf hätte ich auch Halluzinationen."

„Ich habe sie mir nicht eingebildet. Willst du Porridge?" Sie zeigte auf einen Topf, der auf dem Herd stand.

„Du kochst?"

Sie zuckte mit den Schultern. „Du warst ja nicht hier."

Er war nicht viel später als sonst, und an manchen Tagen hatte er überhaupt nicht gekocht, aber das hatte sie vorher auch nicht kontrolliert. Vielleicht war es der Schlafmangel.

Er lehnte sich gegen die Küchenzeile. „Ich nehme gerne etwas davon." Er musterte den Topf. So hoch, wie sie die Platte gestellt hatte, würde es interessant schmecken.

„Wegen gestern Nacht, Lance ..."

„Ich bin sicher, die Böden sind wunderbar."

Sie drehte sich zu ihm um. „Ich habe dich wahrscheinlich wach gehalten."

„Nur am Anfang. Danach war es irgendwie hypnotisch."

Ihr Mundwinkel verzog sich zu einem halben Lächeln. „Tut mir leid."

„Du machst dir zu viele Sorgen. Wie geht es Star?" Als sie zögerte, fügte er hinzu: „Geht mich nichts an?"

Sie schüttelte den Kopf. „Wenn sie hierbleibt, wirst du alles mit eigenen Augen sehen."

„Du meinst, sie kann noch mehr zeigen?" An ihrem Stirnrunzeln sah er, dass diese Art Witz nicht angebracht war. „Was für eine Geschichte hat sie?"

Rese kaute auf ihrem Daumennagel und senkte dann den Kopf. „Sie hatte jede Menge Probleme. Ihr ganzes Leben lang eigentlich. Als sie geboren wurde, war sie schon von Amphetaminen abhängig."

Er hatte also recht gehabt, was die Wirkung von chemischen Substanzen auf ihr Gehirn betraf. „Nimmt sie Drogen?"

„Auf keinen Fall. Sie trinkt noch nicht einmal Alkohol."

„Bist du sicher?"

Rese nickte. „Nicht nach all dem, was sie erlebt hat. Ihre Mutter hat in eine Reiche-Leute-Klinik eingecheckt und war lange genug nüchtern, um Star zu behalten, dann ist sie wieder nach Hause gegangen, um sich mit Schnaps und Tabletten vollzustopfen."

„Nicht schön."

„Das war es nicht." Rese verschränkte die Arme. „Aber Star hat einen Großteil ihres Lebens bei mir verbracht."

„Ich glaube nicht, dass du abgefärbt hast."

Sie lächelte.

„Aber sie kann froh sein, dass sie dich hat. Freunde sind von unschätzbarem Wert." Lance machte eine Bewegung mit dem Kinn. „Du qualmst."

„Wie?" Rese drehte sich um. „Oh." Sie zog den Topf von der Platte. „Ich brenne es immer an." Sie nahm den Deckel ab.

„Ich glaube, es ist nicht so schlimm. Wir haben es gerade noch rechtzeitig gemerkt."

„Du hast es gemerkt, meinst du." Sie fuhr mit dem Löffel durch die zähe Masse. „Du hast recht. Es ist nur ein bisschen braun geworden."

Der verbrannte Geruch strömte aus dem Topf und er konnte den braunen Bodensatz sehen, als sie zwei Portionen in tiefe Teller löffelte. „Niedriger stellen würde helfen."

„Ich nehme an, das lernt man in der Kochschule."

Er nahm den Teller, den sie ihm reichte. „So ungefähr."

Sie setzten sich und er fragte: „Wolltest du Star holen?"

Rese schüttelte den Kopf. „Sie muss selbst da herauskommen."

Woraus genau sie kommen sollte, fragte er nicht. Er nahm ihre Hand und sprach ein Tischgebet, bevor sie die Hand wegziehen konnte. Dann fügte er eine Fürbitte für Star hinzu und ließ los.

„Du sagst immer dasselbe."

Er hob seinen Löffel. „Na ja, damit ist alles gesagt. Danken, Gott um seinen Segen bitten und ihm die Ehre geben."

Rese musterte ihn eindringlich. „Warum glaubst du an etwas Unsichtbares?"

„Man wächst nicht als Italiener in New York auf, ohne eine gesunde Ehrfurcht vor dem Allmächtigen zu haben."

„Aber du sprichst mit etwas, was es nicht gibt."

Er hatte keine theologische Diskussion erwartet, aber die Qualität des Haferbreis würde unter einer Verzögerung nicht wesentlich leiden. „Er ist da. Und mein Job ist es, ihn zu ehren und ihm zu dienen."

Sie verspannte sich, wie Baxter es tat, wenn er etwas hörte, was für menschliche Ohren nicht vernehmbar war. „Du tust also immer das, was Gott will?" Ihre Stimme klang definitiv gequält.

Er nahm einen Löffel Porridge. „Ich versuche es."

„Dieses … *Wesen* sagt also: Geh hierhin, tu dies, und du gehst und machst es?" Ihre Augen durchbohrten ihn förmlich.

„Leider ist es nicht ganz so einfach."

„Du siehst oder hörst ihn also nicht wirklich?"

Er überlegte einen Augenblick und versuchte die Richtung zu erkennen, in die ihre Frage führte. „Du meinst, wie eine Erscheinung?"

Sie wandte den Blick ab. „Ich weiß nicht, wie man es nennt. Aber Mom hatte auch einen … Freund."

Er hielt mit dem Löffel auf halbem Weg zum Mund inne. „Freund?"

„Walter. Er kam normalerweise, wenn Dad nicht zu Hause war, wenn Mom und ich allein waren." Sie tauchte ihren Löffel in den Porridge. „Es hat eine Weile gedauert, bis ich begriff, dass ich die Einzige war, die ihn nicht sehen konnte."

Lance aß weiter, nicht sicher, was er sagen sollte. „Was ist mit ihr geschehen?"

Rese blickte aus dem Fenster. „Unser Ofen war defekt. Sie ist an Kohlenmonoxidvergiftung gestorben." Ihre Faust ballte sich um die Serviette. „Wenn ich das nur der Versicherungsgesellschaft klarmachen könnte."

Er runzelte die Stirn. „Die glauben, es war Selbstmord?"

Sie blinzelte und sah ihn an. „Ich meine Dads Lebensversicherung. Er hat vergessen, den Bezugsberechtigten zu ändern. In seinem Testament hat er mir die anderen Dinge vermacht, aber die Versicherung geht angeblich an meine Mutter. Sie können keinen Totenschein finden, sodass sie mir das Geld nicht auszahlen können – jedenfalls behaupten sie das."

Das klang nicht gut. „Hast du denn einen?"

Rese schüttelte den Kopf. „Warum sollte ich? Ich war neun Jahre alt."

„Bei den Unterlagen deines Vaters?"

Sie schnaubte. „Es ist eine reine Verzögerungstaktik. Ich habe das schon tausendmal mit denen diskutiert. Sie wollen einfach nicht das Geld rausrücken." Sie kratzte den letzten Rest Porridge aus ihrem Teller. „Ich habe dieses Haus mit dem Erlös der Firma und unserer Immobilie in Sausolito gekauft, aber ich habe keine Reserven, wenn der Laden nicht gut läuft oder mein Koch mehr ausgibt, als ich kalkuliert habe."

Lance lächelte, wurde dann aber gleich wieder ernst. „Es müsste doch eine Akte in dem Bezirk geben, in dem sie gestorben ist. Lass dir eine Kopie anfertigen und schick sie der Versicherung."

Sie blickte auf. „Das habe ich schon versucht."

„Und?"

„Sie haben mir die gleiche Geschichte erzählt."

Lance wollte das Offensichtliche nicht aussprechen. Wenn es keinen Totenschein gab … „Warst du bei ihrer Beerdigung?"

Rese schüttelte den Kopf. „Ich habe eine Weile bei Dads Schwester gewohnt. Ein paar Wochen, glaube ich."

„Und danach?"

„Danach bin ich wieder nach Hause gezogen."

„Erinnerst du dich an die Nacht, in der sie gestorben ist?"

Rese schwieg so lange, dass er schon fürchtete, er hätte den Bogen überspannt. Dann sagte sie: „Ich … weiß nicht."

Er wischte sich den Mund und legte die Serviette neben seinen Teller. „Ich bringe heute den Gipskarton auf. Hast du Lust, mir zu helfen?" Das Bad mit den wasserabweisenden Platten hatte er bereits abgeteilt. Aber die Decke ging zu zweit besser.

„In Ordnung." Sie trug die Teller zur Spüle.

„Danke für den Porridge."

Sie blickte in den angebrannten Topf. „Wahrscheinlich ist es besser, wenn du kochst."

„Ich weiß deine Mühe zu schätzen."

Rese sah ihn an wie ein Reh, das zum ersten Mal die Welt erblickt. Lob musste in der Tat eine Seltenheit gewesen sein. Er wusste ihre Bemühungen wirklich zu schätzen, auch wenn das Ergebnis ihm schwer wie Blei im Magen lag. Aber was ihn noch mehr belastete, war die

Sorge aufgrund dessen, was sie ihm erzählt hatte. Und er hatte gedacht, er wäre derjenige, der Geheimnisse hütete.

Kapitel 16

Die Schaukel trägt mich höher und höher.
Eine imaginäre Schwester schiebt von hinten an.
Eine ältere Schwester hilft mir beim Schaukeln.
Eine jüngere Schwester, die darauf wartet, dass sie an der Reihe ist,
und noch eine, die zum Schaukeln noch zu klein ist.
Vielleicht noch mehr.
Ich tue so, als gäbe es immer noch eine Mama,
die uns zu Kuchen und Tee ruft.

Rese hatte Mühe, die Bilder in ihrem Kopf zu verdrängen: die Arme ihrer Mutter, die eine Vision umarmten und tanzten und herumwirbelten, bis sie stolperte und zu Boden fiel. Dann die Tränen und das Flehen: *„Bitte geh nicht. Verlass mich nicht!"* Schluchzend war sie über den Boden gerobbt. *„Ich liebe sie nicht mehr als dich. Wie? Wie kann ich es beweisen?"*

Rese presste eine Hand auf ihre Stirn. Als könnte sie diese Nacht jemals vergessen.

„Warum muss ich denn jetzt ins Bett? Ich kann nicht schlafen."

„Du wirst schlafen, sonst holen dich die Todesfeen."

„Die Todesfeen sind nicht echt. Und Walter ist es auch nicht."

Die Ohrfeige. *„Geh schlafen, Theresa. Morgen früh wird alles anders sein."*

Rese schluckte den Schmerz in ihrer Kehle hinunter. Warum kramte sie jetzt diese Erinnerungen hervor? Weil Star aufgetaucht war und damit ihre ganze gemeinsame Geschichte? Oder war es Lance, der ihr Worte entzog, wie ein Sieb Flüssigkeit durchließ?

Rese starrte auf die Spüle und erinnerte sich. Sie hatte solche Angst gehabt einzuschlafen. Sie wollte nicht, dass alles anders war. Sie kämpfte dagegen an, aber das Nächste, woran sie sich erinnerte, war ihr Vater, der sie aus dem Haus trug, während Sanitäter ihr eine Sauerstoffmaske aufsetzten und die Sirene des Krankenwagens durch die Luft tönte. Warum konnten sie nicht auch ihre Mutter retten?

Sie schob die Gedanken beiseite, als sie durch den Garten zum Kutscherhaus ging. Baxter lief ihr entgegen und sprang um sie herum, bemüht, sie mit spielerischen Sprüngen und seiner feuchten Nase ins Haus zu schieben. Sie erwiderte seine Zuneigung, indem sie ihm Kopf und Ohren kraulte, dann gesellte sie sich zu Lance in dem alten Steinhaus.

Sie arbeiteten zusammen an der Decke und der Trennwand, die das Aussehen des alten Gemäuers von einem Geräteschuppen zu einem Wohnraum veränderten, erweitert durch die Steine der Umfassungswand. Wenn Lance nicht hier wohnen würde, würde sie es problemlos vermieten können. Aber er wohnte hier. Und das war ihr lieber als die Einnahmen – ein Gedanke, der sie in leichte Panik versetzte.

Ihr Herz drehte sich jedes Mal um, wenn seine Hand ihre berührte oder er sie ansah, aber das war Dankbarkeit. Er hatte die Dinge, die sie ihm anvertraut hatte, akzeptiert, ohne nachzubohren oder sich lustig zu machen. Und vor allem hatte er sie nicht angesehen, als wäre sie auch verrückt.

Sie machten eine Pause, um Obst und Kräcker und Käse zu essen, und machten sich dann wieder an die Arbeit. Als sie mit dem Gipskarton fertig waren, betrachtete sie die Übergänge zwischen den Platten. „Kannst du abkleben und verputzen?"

Lance wischte sich die Hände an der Hose ab. „Wahrscheinlich nicht so gut, dass es deinen Ansprüchen genügt."

„Dann mache ich es." Sobald sie es ausgesprochen hatte, merkte sie, wie überheblich es klang.

Aber er lächelte. „Lass dich nicht aufhalten. Ich muss sowieso in die Stadt fahren."

Baxter sprang auf und rannte los, sobald er sah, dass Lance zu seinem Motorrad ging. Na gut, vielleicht fuhr der Hund wirklich gerne mit. Er sprang in Lance' Arme, und einen Augenblick lang wünschte Rese, sie wäre an seiner Stelle. Schade, dass Lance in Sachen Sicherheit so sorglos war. Der Wind fuhr durch seine und Baxters Haare, als sie losfuhren, die Köpfe ungeschützt.

Rese begann die Ritzen zwischen den Gipsplatten abzukleben und wünschte, sie könnte ihre Gedanken ebenso einfach versiegeln. Er war also attraktiv. Amüsant. Aufmerksam. Und das waren nur die Worte, die mit A anfingen. Mutig, fürsorglich, cool. *Hör auf!* Er konnte gut zuhören. Er wusste, wann er sich besser zurückhielt. Er durchschaute sie.

Sie schnitt das Klebeband mit einem scharfen Messer ab und ging zur nächsten Naht. Er war nicht groß und kräftig wie Dad, der sofort die Aufmerksamkeit erregte. Na ja, Aufmerksamkeit erregte Lance schon, aber das lag an seinen Augen. Und er setzte sie ein. Ganz bewusst.

Ihr Koch hatte eine ziemlich hohe Meinung von sich selbst, bis hin zu seinem Ohrring, den sie inzwischen sogar irgendwie mochte. Das Tape machte ein schmatzendes Geräusch, als sie es abrollte, und roch nach Klebstoff. Aus dem Augenwinkel sah sie eine Bewegung. Star? Aber es war Sybil, die in der Tür stand. Sybil, die in Zitronengelb und Weiß schlank und sonnig aussah, wie eine Zitronenbaisertorte, die jemand zu süßen vergessen hatte.

„Ist Baxter hier?"

Wie merkwürdig, nach dem Hund zu fragen. Aber dann fiel ihr wieder ein, wie der Hund seine Schnauze in Sybils Hand geschoben hatte, und fühlte sich doppelt verraten. Rese erhob sich aus der Hocke. „Er ist mit Lance weggefahren. Ich weiß nicht, wann sie wiederkommen."

„Lance lässt Sie arbeiten, was?"

Rese warf ihr einen grimmigen Blick zu. „Es ist mein Haus."

„Stimmt." Sybil lächelte. „Sagen Sie Lance, dass ich hier war. Das wird ihn interessieren." Ihre Zungenspitze fuhr über ihre Lippen, während sie sich umdrehte und fortschlenderte.

Rese begab sich wieder an ihre Arbeit. Genau das war der Grund, warum sie Lance nur auf ganz bestimmte Weise betrachten würde. Die Arbeit half ihr, sich auf etwas jenseits vergangener Erinnerungen und aktueller Gefühle zu konzentrieren. Die Arbeit gab ihr einen Sinn, etwas, was Sybil offenbar verachtete, als wäre das Abkleben und Verspachteln etwas, worüber man sich lustig machen musste, etwas, das unter ihrer Würde war, etwas, wobei man sich einen Fingernagel abbrechen konnte.

Rese kannte diesen Typ Frau, und es ärgerte sie, dass sie sich davon provozieren ließ. Sie war stolz auf ihr Wissen, ihre Fähigkeiten. Sie war nicht weniger wert als so eine … wie auch immer die sonnengebräunte Puppe mit Bikini und einer männlichen Version im Spielwarengeschäft hieß. Rese runzelte die Stirn. Warum verschwendete sie also überhaupt einen Gedanken an sie? Während sie die Maschine zum Verputzen vorbereitete, hörte sie Lance' Motorrad in der Auffahrt.

Baxter kam hereingerannt, und Rese war froh, dass sie noch nicht angefangen hatte, die klebrige weiße Masse aufzutragen. „Du musst darauf achten, dass er nicht reinkommt."

Lance rief den Hund nach draußen und befahl ihm, dort zu bleiben. Dann betrat er das Haus und begutachtete ihre Arbeit. „Sehr gut."

Klebeband und Spachtelmasse waren kaum eine Herausforderung. Sie stemmte die Hände in die Hüften. „Ich fange jetzt mit dem Putz an."

Er nickte. „Ich habe ein paar Dinge fürs Essen besorgt."

„Dann geh und mach, was du willst, und lass mich hier weiterarbeiten." Es klang viel schärfer, als sie beabsichtigt hatte.

Er warf ihr einen Blick zu.

„Oh, Sybil war hier. Sie sagte, das würde dich interessieren."

Er neigte den Kopf. „Danke." Dann schlenderte er ebenso lässig hinaus, wie seine aufreizende Verehrerin es getan hatte.

Interessant, dass Sybils Besuch Rese verärgert hatte. Wenn ihr Verhältnis rein geschäftlich war, was kümmerte es sie dann, wer ihren Koch besuchen kam? Aber vielleicht war er nicht der Einzige, der gegen die Anziehungskraft ankämpfte.

Er hatte nicht vorgehabt, Gefühle für sie zu entwickeln. Sie war sein Mittel, um die Wahrheit herauszufinden, und es war nicht fair, Gefühle zu wecken, die sie offensichtlich auch nicht wollte. Sie hatte recht, wenn sie Persönliches und Berufliches nicht vermischen wollte, aber wie konnten sie Zeit zusammen verbringen und sich nicht näherkommen? Das war der Teil, den er nie verstehen würde. Er war so gestrickt, dass er sich zu anderen Menschen hingezogen fühlte, vor allem zu Frauen … und vor allem zu Frauen mit Problemen.

„Musst du dich in jedes verkorkste Mädchen verlieben, das du findest?" Beim zweiten Mal, als Lance auf der Polizeiwache gelandet war, hatte Tony nur teilweise scherzhaft die Stirn gerunzelt. Lance' Kehle schnürte sich zusammen. Was hatte er eigentlich beweisen wollen?

Er würde Rese nicht als verkorkst bezeichnen. Aber Probleme? O ja. Er hatte es gespürt, noch bevor sie ihm die ersten Hinweise gegeben hatte. Aber das war nicht sein Problem. Wie Tony gesagt hatte: Er musste sich in niemanden verlieben. Nur hatte er noch nicht herausgefunden, wie er das verhinderte.

Er ging zur Villa hinüber. Baxter begleitete ihn. Sybil war eine andere Geschichte. Er hatte ihr gleich gesagt, dass er kein Interesse an einer Beziehung hatte. Das war für eine Frau von ihrem Kaliber wahrscheinlich noch verführerischer. Frauen wie sie hatte er auch schon gekannt. Aber da er sie um ihre Hilfe gebeten hatte und sie ihm schon einmal einen Gefallen getan hatte, würde er herausfinden müssen, ob ihr Besuch mehr als nur persönlicher Natur war – ob es ihm gefiel oder nicht.

Er gab Baxter Anweisung, auf der Veranda Platz zu nehmen, dann trug er die Lebensmittel hinein und holte sein Handy heraus. Ein kurzer Anruf, um etwas mit Sybil auszumachen, und …

Das Telefon klingelte in seiner Hand und er nahm das Gespräch an. „Hey, Lance! Bist du bereit, die beste Neuigkeit deines Lebens zu hören?"

„Hi Rico." Er brauchte nicht lange zu raten, was Rico als die beste Neuigkeit seines Lebens bezeichnen würde.

„Ich habe Saul Samuels an der Angel. *Saul Samuels.*"

„Das ist super, Rico. Ich hoffe, du hast viel Erfolg." Lance nahm den Ricotta und die frischen Kräuter aus der Tüte.

„Ich rede nicht von mir, Mann. Deine Texte haben es ihm angetan. Ich habe ihm eine CD geschickt und er will mehr hören."

Lance holte den Knoblauch heraus. „Das mache ich nicht mehr." Wie oft hatten sie dieses Gespräch schon geführt?

„Er redet vom Studio, und er ist sicher, dass es ein paar Konzerte geben wird, eine Tournee sozusagen. Tournee, Lance?"

„Ja, ich weiß. Was ist mit den Yanks?"

„Hörst du überhaupt, was ich sage, Mann?"

„Ich höre sehr gut, was du sagst, Rico. Aber die Band ist für mich Geschichte."

„Du hast dir also eine Pause gegönnt. Den Kopf frei bekommen."

Lance lachte. „Keine Pause, Rico. Ich spiele nicht mehr."

„Aber das ist *die* Chance. Das habe ich im Gefühl."

„Dann mach es." Lance faltete die leere Tüte zusammen und verstaute sie im Schrank.

„Geht nicht. Die Magie liegt in der Mischung, was du hast und was ich habe; so wie es immer war."

Vielleicht. Aber das änderte nichts an seiner Entscheidung. „Du und Chaz –"

„Chaz ist klasse, Mann, aber er ist nicht du. Was immer du auch beweisen musstest, du hast es getan."

Lance schüttelte den Kopf. „Ich beweise gar nichts, Rico. Ich kann es einfach nicht mehr machen."

„Was meinst du? Dass du nicht mehr die Lieder schreiben kannst, die dir ständig durch den Kopf gehen? Dass du nicht mehr Gitarre spielen kannst, bis sie weint? Dass du die Stimme und die Begabung, die Gott dir gegeben hat, nicht mehr benutzen kannst?"

Das Problem war, dass er sie nicht für Gott benutzt hatte. Alles hatte sich um Lance gedreht. Die Band und den Lebensstil und die Komplikationen und Versuchungen zu verlassen, hatte nichts damit zu tun, dass er etwas beweisen wollte. Es ging darum, dass er Gottes Willen fand, dass er anders wurde, besser. Er schloss die Augen. „Tut mir leid, Rico. Such dir einen anderen Gitarristen."

Er konnte die Ablenkung und Verführung durch Ricos Traum nicht gebrauchen. Schon vor Nonnas Schlaganfall hatte er das hinter sich gelassen. Was mit Tony geschehen war, hatte ihn wachgerüttelt, und er wollte sein Leben in den Griff bekommen, bevor es zu spät war. Lance rieb sich das Gesicht und schob das Handy wieder in seine Hosentasche. Es war seine Verbindung zu den Menschen, die ihm wichtig waren, zu dem Leben, von dem er wusste, dass es für ihn da sein würde, wenn er so weit war. Aber es gab ein paar Dinge, zu denen er nicht zurückkehren konnte. Rico würde einen anderen Gitarrenspieler finden müssen.

Lance stellte die Zutaten auf der Arbeitsfläche zurecht und begann zu kochen. Die Anleitung auf der Schachtel lesen und Lasagne machen konnte jeder, aber nicht seine Lasagne. Er rührte eine Variation der traditionellen Bolognesesauce mit der würzigen Wurst, die er zu Hause bei den D'Auria-Brüdern kaufte, für die er hier in Sonoma jedoch nur einen schwachen Ersatz gefunden hatte. Wenn er kochte, kam er normalerweise innerlich zur Ruhe, aber noch immer waren seine Gedanken in Aufruhr. Nachdem er Vito auf dem Friedhof gefunden hatte, dachte er über die Steinblöcke unter seinem Fußboden nach. Als er mit Rese im Kutscherhaus gearbeitet hatte, war seine Befürchtung gewesen, sie könnte wieder davon anfangen. Er wollte sie nicht anlügen, aber er wollte wissen, was sich dort unten befand.

Lance stellte den Pastateig her, rollte ihn aus und dehnte ihn dann mit den Händen weiter, bis der Teig so dünn war, dass er das Muster des Tuchs darunter sehen konnte. Er schnitt ihn in breite Streifen und hängte diese zum Trocknen über das eigens dafür vorgesehene Gestell. Wenn Rese das Gestell nicht gekauft hätte, hätte er eine Stuhllehne benutzt, aber sie hatte sich beinahe allen seinen Wünschen gebeugt – trotz ihrer „Teurer Koch"-Bemerkungen. Sie würde es nicht bereuen.

Er ging in die Speisekammer, um die Käsereibe zu holen, zog die Tür auf, und eine Maus huschte über den Boden und verschwand. Genau, wie Rese es gesagt hatte. Er ließ sich auf Hände und Knie hinunter und sah das Loch, das sich zwei Finger breit unter dem untersten Regalbrett befand. Aha. Die Falle, die er aufgestellt hatte, hatte bereits ihren Dienst getan, und er warf die Mäuseleiche in den Müll. Aber wie die zweite Maus gerade demonstriert hatte, gab es noch mehr von ihnen. Die Wand konnte voll davon sein.

Auch wenn er Rese' Ängste nicht teilte – Mäuse hatten in seiner Küche nichts verloren. Er kroch unter das Brett, um die Größe und Form des Loches besser abzuschätzen, und ging dann hinaus, um ein Stück Holz zu suchen, mit dem er das Loch zustopfen konnte. Das und etwas Dichtungsmaterial ... Er suchte mit den Blicken den Boden ab und ging dann in die Hocke, um ein paar Zweige aufzuheben, die für den Zweck geeignet schienen.

„Ich würde gerne mit Ihnen sprechen, junger Mann."

Er blickte hoch, aber nicht sehr hoch. Die Frau, die vor ihm stand, war ein verschrumpelter Vogel, der nicht einen Zentimeter größer war als Conchessa, nur dass Conchessa die Figur eines kleinen Fasses hatte, während diese Frau hier Mühe hatte, ihre Kleider auszufüllen. „Ma'am?"

„Seit wann lassen Sie das arme Mädchen so schwer arbeiten, obwohl Sie so gesund und kräftig sind wie kaum ein anderer Mann, den ich kenne?"

Er blickte über die Schulter auf das Kutscherhaus gleich hinter ihm. „Ich habe die Erfahrung gemacht, dass man Rese besser nicht im Weg ist."

Die Frau musterte ihn, wie eine strenge Schuldirektorin einen aufsässigen Schüler ansehen würde.

Er zuckte mit den Schultern. „Sie ist ein besserer Handwerker, als ich es bin. Fragen Sie sie selbst."

Dann lächelte sie. „Ich mag Männer, die sich von dem Können einer Frau nicht bedroht fühlen."

Nein, er fühlte sich durch Rese nicht bedroht. Irritiert. Fasziniert. Angezogen. Er nahm die Holzstücke und erhob sich. „Sie müssen Eve sein."

Die Frau gab ein leidvolles Geräusch von sich. „Nicht Eve. Evvy. Evvy Potter."

„Also, Miss Potter, ich mache Lasagne. Möchten Sie mit uns essen?"

Sie blinzelte langsam. „Das muss ich sehen."

Er war nicht ganz sicher, was sie damit meinte. „Es dauert noch eine Weile, bis sie fertig ist."

„Nur zu, mein Junge. Ich will zusehen."

Zusehen, wie er kochte? Er ging aufs Haus zu und verlangsamte seine Schritte, damit sie mit ihm mithalten konnte. Baxter schnupperte an ihr, als sie zur Tür kam. Als sie ihren Rock wegzog, rief Lance den Hund zurück und kraulte ihn am Kopf, während Evvy Potter durch die Tür ging.

„Sie waschen sich doch die Hände, oder?"

„Ja, Ma'am."

Er schrubbte demonstrativ seine Hände über der Spüle und beschloss, das Mauseloch noch nicht zuzustopfen. Je weniger Evvy darüber wusste, desto besser. Er legte die Zweige auf die Arbeitsplatte und wendete dann die trocknenden Nudeln, während Evvy über ihren Neffen plauderte, der jede Art von Fahrzeug reparierte, aber keinen Kaffee kochen konnte. „Er findet das unter seiner Würde."

Lance dünstete die Wurst in Butter an, statt den üblichen Schinkenspeck zu verwenden, dann fügte er Kalbshackfleisch hinzu. Nach und nach gab er das gewürfelte Gemüse und Pilze, Knoblauch und Muskatnuss in die Sauce. Tomatenpüree, Wein und Hühnerbrühe – er hatte keinen Kalbsfond gefunden – Sahne und Petersilie. Das vervollständigte die Bolognesesauce, und er machte sich an die Zubereitung der Bechamelsauce.

„Wo haben Sie kochen gelernt?", fragte Evvy, jetzt offenbar überzeugt, dass er es konnte.

„Bei meiner Großmutter und meiner Großtante Conchessa." Er war froh, dass Rese nicht genau nachgefragt hatte. Sie nahm an, dass seine Referenzen etwas beeindruckender waren. Er zerließ etwas Butter auf kleiner Flamme und rührte die Bechamelsoße mit Milch, Mehl, Salz und Muskatnuss an.

Er wollte Evvy fragen, was sie über die Villa wusste, aber sie redete immer über andere Themen, meist ihre Verwandten, und er konnte nur nicken und die erforderlichen Antworten geben, während er Parmesan rieb und die Lasagne in die Auflaufform schichtete.

„Haben Sie mir eigentlich Ihren Namen gesagt, mein Sohn?"

Er warf ihr über die Schulter einen Blick zu. „Lance. Lance Michelli."

„Lancelot?"

Er lachte. „Nein, einfach nur Lance." Er war immer froh darüber gewesen, dass er kein Guido oder Dodi geworden war. Er schob die Lasagne in den Ofen und schloss die Tür, und da er nicht noch ein weitschweifiges Thema anhören wollte, fragte er: „Sagen Sie, Evvy, wohnen Sie schon lange nebenan?"

Ihre Antwort umfasste das, was er von Rese bereits erfahren hatte, ihre Romanze mit Ralph und seine anschließende nachlassende Gesundheit, die dazu geführt hatte, dass er jetzt in einer betreuten Wohneinheit lebte. Lance saß ihr an dem kleinen Küchentisch gegenüber und hörte zu. Dann sagte er: „Ihr Haus sieht nicht so alt aus wie dieses Schätzchen hier."

Sie kicherte. „Nein. Ralph war sehr stolz auf dieses alte Haus. Er sagte, es hätte Geheimnisse."

Lance richtete sich auf. „Kannte er die Geheimnisse?"

Ihre blassblauen Augen musterten sein Gesicht. „Er hat seine Geschichten erzählt, und jedes Mal wurden sie besser."

„Was für Geschichten?"

Sie machte eine fortwischende Handbewegung. „Ich könnte sie nicht richtig wiedergeben. Er ist der Erzähler."

Lance war es egal, wie sie die Geschichte erzählte, ihn interessierten nur die Informationen, die darin enthalten waren. „Miss Potter, Sie haben sich schon als feine Erzählerin erwiesen."

„Sie schmeicheln mir, junger Mann. Es sei denn, Sie wollen damit sagen, dass ich zu viel rede."

Lance hob abwehrend die Hände. „Nichts läge mir ferner."

Evvy lachte und hustete dann so stark, dass es ihren ganzen Körper erschütterte. „Sehen Sie, ich habe doch zu viel geredet." Sie keuchte atemlos und versuchte aufzustehen.

Er sprang schnell auf und half ihr. „Sie gehen doch nicht?"

Sie nickte.

„Aber Sie haben die Lasagne noch nicht probiert."

„Die ist zu fettig und würzig für mich." Sie nahm ihren Gehstock und humpelte zur Tür. „Aber ich bin sicher, Theresa wird sie wunderbar schmecken."

Theresa? Er konnte ein Grinsen nicht verbergen. „Ich könnte Ihnen etwas anderes kochen."

Evvy wedelte mit ihrer freien Hand. „Machen Sie sich keine Umstände." An der Tür, die er für sie öffnete, blieb sie noch einmal stehen. „Es hat aber Freude gemacht zuzusehen." Sie hob den Zeigefinger. „Sie sind ein Künstler."

Das überraschte ihn. „Danke. Überlegen Sie, was Sie irgendwann gerne essen würden, und sagen Sie mir Bescheid."

Sie nickte. „Das mache ich."

Lance beobachtete sie eine Weile, während sie durch den Garten schwankte. Er hatte nicht die Informationen bekommen, die er haben wollte, aber er hatte einen Eindruck hinterlassen und er hatte einen Grund für zukünftige Besuche. Außerdem mochte er sie.

Star kam in leuchtendem Violett herein. Das Sommerkleid umspielte ihre wohlgeformte Figur und flog um ihre Oberschenkel, als sie sich im Kreis drehte. „Wie findest du es?"

Der Marilyn-Monroe-Effekt mit dem Kleid und ihre roten Locken, die jetzt wieder lebhaft auf und ab hüpften. Es war nichts davon zu sehen, dass sie sich untröstlich vergraben hatte. „Strahlend."

Sie lachte und nahm seine Hände. „Wenn ich Rese nicht so lieben würde, würde ich dich klauen."

Er klärte das Missverständnis nicht auf. Star war selbst für seine Verhältnisse zu überdreht.

Sie hob die Hand und berührte seinen Ohrring. „Du brauchst etwas Schillerndes."

„Das würde bei Rese bestimmt Eindruck machen."

Lachend hob sie die Arme und drehte sich. Die Bewegung hatte etwas herzzerreißend Zerbrechliches.

„Kann ich dir etwas bringen, Star?"

„Farbe. Ich brauche Farbe."

Das schien ein durchgängiges Thema für sie zu sein. „Im Garten gibt es Farbe."

Sie faltete die Hände unterm Kinn. „Farben im Garten." Sie wirbelte hinaus und flatterte von Blumenbeet zu Blumenbeet. *Herr, die zerbrochenen Menschen …*

Lance säuberte seine Arbeitsfläche, dann ging er, um zu sehen, wie weit Rese war. Star saß in den Ästen einer ausladenden Eiche wie ein geheimnisvoller Vogel. Er ging wortlos an ihr vorbei und betrat das Kutscherhaus.

Rese wandte sich um. „War das Evvy, die ich vorhin habe weggehen sehen?“

„Mein Damenbesuch.“

Rese schnaubte. „Du bist nicht ihr Typ.“

Er lehnte sich in den Türrahmen. „Genau genommen war sie beeindruckt.“

„Wovon?“ Rese wickelte den Faden um die Sprühvorrichtung.

Bestimmt wollte sie ihn nicht beleidigen. Er vermutete, dass es eine Verteidigungshaltung war. Wenn sie ihn ärgerte, würde er vielleicht das Interesse verlieren. Es müsste funktionieren. Am Anfang hatte es das jedenfalls.

„Von meinen Kochkünsten.“ Lance nahm ihr das Werkzeug ab. „Die Wand sieht gut aus.“

Rese bückte sich und sammelte ihre restlichen Sachen ein. „Es ist besser geworden, als ich zuerst dachte.“

Besser als sie es ihm zugetraut hatte. „Morgen mache ich die Fenster und Türen, dann setze ich alles ein.“

„Die Feinarbeiten überlässt du besser mir.“

Lance legte den Kopf schief. „Ich kann mit einer Gehrungssäge umgehen.“

„Ich mache es trotzdem.“

„So war es aber nicht abgemacht.“

Sie schob sich an ihm vorbei in Richtung Schuppen. „Falls du gehst, vermiete ich es.“

Er verspürte einen Stich. „Warum glaubst du, dass ich gehe?“

„Ich meine, wenn du irgendwann gehst.“

Hatte sie sich das selbst eingeredet, während sie gearbeitet hatte? Wollte sie ihn nach dem gestrigen Abend loswerden? Er folgte ihr zum Schuppen und stellte die Sprühvorrichtung draußen vor der Tür ab. Es war erstaunlich, wie sehr er dieses Haus inzwischen als sein Zuhause empfand. Er hatte noch nie eine so klare Richtung gesehen wie diesmal.

Es war nicht nur ein Auftrag; es war eine Mission. Seine Entschlossenheit hatte nicht nachgelassen. Ja, er wollte Antworten. Aber dabei hatte er den immer intensiveren Wunsch, dass seine Suche nicht mit Rese' Traum kollidierte. Und mit der gleichen Intensität wollte er sie in den Arm nehmen und ihr das versprechen. Keine gute Idee. Er kraulte Baxters Kopf, während sie ihre Werkzeuge reinigte.

Star winkte ihnen vom Baum aus zu.

Lance sagte: „Ist sie da oben okay?"

Rese schirmte ihre Augen vor der untergehenden Sonne ab. „Sie kann sehr gut klettern. Durch mein Fenster hat sie es bei jedem Wetter geschafft."

Hinter dieser Geschichte steckte eine Menge, da war er sicher. Er konnte sich die beiden immer noch nicht als Freundinnen vorstellen. Selbst wenn sie zusammen aufgewachsen waren, konnten die beiden Mädchen sich in keiner Weise ähnlich gewesen sein. Was verband sie miteinander? Andererseits – was verband ihn mit Rese? Sie waren beinahe so gegensätzlich wie Rese und Star. „Es dauert noch eine Weile, bis das Abendessen fertig ist. Hast du Lust, eine Runde mit mir zu fahren?"

Sie schüttelte den Kopf. „Du hast keine Helme."

„Und?"

„Und ich möchte nicht den Rest meines Lebens dahinvegetieren."

„Ich bin ein sicherer Fahrer."

Rese schloss die Schuppentür. „Und was ist mit den anderen Fahrzeugen auf der Straße?" Im gleichen Moment setzte ein Möbeltransporter in die Auffahrt zurück und hätte beinahe seine Harley umgefahren. Rese warf ihm einen Blick zu und ging, um die Lieferung zu überwachen.

Nachdem Salon und Esszimmer mit einer Auswahl kleiner Tische, Bänke und Stühle versehen und die Möbelpacker wieder verschwunden waren, machte Lance einen Romanasalat mit Rotweinessig und Olivenöl an – schlicht genug, um den gehaltvollen Geschmack seines Markenzeichens zu ergänzen, zusammen mit warmem, knusprigem Brot und Chianti.

Rese kam in die Küche und blieb stehen. Sie betrachtete die Auflaufform auf dem Herd und seufzte. „Hast du Lasagne gemacht?"

Er zog die Augenbrauen hoch. Das war eine deutlichere Reaktion, als er sie sich erhofft hatte. „Setz dich. Ich hole Star.“ Sie hatten einen dritten Stuhl gerettet, auf dem Star hoffentlich Platz nehmen würde. Soweit er wusste, hatte sie seit anderthalb Tagen nichts gegessen. Er füllte Reses Glas mit Perrier und ging dann hinaus, um Star zu holen.

Sie ließ langsam die Beine baumeln, als er näher kam. „Kommst du rauf?“

Er schüttelte den Kopf. „Das Essen ist fertig.“

„Oh, Glückseliger, rette mich aus dieser Falle.“ Sie streckte die Arme aus und ließ sich fallen.

Obwohl sie klein war, schlug er mit der Schulter gegen den Baumstamm, als er ihren Körper auffing. Ihre Haare versperrten ihm die Sicht, aber er stellte sie auf ihre Füße, ohne hinzufallen. *Mamma mia,* sie war verrückt. „Gib mir nächstes Mal lieber eine Vorwarnung.“

Sie lächelte. „Ich konnte fliegen, aber meine Flügel sind verschwunden.“

Was sollte er dazu sagen? Sie ging summend aufs Haus zu. Lance folgte ihr kopfschüttelnd hinein. In der Küche stellte er die Salatteller und den Brotkorb auf den Tisch, setzte sich, neigte den Kopf und sprach das Tischgebet.

Als er geendet hatte, sah er, dass Rese ihn mit dem Blick eines Raubvogels musterte. „Was ist mit der Lasagne?“

Er blickte zu der Auflaufform hinüber. „Sie muss sich setzen.“ Aber ihre Vorfreude war deutlich spürbar, und so stand er wenig später auf und schnitt die Lasagne. Er verteilte die Stücke auf Teller und trug sie in einer würzigen Duftwolke zum Tisch. Das reichhaltige Aroma aus Wurst, Knoblauch und Tomaten, Wein und Käse zauberte den Ausdruck auf Rese’ Gesicht, den er sich die ganze Zeit gewünscht hatte. Er hatte ihre Lieblingsspeise entdeckt.

Sie schluckte den ersten Bissen mit geschlossenen Augen hinunter und sagte: „Verlang nicht von mir, dass ich etwas sage.“

„Das brauchst du nicht.“ Lance lehnte sich zurück und beobachtete sie. Es war die Mühe wert gewesen, eine Reaktion in ihr hervorzurufen, die sie nicht kontrollieren konnte. Nicht einmal Stars prüfender Blick dämpfte seine Freude. Insgeheim dankte er Nonna Antonia für dieses spezielle Gericht, eine Vermählung von nördlichen und südlichen Elementen, die sie zusammen entwickelt hatten.

Star sagte: „Du könntest ein Restaurant aufmachen."

„Das war der Gedanke." Er wandte sich an Rese. „Abendessen?"

„Du meinst hier?" Star klatschte in die Hände. „Wunderbar. Ich werde Kellnerin spielen. Das Kostüm habe ich schon."

Lance sah Rese mit hochgezogenen Augenbrauen an.

Sie blickte von ihm zu Star. „Wie würde das aussehen?"

Star stützte den Kopf auf ihre Fingerspitzen. „Brainstorming!"

Lance sagte: „Ich könnte ein Wochenmenü zusammenstellen, das du in den Zimmern auslegen kannst." Ihm schwebte etwas Ähnliches vor wie das, was Nonna gemacht hatte, wo es Stammgäste gab, die aßen, was immer sie ihnen vorsetzte.

Star wedelte mit den Händen. „Lance kocht, ich bediene. Was machst du, Rese?"

Rese lehnte sich zurück. „Ich nehme an, wenn Lance nach dem Essen Musik macht, erledige ich den Abwasch."

Lance lächelte ihr zu. „Das klingt gut. Zu blöd, dass wir keine Spülmaschine haben."

Sie funkelte ihn an.

„Was für Musik?" Star berührte ihn am Arm.

„Ich spiele und singe ein bisschen."

„Dann tanze ich!" Star sprang auf und wirbelte um den Tisch.

Lance blickte Rese an, die nur lächelnd die Augenbrauen hochzog. Es erstaunte ihn, wie tolerant sie Star gegenüber war. Es passte irgendwie nicht zu ihrem unnachgiebigen Wesen. Er sagte: „Weinkarte?"

„Vielleicht ein paar Weine. Aus der Region. Ein Dutzend?"

Lance überlegte. Er hätte sich für die italienischen Sorten entschieden, die er gerne trank, aber dies war schließlich Sonoma. „Du beantragst die Lizenz. Ich wähle die Weine aus. Wir brauchen Gedecke."

Star hielt in ihrem Tanz inne und ließ die Arme über Rese' Schultern hängen. „Lasst mich die Teller aussuchen."

Rese lachte. „Ich kann nicht hundert Dollar pro Teller für ein Kunstwerk ausgeben."

Star ließ den Kopf hängen, bis ihre roten Locken Rese wie ein exotischer Farn umrahmten. Lance betrachtete die beiden Frauen zusammen. Etwas nicht Greifbares verband sie, irgendein geheimnisvoller weiblicher Nimbus. Und ihm wurde bewusst, dass Rese, auch wenn sie in einer Männerbranche arbeitete, so verschieden von ihm war wie

Star. Und dieser Unterschied ließ die Funken sprühen. *Grazie, Signore.* Die Welt wäre ein langweiliger Ort, wenn es nur Männer gäbe.

Kapitel 17

Nonno ist größer als jeder andere Mann, den ich kenne.
Papa möchte noch ein paar Zentimeter größer sein.

Die Frühstücksgerichte, die Lance am nächsten Morgen kreierte, sahen toll aus, als Rese sie für die Internetseite fotografierte. Crêpes, Mandelfocaccia und *frittata di carciofi* – das Artischockenomelett, das er schon einmal zubereitet hatte – und, natürlich, die Lasagne. Sie machte die Fotos und sagte: „Und jetzt nimm die Focaccia in die Hand."

„Wozu?"

„Ich stelle auch ein Bild vom Koch ins Netz."

Er verschränkte die Arme. „Das ist nicht dein Ernst."

Sie sah ihn über die Kamera hinweg an. „Schüchtern?"

„Ich trage gerade meinen Diamanten nicht."

Sie schnaubte verächtlich. „Als würde das eine Rolle spielen." Sie hob die Kamera ans Auge und schoss ein Foto, dann ein zweites. „Könntest du vielleicht lächeln?" Sie drückte erneut ab. Der Mann sah durch ein Objektiv gut aus. Na gut, er sah durch alles umwerfend aus. „Und jetzt eins mit deiner Gitarre für das Werbeplakat, und dann machen wir Bilder von deinem Zimmer."

„Ich habe es zur Feier des Tages aufgeräumt."

„Gut."

„Du darfst nur den Schrank nicht aufmachen."

„Irgendwelche Leichen drin?"

Er blickte grimmig drein. „Das hat Sybil mich auch gefragt. Sehe ich aus wie der Pate?"

„Das liegt an dem Piratenimage." Sie ging die Treppe hinauf und wartete vor seiner Tür, während er aufschloss. Sie wusste auch nicht, warum sie so gut gelaunt war. Aber dieser Morgen fühlte sich wirklich wie ein neuer Tag an, nicht wie alle anderen. Und es war lange her, dass sie sich so gefühlt hatte.

Sie war noch immer von dem Brainstorming motiviert, das sie am vergangenen Abend gehabt hatten. Lance hatte geredet und dann gesungen und Star hatte geglänzt. Rese lächelte. Sie hatte ihre Begeisterung in sich aufgesogen, sich von ihrer Vision anstecken lassen und dann erstaunlich gut geschlafen. Kein Wunder, dass sie jetzt geradezu euphorisch war.

Lance ging in sein Zimmer. Er zog eine dünne Lederweste über sein T-Shirt und öffnete dann eine kleine Schachtel, die auf seiner Kommode stand. Er entfernte den goldenen Ring aus seinem Ohrläppchen und ersetzte ihn durch den diamantenen Stecker. „Kein Pirat mehr."

Rese' Herz machte einen Satz, als er sich umdrehte und sie mit einem samtenen Blick bedachte.

Und er hatte es bemerkt, wie an seinen zuckenden Mundwinkeln zu sehen war. „Wo willst du mich haben?"

Ihre Kehle schnürte sich zusammen. „Was?"

„Für das Foto." Er grinste.

Sie konnte nicht sagen, dass er es absichtlich getan hatte, aber ihre Gedanken waren eindeutig ungezogen. „Jedenfalls nicht hier drin. Sie werden dir die Bude einrennen."

Er neigte den Kopf leicht. „Sie?"

Als wüsste er nicht genau, was sie meinte. „Könntest du bitte rausgehen, damit ich das Zimmer fotografieren kann?" Sie schob ihn zur Seite und suchte den besten Winkel für das Zimmer, das noch nach seinem Shampoo und einem angenehmen Rasierwasser roch.

Lance trug seine Gitarre in den Flur. Er fügte sich in das von ihr gewünschte Arbeitsverhältnis, aber zugleich war er sich der Wirkung, die er auf sie hatte, sehr wohl bewusst. Er erwartete, dass sie schwach werden und seinem Charme nicht widerstehen würde. Gut, dass sie eine Meisterin der Selbstbeherrschung war.

Sie nahm das Zimmer aus verschiedenen Perspektiven auf und gab ihm dann die Anweisung, hinunterzugehen. „Esszimmer. Wo du spielen wirst."

Er nahm seinen Platz in der Ecke bei der Tür zum Salon ein. Er war kein Blender oder Hochstapler, sondern besaß eine ganz natürliche Anziehungskraft. Warum war es für manche Menschen so leicht? Sie hatte keine solche Leichtigkeit im Umgang mit anderen entwickelt, das war für sie nie eine Priorität gewesen. Falls Lance seinen Charme bewusst trainierte, fiel es nicht auf, aber er hatte ihn jedenfalls und sie nicht. Sie fing ein tolles Lächeln mit der Kamera ein und machte dann noch ein paar Bilder mit ihm in Aktion, während er spielte. Niemand sollte so vielseitig begabt sein.

„Ach, hier seid ihr." Star kam herein, einen türkisfarbenen Schal über Kreuz um ihren Oberkörper gewickelt. Dazu trug sie eine mikroskopisch kurze Hose. Ihre Haut war so blass, dass sie beinahe leuchtete, aber ihre Fingernägel waren knallrot lackiert und von ihren Ohren baumelten Pfauenfedern. Eine Wolke aus Parfüm schwebte mit ihr ins Zimmer. „Ich gehe einkaufen."

„Kauf nicht mehr als einen Teller, ich will ihn erst sehen."

„Oh, darum wollte ich mich gar nicht kümmern." Star klimperte mit der winzigen perlenbesetzten Handtasche, die an einer Kette um ihre Taille hing. „Ich verschleudere mein Erbe. Wollt ihr mitkommen?"

Rese schüttelte den Kopf. „Ich muss arbeiten."

„‚Gesegnet sind die schwieligen Hände der Mühen." Star warf Lance eine Kusshand zu und wirbelte zur Tür hinaus.

Lance lehnte seine Gitarre in die Ecke. „Ich dachte, sie hätte kein Geld."

„Sie bekommt jedes Quartal einen Scheck von ihrer Mutter, aber sie benutzt das Geld nicht, um davon zu leben."

Er zog die Augenbrauen hoch.

„Es gibt ihr das Gefühl, abhängig zu sein."

„Wie kann es sie abhängiger machen, ihr eigenes Geld zu benutzen, als von dir zu schnorren?"

Rese runzelte die Stirn. „Sie schnorrt nicht. Sie … na ja, sie gehört dazu, oder etwa nicht? Kost und Logis, genau wie du." Abgesehen davon, dass er fleißig arbeitete, um seinen Unterhalt zu verdienen.

Lance machte keine entsprechende Bemerkung. „Sie hat gerade gesagt, dass sie das Geld verschleudern will."

Rese stieß lautstark die Luft aus. Er würde es nicht verstehen, aber sie fühlte sich verpflichtet, Star zu erklären. „Sie gibt es aus, aber nicht … vernünftig." Sie dachte an all die verrückten Dinge, die Star in der Vergangenheit mit ihrem Scheck angestellt hatte. „Es ist, als würde sie es zum Fenster hinauswerfen."

Lance verschränkte die Arme. Sie wusste, wie das klang. Wenn sie darüber nachdachte, musste sie ihm recht geben, aber Rese verstand, warum Star es tat. „Es ist Geld, mit dem ihre Mutter ihr Gewissen erleichtern will. Star nennt es Silberlinge."

„Wieso erleichtern?"

Rese straffte die Schultern. „Wegen all der Mahlzeiten, die ihre Mutter nicht gekocht hat, der Veranstaltungen, die sie verpasst hat, und all der Partys, bei denen Star die Hinterzimmerattraktion wurde." Das hatte sie ihm nicht erzählen wollen. Aber Lance sog irgendwie stets die Wahrheit aus ihr heraus.

Er blickte auf die Tür, durch die Star entschwunden war.

Rese gab ihm keine Gelegenheit zu einem Kommentar. „Ich will jetzt an der Internetseite arbeiten." Sie nahm die Kamera mit ins Arbeitszimmer, entschlossen, das Projekt endlich abzuschließen. Je eher die Seite in Betrieb war, desto früher würde sie Gäste haben. Sie erstarrte. Das war doch der Sinn, oder? Alles andere waren Vorbereitungen für ihre neue Aufgabe. Ihr Herz hämmerte. Gemeinsam mit Lance und Star zu planen, war eine Sache, aber die Sache wirklich durchzuziehen, war eine ganz andere.

Gäste waren keine Ungeheuer, die einen durchschauen konnten. Dies war ein neuer Anfang für sie und Star. Sie waren nicht mehr die verrückten Schwestern.

Rese wählte das letzte Bild aus, schrieb die Texte dazu und vervollständigte die Preistabelle und das Buchungsformular. Arbeiten half, weil sie dann beschäftigt war. Es war immer gut, wenn ihre Gedanken zu viel zu tun hatten, um auf Wanderschaft zu gehen. Sorglose Augenblicke waren schwer zu beherrschen.

Sie ballte die Hände zu Fäusten. Was hatte das mit Internetseiten und Pensionen zu tun? Nichts. *Also hör auf, so zu denken. Es wird prima laufen. Alles wird gut.*

Sie atmete aus und klickte auf den Druckbefehl, dann nahm sie die Blätter und eilte zum Kutscherhaus. Star war unterwegs, aber selbst wenn sie da gewesen wäre, hätte Rese sich zuerst an Lance gewandt. Er war mehr in das Unternehmen eingebunden; die ganze Idee mit dem Essen war seine Idee. Sie brauchte keine Bestätigung, nur …

Baxter kam ihr entgegen und tänzelte neben ihr, und seine Miene schien zu sagen, dass er alle Liebe, die sie ihm erwies, verdient hatte, ohne dass er etwas dafür tat, außer sie zu genießen. Sie lachte und schlang die Arme um ihn, während er ihren Hals und ihr Kinn leckte. Dann stand sie auf, bevor seine Zuneigung die ausgedruckten Seiten zerstörte.

Lance hatte die Vorderseite des Kutscherhauses mit Flügeltüren und Fenstern versehen, aber die Türen standen offen, um den Geruch der Farbe herauszulassen, während er arbeitete. Als sie eintrat, sagte er: „Es dauert nicht mehr lange, dann musst du anklopfen."

So hatte sie es noch gar nicht betrachtet, aber er hatte recht. Es war beinahe seine Privatsphäre. Sie hielt ihm den Papierstapel hin.

„Was ist das?" Er legte die Malerrolle ab und nahm die Blätter.

„Die Internetseite ist in Betrieb." Durch den Kurs in Homepage-Design, den sie im College belegt hatte, hatte sie genug Wissen gehabt, um die Seite für Barretts Inc. zu erstellen. Die Website war gut gewesen, mit Bildern von Häusern, die sie renoviert hatten, mit Vorher- und Nachherfotos und Nahaufnahmen von Geländern, Schränken und ihren Schnitzereien. Aber diese Seite war noch besser. Sie wollte nicht glauben, dass es an Lance lag.

Er blätterte durch die Seiten. „Das ist klasse. Die Pension ist gut eingefangen."

Seine Worte versanken wie gut platzierte Nägel im Holz, gerade, festsitzend und effizient. „Es gibt sogar Musik auf der Seite. Und sieh mal hier." Sie überraschte ihn mit einem Bild von Baxter.

„Na, wenn das kein Verkaufsargument ist." Seine eigenen Bilder hatte er nicht kommentiert. Er gab ihr den Stapel Papier zurück und lächelte. „Fantastisch, Rese."

Na gut, sie hatte seine Anerkennung gesucht. Es fühlte sich gut an, auch wenn sie sie nicht brauchte. Rese wandte sich um und begutachtete seine Fortschritte. Mit den weißen Wänden wirkte der Raum offen und hell, trotz der nur kleinen Fenster. „Die Oberlichter waren eine gute Idee. Selbst wenn du an den Fenstern vorne einen Sichtschutz anbringst, hast du Tageslicht."

„Mhm." Er wischte mit einem Lappen einen Farbklecks vom Daumen.

Sie warf einen Blick ins Bad. Er hatte den Boden verfugt, und von den Steinblöcken darunter war nichts zu sehen. Sie drehte sich zu ihm um. „Macht es dir nichts aus, über einem Grab zu wohnen?"

Er warf den Lappen fort. „Nein."

Sie musste unwillkürlich denken, wie enttäuscht sie wäre, wenn jemand über dem Grab ihres Vaters bauen würde, ohne sich Gedanken darüber zu machen, was darunter lag. Andererseits, wenn Dad recht hatte und es nach dem Tod nichts gab als Fleisch, das wieder zu Staub wurde … Sie fühlte einen Druck auf ihrer Stirn und schüttelte den Kopf. Das war zu … unsinnig.

Wegen ihrer Begegnung?

Ihr Rückgrat wurde ganz weich. Das war immer so, wenn sie daran dachte. In der Nacht, in der ihre Mutter gestorben war, als sie mit aller Macht gegen den Schlaf angekämpft hatte … war noch jemand im Zimmer gewesen, der sie gedrängt hatte zu widerstehen, zu kämpfen, nicht nachzugeben. Jemand, dem sie vertraut hatte. Ein unsichtbares Wesen, das sie nicht ignorieren konnte.

Dad war ins Haus gelaufen und hatte sie hinausgetragen, aber er war nur wenige Augenblicke drinnen gewesen. Blieben also zwei Möglichkeiten: ein übernatürliches Wesen oder die gleichen Wahnvorstellungen, die ihre Mutter auch gehabt hatte. Sie schauderte.

„Rese?"

Lance' Stimme riss sie aus ihren Gedanken. Er würde glauben, dass sie verrückt war, wenn sie immer wieder abdriftete. „Ja?"

Er war neben sie getreten. „Es gibt keinen Grund, sich Sorgen zu machen. Ich glaube nicht, dass die Toten die Lebenden bedrohen." Seine Worte waren nur halb so tröstlich wie die Wärme seiner Augen.

Sie schluckte. „Was glaubst du? Ich meine, in Bezug auf den Tod."

„Man stirbt. Man wird gerichtet. Man verbringt die Ewigkeit mit Jesus oder ohne ihn."

Bei ihm klang es so einleuchtend, aber das war es nicht. Rese runzelte die Stirn. „Ist das denn wichtig?"

Er atmete kurz aus. „Es ist wichtig."

„Höllenfeuer und so?"

„Ich glaube, die Qual besteht darin, dass man den Willen des Herrn nie erfüllt und es auch weiß."

Sie musterte sein Gesicht. „Aber … wenn man nicht weiß …"

„Ein offenes Herz wird er finden."

Rese spürte, wie ihre Kehle sich zusammenzog. „Du meinst, er würde jemanden finden, der ihn braucht, auch wenn dieser Mensch es nicht wüsste?" Sie hatte gedacht, die Gestalt in ihrem Zimmer damals sei vielleicht ein Engel gewesen, nicht Jesus höchstpersönlich. Das war zu viel, als dass sie es glauben konnte, zu unmöglich – und viel zu schrecklich. Es verursachte in ihr das Gefühl einer großen Leere und einer tiefen, unerklärlichen Angst.

Sie machte einen Schritt zurück, die Blätter wie ein Schutzschild an die Brust gedrückt. Seine Religion und Moms Verhalten waren sich zu ähnlich. Unsichtbare Stimmen, die einem sagten, was man tun sollte, und die Gehorsam erwarteten, quälende Hoffnung, irgendwann in der Zukunft Frieden zu erfahren. Es gefiel ihr vielleicht nicht, aber Dads Methode war einfacher. Sie stellte ihn sich lieber unter der Erde vor als in ewiger Qual. Und wenn es bedeutete, dass sie die Gestalt in ihrem Zimmer vergessen musste … sie wusste ja nicht einmal, ob sie echt gewesen war.

Lance blickte ihr nach. Er hatte nicht vorgehabt, auf ihrer Internetseite in Erscheinung zu treten, weil seine Rolle dadurch hervorgehoben wurde. Nun sah es aus, als wäre sein Engagement von Dauer, wo er ihr doch nur eine gute Starthilfe geben wollte, damit sie beide am Ende etwas davon hatten. Aber noch etwas anderes machte ihm zu schaffen.

Was belastete sie so? Wahrscheinlich Trauer. Wenn er nicht wüsste, dass Tony bei Gott war, wenn er nicht daran glauben würde, dass es nach dem Tod etwas Besseres gab, wie viel schwerer wäre der Verlust dann? Rese schien nicht viel zu glauben, und bei ihrem Vater war es höchstwahrscheinlich ebenso gewesen. Aber der Tod war offenbar ein wichtiges Thema. Er hätte ihr sagen sollen, dass es kein Grab war, und sie beruhigen sollen.

Er hatte sich vergewissert, dass das Gemäuer unter seinem Bad keinen Zugang hatte, bevor er den Boden verfugt hatte. Die Konstruktion reichte mindestens zwei Meter über das Kutscherhaus hinaus und wahrscheinlich noch weiter, da er bislang noch kein Ende entdeckt hatte. Wenn er anfing, den Garten zu bearbeiten, würde er weiterforschen, ohne dass es jemand bemerkte. Wenn er etwas Gefährliches dort draußen fand, würde er es Rese erzählen.

Was das Innere des Kutscherhauses betraf, war es etwas anderes. Das war sein Bereich. Genau betrachtet vielleicht nicht, aber er sah es so. Da das Haus renoviert und der Dachboden ausgeräumt war, blieben ihm nicht mehr viele Möglichkeiten. Das Einzige, was er noch hatte, so schien es, war das Mauerwerk unter seiner Behausung.

Sybils Artikel erwähnte ein verborgenes Vermögen, das eine Durchsuchung des Anwesens nicht zutage gefördert hatte. Nonna hatte in ihrem Brief an Conchessa nicht ausdrücklich davon gesprochen, Vermögen zu verlieren. Sie hatte Angst geäußert, alles zu verlieren, und wie es schien, war es so gekommen. Aber er spürte, dass Nonna etwas Bestimmtes brauchte, jetzt, wo der Tod ihr auf die Schulter getippt hatte. Der Arzt hatte im Prinzip gesagt, dass ein Schlaganfall wie ihrer ein Vorbote von Schlimmerem war. Sie hatte vielleicht noch Jahre, vielleicht auch nicht. Aber der Vorfall hatte ein Bedürfnis geweckt, das zu lange geschwiegen hatte.

Lance runzelte die Stirn. In all den Jahren, die er sie jetzt kannte, in all den Stunden, die sie zusammen in der Küche verbracht hatten, hatte sie Sonoma mit keinem Wort erwähnt. Er hätte alles getan, um ihr zu helfen. Warum hatte sie geschwiegen, bis es zu spät war? Der Gedanke durchfuhr ihn wie ein Stich. Es war nicht zu spät. Sie würde gesund werden. Vielleicht würde das, was er fand, was er hier tat, ihr dabei helfen. Vielleicht hatte die Belastung, das Geheimnis zu wahren, den Schlaganfall ausgelöst. Jetzt konnte nur er ihn wiedergutmachen.

Lance schluckte. Er war nicht der Richtige für diese Aufgabe. Etwas so Wichtiges, so Folgenschweres – Lance hielt inne. Tony war nicht hier. Er konnte sich nicht im Schatten seines Bruders verstecken, konnte sich nicht auf den verlassen, der von Natur aus für die Heldentaten zuständig war und alles richtig machte.

Es schnürte Lance die Kehle zu. Er liebte Tony. Er hatte ihn mit der gleichen leidenschaftlichen Hingabe geliebt, die sie alle gezeigt hatten. Aber es war nicht leicht, in seine Fußstapfen zu treten. Tony hatte große Schritte gemacht, die kein kleiner Bruder ausfüllen konnte. Aber Nonna brauchte Hilfe, und er war alles, was sie hatte.

Lance dichtete die letzten Fugen ab und putzte dann das Bad. Es war bereit für den letzten Schliff, den Rese übernehmen wollte. Das gefiel ihm immer noch nicht. Er wollte die Befriedigung, etwas zu Ende zu machen. Die Habitat-Häuser waren eine Gemeinschaftsarbeit gewesen. Dies hier war sein Werk.

Er blickte zum Himmel hinauf. *Ja, okay, ich habe verstanden.* Wenn er jemals etwas ganz allein zustande brachte, würde das vielleicht irgendeinen tiefen, göttlichen Sinn zunichtemachen, zum Beispiel seine Demut. Er wischte sich die Hände an seinem T-Shirt ab und seufzte.

Evvy legte das Andachtsbuch zur Seite und betrachtete die verschwommenen Konturen an der Wand gegenüber. Ihre Augen waren nicht in der Lage oder schlicht zu müde, um sich von der kurzen Lesedistanz auf ein deutliches Bild der Gemälde und Gobelins umzustellen, die dort hingen. Der Klingelzug sah aus wie eine Gestalt, die gerade und wortlos dastand, und sie fragte sich, welcher Beschützer es wohl war.

„Wenn du der Tod bist, dann lass es uns schnell hinter uns bringen."

Der Gobelin rührte sich nicht.

„Heute also nicht? Welche Aufgabe bleibt mir denn noch?"

Sie strich über das kleine Buch, das sie auf den Nachttisch gelegt hatte. Oswald Chambers hatte sie aus seinen Seiten, die sie Jahr für Jahr las, wieder einmal gescholten. Vielleicht hatte sie nicht immer ihr Äußerstes gegeben, aber sie wollte Gottes höchste Ehre. Er war in allen Höhen und Tiefen ihres Lebens Vater und Bruder, Freund und Liebhaber, Herr und Retter gewesen. Jetzt war er einfach ihr Schicksal, und wenn er sie rief, würde sie bereit sein.

Bis dahin war es ihr lieber, wenn er die Karten offen ausspielte, so wie er es bisher getan hatte. Sogar James hatte sie nicht unerwartet verloren. Sie hatte es gewusst, als sie ihn am Bahnhof verabschiedet hatte. An seiner grimmigen Miene und dem kalten Leuchten seiner Augen hatte sie erkannt, dass sein Leben im Krieg enden würde. Sie war am Boden zerstört gewesen, aber nicht überrascht.

Der Herr hatte seine Absichten nicht verkündet, aber er hatte sie auch nicht betrogen. Es gab kein Hütchenspiel, das sie verwirren sollte und falsche Erwartungen weckte, nur um ihr dann keine Chance zu lassen. Nein, ihr Kurs war vorher klar aufgedeckt worden. Alles würde so sein, wie es sein sollte. Evvy glitt in ihren morgendlichen Schlummer. Zwischen wachen und unterbewussten Augenblicken gab es keine großen Unterschiede mehr, beide waren eine Collage aus Erinnerungen und Träumen. Das Geheimnis des Lebens war, es anzunehmen und darauf zu vertrauen, dass der Herr wusste, was er tat.

Kapitel 18

Rese schob den Flachmeißel ins Holz, sodass sich der Span exakt aufrollte. Ihre Lieblingsphase jeder Renovierung waren die Schnitzereien, die das Projekt zu ihrem Eigenen machten. Diesmal handelte es sich um ein dekoratives Element, das sie über der Esszimmertür anbringen wollte. Der Raum war elegant genug, damit eine feine Handarbeit zur Geltung kam, und außerdem würde er, wie es aussah, eine größere Rolle in der Pension spielen, als sie ursprünglich erwartet hatte. Zwei Mahlzeiten am Tag und dazu noch Musik.

Sie setzte das Werkzeug erneut an. Zuvor hatte sie den Entwurf skizziert, aber er erwachte erst zum Leben, wenn sie mit dem Schnitzen begann. Da das Grundstück früher zu einem Weinberg gehört hatte, schnitzte sie Weintrauben und -blätter und sich windende Weinranken, wobei sie die Formen aus dem Herz des Holzes formte und zugleich ihr eigenes Herzblut hineingoss.

Lance kam herein und sah ihr über die Schulter. Er stieß einen leisen Pfiff aus. „Schön."

Sie errötete, unterbrach ihre Arbeit aber nicht. Nachdem sie in der Laune war zu schnitzen, wollte sie nicht aufhören, nicht einmal, um sein Lob entgegenzunehmen.

„Hunger?"

„Ich arbeite." Sie stieß das Werkzeug tiefer ins Holz und vertiefte die Kerbe um das Blatt herum, um danach den Stängel zu formen. Winzige Holzstückchen und Späne fielen zu Boden, und was übrig blieb, war das Kunstwerk. Sie hatte das Blatt sorgfältig hervorgehoben und die meisten Beeren der Traube abgerundet, als Lance einen Teller neben sie auf den Tisch stellte: ein rundes, flaches Brot mit duftenden Kräutern und hellen Kernen, das mit schmelzendem Käse und dünnen, knusprigen Schinkenscheiben belegt war.

Der Hunger traf sie wie ein Hammer. Rese drehte sich um und begegnete seinem Blick, der voller Lachen und Selbstbewusstsein war. Wieder einmal hatte er die Wirkung seiner Kochkünste demonstriert – und seine Missachtung ihrer Pläne und Prioritäten. Sie nahm ein halbes Sandwich und biss hinein. Dann lehnte sie sich auf ihrem Stuhl zurück, während die Aromen ihre Konzentration durchdrangen. Noch nie hatte etwas sie ablenken können. Und jetzt brauchte er nur einen Teller neben sie zu stellen und sie fraß ihm aus der Hand. Das war nicht gut.

„Was kann ich dir zu trinken holen?“

„Wasser.“ Sie wollte nichts, was mit dem intensiven Kräutergeschmack des Brotes, dem rauchigen Schinken und dem zarten Käse konkurrierte. „Das ist köstlich, Lance“, sagte sie, als er mit ihrem Glas zurückkehrte.

„Gut.“

Sie spürte seine Zufriedenheit und das Vergnügen, das es ihm bereitete, ihr Vergnügen zu bereiten. Kein Wunder, dass es ihn gekränkt hatte, als sie nichts gesagt hatte. Er wollte kein Lob. Er wollte wissen, dass er sein Ziel erreicht hatte, dass er seinen Auftrag, die Mägen in seiner Obhut glücklich zu machen, erfüllt hatte.

Er wollte gerade gehen, als Star hereingestürzt kam, die Arme voller Schachteln. Was hatte sie diesmal angestellt? Lance nahm ihr schnell einige Schachteln ab. Angesichts der Größe der Päckchen schien er von ihrem Gewicht überrascht zu sein. „Was ist denn da drin?“

„Werdet ihr gleich sehen.“ Strahlend ging Star auf die Treppe zu. „Komm rauf, Rese.“

Rese’ Konzentration war sowieso hinüber, da konnte sie genauso gut sehen, was Star gekauft hatte. Sie nahm das Sandwich mit und folgte Lance und Star und den Schachteln ins Obergeschoss. Sie legten ihre Last auf das Bett. Star öffnete gleich die erste Schachtel. „Komm raus, kleiner Kerl.“ Sie zog eine Froschskulptur in leuchtendem Orange heraus, die so groß war wie ihre Handfläche. „Der hier heißt Fröschli. Er ist das Baby.“

Das Tier war offenbar aus irgendeinem schweren Material, aber es sah aus, als würde es jeden Augenblick von ihrer Hand springen. Star setzte es auf die Kommode. Rese musste unwillkürlich über die Miene des Tieres lächeln. Lance hatte die nächste Schachtel geöffnet und zog einen schwarzgrünen Frosch heraus, der lang ausgestreckt war.

Star sagte: „Das ist der Springfrosch. Die sind aus Bronze und von einem Bildhauer, der sich Froschmann nennt.“

Rese starrte die ausgestreckte Amphibie an, die Lance in der Hand hielt. „Warum wohl?“

Star kicherte.

„Auf jeden Fall passen sie zum Thema.“ Das musste Rese ihr lassen.

„Das hier ist der Angeber.“ Star hielt einen großen Frosch hoch, der Handstand machte, und packte dann den nächsten aus. „Titel: über dem Abgrund.“ Er war so gemacht, dass er an der Regalkante hängen konnte. Als Nächstes kam ein bronzefarbener mit goldenen Kreisen und schwarzen Füßen.

Jeder einzelne Frosch war unglaublich, aber in ihrer Gesamtheit waren sie ein bisschen erdrückend. Star glaubte nicht an Zurückhaltung. Ein Regenwaldzimmer voller Frösche war genau ihr Stil. Als alle Schachteln leer waren, waren fünfzehn Frösche und eine Kröte in allen nur erdenklichen Haltungen im Zimmer verteilt.

Star klatschte in die Hände. „Sind sie nicht toll?“

Lance grinste. „Sie haben auf jeden Fall Charakter.“

Star wirbelte herum. „Ich wusste, dass sie dir gefallen würden.“ Sie wandte sich an Rese. „Du magst sie doch, oder?“

Rese nickte und lächelte. Solange Star in diesem Zimmer wohnte, war es perfekt, aber für Gäste?

„Ich habe absolut alle Frösche in dem Laden gekauft.“ Star setzte den letzten Frosch auf ein Regal und zeigte auf den Teller, den Rese mitgebracht hatte. „So was will ich auch.“

Lance nickte. „Okay.“ Er gab Star ein Zeichen, vor ihm hinauszugehen.

Rese betrachtete das Zimmer, nachdem die beiden hinuntergegangen waren, und ließ die Frösche auf sich wirken. Sie waren wirklich unglaublich: leuchtende, glänzende Farben und Formen, die wie lebendig wirkten. Das war typisch Star. Rese hob Fröschli hoch und sah den Preis darunter. Der Quartalscheck war aufgebraucht.

Rese ging hinunter, vorbei an Lance und Star, die in der Küche lachten, und wieder an ihre Arbeit, während sie geistesabwesend ihr Sandwich zu Ende aß. Es war ihr wie ein Geschenk erschienen, etwas Besonderes von ihm für sie. Aber wie Star bewies, war es einfach ein Mittagessen.

Nach einer Weile hörte sie Lance’ Motorrad aufheulen. Sie ging zum Wohnzimmerfenster und sah, wie er mit Star hinter sich losfuhr, ihre rubinroten Locken wie Bänder im Wind. Verärgert ging sie wieder an die Arbeit. Das Werkzeug bewegte sich, wie sie es wollte, befreite

Holzspäne und formte Beeren und Blätter, aber sie wünschte jetzt, sie hätte ihm nicht gezeigt, wie sehr sie das Essen genossen hatte, und ihm nichts über sich selbst und Star erzählt.

Sie hatte ihm zu viel Bedeutung beigemessen, indem sie sich seine Ideen angehört und sie übernommen hatte. Hatte ihm zu viel Macht sogar in ihren Gedanken eingeräumt. Kein Wunder, dass er sich benahm, als wären sie gleichberechtigte Partner. Sie seufzte. Aber sie ließ den Meißel sinken, als Lance allein hereinkam. „Wo ist Star?"

„In der Stadt." Er deutete mit dem Kinn auf die Tür. „Komm, wir machen eine Spritztour."

Sie schüttelte den Kopf. „Ich habe dir doch gesagt, dass ich nicht –"

„Komm schon."

„Lance, ich –"

„Komm, sieh es dir einfach mal an."

Genervt stand sie auf und ging mit ihm. Dann fiel ihr Blick auf das Motorrad und einen glänzenden schwarzen Helm, der auf dem Sitz lag.

„Star und ich sind bis nach Santa Rosa gefahren, um ihn zu bekommen. Ihr Kopf müsste ungefähr so groß sein wie deiner."

„Das hättest du nicht zu tun brauchen."

„Wärest du denn ohne Helm mit mir gefahren?"

„Nein …" Aber sie hatte auch mit Helm eigentlich nicht vorgehabt, mit ihm zu fahren.

Er führte sie zum Motorrad und band den Helm los. Sie blickte von ihm zu der Harley. Sie war noch nie mit etwas Schickerem gefahren als mit einem Lieferwagen. Das Motorrad wirkte klein – Dad hatte solche Fahrzeuge als Verkehrsgefährdungen bezeichnet. Lance setzte ihr den Helm auf, der festsaß, aber nicht drückte. Aus der Seitentasche zog er eine Lederjacke, sogar eine Damenversion.

„Schützt dich vor Steinchen." Er selbst trug seine eigene weiche schwarze Jacke.

Das war alles verrückt. Rese zog die Jacke an und Lance half ihr auf den Sitz. Was tat sie hier eigentlich?

Er stieg vor ihr auf und hob ihre Füße auf die Fußrasten, sodass ihre Knie seine Hüften berührten, und sagte: „Halt dich fest."

Sie legte die Hände auf seine Schultern, als er das Fahrzeug mit einem Aufheulen des kaum gedämpften Motors anließ. Abgase stiegen ihr in die Nase, während sie die Auffahrt hinunter und auf die Straße rollten und Baxter enttäuscht bellend zurückließen. Lance fuhr auf dem Weg durch die Stadt ganz vernünftig, bis sie den Highway in Richtung Petaluma erreichten. Wie weit wollte er mit ihr fahren?

Sie tippte ihm auf die Schulter. „Wohin fahren wir?" Sie musste brüllen, um das Motorengeräusch zu übertönen.

„Das wirst du schon noch sehen."

Sie mochte keine Überraschungen, aber er genoss seine Geheimnisse. Ihre lockte er ohne Mühe hervor, bis er alles wusste, was es zu erfahren gab. Sogar über ihre Mutter. Und *Walter.* Eine Angst durchzuckte sie, dass Lance dieses Wissen gegen sie verwenden könnte. Und daran war sie selbst schuld.

Sie schlängelten sich durch grüne Hügel, die mit Kühen und gelegentlichen Weinbergen getupft waren, wie Patchworkdecken, die zum Trocknen ausgebreitet waren. Es war nicht die Hauptstraße durch die Weinberge, an deren Toren die Touristen zu Besichtigungen und Weinproben eingeladen wurden. Diese Felder waren überwiegend natürliche Landschaft, und sie wünschte, sie könnte sie genießen.

Die Luft roch nach gelben Blüten und nach Erde und nach Lance. Ein Erdhörnchen huschte über die Straße und verschwand wieder im Gras. Der Himmel errötete von der untergehenden Sonne. Die Weinreben eines verlassenen Weinbergs rankten sich mit dunklen, knorrigen Stämmen in aufschäumendem Grün um den Zaun, dann gewann blasses grüngoldenes Gras wieder die Oberhand.

Rese spürte die Straße so, wie sie es in ihrem Lieferwagen noch nie getan hatte. Sie war verletzlich, auch mit einem Helm. Lance war cool und selbstsicher, aber sie hatte keinerlei Kontrolle; und das war eine Situation, die ihr überhaupt nicht gefiel. Pfirsichfarbene Wolken erstreckten sich über den Himmel, und die Schatten fielen lang und dünn im Abendlicht. Aber die Schönheit des Abends konnte ihre Beunruhigung nicht vertreiben.

Als Lance auf einem Hügel anhielt, wusste sie nicht, ob sie erleichtert sein oder sich noch mehr Sorgen machen sollte. Diese Frage wurde beantwortet, als er ihren Helm nahm, eine Flasche Wasser und eine Tüte aus dem Motorradkoffer holte, mit etwas Essbarem darin, wie sie annahm. Er hatte vor, außerhalb der Pension mit ihr zu essen.

Er ging zu dem Drahtzaun, trat auf den unteren Draht und hielt den mittleren hoch.

Sie betrachtete den Durchschlupf. „Ich glaube nicht, dass wir das dürfen. Das ist Privatbesitz." Nicht dass Regeln oder Grenzen Lance Michelli etwas bedeuteten.

„Der soll nur die Kühe einzäunen. Ich glaube nicht, dass sie etwas dagegen haben, wenn wir hier ein Picknick machen."

Sie kroch durch den Zaun und musterte die bernsteinfarbenen Kühe, die weiter oben auf dem struppigen Hügel grasten. Rohrkolben und breitblättriges Schilfgras wuchsen in einer feuchten Senke. Das Gras flüsterte sanft in der Brise.

Lance ging auf die knorrige Eiche zu, die unweit von dem Zaum wuchs. „Ist dir kalt?"

Sie schüttelte den Kopf. Ihr Körper glühte so, dass sie das halbe Feld hätte in Brand setzen können.

„Dann setzen wir uns am besten auf unsere Jacken. Ich habe keine Decke."

Sie sollten ihre Jacken anbehalten und nach Hause zurückfahren, wo Rese wenigstens die Illusion hatte, alles im Griff zu haben. Aber er hatte die Tüte ausgepackt: Erdbeeren, pikanten Käse und ein kleines Käsemesser, ein Paket Sesamfladen und Plastikbecher für das Wasser.

Sie hätte das Messer und die Becher vergessen. Aber er hatte an alles gedacht. Sie setzte sich, während er die Wasserflasche öffnete und die Becher füllte. Sie nahm den, den er ihr reichte, aber als er seinen Becher hob, um einen Toast auszubringen, sagte sie: „Lance?"

Er berührte ihren Becher mit seinem. „Auf die gemeinsame Reise."

„Das hier fühlt sich an wie eine Verabredung und ich habe dir doch gesagt, dass –"

„Kann ich jetzt das Tischgebet sprechen?"

Sie blickte auf das Essen hinunter. „Ja, gut, und dann –"

„Segne, Herr …"

Seine Worte spülten über sie hinweg; Worte, an ein Wesen gerichtet, das niemand sehen konnte, das aber ein offenes Herz finden konnte. Ihr Herz fühlte sich alles andere als offen an. „Wir müssen reden."

„Beim Essen? Rese, du erstaunst mich." Er brach einen dünnen, knusprigen Fladen entzwei und legte eine Scheibe Käse darauf. Dann reichte er ihr beides und sagt: „Iss."

„Sag mir nicht, was ich tun soll."

„Okay, aber der Geschmack verfliegt an der Luft."

Sie nahm das Essen, aß aber nicht.

„Es wird dir gefallen." Er berührte ihre Hand, um sie näher an ihren Mund zu schieben.

„Es gefällt mir nicht. Du bist –"

„Ich meinte das Käsebrot."

„Ich habe dir gesagt, dass ich nicht mit Angestellten ausgehe." Ihre Stimme klang fest und hart.

„Dann ist es eben keine Verabredung. Du hast Hunger. Ich habe Hunger. Lass uns essen." Er biss in seinen Käsefladen.

Als sie immer noch nicht mit Essen begann, runzelte er die Stirn. „Was ist nur mit dir los? Ist für dich alles ein Wettbewerb? Okay, du hast gewonnen."

„Mir geht es nicht darum, wer gewinnt. Wenn wir keine geschäftliche Distanz wahren –"

„Was dann? Was könnte im schlimmsten Fall passieren?"

„Ich könnte dich rausschmeißen."

„Du kannst mich nicht rausschmeißen. Ich bin auf deiner Website." Er streckte die Beine aus und nippte an seinem Wasser.

„Hast du mich gefragt, ob ich mit dir hier sein will? Nein. Hörst du jemals auf etwas, was ich sage? Nein. Selbst die dickschädeligen Schlägertypen, wie du es ausgedrückt hast, wussten, wer der Boss war."

„Und was ist mit Star?"

Rese ließ die Hand mit dem Brotfladen auf ihrem Knie ruhen. „Was ist mit ihr?"

„Ich sehe nicht, dass du sie herumkommandierst."

„Sie habe ich auch nicht eingestellt." Und Star war sowieso nicht zu bändigen.

„Ich dachte, sie wäre das Zimmermädchen. Und die Bedienung."

„Das ist etwas anderes."

Er beugte sich vor. „Natürlich ist es das. Sie ist kein Mann."

„Das hat nichts –"

„Ach, komm schon, Rese. Es hat alles damit zu tun. Du fühlst dich bedroht –"

„Ich? Bedroht?" Sie zerdrückte den Fladen in ihrer Faust. „Du bist es doch, der hier den heißen Macho und Liebhaber spielt und mich an Türrahmen drängt und mich auf deinem Motorrad verschleppst, wenn –"

„Ich habe dich verschleppt?“ Seine Miene verdüsterte sich. Er schüttete das Wasser aus seinem und ihrem Becher aus, schraubte die Flasche zu und sammelte die restlichen Dinge in seine Tüte. Rese hob ihre Jacke auf, während Lance durch den Zaun kletterte, ohne die Drähte für sie zu halten. Sie hätte wissen müssen, dass er es persönlich nehmen und die eigentliche Botschaft in seinem Temperamentsausbruch untergehen würde.

Was sie nicht erwartet hatte, war, dass er sie provozieren würde. Aber bedroht? Als ob sie sich von Lance Michelli bedroht fühlen könnte … Sie kroch durch den Zaun und ging zum Motorrad, während sie von ganzem Herzen wünschte, sie müssten nicht den langen Weg zurückfahren. Aber sie setzte mit steinerner Miene ihren Helm auf und kletterte hinter ihm auf den Sitz.

Zögernd hielt sie sich an seinen Schultern fest, als der Motor aufheulte, doch dann packte sie fester zu, als die Beschleunigung sie nach hinten zog. Sie klammerte sich an seine Lederjacke, während er die Straße rasant in Angriff nahm. Der Fahrtwind zerrte an ihr, und sie umklammerte seine Taille, als das Motorrad sich so sehr zur Seite neigte, dass es sich anfühlte, als lägen sie parallel zur Straße. „Hör auf, Lance!“ Aber er konnte sie nicht hören, und es war ihm auch egal. Alles an ihm war Gefühl.

Es war der reine Trotz, und sie war starr vor Schrecken. Sie würde ihn feuern, sobald sie zu Hause ankamen, und dieser Gedanke erfüllte sie mit einer tröstlichen Wut, während sie die Meilen zur Villa zurücklegten. Sie war sich nicht sicher, ob sie überhaupt würde stehen können, als er abrupt in der Auffahrt bremste. Sie ließ ihn mit einem Ruck los und wollte ihm gerade sagen –

Star kam aus dem Haus gerannt. „Wir sind im Geschäft!“ Sie schwenkte ein Blatt Papier über dem Kopf. „Ich habe unsere erste Reservierung angenommen!“

Rese starrte sie an. Es gab schon eine Reservierung? Sie hatte die Homepage doch gerade erst freigeschaltet!

Lance stieg vom Motorrad und ging. Vor Star, die sie mit großen Augen ansah, würde Rese auch nichts anderes machen. Sie stieg mit weichen Knien ab, nahm den Helm vom Kopf und sah sich den Zettel an, den Star wie eine Flagge schwenkte.

Rese hatte recht. Das wusste Lance. Sie hatte ihm die Bedingungen genannt, und er hatte die Stelle trotzdem angenommen. Es spielte keine Rolle, was sie in Bezug auf ihre Freundin entschieden hatte oder wie ihre Beziehung funktionierte. Wie die Arbeiter in dem biblischen Gleichnis, die alle den gleichen Lohn erhielten. Die Abmachung mit Star ging ihn nichts an. Er hatte die Stelle deshalb angetreten, weil er Zugang zu Haus und Grundstück haben wollte, ohne Rese die ganze Wahrheit zu erzählen. Sie hatte von Anfang an offen über ihre Zweifel gesprochen, aber er hatte ihre Argumente weggewischt, um zu erreichen, was er wollte.

Lance ging ins Kutscherhaus und betrachtete die Arbeit, die noch zu tun war. In diesem Dämmerlicht konnte er nicht viel erkennen. Er musste Lampen installieren. Er brauchte Möbel. Er … war nicht einmal sicher, dass er morgen noch hier sein würde. Rese war außer sich vor Wut. Er hatte sie auf der Rückfahrt brüllen gehört, aber er hatte sie ignoriert.

Er lehnte sich gegen die Wand. Er hatte mit ihr zusammen sein wollen, sie aufmuntern, ein bisschen ablenken wollen. Aber sie hatte nicht in ein Picknick eingewilligt. Sie hatte nicht einmal die Fahrt wirklich gewollt. Wie ein von sich überzeugter Macho hatte er sie überrumpelt. So war er eigentlich gar nicht, aber Rese machte es ihm schwer und schien seine hässlicheren Seiten zum Vorschein zu bringen. Er wollte doch nur … Nonna helfen? Konnte er das wahrheitsgemäß behaupten? Er sollte sich schleunigst darum kümmern, denn vielleicht hatte er nur noch heute Abend.

Er ging zum Schuppen, um ein Brecheisen und eine Taschenlampe zu holen, aber Rese hatte ihre Werkzeuge eingeschlossen. Er ging zum Kutscherhaus zurück. Sie konnte jeden Augenblick kommen und ihn feuern, aber bis dahin würde er tun, wozu er hergekommen war, und wenn er es mit bloßen Händen tun musste. Obwohl das Licht im Raum jetzt noch schwächer war, kniete er am Rand des Steinfußbodens vor dem Bad. Tut mir leid, Quillan. Mit seinem Taschenmesser lockerte er die erste Platte und schob dann die Finger darunter, um ihn hochzuheben.

Die Steinblöcke gingen unter dem Boden weiter. Er deckte sie vorsichtig bis zur Mitte des Raums auf und immer weiter und legte sie sorgfältig neben ihrem jeweiligen Platz ab, damit er sie anschließend wieder richtig verlegen konnte. Kurz vor der gegenüberliegenden Wand packte er eine Fußbodenplatte und hielt plötzlich inne.

Ein schmaler Metallstreifen war am Rand zu erkennen. Lance rieb mit dem Finger darüber. Weil es in den Boden eingelassen und völlig verschmutzt war, hatte er das Metall beim Fegen nicht entdeckt. Er kratzte den Dreck mit seinem Messer fort und drückte das Metallstück gegen den Stein. Er fühlte ein Klicken. Dieser Teil des Fußbodens bewegte sich ein Stückchen, sodass er die Finger hineinschieben konnte. Er zog und zerrte, bis er mit einem Quietschen von Holz und rostigem Metall eine Falltür öffnen konnte, die aus vier quadratischen Platten auf einem hölzernen Rahmen bestand. Mit klopfendem Herzen starrte er in die Dunkelheit darunter. *Herr, ist das des Rätsels Lösung?*

Die Öffnung war mit Holz verstopft. Lance kniete sich wieder hin und überlegte. Über dem Boden war all der Sand gewesen, und die Öffnung war mit Absicht verschlossen worden. Jemand wollte verhindern, dass dieser Keller untersucht wurde. Nonna?

Lance legte sich bäuchlings auf den Boden und lehnte sich über die Öffnung. Die Holzstücke schienen alt und unbehauen und waren fest verkeilt. Er packte das Ende des einen Keils und zog daran, aber er rührte sich nicht. Es war jetzt fast ganz dunkel, sodass er nicht sehen konnte, was er tat. Mit einem Brecheisen und genügend Licht konnte er das Holz entfernen, aber der Schuppen war verschlossen, und Rese warf ihn vielleicht hinaus, bevor er noch eine Chance hatte.

Warum hatte er sie überrumpelt? Frustriert kauerte er vor dem Loch. Er hatte etwas Vielversprechendes gefunden und würde nicht die Gelegenheit haben herauszufinden, was es damit auf sich hatte. Sollte er sich damit abfinden? *Herr?* Für seine Zwecke würde er auch zu Kreuze kriechen. Oder wollte er sowieso mit ihr Frieden schließen? Nicht, dass sie ihm zuhören würde. Es war erstaunlich, dass sie nicht schon längst gekommen war, um Feuer zu spucken.

Er kniete sich hin. Das Wichtigste zuerst. Er ließ die Falltür herab und hörte sie klicken, als der Metallrand wieder zwischen den Steinen versank. Er rieb sich die Hände an seinen Jeans ab und betrachtete den Boden. Jetzt, wo er die Tür entdeckt hatte, schien sie ihm ganz offensichtlich. Er nahm etwas Erde und füllte sie in die schmalen Ritze. Besser, wenn auch nicht perfekt. Was war, wenn Rese es bemerkte, wenn sie die Fußleisten anbrachte?

Jetzt dachte er schon wieder so, als würde ihre Zusammenarbeit andauern. Vielleicht machte sie ja ohne ihn weiter. Das hatte sie im Grunde schon angedeutet. Sie konnte das Kutscherhaus für zweihundertfünfzig Dollar pro Nacht vermieten – mit Frühstück. Und das war sein einziger Hoffnungsschimmer. Sie brauchte immer noch seine Mahlzeiten. Sie hatte sie auf der Internetseite angekündigt. Und jetzt hatten sie schon eine Buchung. Sie hatte eine Buchung.

Er musste aufhören, sie beide zusammen zu sehen. Rese hatte das sehr deutlich gemacht. Er würde sich entschuldigen, wenn es nötig war. Nach der Rückfahrt war er ihr das wahrscheinlich schuldig. Was hatte er sich nur dabei gedacht? Er hatte den Grund, warum er hier war, aus den Augen verloren und angefangen, an seine gespielte Rolle zu glauben. Er hatte sich vorgestellt, wie er in dem Haus leben würde, das ihm hätte gehören können, wenn nicht irgendetwas Nonnas Leben grundlegend verändert hätte.

Er stieß langsam die Luft aus und ging ins Haus. Star war im Wohnzimmer und sortierte Bücher in die Regale, die Rese gebaut hatte. Er blickte sich nach Rese um, aber sie war nirgends zu sehen.

Star rückte ein Buch zurecht und sagte: „Sie ist schlafen gegangen."

Lance warf einen Blick auf seine Armbanduhr. Das war früh für sie, aber wahrscheinlich plante sie seine Abreise. Bei dem Gedanken würde sie gut schlafen, oder sie würde die ganze Nacht mit irgendeinem elektrischen Werkzeug arbeiten. Wie auch immer, morgen früh würde er sich der Sache stellen müssen. Er blickte zur Küche hinüber, auf deren anderer Seite er sie finden würde, wenn er wollte. Aber dann würde er die heilige Türschwelle überschreiten müssen, und das wäre wahrscheinlich kein guter Start für seine Bußfertigkeit.

Er konnte es kaum erwarten, in den Keller hinabzusteigen und ihn zu untersuchen, aber ohne Werkzeug war das unmöglich. Er ging nach oben in sein Zimmer und rief zu Hause an. Vielleicht brauchte er eine Erdung durch seine Familie. Oder einen Ort, wo er seine Wunden lecken konnnte.

„Mama?"

„Na, steckst du in Schwierigkeiten?"

Lance setzte sich aufs Bett. „Wieso glaubst du, dass ich in Schwierigkeiten stecke?“

„Du rufst um Mitternacht an, also steckst du in Schwierigkeiten.“

Er blickte auf seine Uhr. Er hatte den Zeitunterschied vergessen. „Mir geht es gut. Ich wollte nur wissen, wie es euch geht. Was macht Nonna?“

„Sie hat gute und schlechte Tage.“

„Spricht sie inzwischen?“

„Die ganze Zeit. Allerdings kann niemand sie verstehen. Sie strengt sich zu sehr an.“

„Geht es dir und Papa gut?“

„Warum kommst du nicht nach Hause?“

„Ich habe etwas Wichtiges zu erledigen.“ Wenn sie nicht so schläfrig wäre, würde sie nachhaken. Stattdessen murmelte sie ein Gebet. Manche seiner wichtigen Dinge waren in der Vergangenheit nicht so gut ausgegangen.

„Rico war hier.“ Ricardo, der unerschütterliche Optimist, der seine Leute rekrutierte. „Er hat einen neuen Agenten. Er wird dich anrufen.“

„Das hat er schon. Mach's gut, Mama. Du musst schlafen.“ Der Anruf hatte nur alte Probleme wieder zu Tage gefördert. Der Blick in die Vergangenheit würde ihm in seiner jetzigen Situation nichts nützen. Er nahm seine Gitarre und probierte eine Melodie aus, zu der er den Text schreiben würde, sobald er wieder irgendeinen Mist gebaut hatte.

Kapitel 19

Donner krachte.
Die Stille zerriss.
Eine Naturgewalt war entfesselt.
Und oh, die armen Beeren zu früh zerdrückt.

Am Morgen ging Rese in die Küche. Auf dem Tisch standen zwei Teller mit einer luftigen, rundlichen Teigtasche darauf, die mit irgendetwas Sahnigem gefüllt und mit Himbeeren und Puderzucker verziert waren. Von Lance war nichts zu sehen, aber Star saß vor einem der beiden Teller und atmete seufzend den Duft ein. „Der Mann kann kochen, das musst du zugeben."

Bestechung war das, nichts anderes. „Wo ist er?"

„Er sagt, er ist im Garten, wenn du ihm den Kopf abreißen willst. Aber du sollst erst essen."

Jetzt gab er schon wieder Anweisungen. Rese ging zur Tür, warf dann aber noch einen Blick auf die Süßspeise. Es hatte keinen Sinn, sie umkommen zu lassen. Sie würde sich nicht davon beeinflussen lassen. Sie setzte sich zu Star. Keine von beiden sprach ein Tischgebet. Rese schnitt ein Stück von der Teigtasche ab. Lance war nicht da, um ihre Reaktion zu beobachten oder irgendetwas von ihr zu erwarten. Das heißt, sie konnte in Ruhe essen.

Es schmeckte natürlich hervorragend. Sein bisher leckerstes Gericht, von der Lasagne abgesehen. Sie aß schweigend, weil sie keine Lust hatte, mit Star über die Situation zu diskutieren. Sie würde es sowieso nicht verstehen. Die Süßspeise war so groß, dass Rese nicht alles schaffte, aber vielleicht war es das letzte Gericht seiner Art, und sie wollte es nicht umkommen lassen. „Das hält sich bestimmt nicht gut."

„Ich esse den Rest."

Rese schob Star den Teller zu. Sie war schmal und zierlich und aß, als würde es nie wieder etwas zu essen geben. Außer an ihren depressiven Tagen, wenn sie gar nichts aß. Aber das hatte nichts mit den Gedanken zu tun, die in Rese' Kopf herumspukten. Sie konnte es nicht länger hinausschieben. Sie holte tief Luft und ging zur Tür.

„Rese?“

Sie drehte sich um. „Sag nichts, Star. Es ist so schon schwierig genug.“ Wenn sie irgendwelche Zweifel aufkommen ließ, würden ihr zu viele Gefühle in die Quere kommen.

„Er ist wirklich nett.“

Nett war keine Entschädigung für rücksichtslos, gemein und stur. Wenn sie das durchgehen ließ, würde es schlimmer werden, das wusste sie aus Erfahrung. Wer einmal Schwäche zeigte, wurde zur Zielscheibe für jede Art von Missachtung. Sie musste hart wie Stahl sein.

Sie schloss die Augen, drehte den Türknauf und ging hinaus. Lance hörte auf zu graben und lehnte sich auf die Schaufel, während sie näher kam. Er war gefasst auf das, was sie zu sagen hatte, das sah sie an seiner Miene. Er wusste, was kam, und wahrscheinlich auch, dass er es verdient hatte. Aber plötzlich wollte sie es nicht mehr sagen.

Sie ballte die Hände zu Fäusten. Gefühle hatten nichts damit zu tun. Sollte er ruhig glauben, sie hätte keine. Sie versuchte, die Wut vom gestrigen Abend wieder zu entfachen, als er sie bei der Rückfahrt in Angst und Schrecken versetzt hatte. Das war unverzeihlich gewesen. Unverantwortlich. Stattdessen hörte sie den Text seines Liedes und sah den Jungen vor sich, der immer noch auf der Suche nach sich selbst war. *Hör auf!*

Seine Impulsivität hatte ihn auf die Polizeiwache gebracht. Sein Bruder, der Polizist, hatte ihm gesagt, er solle seinen Verstand benutzen, aber offensichtlich hatte er nichts gelernt. Er folgte immer noch seinem Bauchgefühl. Sie konnte ihm nicht trauen. Er sah die Entschlossenheit in ihrer Miene und ließ den Kopf sinken. Sie hatte Entschuldigungen erwartet, Flehen oder Schmeicheln. Leider wartete er diesmal darauf, dass sie sprach. „Lance …“ *Sag es. Du bist gefeuert. Drei Wörter. Sprich sie aus.*

Er umfasste den Griff der Schaufel. „Es wird nicht wieder vorkommen.“

Sie sah ihm ins Gesicht. „Was wird nicht wieder vorkommen?“

„Alles.“

Sie atmete aus. „Was genau?“

Er hob die Hände. „Rein geschäftlich. Du bist der Boss.“

Hatte er es endlich begriffen? Wenn er ihre Autorität akzeptierte und aufhörte, persönlich zu werden … Seine Ernsthaftigkeit wirkte gequält, aber er hatte das Richtige gesagt.

Sie blickte von ihm zum Kutscherhaus. Als sie gestern Nacht wach lag, hatte sie Pläne für das Häuschen geschmiedet. Letzte Arbeiten, Möbel, Fotografien, Bilder auf der Homepage. Sie würde einen schönen Preis verlangen können. Mehr als sie einem Bäcker bezahlen musste, damit er sie mit Muffins versorgte. Sie konnte den Geschmack von Teig, Sahnecreme und Beeren noch auf der Zunge spüren. Stahl. Sie musste –

„Es tut mir leid, dass ich dir Angst gemacht habe." Seine Stimme war leise und beherrscht.

Sie wandte sich um, und die Röte frischer Verärgerung stieg ihr ins Gesicht. „Ich hatte keine Angst. Es war idiotisch, das ist alles. Und ich kann Dummheit nicht zulassen. Nicht, wenn es um Sicherheit geht."

„Ich hatte alles unter Kontrolle."

Das war ihr nicht so vorgekommen. „Davon bist du bestimmt überzeugt. Aber dein Verhalten hat das Gegenteil bewiesen."

Er widersprach nicht, und das allein war schon bemerkenswert. Vielleicht hatten sie diesen Zwischenfall gebraucht, um die Ordnung wiederherzustellen. Wenn man bedachte, dass sie schon die erste Reservierung hatten, war es vielleicht besser, ihn zu behalten, als von vorne anzufangen. Oder waren das Ausreden?

Sie wusste, was sie tun sollte. Er war nicht der einzige Koch auf der Welt. Sie konnte sich jemand anders suchen. Aber dieser Jemand würde nicht Lance sein. Und die Musik? Sie konnte die Website ändern, die Werbebroschüren verbrennen. Dies war ihre Pension, nicht seine. Sie kam auch ohne ihn zurecht. *Gib nicht nach.* Wenn sie ihn gewinnen ließ …

Er sagte nichts. Er zwang sie dazu, es zu sagen. So oder so. *Du bist gefeuert, Lance.* Sie hatte es schon öfter getan, und es war immer die richtige Entscheidung gewesen.

Sie presste die Fingerspitzen zwischen ihre Augenbrauen. „Wenn wir eine Verständigung erzielen, kann ich dich vielleicht behalten."

Er antwortete nicht, und sie hatte etwas schwerfällig geklungen. In seinem Blick lagen Ärger und Kränkung, aber er beherrschte sich. Das war eine Verbesserung. Er musste die Stelle wirklich wollen. Das war doch gut, oder?

Sie fühlte einen Abgrund zwischen ihm und sich. Sollte es so sein? Dass ihr das Herz schwer wurde, war ein Beweis dafür. „Dann also gut." Sie wandte sich um, als sie jemanden in der Auffahrt hörte. Der Lieferwagen eines Handwerkers fuhr vor. Rese erstarrte, als der Fahrer ausstieg, und schloss dann die Augen. Sie hatte bereits ein Gewitter hier, ein zweites brauchte sie nun wirklich nicht.

Aber er hatte sie gesehen und kam näher. Sie spürte, wie es in ihrem Hals kratzte. Die Locken an seinen Schläfen waren grauer geworden, aber ansonsten sah er aus wie das blühende Leben. Seine Jeans waren abgewetzt und staubig, seine Stiefel ebenso. Sein braunes T-Shirt spannte über seiner Brust. Eine Schachtel Zigaretten passte genau in das ausgeblichene Viereck der Brusttasche. Sein Lächeln war zögernd, aber sie ermutigte ihn nicht.

„Was willst du, Brad?"

Er blieb stehen und hob die Hände. „Sehe ich aus, als wollte ich etwas?"

Lance setzte einen Fuß auf die Schaufel, rührte sich aber ansonsten nicht.

Sie sagte: „Du willst immer etwas."

Brad legte die letzten Schritte zurück und musterte sie. „Ich wollte nur sehen, wie es dir geht."

Sie stieß heftig die Luft aus. „Woher wusstest du, wo ich bin?"

„Deine Website. Ich habe danach gesucht."

Er hatte gesucht? Sie warf Lance einen Blick zu, aber natürlich hatte sie ihm jeden Beschützerinstinkt ausgetrieben. Wenn Brad eine Gefahr darstellte, würde Lance sich jetzt zurücklehnen und zusehen.

Brad betrachtete die Villa. „Das ist sie also, wie? Dach neu?" Dachausbau war seine Spezialität.

„Nein. Ist noch gut in Schuss."

Er schob die Hände in die Hosentaschen. „Bekomme ich eine Führung?"

„Erst, wenn du mir sagst, woher du von dem Haus hier weißt."

Er musterte sie mit einem prüfenden Blick, der ihr nicht gefiel. „Immer noch stur, was?"

Sie straffte die Schultern.

„Also gut, Miss Barrett. Rosita hat mir erzählt, dass du das Haus hier gekauft hast."

Rese seufzte. Rosita ziehen zu lassen, war der schwierigste Teil der ganzen Sache gewesen. Sie hatte das Büro für Dad geleitet, seit Rese klein war, aber die neuen Besitzer hatten ihr eigenes Personal mitgebracht. „Hat sie dich hierhergeschickt?"

„Sie hat mich nicht geschickt, sondern mir nur erzählt, was du so treibst."

Rosita war in die Sache eingeweiht gewesen und hatte sogar bei dem Papierkram geholfen. Rese hatte nicht daran gedacht, ihr zu sagen, sie solle niemandem davon erzählen. Sie hatte nicht gedacht, irgendjemand könnte sich dafür interessieren. Warum war Brad hier? Er hatte bekommen, was er wollte – sie war weg.

Brad und Lance nickten einander zu. Lance ging wieder an die Arbeit. „Kann ich jetzt sehen, was du hier gemacht hast, oder nicht?"

Rese ging mit ihm hinein und führte ihn durch die Villa. Brad war jemand, der die Qualität ihrer Arbeit aus langjähriger Erfahrung kannte. Er zeigte sich von der Treppe und dem Geländer, den Bücherregalen und Wandverkleidungen, der genauen Passung der Leisten und den Dielen gebührend beeindruckt. „Dein Markenzeichen, Rese."

Es tat gut, das zu hören.

„Du hattest schon immer ein Auge fürs Detail."

Sie stemmte die Hände in die Hüften. „Alles ist fertig, bis auf die Schnitzerei."

Er nickte langsam. Er wusste, dass keines ihrer Projekte ohne eine Schnitzerei vollendet sein würde. „Und dann, was dann?" Er fuhr mit der Hand über das Geländer, als sie wieder nach unten gingen.

„Dann hänge ich meine Säge an den Nagel."

Er blieb unten stehen. „Das ist nicht dein Ernst."

Sie nickte. „Was glaubst du, warum ich verkauft habe?"

Er runzelte die Stirn. „Das ist allerdings eine gute Frage. Wir hätten zumindest darüber reden können."

Sie ging nicht darauf ein. In den dunklen Tagen nach dem Tod ihres Vaters hätte sie unter keinen Umständen etwas mit ihm diskutiert. Selbst jetzt konnte sie sich nicht vorstellen, dass sie Ideen und Möglichkeiten mit Brad besprechen könnte wie mit ... *Denk nicht an Lance.* Das würde die Sache nur noch komplizierter machen.

Brad seufzte. „Das neue Management macht keine besonders gute Figur. Sie unterbieten andere, bauschen Materialkosten auf. Eine Menge Einsparungen, aber sie verlassen sich auf den guten Ruf deines Vaters und tun so, als wäre es noch dieselbe Firma."

Rese spürte, wie sich ihre Brust zusammenzog. Betäubt vom Schock und Kummer, hatte sie die Käufer nicht so kritisch betrachtet, wie sie es hätte tun sollen. Aber das war jetzt nicht mehr ihr Problem.

„Einige von uns überlegen, sich selbstständig zu machen. Unsere eigene Firma zu gründen."

„Unter deiner Leitung?"

Er nickte. „Im Moment sieht es so aus."

„Herzlichen Glückwunsch." Es war das, was er schon immer gewollt hatte.

„Ich möchte dich gerne an Bord haben, Rese."

Ihr Herz machte einen Satz wie ein Hammerschlag. „Was?"

Er sah sich um. „Das hier ist hübsch, aber doch eigentlich nicht dein Ding. Was hältst du von *Plocken & Barrett*?"

Sie konnte nicht fassen, was er da sagte. Nicht, dass er der Schlimmste von allen gewesen wäre. Sein Widerstand war nie offensichtlich, sondern immer unterschwellig gewesen. Sie hätten ihn beinahe verloren, als Dad sie zum zweiten Kolonnenführer gemacht und Brad als Bauleiter behalten hatte. Sie hatte von ihm im besten Falle widerwilligen Respekt erhalten. „Du willst meinen Namen!"

„Ich wusste, dass du das sagen würdest." Er holte die Schachtel aus seiner Tasche und schüttelte eine Zigarette heraus.

„Nicht hier drin."

Er schob die Zigarette hinters Ohr. „Ich will deine Kenntnisse, dein Urteilsvermögen." Er blickte sich im Eingangsbereich um. „Deine Schnitzereien." Er zog die Zigarette wieder hinter dem Ohr hervor und sagte: „Können wir rausgehen?"

Sie zeigte auf die Tür. „Du kannst rausgehen, dich in deinen Wagen setzen und fahren. Ich habe kein Interesse." Und tief in ihrem Innern begann sie zu zittern.

„Komm mit mir raus."

Es schien die beste Methode, um ihn loszuwerden. Sie ging voran.

Er blieb auf der Veranda stehen. „Ich war ehrlich überrascht, als du verkauft hast. Ich wäre geblieben."

„Ich habe nichts von *Barrett & Plocken* gehört."

Er klappte das Feuerzeug auf und entzündete seine Zigarette. „Darüber können wir reden."

Sie schnaubte. „Lass mich raten. Du hast eine Wette laufen. Zehn Dollar, dass sie darauf reinfällt."

Er runzelte die Stirn. „Es gibt keine Wette, Rese. Wir wollen nur, dass du wieder das machst, was du am besten kannst.“

Sie wandte sich ab, als sie brennende Tränen in den Augen spürte. Was sie am besten konnte? Das war gewesen, als noch nicht jedes Geräusch, jeder Handschlag Entsetzen und Leid verursacht hatte.

„Ich will ganz offen sein.“ Er blies den Zigarettenrauch aus. „Wir können den Markt zurückerobern.“

„Und wer finanziert das Ganze? Ich habe den Nachlass veräußert.“

Er blickte zur Villa hinauf. „Mit der Arbeit, die du hier geleistet hast, könntest du einen schönen Gewinn machen. Du weißt, dass es gut geworden ist.“

Sie schluckte den Kloß in ihrem Hals hinunter. Es wäre ihr erstes eigenständiges Projekt, der gesamte Gewinn wäre für sie, alle Befriedigung ihre. Sie hatte den Wert der Immobilie erheblich gesteigert. Aber sie hatte gezittert und wäre beinahe ohnmächtig geworden, wann immer die Erinnerungen … Sie schob sich an ihm vorbei. „Fahr nach Hause, Brad. Ich verkaufe nicht.“

„Denk wenigstens darüber nach. Du hast meine Nummer.“ Er ging die Treppe hinunter, aber sie war wieder im Haus verschwunden, bevor er noch die Auffahrt erreicht hatte. Sie hatte keine Ahnung, was er und die anderen vorhatten. Pech, wenn ihnen die neue Geschäftsführung nicht gefiel. Rese hatten sie auch nicht gewollt.

Lance säuberte den Rand des Blumenbeetes, indem er die überhängenden Pflanzen abtrennte und wegwarf. In der Nacht hatte er sich einen Plan zurechtgelegt für den Fall, dass Rese ihn behalten würde. Er konnte das Holz aus dem Keller nicht entfernen, solange er es nicht irgendwo unauffällig entsorgen konnte. Aber der Zustand des Gartens ermöglichte es ihm, die Holzscheite als Umrandung für neue Beete zu nutzen und bereits existierende Abtrennungen zu ergänzen.

Rese hatte ihn gebeten, diese Aufgabe zu übernehmen, und er bezweifelte, dass sie sich einmischen würde. Sie schien die Dinge, von denen sie nichts verstand, ihm zu überlassen – so wie es eine gute Chefin tat. Also konnte er den Boden für die Balken vorbereiten und sie dann nach und nach einbauen, während sie sich auf etwas anderes konzentrierte. Das passte ihm gut. Je mehr Distanz zwischen ihnen war, desto besser.

Es war ein warmer Morgen, und der Frühnebel verzog sich schneller als sonst. Der scharfe Geruch von Haut und Schweiß vermischte sich mit dem des satten, lehmhaltigen Erdbodens. Er hackte die nächsten Zweige und Wurzeln ab und warf sie auf einen Haufen. Es würde den ganzen Sommer dauern, bis der Garten wieder in Schuss war, aber er brauchte nur so lange, bis er das Loch unter seinem Fußboden ausgeräumt hatte.

Zum Glück hatten sie „eine Verständigung erzielt“, und Rese würde ihn „behalten“. Wenn sie einen tränenreichen Dank erwartet hatte, würde er sie enttäuschen. Er hatte sich für seine Rücksichtslosigkeit entschuldigt, und jetzt kannte er seine Position – es sei denn, er stellte die rechtmäßige Ordnung wieder her. Wenn Nonna wirklich unrechtmäßig aus ihrem Eigentum vertrieben worden war … Er wischte sich mit dem Ärmel den Schweiß von der Schläfe und sah den Besucher auf sich zukommen. Lance unterbrach seine Arbeit.

„Brad Plocken.“ Der Mann streckte eine Hand aus, so schwielig, wie seine es inzwischen auch war.

Lance reichte ihm die Hand und nannte seinen Namen, aber was Brad von Rese wollte, ging ihn nichts an. Er war nicht für Rese verantwortlich. Das hatte sie deutlich gemacht, und er war für diese Klarstellung dankbar. Jetzt konnte er sich auf das konzentrieren, was wichtig war.

„Sie arbeiten für Rese?“

„Das stimmt.“ Durch Gottes Gnade und mehr Selbstbeherrschung, als er für möglich gehalten hätte. Es war interessant, dass Brad nicht annahm, sie wären Partner oder hätten eine Beziehung. Er musste Rese gut kennen.

„Wie geht es ihr?“

Lance blickte zum Haus hinüber. „Gut, würde ich sagen.“ Bestens, nachdem sie die Macht an sich gerissen und ihn auf die Plätze verwiesen hatte.

„Sie hat Haare auf den Zähnen, oder?“ Brad grinste. „Aber sie ist gut. Zu gut. Macht Männer verrückt.“

Lance vermutete, dass Brad von ihrer Schreinerei sprach.

„Sie glaubt, ich will ihr was. Ich gebe zu, dass ich mich gerne messe, aber vor allem wollte ich wissen, ob … na ja, ob sie es noch draufhat. Sie war ziemlich am Ende, als ich damals auf der Baustelle auftauchte."

Lance stützte sich auf seine Schaufel. „Der Unfall ihres Vaters?"

Brad nickte. „Mit der Säge in den rechten Unterarm – hat sich die Hand abgetrennt."

Lance zog eine Grimasse.

„Das Blut hat nur so gespritzt. Sie war über und über damit bedeckt." Brad zog an seiner Zigarette. „Rese hat versucht, einen Druckverband anzulegen, aber die Verletzungen waren zu schlimm."

Lance sah die Szene lebhaft vor seinem inneren Auge. Kein Wunder, dass Rese nicht darüber hatte reden können. Er spürte tiefes Mitleid. Das würde er für jeden in dieser Situation empfinden.

„Die Ironie war, dass er immer großen Wert auf Sicherheit gelegt hat."

Eine Botschaft, die Rese sich zu Herzen genommen hatte.

Brad schüttelte den Kopf. „Und dann hat er mit einer Säge gearbeitet, an der der Kettenschutz fehlte."

Die kleinsten Entscheidungen hatten Folgen, die ein Mensch nicht abschätzen konnte.

„Ich kenne Rese, seit sie zwölf war. Hab sie noch nie weinen sehen. Und sie hätte öfters mal Grund dazu gehabt."

Ja, von solchen Gründen hatte sie erzählt.

Brad klopfte die Asche von seiner Zigarette. „Als ich sie da sitzen sah, tränenüberströmt in all dem Blut, aber ohne ein Geräusch von sich zu geben, überhaupt nichts …"

Lance runzelte die Stirn. Das eine Mal, als sie in seiner Gegenwart in Tränen ausgebrochen war, hatte sie sie sofort unterdrückt.

„Ihr Vater hat mich gebeten, auf sie aufzupassen, falls ihm etwas zustoßen sollte, aber sie wollte nichts davon wissen."

Lance nahm die Schaufel in die andere Hand. „Sie macht die Dinge gerne so, wie sie es will."

Brad lachte. „Wem sagen Sie das?" Dann wurde er wieder ernst. „Sie ist nicht so dickfellig, wie sie aussieht. Eine Zeitlang dachte ich, es könnte auch eine andere Entwicklung nehmen."

Was meinte er damit?

„Was wissen Sie von Rese' Mom?" Brad tippte sich an die Stirn.

„Nicht viel." Das, was Rese ihm erzählt hatte, wollte er nicht verraten, weil er ein besonderes Vertrauen bei ihr gespürt hatte.

„Schizophrenie."

„Das hat Rese Ihnen erzählt?"

Brad schüttelte den Kopf. „Vernon. Ihr Vater." Er hakte den Daumen in eine Gürtelschlaufe. „Als Vernon starb, hat Rese drei Wochen lang keinen Laut von sich gegeben. Und das ist seltsam, das kann ich Ihnen sagen."

Nicht seltsam, wenn Schweigen eine Bewältigungsstrategie war.

„Ich dachte, sie würde durchdrehen. Aber dann hat sie sich plötzlich zusammengerissen und die Firma verkauft. Einfach so." Er schnipste mit dem Finger und Asche fiel von seiner Zigarette.

Das war ihre Sache. Warum erzählte Brad ihm das alles? „Ich kann verstehen, warum sie nicht mehr weitermachen wollte."

„Bei jedem anderen würde ich das auch sagen. Aber nicht bei Rese. Sie lebt für diese Arbeit."

Lance schluckte. „Nicht mehr."

Brad betrachtete das Haus. „Sie glaubt, sie könnte einfach aufhören. Aber es ist alles, was sie von ihm noch hat, und er ist alles, was sie je hatte. Sie sollte dieses Haus verkaufen und zurückkommen."

Die Pension verkaufen? „Sie ist glücklich hier. Sie wird ihre Sache gut machen." Warum verteidigte er sie?

Brad zuckte mit den Schultern. „Ich sehe das nicht."

Wer hatte ihn überhaupt gefragt? Wen kümmerte es, dass er selbst das Gleiche gedacht hatte? Rese war keine geborene Gastgeberin, und sie würde wahrscheinlich wahnsinnig werden, wenn sie nicht den Hammer schwingen konnte. Aber es war ihre Entscheidung. Lance hob die Schaufel.

Brad sagte: „Erinnern Sie sie daran, dass es Alternativen gibt, okay?"

Lance nickte. Wenn sie die Alternative ergriff und die Villa verkaufte, konnte er sie dann kaufen? Ihm schoss durch den Kopf, dass Sybil ihm von der Bank ihrer Familie erzählt hatte. Unmöglich; er würde nie einen Kredit bekommen. Aber was war, wenn das Haus wirklich Nonna gehörte, wie er allmählich vermutete? Konnte er den Verkauf dann als unrechtmäßig anfechten? Und wie stünde Rese dann da?

Er verstand jetzt, warum sie an dem Tag auf dem Gerüst beinahe ohnmächtig geworden war. Wie konnte sie mit diesen schrecklichen

Erinnerungen wieder Renovierungsarbeiten durchführen? Aber er durfte ihr gegenüber kein Mitgefühl empfinden. Das war persönlich. Und persönlich war tabu.

Er konnte nur für sie arbeiten. Keine Unterhaltungen mehr, kein Austausch von Ideen oder Befürchtungen oder Hoffnungen. Alles war rein geschäftlich. Und jetzt, nachdem er den Keller gefunden hatte, war er froh darüber. Sie würde keinen Grund haben, seine Unterkunft zu betreten, wenn das Kutscherhaus erst einmal fertig war. Er hatte wieder ein klares Ziel vor Augen.

Es dauerte mehr als eine Stunde, bis Rese aus dem Haus kam und aufs Kutscherhaus zuging. Lance hatte an einer Stelle gearbeitet, wo er sie sehen konnte. Er hatte eingewilligt, dass sie die Leisten anbrachte, aber jetzt musste er an diesem Prozess beteiligt sein. So gerne er auch vermieden hätte, sich im selben Raum aufzuhalten wie sie, musste er darauf achten, dass sie die Falltür im Boden nicht fand.

Sie blickte auf, als er zu ihr trat. „Ich fange jetzt mit den Leisten an."

„Wenn du sägst und misst, kann ich sie befestigen."

„Das schaffe ich schon, Lance."

„Das weiß ich. Aber ich möchte gerne daran beteiligt sein." Sie hatte ihm nicht direkt verboten, ihr zu helfen, also war es kein Ungehorsam. Im Gegenteil, er zeigte damit seinen guten Willen. Er hätte ihr auch völlig aus dem Weg gehen können.

Sie setzte an, etwas zu sagen, überlegte es sich dann aber anders. Sie war angespannt wie eine Katze, die sprungbereit ihrer Beute auflauert, während sie ihre Werkzeuge zurechtlegte. Sie vermaß die Längen und markierte sie auf den Leisten. Er ließ sie alles selbst machen und bot ihr keine Hilfe an, wie er es vorher getan hätte, sondern machte sich so unauffällig wie eine Spinne an der Wand. Wenn sie blinden Gehorsam wollte, konnte sie ihn haben.

Sie setzte ihre Schutzbrille auf und vergewisserte sich, dass alles in Ordnung war, dann legte sie das erste gebeizte Brett in die Halterung der Gehrungssäge. Ihre Anspannung war beinahe greifbar. Vielleicht hatte sie allein arbeiten wollen, damit er nicht sah, wie schwer es ihr fiel.

Sie nahm die Säge. Der Lärm erfüllte das Haus, und er fragte sich, wie sie das Geräusch ertragen konnte. Nur ein kleines Zögern, bevor sie die Säge ansetzte, ein tiefes Luftholen, nachdem der Schnitt vollendet war. Sie war zerbrechlich – wahrscheinlich noch mehr, nachdem Brad hier gewesen war. Er hatte die Vergangenheit wieder aufgewühlt.

Und natürlich war auch das Verhältnis zwischen Rese und Lance belastend gewesen. Er wünschte, er könnte diesen Teil rückgängig machen. Er hätte nie persönlich werden dürfen. Es hätte ganz einfach sein können. Tun, was Rese sagte; finden, weswegen er hergekommen war. Der Versuch, Freundschaft mit ihr zu schließen, hatte alles schwieriger gemacht.

Sie arbeiteten gut zusammen, aber es ging langsamer, als wenn er es allein gemacht hätte. Sie war so akribisch genau, dass es wehtat. Jeder Schnitt, jede Passung war absolut perfekt. Die Sonne stieg höher, aber sie sagte nichts von Mittagessen. Sie war ganz und gar angespannt, versuchte aber mit aller Kraft, entspannt zu wirken.

Star brachte ihnen Limonade, aber sie blieb nicht lange. „Bei der Spannung hier drin stehen mir die Haare zu Berge." Sie fuhr sich mit den Fingerspitzen über den Kopf und ging.

Rese sah ihn an. „Brad hat dir erzählt, warum er hier war?"

Sie musste sie zusammen gesehen haben. „Er will, dass du wieder mit ihm zusammenarbeitest."

„Dads Ruf war fantastisch. Während du Häuser für die Armen gebaut hast, haben wir Umbauten an Wochenendhäusern vorgenommen, die Millionen gekostet haben, in der Altstadt von San Francisco." Es klang bitter.

„Alles hat seinen Ort."

„Brad will meinen Namen, damit er den Emporkömmlingen, an die ich verkauft habe, die Aufträge abluchsen kann."

Warum erzählte sie ihm das? An diesem Morgen war sie bereit gewesen, ihn zu feuern, weil er versucht hatte, sie besser kennenzulernen. Und sie hätte es auch beinahe getan.

Rese schüttelte den Kopf. „Rosita hat es ihm erzählt. So hat Star wahrscheinlich auch davon erfahren." Sie seufzte. „Sie glaubt wahrscheinlich, alles könnte so sein wie früher. Sie versteht nicht, dass es nie wieder …" Sie verstummte.

Lance hätte sie am liebsten in den Arm genommen. War ihr bewusst, in was für eine Lage sie ihn immer wieder brachte? Eine andere Frau hätte es bemerkt. Rese? Wahrscheinlich nicht. Er wandte den Blick ab.

Sie leerte ihre Limonade und stellte das Glas an die Tür, sodass es nicht im Weg war. Er tat das Gleiche mit seinem Glas, und dann gingen sie wieder an die Arbeit. Eine Minute später sagte sie: „Lance …“ Ihre Stirn lag in Falten, während sie nach den richtigen Worten suchte.

„Wir haben eine Abmachung, Rese.“ Sie konnte nicht beides haben.

Sie nickte und schluckte und nahm dann ihre Säge wieder auf. Ihre Hand zitterte, zweifellos eine ungewohnte Erfahrung für die ruhige, selbstbeherrschte Rese Barrett. Sie musste ihren eigenen Weg finden, sich selbst entscheiden. Wenn ihr dieses Haus wichtig war, so wie es sein sollte, dann würde sie es nicht aufgeben. Aber wenn es ihr wichtig war, würde sein Verhalten umso schlimmer sein. Er konnte sich keine Gedanken darüber machen. Wenn er Gottes Willen tat, würde das geschehen, was geschehen musste.

Ihr Nachbar, der Krankenpfleger, stand vor der Tür, wie er es oft tat, bevor er zu seiner Nachtschicht im Krankenhaus aufbrach. „Brauchen Sie irgendwas, Evvy?“ Sein Lächeln war so sanft wie alles andere an ihm. Er hatte einen Körper, in dem die Muskeln nicht auffielen, so als wäre er aus Teig und goldbraun gebacken, mit zarten blonden Haaren auf den Unterarmen und einer dünnen Schicht davon auf dem Kopf. Seine Augen waren grüne kandierte Kirschen, die in sein Gesicht gedrückt waren, und in ihren Tiefen lag eine Fürsorglichkeit, die tröstend sein musste, wenn er am Krankenhausbett stand.

Er hatte versucht, sie zu einem Aufenthalt im Krankenhaus zu bewegen, vor allem, als Dr. Beldham sie hatte einweisen wollen. Aber sie wussten beide, dass sie ihr Zuhause nicht gegen die sterile Bequemlichkeit eines Krankenhauszimmers eintauschen würde. Ihr eigenes Zimmer war vielleicht einfach und kahl, aber es gehörte ihr.

Seine Frau Patsy, die in der gleichen Schicht arbeitete wie er, kam nur selten vorbei. Sie war hübsch und zierlich mit ihrem kurzen Haar und der schnippischen Miene und hatte offenbar Wichtigeres zu tun, als sich Gedanken um eine alte Nachbarin zu machen. Dennis hatte auch etwas anderes zu tun, aber er nahm sich die Zeit.

„Danke, ich bin versorgt, Dennis.“

„Was macht der Husten?“

„Ist immer noch nicht weg.“

„Essen Sie denn genug? Und schlafen Sie gut?"

Sie lächelte. „Alle Körperfunktionen sind in Ordnung."

Er blickte über die Schulter, als Patsy das Garagentor öffnete und ins Auto stieg. „Wenn Sie irgendetwas brauchen, wissen Sie ja, wo Sie uns finden."

Sie nickte. Das war's, sein Kontrollbesuch war beendet.

Aber er blieb stehen und drehte sich noch einmal um. „Haben Sie Ihre neue Nachbarin schon kennengelernt?"

„Beide."

Er hob die Augenbrauen. „Ich dachte, Rese Barrett wäre allein."

„Sie hat einen Koch eingestellt. Er renoviert gerade das Kutscherhaus."

„Oh. Na, ich hoffe, es stört Sie nicht, wenn die Gäste kommen."

Ihr Haus war das nächste, und so würde sie als Erste etwas mitbekommen, aber sie zuckte nur mit den Schultern. „Warum sollte es?"

„Diese kleine Enklave war eine reine Wohngegend, seit Ralph in dem Haus wohnte. Es ist etwas anderes, wenn jetzt Geschäfte dort gemacht werden."

„Es ist ja nicht gerade eine Fernfahrerkneipe."

Dennis lachte. „Stimmt. Also, man sieht sich. Passen Sie auf sich auf."

Evvy sah ihm nach, als er die Straße überquerte. Er war wirklich ein netter Kerl. Und Patsy musste auf ihre Weise ebenfalls mitfühlend sein, wenn sie die Nächte damit verbrachte, sich um Patienten zu kümmern. Sie vermutete, dass man ein besonderer Mensch sein musste, um nach Einbruch der Dunkelheit in den stillen Fluren Heilung zu bringen und trotzdem fröhlich zu bleiben.

Evvy wollte gerade die Tür schließen, als sie Michelle aus ihrer Gemeinde vorfahren sah. Es würde mindestens drei Minuten dauern, bis Michelle alles vom Beifahrersitz geräumt hatte, um Platz für sie zu machen. Evvy ging hinein und nahm ihren Pullover. Dennis hatte sie bei ihren Vorbereitungen unterbrochen, sonst wäre sie bereits fertig angezogen, um für Michelle bereit zu sein.

Michelle kam zur Tür geeilt. „Bist du sicher, dass du dir das zumuten willst, Evvy?" Ihre langen braunen Haare waren zu einem Pferdeschwanz gebunden, der ihr breites, schlichtes Gesicht betonte. Aber es lag eine so echte Freude darin, dass man sogar die Ringe unter den

Augen und die fleckige Haut kaum wahrnahm. Der Herr hatte einen Engel geschickt.

Sie musste so erschöpft aussehen, wie sie sich fühlte, aber sie sagte: „Wenn ich zu schwach bin, um mit den Frauen aus meiner Gemeinde in Gottes Wort zu lesen, dann könnt ihr mich begraben." Evvy ging die Auffahrt hinunter, blieb dann aber stehen.

„Was ist? Hast du etwas vergessen?" Michelle sah aus, als würde sie jederzeit zurücklaufen, um zu holen, was immer gebraucht wurde.

Evvy warf einen Blick zu Ralphs Haus hinüber. „Ich habe mich gefragt, ob wir die Frau von nebenan nicht einladen sollen."

„Ich kann noch einen Platz freiräumen."

Evvy kicherte. Michelles Auto war wie Mary Poppins' Reisetasche. Vorräte wie Seife und Toilettenpapier, die vielleicht jemand brauchen könnte, Tüten mit Kleidern und Konserven, Malbücher und Stifte und Kisten voller Bibeln im Kofferraum.

„Vielleicht nächstes Mal." Sie war sich nicht sicher, warum der Herr sie zurückgehalten hatte. War vielleicht noch ein bisschen Harken und Düngen notwendig? Sie wollte immer zu früh die Saat aussäen.

Sie kletterte auf Michelles Beifahrersitz, neben sich ein riesiges Paket Einwegwindeln. Sie hatte zwar weder die eine noch die andere Sorte jemals benutzt, aber sie konnte sich vorstellen, welche sie bevorzugen würde, wenn es wirklich nötig werden sollte. Michelle quetschte sich auf der anderen Seite der Windeln ins Auto und ließ den Motor an.

Als sie an Ralphs Haus vorbeifuhren – sie musste endlich aufhören, es so zu nennen – dachte sie über Dennis' Bemerkung nach. Sie hatte überhaupt nicht daran gedacht, sich Sorgen wegen der Pension nebenan zu machen. Sonoma war nicht mehr die landwirtschaftliche Gegend, die es einmal gewesen war. Es war der bewusst einfach gehaltene Sitz einer Weinbaugemeinde. Und das zog Leute an, Leute, die eine Unterkunft brauchten. Was kümmerte es sie, wenn sie nebenan übernachteten? Sie lebte schon zu lange, um kleinlich zu sein.

Aber es erinnerte sie wieder daran, dass sie von jungen Menschen umgeben war, mit all ihren Problemen und all ihren Klagen. Das Drama nebenan war kaum zu übersehen gewesen – nicht, dass sie es versucht hätte. Es machte ihren Tag interessanter, die Kämpfe der beiden zu beobachten, aber dieser letzte war besonders heftig gewesen. Was immer Lance getan hatte, er hätte beinahe seine Arbeit verloren.

Und aus irgendeinem Grund fühlte sich das nicht richtig an. Vielleicht war es die Dummheit einer alten Frau, aber sie hatte das Gefühl, als sollte er hier sein. Ob Theresas wegen oder um seinetwillen oder aus irgendeinem ganz anderen Grund, konnte sie nicht sagen. Es war etwas in der Art, wie er durch den Garten ging, in seiner nachdenklichen Miene, die er manchmal trug. Dass er dort war, hatte einen Sinn. Es war kein Zufall.

Kapitel 20

Welch bedachtsame Kraft in Nonnos Händen liegt.
Blasse, halbmondförmige Fingernägel und Fleisch,
so warm und zart wie die Morgendämmerung.
Sie binden sprossende Weinreben, sich klammerndes Leben wie ein Atemzug.
Und sie sammeln die Toten mit zarter Fürsorge ein,
im Gedenken an den Überfluss, den sie einst in sich trugen.

In gewisser Hinsicht tat das Arbeiten gut. Zwei Tage in der Frühlingsluft, an denen Lance seinen Stress mit Schaufel und Hacke abbauen konnte. Während Rese dem Kutscherhaus den letzten Schliff verpasste, war er lieber draußen. Da sie am ersten Tag die Luke überhaupt nicht bemerkt hatte, machte er sich jetzt weniger Sorgen, und es war besser, auf Distanz zu bleiben – wie er es von Anfang an hätte tun sollen.

So detailversessen wie Rese war, hätte er schwören können, dass sie den Metallstreifen entdecken würde. Aber in der hintersten Ecke und verdeckt durch die Erde, die er wieder in die Ritze gedrückt hatte, war die Falltür nahezu unsichtbar. Weil er wusste, dass sie da war, machte er sich Gedanken. Aber er hatte keinen Vorwand, sich im Kutscherhaus aufzuhalten, ohne dass es auffiel. Sie würde zwischenmenschliche Motive vermuten, und das war das Letzte, was er wollte.

Lance grub die Pflanzen eines anderen zugewucherten Beetes aus, und er warf mehr weg, als es unter anderen Umständen nötig gewesen wäre. Es gab eine Menge Balken, die er verwenden musste, wenn er sich richtig erinnerte. Er hatte der Versuchung widerstanden, noch einmal nachzusehen, und sich gezwungen zu warten, bis er das Holz unauffällig entsorgen konnte, bevor er die Luke wieder aufmachte und es herausholte.

Der Garten konnte die Arbeit, die er dort verrichtete, wirklich gut gebrauchen, und die sieben Monate, die er im Gartenbau gearbeitet hatte, boten ihm eine gewisse Grundlage. Dadurch, dass er die Beete aufschichtete und einfasste, würden sie nicht mehr auf die Wege übergreifen. Und die verschiedenen Ebenen machten es interessanter und brachten einige der dekorativen Pflanzen dichter ans Auge – und an die Nase. Ein Großteil seiner Neupflanzungen würden Kräuter sein.

„Räumen Sie den Garten auf?"

Er blickte auf, sah aber zuerst nicht, woher die Stimme kam. Dann entdeckte er Evvy, die mit den Händen die Hecke geteilt hatte und jetzt wie ein neugieriges Äffchen aus dem Dschungel hervorblickte.

„Ja, Ma'am." Er ließ die Hand auf dem Spaten ruhen.

„Guter Boden hier. Ralph hat ihn gedüngt."

„Das ist mir schon aufgefallen." Dieser Abschnitt war von Unkraut überwuchert gewesen, aber nachdem er es herausgerissen hatte, war ihm bewusst geworden, warum.

„Das war sein Gemüsebeet. Er hat Tomaten angebaut, wie Sie sie noch nie gegessen haben."

Er widersprach nicht, obwohl er schon ein paar sehr gute Tomaten gekostet hatte.

„Mochte sie die Lasagne?"

Er dachte an die Zeit zurück, als Rese das, was er machte, noch gefallen hatte. „Sie war begeistert."

„Kluges Mädchen. Diese Hecke könnte eine Schere gebrauchen. Verstehen Sie was vom Schneiden?"

Er nickte. „Ich habe es schon ein paar Mal gemacht."

„Ich habe noch ein paar, die Sie sich ansehen könnten."

„Mach ich." Er wischte sich den Schweiß von der Stirn.

„Je eher, desto besser." Evvy ließ die Zweige der Hecke zurückschnappen.

Er wartete, ob sie noch einmal erscheinen würde, dann stieß er den Spaten in die Erde und förderte den satten, lehmigen Duft zutage. Es war großartiger Boden, und vielleicht würde er auch ein paar Gemüsesorten ziehen. Dann schüttelte er den Kopf. Er würde nicht hier sein, wenn man sie ernten konnte, und irgendwie konnte er sich nicht vorstellen, dass Rese es tun würde.

Was würde sie machen, wenn er nicht mehr da war? Das hing davon ab, was er fand, oder nicht? Er seufzte, ließ den Spaten in der Erde stecken und holte die Heckenschere aus dem Schuppen. „Je eher, desto besser" hatte wie ein Befehl geklungen. Rese würde sich hoffentlich nicht beklagen, wenn er Evvy half. Er schrieb seine Stunden auf, aber er würde die Zeit, die er nebenan arbeitete, nicht berechnen.

Evvy wirkte nicht überrascht, als er sich durch die Hecke in ihre Seite des Gartens zwängte. Er vermutete, dass der Durchgang absichtlich dort war. Evvy musste seine Gedanken erraten haben. „Ralph hat sie so geschnitten, dass ich hindurchkonnte. Er wollte die ganze Hecke wegnehmen, aber ich habe zu ihm gesagt: ‚Gute Zäune machen gute Nachbarn.'“

„Ist das so?“ Kein Wunder, dass er es sich mit Rese verdorben hatte. Er war nicht gut im Grenzensetzen.

„Sie wird sich schon wieder beruhigen.“

Nachdem er jahrelang mit Nonna zusammengelebt hatte, überraschte Evvys Intuition Lance nicht. Er sah auch keinen Grund, warum er sich verstellen sollte. „Es ist besser so. Jeder kennt seine Rolle.“

Evvy musterte ihn. „Wir dürfen niemals aufgeben, junger Mann. Sie müssen den guten Kampf bis zum Ende kämpfen.“

Gab es etwas an ihm, was seine Neigung, alles stehen und liegen zu lassen und davonzulaufen, verriet? Er war nicht hergekommen, um zu bleiben. Das Problem war, dass er seine Motive vermischt und das Ziel aus dem Auge verloren hatte. Er drückte die Handgriffe der Heckenschere zusammen. Eine elektrische Schere wäre schön gewesen, aber in der Fülle von Werkzeugen in Rese' Sammlung hatte er keine gesehen. Diese Schere hatte vielleicht Ralph gehört und musste dringend geschliffen werden.

„Wie ist es um Ihre Seele bestellt?“

Er warf einen Blick über die Schulter. „Wie bitte?“

„Sie haben mich genau verstanden.“

Er versuchte sein Grinsen zu unterdrücken. Diese Frau würde sich wunderbar mit Nonna und Conchessa verstehen. War es sein Schicksal, von jeder Frau über siebzig ins Gebet genommen zu werden? „Meine Seele gehört Gott. Der Rest ist das, womit er Probleme hat.“

Sie zeigte mit ihrem krummen Finger auf ihn. „Dann ist Ihr Auftrag klar.“

„Und was ist das für ein Auftrag?“

„Die Welt zu gewinnen. Einen nach dem anderen.“

Er bearbeitete die Hecke. Sie musste dringend geschnitten werden, aber er hatte den Verdacht, dass sie ihn weniger wegen der Arbeit, sondern vielmehr für ihre Predigt zu sich beordert hatte. „Ich tue, was ich kann, Evvy, aber es funktioniert nicht immer so, wie ich es mir vorstelle.“

„Das ist Gottes Problem. Er hätte Sie nicht so klumpig erschaffen sollen.“

„Klumpig?“ Jetzt musste er wirklich grinsen.

„Manche Krüge sind schön und glatt. Andere sind kaputt und wertlos. Die meisten von uns können Wasser aufnehmen, sind aber unscheinbar. Es ist seine Aufgabe, die Unebenheiten auszumerzen. Er ist schließlich der Töpfer.“

Das mochte stimmen, aber er war nie besonders gut darin gewesen, stillzuhalten. Seine Mutter hatte ihn mehr als einmal am Ohr gezogen, wenn er versucht hatte, sich ihrem Waschlappen zu entwinden. Er wollte die Unebenheiten loswerden, aber er neigte dazu, Gott zu sagen, welche und wann.

Nachdem er zwei Stunden lang Evvys Garten beschnitten hatte, ging er wieder zu seinen Beeten zurück. Während er die Schubkarre füllte und sie hinter das Kutscherhaus schob, tänzelte Baxter neben ihm her. „Was – du glaubst, das ist ein Motorrad?“ Lance kippte die Erde aus und grinste. „Also gut. Steig auf.“

Baxter sprang in die Schubkarre und saß wie ein König darin, während sie zum Beet zurückfuhren. Lance kippte die Karre. „Und jetzt raus.“ Baxter sprang bellend auf den Boden. Ein neues Vergnügen. Wenn doch nur alles so einfach wäre.

Rese fühlte einen Schmerz, den keine körperliche Arbeit verursachen konnte. Die Trauer, die sie monatelang unterdrückt hatte, brach jetzt hervor. Brads Besuch vor vier Tagen hatte die Schuldgefühle und das Bedauern wieder hervorgeholt, weil sie Dads Firma verkauft hatte und nun sein Vermächtnis beschädigt wurde. Außerdem hatte Brad ihr Selbstbewusstsein untergraben. Konnte sie das hier wirklich durchziehen, wenn jeder automatisch an ihr zweifelte?

Lance neckte sie nicht länger, aber sie kannte seine Meinung. Und da er auch aufgehört hatte, ihr zu raten, hatte ihre Anspannung sich vervielfacht. Was wusste sie schon darüber, wie man eine Pension führte? Was wusste sie überhaupt? Sie kam sich vor wie ein beschädigtes Kabel, das ungleichmäßige Stromstöße entsandte und Funken sprühte und kurz vor dem Durchbrennen stand.

Hatte es bei Mom auch so angefangen? Mit einer überwältigenden Last, der sie entfliehen musste? *Warum nicht ein paar Freunde einladen?*

Vor allem, weil sie ihre wahren Freunde immer wieder vertrieben hatte. Rese war dieser Gedanke unbehaglich. Er erinnerte sie zu sehr an das, was mit Brad und den anderen geschehen war, bei jeder Freundin außer Star, und sogar mit Lance. Seit ihrer Abmachung war er sorgfältig auf Distanz bedacht.

Die Dachpfannen für das Dach des Kutscherhauses waren geliefert worden. Lance hätte sich mit Teerpappe zufrieden gegeben, aber sie wollte, dass es zur Villa passte. Also hatte er in den letzten beiden Tagen die Dachpfannen verlegt und nur für die Vollendung seiner Unterkunft gearbeitet. Das konnte man kaum noch als gerecht bezeichnen. Als reiner Angestellter sollte er für seine Arbeit entlohnt werden, auch wenn er angeboten hatte, die Renovierung umsonst zu erledigen. Es war ihr Haus und sie würde –

„Das habe ich schon geputzt." Stars Stimme riss sie aus ihren Gedanken.

Rese blickte auf. Sie hatte gerade den blitzsauberen Boden in dem Bad gewischt, das zum Redwood-Zimmer gehörte. Ein Ehepaar hatte es für das Wochenende gebucht.

Star verschränkte die Arme und setzte sich auf das Biedermeierbett. „Du machst mich wahnsinnig, wenn du alles noch mal putzt. Wie Maury mit der Fixierung auf seine Pinsel." Sie legte den Kopf in den Nacken und fuhr sich mit den Fingern durchs Haar. „Hast du meinen Pinsel in Terpentin gestellt? Déjà-vu. Hast du meinen Pinsel in Terpentin gestellt? Bah bah bah." Sie schüttelte den Kopf.

Rese riss sich zusammen und konzentrierte sich auf Star.

„Dachte er, ich wäre ein Kind? Ein Dummkopf? Ein unterbelichtetes Drogenbaby?"

„Niemand denkt das."

„Er hat dieses Frettchen angeschafft, ja? Und irgendwie entwischt das Tier aus seinem Käfig. Und aus dem Atelier. Und dann heißt es: ‚Wo ist mein Frettchen, Star? Wo ist es?' Als wäre ich die Frettchen-Patin." Sie stieß ein Lachen aus, das ebenso gut ein Schluchzen hätte sein können.

Rese erhob sich und setzte sich neben sie aufs Bett. „Ist ja gut, Star. Denk nicht mehr daran."

Star knüllte ihre Haare zusammen. „Ich habe das Badezimmer schon geputzt."

„Ich weiß. Und es sieht wirklich gut aus."

„Es ist ja noch nicht einmal benutzt worden."
„Es ist wunderbar. Ich bin nur … nervös."
„Nervös?" Star ließ sich aufs Bett fallen. „Das darfst du nicht sein. Du bist doch mein Fels in der Brandung."
Rese schluckte angesichts der Ironie. Ein Fels? Und das, wo sie sich alles andere als sicher fühlte.
„Du bewegst dich nie; du wirst nie fortgespült. Du bist unbesiegbar, aber ich …" Stille Tränen quollen unter Stars Wimpern hervor und rannen über ihre Schläfen, bis sie sich in ihren Locken verfingen. „Ich kann das mit dem Leben einfach nicht."
„Natürlich kannst du es."
Star bebte, als immer mehr Tränen in ihr aufstiegen. „Warum hat er es nicht verstanden?"
„Er hat etwas Wunderschönes verpasst." Rese nahm Stars Hand.
Star sah sie mit schmerzerfüllten Augen an. „Bin ich das?"
„Du bist strahlend schön."
Star schloss die Augen und holte zitternd Luft, um sie dann langsam wieder auszuatmen. „Ich bin Sonne; ich bin Regenbogen. Ich bin ein Stern; sieh mich leuchten."
Rese schluckte. Ein Fels. Der sich nie bewegte, nie davongespült wurde. Gedankenlos, gefühllos; einfach nur da. Sie wollte kein Fels sein.

Lance folgte den Stimmen bis ins Redwood-Zimmer und blieb in der Tür stehen. Star lag auf dem Bett und Rese saß neben ihr. Er konnte Stars Gesicht nicht sehen, aber Rese sah besorgt aus. Nicht sein Problem, trotz Evvys Vortrag. Sie dachte, er wäre wegen Rese da, aber er war wegen Nonna da, und die letzten Tage hatten diese Überzeugung bekräftigt. „Ist das eine private Party?"
Rese blickte auf. „Was ist denn, Lance?"
„Wie hast du dir die Möblierung des Kutscherhauses vorgestellt?" Er ließ die Arme hängen. „Ich könnte heute Abend schon ausziehen, wenn ich etwas hätte, worauf ich schlafen kann." Und damit würde er ungestört die Falltür untersuchen können und alles, was sich darunter befand.

Rese ließ Stars Hand los. „Ich habe keine Möbel dafür kalkuliert."

Star setzte sich auf und zog ein paar Haarsträhnen aus ihrem nassen Gesicht. Er musste irgendeine seelische Läuterung gestört haben.

„Alles in Ordnung, Star?"

Sie lächelte. „Ich bin strahlend schön."

Das Erstaunliche war, dass es stimmte. Ihr Lächeln hatte etwas Schmerzliches, auf das er unwillkürlich mit seinem eigenen Lächeln reagierte. Dann wandte er sich wieder Rese zu. „Ich könnte für ein paar Nächte die Hängematte benutzen."

Rese runzelte die Stirn. „Ich habe ein Sofa in meinem Arbeitszimmer und vielleicht einen Tisch übrig."

„Hast du auch eine Lampe?"

Sie nickte. „Ich glaube ja."

„Dann brauchen wir nur noch ein Bett." Sie würde sowieso eines für den nächsten Bewohner brauchen, und er würde nicht noch die Möbel bezahlen, nach all der Arbeit, die er gratis geleistet hatte.

„Das wird nicht billig."

Waren sie wieder an diesem Punkt angelangt? Er versuchte, ihre Mauer zu durchbrechen und ihre Gedanken zu lesen. Sie hatte ihn dort draußen haben wollen und nicht im Haus. Sie würde sein Zimmer bald brauchen. War es nicht in ihrem eigenen Interesse, ihm den Umzug zu ermöglichen? „Bestell eine Matratze und bau den Rahmen selbst."

„Bauen?"

„Du kannst doch sicher etwas zusammenbasteln, oder?" Wie schwer konnte das für Rese Barrett, die passionierte Schreinerin, denn sein?

Ihre Miene erhellte sich. Er hatte ihren Schalter wieder umgelegt, und etwas von dem Schatten verflüchtigte sich. „Ich habe noch nie solche Möbel gebaut." Aber er konnte sehen, wie es in ihrem Gehirn arbeitete. Eine neue Herausforderung, eine Aufgabe, die sie brauchte und verstand. Und weniger Gelegenheit, seine Arbeiten im Garten unter die Lupe zu nehmen.

Sie stand auf. „Das Sofa ist klein, nur ein Zweisitzer." Sie ging zur Tür. „Es stand noch mit ein paar anderen alten Sachen in meinen Privaträumen. Ich habe alles beiseitegeräumt, um das Arbeitszimmer einzurichten."

Aha. Rese' Räume hatte Lance natürlich noch nicht durchsucht. Aber alle alten Sachen waren wichtig. Er folgte ihr nach unten. Star rappelte sich auf und kam ebenfalls hinterher. Lance blieb an der Tür stehen. Durfte er tatsächlich eintreten?

„Es ist hier drin." Rese ging auf das Arbeitszimmer zu. Ein kurzer Blick sagte ihm, dass ihr Schlafzimmer makellos war, keinerlei Unordnung zu sehen. Das Arbeitszimmer war ebenfalls aufgeräumt, nur an der Seite standen, wie sie gesagt hatte, ein paar zusätzliche Dinge. Das Sofa war mindestens zwei Jahrzehnte alt, gesteppt und mit hölzernen Armlehnen und Beinen ausgestattet. Eindeutig nichts zum Kuscheln. Aber es würde als Sitzgelegenheit in seinem großen Zimmer reichen. Für ihn war es gut genug, wenn auch vielleicht nicht für die Gäste, die sie dort irgendwann einquartieren würde.

Rese zerrte das Sofa von der Wand, ohne ihn nach seiner Meinung zu fragen. „Halt uns die Türen auf, Star. Wir können es auch gleich jetzt rübertragen."

Nachdem sie es in das leere Wohnzimmer gestellt hatten, gingen sie zurück in die Villa. Während Rese ein Kissen und eine Decke packte, durchsuchte er die anderen Gegenstände, die in ihrem Arbeitszimmer standen. Ein Beistelltisch und eine gefährlich aussehende Lampe und zwei Bilder für die Wand. Eines war das Porträt eines Mannes mit einem ovalen Passepartout und einem reich verzierten Rahmen. Mit klopfendem Herzen stellte er es wieder zu dem anderen Bild. Der Blick, den er darauf geworfen hatte, war vielversprechend.

Star lehnte sich über seine Schulter. „Der Typ sah aus wie du."

Er drehte sich zu ihr um. „Das macht das schlechte Licht, hoffe ich. Aber vielleicht hänge ich die hier auf. Dann sind die Wände wenigstens nicht so leer." Er nahm die beiden Bilderrahmen und stand auf. Wie bei einer Parade trugen sie die Lampe, den Tisch und die Bilder in seine Behausung. Er lehnte die Bilder an die Wand und sagte: „Helft ihr mir mit der Hängematte?"

Das Ding wog eine Tonne, und selbst mit der neuen Matte würde es kein Vergnügen sein, länger als ein paar Tage darin zu schlafen. Sie trugen das Gestell in sein Schlafzimmer, wo es merkwürdig aussah. Keine Brise, die die Hängematte bewegte, und keine Äste darüber, durch die Schatten darauffielen. Aber er konnte jetzt einziehen, und darauf kam es an.

Rese stand einen Augenblick da und musterte den Raum prüfend. „Ich werde ein französisches Bett bauen."

Wenn sie daran dachte, das Haus zu vermieten, war das zweifellos die richtige Wahl. Er selbst würde diese Größe nicht brauchen. „Wie du meinst."

Sie durchquerte das Zimmer. „Ich habe noch Ahornbretter von den Regalen übrig. Daraus könnte ich einen Wandschrank machen."

„Gute Idee. Dann bringe ich meine Leichen rüber."

Sie lächelte. Es musste das erste Mal seit Tagen sein. Sie hatten nicht oft miteinander gesprochen, während er das Dach gedeckt und sie im Haus gearbeitet hatte. Er hatte nicht gekocht, und sie hatte ihn nicht darum gebeten. Er würde es wieder tun, wenn ihre Gäste kamen, aber vorher nicht. Rein geschäftlich. Aber die Schreinerarbeiten zu planen, schien ihre Stimmung zu heben. Vielleicht hatte Brad recht. Sie konnte nicht einfach aufhören.

Star hockte vor den Bildern und blickte von dem Porträt zu Lance. Die einzelne Lampe gab nur ein dämmriges Licht von sich, aber ihrem Künstlerauge war nicht entgangen, was auch er gesehen hatte. Eine eindeutige Familienähnlichkeit. Sie stand auf. „Schade, dass es so düster ist. Du brauchst Farbe hier drin. Ich male dir etwas."

Neben ihm hörte er Rese scharf die Luft einsaugen. Er sagte: „Das wäre schön", und er war froh, dass sie nichts mehr über das Porträt sagte.

„Was hättest du denn gerne?"

„Irgendetwas." Jetzt klang er schon genauso wie Rese. Er korrigierte diesen Eindruck. „Natur. Eine Landschaft oder ein Stillleben." Nicht, dass er sich vorstellen konnte, wie Star eine Schale mit Äpfeln malte. Aber das spielte keine Rolle. Wenigstens hatte er eine Meinung geäußert. Interesse gezeigt.

Er schob sie hinaus, bevor noch jemand irgendeine Bemerkung über das Porträt machen konnte. Aber als sie gegangen waren, holte er es hervor und betrachtete das Gesicht, das sowohl seine als auch Stars Aufmerksamkeit erregt hatte. Er konnte nicht behaupten, dass es genauso aussah wie er. Aber er blickte eindeutig in die Augen seiner Vergangenheit.

Es war das, was Rese gewollt hatte, was sie von Anfang an gefordert hatte. Aber dadurch, dass Lance ausgezogen war, hatte sich die Kluft zwischen ihnen noch vertieft. Er war ein vorbildlicher Mitarbeiter geworden. Er tat seine Arbeit und zeigte Respekt; er verhielt sich kooperativ und angemessen, kein beherrschtes Gekränktsein, aber auch keine Ausgelassenheit mehr. Es war, als wäre seine Begeisterung für das Projekt gestorben.

Seine Ideen hatten sie angespornt, seine ermutigenden Worte ihr Kraft gegeben. Jetzt war das vorbei, und je näher die Eröffnung rückte, desto mehr fürchtete sie sich. Wenn sie ehrlich war, vermisste sie nicht nur seine professionelle Energie, sondern ihren gesamten Umgang miteinander.

Sie wollte, dass er um Küchenutensilien bat, ihr dampfenden Tee reichte und über ihre schlechte Laune lächelte. Sie wollte, dass er sie als Versuchskaninchen für ein Gericht brauchte und sich ärgerte, wenn sie es nicht lobte. Sie wollte, dass er sang und spielte und sie mit seinem Blick umfing. Aber sie hatte all das aufgegeben, um die Kontrolle zu haben. Ihre Kehle schnürte sich zusammen.

Star legte den Arm um ihre Taille, als sie zusammen zum Haus zurückgingen. „Arme Rese."

Sie versteifte sich instinktiv. „Mir geht es gut."

„Natürlich. Nichts kann die Unerschrockene erschrecken, nichts die Unerschütterliche erschüttern."

Rese lachte, aber es war ein bitteres Lachen. Sie gingen in die Küche. Sie hätte Lance bitten können, ihr eine heiße Milch zu machen. Aber er war jetzt im Kutscherhaus und nicht mehr oben zwischen ihr und den Gespenstern auf dem Dachboden. Jetzt hielt er über dem Grab Wache. Nur glaubte er nicht daran, dass die Toten sie bedrohten. Sie verbrachten die Ewigkeit mit Jesus oder ohne ihn.

Vielleicht würde es ihr besser gehen, wenn sie auch ein unsichtbares Wesen hätte, das ihr sagte, was sie tun sollte. Ihre Schläfen pochten. Sie würde wieder nicht einschlafen können.

Star gähnte ausgiebig. „Die Frösche singen." Sie blies ihr eine Kusshand zu und ging in ihr Zimmer hinauf.

Rese stand in der leeren Küche und lauschte dem Knarren der Dielen, während Star oben hin und her lief, und dann auf die Stille des großen alten Hauses. Beinahe wünschte sie, ein unheimliches Stöhnen wäre zu hören, damit sie sich nicht so allein fühlte. Was konnte sie machen?

Nichts. Und es würde sie in den Wahnsinn treiben. Mit geballten

Fäusten ging sie in ihr Zimmer. Statt ins Bett zu gehen, maß sie es aus und notierte die Abmessungen. Dann ging sie in den Schuppen und baute ihren Arbeitsplatz auf. Sie hatte noch Kirschholz vom Treppengeländer übrig, das sie für die Bettpfosten verwenden konnte, und Bretter von den Stufen für das Kopfteil. Es war gutes Holz, und sie hatte nicht die Absicht, irgendetwas „zusammenzubasteln", wie Lance es ausgedrückt hatte. Sein Bett würde ihr erstes eigenständiges Möbelstück sein, und sie wollte es später nicht mit einem schlechten Gewissen anschauen müssen.

Als das erste Morgenlicht schwach durch das Fenster des Schuppens fiel, hatte sie die Pfosten auf der Drechselbank gedreht und geformt, die Einkerbungen gemacht, in die das Kopfteil und die Seitenbretter eingesetzt werden würden, die sie bereits vermessen und zugeschnitten hatte. Das Kopfteil sollte einen geschnitzten Abschluss haben. Nichts Aufwändiges, nur einen wellenförmigen Kamm. Die Beschläge würde sie später kaufen. Sie zog die Schutzbrille wieder über die Augen und sägte das Fußteil ab.

Die Tür zum Schuppen öffnete sich und Lance lehnte sich dagegen.

Sie schob die Brille hoch und begegnete seinem Blick. „Ich hoffe, du magst Kirsche."

Er registrierte die Bretter und Pfosten und das Sägemehl und schien sprachlos. Schließlich sagte er: „Du kannst von Glück sagen, dass niemand die Polizei geholt hat."

„Die Polizei?"

„Hast du eine Ahnung, wie laut Sägen und Drehbänke sind?"

Sie warf einen Blick auf ihre Arbeit. „Habe ich dich wach gehalten?"

Sein Blick musterte sie von Kopf bis Fuß. „Nö. Es gibt nichts Besseres als Werkzeuge, die die ganze Nacht lang kreischen. Gut, dass Evvy neunzig ist."

Evvy war die Nachbarin im Haus nebenan, und selbst wenn sie den Lärm gehört hatte, konnte Rese sich nicht vorstellen, dass sie Anzeige erstattete. Der Nachbar auf der linken Seite war Pilot und kaum zu Hause. Er war irgendwann erschienen und hatte vorgeschlagen, sie solle den Lieferwagen woanders parken, damit man ihn nicht sah. Das Ehepaar auf der anderen Straßenseite machte Nachtschicht im Krankenhaus. Sie hatten Wein mitgebracht und darum gebeten, dass die Gäste nicht vor ihrem Haus parkten.

Niemand sonst war nah genug, um gestört worden zu sein. Aber Lance hatte wahrscheinlich gelitten. Daran hatte sie nicht gedacht. Sie klopfte Sägemehl von ihrem Arm. „Tut mir leid. Ich habe angefangen, an deinem Bett zu arbeiten, und einfach weitergemacht."

„Warum schläfst du eigentlich nicht?"

Sie zuckte mit den Schultern. „Ich weiß es nicht."

„Schlimme Träume?"

„Nein. Wenn ich erst mal schlafe, ist es kein Problem." Und jetzt, wo sie darüber sprach, wünschte sie, sie hätte geschlafen.

Seine Augen verengten sich. „Du magst also keine Kapitulation. Willst nicht die Kontrolle verlieren."

„Ich habe es nicht analysiert, Lance." Aber seine Worte brachten eine Saite in ihr zum Klingen. Sie konnte schlafen, sobald sie das Fallenlassen geschafft hatte. Vielleicht war es das Loslassen, die Gedanken und Ängste vor dem, was passieren könnte, wenn sie nicht auf der Hut war. Sie seufzte. Sie hatte sich schon so an diese Situation gewöhnt, dass sie gar nicht mehr nach dem Grund fragte. „Ich wollte dich nicht stören."

„Nicht wie beim letzten Mal?" Einer seiner Mundwinkel zuckte.

Sie reckte das Kinn vor. „Beim letzten Mal hattest du es verdient."

Er verzog den Mund. „Aber jetzt benehme ich mich."

Sie verspürte einen Stich. Ja, er benahm sich. Sie senkte den Kopf, bevor er den Kummer in ihrer Miene sehen konnte. Was war nur mit ihr los? Es musste verspäteter Stress nach dem Tod ihres Vaters sein, die einschneidenden Veränderungen, die sie während des Trauerprozesses vorgenommen hatte, dass sie alles, was sie kannte, aufgegeben hatte, um etwas Neues anzufangen, wofür sie nicht geschaffen war. Toller Plan.

„Du solltest ein bisschen schlafen. Ich kann die Hängematte noch eine oder zwei Nächte ertragen."

Ihre Augenlider waren schwer, und ihre Arme hingen wie nasser Putz herunter. Die letzte Energie, die sie noch in sich hatte, verließ sie. Sie zog sich die Schutzbrille vom Kopf und legte sie auf die Werkbank. Dann stolperte sie unbeholfen zum Haus.

Kapitel 21

Zweifel bauscht sich auf wie Nebel.
Geflüsterte Verdächtigungen sickern in meine Gedanken.
Ich klammere mich an das, was ich kenne.
Mit glitschigen Fingern klammere ich mich fest.

Lance machte sich auf den Weg zur Kirche und versuchte, nicht an Rese zu denken. Ihm war nicht bewusst gewesen, wie schlimm es für sie geworden war. Er hatte sich so darauf konzentriert, es nicht zu bemerken, dass ihn ihr Schmerz heute Morgen überrascht hatte. Sie dachte wahrscheinlich, dass sie ihn verbarg. Aber er verstand jetzt die Befürchtung, der Brad Ausdruck verliehen hatte. Rese verarbeitete ihre Erlebnisse nicht auf gesunde Weise.

Nicht sein Problem. Es ging ihn nichts an. Seine Aufgabe war zu tun, was man ihm sagte, und zu finden, weswegen er gekommen war. Nach der lauten und unbequemen Nacht war er müde, und er hatte einen langen Tag vor sich. Jetzt, da er im Kutscherhaus war, packte ihn das Bedürfnis, die Luke auszuräumen, aber Evvy hatte ihn gebeten, ihre Blumenbeete umzugraben. Hatte sie sich mit Gott verbündet, um seine Ungeduld zu besiegen?

Er legte die Stirn auf seine gefalteten Hände. Er sollte sich auf die Worte Jesu konzentrieren, aber stattdessen dachte er über die Situation mit Rese nach. Es war nicht richtig, ihr seine Aktivitäten zu verschweigen, aber er konnte ihr nicht erzählen, was er vorhatte. Eine Zeitlang hatte er gehofft, ihre Ziele könnten sich miteinander vereinbaren lassen, aber er hatte sich etwas vorgemacht und die Wahrheit ignoriert. Wenn er fand, was er zu finden hoffte, war er ihr Gegner.

Während des ganzen Gottesdienstes war er so abgelenkt, wie er es beinahe noch nie gewesen war. Ihm war, als zöge ein Sturm auf. Kam er wieder einmal vom Weg ab? Herr? Der Wunsch war wie immer da. Und der Auftrag. Es gab keinen Zweifel daran, dass Gottes Wille ihm mehr bedeutete als alles andere. Er erkannte ihn nur nicht.

Wie kann ich das machen, ohne ihr wehzutun? Wie kann ich zurückholen, was unrechtmäßig verloren wurde, ohne dass Rese mit leeren Händen dasteht? Wie konnte er ein Unrecht, das Nonna und ihrer Familie angetan worden war, wiedergutmachen, wenn Rese dabei zu Schaden kam? *Zeig mir den Weg, Herr. Ich sehe ihn nicht.*

Als er zur Villa zurückkam, konzentrierte er sich darauf, Evvys Blumenbeete umzugraben und seine Bedenken zu verdrängen. Rese war klug, entschlossen und fähig. Sie würde schon zurechtkommen. Sie wusste, was sie wollte. Seine Sorge an diesem Morgen war viel zu übertrieben, die Schatten auf ihrem Gesicht wahrscheinlich nur Erschöpfung. Er hatte nicht vorgehabt, sie so anzuspornen, dass sie die ganze Nacht durcharbeitete. Aber das war nur ein weiteres Beispiel für ihre Widerstandsfähigkeit. Rese Barrett war alles andere als schwach.

„Haben Sie es ihr schon gesagt?"

Er fuhr zusammen. Für eine alte Frau konnte Evvy sich sehr gut anschleichen. Oder er war mehr in Gedanken gewesen, als ihm bewusst gewesen war. „Ihr was gesagt?"

„Dass sie Jesus braucht."

Sicher. Rese wollte oder brauchte in keinem Bereich ihres Lebens seinen Rat. Er hielt in seiner Arbeit inne. „Dazu habe ich kein Recht, Evvy. Ich bin nur ein Angestellter."

„Und für wen arbeiten Sie? Für den König oder seinen Gegenspieler?"

„Ich glaube nicht …"

„Denn wenn Sie die Wahrheit kennen und sie nicht weitersagen, haben Sie Ihr Talent im Sand vergraben."

Aber manche Wahrheiten mussten begraben bleiben. Zumindest im Moment. „Von Ihnen würde sie es sicher eher akzeptieren." Er wäre ein Heuchler, wenn er Glauben predigte und zugleich ihr Feind werden konnte.

„Sie lassen eine schwache alte Dame Ihre Arbeit machen?"

Er lehnte den Spaten an sein Knie. „Schwach! Ich bin nicht mehr so herumkommandiert worden, seit …" *Nonnas Schlaganfall sie gelähmt hat.*

„Ich hätte Sie jedenfalls nicht für einen Feigling gehalten."

Das saß. Er hatte im Schatten eines Helden gestanden und hätte sich am liebsten weiter dort versteckt.

Sie tippte ihm auf die Schulter. „Das Problem ist, dass Sie sich nicht trauen, das zu sein, was Sie sein sollen."

„Und woher wollen Sie das wissen?" Das war vielleicht eine respektlose Frage, aber er konnte selbst scharf genug sein … während er auf den Knien in einem ihrer Blumenbeete hockte.

„Ich erkenne ein verschwendetes Talent, wenn ich es sehe."

Er schluckte. „Warum glauben Sie dann, dass ich der Richtige für diesen Job bin?"

„Weil sie Ihnen vertraut."

Er wollte gerade protestieren, aber sie hob die Hand. „Ich weiß das von Gott, junger Mann. Er hat mir den Mund verschlossen, bis Sie Ihren Teil getan haben. Aber für den Fall, dass Sie es nicht bemerkt haben: Ich habe nicht ewig Zeit."

Er seufzte. „Evvy, ich sage die Wahrheit. Rese will von mir nichts als Kochen und Gartenarbeit."

„Seit wann wissen Menschen, was sie wollen?"

„Seit Gott Rese erschaffen hat."

Evvy stützte sich auf ihren Gehstock. „Sie verpassen Ihre Chance, und Sie werden es bereuen. Gott kann ein anderes Gefäß benutzen, aber wer will schon übrig bleiben?" Sie wandte sich um und ging zum Haus zurück.

Sein Kopf schmerzte. Er hatte den Sturm verdrängt, bis Evvy ihn zu einem Orkan angefacht hatte. Was glaubte sie, was er tun konnte? Rese schnappen und sagen: „Rese, was du brauchst, ist Jesus. Warum übergibst du dein Leben nicht diesem unsichtbaren Wesen, damit ich mein Talent nicht vergeude?" Er schüttelte heftig den Kopf und packte dann seinen Spaten.

Er musste an Nonna denken, und das war jetzt Gottes Auftrag für ihn. Aber es war, als hätten Evvys Klauen seine Gedanken fest im Griff. Vielleicht war es falsch gewesen, Rese nach ihrem Streit auf Distanz zu halten. Sie war ja nicht der Feind, sondern nur das Hindernis.

Als er wieder zur Villa hinüberging, bereitete er ein paar Vorspeisen und eine cremige Spinatsuppe zu und aß allein, da von Rese nichts zu sehen war. Das Telefon klingelte, und er nahm das Gespräch in der Küche entgegen, bevor der Apparat im Arbeitszimmer sie weckte. „Wanderers Einkehr."

„Kann ich bitte Rese Barrett sprechen?"

Lance warf einen Blick zur Tür hinüber, die in ihren Flur führte. Nichts war zu hören. „Sie ist im Moment nicht zu sprechen. Kann ich ihr etwas ausrichten?"

„Ich muss mit ihr selbst sprechen. Es ist sehr wichtig.“

„Wenn Sie mir Ihre Nummer geben, ruft sie Sie zurück.“

Die Frau am anderen Ende nannte ihren Namen und wiederholte, dass es dringend sei. Sie klang sehr offiziell. Lance notierte die Telefonnummer. „Ich sage es ihr.“ Vielleicht hätte er Rese wecken sollen. Aber so konnte er ihr erst etwas zu essen machen ... für den Fall, dass es keine guten Nachrichten waren.

Rese ging mit noch feuchten Haaren in die Küche. Sie hatte Geräusche gehört und war nicht wirklich überrascht, einen Teller mit Aufschnitt und Käse, Paprika und Oliven und eine Schüssel mit einer Cremesuppe auf dem Tisch zu sehen. Was sie überraschte, war der Stich, den es ihrem Herzen versetzte.

Die Suppe in der Schüssel war heiß, aber Lance war nicht zu sehen. Ihr wurde bewusst, dass das Essen vielleicht nicht für sie war. „Lance?“

Dann sah sie den Zettel, eine Telefonnotiz, auf der „Iss zuerst“ stand. Sie blickte zum Fenster hinaus und sah, wie er mit Baxter neben sich den Garten durchquerte. Er hatte ihr etwas zu essen hingestellt, war aber nicht geblieben, um mit ihr zusammen zu essen. Er dachte wahrscheinlich, dass es das war, was sie wollte. Sie hatte ihn in diesem Glauben gelassen. Für ihn war eine gemeinsame Mahlzeit etwas Persönliches. „Brotbrechen bedeutet Verbundenheit, Annahme, Beziehung.“ Sie setzte sich, das Herz wieder schwer.

Die Suppe war heiß, aber man konnte sie gut essen. Er musste den richtigen Zeitpunkt anhand der Geräusche aus ihrem Zimmer abgeschätzt haben und dann verschwunden sein, bevor sie auftauchte. Sie hob den Löffel und hielt dann inne. *„Segne uns, Herr, und diese deine Gaben.“* Das Gebet, das Lance immer sprach, fiel ihr ein. Was, wenn es das Geschenk eines unsichtbaren Wesens war, von jemandem wie Lance, der etwas schenkte und dann ging, sodass er nicht einmal sah, wie sie es probierte?

Er war von ihrer Undankbarkeit getroffen gewesen, aber jetzt war es ihm gleichgültig. Was ihn betraf, konnte sie essen oder auch nicht. Sie nahm einen Löffel der cremigen Suppe, die nach Spinat und buttrigem Knoblauch schmeckte. Nicht zu würzig oder stark, aber auch nicht geschmacklos oder langweilig. Die dünn geschnittene Salami und der Käse mit den leicht scharfen Peperoni waren eine wunderbare Ergänzung. Ein perfektes Gleichgewicht. Genau das, was seinem Charakter fehlte. Andererseits fehlte es ihr genauso.

Während sie aß, fragte sie sich, wo Star war, aber da sie gestern Abend einen Absturz verhindert hatten, war sie wahrscheinlich unterwegs und war Sonne und Regenbogen. Lance wusste vielleicht, wo sie war. Oder auch nicht. Sie sprachen nicht mehr zu dritt miteinander. Ihr Blick wanderte zu der Nachricht zurück. Peggy Blodgett. Kein Name, den sie erkannte. Eine Buchung hätte Lance selbst entgegengenommen. Oder? Sie nahm den Hörer ab, unsicher selbst in dieser Frage. Er war nicht dafür zuständig, und sie hatte ihm nur zu deutlich gezeigt, was seine Aufgaben waren.

Lance hatte ihr genug Zeit zum Essen und zum Telefonieren gegeben. Sein Gefühl eines heraufziehenden Unwetters hatte sich nicht gelegt. Rese hatte gerade aufgelegt, als er eintrat.

Er wartete darauf, dass sie sich umdrehte, aber das tat sie nicht. „Rese?"

„Sie haben meine Mutter gefunden." Ihre Stimme war ein rostiges Tor, das widerwillig über die Worte schwang.

„Du redest von ihrem Totenschein?"

„Ich rede von meiner Mutter." Sie drehte sich um, und der Blick ihrer Augen war kalt und tot. Obwohl er diese Möglichkeit in Betracht gezogen hatte, traf sie ihn unvorbereitet. Rese musste am Boden zerstört sein, aber sie versuchte so auszusehen, als wäre alles in Ordnung. Er trat näher, angezogen von ihrem Kummer wie die Insekten vom Schein des Lichts.

Ihre Wut flammte auf. „Wie konnte er nur!"

Er? Ihr Vater?

„Er hat sie in eine Psychiatrie gesperrt und sie im Stich gelassen."

Selbst mit drei Schritten Abstand spürte Lance, wie die Explosion sich aufbaute. Wenn es stimmte, was sie sagte, dann verstand er ihr Entsetzen, aber es musste noch mehr dahinterstecken. Heutzutage behandelte man psychische Erkrankungen nicht mehr wie ein Verbrechen. „Du kennst nicht alle Fakten."

„Fakten? Kein Wunder, dass er der Meinung war, nach dem Tod gebe es nichts mehr." Die Knöchel ihrer geballten Fäuste waren weiß. Die Luft fühlte sich an, als hätte sie allen Sauerstoff aufgebraucht. „Natürlich gibt es keinen Grund, ein Grab zu besuchen, wenn es kein Grab gibt, das man besuchen könnte!" Sie sog scharf die Luft ein und stieß dann einen Laut aus, der halb Kreischen, halb Heulen war.

Lance packte sie an den Oberarmen, als sie endlich in Tränen ausbrach.

„Ich hätte es wissen müssen! Sie hat gesagt, er würde es tun. Sie hat mir gesagt, dass er das tun würde."

Er hielt sie fest, als könnte er den Zusammenbruch aufhalten. „Du kennst nicht die ganze Geschichte, Rese. Warte, bis du weißt …"

Ein Schluchzen erschütterte sie. „Ich hätte es wissen müssen."

Er verstand diese Wut und die Schuldgefühle. Er hatte all das bei Tonys Tod durchgemacht. Worte halfen nichts. Sie würde ihn später für diese Geste hassen, aber er zog sie an seine Brust. Sie fügte sich nicht ohne Widerstand. Sie krallte sich mit ihren Fäusten in sein Hemd und sog keuchend die Luft zwischen den zusammengebissenen Zähnen hindurch ein.

„Er hat gelogen. Warum hat er gelogen?"

„Wahrscheinlich, um dich zu schützen." Etwas anderes fiel ihm nicht ein. Er hätte die Möglichkeiten abwägen und darauf vorbereitet sein sollen, dann hätte er etwas Besseres als Spekulation zu bieten gehabt.

„Mich schützen?", schrie sie und umklammerte ihn wie im Todeskrampf. „Dass er gesagt hat, sie sei tot, sollte mich schützen? Wie konnte er nur denken …? Warum sollte es …?" Sie sah zu ihm auf, und in ihren Augen lag tiefer Schmerz. „Hilf mir."

Es zerriss ihm die Seele. Wie viele Frauen hatten das zu ihm gesagt, wie oft war er tränenreich angefleht worden? Aber noch nie hatte ihn etwas so tief getroffen. Lance wollte helfen, musste es tun, ein Bedürfnis, das aus seinem Innersten kam und eine Reaktion auslöste, die zu stark war, als dass er ihr hätte widerstehen können. Er nahm ihr Gesicht in beide Hände und presste seine Lippen auf ihre, als wolle er ihren Schmerz in sich aufnehmen, die Verletzung aussaugen wie das Gift eines Schlangenbisses.

Sie klammerte sich um seine Taille, und er wurde leidenschaftlicher, küsste ihren Mund, bis sie seine Küsse erwiderte. Er küsste sie, bis das

Schluchzen in ihrer Brust verebbte. „Es ist gut." Er drückte sie an sich und presste seine Lippen auf ihre Schläfe. „Ist ja gut."

Wut und Qual wichen einem Schmerz, der ebenso wehtat. Die Arme von Lance um sie, seine Lippen auf ihren. Rese spürte ein Verlangen … und dieses Verlangen schmerzte so sehr wie der Schock der Nachricht. Ihre Mutter lebte.

Wie konnte das sein? All die Jahre hatte sie geglaubt, ihre Mutter sei tot. Lance' Herzschlag dröhnte in ihrem Ohr, das sie an seinen Hals gedrückt hatte, Trost und Verwirrung. Was tat sie hier? Sie hatte sich zum Narren gemacht.

„Nicht." Er streichelte ihren Nacken.

„Nicht was?"

„Dein Rückgrat ist ganz steif, dein Nacken verspannt, und gleich wirst du sagen, ich soll aufhören, den Boss zu küssen."

Ein Lächeln stahl sich an die Oberfläche, und sie verbarg es hinter ihrer Hand.

„Ah. Verstärkung." Er streichelte die Finger, die ihre Lippen verdeckten.

Was tat sie hier? Alles um sie herum brach zusammen; alles, was sie geglaubt hatte, die Mutter, die sie verloren hatte, der Vater, dem sie vertraut hatte. War alles eine Lüge? Sie ließ die Hand sinken und atmete aus. „Ich kann nicht denken."

Er massierte ihre Schultern. „Dies ist auch kein guter Zeitpunkt, um es zu versuchen."

„Ich muss aber. Meine Mutter ist in einer psychiatrischen Klinik in San Francisco. Sie ist dort, seit ich neun Jahre alt war, Lance. Sie ist nicht gestorben." Der Schock dieser Neuigkeit stieg erneut in ihr auf. „Das Krankenhaus sucht mich seit Dads Tod. Ich muss mit ihnen reden. Ich muss sie sehen."

Er strich über ihre Arme. „Nicht heute."

„Warum nicht?"

„Weil du unter Schock stehst."

Er hatte recht. Ihr ganzer Körper fühlte sich betäubt, verbrannt an, als wäre in ihm etwas explodiert und würde sich durch ihre Haut nach außen brennen. Sie fuhr sich mit der Hand durch die Haare. „Ich weiß nicht, was ich machen soll."

„Lass das alles erst einmal sacken."

Wieder musste sie ihm zustimmen. Ihre Gedanken und Gefühle waren ganz durcheinander. Sie musste sie erst wieder unter Kontrolle bekommen. Sie brauchte einen Plan, aber sie konnte nicht planen, bis sie den Schock verarbeitet hatte. Nach dem Tod ihres Vaters hatte sie spontan und unüberlegt gehandelt, und ... Wieder flammte die Wut auf. Er hatte sie angelogen!

„Hey!" Lance riss sie aus ihren Gedanken. „Du kannst an diesem Wochenende ohnehin nichts unternehmen."

Dieses Wochenende. Sie war nervös gewesen wegen der Eröffnung und der Ankunft ihrer ersten zahlenden Gäste. Und jetzt ... Sie ballte die Hände zu Fäusten und suchte krampfhaft nach etwas Vertrautem. Dieses Wochenende würde ihr vorkommen wie eine Ewigkeit. „Ich kann aber nicht *nichts* tun."

Er überlegte einen Augenblick und nickte dann. „In Ordnung." Er nahm sie am Handgelenk und führte sie zur Tür.

Sie sträubte sich gegen ihn. „Was machst du? Das letzte Mal, als ich mit dir irgendwohin gegangen bin –"

„Ich werde mich benehmen."

Das glaubte sie keine Sekunde. Die Frage war nur, ob ihr gesunder Menschenverstand genug lädiert war, um nachzugeben. Er zog sie nach draußen und ging auf sein Motorrad zu.

„Kommt nicht in Frage." Sie blieb wie angewurzelt stehen.

Er drehte sich um und packte sie an den Ellbogen. „Nur in die Stadt, langsam und vorsichtig."

„Nein, Lance." Sie wollte nicht noch einmal mit ihm fahren. Nicht nur, weil er rücksichtslos gewesen war. Die Tatsache, dass sie ihn in ihrer Hysterie geküsst hatte, konnte sie rechtfertigen, aber sich jetzt an ihn zu klammern? Das war eine ganz bewusste Folter.

„Komm schon." Er zog sie hinter sich her.

Sie spürte, wie Adrenalin durch ihre Adern strömte, als er ihr den Helm aufsetzte. Sie hatte keine Angst; es war ihr nur lieber, möglichst gut geschützt zu sein, als hinter einem unberechenbaren Draufgänger auf einer kreischenden Maschine zu sitzen, die ihren eigenen Kopf hatte. Aber sie stieg auf und hielt sich an seinen Schultern fest.

„Es ist besser, wenn du die Arme um meine Taille legst."

Ein Gefühl ergriff sie, als würde sie unter einer zu heißen Dusche stehen und sie ertragen, bis es sich so gut anfühlte, dass sie nicht mehr hinauswollte. Sie tat, was er sagte, und hielt sich mit den Händen an seiner Taille fest. Er fuhr los und die Straße hinunter, dann legte er seinen linken Arm auf ihren Oberschenkel und umfasste ihr Knie mit der Hand, eine tröstliche Geste, die ihr Herz heftiger schlagen ließ als die Fahrt.

Er fuhr ausgesprochen vorsichtig – nicht direkt langsam, aber so sanft und vorausschauend, dass sie sich überhaupt keine Sorgen machte. Und jetzt wurde ihr auch klar, dass er die letzte Fahrt ebenso bewusst gesteuert hatte … mit dem Ziel, sie zu erschrecken. Trotzdem war sie in Sicherheit gewesen. Konnte sie ihm jetzt trauen?

Sie parkten am Marktplatz und er befestigte ihren Helm am Sitz. Dann nahm er sie an der Hand und ging mit ihr in den kleinen Park, der die Mitte des Platzes bildete. Sie hatte offensichtlich jegliche professionelle Schranke eingerissen. Man heulte nicht dem Koch die Ohren voll und ging dann mit ihm spazieren. Wie sollte sie das alles wieder in den Griff bekommen? Aber wollte sie das überhaupt, jetzt, wo sie seine Hand warm und fest um ihre spürte?

Ihr Leben löste sich gerade auf, ihre ganze Wirklichkeit. Wellen wütender Verwirrung. Mom lebte! In einer psychiatrischen Klinik, und sie hatten sie nicht ein einziges Mal besucht. Kummer. Zorn. Angst. Sie kochte. Lance zuckte zusammen und befreite seine Hand, um sie um ihre Schulter zu legen.

Wärme und Kraft. Mitgefühl. Obwohl sie ihn beinahe gefeuert hätte. Sie wusste nicht, was sie davon halten sollte. Sie gingen unter einem riesigen Eukalyptusbaum hindurch. Als sie aus dem Schatten traten, blickte Rese schüchtern zu ihm hinüber. Die Sonne ließ den Diamanten in seinem Ohrläppchen funkeln, und sie versuchte sich an den Spott zu erinnern, den sie bei ihrem ersten Zusammentreffen empfunden hatte. Ein Mann mit Ohrring. Weichei. Schwierigkeiten. Sie konnte nichts davon erkennen.

Ihre Blicke begegneten sich. Noch nie zuvor hatte sie dermaßen die

Kontrolle verloren. Aber er gab ihren Blick frei und blinzelte durch die Äste einer majestätischen alten Eiche hinauf. „Erzähl mir von deiner Mutter."

Sie spürte eine Welle der Dankbarkeit. Das Thema war so lange vermieden worden, niemand hatte gefragt, niemand ihre Mutter erwähnt, abgesehen von Stars düsteren Bemerkungen. Vielleicht würde es helfen, jetzt von ihr zu sprechen und ihm zu erzählen, woran sie sich erinnerte. Damit sie versuchen konnte, alles zu begreifen. Aber wo sollte sie anfangen? Wieder einmal vermischten sich gute und schlechte Erinnerungen. „Sie war wunderbar und hat mir Angst gemacht."

Lance massierte ihre Schultern. Es sollte sich nicht so tröstlich anfühlen. War sie nicht der Fels? Wenn jetzt etwas gegen sie prallte, würde sie wie Sand zerfallen. Aber sie würde es nicht zeigen. Sie musste sich zusammenreißen und irgendwie damit klarkommen.

Eine Wildente mit grüner Kehle watschelte herbei, legte den Kopf schief, um sie zu mustern, pickte mit dem Schnabel nach einer heruntergefallenen Knospe, schüttelte sie und watschelte dann weiter. Kinder rannten über den kleinen Spielplatz und lachten und spielten Vater, Mutter und Kind. *Alles nur gespielt.*

Rese ließ sich in ihre Erinnerungen fallen. „Sie war immer da, wenn ich nach Hause kam, und wollte spielen und tanzen. Einmal haben wir auf dem Dach getanzt. Na ja, es war der flache Teil zwischen zwei Giebeln, aber jemand hat es Dad erzählt und er hat zu mir gesagt, ich dürfe es nicht noch einmal tun." Merkwürdig, dass er es nicht zu Mom gesagt hatte.

„Manchmal haben wir Bilder gemalt. Sie hat mir das Zeichnen beigebracht." Rese sah das Gesicht ihrer Mutter vor sich, wie sie ihr Bild begutachtete und es dann zu einem Picasso oder Cézanne oder Kandinsky erklärte. Ihr wurde erst später bewusst, dass diese Künstler meist keine naturalistischen Formen malten. Aber das machte nichts, weil Mom daran glaubte, dass sie malen konnte, und daraus hatten sich die Zeichnungen entwickelt, mit denen sie ihre Schnitzereien entwarf.

„An manchen Tagen ging ich noch nicht einmal in die Schule." Das waren meistens Tage, an denen ihre Mutter traurig war und Rese Angst hatte, sie allein zu lassen. An solchen Tagen war sie die Starke gewesen, wie an den meisten Tagen. „Wir haben es Dad nicht erzählt. Es gab eine Menge Geheimnisse." Manche dunkler als andere.

Dads strenge Miene. „Hat Mommy Mrs Waldens Rosenstrauch angezündet?“

„Nein, Daddy. So etwas würde sie nicht tun.“

Aber warum war ihre Mutter kichernd hereingekommen, nachdem Mrs Walden wütend davongestapft war? Rese hatte nicht gesehen, wie sie den Strauch angezündet hatte, aber sie sagte nichts von dem Kichern oder dem Rauch in Moms Haaren und Kleidern.

Ihre Kehle schnürte sich zusammen. Hatte sie mit dem Lügen angefangen? Nein. Sie erinnerte sich daran, wie Mom den Finger an die Lippen gelegt hatte. „Du darfst es Dad nicht erzählen. Es ist unser Geheimnis.“

Hatte er es gewusst? All die Dinge, die sie ihm nicht erzählt hatten – hatte er trotzdem von ihnen gewusst und sie dazu benutzt, seine eigene Lüge zu rechtfertigen? Schmerz. Wie konnte er nur? Sie vermisste ihn schrecklich, aber jetzt wuchsen Wut und Verrat in ihr wie Mammutbäume und überschatteten ihre liebevollen Erinnerungen.

Lance massierte ihren Nacken – spürte er ihre Anspannung? Sie wünschte, er hätte nicht ein solches Einfühlungsvermögen, aber wäre sie hier mit ihm, wenn er es nicht hätte? Seine Hand vermittelte Trost, Unterstützung. Dad hatte sie umarmt, als sie klein gewesen war, wenn sie ihn beeindruckt hatte, eine flüchtige Berührung mit einem Tätscheln des Arms. Lance' Berührung vertrieb jeden Gedanken und ließ sie wünschen, sie würde ewig dauern.

Sie sprach weiter. „Mom konnte spielen, richtig spielen. Wir haben alle möglichen Spiele erfunden. Einen Tag waren es Elfen, ein anderes Mal taten wir so, als wären wir Regenwürmer.“

Lance zog die Augenbrauen hoch.

„Sie hatte eine unglaubliche Fantasie.“ Fantasie? „Aber manchmal haben ihre Spiele mir Angst gemacht.“

„Wenn der unsichtbare Freund kam?“

Sie nickte. „Walter war gemein.“

Er widersprach nicht, sondern fragte nur: „Weißt du, was sie hat?“

„Irgendeine Störung, vermute ich.“

Er blieb stehen und sah sie an. „Hat dein Vater nichts Genaues gesagt?“

Sie stieß frustriert die Luft aus. „Warum sollte er mir das sagen, wenn er mir nicht einmal erzählen konnte, dass sie noch am Leben war?“ Sie presste die Zähne aufeinander, als der Verrat ihr erneut bewusst wurde.

Seine Augen wurden sanft. „Ich weiß, dass du verletzt bist."

„Ich bin wütend."

„Wut ist eine ganz natürliche Reaktion." Lance runzelte die Stirn. „Wütend kommt, wenn man traurig nicht gut verarbeitet. Was dazu führt, dass du mit Handschellen in einem Polizeiwagen landest, weil du eine Anti-Kriegs-Demo sprengst, in der Hand ein Bild deines Bruders, das von der Wand stammt, an der die Opfer vom 11. September abgebildet sind."

Rese starrte ihn an. „Dein Bruder?"

Er wandte den Blick ab. „Tony."

Die New Yorker Polizei. Der Bruder auf der Polizeiwache, der ihm den Kopf gewaschen hatte. „Das tut mir leid, Lance."

Seine Miene war angespannt. „Kein Blut für Öl? In Tonys Adern ist kein Öl geflossen. Und sie hatten nicht gesehen, wie meine Mutter, meine Schwestern, seine Frau und seine Kinder und die ganze Stadt Kerzen angezündet und geweint hatten … oder vielleicht war es ihnen egal."

Sie fühlte den Schmerz von ihm aufsteigen wie Hitzewellen vom Asphalt. Einen Augenblick lang überlagerte seine Trauer ihren eigenen Kummer. Niemand würde ihm sagen, dass sein Bruder lebte. Ground Zero hatte niemand überlebt.

Er warf ihr einen düsteren Blick zu. „Das ist Wut."

Sie konnte sich vorstellen, wie er die Demonstranten provozierte und das tat, was er für richtig hielt, aber dafür in Handschellen endete. „Wie oft bist du schon verhaftet worden?"

„Ich habe nicht Buch geführt."

Sie legte den Kopf schief. Wenn das keine ausweichende Antwort war.

„Da ich den meisten Polizisten damals aus der Seele sprach, haben sie mich mit einem *‚Nicht aufregen, kleiner Bruder‘* gehen lassen."

Als könnte Lance Michelli jemals das Feuer unterdrücken, das ihn antrieb.

Er zog sie näher. „Weißt du, was ich denke?"

„Ich bin nicht sicher, ob ich es wissen will."

„Du musst etwas Mutiges machen, etwas richtig Spontanes."

Sie schnaubte. „Klar, Lance. Zum Beispiel?"

„Lass dir Ohrlöcher stechen."

„Wie bitte?“

„Zwei übereinander.“

„Kommt nicht in Frage.“ Sie entzog sich seiner Umarmung.

„Na gut, dann nur eins auf jeder Seite.“

Sie schüttelte den Kopf. „Ich lasse mir die Ohren nicht durchstechen.“

„Hast du dir schon mal in den Finger getackert?“

„Ja.“

„Es ist nicht annähernd so schlimm.“ Er zog sie mit sich.

„Es geht mir nicht um die Schmerzen.“

Er überquerte mit ihr im Schlepptau die Straße.

„Lance …“ Sie gingen die Napa Street hinunter bis zu einem Geschäft, in dem für Piercings geworben wurde. Das Poster im Fenster hätte Sybils Bauchnabel zeigen können. „Du hörst mir nicht zu.“

„Ich sage nicht, dass es gar nicht wehtut.“ Er zog die Tür auf. „Aber ich habe es überlebt.“

Sie sträubte sich angesichts der Herausforderung. Er konnte etwas ertragen und sie angeblich nicht?

Er schob sie zu der Theke, wo ein Mädchen, das aussah, als wäre es gerade mal zwölf Jahre alt, mehr Metall als Haut an ihren Ohren zur Schau stellte. Ganz zu schweigen von dem Ring in einem Nasenloch und wer weiß was noch für Körperteilen.

„Ich würde Gold nehmen und keinen Chirurgenstahl.“ Lance zeigte auf eine Vitrine.

„Ich nehme keins von beiden. Was hast du eigentlich immer mit deinen Ohrringen?“

Aber er wählte schon etwas von dem mit Samt bezogenen Karton aus, den die Verkäuferin auf den Tresen gelegt hatte.

Sie ließ ihre Kaugummiblase platzen. „Tut nicht weh. Gerade war eine Dreijährige hier.“

Lance wandte sich zu ihr um. „Eine Dreijährige, Rese!“

Sie funkelte ihn an. „Darum geht es nicht.“

„In welchem Monat hast du Geburtstag?“

„Im Juli.“

Er zog eine Karte mit zwei in Gold gefassten roten Steinen hervor. „Auf die echten Rubine musst du warten, bis du die ersten Stecker rausmachen kannst.“

Sie nahm die Karte und starrte den funkelnden roten Schmuck an. Auf keinen Fall würde sie das in ihre Ohren stecken.

Das Mädchen öffnete ein kleines Tor. „Setzen Sie sich auf den Hocker da, dann hole ich die Pistole."

Pistole? Rese stellte sich die Druckluftpistole vor, mit der sie Nägel einschlug, aber das Mädchen kam mit etwas in der Hand zurück, was mehr wie ein Tacker aussah. Aber das war es immer noch nicht. Sie hatte nicht die Absicht –

Eine Dreijährige, bewegte Lance lautlos die Lippen, während er das Tor offen hielt. Es war wieder Bobby Frank. Er dachte, sie hätte Angst. Er hatte es getan, aber sie konnte es wohl nicht? Ihr Blut kochte. Sie musste sich nichts beweisen, aber sie stapfte durch das Tor und setzte sich auf den Hocker.

Das Mädchen markierte beide Ohrlöcher, lud dann den ersten Stecker und hielt das Gerät an Rese' Ohr. Rese reckte das Kinn vor. Zack. Nicht so schlimm wie ein Tacker im Fingernagel, aber Rese zuckte trotzdem zusammen. Es war nicht zu vergleichen mit dem Schock, den der Anruf ihr versetzt hatte. Diesen Schmerz genoss sie beinahe. Er war körperlicher Art, die Sorte Schmerz, mit der sie umgehen konnte.

Lance grinste, und sie blickte ihn düster an, während das Mädchen sich um das andere Ohr kümmerte. Sie zog eine Grimasse bei dem Geräusch und dem brennenden Stich. Sie hatte sich gerade Metall durch den Körper geschossen. Jahrelange Vorsicht mit jeglichem Werkzeug, ein oder zwei Unfälle, aber nie absichtlich …

Lance holte sein Portemonnaie heraus und bezahlte. Rese fühlte sich plötzlich gebrandmarkt, als hätte er sie gekauft und gekennzeichnet. Aber als das Mädchen ihr einen Spiegel hinhielt, starrte sie auf die roten Steine, die in ihren Ohrläppchen funkelten und weiblich und … hübsch aussahen.

Sein Gesicht erschien neben ihrem im Spiegel. „Sieht gut aus."

Sie konnte nicht widersprechen, aber sie war froh, dass Brad sie nicht so sah.

Lance bedankte sich bei der Verkäuferin und packte eine Flasche mit antiseptischer Lösung für die Ohrläppchen ein. „Ihre Ohren werden noch eine Weile empfindlich sein."

Sie berührte eines ihrer brennenden Ohren und fühlte das Metall. „Ich kann nicht fassen, dass ich das gemacht habe."

„Du kannst eben einer Wette nicht widerstehen."

Sie blieb stehen und sah ihn an. „Du hast mich absichtlich in die Falle gelockt."

Er lächelte. „Morgen kommen deine Gäste. Du willst sie doch wohl nicht in Malerhosen und T-Shirt empfangen, oder?"

Sie straffte die Schultern. „Warum nicht?"

„Du hast eine wunderschöne historische Villa. Die Leute bezahlen Hunderte von Dollar, um dort zu übernachten. Da musst du schon deiner Rolle entsprechen."

Der Rolle entsprechen? Eine Rolle spielen wie … Sie schüttelte den Kopf.

Er blickte sie prüfend an. „Was ist los?"

„Das kann ich nicht. Ich kann nicht so tun, als wäre ich jemand, der ich nicht bin."

Sein Lächeln war sanft. „Woher weißt du, dass du es nicht bist, wenn du es noch nicht versucht hast?"

Sie hatte plötzlich das Gefühl, keine Luft mehr zu bekommen.

„Nur ein Rock, Rese. Ein Rock und eine Bluse." Er verstand sie nicht. Und wie sollte er auch?

„Ich habe dir noch nicht von Alanna erzählt."

Er legte den Kopf schief. „Noch eine Freundin?"

Rese schüttelte den Kopf. Warum offenbarte sie all das? „Alanna war niemand, der kam. Mom verwandelte sich in sie … für Walter." Sie wartete, bis seine Miene zeigte, dass er zu begreifen anfing.

Er sagte: „So meinte ich das nicht. Ich meinte nur, dass du dich passend kleidest. Etwas Weiblicheres, in dem du deine Gäste begrüßen kannst." Er sagte nicht unsere Gäste, sagte nicht wir. Und sie vermisste das.

Lance ging mit ihr zu dem Platz zurück, bog in eine der Seitengassen ein, führte sie durch einen Tunnel mit bemalten Wänden und blieb vor einem Geschäft stehen, vor dem duftige Baumwollkleider und ärmellose bestickte Blusen an einem Kleiderständer hingen.

„Das sieht doch schon ganz gut aus." Er ging mit ihr hinein und übergab sie der Verkäuferin.

Ein wuscheliger Hund auf dem Tresen beobachtete sie mit vorstehenden Augen und hängenden Wangen. Rese ging mit einem Rock in verschiedenen Rottönen und einer cremefarbenen, mit zarten Weinranken und winzigen roten Blüten bestickten Bluse in die Kabine.

Diese Kleider anzuziehen, machte ihr mehr Angst, als auf einem Dach zu balancieren, aber sie würde es sich nicht anmerken lassen. Sie knöpfte die Bluse zu, drehte sich zum Spiegel um und sah ... ihre Mutter. Sie spürte, wie ihre Brust sich zusammenzog, und schlug die Hände vors Gesicht. Es war mehr als eine Ähnlichkeit; es war ...

Lance stand draußen vor der Kabine. „Komm raus, Rese."

Ihre Kehle war wie zugeschnürt. „Ich kann nicht."

„Hast du es an?"

Sie stöhnte. „Ich habe es an, aber ..."

Lance zog den Vorhang zurück. Sie fuhr zusammen. Er sog ihren Anblick in sich auf wie ein Kolibri den Nektar einer Hibiskusblüte und schluckte. „Das geht."

Sie nahm ihre Hose und das T-Shirt. „Ich muss mich wieder umziehen."

„Du siehst toll aus." Er führte sie mit fester Hand aus der Kabine.

Er verstand es nicht. Natürlich, er hatte ihre Mutter ja nie gesehen, hatte keinen Vergleich und konnte die tiefe Verstörung in ihrem Innern nicht nachempfinden. Er holte seine Brieftasche heraus und bezahlte, während die Verkäuferin Jeans und T-Shirt einpackte. Sie sollte protestieren, aber stattdessen hob sie nur den Arm hoch, damit die Preisschilder entfernt werden konnten. Sie fiel auseinander, verlor das Selbst, das sie erschaffen hatte, um jede Ähnlichkeit mit ihrer Mutter zu vermeiden. Wenn es so weiterging, würde sie jedes Mal, wenn Lance sie ansah, wie ein Häuflein Elend in sich zusammensacken.

Draußen blickte er auf ihre festen Arbeitsschuhe hinunter, die unter dem Rock hervorsahen. „Eine Sache noch."

Ein Laden direkt am Platz hatte Sandalen an der hinteren Wand ausgestellt. Sein Blick wanderte zwischen ihr und der Auswahl hin und her, und dann wählte er ein Paar, das kaum mehr war als ein paar sich kreuzende Riemen. Der Verkäufer brachte ihre Größe und Rese schob den Fuß hinein wie die Stiefschwester den ihren in den gläsernen Schuh.

Lance ließ sie aufstehen. „Wie fühlt es sich an?"

„Nackt." Sie ging zu dem schräg gestellten Spiegel und betrachtete ihre Füße in den zierlichen Sandaletten. Sie hatte noch nie etwas so Luftiges getragen, das ihre Füße nicht schützte und versteckte, aber mit diesem Schuhwerk war die Verwandlung vollkommen. Sie war weiblich und hübsch und in Panik.

Lance sagte zu dem Verkäufer: „Wir nehmen sie." Dann steckte er ihre Arbeitsschuhe zu den anderen Sachen in die Tüte. Etwas stimmte nicht mit diesem Bild. Stimmte ganz und gar nicht. Die Kontrolle. Sie hatte sie verloren.

Draußen vor dem Geschäft blieb er stehen und betrachtete sie von Kopf bis Fuß. „Wow."

Warum hatte Dads Anerkennung ihr nie so viel bedeutet wie dieses eine Wort?

Er berührte ihr Ohrläppchen. „Brennt's?"

Sie reckte das Kinn vor. „Nicht so schlimm." Nicht halb so schlimm wie das Durchbohren von Herz und Verstand.

Er grinste. „Die sehen toll aus."

„Jetzt kann ich immer sagen, dass ich mir an dem Tag, an dem ich erfahren habe, dass meine Mutter lebt, Ohrlöcher habe stechen lassen." Hörte er die Verzweiflung in ihrer Stimme?

Lance zog sie näher. „Ich küsse gerne Frauen mit Ohrringen." Aber er tat es nicht. Weil er wusste, dass sie es ihm erlauben würde. Und wenn sie wieder zur Vernunft kam und feststellte, dass ihre Ohrläppchen durchstochen waren und sie einen Rock getragen und ihren Kopf an seine Schulter gelegt hatte, würde ihr so heiß werden, dass sie Lack zum Schmelzen bringen könnte. Er wollte dem nicht noch einen Kuss hinzufügen.

Streng genommen hätte er sie überhaupt nicht küssen sollen. Er hätte sie auch anders trösten können. Aber die Worte „Hilf mir" aus Rese Barretts Mund hatten ihn vollkommen den Verstand verlieren lassen. Jetzt konnte er klar genug denken, um sich zu beherrschen. Aber der Kuss hing zwischen ihnen, und in gewisser Hinsicht war das sogar noch besser.

„Komm, wir machen einen Schaufensterbummel. Vielleicht siehst du ja etwas Geschirr, das dir gefällt." Obwohl er nicht erwartete, dass sie in ihrem Zustand etwas so Banales entscheiden würde, schlenderten sie über den Platz und an den anderen Geschäften vorbei. Rese gewöhnte sich daran, in Sandalen und Rock zu laufen, aber er war nicht sicher, ob es ihr überhaupt auffiel.

Er lenkte sie vielleicht ab, aber die angespannte Haltung ihres Rückgrats verriet, wie es ihr wirklich ging. Wenigstens verfiel sie nicht wieder in die kreischende Wut von vorher. Seine Arme taten noch immer weh von dem krallenartigen Griff ihrer Hände. Aber er war froh, dass er da gewesen war, als sie zusammengebrochen war. Hatte Evvy es kommen sehen?

Die Sonne senkte sich zum Horizont, und sein Magen signalisierte ihm, dass es Zeit fürs Abendessen war. Er konnte sie nach Hause fahren und kochen, aber stattdessen entschied er sich für ein Bistro. Vielleicht war Star in der Pension, aber sie schien für Rese kein Trost zu sein. Und Rese konnte im Augenblick nicht für andere stark sein. Sie hatte alle Zurückhaltung aufgegeben, und er nahm das durchaus ernst.

Ausnahmsweise bemerkte er kaum, was sie aßen, weil er während der ganzen Mahlzeit einen Monolog führte. Er erzählte ihr gerade davon, wie Tony ihm das Fahrradfahren beigebracht und ihm alle Handsignale und Verkehrsregeln erklärt hatte, bevor er noch wusste, wie man in die Pedale trat, als Sybil an ihren Tisch kam. Er hatte sie nicht hereinkommen sehen, aber in dem Augenblick, als sie erschien, war die Atmosphäre plötzlich von einer Art weiblichen Bosheit erfüllt, die er fast schmecken konnte. Und er hatte nicht den Eindruck, dass dieses Gefühl von Rese ausging.

„Hallo." Sybil schloss sie beide in ihre Begrüßung ein, wobei sie Rese sogar länger ansah als ihn. Ihr Bauchnabel war ausnahmsweise bedeckt. Diesmal war weiter oben mehr zu sehen.

Ihre Botschaft war nicht schwer zu erraten, aber er konnte sie ignorieren. „Wie geht es dir, Sybil?" Er stand auf.

„Der Mann hat sogar Manieren." Sie lächelte und wandte sich an Rese. „Er ist einfach zu gut, um wahr zu sein. Da fragt man sich doch glatt, was er zu verbergen hat."

Lance setzte sich wieder und schwor sich, das nicht wieder zu tun. Ihre Bemerkung beunruhigte ihn, eine Folge seines schlechten Gewissens.

Sie sagte: „Ich habe bei dir vorbeigeschaut, aber du hast nicht angerufen. Wie es aussieht, interessiert dich nicht, was ich noch habe."

Köder und Spitze in einem. Er hatte ihren Besuch vergessen. „Ich hatte es vor. Und es interessiert mich." Obwohl er nicht vor Rese darüber reden wollte. Das Letzte, was sie brauchte, waren weitere Sorgen über Schüsse und Hinrichtungen. Oder über ihn.

„Ich behalte es. Noch eine Weile.“ Mit einem kleinen Winken ging sie.

Rese folgte Sybil mit ihren Blicken und wandte sich dann wieder ihm zu. „Sie muss ihre Hüften geölt haben.“

Er lachte. „Ich glaube, das ist von Natur aus so. Diese Bewegung ist angeboren.“

„Sie läuft wie eine Frau, oder?“

Er lehnte sich auf seinem Stuhl zurück und musterte Rese – Ohrringe, Bluse, kein Makeup oder Nagellack, aber ohne ihre Kantigkeit und ausgesprochen hübsch. „Eine bestimmte Sorte Frau.“

„Was für eine Sorte?“

„Die Sorte, die weiß, dass sie gut aussieht.“

Rese fuhr mit der Hand an ihrem Wasserglas hinunter. „Sie erinnert mich an Alanna.“

„Deine Mutter?“

Sie sah ihn unverwandt an. „Alanna war nicht meine Mutter.“

Er betrachtete sie lange. „Du sprichst hier von einer ernsten Sache.“

„Ich weiß.“

Er hatte nicht ihre Mutter ansprechen wollen, bevor sie wieder draußen waren, aber Rese schien nicht mehr so schockiert wie zuvor.

Sie ließ das Glas los. „Ich sage gar nicht, dass es nicht schlimm war. Ich kann nur nicht entschuldigen ...“ Ihre Stimme brach ab.

Sie war immer noch kurz vor einem weiteren Panikanfall. Er wollte nicht, dass sie vor Sybil zusammenbrach, die sie als die Journalistin, die sie war, zweifellos beobachtete. Lance stand auf, nahm aber nicht Rese' Hand. Es hatte keinen Sinn, die Sache noch mehr zu verkomplizieren. „Komm mit.“

Sie kamen an dem Tisch vorbei, an dem Sybil mit der großen Brünetten und einer anderen Blondine saß – ein Tisch, von dem der Kellner wahrscheinlich glaubte, es habe ihn ins Paradies verschlagen. Lance lächelte Sybil im Vorbeigehen zu. Er konnte es sich nicht leisten, sie vor den Kopf zu stoßen, und es war nicht ihre Schuld, dass sie all die verführerischen Attribute hatte, die Rese fehlten, auch wenn ihr Sirenenlied an ihn verschwendet war.

Der Abend war jetzt deutlich kühler, und er gab Rese die Damenlederjacke, eine interessante Kombination mit ihrem Rock. Die Ohrringe standen ihr gut, aber die empfindlichen Ohrläppchen würden sich nicht mit dem Helm vertragen. „Es sind nur ein paar Meilen. Willst du ohne Helm fahren?“

„Nein, will ich nicht.“ Sie nahm den Helm und streifte ihn über, wobei sie eine Grimasse zog, als er gegen ihre Ohren drückte.

„Hart wie Stahl.“ Er lächelte. „Kruppstahl.“

„Wie soll ich damit Motorrad fahren?“ Sie zupfte an ihrem Rock.

Er bückte sich und hob sie auf das Fahrzeug. Der Rock rutschte bis zu den Knien hoch, aber nicht so, dass es unanständig gewesen wäre. Sie klemmte ihn fest, damit er beim Fahren nicht hochwehen konnte.

„Das wirkte sehr geübt.“

„Ich habe das Motorrad schon ziemlich lange.“

„Und wahrscheinlich schon viele Frauen mitgenommen.“

Darauf antwortete er nicht. Rese würde sich ihre eigene Meinung bilden, vor allem, nachdem sie Sybils Interesse gesehen hatte. Alles, was er heute getan hatte, konnte ihn in Schwierigkeiten bringen, wenn er bedachte, dass sie ihn wegen eines Picknicks beinahe gefeuert hätte – und wegen der Rücksichtslosigkeit, die er anschließend an den Tag gelegt hatte. Er wollte ihr nur helfen, den Schock der Neuigkeit zu überwinden. Über seine vergangenen Erfahrungen zu sprechen, war nicht nötig.

Lance stieg auf und spürte ihre Hände um seine Taille. Sie könnte sich auch an seinen Schultern festhalten, aber so war es schöner. Der Helm würde ihr an den frisch durchstochenen Ohren wehtun, deshalb fuhr er schnell nach Hause. Sie schwang sich mit einer ganz anderen Bewegung vom Motorrad, als Sybil es getan hatte, aber aus irgendeinem Grund berührte es ihn auf eine Weise, wie Sybil es nicht vermocht hatte. Was tat er hier?

Was er immer tat. Er versuchte, den Helden für eine Frau zu spielen, und verliebte sich dabei in sie. Wenn jemand ihm erzählt hätte, Rese brauchte jemanden, hätte er verächtlich geschnaubt. Er glaubte es noch immer nicht. Sie wurde vielleicht niedergestreckt, aber sie würde nicht liegen bleiben. Er begleitete sie ins Haus und blieb vor ihrer Tür stehen. „Alles in Ordnung?“

„Mir geht es gut.“ Irgendwann zwischen Restaurant und zu Hause war sie wieder sie selbst geworden. Ihr Kinn war vorgereckt, ihr Blick direkt, eine vorgetäuschte Selbstsicherheit.

„Soll ich dir eine heiße Milch machen, damit du schlafen kannst?“

Sie legte die Hand auf den Türknauf. „Nicht nötig."

Er trat einen Schritt zurück. „Okay." Er würde so höflich sein, ihre Antwort zu respektieren, obwohl er bezweifelte, dass sie überhaupt ein Auge würde zutun können. Er ging auf die Gartentür zu und versuchte, den Tag mit all seinen merkwürdigen Ereignissen einzuordnen.

„Lance?"

Er drehte sich um.

„Danke."

Er nickte. „Vergiss nicht, die Ohren zu desinfizieren."

Sie hob die Hand und schien sich erst jetzt an die Ohrringe zu erinnern. Er ging hinaus, bevor sie ihm Vorwürfe machen konnte. Der Gedanke, dass sie sich die Ohren durchstechen lassen sollte, war aus dem Nichts gekommen. Aber er musste unwillkürlich lächeln.

Kapitel 22

Rese stand an der Tür, nachdem Lance gegangen war. Vielleicht war noch kein Unheil angerichtet. Er hatte seinen Vorteil nicht ausgenutzt. Beide Male, als er sie geküsst hatte, war sie verstört und verletzlich gewesen. Wenn sie diese Schwäche nicht noch einmal zeigte, würde er sich vielleicht zurückhalten.

Sie ging in ihr Zimmer, zugleich frustriert und verwirrt, aber nicht wütend. *„Wut ist eine ganz natürliche Reaktion."* Möglich. Ihre Mutter war nur wütend geworden, wenn Walter ihr wehgetan hatte. Rese wollte nicht daran denken. Sie wollte sich an die guten Dinge erinnern, die sie mit Mom erlebt hatte, aber die Erinnerungen waren verworren.

Lance hatte recht damit gehabt, dass sie warten musste, aber jetzt musste sie das ganze Wochenende warten. Da morgen Gäste kamen, konnte sie sich nicht gehen lassen. Aber wie konnte sie so tun, als wäre alles in Ordnung, wenn alles auseinanderfiel?

Sie rieb sich den Nacken und fing an sich auszukleiden. Dann drehte sie sich um und betrachtete sich im Spiegel. Mom hatte alles Weiche, Fließende geliebt. Sie hatte in den Kleidern, die sie trug, so schön ausgesehen, selbst in Jeans und Seidenbluse. Sie brauchte keine Alanna, um attraktiv zu sein. Dad konnte kaum den Blick von ihr lassen.

Rese sah in den Spiegel. Der Bogen ihrer Augenbrauen, die Kurven ihrer Lippen. Was hatte sie noch geerbt? Ein Schauer fuhr ihren Rücken hinunter und setzte sich wie ein Knoten fest. Was, wenn … Sie schluckte. Bislang war niemand erschienen, den andere nicht sehen konnten. Aber woher sollte sie das wissen? Sie schloss die Augen und hielt sich an der Kommode fest. Wenn das, was sie für wahr hielt, sich als Lüge entpuppte, wie sollte sie es jemals erfahren?

Es war unwahrscheinlich, dass Rese schlief. Lance blickte durch die Terrassentür zur Villa hinüber. Das Licht in ihrem Zimmer brannte, aber er glaubte nicht, dass sie rüberkommen würde. Sie hatte klargemacht, dass sie allein sein wollte. Obwohl sie nach ihrem ersten Kuss in sein Zimmer gestürmt war, um ihn zur Rede zu stellen, also war das immerhin möglich. Jetzt hatte sie mehr Grund, es für Mitgefühl zu halten – denn das war es.

Während er dort stand und hinausblickte, hielt Stars gelber Kleinwagen beim Schuppen neben seinem Motorrad. Gut. Star würde ihr Gesellschaft leisten, und er musste endlich etwas erledigen.

Er wünschte, er hätte eine Möglichkeit, die Glastüren zu verdunkeln. Wenn er von der Falltür gewusst hätte, als er den Entwurf für das Kutscherhaus gemacht hatte, hätte er es anders geplant. Dadurch, dass er so viel Licht und Leichtigkeit wie möglich erreichen wollte, saß er jetzt in einem Goldfischglas.

Nur mit einer Taschenlampe bewaffnet öffnete er die Luke. Er klemmte die Lampe so ein, dass sie den Raum unter dem Fußboden beleuchtete, und untersuchte das Holz darunter. Der erste Balken würde am problematischsten sein. Wenn der einmal entfernt war, saßen die anderen wahrscheinlich nicht mehr so fest.

Wenn Nonna dieses ganze Holz dort verkeilt hatte, sollte er in der Lage sein, es zu beseitigen. Aber Zeit und Schwerkraft hatten sicherlich ihre Spuren hinterlassen. Er hockte sich vor die Luke und schob das Brecheisen zwischen zwei Bretter. Zuerst rührten sie sich kaum von der Stelle, aber dann bewegten sie sich doch ein wenig. Er setzte den Hebel neu an und lehnte sich mit dem ganzen Gewicht darauf. Das Holz verschob sich ein wenig.

Er legte sich auf den Boden und packte eines der Bretter, aber es saß noch immer zu fest. Wieder setzte er das Brecheisen an und fasste nach, um es tiefer hineinzuschieben und eine bessere Hebelwirkung zu haben. Der schwache Geruch, den er schon vorher bemerkt hatte, wurde jetzt stärker.

Er war geheimnisvoll, voller Alter und Kummer. Als er den Rand des Balkens packte, fragte er sich: *Herr?* Er hatte ein unbestimmtes Gefühl, dass er auf der richtigen Fährte war, aber es war irgendwie unklar. Lance schloss die Augen und wartete, aber es war kein Geräusch zu vernehmen, kein göttlicher Hinweis zu erkennen. Er packte das Holz fester und rüttelte daran.

Etwas bewegte sich, sodass er den Balken einen oder zwei Zentimeter herausziehen konnte. Wenn er ihn doch nur besser zu fassen bekäme. Er versuchte, das Holz nach oben zu drücken. Nach und nach löste es sich. Er hatte es geschafft. Ein letzter Ruck, und er konnte den Balken hochziehen und auf den Boden legen. Einen hatte er, blieb noch ein ganzer Wald.

Er konnte heute Abend nur ein paar Stücke entfernen und morgen verwenden. Aber während er nach dem nächsten Brett griff, fing sein Herz an, schneller zu schlagen. Vielleicht war da unten nichts als Geröll. Aber warum sollte sich dann jemand die Mühe machen, alles zu versperren? Er griff hinein und packte das nächste Holzstück. *„Herr, zeig mir, was hier unten ist. Hilf mir, das zu tun, weswegen ich hergekommen bin."* Sein Gespür für Geschichte, für die Familie machte sich bemerkbar. Das hier war nicht seine Entscheidung, da war er sicher. Die Entscheidung war für ihn getroffen worden.

Rese hatte keine Ahnung, was sie Star sagen sollte. Lance ihr Herz auszuschütten, war eine Sache. Er hatte ihre Mutter nie gekannt und ihren Vater natürlich auch nicht. Aber Star kannte sie. Es gab jede Menge Erinnerungen, die sie miteinander verbanden. Und ehrlich gesagt hatte sie im Augenblick nicht die Kraft, in diese Erinnerungen einzutauchen.

Also öffnete sie auf Stars Klopfen hin die Tür mit einem Lächeln, das selbst Lance beeindruckt hätte. Eine Rolle spielen? Vielleicht konnte sie das doch. Vielleicht tat sie das schon ihr ganzes Leben. Denn während alle anderen an ihr nach etwas suchten, was nicht stimmte, sah Star Rese als das, was sie sein wollte. Star betrachtete sie als stark.

Star stand in der Tür und atmete schwer. „Ich habe es getan."

Rese zog die Augenbrauen hoch. „Was hast du getan?"

„Ich habe meine Sachen gepackt und bin gegangen." Sie trat ins Zimmer, breitete die Arme aus und legte den Kopf in den Nacken. „Ich bin frei."

„Wovon bist du frei, Star?"

„Maury."

Sie hatte gedacht, Star hätte ihn schon verlassen. War das nicht der Grund gewesen, weswegen sie getrauert hatten? Rese suchte in Stars Gesicht nach irgendwelchen Anzeichen für eine Verletzung. Manchmal war es eine verzögerte Reaktion, aber sie wirkte tatsächlich so, als gehe es ihr gut.

„Ich habe meine Farben, meine Leinwände und meine Pinsel geholt. Jetzt ist nichts mehr von mir in seinem Atelier."

Jetzt verstand sie. Star hatte einen Teil von sich dort zurückgelassen, ihren am wenigsten widerstandsfähigen Teil. Dies war ein riesiger Schritt. Rese lächelte. „Das ist großartig." Sie hatte Angst gehabt, dass Star nicht mehr malen würde und dass der Teil ihrer Persönlichkeit, den sie durch die Kunst zum Ausdruck brachte, verloren gehen würde, weil ein gedankenloser Schnorrer sie aufs Kreuz gelegt hatte. Jetzt sah es so aus, als würde sie wirklich etwas für Lance malen. Warum sonst sollte sie ihre Utensilien holen?

„Weißt du, was er getan hat?" Star drehte sich um. „Er hat geweint."

Rese wusste nicht, wer dieser Maury war und ob Stars Version überhaupt den Tatsachen entsprach. Aber es musste gesünder sein, die Sache zu beenden, wenn auch nur ein Bruchteil dessen, was sie mitbekommen hatte, der Wahrheit entsprach. Star fühlte sich zu zwanghaften Kontrollfreaks hingezogen, nicht zu stämmigen Schlägertypen, sondern zu Männern, die sie psychologisch misshandelten. Seine Tränen waren wahrscheinlich nur ein Versuch gewesen, sie zurückzugewinnen.

„Was hast du getan, als er geweint hat?"

„Tja …" Star setzte sich aufs Bett und zog die Knie an. Sie wirkte verlegen. „Es war das letzte Mal. Das habe ich ihm gesagt."

„Ich hasse es, wenn du dich von ihnen so behandeln lässt." Stars Gefühle zu manipulieren, war genauso schlimm, wie sie gegen eine Wand zu drücken. „Er respektiert dich nicht."

Star lachte. „Warum sollte jemand mich respektieren?"

„Weil du es verdient hast."

„‚Ich will den Sinn so guter Lehr bewahren als Wächter meiner Brust.'" Star faltete die Hände unterm Kinn. „Aber ich will keinen Respekt. Ich will Liebe."

Schlossen die beiden sich gegenseitig aus? Star fand „Liebe" bei jedem Menschen, der sie ausnutzte, während Rese so erbittert um Respekt gekämpft hatte, dass die Leute sie verachteten. Beides schien ihr kein guter Handel zu sein. Die widerwillige Bewunderung, die sie von ihren Arbeitern erhalten hatte, war es eigentlich nicht wert gewesen, aber Star wirkte auch nicht glücklich. Welche Seite der Münze auch oben lag, die andere Seite war verloren.

Star packte sie an den Schultern. „Du trägst Ohrringe. Du hast dir die Ohren durchstechen lassen!“

Rese runzelte die Stirn. „Ist doch keine große Sache.“

„Keine große Sache?“ Star nahm ihre Hände.

Rese blickte finster drein. „Lance ... hat mich provoziert.“

Star brach in Gelächter aus. „Das ist wirklich die einzige Methode, dich dazu zu bringen. Tut es weh?“

„Nein.“ Nur ein andauerndes Pochen. Sie musste die Ohrläppchen noch desinfizieren und die Stecker drehen.

„Rot passt gut zu deinen Haaren und Augen.“

„Lance hat sie ausgesucht.“ Wenigstens hatte sie ihr Nachthemd angezogen, bevor Star aufgetaucht war. Sie wollte sich nicht für all die Verrücktheiten rechtfertigen, die sie begangen hatte.

Star legte den Kopf schief. „Ihr ... sprecht also wieder miteinander?“

Das Blut schoss ihr in die Wangen. „Wir haben vorher auch miteinander geredet, Star.“ Aber nicht so wie heute. Er hatte ihr so viel von sich erzählt, von seiner Familie, seinen Verletzungen. Und er wusste über Mom Bescheid. Wie konnten die Dinge zwischen ihnen jemals wieder so sein wie vorher? Sie konnte in ihm keinen Angestellten mehr sehen. Er hatte den Kampf doch noch gewonnen.

Lance erwachte von einem unheimlichen, atemlosen Heulen. Mit klopfendem Herzen fuhr er so plötzlich hoch, dass er aus der Hängematte fiel und auf Quillans Steinfußboden landete. War jemand, etwas von unten heraufgekommen? Was hatte ihn aufgeschreckt? Er hatte zu Rese gesagt, dass die Toten die Lebenden in Ruhe ließen, aber er hatte plötzlich das Verlangen, mit aller Macht zu beten.

Jesus, Name über allen Namen; vor dir müssen sich alle Knie beugen, jede Zunge den Herrn bekennen. Der Lärm, der in sein Zimmer drang, klang nicht nach einem irdischen Wesen. Er stand auf und warf einen Blick ins Wohnzimmer.

Die Dunkelheit wurde vom Himmel, der durch die Oberlichter zu sehen war, nur schwach beleuchtet, und er betete weiterhin lautlos, während er den Raum mit seinem Blick absuchte. Das Heulen war jetzt wieder zu hören, aber diesmal konnte er erkennen, dass es von draußen kam. Spukte es hier überall?

Er ging wieder ins Schlafzimmer, tastete in einem Stapel Kleidung und zog sich ein Sweatshirt über den Kopf. Dann ging er in den Garten hinaus und steuerte auf das Jaulen zu. Eine weiße Gestalt am Fuß der Eiche ließ ihm das Herz bis zum Hals hinauf schlagen, aber das Wesen klebte am Boden und hatte deutlich mehr Substanz als Rauch.

Mit seitlich geneigtem Kopf ging er auf die Gestalt zu. Das Jammern verebbte zu qualvollen Seufzern.

Jesus, murmelte er nur zur Sicherheit. Aber er hatte ihre Haare im Dämmerlicht erkannt. „Star?"

Sie schlug die Hände vors Gesicht und heulte wieder. Es war anders als Rese' wütendes Kreischen. Dieser Laut hätte aus einer anderen Welt stammen können, so weich und klagend wie der Schmerz selbst. Rese' Kummer hatte eine konkrete Ursache; dies schien ihm wie die Stimme einer undefinierten Qual. *Jesus.* Es war, als hätte er es mit etwas Übernatürlichem zu tun.

„Was ist los, Star?" Er packte ihre Schultern.

Sie ließ die Hände sinken und umarmte ihn in der Dunkelheit. „Halt mich fest."

Ihre Haut fühlte sich an wie der Tod, als sie gegen ihn sank, ohne Knochen, kaltes Fleisch, das die Nacht und den Nebel in sich aufgesogen hatte. Der Fetzen Stoff mit Spaghettiträgern, den sie trug, konnte weder wärmen noch verhüllen. Er hatte nicht gezögert, Rese in seine Arme zu ziehen – ein persönliches Risiko. Aber er zögerte jetzt. *Herr.*

Mit einer schnellen Bewegung zog er das Sweatshirt über den Kopf und streifte es ihr über, sodass es ihre zierlichen Glieder und ihre jugendliche Gestalt umhüllte.

Star schniefte. „Ich will nur, dass du mich in den Arm nimmst."

Die Zugkraft war beinahe zu groß, um ihr zu widerstehen. Mit Star und Sybil und Rese hatte selbst er mehr Menschen, die etwas von ihm brauchten, als er ertragen konnte. Die Villa lag im Dunkeln, und er hoffte, dass Rese schlief. Sie brauchte den Schlaf, sonst hätte er Star zu ihr geschickt. Rese würde wissen, wie sie mit der Situation umgehen musste.

Er sagte: „Was ist los?"

Sie drückte sich an ihn und weinte wieder. „„Ein Märchen ist's, erzählt von einem Blödling, voller Klang und Wut, das nichts bedeutet.'"

Er schob sie sanft von sich. „Ich würde es besser verstehen, wenn du es in Prosa sagst."

„‚Ach, ruf die Vergangenheit zurück, bitte die Zeit, dass sie wiederkehrt.'"

Gut, sie bedauerte etwas, wünschte vielleicht, sie könnte es ändern. Etwas, was er nur zu gut verstand. Aber er war nicht derjenige, der sie hier und jetzt therapieren konnte. „Du musst reingehen, Star. Versuch zu schlafen."

„‚Du bist wie Eis; dein Eifer friert.'"

Er war durchgefroren, ohne Hemd in der kühlen Nacht, aber das meinte sie nicht. Vielleicht schien er ihr hart und kalt. Aber sie wollte etwas von ihm, was er ihr nicht geben konnte, nicht nach dem Tag mit Rese. Merkwürdig, denn Star schien bei Weitem bedürftiger zu sein.

„Komm schon. Es ist mitten in der Nacht. Du weckst noch die Leute auf." Er führte sie langsam zum Haus.

„‚Sie nimmt deinen Trost an wie kalte Suppe.'"

„Das kann ich nicht ändern, Star."

„Wegen Rese?"

Ihr Umschwung in die Wirklichkeit überrumpelte ihn. Er konnte ihr eine Menge Gründe nennen. Aber er sagte: „Ja." Er wollte sich nicht ausmalen, wie Rese reagieren würde, wenn er Star zu nahe käme. Das wäre nicht richtig, nachdem Rese endlich Vertrauen zu ihm hatte.

Er brachte Star bis zur Tür. „Geh schlafen. Morgen wird es dir besser gehen."

Sie schniefte. „‚Oh herrlich ist's zu haben eines Riesen Kraft; doch grausam, sie wie ein Riese zu gebrauchen.'"

„Grausam oder nicht, du bist drinnen besser aufgehoben." Und niemand hatte ihn bis jetzt für einen Riesen gehalten.

Lance hatte schon länger kein Frühstück mehr gemacht, aber als Rese aufstand, war er in der Küche. Sie hatte nur drei mickrige Stunden spät in der Nacht geschlafen, und als sie seinem Blick begegnete, wusste sie, dass man es ihr ansah. Zum Glück machte er keine Bemerkung darüber. Sie wollte den Zusammenbruch von gestern nicht wiederholen. Die Demütigung brannte noch tief genug in den Knochen.

Sie musste zwei Tage überstehen, ihre Pension eröffnen, ihre Rolle spielen. Zweifel nagten an ihr. Die Gedanken und Erinnerungen der letzten Nacht hatten sie geschwächt, aber das durfte sie sich nicht anmerken lassen. Wenn sie irgendeine Rolle beherrschte, dann die, keine Schwäche zu zeigen. Zäh, selbstsicher, furchtlos. Sie sollte sich mit Stars Augen betrachten.

Lance' Spiegeleier mit Salami und Parmesan wärmten sie wohlig. Sie hätte sich persönlich etwas anderes ausgesucht, aber es schmeckte besser, als sie gedacht hatte. „Was machst du morgen für unsere Gäste?" Sie hatte es tatsächlich gesagt, ohne ängstlich zu klingen.

„Mandelfocaccia und Wurstomelette."

Sie nickte. „Klingt gut. Nicht, dass das hier nicht gut wäre. Es ist köstlich, Lance."

Er setzte sich und nahm ihre Hände in seine. „Du kannst aufhören, dich zu verstellen."

„Das tue ich nicht. Mir schmeckt es. Ein bisschen merkwürdig vielleicht, aber ..."

Er strich mit dem Daumen über ihre Handrücken, und die Berührung durchfuhr ihre Arme wie ein Stromstoß. „Das meine ich nicht."

Sie konnte nicht zugeben, was er meinte. Sie bedauerte ihren Zusammenbruch von gestern zutiefst. Wenn sie sich noch einmal gehen ließ, würde sie den Tag nie überstehen.

„Wie viel hast du geschlafen?"

„Ein paar Stunden."

Sein Blick war so weich, dass sie darin hätte versinken können.

„Lance, ich ..."

„Was machen deine Ohren?"

„Sind okay." Sie hatte die ganze Nacht auf dem Rücken liegen müssen.

Er schüttelte den Kopf und lächelte. „Stahl."

Sie runzelte die Stirn. „Ich muss mit dir reden."

Er lehnte sich zurück und neigte den Kopf leicht zur Seite. „Bin ich gefeuert?"

Ihre Wangen erröteten. „Es war ja nicht deine Schuld." Selbst jetzt sehnte sie sich noch danach, dass er sie in den Arm nahm.

„Das musst du nämlich tun, wenn du willst, dass alles wieder so wird wie vorher."

Sie hielt seinem Blick stand. „Das will ich ja gar nicht. Aber ich weiß nicht, was ich sonst machen soll."

„Mir würde es gefallen, wenn wir Partner wären."

„Partner?" So wie sie und ihr Vater es gewesen waren? Der Gedanke schmeckte schal. Partner vertrauten einander. Partner hatten keine Geheimnisse, dunkle, schreckliche Geheimnisse.

Er stand auf, ging um den Tisch und massierte ihre Schultern. Nach einer langen Nacht, in der sie starr wie eine Leiche im Bett gelegen und sich für alles von der Lage ihrer Mutter bis hin zu dem Tag mit Lance die Schuld gegeben hatte, waren die Berührung seiner Finger wie eine Erlösung. Aber sie durfte sich nicht fallen lassen.

„Rese, diese Pension zu führen, ist nicht dein Herzensanliegen."

„Na ja, ich ..." Aber er hatte recht. Sie hatte Angst vor den Gästen, die an diesem Nachmittag kommen würden. Die Villa zu renovieren, war eine schmerzliche Läuterung gewesen, eine Gelegenheit, sich mit dem Trauma auseinanderzusetzen und ihr Selbstbewusstsein zurückzuerlangen. Sie hatte es für ihren Vater getan. Und jetzt machte es seinen Verrat nur noch unerträglicher.

Lance' Daumen fuhren über ihren Nacken. Sie schloss die Augen. „Ich kann nicht denken, wenn du das machst."

„Dann hör zu." Seine Finger bearbeiteten ihre verknoteten Muskeln. „Du hast großartige Arbeit dabei geleistet, das Haus wieder zum Leben zu erwecken. Jetzt lass mich es führen."

Sie schnaubte. „Und was soll ich dann machen?"

„Ich bin kein Experte, aber die Schnitzerei, die du fürs Esszimmer gemacht hast, ist toll."

Warum war jedes Lob, das er aussprach, so warm wie Daunen? „Das heißt?"

„Das heißt, dass du dich darauf konzentrieren könntest."

„Einfach nur schnitzen?"

Er trat vor sie, damit sie ihn ansehen konnte. „Du könntest Verzierungen anfertigen oder sogar Möbel. Und auf einer schicken Website vermarkten."

Sie hatte keine Ahnung, ob es einen Markt für so etwas gab, aber sich auf das zu konzentrieren, was sie am liebsten tat – Tischlerarbeiten und ihr Markenzeichen, die Schnitzereien. *Ich werde es dir zeigen, Brad.* Sie kaute auf der Unterlippe. „Du würdest dich um die Reservierungen und alles andere kümmern, zusätzlich zum Kochen und zur Musik?"

„Gegen eine Beteiligung, sobald das Geld reinkommt."

„Falls das Geld reinkommt." Sie konnte nicht mehr mit dem Geld der Versicherung rechnen. Vielleicht verdienten sie gar nicht genug, um zu zweit davon zu leben.

„Du würdest auch nicht die Gäste begrüßen und Smalltalk halten müssen."

Sie runzelte die Stirn. „Das heißt, ich habe mir die Ohren für nichts und wieder nichts durchstechen lassen?"

Er hob ihr Kinn mit einem Finger an. „Nicht für nichts."

Ein elektrischer Schlag begann an ihrem Steißbein und kroch den Rücken hinauf – ein Gefühl, gegen das sie die ganze Nacht angekämpft hatte. „Lance."

„Ich habe alles unter Kontrolle."

„Klar. Mr Gefühl." Sie verdrehte die Augen.

„Du hast eine Menge zu bewältigen. Ich biete an, dir etwas abzunehmen."

Sie zog die Augenbrauen zusammen. „Warum? Was hast du davon?"

Er hockte sich neben sie. „Erstens hast du mich um Hilfe gebeten. Oder hast du das völlig vergessen?"

„Ich wünschte, ich könnte."

Er lachte. „Das kann ich mir vorstellen."

„Ich weiß, was ich tue. Zumindest wusste ich es. Vorher. Als meine Arbeiter mir zugehört und meine Anweisungen befolgt haben." Sie hatte den Rebellen in Lance beim ersten Blick erkannt. Er war immer noch da, versteckt hinter der Wärme seiner Berührung, dem spielerischen Funkeln seiner Augen.

„Dann mach mich zu deinem zweiten Geschäftsführer, und wir vergessen den ganzen Hierarchieblödsinn." Er nahm ihre Hand.

„Ich wusste, dass du mich in Schwierigkeiten bringen würdest."

„Ich bin das Beste, was dir passieren konnte."

Sie lachte spöttisch. Aber es war so wahr, dass es wehtat. „Ich denke darüber nach." Sie würde sich nicht von Gefühlen hinreißen lassen. Dafür war sie zu klug. Und es wurde Zeit, dass sie sich auch so verhielt. Sie schob ihren Stuhl zurück. „Ich muss ein Bett fertigmachen."

Star kam herein, gähnend und verstrubbelt, bekleidet mit einem NYPD-Sweatshirt und sonst nichts, soweit Rese das erkennen konnte. *NYPD?* Sie blickte von Star zu Lance.

Er hielt ihrem Blick stand. „Es wäre schön, wenn ich das Bett bald hätte. Die Hängematte ist ziemlich unbequem."

Er hatte nicht einen Herzschlag lang gezögert. Sie schluckte. Was war dieses Gefühl, das sie plötzlich von innen auffraß?

Als Rese gegangen war, wandte Lance sich zu Star um. Im Dunkeln hatte er nicht bemerkt, dass es Tonys Sweatshirt war, das er ihr gegeben hatte. Hatte sie es absichtlich angezogen, um Rese zu provozieren? Das sah ihr nicht ähnlich, und es passte auch nicht zu der Beziehung der beiden, soweit er es bis jetzt beurteilen konnte. Wahrscheinlicher war, dass sie in dem Pulli geschlafen hatte, ohne sich im Klaren darüber zu sein, dass er für jemand anderen eine Bedeutung haben könnte.

„Ein süßer Duft ruft Hunger wach –"

„Ich hätte gerne mein Sweatshirt wieder."

Star sah an sich hinunter, als hätte sie völlig vergessen, dass sie es trug. „Oh." Sie hob den Pulli an, um ihn auszuziehen.

Er bekam den Saum zu fassen und zog ihn wieder herunter, während er spürte, wie Ärger in ihm aufstieg. „Was soll das?"

Sie blickte mit großen blauen Augen zu ihm auf. „Ich gebe dir dein Sweatshirt zurück."

„Würde es dir etwas ausmachen, dich vorher anzuziehen?"

„Was ändert das? Du liebst doch Rese."

Er starrte sie an. Was sollte das denn? Er hatte Freundschaft mit ihr geschlossen, und ja, es knisterte zwischen ihnen. Aber Anziehung war nicht Liebe. Das hatte er vor langer Zeit schon gelernt. Er drehte sich um und schob Star in Richtung Flur. „Geh dich umziehen und bring mir dann den Pulli."

Er wollte nicht, dass noch etwas Rese aus der Fassung brachte. Er bewegte sich auf dünnem Eis, vor allem mit dem, was er gerade vorgeschlagen hatte. Nachdem er von Star geweckt worden war, hatte er die restlichen Nachtstunden damit verbracht, seine Situation zu überdenken. Er war nicht in der Absicht hergekommen, länger zu bleiben, als nötig war, um Nonnas Antworten zu finden. Aber bei seiner Ankunft hatte sich alles verändert, so als könnte er seine Wurzeln hier spüren. Vielleicht war das der Durchbruch, den er brauchte. Nicht mit einer Band, nicht mit Chaz und Rico und der ganzen Familie zusammenzuleben, nicht mehr in Tonys Schatten zu stehen. Wenn er die Pension führte und Rese etwas hatte, was sie liebte – nicht ihn, sondern ihr Holz –, vielleicht konnten sie dann beide ihr Glück finden.

Da war immer noch das Versprechen, das er Nonna gegeben hatte, und das würde er auch halten. Er musste nur einen Weg finden, um allen gerecht zu werden.

Star brachte ihm das Shirt mit der Miene eines Kindes, das nicht sicher ist, warum es ausgeschimpft wurde. Lance nahm es, murmelte ein „Danke" und ging zur Gartentür hinaus. War Star überhaupt bewusst geworden, wie unangenehm die Szene heute Morgen gewesen war? Rese' Blick hatte ihn wie eine Bohrmaschine durchlöchert, und er hatte sich sehr zusammenreißen müssen, um sich nicht zu verteidigen. Aber dann hätte er erst recht schuldig gewirkt. Stars „Nimm mich in den Arm" konnte wirklich nur das bedeutet haben oder viel mehr.

Rese' Körpersprache, als sie vorhin die Küche betreten hatte, war nicht so versteinert gewesen, wie er erwartet hatte, aber als besonders herzlich konnte er sie auch nicht bezeichnen. Er war nicht gefeuert worden. Das war gut. Und sie hatte sich ein wenig entspannt, als er ihr den Nacken massiert hatte, und hatte seinen Vorschlag angehört, auch wenn sie nicht zugestimmt hatte. Aber Star irrte sich mit ihrer Einschätzung gewaltig.

Sein gestriges Verhalten Rese gegenüber war reine Menschenfreundlichkeit gewesen; sie hatte ihn um Hilfe gebeten. Dass er sie attraktiv fand, dass sie ihm nicht gleichgültig war, das waren Nebenwirkungen. Damit konnte er umgehen. Wie er zu Rese gesagt hatte – er hatte alles unter Kontrolle. Im Kutscherhaus angekommen, nahm Lance die Balken, die er in der vergangenen Nacht aus der Luke geholt hatte, und fing an, sie in die Blumenbeete einzubauen. Dann öffnete er die Klappe, um weitere Holzstücke zu entfernen.

Unten sah es immer noch aus wie ein riesiges Mikadospiel, aber bald würde er hinunterklettern können. Was erwartete ihn dort? Ein unterirdisches Lager mit Zugang vom Stall aus? Er versuchte, eine sinnvolle Erklärung zu finden, aber keines der Szenarien, die er sich überlegte, war überzeugend. Einen Wein- oder Rübenkeller würde man doch vom Haus aus betreten, oder nicht?

Aber der wäre dann auch auf den Plänen gewesen, die Rese für die Renovierung benutzt hatte. Sie hätte von einem Tunnel oder Keller gewusst. Nein, es gab einen Grund dafür, dass man vom Kutscherhaus Zugang hatte. Und es war kein Zufall, dass er hier gelandet war. Er war einem Gefühl gefolgt, als er das Steingebäude gesehen und seine Renovierung vorgeschlagen hatte, aber jetzt wusste er, dass es Fügung gewesen war.

Er kniete sich hin und nahm die unbehauenen Bretter, die er aus dem Loch geholt hatte, trug sie in den Garten und machte mit der Umrandung der Blumenbeete weiter. Aus dem Schuppen drangen Geräusche von Rese' Werkzeugen herüber. Er vermutete, dass sie an seinem Bett arbeitete.

Star kam in den Garten geschlendert, kletterte auf den Baum und beobachtete ihn, sagte aber nichts. Er hoffte, dass es vergangene Nacht nichts Persönliches gewesen war, dass er einfach nur die verfügbare Schulter gewesen war. Aber sicher war er nicht.

Vielleicht hatte Tony recht. *Du sendest Signale aus, Lance. Blödsinnige Signale.*

Na gut, er hatte also die Leute nicht immer richtig eingeschätzt. Er wollte nicht so misstrauisch sein wie sein Bruder. Er wollte vertrauen und die Menschen so nehmen, wie sie sich gaben.

Bohr nächstes Mal ein bisschen tiefer.

Aber das wollte er nicht, weil er auch nicht wollte, dass die anderen tiefer bohrten. Oberflächlich betrachtet war er in Ordnung, aber innerlich? Er versuchte immer noch, sich selbst zu finden, in den Fußstapfen seines Bruders.

Kapitel 23

Papa ist unruhig auf dem Feld.
Er kann den Rhythmus nicht finden. Er kennt den Schritt nicht.
Sein Auge sucht den Horizont ab; mit den Gedanken ist er in der Welt.
Sein Herz hat uns bereits verlassen. Seine Füße werden folgen.

Rese blickte auf ihre Armbanduhr. Es war schon nach drei, und die Taylors waren noch immer nicht eingetroffen. Wie Lance gesagt hatte, bedeutete die Tatsache, dass die Gäste ab drei Uhr einchecken konnten, nicht automatisch, dass sie auch um Punkt drei Uhr auf der Matte standen. Rese war nicht bereit, die Kontrolle aufzugeben, und so hatte sie geduscht und Rock und Bluse angezogen. Jetzt wünschte sie, sie wäre bei ihren Werkzeugen im Schuppen geblieben. Dort hatte wenigstens eine Art hektischer Aktivismus ihre Gedanken und ihre Hände beschäftigt, die Art von Aktivismus, die ihr Leben geprägt hatte seit Moms … Tod konnte sie nicht mehr sagen. Inhaftierung? Einweisung?

Wenn sie sich körperlich und geistig genügend ablenken konnte, sich konzentrieren musste, dieses Stadium bei der Arbeit mit Holz erreichen konnte… aber sie konnte ihre Gäste nicht völlig verschwitzt und in Arbeitskleidung begrüßen. Lance fand, dass sie wie die gastfreundliche Eigentümerin aussehen musste.

Sie stellte die kleine Staffelei mit Lance' Musikposter an die Tür zum Wohnzimmer und durchquerte den Raum bis zu dem gefüllten Bücherregal auf der anderen Seite. Ein Buch in der Hand würde natürlich wirken. Aber nicht für sie. Eine Säge, eine Bohrmaschine, ein Hammer … Sie atmete tief durch.

Lance trat hinter sie. „Du machst dich noch ganz fertig, wenn du dir so viele Sorgen machst."

„Gut. Vielleicht kann ich dann heute Nacht schlafen." Aber sie konnte es sich nicht vorstellen, mit Fremden im Haus. Warum hatte sie nicht daran gedacht, wie merkwürdig das sein würde? Andererseits war es mit Lance nicht unangenehm gewesen. Vielleicht war ja alles in Ordnung. Der Schlaf musste nicht ihr Feind sein.

Sie hatte die Geister vertrieben und – Rese blickte zu dem Regal hinauf, wo sie das Geräusch in der Wand gehört hatte. Dumm, dass sie ausgerechnet jetzt daran dachte, aber … plötzlich schien sie einen kalten Hauch im Zimmer zu spüren. „Lance, war heute Nacht alles in Ordnung da draußen?“

„Na ja, die Hängematte war kein Vergnügen.“

„Aber nichts … hat dich gestört?“

Seine Miene war rätselhaft. „Du meinst etwas Übernatürliches?“

Sie nickte.

„Darüber haben wir doch schon gesprochen.“

„Kein Klopfen in der Nacht, keine Schüsse?“

Er musterte sie belustigt. „Hast du wieder was gehört?“

„Nein, ich habe mich nur gefragt.“ Sie merkte selber, wie albern sie klang.

„Du willst nicht, dass die Taylors Gespenster sehen oder?“

Sie knetete ihre Hände. „Ich will nur, dass alles in Ordnung ist.“

Er lächelte. „Es wird besser als nur in Ordnung sein. Es wird wundervoll.“

Er sagte es mit völliger Autorität. Und warum auch nicht? In den Wochen, die er jetzt hier lebte, war er mit diesem Ort verschmolzen. Eigentlich hatte er vom ersten Augenblick, als sie ihn gesehen hatte, hierhergehört. Wieder war es ihr, als wäre sie diejenige, die nicht hierherpasste.

Was wusste sie schon davon, wie man Gäste freundlich begrüßte? Sie hätte sich mehr Gedanken über die Öffentlichkeitsarbeit machen sollen. Sie hatte gelernt, alles im Griff zu haben und zu behalten, aber dadurch hatte sie nicht viel Übung in den feineren Künsten der Konversation und Dienstleistung. Sie nickte. „Natürlich wird es das.“

Lance ging auf die Tür zu.

„Wohin gehst du?“

Er drehte sich um. „Ich muss telefonieren.“ Er holte sein Handy aus der Tasche seiner Hose.

„Wen rufst du an?“ Es ging sie nichts an, aber es war ihr unwillkürlich herausgerutscht.

Er neigte den Kopf. „Was glaubst du denn, wen ich anrufe?“

Jetzt kam sie sich wirklich dumm vor. Natürlich gab es Menschen in seinem Leben. Freunde und Verwandte. Vielleicht sogar … „Deine Freundin?“

„Rese!“ Sein Blick war tadelnd. „Ich rufe meinen Neffen an. Er hat Geburtstag, und ich verpasse die Party. Wahrscheinlich spreche ich auch noch mit meinen Eltern und einer oder zwei Schwestern, je nachdem, wer da ist.“

„Oh.“ Sie stellte sich die Szene wie eine Kaffeewerbung vor, bei der man von der Kälte aus durchs Fenster in ein lauschiges Heim blickte.

„Ich sage ihnen, dass ich nicht im Gefängnis sitze.“

„Du bist ein Hitzkopf.“ Rese sah ihm direkt in die Augen.

Er kam näher und nahm ihre Hand. „Ich lerne, mich zu benehmen.“

„Gut.“ In ihrem Brustkorb befand sich etwas, was sich eindeutig nicht benahm. Gestern hatte sie Schmerz verspürt. Aber was war es jetzt? „Warum hat Star dein Sweatshirt getragen?“

Sein Blick wich ihrem nicht aus. Keine Verlegenheit, kein Unbehagen, nur offenes Selbstbewusstsein. „Ich sah sie gestern Abend ganz aufgelöst im Garten. Ich habe ihr etwas zum Überziehen gegeben.“

„Star ging es nicht gut?“

„Sie hat geweint und Shakespeare oder so was zitiert.“

„Von ihren Renaissance-Festivals. Sie kann ganze Theaterstücke auswendig.“ Star fiel immer dann in diesen Zustand, wenn sie die Wirklichkeit nicht ertragen konnte. Spielten sie eigentlich alle nur irgendwelche Rollen? Vielleicht war ihre Mutter gar nicht verrückt gewesen. Oder vielleicht waren sie es alle.

Rese runzelte die Stirn. „Zwei weinende Frauen an einem Tag?“

Sein Mundwinkel zuckte. „Eine, die heult; eine, die angreift.“

„Angreift?“

„Meine Haut brennt ganz schön.“

Seine Haut? „Wovon redest du?“

Er hob eine Seite seines T-Shirts hoch, sodass sie die Spuren ihrer Fingernägel in seiner Haut sehen konnte, aber sie konnte sich nicht erinnern, dass sie ihn verletzt hatte. „Ich weiß nicht … ich wollte nicht …“

Er zog sie näher. „Du musstest es rauslassen.“

„Ich wollte dir nicht wehtun.“

„So schlimm ist es nicht.“ Noch ein bisschen näher.

„Lance …“

„Ich werde dich nicht küssen.“

„Nicht?“

Er schüttelte den Kopf.

Riesige Enttäuschung.

Wieder zuckten seine Mundwinkel. „Du würdest es ja nur für Mitleid halten."

Stimmt.

„Oder für eine Entschädigung wegen der Wunden."

Nur zu wahr.

„Du würdest alle möglichen Ausreden finden."

Sie reckte das Kinn vor. „Ich brauche keine Ausreden."

Er lachte. „Dann küss du mich doch."

Sie war sprachlos. Wie konnte er sie mit einem Satz so völlig entwaffnen? Sie ergriff die einzige Waffe, die sie finden konnte. „Ich küsse den Koch nicht."

Sein Blick, der auf ihren Lippen lag, hätte genauso gut ein Kuss sein können. „Aber jetzt sind wir Partner."

„Ich habe gesagt, dass ich es mir überlege."

Ein Auto bog in die Auffahrt ein. Rese warf einen schnellen Blick über die Schulter. Ein schwarzer Mercedes, ein Mann und eine Frau, genau die Leute, die eine Fahrt durch die Weinberge unternahmen und in ihrer Pension abstiegen. Sie blieben sitzen, während er das Sonnendach schloss, dann stiegen sie aus und betrachteten die Villa.

Wie groß konnte der Unterschied schon sein? Im Vergleich dazu, eine Kolonne zu befehligen oder ein Angebot zu machen, war das hier eine Kleinigkeit.

Lance legte eine Hand auf ihren Rücken. „Soll ich das machen?"

Auf keinen Fall. Gestern hatte sie ihm gestattet, die Führung zu übernehmen – und jetzt hatte sie durchstochene Ohrläppchen. Sie straffte die Schultern. „Ich kann das."

Es klopfte zaghaft, und das Paar trat ein. Der schmächtige Mann sagte: „Hallo. Mike und Roberta Taylor. Wir haben reserviert."

Lance drehte sich um, seine Hand noch immer auf Rese' Rücken. Er lächelte entspannt. „Hi." Ihre Füße durchquerten den Raum, zwei Paare, die einander begegneten. Lance streckte die Hand aus. „Lance Michelli. Und das ist Rese Barrett."

Sie streckte die Hand aus und reichte sie den beiden.

Lance ließ ihren Rücken los. „Hatten Sie eine gute Fahrt?"

„Wundervoll", sagte Roberta. „Wir können es kaum erwarten, in die Weinberge zu kommen."

„Haben Sie konkrete Pläne?“ Er war freundlich und zuvorkommend, der perfekte Gastgeber.

Roberta holte einen Reiseführer aus ihrer Handtasche.

Lance sagte zu ihr: „Sie können Führungen und Weinproben telefonisch buchen“, und zeigte dann auf den kleinen Tisch mit dem Gästebuch. „Wenn Sie sich bitte eintragen würden.“ Er erklärte alles und nahm ihre Kreditkarte entgegen.

Rese hätte all das tun können. Roberta lächelte ihr zu und blickte sich dann im Eingangsbereich um. „Das ist wirklich hübsch.“

Rese hätte ihr in allen Einzelheiten erzählen können, wie viel Arbeit es gewesen war, aber sie bezweifelte, dass die zierliche Rothaarige es hören wollte.

Lance sagte: „Rese wird Ihnen Ihr Zimmer zeigen“, und reichte ihr den Schlüssel aus dem flachen Schränkchen über dem Gästebuch.

Sie nahm den Schlüssel. „Hier entlang.“ Ihre Stimme war tonlos, aber hörbar. Sie führte die Taylors die Treppe hinauf zum Redwood-Zimmer, schloss die Tür auf und wartete, während sie sich umsahen. Dann gab sie Roberta den Schlüssel. „Wenn Sie irgendetwas brauchen, sagen Sie Lance oder mir Bescheid.“

Sie dankten ihr, aber Rese ging schon wieder den Flur entlang und die Treppe hinunter in den Salon und durch das Esszimmer in die Küche, wo Lance sein Telefon herausgeholt hatte. Er hatte offenbar noch nicht gewählt, denn er ließ das Handy sinken, als sie neben ihn trat. „Ich hatte alles unter Kontrolle.“

„Oh. Waren diese Augenblicke der Totenstille also Absicht?“

Sie runzelte die Stirn. „Welche Augenblicke?“

„Die, bevor ich die beiden an deiner Stelle begrüßt habe.“

War es so gewesen? Der Knoten in ihrem Magen deutete darauf hin, dass er recht hatte. Sie knetete ihre Hände.

Er zog sie an sich. „Wir sind ein großartiges Team.“

Er küsste ihren Mund mit beinahe geschäftlicher Präzision – man hätte es gründlich nennen können, wie ein Punkt am Ende eines Satzes. Er hatte recht behalten und bekräftigte es.

„Ich dachte, du wolltest das nicht tun.“

„Du wolltest es.“

„Das ist nicht wahr.“

„Du solltest deine Körpersprache noch mal überdenken.“ Seine

Mundwinkel zuckten, als er sich näher beugte. „Du hast praktisch gebettelt."

„Oh! Du …" Weil ihr kein Wort einfiel, das heftig genug gewesen wäre, um ihrem Zorn Ausdruck zu verleihen, trat sie ihm auf den Fuß, und er machte einen Satz zurück und zog eine Grimasse.

Sie stemmte die Hände in die Hüften. „Ich bettle nie."

Er humpelte auf sie zu und drängte sie gegen die Küchenzeile. „Du bist knallhart, nicht wahr?" Die Belustigung war aus seinen Augen verschwunden, und stattdessen funkelten sie jetzt eindringlich. „Was für eine Demütigung, wenn du tatsächlich jemanden brauchen würdest."

„Ich brauche –"

„Tja, ich habe Neuigkeiten für dich. Du wurdest geschaffen, um Gott zu kennen und ihm zu dienen. Und abgesehen davon stammst du von *meiner* Rippe."

Ein verächtliches Schnauben entfuhr ihr. Wie arrogant konnte er … Seine Rippe? Sie sah vor ihrem geistigen Auge plötzlich eine Geschichte mit zwei Menschen in einem Garten und einer Schlange, die mit Alannas Stimme flüsterte. Sie schluckte. „Dieser Paradiesmythos ist ein Märchen. Dein Gott ist genauso unecht wie Moms Fantasien."

Alle Anspannung wich aus ihm. Sein Griff lockerte sich. „Du irrst dich. Gott ist Wirklichkeit."

„Hast du ihn gesehen?"

Sein Blick wurde weich. „Im Gesicht eines jeden Feuerwehrmanns. In jedem Freiwilligen, der das Geröll nach Leichenteilen durchsucht hat. In den Tränen der Menschen, die niemanden verloren hatten. Es gibt einen Gott, Rese. Und es gibt das Böse. Und niemand kann allein vor beiden bestehen."

Lance konnte nicht vergessen, wie Rese ihn angesehen hatte, als er ihr die Wahrheit gesagt hatte. Es war unbehaglich und demütigend, sich auf etwas außerhalb seiner selbst zu verlassen. Zu wissen, dass jemand anders das Leben lenkte – und die Tage zählte. Wie C. S. Lewis es formuliert hatte: *„Wir zweifeln nicht unbedingt daran, dass Gott das Beste für uns will; wir fragen uns nur, wie schmerzlich das Beste wohl sein wird."*

Lance wusste, wie schmerzlich es sein konnte. Er musste darauf vertrauen, dass alles zum Besten diente, und selbst alles dafür tun. Am Telefon hatte seine Schwester ihm erzählt, dass Nonna kämpfte. Sie konnte noch nicht sprechen. Nach beinahe sechs Wochen konnte sie noch immer nicht mehr als unverständliche Laute von sich geben, und das machte sie nur noch wütender. Seine Mutter glaubte, es würde leichter gehen, wenn sie sich nicht so darauf versteifte, aber Lance verstand Nonnas Panik. Wenn er in seinem Körper gefangen wäre, würde er auch jede Sekunde kämpfen.

Mit seinem Neffen zu sprechen, war zugleich schön und traurig gewesen. Der Junge war durch Tonys Tod zu schnell erwachsen geworden, und Lance konnte die Lücke in der Geburtstagsfeier spüren. Er hätte an Stelle seines Bruders dabei sein sollen. Er hatte Jake beigebracht Gitarre zu spielen, bevor er gegangen war, und er erzählte ihm von dem Plan, dass er nach dem Essen für die Gäste spielen sollte und für alle, die sonst noch kamen. Jake tat so, als interessiere es ihn, aber es war deutlich, dass er Lance lieber bei seiner Geburtstagsfeier gehabt hätte.

Die Enttäuschung des Jungen hing Lance noch nach, als er in dem leeren Zimmer seine Gitarre stimmte. Die gute Akustik überraschte ihn. Er würde nicht sehr laut singen müssen, es sei denn, die Leute kamen in Scharen. Eher unwahrscheinlich. Schließlich hatte er weder einen Namen noch irgendwelche Fans. Das hatte er hinter sich gelassen, egal, wie viele neue Agenten Rico anschleppte. Das heute war nur ein Spaß. Durch die Broschüren, die Rese in der Stadt verteilt hatte, kamen vielleicht ein paar neugierige Leute, aber er rechnete nicht mit vielen. Und das wollte er auch gar nicht.

Er summte ein Lied, das er auf Italienisch geschrieben hatte, als er Conchessa überzeugen musste, dass er nicht der Hochstapler war, für den sie ihn hielt. Nicht einmal Nonnas Brief in seinem Besitz hatte sie zuerst überzeugt. Erst nachdem er ihr in der Küche geholfen und sie seine Finger im Brotteig gesehen hatte, war sie weich geworden.

Dann hatten sie lange und intensiv über Antonia und die Briefe gesprochen, die die beiden sich als Mädchen geschrieben hatten; Briefe, die nach dem einen, den Conchessa ihm gegeben hatte und der von Angst und Gefahr sprach, aufgehört hatten. Da verstand er, warum sie an ihm gezweifelt hatte. Sie hatte geglaubt, Antonia wäre tot. Und dann tauchte jemand auf, der behauptete, ihr Enkel zu sein, und der Fragen stellte …

Lance lächelte wehmütig. Er musste sich in letzter Zeit ziemlich oft beweisen. Aber er hatte das Kloster mit Conchessas Segen und ihren Gebeten verlassen, die sie in demütiger und hoffnungsfroher Einfachheit gesprochen hatte. Wenn er an sie dachte, verspürte er noch immer den Frieden, der ihn in seiner Zeit im Kloster getröstet hatte, und sein Lied wurde zu einem Gebet in ihrer Sprache an einen Vater, der jede Sprache sprach.

In deinem Herzen, deiner Hand geborgen
mit allem, was ich bin, mit meinen Sorgen.
Soll blind ich suchen, in die Irre gehen,
nachdem ich deine Güte hab gesehen?
Sela, o Herr, sela. In der Stille findest du mich.
Sela, o Herr, sela. In der Ruhe läutere mich.

Auf keinen Fall das richtige Lied, um ein Konzert zu eröffnen, es sei denn, er brauchte eine Erinnerung daran, dass es an diesem Abend nicht um ihn ging und warum er dem Musikerdasein den Rücken gekehrt hatte. Er war sich nicht einmal sicher, warum er sich bereit erklärt hatte, das hier zu tun. Abgesehen davon, dass Rese ihn gebeten hatte, statt es ihm zu befehlen. Während er übte, kam Evvy hereingehumpelt. Er blickte überrascht auf, aber sie sagte: „Sie glauben doch wohl nicht, dass wir die Eröffnung versäumen, oder?"

Wir? „Schön, Sie zu sehen, Evvy."

Als er das nächste Lied beendet hatte, war bereits ihre ganze Clique an mehreren Tischen versammelt. Drei Herren in sorgfältig gebügelten Hemden und Pullundern und sieben Damen, die dufteten wie die Parfümabteilung eines Kaufhauses. Er hoffte, dass er mit dem erdrückenden Geruch in der Nase überhaupt singen konnte. Aber er war froh, dass sie gekommen waren.

Star huschte in ihrem Renaissance-Barmädchen-Kostüm zwischen den Tischen hindurch und servierte Wein und Latte Macchiato und die mit Schokolade überzogenen Biscotti, die er an diesem Nachmittag gebacken hatte. Von den Tränen der letzten Nacht war nichts zu sehen. Stattdessen zeigte sie ihre andere Seite, ihre überschäumende Fröhlichkeit. Wenn es nur aufgesetzt war, spielte sie ihre Rolle hervorragend.

Die Taylors kamen herein, gefolgt von einigen anderen – einem jungen Pärchen und drei jungen Männern, die Star zu kennen schienen. Das bunt gemischte Publikum gab ihm die Möglichkeit, ein paar moderne Songs und einige seiner eigenen neueren Kompositionen zu singen. Ihm wurde mit einem Schlag wieder bewusst, warum er so gerne auftrat: die tolle Stimmung, die einen Raum erfüllte, dieses heitere Gefühl, das ihn über sich selbst hinaushob.

Er konnte sich Chaz und Rico beinahe an seiner Seite ausmalen, wie ihre Stimmen sich mit seiner verbanden, Ricos Schlagzeug dezent im Hintergrund und eines der vielen Instrumente, das Chaz hinzufügte. Selbst solo war es gut, wieder zu singen und zu spielen. Es war ihm egal, wer vor ihm saß und was für Musik sie wollten. Er hatte viele Lieder im Kopf, und wenn ihm eine Strophe nicht einfiel, sangen die Leute sie für ihn. Es war ein Kinderspiel.

Er blickte zu Evvy hinüber, die sich im Takt wiegte und in ihre winzigen Hände klatschte. Welche Geheimnisse hatten sie und Ralph in diesen Wänden miteinander geteilt? Vielleicht konnten sie den alten Mann besuchen. Diese Idee gefiel ihm. Er hatte das unterirdische Gewölbe entdeckt, aber er wollte wissen, was geschehen war und warum. Vielleicht konnte Ralph es ihm erzählen, und vielleicht wusste auch Evvy Bescheid. Er sah sie an und sang einen alten Sinatra-Schlager mit der dazugehörigen Inbrunst. Wenn sie Tendenz zur Ohnmacht hatte, würde sie ihm bald zu Füßen liegen.

Weil die alten Leute sich unterhielten, musste er lauter singen, als er vorgehabt hatte. Er hatte Rese noch nicht gesehen, aber er war sicher, dass sie alles von der Küche aus hören konnte. Sie hatte wahrscheinlich alle Hände voll zu tun, um Milchgetränke und Cappuccinos zuzubereiten. Aber er wünschte, sie würde herauskommen und die Atmosphäre im Raum spüren. Es war nicht das Publikum, das er erwartet hatte, aber alle waren guter Laune und zählten Münzen für Star ab, während sie ihre Musikwünsche äußerten.

Die Gäste johlten und sangen mit, als er *„That's Amore"* anstimmte, und dann stand Rese in der Tür. Er suchte sie mit seinem Lächeln. Sie hatten über das hier gesprochen, gelacht, es sich ausgemalt. Jetzt war es Wirklichkeit. Ihre Blicke fanden sich, teilten Humor und Begeisterung und mehr. Ein stechender Schmerz irgendwo in der Nähe der fehlenden Rippe. *Partner,* dachte er und vergaß alle anderen.

Im Heiligtum ihrer Privaträume saß Rese in ihrem bequemen Pyjama gehüllt, betupfte ihre schmerzenden Ohrläppchen mit antiseptischer Lösung und drehte dann vorsichtig die Stecker. Das kam davon, wenn man die Kontrolle aufgab. Lance zu sehen, wie er für sein Publikum sang, hatte sie beinahe in den Abgrund gestürzt. Und am Schluss, als er nur für sie gesungen hatte, hatte sie sich nicht mehr halten können.

Er hatte gewonnen. Genau wie Brad und die anderen hatte er permanent gegen sie angekämpft. Aber im Gegensatz zu allen anderen Männern hatte er gewonnen. Eine Angst, wie sie sie noch nie erlebt hatte, packte sie. Wie kam es, dass sie sich ergeben hatte? Wo hatte er die ungeschützte Stelle gefunden?

Sie durfte es ihn nicht merken lassen. Wenn er es nicht wusste, war es vielleicht noch nicht zu spät. Ihre einzige Rüstung war die Kontrolle. Aber schon der Gedanke ermüdete sie. Würde das denn nie aufhören?

„Es gibt einen Gott, und es gibt das Böse." Seine Worte ließen ihre Gedanken nicht zur Ruhe kommen. Gab es einen Kampf widerstreitender Mächte, irgendeinen Urkonflikt, in den sie geraten war? Sie schauderte, als sie an die qualvolle Angst zurückdachte, die sie in jener Nacht empfunden hatte, als das „Wesen" für sie gekämpft hatte. Gut gegen Böse? Oder eine natürliche Facette ihres Verstandes, der sich gegen die Gefahr wehrte, die ihre Lungen einatmeten – so wie sie sich jetzt gegen die Gefahren für ihr Herz wehrte?

Lance sprach von Gott und sang von Liebe: zwei Rätsel, die sie nicht erforschen konnte. Sie musste die Arme ihres Vaters um sich spüren, der rannte, um sie zu retten. Vernünftig. Pragmatisch. Selbstbewusst. Er hatte sie zu dem gemacht, was sie war. *Aber er hat gelogen.*

Kapitel 24

Wie wenig ich in meiner Unschuld doch weiß.
Ideale wie Kiesel im Bach.
Fortgespült, fortgespült.
Es gibt keine logischen Erklärungen im Leben.

Am nächsten Morgen hatte Lance sich auf dem Heimweg vom Gottesdienst sehr beeilt, um das Frühstück vorzubereiten. Er hatte die Mandelfocaccia gebacken und im Ofen warm gestellt, feucht gehalten durch ein Schälchen Wasser. Jetzt schnitzte er Fächer aus Erdbeeren und Honigmelone, um die Teller zu garnieren. Schön und essbar.

Als Letztes bereitete er die Frittata zu und servierte sie dampfend, als die Taylors ins Esszimmer hinunterkamen. Von Rese war nichts zu sehen, also begrüßte er die Gäste und fragte, ob sie gut geschlafen hätten.

„Oh ja." Mrs Taylor strahlte. „Einfach traumhaft in diesen Federbetten."

Sein eigener Hals war steifer denn je.

„Die Musik gestern Abend hat mir gefallen", sagte Mr Taylor.

„Danke."

Sie unterhielten sich ein wenig darüber, woher sie kamen und wo sie gewesen waren. Lance war mit dem Entwicklungshilfedienst und *Habitat* ziemlich viel herumgekommen, aber die Taylors bevorzugten ausgefallenere Reiseziele. Sie lebten in Ohio, aber flohen von dort, wann immer es ging.

„Dann lasse ich Sie erst mal Ihr Frühstück genießen."

„Sie sind ein wunderbarer Koch." Mrs Taylor tupfte sich den Mund. „Die Bilder von den Mahlzeiten auf der Internetseite waren der Grund, warum wir uns letztlich für dieses Haus entschieden haben."

„Das weiß ich zu schätzen." Er ging in die Küche zurück, als Rese sich gerade durch die Tür schleppte, zweifellos in der Absicht, ihre Gäste zu begrüßen.

Er zog sie in die andere Richtung. „U-uh."

Sie warf ihm einen finsteren Blick zu. „Wie: U-uh?"

„Geh lieber nicht da rein. Nicht in dem Zustand."

„In welchem Zustand?"

Er drückte sie auf einen Stuhl. „Wenn du so aussiehst, als hättest du den Großteil der Nacht irgendwelche Ringkämpfe bestritten." Ein Anflug von Sorge packte ihn plötzlich.

Sie ließ das Kinn sinken und stützte die Ellenbogen auf den Tisch. „Ich bin erst um sieben eingeschlafen."

Da es jetzt zehn nach acht war, bedeutete das eine ziemlich kurze Nacht. „Geh wieder schlafen. Ich habe alles unter Kontrolle."

Sie schüttelte den Kopf. „Ich muss mich um die Taylors kümmern."

„Das habe ich schon. Es geht ihnen bestens. Sie haben hervorragend geschlafen."

Sie verbarg das Gesicht in den Händen. „Das duftet gut."

„Ich mache dir ein frisches Frühstück, wenn du richtig wach wirst." Er zog sie hoch und führte sie zur Tür. „Geh schlafen, Rese." Es schmerzte ihn, sie so erschöpft zu sehen. Er blickte ihr nach, als sie in ihrem Zimmer verschwand. Die Tür schloss sich leise, und er hoffte, sie würde gleich einschlafen. So fertig hatte er sie noch nie gesehen. Was hatte es nur mit dieser Schlaflosigkeit auf sich?

Er sah nach, ob die Taylors noch irgendetwas brauchten, füllte Kaffee nach und erkundigte sich nach ihren Plänen für heute. Ein voller Tag, wie er gehofft hatte. Während sie fort waren und Rese schlief, hatte er Zeit zu arbeiten. Selbst wenn Star in den Garten kam und ihm zusah, wie sie es am vergangenen Tag getan hatte, würde er einfach an den Beeten arbeiten.

Es hatte etwas seltsam Ehrfürchtiges, immer nur so viel Holz zu entfernen, wie er im Garten verarbeiten konnte, denn dadurch wurde sein Abstieg in den Keller zu einem rituellen Prozess verlangsamt. Das Unternehmen bekam einen feierlichen Charakter, der seine Zweifel beschwichtigte. Er wurde Nonna gerecht, hielt aber gleichzeitig das Versprechen, das er Rese gegeben hatte, indem er den Garten auf Vordermann brachte und alles andere tat, bei dem sie Hilfe brauchte.

Die Weinreben, die er zurückgeschnitten hatte, um zum Kutscherhaus vorzudringen, trieben aus. Er war nicht sicher gewesen, ob sie überhaupt noch lebten, als er beschlossen hatte, ein paar von ihnen zu behalten. Rese ging davon aus, dass er deutlich mehr von Landschaftsgärtnerei verstand, als tatsächlich der Fall war. Von Nonna hatte er ein wenig über Pflanzen gelernt, und Conchessa hatte ihm etwas über Kräuter beigebracht. Er konnte ein Blumenbeet einfassen, und Evvy hatte ihn beim Heckenschneiden angeleitet. Aber im Großen und Ganzen richtete er sich nach den Gegebenheiten – und hier gab es viel mehr Potenzial als zuvor in seinem Teil der Bronx, in Belmont. Im Vergleich dazu war dieser kleine Garten in Sonoma geradezu ein Paradies.

Hartriegel und Forsythien hatten schon geblüht, aber ihr Duft schien in dem Geißblatt, das jetzt voller Blüten hing, und in dem ganzen zum Leben erwachten Garten zu haften. Aber als er die Tür zum Kutscherhaus öffnete, umfing ihn wieder dieser modrige Geruch des Alters. Er musste aus dem Keller kommen. Seit er die Luke geöffnet hatte, war dieser Geruch stärker denn je. Er blickte zu dem Porträt hinauf, das er an der Wand zwischen Wohn- und Schlafzimmer angebracht hatte. Die dunklen Augen seines Vorfahren musterten ihn prüfend.

An dem Bild stand kein Name, aber der Kleidung und Miene nach zu urteilen vermutete er, dass Vittorio Shepard dafür Modell gesessen hatte. „Warst du ein Gangster, alter Mann?" Aber der Mann auf dem Bild war nicht alt und war auch nie alt geworden, wenn die Geschichte stimmte. Gerade alt genug, dachte Lance, um Antonia zu bekommen und durch sie seinen Vater und ihn.

„Wem bist du in die Quere gekommen?" Er schüttelte den Kopf. „Du hast mir nicht viele Informationen hinterlassen. Keiner von euch hat das." Vielleicht gab es Dinge, die er besser nicht in Erfahrung brachte. Vittorio war wegen irgendetwas, was da unten war, gestorben, was auch immer es war. Aber diese Menschen waren seine Familie, seine Geheimnisse. Wer hatte mehr Recht, den Dingen auf den Grund zu gehen, als er?

Er öffnete die Luke und ging eine Stufe hinunter, um ein Brett herauszuziehen, das so lang war wie er selbst. Er legte es neben der Öffnung ab und ging drei Steinstufen weiter hinunter, während die Erwartung stieg. Er zog ein weiteres Holzstück heraus. Der Rest stürzte hinab und kam unten auf dem Boden in einem Haufen zu liegen.

Es war dämmrig, obwohl die Sonne durch das Oberlicht schien, also kletterte er wieder hinauf und holte die Taschenlampe aus seinem Schlafzimmer. Als er unten ankam, stellte er erleichtert fest, dass nur der Durchgang nach oben blockiert gewesen war.

Er leuchtete mit der Lampe in den schmalen Tunnel und spürte die

Gegenwart der Menschen, die vor ihm hier entlanggegangen waren. Er wollte ihnen gerade folgen, als er oben ein Klopfen hörte. Sein Herz hämmerte. Rese? Er hatte ihr ein Frühstück versprochen, aber er war nicht davon ausgegangen, dass sie so schnell wieder aufwachen würde.

Er schaltete das Licht aus und stieg die Treppe hinauf und durch die Luke. Jetzt schien es ihm ganz offensichtlich, dass dort eine Falltür war. Wie konnte irgendjemand sie übersehen? Die Bretter, die er herausgeholt hatte, lagen ebenfalls dort. Er hatte ein paar Bettlaken über die Glastüren gehängt, und durch die Ritze sah er Star und nicht Rese. Er schloss die Luke und öffnete die Tür.

„Morgen, Star."

Sie breitete die Arme aus. „Ich bin der Morgenstern."

Sie trug ein türkisfarbenes Unterkleid, das ihr bis zu den Knöcheln reichte, aber von den Knien abwärts lief es in bunten Bändern aus. Sie war barfuß.

Er lächelte. Was auch immer sie für Probleme hatte, sie war originell. „Hunger?"

„Ich habe mich selbst bedient."

Er blickte zur Villa hinüber. „Ist Rese wach?"

Star schüttelte ihre leuchtende Mähne, dann nahm sie seine Hand und zog ihn durch die Tür. „Such dir deine Szene aus."

„Meine Szene?"

Sie machte eine ausladende Geste mit dem Arm, und er sah eine Staffelei mit einer Leinwand darauf. Sie hatte vor zu malen, wie sie es gesagt hatte. Er betrachtete die Teile des Gartens, die noch nicht mit seinem Spaten in Berührung gekommen waren, und wählte den buntesten Flecken.

Sie klatschte in die Hände. „Der Elfengrund."

Sie musste außer den gelben Butterblumen und dem klatschroten Mohn, dem Federbusch und den lila Lupinen noch etwas anderes sehen. Aber vielleicht auch nicht. Sie drehte ihre Leinwand und bereitete eine Palette vor.

Da er jetzt ohnehin draußen war, ging Lance zur Villa hinüber. Das Geräusch von fließendem Wasser kam aus Rese' Suite, deshalb schnitt er etwas Focaccia für sie ab und fing an, ein Omelette zu braten. Sie sah besser aus als vorher, aber er würde sie immer noch nicht als heiter und gelassen bezeichnen.

Sie nahm den Milchkaffee, den er ihr anbot, setzte sich aber nicht. „Die Taylors?"

„Unterwegs."

Ihr Gesicht wirkte angespannt. „Ich hätte mich um sie kümmern sollen."

„Alles ist gut gelaufen."

Sie runzelte die Stirn. „Trotzdem ..."

„Ich sehe schon das Schild ‚Gemeinsame Geschäftsführung'." Er machte eine weit ausholende Bewegung.

Sie blickte ihn finster an.

Unerschrocken legte er einen Arm um ihre Taille. „Sprich mir nach: Lance, du bist genau das, was ich brauche, um diese Pension zu führen."

Sie entzog sich seinem Griff und setzte sich. Wo war die gemeinsame Wellenlänge vom vergangenen Abend geblieben? Er hatte für sie das persönlichste Lied gesungen, das er je geschrieben hatte, das über Tonys Tod. Das war später gewesen, als Evvy und ihre Freunde gegangen waren und nur noch eine Handvoll Zuhörer übrig gewesen waren. Er hätte schwören können, dass sie ihn verstanden hatte.

Er trat hinter sie und knetete ihre verspannten Schultern. Das würde zu einem morgendlichen Ritual werden, wenn sie nichts gegen ihre Schlaflosigkeit unternahm. „Warum hast du nicht geschlafen?"

„Ich weiß nicht." Sie biss in ihre Focaccia.

„Warst du beim Arzt?"

Sie schüttelte den Kopf. „Es ist nicht jede Nacht so."

„Aber zu oft. Wie alt bist du, Anfang zwanzig?"

„Vierundzwanzig."

„Das ist eindeutig zu jung für Schlafstörungen. Hast du Angst?"

„Nein."

Aber er spürte, wie sie sich versteifte. Interessant. Er bearbeitete ihre Schultern weiter und wanderte dann mit seinen Fingern ihren Nacken hinauf.

Sie aß einen Bissen. „Die letzten beiden Stunden habe ich wie eine Tote geschlafen."

Er legte den Kopf schief. „Vielleicht hilft das Tageslicht. Hast du Angst vor der Dunkelheit?"

Sie drehte den Kopf und blickte zu ihm auf. „Ich habe keine Angst, Lance. Ich kann einfach nicht schlafen."

„Hm."
„Du glaubst mir nicht."
Er presste die Daumen zwischen ihre Schulterblätter und vollführte kreisende Bewegungen damit. „Es passt nicht zu dem, was ich spüre."
Sie schnaubte. „Du glaubst, du weißt, was ich fühle und was ich brauche und was ich will. Aber das tust du nicht."
Er hörte auf, sie zu massieren. „Was ist los, Rese?"
„Du bist los." Sie drehte sich zu ihm um. „Ich habe dir doch gesagt, dass ich nichts mit dir anfangen will." Sie erhob sich vom Stuhl, damit sie auf der gleichen Ebene waren.
„Ich habe nur davon gesprochen, Partner zu sein."
„Das hast du gesagt, aber das hast du nicht gemeint. Ich habe es gestern Abend gesehen."
Er verlagerte sein Gewicht auf ein Bein. „Was hast du gesehen?" Was hatte er getan?
„Wie du alle in deinen Bann gezogen und sie dort festgehalten hast." Sie hob eine Hand. „Alle unter Kontrolle, alle –"
Er ergriff ihre Hand. „Hier geht es nicht um alle, oder?"
Ihr Blick wich ihm aus. In ihrem Gesicht arbeitete es, dessen Konturen ihn an die steinerne Jungfrau im Klostergarten erinnerten. Eine unbändige Zärtlichkeit ergriff ihn, als er einen Finger unter ihr Kinn legte. „Ich versuche nicht, die Kontrolle an mich zu ziehen. Ich habe dich gern."
Ihre Augen wandten sich ihm ruckartig wieder zu. „Wie bitte?"
Er stellte sich die gleiche Frage. Jemandem einen wichtigen Platz im Leben einzuräumen, war etwas anderes als körperliche Anziehung, gefährlicher, als wenn es nur knisterte. Bei all den Geheimnissen, die zwischen ihnen standen, bei all ihren Unterschieden und Feindseligkeiten war es das Letzte, was er vorgehabt hatte. „Für mich ist es genauso ein Schock wie für dich."
Sie versteifte sich. „Lance Michelli …"
„Ach, Rese, lass gut sein." Er zog sie in seine Arme. Nachdem er die Worte ausgesprochen hatte, konnte er die Sache genauso gut richtig machen. Als er sie küsste, spürte er eine Tiefe in sich, die er sich gar nicht zugetraut hätte. Er war schon ein Dutzend Mal verliebt gewesen, bevor er erkannt hatte, dass es nicht Gefühle waren, die zwei Menschen

zusammenbleiben und ein Fleisch werden ließen. Das war ein geheimnisvolles Element, dem er bisher immer ausgewichen war.

Er spürte, wie Rese sich fallen ließ, und ihm wurde bewusst, welche Macht er hatte. Das Gleichgewicht zwischen ihnen hatte sich irgendwie verschoben, und als Folge davon fühlte er sich verantwortlich. Er nahm ihr Gesicht in beide Hände. „Ich werde dir nicht wehtun, das verspreche ich." Er würde ihr Schild sein, sie beschützen – sogar vor ihm selbst.

Distanz war eindeutig angesagt. Während Rese im Schuppen arbeitete, näherte Lance sich Evvys Haustür. Er musste einigen Hinweisen nachgehen. Er hatte fast erwartet, dass Sybil am Abend zuvor kommen und ihm zuhören würde, aber wie es aussah, würde er den nächsten Schritt tun müssen, wenn er das haben wollte, was sie für ihn hatte. Aber das dürfte kompliziert werden. Er würde bei Evvy anfangen.

Sie öffnete die Tür in einem blauen Hausanzug und orientalischen Pantoffeln. Ihre Haare waren hochgesteckt und umrahmten ihr Gesicht wie eine weiche Wolke. Und jetzt sah er auch, dass ihre Augen in der Mitte kobaltblau und außen grau waren. Es war ein Gesicht, das man lieben oder zumindest bemerken musste.

Sie stützte sich auf ihren Gehstock. „Lance Michelli."

„Guten Morgen, Evvy."

„Morgen? Es ist beinahe Mittag."

Konnte sein. Es hätte ihn auch nicht überrascht, wenn sie gesagt hätte, es sei Mitternacht, obwohl die Sonne vom Himmel schien. Nach dem Gespräch mit Rese eben fühlte er sich völlig orientierungslos.

„Kommen Sie rein." Sie machte eine Geste mit ihrer freien Hand.

Er betrat ihr Zuhause und atmete den Duft ein, den sie mit sich herumtrug. Es war schwierig, diesen Geruch in Worte zu fassen, er war nicht unangenehm, aber wahrnehmbar, wie verblühende Mütter.

„Ich wollte gerade Käse und Kräcker essen."

„Tut mir leid, wenn ich störe."

„Ich habe genug für zwei." Sie hinkte mit ihrem Stock in die Küche. „Ich habe eine ganze Schachtel Ritzkräcker."

Lance lächelte. „Ich habe aber nicht erwartet, dass Sie mich beköstigen."

„Es ist natürlich keine Lasagne oder so ein ausgefallenes Getränk, wie Ihre Freundin sie serviert."

„Sie ist meine Partnerin." Den Rest versuchte er selbst noch zu begreifen. Er folgte Evvy in die geräumige, aber überfüllte Küche. Von den Räumen, die er gesehen hatte, war dies der einzige, der mehr Dinge enthielt, als der verfügbare Platz es zuließ.

„Ich komme mit den modernen Ausdrücken nicht so klar. Partnerin, Freundin, was immer Sie wollen."

„Meine Geschäftspartnerin, Evvy." Obwohl Rese dem noch nicht direkt zugestimmt hatte.

„Na, Sie arbeiten auf jeden Fall daran, dass es mehr wird als das." Sie holte ein Stück Cheddar aus dem Kühlschrank und zog ein Küchenmesser aus der Spüle, dann lächelte sie, ohne Falsch wie eine Taube. Oder klug wie eine Schlange?

Er räusperte sich. „Ich wollte Ihnen dafür danken, dass Sie gestern Abend gekommen sind."

„Wir haben uns wunderbar amüsiert. Sie dürfen schneiden."

Er nahm das Messer und schnitt ein paar Käsewürfel. „Sie haben tolle Freunde."

„Oh ja." Sie schob die Kräcker in seine Richtung. „Wir halten uns gegenseitig fit. Außer dem armen Ralph."

Ein besseres Stichwort hätte er selbst nicht finden können. „Möchten Sie ihn gerne besuchen?"

„Ralph besuchen?" Sie errötete doch tatsächlich. „Ich habe ihn seit Monaten nicht mehr gesehen. Was ist, wenn er sich nicht mehr an mich erinnert?"

Lance lehnte sich zurück und betrachtete sie. „Sie sind unvergesslich, Evvy."

Sie streckte die Hand aus und tätschelte seinen Arm. „Ich weiß, warum das Mädchen so hin und weg ist."

„Welches Mädchen?"

„Ihre Rese."

Er öffnete den Mund, um die Sache erneut zu erklären, aber Evvy hob die Hand.

„Ich habe sie gesehen, als Sie gesungen haben."

Dann hatte er sich die Elektrizität doch nicht eingebildet. Vielleicht war das der Grund, warum Rese nicht geschlafen hatte. Wenn sie so viel Angst hatte, wie es schien, hatte sie sich bestimmt die ganze Nacht Vorwürfe gemacht. Aber er war nicht gekommen, um über Rese zu sprechen. „Ich könnte Sie zu Ralph bringen. Wir könnten seine Geschichten hören."

„Oh." Evvys Augen wurden feucht. „Das würde ihm gefallen."

„Haben Sie ein Auto?"

„Ich fahre schon seit Jahren nicht mehr."

„Kein Problem." Lance kaute auf seinem Käsekräcker und blickte sich um, bis er den Vitrinenschrank entdeckte, in dem die Gläser standen. Die Tür schloss nicht richtig; etwas, was er reparieren konnte. Er stand auf und holte ihnen beiden ein Glas Leitungswasser. „Was meinen Sie?"

„Hm." Sie berührte ihre Haare. „Das könnten wir schon machen. Ich habe heute sonst nichts Besonderes vor." Sie nahm mit dem Finger ein paar Krümel vom Teller auf und steckte sie in den Mund.

„Also dann." Lance half ihr beim Aufstehen.

Sie griff nach ihrem Stock.

„Sie können sich auf meinen Arm stützen."

Sie blickte in sein Gesicht hinauf. „Ich wusste nicht, dass Männer wie Sie noch hergestellt werden."

Er lächelte und führte sie vorsichtig zur Tür. „Haben Sie eine Jacke?"

Sie holte eine Regenjacke aus dem Wandschrank. Er half ihr, sie anzuziehen, und ging dann mit ihr von ihrem Haus zu Rese' Haustür. Baxter sprang auf, als er sah, wie sie auf das Motorrad zugingen. Lance kraulte ihn am Kopf. „Diesmal nicht, alter Junge." Er nahm den Helm und drehte sich zu Evvy um.

„Wir fahren damit?" Sie musterte das Fahrzeug misstrauisch.

Er sah sie an. „Dann können Sie Ralph etwas erzählen." Er konnte Rese fragen, ob er ihren Lieferwagen ausleihen konnte ... aber das führte vielleicht zu Fragen, die er nicht beantworten wollte. Evvy würde nichts passieren; vielleicht genoss sie die Fahrt ja sogar.

Sie überlegte mit geschürzten Lippen, blickte von ihm zum Motorrad und zuckte dann mit den Schultern. „Warum nicht?"

Er hatte sie richtig eingeschätzt, die abenteuerlustige kleine Dame. Lance setzte ihr den Helm auf. Etwas locker, aber nicht schlecht. Er band ihn unterm Kinn fest. „Das hilft gegen den Lärm."

„Wie bitte?"

Er beugte sich vor. „Ich sagte, das hilft gegen den Lärm." Er half ihr auf den Sitz und stieg dann selbst auf. Sie war kaum größer als ein zehnjähriges Mädchen, aber sie hielt sich eisern fest.

Er ließ den Motor an. „Alles klar?", brüllte er.

„Alles klar", brüllte sie zurück.

Sie fuhren die Auffahrt hinunter und auf die Straße. Er hatte die Adresse des Heims, in dem Ralph wohnte, nachgeschlagen, als Evvy es das erste Mal erwähnt hatte, aber sie rief ihm trotzdem die Wegbeschreibung zu. Das Heim war in einem neueren Teil der Stadt, ungefähr zehn Minuten entfernt, und sie parkten ohne Zwischenfälle auf dem Parkplatz.

Als er ihr den Helm abnahm, sah sie ein bisschen aus wie ein neu geborener Vogel, aber das sagte er ihr nicht. „Und?"

Sie berührte ihre Haare, weil sie merkte, dass ihre Frisur ziemlich durcheinander war. Aber ihre Wangen waren gerötet und ihre Augen leuchteten. „Ich wünschte, die anderen hätten das sehen können."

Er lachte. „Dann würden sie alle mitfahren wollen."

Evvy schnaubte. „Die Hälfte von denen würde sich doch nie auf so eine Maschine setzen. Nicht einmal für die Rente eines Bankbesitzers."

„Dann haben Sie den anderen etwas voraus." Lance geleitete sie langsam zur Tür.

„Mehr als nur etwas, mein Junge. Mehr als nur etwas."

Sie blieben vor dem Empfangstresen stehen, um sich anzumelden, und dann half Lance Evvy den Flur hinunter.

„Die Beine werden steif dadurch."

„Tut mir leid." Er hielt sie noch fester.

Sie machte eine abwehrende Handbewegung. „In der Küche zu sitzen, macht die Beine steif." Sie zeigte auf eine Tür. „Das ist es, Ralphs Zimmer."

Lance klopfte leise und schob die halb geöffnete Tür dann auf. Ein Geruch stieg ihm in die Nase, der sehr viel strenger war als in Evvys Haus. Evvy schien ihn nicht zu bemerken. Sie traten ein und sahen den Bewohner in einem Rollstuhl am Fenster sitzen. Sein Haar war dünn und weiß und er zitterte vor Schüttellähmung.

„Hallo Ralph." Evvys Stimme klang sanfter, als er es bisher gehört hatte.

Sein faltiges Gesicht verzog sich zu einem Lächeln. „Evvy, meine Liebe."

Er erinnerte sich also an sie. Lance wurde es ganz warm ums Herz. Vielleicht war er doch nicht so vergesslich, wie sie dachte.

„Ich möchte dir den neuen Nachbarn vorstellen. Er hat mich mit dem Motorrad hierhergebracht."

Ralph blickte zur Seite. „Ein Motorrad? Meine Evvy auf einem Motorrad?"

Lance reichte dem Mann die Hand. „Ich heiße Lance."

„Lance. Setzen Sie sich. Ich muss noch ein bisschen diese schöne Dame anschauen."

Evvy errötete. „Du schon wieder."

„Ich weiß nicht, was für ein Tag heute ist oder wer Präsident der Vereinigten Staaten ist, aber dein Gesicht erkenne ich in meinen Träumen wieder."

Lance spürte, wie die Liebe ihn umfing. Er half Evvy in einen Stuhl, den er neben Ralphs Rollstuhl gezogen hatte, dann setzte er sich ein wenig abseits auf die Bettkante. Während sie sich im Flüsterton unterhielten, betrachtete er die Bilder an der Wand. Dann faltete er die Hände und wartete einfach.

Schon bald sagte Evvy: „Lance möchte deine Geschichten hören. Über die Villa."

Ralphs Augen starrten durchs Zimmer, und sein Mund hing halb offen. „Nein, nein. Ich kenne keine Geschichten."

Evvy blickte Lance an. „Über den Mord."

Ralph faltete die Hände auf seinem Schoß und senkte den Blick darauf. „Oh, sie haben ihn ermordet, das steht fest. Jedenfalls ist es das, was Dad gesagt hat. Oder habe ich … war das im Fernsehen?"

„Nein, es war nicht im Fernsehen. Du hast es in diesem Buch gefunden."

„Ja, das ist richtig. Das Tagebuch. Im Kutscherhaus."

Lance beugte sich vor. „Im Kutscherhaus war ein Tagebuch?"

Ralph sah ihn an. „Was sagten Sie, wie Sie heißen?"

„Lance. Lance Michelli."

Evvy berührte Ralph am Arm. „Er wohnt im Kutscherhaus. Er hat es richtig schön zurechtgemacht." Sie zwinkerte Lance zu. „Ich habe durch Ihr Fenster gesehen."

Das war ihm neu und eine Lehre. Er hatte das Fenster auf der Rückseite nicht zugehängt. „Wessen Tagebuch war es denn?"

Ralph antwortete mit einem Anflug von Humor: „Antonias."
Es war wie ein Stromschlag. „Haben Sie es?"
„Nein." Ralph schüttelte den Kopf. „Nein, ich habe nichts von dem Zeug. Ich … weiß nicht, was daraus geworden ist."
„Deine Verwandten haben alles ausgeräumt. Wahrscheinlich liegt es auf irgendeiner Müllkippe."
Lance stöhnte innerlich. Das Tagebuch seiner Großmutter auf der Müllkippe."
„Haben Sie es gelesen? Was stand darin?"
Ralph lächelte. „Eine Menge von den Sätzen, die ich bei Evvy benutzt habe."
Evvy fuhr hoch. „Du alter Gauner!"
Er lachte. „Das Mädchen hat alles aufgeschrieben, was ihr Verehrer gesagt hat. Mark, Marcus …"
„Marco?", schlug Lance vor.
Ralph nickte. „Das war es. Marco." Ralph legte die Stirn in Falten. „Ein Vertreter, glaube ich, oder war er ein …" Er schüttelte den Kopf.
Nonno Marco. Lance ermahnte sich, das Atmen nicht zu vergessen. „Was hat sie über den Mord gesagt?"
„Sie?"
„In dem Tagebuch. Hat sie etwas über den Mord geschrieben?"
Ralph lehnte sich in seinem Rollstuhl zurück. Wieder irrte sein Blick durch den Raum.
Evvy berührte sein Knie. „Erzähl einfach die Geschichte, Ralph, so wie du es früher immer getan hast."
Ralph starrte lange die Wand an. „Ich erinnere mich nicht."
„Es war während der Prohibition", soufflierte Evvy.
Ralph hob die zitternden Hände. „Es ist alles durcheinander. Ich … ich …" Eine Träne glänzte in seinem Augenwinkel.
Sie legte eine Hand auf sein Knie. „Behandeln sie dich gut hier drin?"
Er zuckte mit den Schultern. „Sie füttern und wickeln mich."
„Ralph!" Sie verpasste ihm einen kleinen Klaps.
Er nahm ihre Hand. „Aber ich vermisse mein Mädchen."
Sie lehnte sich zu ihm hinüber und küsste seine Wange. „Ich vermisse dich auch."
Lance atmete aus. Er hatte nichts gehört, was er nicht schon wusste, abgesehen von der Tatsache, dass es ein Tagebuch gab und dass es jetzt

verloren war. Er konnte sich nicht dazu überwinden, Ralphs Gedächtnis auf die Sprünge zu helfen, und Evvy hatte offenbar das Gleiche beschlossen. Es war schön und schmerzlich zugleich, ihre Liebe zu sehen. Die beiden erinnerten ihn an Nonna und Nonno, bevor Nonno Marcos Herz aufgegeben hatte.

„Es ist Zeit für dein Nickerchen." Sie tätschelte seine Hand.

Er nickte. „Fährst du mit dem Motorrad nach Hause?"

Evvy blickte Lance an. „Das nehme ich doch an."

Ralph hob warnend den Zeigefinger. „Seien Sie ja vorsichtig mit meiner Verlobten."

Lance half Evvy auf. „Ich verspreche es."

Sie gingen zusammen hinaus, Evvy schwer auf seinen Arm gestützt, schwerer als zuvor.

„Er ist nicht mehr der Alte." Ihre Stimme klang rau.

Lance lenkte sie an einem Mann mit Wischmob vorbei. „Er hat Sie aber auf jeden Fall wiedererkannt."

Sie seufzte. „Heute war ein guter Tag."

Er fuhr sie heim und begleitete Evvy ins Haus. „Brauchen Sie noch was?"

„Ich lege mich nur ein bisschen hin."

Lance half ihr, sich auf dem Sofa auszustrecken. Diese kurze Begegnung schien sie viel Kraft gekostet zu haben. Die Liebe war das große Risiko des Lebens. Kein Glück garantiert, dafür bestand die Gefahr von Verlust und Schmerz. War es das wert? Der Schmerz in Ginas Stimme, als sie neulich telefoniert hatten, war deutlich zu hören gewesen. Hätte sie Tony lieber nicht geliebt? Und er selbst?

Lance konnte Beziehungen nicht auf die leichte Schulter nehmen. Nicht, wenn die innere Unruhe und seine Neigung, Mist zu bauen, jemanden anderen verletzen konnte. Er hatte versprochen, Rese nicht wehzutun. Doch von dem Tag an, als er hierhergekommen war, hatte etwas, was nicht in seiner Macht stand, alle seine Schritte motiviert. Wenn er jetzt an sie dachte, spürte er eine süße Leere in sich wie eine Wabe, die er einfach füllen musste, auch wenn sie vielleicht geplündert wurde.

Er ging zum Schuppen und fand sie dort, mit ihrer bedrohlich aussehenden Schutzbrille und dem Sägemehl speienden Schleifgerät. Der Geruch von Holz erfüllte den Schuppen. Er betrachtete ihre Fortschritte. Die Teile des Bettes schienen fertig zu sein, aber vielleicht waren sie es nach Rese' Standard noch nicht. Es konnte sein, dass sie vor lauter Sorgen die Bretter ganz durchschliff, während er auf Dauer einen steifen Hals haben würde.

Sie stellte das Schleifgerät aus, behielt es aber in der Hand. „Wo warst du?"

„Ich habe Evvy zu ihrem Verehrer gebracht."

„Du bist mit Evvy Motorrad gefahren?"

Er zuckte mit den Schultern. „Klar."

Rese schüttelte den Kopf. „Ich wundere mich über dich."

Er lachte. „Es hat ihr gefallen. Auch, dass sie Ralph davon erzählen konnte." Er zeigte auf die Teile. „Mein Bett?"

Sie zeigte auf ein flaches Stück Holz, das auf einer separaten Arbeitsplatte lag. „Ich bin fast fertig. Nur noch die Schnitzerei und die Oberflächenbehandlung."

Er ging zu ihr und betrachtete das geschwungene Kopfteil. „Das ist toll, Rese. Ich hatte gar nicht so etwas Besonderes erwartet."

Sie legte das Schleifgerät weg, trat neben ihn und fuhr mit dem Finger über die Schnitzerei. „Ich weiß, dass es zwanghaft ist, aber ich kann einfach keine halben Sachen machen."

Er berührte ihren Arm. „Das ist gut."

Sie blickte mit ihrer albernen Plastikbrille zu ihm auf. Miss Sicherheitsbewusst. Oder wollte sie ihn abwehren?

„Ich lasse dich arbeiten."

Sie wischte sich mit dem Handrücken das Sägemehl von der Wange. „Machst du Abendessen?"

Die Taylors hatten kein Essen gebucht, aber wenn Rese etwas gekocht haben wollte, würde sie etwas bekommen. „Gerne."

Er ging in die Küche und bereitete eingelegtes Gemüse zu. Er würde später Hühnchen dazu braten, aber jetzt deckte er das Gemüse ab und stellte es in den Kühlschrank, damit es durchziehen konnte. Dann backte er Olivenbrötchen und machte ein Dessert aus karamellisierten Orangen. Als er gerade bei der Arbeit war, kam ein älteres Ehepaar ohne Reservierung, und da nur ein Zimmer belegt war, wenn man das von Star nicht zählte, gab er ihnen das Rosenzimmer.

Er hätte wahrscheinlich erst Rese fragen sollen, aber es würde ihr nur Sorgen bereiten. Er würde ihr Bescheid sagen, wenn sie hereinkam –

damit sie den Leuten nicht im Flur begegnete und dachte, sie wären Gespenster.

Der Gedanke an Nonnas Tagebuch machte ihm zu schaffen, während er arbeitete. Wie konnte jemand etwas so offensichtlich Wertvolles einfach wegwerfen? Natürlich kannte er den Zustand des Buches nicht. Und es war vielleicht für niemanden außer ihm selbst von Interesse. Aber der Gedanke, dass es dort, im Kutscherhaus gewesen war! Wenn er doch nur früher hergekommen wäre! Er seufzte. Das konnte er jetzt nicht mehr ändern. Ihm blieb nichts übrig, als nachzusehen, was sich unter seinem Zimmer befand.

Kapitel 25

Angst vermehrt sich wie Larven in einem Teich.
Dinge, die ich gehört habe; die ich gesehen habe,
ohne sie zu verstehen.
Nur Wolken sammeln sich in meinen Gedanken
und ich frage mich, wann das Unwetter kommt.

Lance leuchtete mit der Stablampe in den Tunnel hinein. Sein Magen war gesättigt von der Mahlzeit, die er mit Rese und Star gegessen hatte, und es war so spät, dass nichts ihn daran hindern sollte, den Tunnel zu erforschen. Das Wochenende war vergangen, ohne dass er eine richtige Gelegenheit gehabt hatte, aber dies war seine Chance. Er stieg die Steinstufen hinunter und suchte die engen Mauern und die niedrige Decke mit dem Lichtstrahl ab. Wenn es kein Grab war, konnte es durchaus eins werden. Andererseits hielt es schon so lange.

Er holte Luft und setzte sich in Bewegung, während seine Haut vor gespannter Erwartung und dem Gefühl von Ehrfurcht prickelte. Der Geruch war durchdringend, modrig mit leicht säuerlichem Unterton. Nach ungefähr zwanzig Schritten kam er an ein eisernes Tor, das von der Decke bis zum Boden reichte. Er schob, dann zog er, aber es gab nicht nach. Verschlossen. Um es aufzubrechen, würde man gute Werkzeuge brauchen oder einen Schmied. Es sei denn … Er beugte sich vor und begutachtete das Schloss. *Herr?*

Er kehrte um, ging zur Treppe zurück und stieg hinauf. In seinem Schlafzimmer kramte er in der Metallschachtel nach dem Schlüssel, den er auf dem Dachboden gefunden hatte. Es war unwahrscheinlich, aber vielleicht war der Schlüssel in der Ecke versteckt gewesen – nicht verloren, sondern verborgen. Er nahm den Schlüssel und betrachtete seine Form. Dann zuckte er zusammen, als es an der Tür klopfte.

„Lance?"

Baxter sprang von seinem Platz neben der Hängematte auf und lief zur Tür, und seine Krallen klickten auf dem Steinfußboden, während mit seinem Schwanz auch das ganze Hinterteil wedelte. Lance ließ den Schlüssel wieder in die Schachtel fallen, schob sie unter einen Stapel

Kleidung und ging ins Wohnzimmer hinüber. Er konnte Rese in der Dunkelheit vor den Terrassentüren nicht sehen, aber er vermutete, dass sie zumindest seine Silhouette sehen konnte. Der Zugang zum Tunnel stand offen, und plötzlich fielen ihm all die Sprichwörter über ein Leben im Glashaus ein.

Sollte er sie einfach hereinlassen? Ihr alles erzählen? Aber er wusste ja nichts sicher. Sobald er es wusste, würde er es ihr erzählen. Er eilte zur Falltür und schloss sie. Dann ging er zur Tür.

Rese wirkte verlegen, als sie so dort stand, aber es schien ihr nicht schlecht zu gehen. „Dein Licht war an."

„Ich bin noch wach." Er hätte die Lampe ausmachen sollen, wenn er nicht gestört werden wollte.

„Mensch-ärgere-dich-nicht?" Sie hielt eine Schachtel aus ihrem Wohnzimmer hoch.

Er sah sie prüfend an. „Kannst du nicht schlafen?"

„Es ist leiser als ein Schleifgerät."

„Keine Frage."

Sie streckte die Hand aus und tätschelte Baxter. „Ich hätte Star gefragt, aber sie kann nichts ertragen, was Regeln hat. Und du hast gesagt, Menschen sollten zusammen spielen und reden und lesen." Sie straffte die Schultern, so verloren und ungelenk, wie sie es auf ihrem ersten Spaziergang gewesen war.

Er zog sie ins Haus.

Sie drückte die Schachtel an ihre Brust. „Ich wusste nicht, wie du dazu stehst."

„Zu Mensch-ärgere-dich-nicht?"

Sie funkelte ihn an. „Dazu, dass ich herkomme und …"

Er zog sie näher. „Ich finde es schön, dass du herkommst." Und es war die Wahrheit, obwohl er darauf brannte, den Schlüssel auszuprobieren. „Deshalb habe ich die Zwischenwand eingezogen. Damit ich mitten in der Nacht rätselhafte braunäugige Besucherinnen hereinbitten kann."

Sie schnaubte. „Rätselhaft. Klar."

„Glaub mir, Rese, du bist ein Rätsel." Er hätte nie gedacht, dass sie mit einem Gesellschaftsspiel unterm Arm auftauchen könnte – allerdings genauso wenig ohne Spiel –, auch wenn er sie auf den Gedanken gebracht hatte.

Sie reckte das Kinn vor. „Ich dachte, du wüsstest alles."

„Ganz und gar nicht." Er legte die Hände um ihr Gesicht und kostete ihre Lippen. Wie konnte irgendetwas, das mit Rese Barrett zu tun hatte, so süß schmecken? „Können wir die Schachtel woanders hintun?"

„Wir können das Spiel aufbauen."

Er verstand den Wink. „In Ordnung." Er trug das Spiel zum Tisch und schob die Lampe zur Seite.

„Du brauchst noch mehr Möbel."

„Zuerst das Bett. Dann kannst du bauen, wozu du Lust hast." Er ließ sich auf dem kleinen Sofa nieder und öffnete die Schachtel. „Benny Steiner hat mir das Spiel beigebracht und mich dann jedes Mal fertiggemacht. Ich glaube immer noch, dass er mir die eine oder andere Strategie verschwiegen hat."

Rese setzte sich neben ihn auf das Sofa und schlug die Beine übereinander. „Wenn du etwas von Strategien weißt, hast du mir was voraus."

„Bestimmt. Vielleicht hat er auch einfach seine Figuren gezogen, wenn ich nicht hingeguckt habe." Er hatte ihren Besuch nicht erwartet und wäre am liebsten sofort wieder hinuntergegangen, um das Tor zu öffnen. Aber er musste zugeben, es war ein gutes Gefühl, dass sie gekommen war. Er stellte seine Figuren in der Ausgangsposition auf und bedeutete ihr dann, sie solle anfangen. „Ladies first."

Sie starrte geradeaus. „Wir werfen eine Münze."

„Hast du eine?"

Sie schüttelte den Kopf.

„Dann kannst du würfeln."

„Der höchste Wurf fängt an."

Er hatte gemeint, dass sie anfangen und den ersten Zug machen sollte, aber wenn es ein Problem war, würden sie um diese Ehre würfeln. Sie hatte die höhere Zahl und würfelte für den ersten Zug. Eine Sechs. Sie konnte ihre erste Spielfigur ziehen und noch einmal würfeln. Mit einer Drei zog sie das Männchen entsprechend weiter. Offensichtlich machte es ihr nichts aus, wenn sie Vorsprung hatte. Sie musste ihn sich nur verdient haben. Worauf hatte er sich da eingelassen?

Sie spielten zwei volle Runden, was ihm reichte. Er war keineswegs überrascht, dass Rese gewinnen wollte, wenn sie spielte. Mensch-ärgere-dich-nicht war wahrhaftig einschläfernd, aber sie zeigte keine Anzeichen von Müdigkeit. „Und, noch nicht müde?"

Sie seufzte. „Du denn?“

Er hatte noch genug Energie, um den Tunnel ein weiteres Mal zu untersuchen. Leider sah Rese überhaupt nicht so aus, als könnte sie sich zusammenrollen und schlafen. Er schob das Spiel beiseite und setzte sich bequemer hin. „Komm her.“

Sie sah überrascht aus, rutschte aber näher und lehnte sich an ihn.

Er legte den Arm um sie. „Lieblingseis?“

Sie zuckte mit den Schultern. „Dad hat immer einen großen Kübel Vanille mitgebracht, der wochenlang hielt.“ Sie blickte nachdenklich drein. „Aber ich habe eine vage Erinnerung an rosa und grün gestreifte Pfefferminz-Zuckerstangen.“

„Deine Mutter?“

„Vielleicht.“ Sie drehte den Kopf zu ihm. „Lieblingsfilm?“

„Braveheart.“

Sie zog die Füße aufs Sofa. „Die Kampfszenen?“

Er schüttelte den Kopf. „Das archetypische Opfer der Christusfigur.“

„Christusfigur?“

„Nach dem Vorbild Jesu, der sein Leben für die Welt gibt. Ein Unschuldiger stirbt für die anderen.“

Sie schwieg. „Wie Tony.“

Sein Magen zog sich zusammen. „Genau. Wie Tony.“ Diese Einschätzung hatte er von ihr nicht erwartet. Tony hatte an jenem Tag sicher keinen anderen Gedanken gehabt, als zu helfen und zu dienen. Tony, so entschlossen und bereitwillig. Der Tod musste ihn überrascht haben wie jemand, der einen von hinten überfällt, aber er hatte ihn sicher erkannt. Und an jenem Tag war der Tod berechnend und gewissenlos gewesen wie das Böse selbst.

Sie zog die Knie an und legte ihr Kinn darauf. „Tut es noch weh?“

„Ja.“

„Ich wünschte, der Schmerz würde weggehen.“

Er rieb ihren Rücken entlang der Wirbelsäule. „Es hilft, sich an die guten Zeiten zu erinnern.“ Weil es zu viele andere gab, die ihn mit Reue erfüllten.

Das Schweigen dehnte sich zwischen ihnen aus. Dann seufzte sie. „Ich gehe morgen meine Mutter besuchen.“

Das war es also. Er versuchte sich vorzustellen, wie es war, wenn man erfuhr, dass jemand, den man für tot gehalten hatte, noch am Leben war. Es hatte Wochen gedauert, bis er zugeben konnte, dass Tony vom Ground Zero nicht mehr zurückkommen würde, aber noch viel länger hatte es gedauert, die Wut über seinen Verlust zu überwinden.

Aber Rese hatte die Chance, die er nie haben würde. Sie konnte ihre Mutter finden, sie sehen, mit ihr reden, ihr all die Dinge sagen, die alle sagen würden, wenn sie noch einmal die Gelegenheit bekämen. Für sie war der Tod aufgehoben worden. Eine süße und zugleich schmerzliche Freude erfüllte ihn. Was hätte er nicht darum gegeben zu erfahren, dass Tony noch lebte. Die Hand seines Bruders zu ergreifen, ihn an sich zu ziehen, ihm dafür zu danken, dass es ihn gab, dass er immer da gewesen war.

Für Rese konnte es anders sein. Es gab Dinge, die sie noch nicht verstand. Es würde nicht einfach werden, die Antworten zu bekommen. Und er hatte das Gefühl, dass sie das ahnte. „Bist du bereit dafür?"

„Ich muss es sein. Wahrscheinlich war es gut, das Wochenende abzuwarten, aber jetzt sind da all die Fragen und Entscheidungen." Sie sah ihm ins Gesicht.

„Es muss aber nicht alles gleichzeitig sein."

Sie antwortete nicht, sondern lehnte die Knie über seinen Schoß in einer mädchenhaften Geste, die er reizend und zart fand – zwei Begriffe, die er nur schwerlich mit Rese in Verbindung bringen konnte.

„Lügst du jemals, Lance?"

Das Herz schlug heftig gegen seine Rippen, während seine Hand unbehaglich an ihrer Seite lag. „Du meinst, ob ich dich schon einmal angelogen habe?"

„Überhaupt."

Er riss seine Gedanken von dem Tunnel und dem Schlüssel und der Schachtel los. Er hatte nicht gelogen, was diese Dinge betraf. *Und über den Grund seines Hierseins?* Er machte seine Arbeit und mehr als das. Er schluckte. „Als ich so sieben oder acht war, hatte ich eine Phase, in der ich meine Mutter anlog. Manchmal log ich, nur um zu sehen, ob ich sie dazu bringen konnte, mir zu glauben." Er war geschickter und überzeugender gewesen, als es gut für ihn war. „Aber sie hat mich erwischt und gesagt, sie könne mir nicht mehr vertrauen."

Er warf ihr einen Blick zu und hoffte, das würde sie nicht auf falsche Gedanken bringen. „Mir wurde erst später klar, was für Konsequenzen das hatte. Bei jedem Streit mit Tony oder meinen Schwestern glaubte sie ihnen und nicht mir, obwohl sie nur ihre Version der Geschichte erzählten. Dann sah sie mich traurig an und sagte: *‚Tut mir leid, Lance, aber ich kann dir nicht glauben.‘*" Er stieß die Luft langsam aus. „Ich sah schnell ein, was für einen schlimmen Fehler ich gemacht hatte, schwor, dass ich nie wieder lügen würde, und flehte sie an, mir zu vertrauen." Er erinnerte sich noch heute an die Wärme ihrer Hand auf seinem Kopf. *Gut, Lance. Wir fangen noch einmal ganz von vorne an.* „Und das hat sie auch getan."

„Hast du sie noch mal belogen?"

„Nicht auf diese Weise. Sicher habe ich oft nur meinen Standpunkt wiedergegeben, aber ich habe nie mehr ganz bewusst gelogen." Selbst wenn er Grund dazu gehabt hätte, so wie es oft der Fall gewesen war.

„Ich habe meinen Vater angelogen." Rese legte den Kopf an seine Schulter. „Ich habe es nicht als Lüge betrachtet, sondern als das Bewahren eines Geheimnisses."

Geheimnisse bewahren. Er spürte, wie eine kalte Last ihn niederdrückte.

„Es gehörte zu den Verstellungen, den sich ständig ändernden Facetten der Wirklichkeit."

Er legte seine Hand auf ihr Knie. „Was für Geheimnisse waren das?"

Sie seufzte. „Alles Mögliche. Einmal hat Mom den Rosenstrauch einer Nachbarin angezündet."

Puh. „Wirklich?"

„Ich habe nicht gesehen, wie sie es getan hat, aber ich bin ziemlich sicher. Nach den grausamen Dingen, die Mrs Walden über meine Mutter gesagt hat, war ich überzeugt davon, dass sie es verdient hatte."

„Warum dann die Lügen?"

In ihrer Stirn pochte es. „Ich weiß nicht. Es war, als würden wir in zwei Welten leben. Für Mom waren es verschiedene Grautöne, aber Dad sah alles schwarz-weiß. Deshalb habe ich erwartet, dass er die Wahrheit sagt."

„Manchmal ist es schwierig, die Wahrheit zu erkennen. Oder zu wissen, was man damit anfangen soll."

„Aber er war nicht nur mein Vater, er war mein Held."

Und Helden versagen manchmal.

„Nachdem Mom fort war, wurde er alles, was ich brauchte. Nicht immer das, was ich wollte. Das ist ein Unterschied. Es war nicht liebevoll und kuschelig. Aber es war beständig."

Interessante Wortwahl.

Sie warf ihm einen Blick zu. „Du bist ganz anders als er."

Nein, niemand konnte ihn beständig nennen.

„Er ist der Einzige, an dem ich nie gezweifelt hätte."

So wie sie an *ihm* zweifelte?

„Was ist, wenn alles, wofür ich ihn hielt, eine Lüge war?"

Lance streichelte ihr Knie mit dem Daumen. „‚Alles' ist ziemlich umfassend."

„Aber es ist so, wie deine Mutter es gesagt hat. Wenn du jemandem nicht vertrauen kannst, wie kannst du dann jemals wissen, was wahr ist und was nicht?"

Er runzelte die Stirn, denn ihm gefiel nicht, wohin das alles führte. „Vielleicht sind es wirklich Grautöne. Die Entscheidung, was man sagt und was man für sich behält."

„Dass ich Moms Geheimnisse bewahrt habe, war nicht dasselbe wie das, was er getan hat." Ihr Gesicht war hart.

Er drückte ihr Knie. „Vielleicht hat er auch ihre Geheimnisse bewahrt."

Der Gedanke hallte unbehaglich in ihr wider und sie kämpfte mit aller Macht dagegen an. Lieber war sie wütend. Wie konnte man einem Kind erzählen, seine Mutter sei tot? So leben, als gäbe es diesen Menschen nicht mehr? Nirgendwo? Er hatte ihr nicht einmal das Märchen vom Himmel gelassen.

„Du bist schon wieder ganz verspannt." Lance rieb ihren Nacken.

Rese schloss die Augen und überließ sich seinen Händen. Niemand hatte sie jemals so berührt. Nach tagelanger Schwerstarbeit konnte sie sich höchstens auf ein heißes Bad freuen. Lance' Finger fanden die Muskeln und massierten sie weich, aber die Gedanken ließen sich nicht so einfach weichkneten. „Es war nicht richtig."

Er widersprach nicht, sondern rieb weiter, bis die Wärme ihren Hals hinunter bis zur Wirbelsäule wanderte und sie erfüllte. Er hatte sie gern. Als sie im Schuppen gearbeitet hatte und seine Worte einen Gefühlsausbruch nach dem anderen in ihr auslösten, hatte sie sich mit diesem Gedanken beschäftigt.

Sie hatte geglaubt, dass ihr Vater sie liebte. Er hatte für sie gesorgt, aber war das dasselbe? „Wie kann man jemandem vertrauen, wenn solche Lügen so real sein können?“ Lügen und andere Dinge.

„Ich weiß nicht, Rese.“

Sie hatte etwas anderes erwartet, irgendeine Versicherung, dass es möglich war.

„Ich weiß, dass es eine Wahrheit gibt. Aber dazu ist Glaube notwendig.“

Glaube. An das Unsichtbare glauben. Sich auf etwas verlassen, was man nicht sehen konnte. Der Gedanke widerstrebte ihr, aber was war, wenn er recht hatte? „Erklär mir das.“

Er drehte ihr Gesicht mit sanfter Hand zu ihm und betrachtete es. „Gut. Aber wir machen es so.“ Er forderte sie auf, sich quer über seinen Schoß zu lehnen, sodass ihr Kopf auf seiner Armbeuge lag. „Jetzt kann ich sehen, ob du einschläfst.“

„Nicht sehr wahrscheinlich.“ Sie war in einer viel zu verletzlichen Position, nachdem jeder Blick von Lance sie dazu bringen konnte, etwas zu tun, so als wäre sie Baxter. Ihr Reflex war, sich aufzusetzen und sich mit ihm auf Augenhöhe zu begeben, aber sie widerstand der Versuchung. Den Kopf in Lance' Armbeuge gelegt, konnte sie sein Gesicht sehen. Vielleicht würde sie etwas sehen, was ihr bisher entgangen war.

Nach einer Weile sagte er: „Es fängt mit Liebe an. Mit einem vollkommenen Wesen, das die Menschheit erschaffen hat: Menschen, die regiert und angeleitet werden müssen, die Hilfe und Unterstützung brauchen, aber die es vor allem zu kennen und lieben gilt.“

Sie hatte die Geschichte von der Schöpfung und dem „Sündenfall“ von ihrer Mutter gehört. Jetzt fiel ihr das Buch wieder ein, ein glänzendes Bilderbuch mit festem Einband und leuchtend bunten Bildern, Früchten, Feigenblättern und Geschichten. Sie hatte diese und andere Dinge in den Sommerferien bei einer Bibelfreizeit gehört, aber selbst damals war sie skeptisch gewesen. Lance versuchte nicht, sie von den Einzelheiten zu überzeugen; er erklärte ihr stattdessen das Wesentliche.

„Nachdem die Menschen sich aufgelehnt haben, war die Beziehung zerbrochen. Sie können die Sache nicht wieder reparieren und das, was sie verloren haben, zurückholen. Die Sünde ist in der Welt. Schlimme Dinge passieren. Das ist die Wirklichkeit.“

Sie rührte sich. „Aber es gibt auch gute Dinge.“

„Gute Dinge geschehen auch. Aber nur, weil Gott uns nicht aufgegeben hat. Er hat die Sache, die er da angefangen hat, und die erbärmlichen Wesen, die ihre von Gott gewollte Vollkommenheit verloren hatten, angesehen und hatte Erbarmen mit ihnen." Er berührte ihr Kinn. „So wie du Erbarmen mit mir hattest."

„Wie?"

„Ich habe gegen deine Regeln verstoßen. Du hättest mich feuern können, aber du hast es nicht getan."

„Ich wollte nicht."

Sein Lächeln zeigte alles, was er fühlte, ganz deutlich. Sie liebte diese Transparenz. Ihr konnte sie vertrauen.

Er berührte ihre Lippen mit dem Finger, und die Zärtlichkeit seiner Berührung hypnotisierte sie. „Und Gott wollte uns auch nicht feuern. Also hat er einen Weg gefunden, wie die Beziehung zu ihm wieder hergestellt werden konnte. Er hat alle Schuld auf sich genommen."

„Ich dachte, das war Jesus."

„Jesus ist Gott. Und verlang nicht von mir, dass ich dir die Dreieinigkeit erkläre. Jesus wurde Mensch und starb für uns. Der Christus, der die Sünden der Welt auf sich nahm."

„Wie William Wallace in *Braveheart*, der starb, damit die Schotten frei sein konnten."

„Aber im großen Stil." Lance lächelte. „Ganz groß."

Sie schloss die Augen und dachte darüber nach. „Aber wenn er das getan hat, warum ist dann nicht alles wie vorher?"

„Weil man das Geschehene nicht ungeschehen machen kann." Lance fuhr mit dem Finger die Konturen ihres Gesichts entlang. „Es ist eine Art Renovierung. Er hat eine neue Methode gefunden, trotz des Todes und Leides, das wir uns eingebrockt haben."

Renovierung. Den Kern behalten, aber das Gebäude erneuern. Ein Weg durch Tod und Leid … wie die Gestalt damals sie durch den drohenden Tod und die Angst jener schrecklichen Nacht gebracht hatte? Sie fuhr hoch. „Lance!"

„Es ist in Ordnung. Du kannst ruhig schlafen."

Sie schüttelte den Kopf. „Ich glaube, ich habe Angst, weil … weil ich beinahe gestorben wäre." In diesem Augenblick wurde es ihr mit neuer Klarheit bewusst.

„Wann?"

„In der Nacht, als meine Mutter … fortging."
„Als die Heizung defekt war?"
Sie nickte. „Ich war in meinem Zimmer. Mom hatte mich früher ins Bett geschickt, und ich hatte Angst."
„Warum?"
„Weil Walter da war. Und sie hat geweint und ihm versprochen, dass sie ihn liebte. Er hat sie hin und her geschleift."
„Geschleift."
Sie versuchte sich zu erinnern. „So kam es mir vor." Obwohl Walter natürlich unsichtbar gewesen war.
„Also hattest du Angst, als du ins Bett gingst."
„Und irgendwann in der Nacht wusste ich, dass ich sterben würde. Aber etwas war da, *jemand.* Ein Wesen sagte mir, ich solle nicht aufgeben, sondern kämpfen, mich wehren."
„Dein Vater?"
„Nein." Rese blickte ihm ins Gesicht. Er würde denken, dass sie verrückt war, wie ihre Mutter. „Nichts, was ich sehen konnte, aber ich wusste, dass diese Gestalt da war. Sie half mir durchzuhalten, bis Dad hereingerannt kam und mich packte und nach draußen lief." Und jetzt war eine Erinnerung aufgeflackert, die ihr vorher nicht gekommen war. Ihre Mutter stand draußen. Wie konnte sie da stehen, wenn …
Rese schüttelte den Kopf. „Glaubst du, ich bin verrückt?"
„Nein."
„Die Leute haben mich immer angesehen, als wäre ich es. Sie haben Star und mich als die verrückten Schwestern bezeichnet."
„Du bist nicht verrückt." Seine Augen waren warm und voller Zuneigung. „Aber du bist gesegnet."
„Gesegnet?"
„Was glaubst du, wer dort bei dir war?"
Sie konnte es nicht sagen. „Aber warum? Wir haben nie gebetet, sind nie in die Kirche gegangen." Moms Geschichtenbuch war eines von vielen gewesen, und es hatte andere gegeben, die ihr besser gefallen hatten. „Eine Bibelfreizeit zählt doch nicht." Auch wenn sie das kleine Gebet gesprochen hatte, das man ihr vorgesprochen hatte, um Jesus in ihr Herz zu lassen.
„Er liebt dich, Rese."

Was bedeutete das? Sie wollte es verstehen, wissen, dass es stimmte. „Ich weiß nicht, was ich damit anfangen soll."

„Glaub es."

„Das ist ja das, was so schwierig ist."

„Den schwierigen Teil hast du schon erledigt. Zuzugeben, dass du Hilfe brauchst."

„Ich war ein Kind; ich hatte Angst." Würde sie es jetzt tun? Selbst damals hatte sie versucht zu sein, was alle anderen brauchten: Dads vernünftiges Mädchen, Moms einfühlsame Tochter, ihre eigene beste Freundin.

„Du hast vertraut. Du wusstest nur nicht, wem."

Sie hatte dieser mysteriösen Gestalt vertraut. In der dunklen Stille ihres Zimmers hatte sie jemanden angefleht, ihr zu helfen, obwohl sie die Gefahr, in der sie sich befand, nur erahnen konnte. In ihrem Innern hatte sie ihre völlige Hilflosigkeit gespürt und um Hilfe geschrien. Sie schloss die Augen und dachte darüber nach. Hatte Jesus sie gerettet?

Wie der Mann in dem Wal war sie in Sicherheit gebracht worden. Es waren die Arme ihres Vaters gewesen, aber wieso war er rechtzeitig gekommen? Vielleicht hatte jemand Größeres eingegriffen. Ein himmlischer Vater? Sie hatte nicht nur eine physische Sicherheit gespürt. Hatte ihre Seele Gott erkannt und sich an ihn geklammert?

Und hatte sie es nicht jedes Mal gespürt, wenn Lance gebetet hatte, wenn ein Teil von ihr gehofft hatte, dass es jemanden gab, der zuhörte, ein mächtiges, wohlwollendes Wesen, jemand, der der leeren Wirklichkeit einen Sinn gab? Warum war sie auf so unglaubliche Weise verschont geblieben?

Ein Gedanke tauchte aus dem Nebel auf. Um ihre Mutter zu retten? Wellen der Verwirrung. Warum, wie, was sollte sie tun? War ihr Vater, ihr Held, Mentor und Idol, der herzlose Lügner gewesen, der er zu sein schien? Morgen würde sie es wissen. Morgen …

Kapitel 26

Rese erwachte in der Hängematte mit einer Decke über sich und Baxters Schnauze in ihrer Hand. Sie hob den Kopf und merkte, dass ihr Hals steif war. Der arme Lance. *Lance!* Sie fuhr mit einem Ruck hoch. Wo war er, wenn sie in seinem Bett lag? Sie blickte sich im Zimmer um und versuchte, in das andere Zimmer zu blicken. Sie war allein.

Sie stand auf und ging ins Bad. Es roch nach seinem Rasierwasser, und Feuchtigkeit hing in der Luft. Sie musste wirklich fest geschlafen haben. Ihre Zahnbürste und alle ihre Sachen waren in ihrem eigenen Bad, also machte sie sich auf den Weg zur Villa, und Baxter sprang neben ihr her.

Lance musste ihn ihr als Gesellschaft dagelassen haben. Sie umarmte und kraulte ihn an der Tür und ging dann in die Küche. Ein scharfer, buttergetränkter Duft lag in der Luft. Lance' Stimme drang aus dem Esszimmer herüber, zusammen mit anderen Stimmen. Ihre Gäste! Sie hatte sie schon wieder vernachlässigt. Sie seufzte. Wie hatte sie nur glauben können, sie könnte eine gute Gastgeberin sein?

Sie ging in ihr Zimmer und duschte, zog Jeans und ein Stricktop an anstatt ihrer üblichen weiten Sachen. Sie würde ihre Mutter besuchen und die Menschen, die mit ihr lebten, und sie wollte nicht unordentlich aussehen. Als sie in die Küche zurückging, blieb sie stehen, als Lance sie anerkennend musterte. *Gib es zu.* Sie wollte, dass er sie bemerkte.

„Hunger?"

Ihr Magen zog sich zusammen. „Was glaubst du?"

„Setz dich. Ich mache dir ein Omelett."

„Willst du nicht fragen, wie ich geschlafen habe?"

Er grinste. „Das brauche ich nicht. Du hast dich nicht gerührt, als ich dich ins Bett gepackt habe, und als ich heute Morgen nach dir gesehen habe, hattest du dich noch immer kein Stück bewegt." Er nahm die Pfanne und wirkte ausgesprochen selbstzufrieden. „Ich hatte Angst, du könntest aufwachen, wenn ich dich weiter getragen hätte, also bist du in den Genuss der Hängematte gekommen."

Sie konnte sich nicht daran erinnern, dass er sie getragen hatte. „Wo hast du geschlafen?"

„Der Zweisitzer ist eindeutig schlimmer als die Hängematte.“ Er schlug zwei Eier auf und verquirlte sie in einer Schüssel.

Sie trat neben ihn an den Herd. „Du hättest in einem der Zimmer hier schlafen können.“

„Ich wollte nicht, dass du aufwachst und vielleicht durcheinander bist.“

Er hatte auf dem schrecklichen Sofa geschlafen, nur für den Fall, dass sie aufwachte und Angst bekam? „Deine Matratze wird heute geliefert. Wenn ich mit dem Bett nicht fertig werde –“

„Nehme ich schon mal die Matratze.“ Er goss die Eier in die eingefettete Pfanne und verteilte Spinat, gewürfelte Artischocken und Käse darauf. Dann drehte er sich um und nahm ihre Hand. „Mach dir keine Gedanken über das Bett. Du hast genug um die Ohren.“

„Es ist ein Wunder, dass ich überhaupt geschlafen habe.“

Er lächelte. „Ich tue, was ich kann.“

„Lance …“

Star kam herein, und Rese wollte sich von ihm entfernen, aber er zog sie näher und legte den Arm um ihre Taille.

Star betrachtete sie. „Endlich Annäherung, wie ich sehe.“

Rese blickte finster drein. „Eher ein Aufprall.“

Lance ließ sie los, um ihr Omelett zusammenzuklappen und auf einen Teller gleiten zu lassen. Er stellte ihn auf den Tisch, und der goldene Teig dampfte neben einer Dekoration aus Weintrauben und Himbeeren auf einem Klecks Joghurt. „Ich schenke unseren Gästen noch etwas Kaffee nach, dann mache ich mich an dein Omelett, Star.“

Sie nahm die Kaffeekanne. „Ich mache das mit dem Kaffee.“

Rese sah ihren schrägen Blick, aber sie würde nicht dort weitermachen, wo sie aufgehört hatten. Sie hatte ihm gerade sagen wollen …

„Was wolltest du vorhin sagen?“

Wie machte er das nur? Er nahm wieder ihre Hand und zog sie näher.

Sie schluckte. „Ich wollte dir danken.“

„Wofür?“

Zu viel. Ihre Kehle war wie zugeschnürt. „Es hätte gestern Nacht richtig schlimm sein können. Ich glaube nicht, dass ich überhaupt geschlafen hätte. Aber die Dinge, die du mir erzählt hast …“ Sie schüttelte den Kopf. „Es hat wirklich geholfen.“

Er hob ihr Kinn an und betrachtete ihr Gesicht. „Gut.“

„Lance, ich …“ Rese kämpfte mit sich. Stars Stimme war im Esszimmer zu hören, wo sie mit den Gästen lachte. Der Augenblick gehörte ihr, aber sie konnte nicht aussprechen, wie viel er ihr bedeutete. „... weiß es zu schätzen."

Sein Lächeln wurde breiter, und seine Augen funkelten belustigt. Er würde sie küssen und dann würde sie verwirrter sein als je zuvor. Aber er sagte: „Dein Essen wird kalt."

Sie setzte sich und aß ein Omelett, das so wundervoll war wie alles andere, was er zauberte. Er war viel zu gut für ihr kleines Unternehmen. Star kam zurück und Lance machte ihr etwas zu essen, dann briet er sich selbst ebenfalls ein Omelett und gesellte sich zu ihnen an den Tisch. Als sie dort mit Lance und Star saß, fühlte Rese sich stark genug, dem Tag ins Auge zu sehen.

Wo war die Panik? Die Wut? Ängstlichkeit, ja. Unsicherheit. Fragen. Aber sie schienen ihr nicht mehr überwältigend. Weil Gott alles im Griff hatte?

„Ich gehe malen." Star nahm ihre Malutensilien von der Arbeitsplatte bei der Tür.

Rese sah ihr zu. „Was malst du, Star?"

„Lance' Garten." Star schlüpfte zur Tür hinaus.

Lance' Garten. Es war sein Garten. Seine Pension. Rese trug ihren Teller zur Spüle und er trat neben sie. Er nahm ihr den Teller aus der Hand und beugte sich näher, um sie zu küssen. Sie zog den Kopf nur so weit zurück, dass sie flüstern konnte: „Lance, ich wollte sagen ..."

„Ich weiß, was du sagen wolltest." Er küsste sie wieder.

Ein tiefes Bedürfnis erfüllte ihn, so durchdringend und gefährlich, dass es seinem Glauben Konkurrenz machte, etwas Zärtliches und Echtes, das sie beide verband. Sie konnte es nicht aussprechen, aber er wusste, dass sie etwas für ihn empfand. Und er würde es verderben, das wusste er auch. Irgendwie würde er diese Chance zunichtemachen. Aber nicht einmal das konnte ihn jetzt zur Flucht bewegen.

Lance schloss die Augen, und ihr Haar fiel ihm ins Gesicht. Bis sie gestern Abend in seinen Armen eingeschlafen war, hatte er alles recht gut im Griff gehabt. Sie war mitten im Satz eingenickt, und tiefer Friede hatte sich wie eine weiche Decke über ihre Züge gelegt. Bei dem

Gedanken daran war er noch immer atemlos vor Sehnsucht. Er strich ihr über den Rücken, streichelte ihr Gesicht, fand ihren Mund erneut und verlor sich. Er erzitterte. Das hatte er nicht eingeplant.

Rese löste sich von ihm. „Ich muss los. Mein Termin ist um elf."

„Ich weiß." Aber er konnte sie nicht loslassen. Sie musste nach San Francisco fahren, das psychiatrische Krankenhaus finden und sich mit ihrer eigenen Krise auseinandersetzen. Und er klammerte sich an sie wie ein verirrter Peter Pan an Wendys Nachthemd.

Sie lächelte, und es war ein spitzbübisches Lächeln, das aus dem Nichts zu kommen schien. Wo hatte sie diese weibliche Eigenschaft bisher versteckt? Sie wusste genau, welche Macht sie über ihn hatte, und es gefiel ihr.

Der Gedanke weckte ein Feuer in ihm, das er besser nicht schürte. „Soll ich mitkommen?"

Sie schüttelte den Kopf. „Das muss ich allein tun."

Er hatte das vermutet. Sie war es nicht gewohnt, in Paaren zu denken. Und er auch nicht. „Dann solltest du dich auf den Weg machen." Er schob die Hände um ihre Taille und hielt sie noch einen Augenblick länger fest.

Ein Anflug von Furcht huschte über ihr Gesicht.

„Du schaffst das schon. Der Herr hält seine Hand über dich."

„Ich hoffe es."

Er küsste sie zärtlich. „Geh schon." Wenigstens war ihr Widerwille ebenso groß wie seiner. „Ich verabschiede die Gäste. Und gib mir dein Passwort, damit ich sehen kann, ob wir neue Reservierungen haben."

Er hatte nicht erwartet, dass sie Einwände haben würde, und sie hatte auch keine. Sie war mit ihren Gedanken offensichtlich woanders. Sie schrieb das Passwort auf und holte dann ihre Tasche, bevor sie noch einmal zu ihm kam. „Ich fahre jetzt."

Er blieb, wo er war, und nickte. „Sei vorsichtig." Er meinte es auf unterschiedliche Weise. Er glaubte wirklich, dass sie in Gottes Hand war, aber deshalb war die Sache noch lange nicht einfach. Und sie würde in den nächsten Stunden mit vielen Dingen konfrontiert werden.

Das Aufheulen des Motors, als sie den Wagen startete, beruhigte ihn, und plötzlich war er froh, dass sie einen Lieferwagen fuhr. Wenn der Rest von ihr nur auch so robust wäre. Er holte tief Luft und atmete langsam wieder aus.

Zwei Dinge musste er tun, während sie fort war: mit Sybil sprechen und den Schlüssel ausprobieren. Letzteres brannte ihm besonders auf der Seele, aber er zwang sich, zuerst Sybil anzurufen. Es war nur fair, ihr zu sagen, wie die Dinge standen. Er wollte nicht noch mehr Komplikationen, als er selbst verursacht hatte.

Ihre seidige Stimme nahm den Anruf entgegen, und er fragte, wann sie sich treffen könnten. Er war nicht überrascht, als sie ein gemeinsames Mittagessen vorschlug, aber er wünschte, sie hätte es nicht getan. Na ja, er war ihr etwas schuldig.

„Wo?"

„Bei dir. Du kochst."

Er stöhnte innerlich. „Dann muss es früh sein. Gegen elf." Er malte sich lieber nicht aus, wie es auf Rese wirken würde, wenn er für Sybil kochte. Sie mussten fertig sein, bevor sie zurückkam. Aber Star war auch noch da. Das war die Lösung. Er würde Star mit einladen. Aber nicht zu dem Gespräch. Die Informationen musste er irgendwie unter vier Augen erhalten.

Er hätte sich dafür in den Hintern treten können, dass er nicht mit Sybil gesprochen hatte, bevor seine Beziehung zu Rese sich entwickelt hatte. Er hätte die Sache ganz vergessen, wenn Nonna und das Versprechen, das er ihr gegeben hatte, nicht gewesen wären. Etwas stimmte allerdings bei der ganzen Geschichte nicht. Aber das war ja nichts Neues.

Er überlegte, was er kochen würde, verabschiedete die Gäste, zog ihre Betten ab, warf die Waschmaschine an und suchte dann Star im Garten. Sie hatte ihm verboten, das unfertige Gemälde anzusehen, also trat er vor ihre Staffelei und versperrte ihr den Blick auf den Elfenhain. Was immer sie malte, würde er aufhängen, aber er hoffte, dass es halbwegs ordentlich aussah.

„Kannst du heute ein Mittagessen einplanen?"

„Soll ich irgendwas kaufen?"

„Irgendwas essen." Er schob die Hände in die Hosentaschen. „Sybil kommt vorbei und ich würde lieber nicht allein mit ihr essen."

Star legte den Griff ihres Pinsels an ihre Unterlippe. „Wo ist Rese?"

Er wollte gerade antworten, überlegte es sich dann aber anders. Wie viel wusste Star? „Sie hat einen Termin in San Francisco."

Ein Lächeln zuckte zuerst um ihre Lippen und wurde dann breiter. „Du brauchst Sternenkraft."

„Genau. Wir reden vielleicht erst ein bisschen miteinander. Aber dann wäre ich dankbar, wenn du dazukommen könntest."

„Ich werde strahlen."

Lance grinste. „Da bin ich mir sicher."

Er ging ins Kutscherhaus, und sein Blick begegnete dem von Vito. Der Mann hatte gefährlich gelebt, und jetzt war ihm bei dem Gedanken etwas unbehaglich zumute. Lance wurde vielleicht nicht erschossen, aber er hatte trotzdem eine Menge zu verlieren.

Er ging zur Luke und öffnete sie. Rese war gestern stundenlang im Zimmer gewesen und hatte sie nicht bemerkt. Sie hatte natürlich auch nicht danach gesucht. Als das Mensch-ägere-dich-nicht-Spiel beendet gewesen war, hatte er sie abgelenkt. Nicht absichtlich, aber durchaus wirksam.

Und dann war sie eingeschlafen und hatte so fest geschlafen, wie er es noch nie bei einem Menschen gesehen hatte. Er vermutete, dass ihr Körper mit gebührender Wachsamkeit die Regie übernommen hatte, nachdem ihr Verstand sich erst einmal ergeben hatte. Es war ein gutes Gefühl, dass er dabei hatte helfen können, auch wenn er lediglich die Erinnerung an einen Glauben geweckt hatte, den sie vor langer Zeit angenommen hatte.

Ihr Kindheitserlebnis überraschte ihn nicht. Er war mit der Bibel zu gut vertraut, als dass er ein übernatürliches Eingreifen Gottes bezweifelte. Und Rese war genau die Art ahnungsloser Mensch, die Gott auswählen würde.

Er stieg die Treppe hinunter. Der Geruch war ihm inzwischen vertraut, und er fragte sich, ob ihm dieser Geruch anhaftete, so wie Evvy ihr Geruch anhaftete. Eine Überlegung, die nur sein unbehagliches Gefühl verstärkte. Er würde Rese alles erzählen. Wirklich. Er musste nur den richtigen Zeitpunkt finden.

Die Luft war kühl und still. Im Licht der Stablampe ging er den schmalen Gang bis zum Tor hinunter, dann stand er da und holte den Schlüssel hervor. Was, wenn er nicht passte? Er sprach im Stillen ein kurzes Gebet und steckte den Schlüssel ins Schloss. Er ließ sich drehen. Lance' Atem ging schneller. *Grazie, Dio.* Er musste absichtlich in der Ecke des Kutscherhauses versteckt gewesen sein. Um ihn einzulassen, damit er fand, was er finden sollte.

Das Eisen quietschte laut, aber es gab niemanden, der es hätte hören können. Er musste sich auf halbem Weg zwischen Kutscherhaus und Villa befinden, umgeben von nichts als Stein und Erde. Er ließ das Tor hinter sich offen stehen, obwohl es nicht schlimm wäre, wenn es ins Schloss fiel. Solange er den Schlüssel hatte, konnte er hindurchgreifen und es wieder aufschließen.

Er richtete den Lichtschein auf den Raum vor ihm. Der Tunnel führte ohne Abzweigungen weiter, ein einzelner Gang, so breit wie die Schultern eines kräftigen Mannes. Er hörte ein Geräusch und riss die Lampe nach oben. Eine Maus huschte über einen winzigen Vorsprung vorstehender Steine unterhalb der Decke.

Lance ließ den Lichtstrahl wieder auf den Weg vor ihm fallen und ging einige Schritte weiter, dann blieb er wie angewurzelt stehen. Knochen und weiße Haare und Zähne. Unbestreitbar die eines Menschen. So, wie sie dort lagen, waren sie zweifellos bewusst aufgebahrt. Sein Herz hämmerte. Der Tunnel war ein Grab.

Er ging langsam näher, und sein Mund war plötzlich ganz trocken. Es war nicht Vito, weil der auf dem Friedhof begraben lag. Aber wer war es dann? Der Länge der Knochen und den Fetzen seiner Kleidung nach zu schließen, war es ein Mann, trotz der langen Haare. Seine Arme waren über der Taille verschränkt. Entweder hatte man ihn in dieser Position sterbend zurückgelassen oder er war nach seinem Tod so hingelegt worden. Er hoffte, dass Letzteres der Fall war.

Ehrerbietig sank er neben dem Skelett auf ein Knie. Warum lag er hier im Gang? War er gestürzt? Aber die Haltung deutete auf Absicht hin. Gestürzt vielleicht, aber dann aufgebahrt?

Lance berührte das Haar, lang und silberweiß, und das Bild von Quillan Shepard fiel ihm ein. Er hatte trotz der vorherrschenden Mode sein Haar lang getragen. Lance spürte eine Beklemmung in der Brust. Lag sein Ururgroßvater hier unerkannt, unbetrauert?

Dieser unerschütterliche Mann mit beherzter Miene ist der Stoff, aus dem heutzutage die Helden sind. War das alles, was am Ende übrig blieb? Lance war enttäuscht. All seine Hoffnungen auf Ehre und große Taten. Sein ständiges Bedürfnis mitzuhalten. Dieser Mann hatte all das und noch mehr getan, und trotzdem … lag er dort in der Dunkelheit, seine Knochen vertrocknet und vergessen.

Es musste Nonno Quillan sein, wer sonst? Für ihn gab es kein Grab auf dem Friedhof. Aber würde es nicht auffallen, wenn ein Mann einfach so verschwand? Es sei denn … es sei denn, man ging davon aus, er wäre mit dem Menschen gegangen, der ihn hier aufgebahrt hatte.

Konnte es dies sein, was er finden sollte, warum Nonna ihn losgeschickt hatte? Sein Herz schlug schneller. Hatte sie ihren Großvater in dem Tunnel zurückgelassen und war geflohen? Hatte sie den Tunnel versperrt und den Fußboden mit Sand bedeckt, das einzige Begräbnis, das sie ihm geben konnte? Eine Welle der Dankbarkeit erfasste ihn. Wenigstens das hatte Nonno Quillan gehabt.

Lance seufzte. Er zögerte nicht, die Hand auf den Brustkorb des Skeletts zu legen. Das Fleisch war verwest, und die Knochen und Kleidungsreste waren staubig und trocken. Wenn dies das Skelett seines Ururgroßvaters war, spürte er nur Traurigkeit und Ehrfurcht.

Er schluckte den Kloß in seiner Kehle hinunter. Quillan Shepard hatte etwas Besseres als das hier verdient. Aber wenn er das Skelett jetzt zutage beförderte, würde er alles aufklären müssen. Und so weit war er noch nicht. Er hatte noch nicht gefunden, was er finden musste. Bestimmt hatte Nonna ihn nicht nur deswegen hergeschickt – zu viele Fragen rankten sich um ihre plötzliche Flucht aus ihrem Haus, um Vitos Tod und die anderen Andeutungen in dem Zeitungsbericht.

Lance leuchtete seine Armbanduhr an. Er hatte keine Zeit für weitere Nachforschungen. Er musste sich waschen und das Mittagessen vorbereiten. Widerwillig ließ er die Knochen liegen, wo sie waren, und ging durch den Tunnel zurück zur Luke. Während er herauskletterte, wurde ihm bewusst, dass die Sache ihn mehr mitgenommen hatte, als er gedacht hatte. Die Gefühle stiegen in ihm auf wie eine Flut.

Quillan Shepard sterbend in einem dunklen Tunnel. Seine Familie ihres Heims, ihres Besitzes beraubt. Hatte Nonna vorgehabt zurückzukommen? War sie daran gehindert worden? Welche hässlichen Fakten lagen ebenso begraben und vergessen da wie Quillans Skelett? Er musste die Wahrheit herausfinden.

Es war plötzlich ungeheuer wichtig, dass er gleich mit Sybil sprechen konnte. Er wünschte, er hätte Star nicht einbezogen. Aber er musste Rese gegenüber anständig sein. Er würde sich anhören, was Sybil zu sagen hatte, und seine Lage erklären. Er hoffte nur, dass sie genug herausgefunden hatte.

Kapitel 27

Schüsse durch Stein und Erde.
Papa!
Nonno gestürzt. Er fällt und fällt.
Ich kann ihn nicht auffangen, kann ihn nicht halten.
Nutzlose Arme. Nutzlose Hände.
Not. Wut. Hämmernde Trauer.

Rese fuhr über die Golden-Gate-Brücke und an den Mauthäuschen vorbei in die Stadt. Bevor sie das Haus in Sonoma gekauft hatte, hatte sie mit ihrem Vater in Sausalito gelebt. Eine kurze Fahrt auf die andere Seite der Bucht hätte sie zu ihrer Mutter gebracht. Sie verstand es nicht.

Selbst wenn ihre Einweisung für eine bestimmte Zeit angebracht gewesen war, warum hatte er sie so völlig im Stich gelassen? Und warum hatte er gelogen? Rese schüttelte den Kopf. Das war es, was sie nicht vergeben konnte. All die Lügen.

Und dann erinnerte sie sich an die Angst ihrer Mutter. Zuerst hatte sie gedacht, die geflüsterten Drohungen gehörten zu ihrem Spiel. *„Er sperrt uns ein, wenn er es erfährt, Theresa. Es muss unser Geheimnis bleiben.“* Genauso hatte sie die Spannung in ihren unheimlichen Geschichten aufgebaut, wenn das Licht gedämpft und das Haus still und lautlos gewesen war.

Dad wusste nicht, wie man spielte. Das war Rese schon sehr früh bewusst geworden. Er kam ernst und misstrauisch nach Hause. Aber sie liebte, wie er nach Sägemehl und Lack roch, liebte seine rauen Hände und die starken, muskulösen Arme. Sie liebte seine kräftige Gestalt, den Blick in seinen Augen, wenn er Anerkennung zeigte. Sie glaubte nicht, dass er jemals etwas tun könnte, was ihnen schaden würde. Die Verletzungen, das war das Spiel … Walters Spiel.

Rese schauderte. Manchmal hatte sie ihre Mutter angefleht, Walter nicht einzuladen. *„Können wir nicht ohne ihn spielen, Mommy?“* Aber Walter erschien immer. Manchmal stellte sie sich vor, wie er in ihrem Zimmer war, lange nachdem er hätte fort sein sollen, und im Schatten ihres Wandschranks lauerte. Noch heute spürte sie die Wellen der Angst, die über ihr zusammenzuschlagen drohten.

Rese' Hände krallten sich um das Lenkrad. Dad hatte ihr die Mutter weggenommen. Hatte sie weggesperrt. All die Jahre hätte sie sie kennen, sehen, mit ihr sprechen können. All die Jahre hatte sie sie vermisst. Und er hatte nie ein Wort gesagt.

Selbst als er sterbend in ihren Armen gelegen hatte, hatte er nicht darüber gesprochen. Hätte er es ihr nicht wenigstens sagen können, während sein Leben versickerte? Die Erinnerung kam zurück, wie Dad ihren Arm gepackt und seine letzten Worte gesagt hatte: „Sei stark." War das die Antwort? Dass Mom nicht stark gewesen war? Niemand hätte sie jemals für stark gehalten. Nur für weich und schön und geheimnisvoll.

All das, was Rese nicht war. Sie war die Frau geworden, die ihr Vater erwartete. Ganz anders als ihre Mutter. Sie holte zitternd Luft. Einen Tag nach dem anderen, mit jedem Augenblick hatte er jegliche Facette ihrer Mutter in ihr ausgelöscht. Wie musste er sie doch gehasst haben, sie beide.

Sybil trug ein schlichtes Kostüm aus anschmiegsam seidigem Stoff und hochhackige Schuhe. Sehr businesslike, schick und attraktiv. Lance war es unangenehm, dass er darauf reagierte. Es war die Art, wie sie sich in der Verpackung bewegte, wie sie ihn anlächelte, ein Anflug von Boshaftigkeit in ihrem Blick. Dies war das letzte Mal. Sobald er wusste, was sie herausgefunden hatte, würde er ihr sagen, wie die Dinge standen.

„Das duftet aber gut." Sie zwinkerte ihm zu.

„Risotto mit Krabben und frischen Jakobsmuscheln."

Als er sie in die Küche führte, sagte sie: „Ich hatte gehofft, dich in Aktion zu sehen."

„Ich wollte nicht, dass du warten musst." Er warf einen Blick auf den Umschlag, den sie in der Hand hielt. „Ist das für mich?"

„Vielleicht."

„Was ist es?"

„Etwas, was den ersten Bericht bestätigt."

Seine Brust zog sich zusammen. Es stimmte also. Vito war erschossen worden. „Aus dem Archiv?"

„Nicht das von der Zeitung."

Er zog die Augenbrauen hoch. „Die Polizeiakten?"

Sie lächelte und strich mit ihren vollkommen gefeilten ovalen Fingernägeln über den Umschlag. „Ich hatte beim ersten Mal gründlich nachgesehen. Die Polizei hat diese Informationen nicht. Nur ich habe sie." Sie trat näher, und ihr Kostüm war tief genug ausgeschnitten, dass ihre Absichten deutlich wurden. „Du hättest mir sagen sollen, dass es persönlich ist."

Sein Herz machte einen Satz. „Was meinst du?"

„Michelli." Ihre grauen Augen verdunkelten sich. „Marco Michelli."

Er schluckte. Nonno Marco? Bevor er etwas sagen konnte, streckte sie die Hand aus, umfasste seinen Nacken, zog ihn näher und küsste ihn.

Lance war ganz schwindelig, als er sich aus ihrem Griff wand. „Was machst du da?"

Sie blickte ihn spöttisch an. „Ich weiß, dass du ständig in die Kirche rennst, aber ich glaube nicht eine Sekunde, dass du so unschuldig bist, wie du tust."

Ein verheerendes Feuer strömte durch seine Adern. „Ich habe nie behauptet, dass ich unschuldig bin."

Sie schob den Umschlag auf die Arbeitsplatte. „Dann zeig es mir." Sie streifte ihre Jacke ab und warf sie über den Umschlag.

Sein Herz hämmerte. „Was hat Marco Michelli mit Vittorio Shepard zu tun?"

Sie schmiegte sich an ihn. „Das steht alles in dem Brief."

„Ein Brief an wen? Und wer hat ihn geschrieben?"

„Ich habe die Namen unkenntlich gemacht."

Er betrachtete ihr Gesicht. Ihre Augenlider glänzten ein wenig, subtil und exotisch. Selbst ihre Sommersprossen verstärkten die Verlockung.

„Das möchte ich mir ansehen."

„Du darfst mehr als nur ansehen."

Sie hatte ihm die Worte im Munde umgedreht, und ihre Anspielung zog seinen Blick weiter nach unten. Er schauderte. „Ich dachte, du wolltest etwas zu essen."

„Lass uns mit dem Dessert anfangen." Sie packte den Bund seiner Jeans.

Er hielt ihre Handgelenke fest. „Sybil! Ich wollte dich nicht auf den Gedanken bringen –"

„Auf meine Gedanken komme ich selbst. Und ich hatte ein paar sehr kreative Gedanken über“, sie presste sich noch näher an ihn und flüsterte ihm ins Ohr, „diesen Ort, an dem du kochst.“

Die Flammen versengten ihn wie einen Sünder auf dem Scheiterhaufen. Hatte Rese sich so gefühlt, als sie von ihren Arbeitern belästigt worden war? Nichts daran fühlte sich gut und richtig an. Und während er das körperliche Verlangen nach ihr durch seine Adern strömen spürte, war er zugleich angewidert. Er schob sie fort. „Du hast das falsch verstanden.“

Sie ließ die Hände sinken und sah ihn fragend an. „Falsch verstanden?“

„Ich dachte, wir wären Freunde.“

„Freunde?“

Mit einem Mal hatte er ein schlechtes Gewissen. Er hatte sie glauben lassen, was immer sie glauben wollte, um zu bekommen, worauf er aus war. Sie hatte ihre Absichten gleich zu Beginn deutlich gemacht. Aber er musste die Sache irgendwie retten. „Sybil ...“

„Es ist ganz einfach, Lance. Du gibst mir, was ich will; du bekommst, was du willst.“

Er saß in der Klemme. „Sybil ... Rese und ich sind zusammen.“ Sie würde mehr hineinlesen, als er meinte, das wusste er. Aber im Kern stimmte es.

„Das ist ein Witz, oder?“ Sie blickte ihn verächtlich an.

Er schluckte. „Nein.“ Er wünschte, er hätte sie nie in die Küche gelassen. Dieser Raum gehörte Rese, und Sybil gehörte nicht hierhin. Jetzt war es ihm so klar, dass er nicht fassen konnte, wie er diesen Fehler hatte begehen können.

Ihr Blick wurde kalt wie ein Gletscher, und er war das Insekt, das darin erstarrte. Aber ihre Mundwinkel wanderten nach oben. „Ich will nur –“

Die Gartentür öffnete sich und Star kam hereingerauscht. Lance wusste nicht, ob Sybil sich vom Jazzfestival an sie erinnerte. In ihrer Depression war Star an jenem Abend nahezu unsichtbar gewesen. Jetzt betete er, dass sie die Dinge nicht noch schlimmer machen würde. Sie blickte Sybil arglos an. „Hallo.“

Sybil warf ihr einen vernichtenden Blick zu. „Wer sind Sie denn?“

„Lance’ gute Fee. Und Sie müssen die böse Stiefschwester sein.“

Er schloss die Augen, schlug sie dann aber wieder auf, als er ein Geräusch aus Sybils Kehle vernahm. Die Sommersprossen traten in ihrem vor Wut bleichen Gesicht hervor, als sie sich ihre Jacke schnappte. Sie sah ihn giftig an, nahm den Umschlag und stapfte hinaus.

Er hatte ihn verloren, den Brief, in dem Nonno Marco erwähnt war. Eine wichtige Information, wie er wusste, wenn Sybil die Namen darin unkenntlich gemacht und seinen eigenen damit in Verbindung gebracht hatte. Seine Suche hatte einen herben Rückschlag erlitten, aber er sah Star an, deren Gesicht strahlte. Sternenkraft. Er konnte ihr keinen Vorwurf machen. Und sie hatte ihn in einer ganz entscheidenden Hinsicht gerettet.

Rese betrat das Gebäude voller Angst. Ihre Erwartungen ließen den Ort bedrohlicher erscheinen, als er war. Man hatte sich offenbar Gedanken über den Empfangsbereich und die Wartezimmer gemacht, damit sie eine gewisse Gemütlichkeit ausstrahlten und eine beruhigende Wirkung hatten. Eine privat geführte Klinik, deren gute Betreuung ihren Preis hatte. Kein Wunder, dass sie und ihr Vater nie auf einen grünen Zweig gekommen waren.

Als sie in das Büro der Verwaltung geführt wurde, waren alle freundlich und professionell.

Im Büro roch es nach abgestandenem Kaffee und Kunststoffjalousien. Die Ärztin lud Rese ein, auf einem der bequemen Sessel in gedämpften Grün- und Beigetönen Platz zu nehmen. Das Namensschild auf dem Schreibtisch zierte der Schriftzug *Dr. Elsa Whittington.* Das war gut, denn Rese hatte, als sie sich einander vorgestellt hatten, den Namen sofort wieder vergessen. Dr. Whittington bot ihr einen Kaffee an.

„Nein, danke." Sie zeigte ihre Geburtsurkunde und ihren Ausweis vor, die als Beweis für ihre Verwandtschaft mit Elaine Barrett erforderlich waren.

Dr. Whittington schenkte sich selbst Kaffee ein und setzte sich. „Ich muss sagen, dass ich erleichtert war, als Sie anriefen. Ich hätte die Sorge für Ihre Mutter nur ungern dem Staat übergeben."

„Ich wusste nicht, dass sie hier ist. Wusste nicht, dass sie am Leben war."

Die Ärztin ließ Süßstoff aus einem Tütchen in ihre Tasse rieseln. „Elaine ist schon lange in unserer Obhut."

„Fünfzehn Jahre."

Dr. Whittington nickte. „Ich war natürlich davon ausgegangen, dass Sie Bescheid wissen."

„Das würde man ja auch erwarten." In einer Situation, in der Menschen die Wahrheit sagten. „Ich dachte, sie wäre tot."

Dr. Whittington zog die Augenbrauen hoch.

Es war am besten, die Karten offen auf den Tisch zu legen. „Die Beamtin vom Gesundheitsamt hat mir gesagt, dass sie hier ist. Ich habe mich immer noch nicht an den Gedanken gewöhnt."

„Es muss ein Schock gewesen sein."

Rese wünschte, sie hätte den Kaffee nicht abgelehnt. Ihr Mund war trocken wie Sägemehl. „Warum ist meine Mutter hier?"

„Viele der Patienten kommen her, wenn sie sich erholen müssen oder eine schwierige Zeit durchleben. Andere leben hier mit der sorgfältigen Behandlung, die sie brauchen." Dr. Whittington öffnete die Mappe, die auf dem Schreibtisch lag. „Dies ist eine Kopie der gerichtlichen Verfügung, die Ihrem Vater die Betreuung zugesprochen hat. Dazu die Einweisungspapiere. Man fand, dass es für sie das Beste sei, wenn sie das Ausmaß an Betreuung erhält, das in unserer Einrichtung möglich ist."

Rese schluckte. „Hat das Gericht sie eingewiesen?"

„Das war Ihr Vater aufgrund einer richterlichen Empfehlung."

Wie ungerecht! Hätte er sie nicht verteidigen können? „Was fehlt ihr denn?"

„Paranoide Schizophrenie."

Rese wiederholte die Wörter im Stillen. Sie klangen so … krank. „Was bedeutet das?" Sie hatte sich nie mit Psychologie beschäftigt.

„Für Laien ausgedrückt: Ihre Mutter hat Schwierigkeiten, die Wirklichkeit wahrzunehmen. Ihr Verstand erschafft Stimmen und Bilder, die es nicht gibt, und sie interagiert auf gefährliche Weise mit ihnen."

Rese schwirrte der Kopf. *„Ich will nicht, dass er kommt, Mom. Können wir nicht ohne ihn spielen?"*

„Wir wollen doch seine Gefühle nicht verletzen. Wir dürfen nie seine Gefühle verletzen."

„Aber er ist doch nicht echt!"

Sie presste die Fingerspitzen an die Schläfen. Damals hatte ihre Mutter sie zum ersten Mal ins Gesicht geschlagen. Rese schluckte. „Ist sie geheilt?“

Dr. Whittington schob ihr einen weiteren Stapel über den Tisch zu. „Hier sind ein paar Artikel und andere Informationen über die Störung. Sie werden Ihnen helfen zu verstehen, was wir hier machen, welche Fortschritte durch Medikamente und Verhaltenstherapie erreicht werden können.“

„Kann ich sie sehen?“

Die Ärztin faltete die Hände. „Miss Barrett, ich wüsste gerne, was Sie von der Begegnung erwarten.“

„Ich möchte mich um sie kümmern.“ So wie früher? Sie hatte ebenso viel beschützt, beruhigt und getröstet, wie ihre Mutter es für sie getan hatte. Sie waren … ebenbürtig.

„Wie genau wollen Sie sich kümmern?“

„Ich will sie nach Hause holen.“ Sie hatte die Einzelheiten nicht durchdacht, sondern sich lediglich vorgestellt, wie sie ihre Mutter aus dem Heim befreien würde, in das Dad sie gesteckt hatte.

Dr. Whittington nahm ihre Brille ab und ließ sie an der feinen Kette baumeln. Ihre braunen Augen waren von langen, spärlichen Wimpern umrahmt. „Ich werde Ihnen nicht erzählen, dass das unmöglich ist. Elaine hat riesige Fortschritte gemacht. Aber aufgrund ihres Profils könnte es sein, dass sie sich in einer weniger geregelten Umgebung nicht akklimatisiert. Durch den Tod Ihres Vaters wurde die Betreuungsvollmacht auf den Staat übertragen. Sie müssten erst beantragen, dass Sie die gesetzliche Betreuerin werden, bevor irgendwelche Entscheidungen getroffen werden können.“

Rese nickte. Die Frau vom Gesundheitsamt hatte ihr erklärt, dass der Staat vorübergehend die Betreuung übernommen habe, bis man sie aufgespürt hatte. Sie würde tun, was immer notwendig war.

„Wenn Sie zur Betreuerin ernannt werden, wären Sie für ihre Fürsorge und Sicherheit und für ihr Handeln verantwortlich.“

Rese dachte darüber nach. Wie genau waren ihre eigenen Erinnerungen? War Mom gefährlich gewesen oder einfach nur übermütig? Oder hatte sie nur Angst vor Dad gehabt?

Dr. Whittington setzte ihre Brille wieder auf und nippte an ihrem Kaffee. Dann fragte sie leise: „Wissen Sie, warum sie eingewiesen wurde?“

Rese spürte, wie Angst in ihr aufstieg, eine Angst, die von allen Seiten in sie kroch. Woher kam sie? Sie riss sich zusammen, um ihr nicht nachzugeben. „Nein."

„Es steht in der Akte hier. Der Antrag, ihre Akte unter Verschluss zu halten, wurde wegen der strafrechtlichen Relevanz ihres Verhaltens abgewiesen."

„Strafrechtlich?"

Die Ärztin zögerte, vielleicht wollte sie Rese einschätzen. „Sie hat einen Anschlag auf Ihr Leben verübt."

Rese starrte sie an. Eine Welle des Entsetzens schlug über ihr zusammen. „Es war ein Unfall."

Die Ärztin schüttelte den Kopf. „Sie hatte den Ofen manipuliert."

Rese begann zu zittern. „Sie hat gesagt, ich solle schlafen gehen. Walter wollte ..."

Dr. Whittington zog die Augenbrauen hoch. „Sie wissen von Walter?"

„Ja." Ihre Stimme klang rau.

Dr. Whittington stand auf und schenkte sich eine zweite Tasse Kaffee ein. Diesmal nahm Rese dankend an. Der schwarze, bittere Geschmack hatte keinerlei Ähnlichkeit mit den wundervollen Kaffeegetränken, die Lance zubereitete, und plötzlich wünschte sie mit jeder Faser ihres Herzens, er wäre da.

„Es war nicht Mom. Es war Walter."

Dr. Whittington lehnte sich über den Schreibtisch. „Sie sind identisch."

Rese umklammerte ihren Becher und schüttelte den Kopf. Mom hätte ihr nie etwas getan. Mom liebte sie, nahm sie in den Arm und wiegte sie. Sie lachten und sangen und tanzten. Es war das Ungeheuer in ihrem Kopf, das sie gemeine Dinge tun ließ.

„Vielleicht wäre es gut, sie ein anderes Mal zu besuchen, wenn Sie die Gelegenheit hatten, all das zu verarbeiten." Der gleiche Rat, den Lance ihr zuvor gegeben hatte.

Der einzige Grund für den Termin heute war gewesen, ihre Mutter zu sehen. Sie hatte gedacht, sie hätte den größten Schock bereits hinter sich, als sie erfahren hatte, dass ihre Mutter noch lebte. Aber dies war unendlich viel schlimmer. Mom hatte sie umbringen wollen. Rese wollte sie sehen, aber wie sollte sie den Schmerz in ihrem Innern verbergen?

Jetzt erinnerte sie sich wieder daran, dass ihre Mutter draußen auf dem Bürgersteig gestanden hatte, ihr Gesicht beleuchtet vom Blaulicht der Rettungswagen. Sie hatte nicht sich selbst in Gefahr gebracht, sondern Rese. Ihr Kind.

Es tat so weh, dass sie nicht sicher war, ob sie es ertragen konnte. „Ich glaube, ich komme besser noch einmal wieder." Sie stützte sich auf die Armlehnen des Sessels und stand auf.

„Rufen Sie an, und wir machen einen Termin mit Dr. Jonas. Er hat Ihre Mutter in den letzten drei Jahren betreut."

Rese nickte.

„Sind Sie in Ordnung?"

„Ja." Das waren Tatsachen. Sie würde damit fertigwerden. Ihre Gefühle konnte sie nicht ändern, aber sie musste sie nicht zeigen.

„Haben Sie jemanden, mit dem Sie reden können?"

Sie nickte, aber ob sie es wirklich konnte? Konnte sie Star oder Lance erzählen, dass ihre eigene Mutter sie hatte umbringen wollen? Ihre Augen blieben trocken, als sie hinausging. Tränen waren keine Alternative. Sie hatte in Lance' Gegenwart die Nerven verloren, aber inwiefern hatte es ihr geholfen? Sie musste mit den Tatsachen klarkommen, Tatsachen, die sie schon vor langer Zeit hätte erfahren sollen. Wie sollte man ein Projekt verwirklichen, wenn man keine Blaupause hatte?

Der Wind wehte in Böen über die Brücke und rüttelte an ihrem Lieferwagen, während die Gedanken in ihrem Kopf durcheinanderwirbelten. Sie hatte ihren Vater beschuldigt, aber Lance hatte recht gehabt, als er gesagt hatte, die Geschichte sei vielleicht komplizierter. Sie erinnerte sich daran, wie er sie in Sicherheit gebracht hatte und dass sie geglaubt hatte, für ihre Mutter sei es zu spät gewesen. Aber sie hätte nie gedacht, dass Mom sie mit jedem ängstlichen Atemzug, den Rese tat, hatte vergiften wollen.

Eine Hupe ertönte, und sie riss den Wagen wieder in die Spur zurück. Sie musste sich konzentrieren. Wenn man nicht aufpasste, geschahen Tragödien. Sie warf einen Blick auf die Mappe auf dem Beifahrersitz und zuckte zusammen. Wie konnte irgendjemand sie so sehr hassen?

Kapitel 28

Wach.
Aufmerksam.
Träume und Erinnerungen verlieren sich.
Die Gedanken geraten durcheinander.
Verworren. Verwirrt.
Die Geräusche, die aus meinem Mund kommen, sind unverständlich.
Was ich sagen will, was ich sagen muss, bleibt im Innern verschlossen.
Lance. Suchen, finden, wissen. Es wiedergutmachen.
Wütend.
Zu spät. Alles zu spät.

Lance hörte Rese' Wagen. Er wischte sich die Hände an seiner Jeans ab und ging zum Wohnzimmerfenster, von wo aus er sah, wie sie den Motor ausstellte und die Stirn aufs Lenkrad sinken ließ. Er wollte hinausrennen und sie in den Arm nehmen. Der Zusammenstoß mit Sybil hatte ein fades Gefühl hinterlassen, von dem er wünschte, er könnte es vergessen, aber jetzt war nicht der richtige Zeitpunkt für Beichten und Buße.

Rese stieg aus dem Lieferwagen, und ihre Lippen bewegten sich, so als rede sie mit sich selbst, während sie ihre Schultern straffte, um den Eindruck zu erwecken, sie hätte alles im Griff. Sie nahm eine Mappe vom Sitz, schloss die Tür und kam auf das Haus zu. Dabei war ihre Haltung zwar nicht so abweisend, wie sie früher gewesen war, aber sie war nicht weit davon entfernt.

Er kam ihr an der Tür entgegen. „Wie ist es gelaufen?"

„Ich habe sie nicht gesehen."

„Haben sie es dir nicht erlaubt?"

Sie trat ein und sah aus, als wollte sie antworten, aber dann zögerte sie.

Lance berührte sie am Ellenbogen. „Rese?"

Sie presste die Mappe an ihre Brust. „Ich muss erst darüber lesen. Dann fahre ich wieder hin." Jede Linie ihres Körpers war gerade und hart. Er wusste, wie ihr Nacken sich unter seinen Fingern anfühlen würde, wie verspannt die Muskeln sein mussten. Gleichzeitig sah sie aus, als könnte der leiseste Windhauch sie umpusten.

Er nahm auch ihren anderen Ellenbogen und sah ihr ins Gesicht. „Sprich mit mir, Rese."

„Ich will nicht."

„Es bekommt dir nicht gut, wenn du die Dinge mit dir selbst ausmachst."

Sie schnaubte. „Was durchlöchern wir diesmal – meinen Bauchnabel?" Das Bild war belastend, so als spüre sie Sybils Anwesenheit, aber das war sein Problem.

„Schließ mich nicht aus."

Sie schien sich unter seinen Händen aufzulösen. „Ich kenne dich gerade mal drei Wochen, Lance."

Für ihn ein ganz typischer Zeitraum, denn er eroberte im Sturm und verschwand dann ebenso schnell wieder. Vielleicht war sie klug. „Dann rede mit Star."

Sie blickte ihn an. „Hast du es ihr erzählt?"

„Hast du es denn nicht getan?"

Sie wich seinem Blick aus. „Es ist kompliziert."

„Du brauchst jemanden, Rese."

Sie straffte die Schultern. „Nein, das tue ich nicht."

Wo war sie? Hatte er sich die emotionale Verbindung heute Morgen eingebildet, den Widerwillen, sich von ihm zu trennen? War dies eine Verteidigungsstrategie? *Geh weg, lass mich in Ruhe.* Sollte er? Sie war gestern Abend zu ihm gekommen. Irgendwo im tiefsten Innern vertraute sie ihm, aber es war ihre Entscheidung. „Was auch immer los ist, Rese, Gott ist jetzt bei dir. Denk an seine Gegenwart."

Sie sah aus, als wollte sie zerbrechen, aber sie gestattete es sich nicht. Sie trat einen Schritt zurück. „Ich muss an deinem Bett arbeiten."

Vielleicht war Arbeit genau das, was sie brauchte. Oder es war ihre Methode, tiefer zu bohren. Aber auch das war ihre Sache. Er ließ sie los. „In Ordnung."

Rese ließ die Mappe auf den Tisch fallen und ging zum Schuppen hinaus. Er betrachtete die Unterlagen, wie er vorhin die von Sybil betrachtet hatte. Er konnte sie aufschlagen und nachsehen, was sie ihm verschwieg. Aber das waren ihre Geheimnisse, und er hatte seine eigenen.

Er würde nicht in ihre Privatsphäre eindringen, aber er fragte sich, was sie erfahren hatte. Was immer es war, es hatte die Mauern zwischen ihnen wieder aufgerichtet. Drei Wochen waren keine lange Zeit, aber sie hatten in diesem Zeitraum eine sehr tief gehende Beziehung entwickelt. Er hatte gedacht, sie hätten etwas ganz Besonderes, für das es wert war, auf Sybils Informationen zu verzichten. Wenn es nicht Rese zuliebe gewesen wäre … hätte er sich auf den Handel Sex gegen Antworten eingelassen?

Nein. Selbst ohne seine Gefühle für Rese hätte er Sybil widerstanden. So etwas gehörte zu dem Leben, das er hinter sich gelassen hatte. Sybil sah Überbleibsel dieser Vergangenheit in ihm, aber das bedeutete nicht, dass er sich immer noch so verhalten musste. Er hätte widerstanden. Er hatte. Aber trotzdem tat es ihm leid um die verlorene Information, und das nagte an ihm.

Während Rese im Schuppen arbeitete, wurden Matratze und Lattenrost geliefert. Lance unterschrieb den Lieferschein und zeigte den Männern den Weg zum Kutscherhaus. Er dachte, Rese würde herauskommen, aber das tat sie nicht. Er und Star trugen die Hängematte in den Garten zurück, wo er ihr dankbar Adieu sagte. Von Rese war immer noch nichts zu sehen. Sie musste sich so tief eingegraben haben, dass nichts zu ihr durchdrang – oder sie war so durcheinander, dass sie Dinge ignorierte, um die sie sich normalerweise gekümmert hätte. Was auch immer der Grund war, dadurch hatte er die Freiheit, mit seiner Suche fortzufahren.

Er kehrte mit einem Gefühl der Vorahnung in den Tunnel zurück. Die Dunkelheit war weder einladend noch abstoßend; sie wartete lediglich darauf, dass er seine eigenen Fehler machte. Wieder kniete er neben dem Skelett nieder. „Warum bist du hier, Nonno Quillan? Und warum bin ich hier?"

Nach einigen Augenblicken des Schweigens verließ er die Knochen seines Ahnen und ging weiter in den Tunnel hinein. Nach einem Dutzend Schritte weitete dieser sich zu einem Raum, der mit Regalen gefüllt war. Und in den Regalen lagen Weinflaschen. Lance atmete langsam aus.

Lance ging die Regale entlang und fuhr mit dem Finger über das staubige Glas. Auf dem brüchigen, gewellten Etikett stand *Weingut DiGratia, 1930.*

Conchessa hatte erzählt, dass die DiGratias aus dem Piemont stammten und sehr einflussreiche Aristokraten gewesen waren, die fortgezogen waren, lange bevor die Faschisten an die Macht kamen und während man sich in der Region noch untereinander bekämpfte. Er verstand jetzt besser, warum Nonna manchmal zu den überwiegend südlichen Belmontesern auf Abstand ging und warum sie eine Vornehmheit an sich hatte, die teilweise an Verachtung grenzte. Er spürte dieses Erbe dort im Keller, eine stolze, unnachgiebige Abstammung.

Aber trotzdem wusste er immer noch nicht, was er tun sollte. Lance blickte sich in dem dunklen Keller um, als würde der seine Geheimnisse offenbaren, nur weil er es sich so sehr wünschte.

An einer Wand standen leere Eichenfässer. Und jetzt konnte er auch den Geruch einordnen: ein uralter Gärungsprozess. Die Frucht des Weinstocks, das Lebenswerk seiner Familie. Ein Schatz? Vielleicht nur für ihn.

Sie hätte es ihm sagen sollen. Sie hatte es auch vorgehabt. Aber als es so weit war, konnte sie nicht. Als sie in sein Gesicht sah, konnte sie nicht aussprechen, dass ihre Mutter sie hatte umbringen wollen. Nicht, ohne völlig zusammenzubrechen. Lance hätte sie in den Arm genommen, sie geküsst, ihr das Gefühl gegeben, unversehrt zu sein. Aber sie war nicht unversehrt. Ihre Mutter hatte versuchte, sie zu töten. Warum?

Sie konnte nicht erwarten, einen Grund zu finden. Welche Motivation konnte es schon geben, das eigene Kind umzubringen? Rese bohrte Löcher für die Schrauben und befestigte die Beschläge. Gestern hatte sie das Wachs eingearbeitet. Die letzte Schicht war zwar noch nicht bei allen Teilen vollständig eingezogen, aber Lance würde heute in seinem Bett schlafen.

Arbeiten, vollenden, machen. Das war etwas Konkretes, mit dem sie umgehen konnte. Diesen Zustand kannte sie, aber die Mappe hing wie eine Schlinge in ihren Gedanken, und sie hatte Angst, sie würde sie erwürgen, wie die Angst und die vergiftete Luft es getan hatten.

„Was auch immer los ist, Gott ist jetzt bei dir. Denk an seine Gegenwart."

Das waren nicht nur Worte. Lance glaubte es. Und sie? Gestern

Abend war es ihr möglich erschienen. Aber da war sie auch voller Hoffnung gewesen. Jetzt … jetzt war alles anders. Dad war kein Ungeheuer. Er hatte sie vor der Frau beschützt, die ihren Tod wollte. Mom war kein Opfer … oder vielleicht doch?

Rese rieb sich die Schläfen, während Bilder aus jener Nacht ihre Gedanken bestürmten. Mom hatte geweint, gefleht, war, wie es schien, von Walter herumgezerrt worden. *„Wie kann ich es beweisen?"* Ihre trostlose Verzweiflung aufgrund der Antwort, die nur sie selbst hören konnte und dann … Mom, als sie draußen stand wie ein abgeknickter Zweig, der in einem Wind schwankte, den niemand sonst fühlen konnte. Als Dad ihr gesagt hatte, ihre Mutter sei tot, musste sie das Bild ausgeblendet und sie sich im Haus vorgestellt haben, wo sie dasselbe Gift bis zum Tod eingeatmet hätte.

Wenn ihre eigene Erinnerung so falsch sein konnte … Rese schloss die Augen. Ihre Schläfen pochten. Vielleicht gab es keine absolute Wirklichkeit. Vielleicht wurde alles durch die Eindrücke und Schlussfolgerungen des Gehirns gefiltert. Sie hatte mit aller Macht versucht, das Leben konkret, fassbar zu machen, wie den Stahl und das Holz und den Stein, die sie geformt und verlegt, verbunden und geklebt hatte, hatte keinen Fehler zugelassen, keine Ungenauigkeit.

Was war, wenn das Leben so zerbrechlich und unwirklich war wie Stars Welt und sie alle nur Sonne und Regenbogen waren?

Lance schritt an den Reihen von Weinflaschen entlang und suchte nach etwas anderem, nach irgendetwas, was nicht stimmte. Es war keineswegs eine gründliche Suche, sondern nur ein Anfang. Aber jedes Mal, wenn er den Tunnel betrat, kam er der Sache näher. Das spürte er.

Vielleicht diente Quillans Anwesenheit als stille Wache. Konnte Heldentum bleiben? Könnte seine Kraft, sein Charakter immer noch etwas nützen? Lance schüttelte den Kopf. *Zeig mir den Weg.* Aber trotz seiner dringenden Fragen konnte er sich nicht auf die Suche konzentrieren. Nicht, während Rese litt. Sie dachte vielleicht, dass man es ihr nicht anmerkte, aber ihr stummer Rückzug und die Konzentration auf ihre Arbeit sprachen Bände.

Das war nicht seine Art. Seine Familie ertränkte Kummer in Worten,

Umarmungen und Tränen und kostete ihn richtig aus. Und vielleicht war es das, was Rese brauchte. Wenigstens konnte er es versuchen. Er ging hinauf und begegnete ihr, als sie aus dem Schuppen kam.

„Dein Bett ist fertig." Sie hielt zwei Teile hoch. „Du kannst mir beim Tragen helfen."

Sie musste auf dem Weg zu ihm gewesen sein, und Lance wurde bewusst, dass er genau zum richtigen Zeitpunkt heraufgekommen war. Gottes Antwort auf sein Gebet? Er war nicht lange dort unten gewesen, aber er hätte es sein können. Er sollte nicht riskieren, dort hinunterzugehen, wenn es sein konnte, dass sie ihn suchte. Bei Rese war das allerdings vierundzwanzig Stunden am Tag der Fall. Sie schleppten die Teile vom Schuppen in sein Zimmer.

Star beobachtete sie von ihrer Staffelei aus, als sie mit dem Kopfteil zwischen sich vorbeikamen. „Ah, das hochzeitliche Lager."

Rese ließ nicht erkennen, dass sie ihre Bemerkung gehört hatte, aber er hatte sie gehört. Er hatte sich sehr bemüht, seine Gedanken im Zaum zu halten, und dann hatte Star mit einem einzigen kurzen Satz seine Illusionen zunichtegemacht. Sybils energisches Angebot hatte ihn nicht in Versuchung geführt, aber Rese tat es, ohne dass sie es versuchte. Allerdings waren Gedanken eine Sache, und er würde das brüchige Vertrauen zwischen ihnen nicht aufs Spiel setzen, indem er den Gedanken Taten folgen ließ.

Er lehnte das Kopfteil an die Wand und betrachtete die geschnitzte Verzierung. „Das ist wirklich schön, Rese." Er strich über das Holz und war über die glatte Oberfläche ebenso wenig überrascht wie über die vollkommene Form, bei der jede Linie ganz genau ausgearbeitet war. Sie hatte das Bett für ihn gebaut. Er maß dem nicht die Bedeutung bei, die Star dieser Tatsache gab, aber es war ihm bewusst und wärmte ihn innerlich. Sie hatte mit ihren Händen etwas für ihn erschaffen.

Sie sagte: „Bauen wir es zusammen."

Ihre abweisende Haltung passte nicht zu seinen Gedanken. Vielleicht bedeutete es ihr überhaupt nichts. Vielleicht war es eine lästige Pflicht gewesen, und er hatte ihre Gewissenhaftigkeit und akribische Mühe falsch verstanden. Sie verbanden die Seitenteile mit dem Kopfteil und anschließend mit dem Fußende des Bettes, dann legten sie den Lattenrost und die Matratze darauf. Er straffte die Schultern. „Mein Hals wird es dir danken."

„Ich habe Laken, aber keine Bettdecke.“ Rese sah sich im Zimmer um.

Er hatte an der Seitenwand das andere Gemälde aus ihrem Fundus aufgehängt, ein in Öl gemaltes Bild einer Weinberglandschaft, das von Grün- und Lilatönen dominiert wurde. Da es kein Fenster gab, durch das man hinausblicken konnte, sorgten das Bild und das Oberlicht dafür, dass der Raum nicht einer Höhle glich. Sie deutete mit dem Kinn auf das Bild. „Das könnte ich benutzen. Wein als Einrichtungsmotto für diesen Raum.“

„Stimmt.“ Obwohl seine Einrichtung im Moment kaum das entscheidende Thema war. Warum schloss sie ihn aus?

„Ich werde sehen, was ich finde, und bestelle dann die Sachen. Kannst du bis dahin die Decke nehmen?“

„Was meinst du?“

„Ich meine, nach der Hängematte ist alles eine Verbesserung.“

„Alles außer dem Zweisitzer.“

Sie versteifte sich ... vielleicht verärgert, weil er auf die vergangene Nacht angespielt hatte? Da war sie verletzlich gewesen, aber jetzt wollte sie ihre Probleme im Alleingang lösen. Brad hatte gesagt, beim letzten Mal hätte sie sich eingeigelt und wochenlang nicht gesprochen. Jetzt sprach sie mit ihm, aber man konnte es kaum als echte Kommunikation bezeichnen.

„Ich mache mich an den Kleiderschrank.“

„Nein.“ Lance nahm ihre Hände. Offenbar hatte sie nicht mit Widerspruch gerechnet. Aber auch wenn sie in diesem Zustand mit Vorsicht zu genießen war, würde er nicht zulassen, dass sie die Mauer um sich herum festzementierte. Es ging ihm weniger darum, dass er ausgeschlossen war, sondern darum, dass sie darin eingeschlossen sein würde.

„Komm mit.“ Er führte sie nach draußen. Baxter sprang um sie herum, während Lance Rese zu seinem Motorrad zog und ihr den Helm reichte.

„Wohin fahren wir?“ Es war mehr eine Forderung als eine Frage, aber wenigstens weigerte sie sich nicht gleich.

„Nirgendwohin.“ Er hob sie aufs Motorrad und stieg vor ihr auf. „Halt dich fest.“ Er schlug die Straße nach Norden ein, die zu den Weinbergen führte, die noch produzierten, einige von ihnen groß und schick, andere kleine Familienbetriebe. Während sie an den unterschiedlichen Toren und verzierten Eingängen mit langen Reihen Weinstöcken vorbeifuhren, ließ Rese' Anspannung allmählich nach. Noch ein paar Kilometer, und sie ging mit seinen Bewegungen mit und fiel in den Rhythmus der Straße, ohne sich dagegen zu sträuben.

Er legte seinen Arm auf ihren Oberschenkel, und ihre Hände lagen an seiner Taille. Man konnte auch ohne Worte kommunizieren. Die Straße hatte ihn immer gerufen und beruhigt und ihn vergessen lassen. Darauf konnte man sich verlassen. Weite. Entfernung. Bewegung.

Er zog das Tempo an, sodass die knubbeligen Weinstöcke auf beiden Seiten vorbeiflogen, ihre Ränder mit leuchtenden Blumenflecken geschmückt. Er hatte kein bestimmtes Ziel, nur das Heben und Senken der Straße, aber er spürte, wie Rese sich entspannte, und darum ging es ihm. Der Dunst des Morgens hatte sich gelichtet und ein wolkenloser Himmel krönte die fruchtbaren Hügel. Er sog den Anblick in sich auf, das Summen und das Vibrieren des Motorrads verstärkten den Eindruck noch.

Nach einer Weile legten ihre Arme sich um seine Taille, während sie fuhren, sodass sie aneinanderlehnten und sich im Einklang bewegten. Er hätte ewig so weiterfahren können, aber wenn sie sich genug entspannt hatte, um ihn zu umarmen, dann war sie vielleicht auch in der Lage zu reden. Er hielt nach einem Platz Ausschau, an dem sie anhalten konnten. Sie hatten das Kulturland hinter sich gelassen, und vor ihnen lag eine naturbelassene Landschaft in ihrer rustikalen Schönheit. Er bog von der Straße in einen schmalen Pfad ein, der sich durch die Hügel wand und an dessen Rändern duftende Gräser wuchsen. Er führte zu einem kleinen Bach, der seine eigenen grünen Düfte verbreitete.

Er hielt an, bockte das Motorrad auf und stieg ab. Als Rese ihren Helm abnahm, begegnete er ihrem Blick. „Sprich mit mir, Rese. Erzähl mir, was los ist."

Sie stand lange da und starrte ihn mit gläsernen Augen an, dann sagte sie mit tonloser Stimme: „Meine Mutter hat versucht mich zu töten."

Er ließ ihre Worte sacken, fassungslos, aber nicht überrascht. Nicht nach allem, was er gehört hatte.

„Sie hat den Ofen manipuliert."

Also kein Unfall. „Es tut mir leid."

Sie wandte den Blick ab. „Eigentlich war es nicht Mom. Es war Walter."

„Wie funktioniert das?" Er hatte keine Erfahrung in diesem Bereich und wollte nicht irgendetwas Dummes sagen. Etwas, was er von Tony gelernt hate. *„Versuch, alle Fakten zu haben, bevor du den Mund aufmachst, Lance. Dann blamierst du dich nicht."*

Rese atmete aus. „Ich weiß nicht. Wahrscheinlich steht es in der Mappe, die sie mir gegeben haben." Sie ging zu einem flachen Stein am Ufer des Baches. Ihre Haltung sagte immer noch: „Kein Zutritt für Unbefugte", aber nicht mehr: „Unbefugte werden erschossen."

Sie zog ihre Schuhe aus, stopfte die Socken hinein und krempelte ihre Hosenbeine hoch. Dann tauchte sie die Füße bis zu ihren vorstehenden Knöcheln ins Wasser. Er gesellte sich zu ihr und musste an den albernen Text denken, den er und Rico am Brunnen vor dem Lincoln Center gedichtet hatten. *Plitsche platsche, ist das schön, rein ins Wasser mit den Zeh'n. Hey, das ist ein Riesenspaß, sind die Füße pitschenass.* Er sah Ricos flinke, schmale Hände vor sich, wie sie auf dem Beckenrand aus Beton den Takt schlugen. Er hatte in allem einen Rhythmus gefunden und mehr als nur einmal den strengen Blick der Schwestern in Saint Martins auf sich gezogen, weil er im Unterricht seinen Tisch als Schlagzeug benutzt hatte.

Das Wasser schwappte über ihre schmalen Füße und bespritzte hartnäckig ihre Knöchel und Waden. „Das habe ich mit meiner Mutter immer gemacht. Wir haben dann so getan, als wären wir Nixen, die ihre Schwänze ins Wasser halten." Mit geschlossenen Augen wurde ihre Miene sanft von der Erinnerung, während sie die Füße in die Strömung hielt. Sie konnte die Verletzung ebenso wenig aufhalten, wie ihre Füße den Fluss des Baches aufhalten konnten, aber sie versuchte mit aller Macht, es nicht zu zeigen.

Er legte einen Arm um sie und betete im Stillen: *Stärke, Trost, Erbarmen.*

Nach einem Augenblick seufzte sie. „Du weißt immer, was zu tun ist."

„Nicht mal ansatzweise." Wie hätte er wissen können, dass der Bach eine positive Erinnerung bot, die der Verletzung entgegenwirkte? Das hatte der Heilige Geist ihm vielleicht eingegeben, das konnte er sich nicht als Verdienst anrechnen. „Fahren hilft meistens." Er spürte, wie die Mauer bröckelte. Sie hatte ihm die Fakten anvertraut, wenn auch nicht ihre Gefühle. Er drückte ihre Schulter. „Danke, dass du es mir erzählt hast."

Sie starrte ins Wasser. „Du hättest es ja doch irgendwann aus mir herausgepresst."

„Fühlt es sich wirklich so an?"

Sie lehnte sich ein wenig an ihn. „Ich weiß nicht."

„Du kannst einfach nicht mit allem allein fertig werden."

Sie zog die Knie an und setzte ihre nassen Fersen auf den Stein. „Ich wünschte, du würdest damit aufhören."

„Womit?"

„Mich zu durchschauen ... Röntgenblick oder so."

Ein dünner Film hatte sich auf ihren Füßen gebildet, den er gerne abgewischt hätte, aber der Gedanke, sie zu berühren, erschien ihm zu intim.

Sie sagte: „Ich hatte es nicht erwartet. Was sie mir gesagt haben."

„Wie solltest du auch?"

Sie zuckte mit den Schultern. „Irgendwie ist es, als sollte man solche Dinge wissen. Wichtige Dinge, beispielsweise dass dein Vater sterben wird oder dass deine Mutter will, dass du es tust. Es sollte einen nicht überraschen."

„Würdest du das wirklich wissen wollen?" Er ließ ihr einen Augenblick Zeit, um darüber nachzudenken. „Wie würdest du weiterleben, wenn du im Vorhinein wüsstest, was du durchmachen musst?"

„Mir wäre es lieber, wenn ich mich darauf einstellen könnte." Ihre Miene verhärtete sich. „Einen Schlag kann man nicht abwehren, wenn er von hinten kommt."

Er riss einen Grashalm ab und warf ihn in den Bach. „Manche Schläge kann man überhaupt nicht abwehren."

„Das ist nicht fair. Jeder sollte die Chance haben zu kämpfen."

Er dachte an Tony und all die anderen, als tonnenweise Stahl und Beton um sie herum zu Asche wurden und sie begruben. Das Bild hatte ihn in letzter Zeit weniger oft verfolgt, aber jetzt stürmte es mit schwindelerregender Macht auf ihn ein, und die ganze Welt schien ihm ein sich bewegender Strom aus Hass. Seine Brust zog sich zusammen, und es schnürte ihm die Kehle zu.

„Lance?"

Mühsam riss er sich zusammen. Er sollte ihr helfen. Ihr Antworten geben. Irgendwo musste es eine geben. Gottes Wille und der freie Wille der Menschen, das A und O des Lebens.

„Alles in Ordnung?"

Er ließ den Arm um ihre Schulter sinken und nahm ihre Hand. „Hier geht es nicht um mich."

Sie sah ihm ins Gesicht. „Es hilft aber."

„Was hilft?"

„Zu wissen, dass ich nicht die Einzige bin, dass jeder Probleme hat."

Er schluckte. „Das wäre ein prima Autoaufkleber."

Ein schwaches Lächeln umspielte ihre Lippen. „Ich habe nicht nachgedacht, als ich das gesagt habe. Ich meine über Tony, darüber, dass man eine Chance haben sollte."

„Ja." Wieder spürte er den Kloß in seiner Kehle. „Manchmal ergibt es keinen Sinn."

„Und was ist dann?"

„Dann kommt man damit klar und versucht, dadurch ein besserer Mensch zu werden."

„Besser inwiefern?"

Er zuckte mit den Schultern. „Das Leben schält uns wie Zwiebeln, und jede Schicht ist weicher und süßer."

Sie schnaubte. „Glaubst du."

Es war keine persönlich gemeinte Kritik gewesen. Er hob das Kinn. „Ich mag dich so, wie du bist."

„Deshalb sind meine Ohren jetzt durchstochen und ich habe zum ersten Mal einen Rock –"

„Das sind nur Äußerlichkeiten. Es ändert nicht dein wahres Ich. Und je mehr ich davon sehe, desto mehr –" Er hätte beinahe „liebe ich" gesagt. Da war sie wieder, seine Achillesferse.

„Desto mehr was? Willst du die Zwiebel schälen?"

Sybil würde aus dieser Vorlage etwas machen, das stand fest. „Desto mehr gefällt es mir. Hinter dieser Hände-weg-Fassade verbirgt sich eine ganz besondere Frau."

„Du würdest ‚Hände weg' nicht verstehen, wenn es auf meine Stirn geschrieben stünde und mit Stacheldraht versehen wäre."

Ein meisterliches Ablenkungsmanöver. Sie würde vielleicht häufiger Komplimente bekommen, wenn sie sie nicht mit aller Gewalt abschmetterte. Sein Blick wanderte zu ihren Lippen.

„Du hast wieder diesen Blick.“

„Was für einen Blick?“

„Als wäre ich ein schönes, fettes Hühnchen.“

Er lachte. „Hühnchen?“

„Man muss es mit ein bisschen Marinade weich machen, dann gut würzen und rein in den Kochtopf.“

„Rese!“

„Gib es zu.“

„Ich habe dich noch nie mit einem Hühnchen verglichen.“

„Zäh vielleicht, aber dagegen hast du ein Mittel. Du hast für alles eine Lösung. ‚Ich mache dir eine heiße Milch.‘ – ‚Wein dich an meiner Schulter aus.‘ – ‚Wir lösen das Problem zusammen.‘“

„Also wirklich, Rese.“

„Du bist ganz gerissen, Lance. So gerissen, dass es mich überrumpelt hat.“

„Was hat dich überrumpelt?“

„Dass ich so fühlen –“ Sie hielt inne und atmete langsam aus. „Kein Mann, den ich kenne, hat zugelassen, dass ich seine inneren Kämpfe sehe.“

„Du hättest ihm den Kopf abgerissen.“

„Und was ist mit dir?“

„Ich habe keine Selbstschutzstrategie. Die hat Rico vernichtet.“

„Rico?“

„Mein Kumpel. Er war ein kleines Kerlchen, aber er hat die größten Kämpfe angezettelt.“

„Und du hast sie für ihn ausgefochten?“

„Normalerweise mit ihm. Er wollte sich nie heraushalten.“

Sie betrachtete sein Gesicht. „Ist es das, was du gerade tust? Meine Schlacht schlagen?“

„Ich würde lieber an deiner Seite kämpfen als gegen dich.“

„Warum?“

„Dein unwiderstehlicher Charme.“

Sie schnaubte. „Klar.“

Er hob die Hände. „Gegen das Ergebnis kannst du nichts machen, Rese. Du hast mich irgendwie geködert.“

„Ich?“ Sie zog die Augenbrauen hoch. „Ich habe gesagt: rein geschäftlich.“

„Aber was hier rauskommt“, er berührte ihren Mund, „entspricht nicht dem, was hier drin ist.“ Er legte seine Hand auf ihr Herz und fühlte es schlagen.

Sie holte zitternd Luft. „Lance …“

Er zog die Hand wieder weg. „Ich glaube, ich bin dabei, mich in dich zu verlieben.“

Sie sog scharf die Luft ein, als hätte er sie geschlagen. Das hatte er nicht gewollt. Vielleicht hätte er es nicht laut aussprechen sollen, aber seine Gefühle für sie verdrängten sein ursprüngliches Anliegen, weswegen er nach Sonoma gekommen war. Er war nicht sicher, was er deswegen unternehmen sollte, aber im Moment war es ihm egal.

„Ich erwarte nichts.“

Sie blickte ihn scharf an. „Vom ersten Augenblick an hattest du Erwartungen.“

Das war der Wahrheit näher, als sie wusste. Aber ihre Gedanken gingen in die falsche Richtung. *Sag ihr die Wahrheit.* „Ich hatte nicht vor, solche Gefühle zu entwickeln, Rese. Ich bin hergekommen …“ Die Worte blieben ihm in der Kehle stecken. „Du hast mich überrascht.“

Ihre Hände verkrampften und entspannten sich wieder. „Für mich ist es auch ein Schock. So, als würde ich ein ausgefranstes Stromkabel anfassen.“

„Ich bin entsetzt.“ Er nahm ihre Hand und küsste sie.

Sie lachte. „Du bist wirklich unmöglich.“

Er zog sie näher. „Ich weiß.“

Kapitel 29

Das Gesicht hängt wie ein Sack.
Die Zunge wie ein Lappen aus Wolle.
Zu viele Dinge sind zu sagen. Zu viel bleibt ungesagt.
Worte, die im Fleisch gefangen sind.
Wa, wa – nutzlose Laute. Nutzlose Gedanken.
Wa, wa, wa.

Als die Harley in der Auffahrt zum Stehen kam, nahm Rese den engen Helm ab und wünschte, sie könnte alles andere ebenso einfach ablegen. Der Schmerz belastete sie noch immer, aber sie konnte es nicht zeigen. Lance war sowieso schon zu weit vorgedrungen. Wenn dies ein Spiel war, konnte sie den Siegespreis genauso gut gleich ihm überlassen, aber sie spielten um ihr Herz, und das war im Moment ein wenig mitgenommen.

Beim bislang einzigen Mal, dass sie sich in jemanden verliebt hatte, war sie ausgesprochen philosophisch gewesen. Damals hatte sie allerdings für Brad geschwärmt und sie wäre lieber gestorben, als sich ihm zu offenbaren. Zum Glück hatte sie die Sache überwunden, bevor sie beide wegen der zweiten Kolonne Konkurrenten geworden waren. Aber wenn sie es einmal versteckt hatte …

Wem wollte sie etwas vormachen? Lance war nicht Brad. Er durchschaute sie, kannte ihre Gedanken und Gefühle, bevor sie selbst es tat. Er wusste Dinge, die sie keinem anderen Menschen erzählt hatte. Es war so, als wäre er in ihre Gedanken geklettert und hätte die Regie übernommen, sodass seine Gedanken ihre ersetzten. Ihr Leben war für ihn ein Buch, das der Wind aufgeschlagen hatte. Alles, was er wissen wollte, und noch mehr.

Sie hatte sich noch nie so transparent gefühlt, vor allem, weil noch nie jemand wirklich in sie hatte hineinsehen wollen. Die anderen hatten die Fassade, die sie aufgesetzt hatte, geglaubt, hatten sie für echt gehalten, aber bei Lance war es anders. Er verlangte Ehrlichkeit, auch wenn es bedeutete, dass sie ihre tiefsten Verletzungen offenbarte. Und sie schien nicht die Kraft zum Widerstand zu haben, denn wenn er sie in den Arm nahm …

Star kam aus dem Haus, als sie gerade abgestiegen war, und musterte sie mit durchdringendem Blick. Rese' Kinn war noch wund von Lance' Küssen, ihr Gesicht warm, und sie hatte gehofft, sie könnte ungesehen hineinschlüpfen und sich erholen. Star musste all das sehen. Aber als Lance vom Motorrad stieg, wandte sie sich an ihn und ein zerbrechlicher Stolz erhellte ihr Gesicht. „Es ist fertig."

„Dein Bild?"

Star nickte. Und so einfach verschob sich der Brennpunkt des Geschehens.

„Kann ich es sehen?" Lance' Begeisterung wirkte nicht vorgetäuscht, aber war ihm bewusst, wie wichtig dies für Star war, welches Risiko sie eingegangen war, indem sie wieder malte und ihr Werk jemandem zeigte?

Star hatte schreckliche Angst davor zu versagen. Anstatt ihr Talent zu nutzen, hatte sie sich in ihren Rollen bei Renaissance-Festivals verloren und ihre Gemälde versteckt, die wenigen, die sie überhaupt zu Ende brachte. Das jüngste Fiasko mit Maury hatte auch nicht geholfen. Rese runzelte die Stirn. So schnell hatte sie noch nie etwas vollendet, hatte sich noch nie so schnell erholt, aber es würde nicht schwer sein, ihr Selbstbewusstsein zu zerstören.

Rese versuchte, Lance' Blick einzufangen, aber Star hatte seine gesamte Aufmerksamkeit. Sie gingen gemeinsam den Weg zum Garten hinunter. *Mach, dass es ihm gefällt.* Ein Gebet? Gut. *Wenn du so real bist, wie Lance sagt, dann lass nicht zu, dass er Star wehtut.* Nicht, dass er das absichtlich tun würde, aber … er verstand vielleicht nicht, worum es ging.

Im Schattenlicht der Abendsonne strahlte der Garten einen ganz eigenen Zauber aus. Das war Lance' Verdienst. Er hatte den Wildwuchs eingedämmt und neue Beete angelegt, von denen kräftige Gerüche aufstiegen, die mit dem süßlichen Duft der Blumen wetteiferten. Er musste Kräuter gepflanzt haben. Sie hatte nicht darauf geachtet, aber jetzt betrachtete sie alles mit Stars Augen und musste ihr zustimmen. Es war Lance' Garten.

Er trat auf die andere Seite der Staffelei, um das Bild zu betrachten. Star blieb ihm gegenüber stehen und beobachtete sein Gesicht.

Sie würde jede Nuance bemerken, und jede Missbilligung, selbst etwas weniger Verheerendes wie Unverständnis, würde sie ins Herz treffen. Lance' Augen wanderten über das Gemälde. Rese sah Überraschung, Faszination, Freude darin. Es gefiel ihm. Oder zumindest sah es so aus.

Rese gesellte sich zu ihm und betrachtete das Bild. Es war in Stars grellem Stil eine Kakophonie aus Farben mit angedeuteten Blumen, Blättern und Farnen, und in die grünen Lücken war das Profil eines Gesichts hineingearbeitet. Erstaunlich, dass sie das erkennen konnte, wo das Gesicht doch nur aus schemenhaften Blättern und Stengeln bestand.

„Der Elfenhain", sagte er, und das bedeutete Star mehr als jedes Lob. Er verstand es. Er sah, was sie beabsichtigt hatte. „Das ist toll, Star."

Sie reckte die Arme in die Luft und blieb neben ihm stehen. „Das bist du. Der Elfenkönig."

Lance nickte. „Das habe ich erkannt." Er wandte sich zu ihr um. „Kann ich es aufhängen?"

„Es kann an der Wand trocknen. Aber du wirst die Farbe riechen."

„Das macht nichts." Er hob die Leinwand hoch und betrachtete sie noch einmal, dann trug er das Gemälde ins Kutscherhaus, während Star ihm die Tür aufhielt. Er ging durch das Wohnzimmer und betrachtete die Wände. „Hast du Hammer und Nagel, Rese?"

Sie ging in den Schuppen, und Dankbarkeit erfüllte sie. Sie war wie betäubt und widerstrebend aus der Klinik zurückgekehrt, aber Lance hatte diesen Zustand mit seiner Zärtlichkeit durchbrochen. Und jetzt hatte er Star mehr Freundlichkeit erwiesen, als ihm vielleicht bewusst war. War er echt?

Er glich mehr dem Wesen in ihrem Zimmer damals als jedem wirklichen Menschen, den sie kannte. Hätte dieses Wesen Gestalt annehmen können und – Ach, du liebe Güte, sie musste verrückt sein! Konnte jemand, der unsichtbar war, sie in den Arm nehmen und küssen? Kalte Angst schlug über ihr zusammen. War das nicht genau das, was Mom geglaubt hatte? War Walter für sie so real gewesen wie Lance für Rese?

Wieder traf sie die Tatsache, dass ihre Mutter versucht hatte sie umzubringen. Sie nahm den Hammer. Wie konnte Mom jemanden, egal ob real oder imaginär, so sehr lieben, dass sie etwas so Schreckliches tun konnte? Und was war mit der Liebe zu ihrer Tochter? Rese biss die Zähne zusammen, als sie den Schmerz tief in ihrem Innern fühlte. Es tat so weh, dass sie schwankte. Hatte sie sich diese Liebe nur eingebildet, ihre eigene Liebe projiziert?

Sie breitete eine bunte Mischung übrig gebliebener Nägel aus und wählte zwei, die zusammenpassten. Sie hatte es Lance erzählt, aber sie hatte ihm nicht gezeigt, wie tief der Schmerz reichte. Weil sie ihm nicht vertraute? Wie konnte sie das?

Mit Hammer und Nägeln bewaffnet ging sie zum Kutscherhaus zurück. Lance hatte das Bild unter der Stelle, die er ausgesucht hatte, an die Wand gelehnt. Er streckte die Hand nach dem Werkzeug aus, aber sie sagte: „Ich kann das machen."

Sie hatte Nägel mitgebracht, die für Beton geeignet waren, und mit festen Schlägen schlug sie sie in die Wand. „Jetzt musst du es erst einmal am Rahmen der Leinwand aufhängen. Vielleicht kann ich später einen Draht daran befestigen, aber dafür müssten wir es mit der Vorderseite nach unten hinlegen, und das ist keine gute Idee, wenn es noch nicht trocken ist." Sie atmete den starken Geruch der Ölfarben ein und hoffte für Lance, dass sie bald trockneten.

Star machte einen Schritt zurück, während er das Gemälde aufhängte. „Rahmen lassen musst du es selbst, wenn du einen willst. Ich bin pleite."

„Das ist schließlich das Wenigste, was ich tun kann." Er schien ebenso glücklich und beeindruckt, wie er es bei dem Bett gewesen war, und zum ersten Mal wurde Rese bewusst, wie wenig er besaß. Was tat er hier mit kaum mehr als seiner Gitarre und seinem Motorrad? Mit seinen vielseitigen Begabungen und Fähigkeiten könnte er woanders sein, anstatt in einer Frühstückspension für Kost und Logis zu kochen.

Sie gesellte sich zu Star. Das Gemälde brachte Farbe und Leben ins Zimmer und machte deutlich, wie dringend er Möbel brauchte. Der Gedanke, sie für Lance zu bauen, erwärmte sie. Das war eine normale Art, einem anderen eine Freude zu machen, ihm etwas zu schenken, auch wenn die Möbel streng genommen zur Pension gehörten. Stars Gemälde auch? Warum dachte sie überhaupt darüber nach? Lance ging nirgendwohin.

Stars Magen knurrte. „Kochst du?"

Er legte den Kopf schief. „Lasst uns was beim Chinesen bestellen."

„Fastfood?" Rese hatte nicht erwartet, dass er so etwas überhaupt kannte.

„Mit Glückskeksen!“ Star schlang je einen Arm um Rese und Lance.

Lance lachte. „Warum nicht?“

Mit Star, die halb zwischen ihnen hing, und Baxter bellend an ihrer Seite, gingen sie zur Villa hinüber. An den zitternden Armen konnte Rese spüren, wie aufgeregt Star war. Sie war beinahe gefährlich überschwänglich. Aber sie hatte allen Grund, es zu sein. Sie hatte etwas Wundervolles vollbracht. Das sollte wichtig sein; es sollte das Schlechte irgendwie ausgleichen. Sie konnte sich für Star freuen. Wirklich.

Lance packte Baxters Kopf in einer spielerischen Balgerei, bevor er Rese vor ihm in die Küche eintreten ließ. Als sie an ihm vorbeiging, sah er ihr in die Augen und erfüllte sie mit Wärme und Zuversicht. Sie hatte die schlimmste Nachricht ihres Lebens erhalten, und er hatte den Schmerz gelindert.

Star rief in dem Restaurant an und bestellte genug Essen für eine ganze Woche. „Ich gebe einen aus“, sagte sie.

Wovon, fragte Rese sich, aber Lance holte sein Portemonnaie heraus. „Kommt nicht in Frage. Ich bin dir definitiv etwas schuldig für das Gemälde.“

„Ich verkaufe es nicht. Geld ist wertlos. Was zählt, ist der Gedanke dahinter. Je mehr Freude man gibt, desto mehr erhält man auch – ein großartiger Kreislauf.“

Lance betrachtete sie fröhlich. „Dann sorge ich für die Feier. Ein bisschen Freude, die zu dir zurückkehrt.“ Er lächelte. „Für das Vergnügen, das ich an dem Gemälde haben werde.“

Rese’ Herz zog sich zusammen.

„Und es gefällt dir wirklich?”

„Das tut es.“

Star zitterte geradezu, weil das Lob wie eine Droge auf sie wirkte. „Die Technik habe ich selbst entwickelt.“ Sie erklärte, wie sie die Farbschichten aufgetragen hatte, damit das Porträt Tiefe bekam und so aussah, als trete es aus der Oberfläche hervor. Rese wusste nicht, ob Lance es verstand oder nicht, aber er widmete Star seine ganze Aufmerksamkeit.

Rese wusch sich die Hände über der Spüle und weigerte sich, Star ihre große Stunde zu missgönnen. Sie hatte Lance’ Anerkennung verdient. Aber war ihm bewusst, was er da in Bewegung setzte?

Er lehnte sich gegen die Küchenzeile. „Es ist sehr wirkungsvoll. Es packt den Verstand.“

Stars Atem ging schnell. „Packt den Verstand.“

„Ich meine …“

„Nein, nicht erklären.“ Star schloss die Augen und wiederholte den Ausdruck mit lautloser Bewegung der Lippen. Als sie die Augen wieder aufschlug, glänzten sie vor Tränen. „Das konnte Maury nicht sehen. Er sagte, es wäre ein billiger Trick. Kitsch.“

Lance runzelte die Stirn. „Wer ist Maury?“

„Mein Verfolger.“ Star kreuzte die Handgelenke, als wären ihre Hände gebunden. „‚Der ist dann Ketzer, der das Feuer schürt. Nicht sie, die brennt.“

Rese versuchte, Lance’ Blick aufzufangen, um ihn vor diesem Thema zu warnen, aber er verfolgte das Gespräch weiter und entlockte Einzelheiten, die Star noch nie erzählt hatte, und das Erstaunlichste war, dass Star antwortete, ohne sich aufzulösen.

Rese blickte von einem zum anderen. Es war das Gleiche, was er mit ihr gemacht hatte, indem er sie dazu gebracht hatte, ihrem Schmerz Ausdruck zu verleihen und die Last mit ihm zu teilen. Das Zwicken, das sie angesichts dieser Tatsache verspürte, wuchs zu einem zynischen Stechen an. Er drehte sich um und sah ihr in die Augen, bevor sie das Gefühl verstecken konnte. Sie hasste das. Ihn zu durchschauen war eine Sache; dass er in ihr las wie in einem offenen Buch eine andere.

Star setzte sich an den Tisch und schob einen Haufen rote Locken hinter ihr Ohr, aber ihre Haare hatten das Gespräch über Maury überlebt, und abgesehen von den geröteten Augen hatte sie ebenfalls überlebt. Es hatte keinen hysterischen Anfall gegeben, keine Rede davon, dass sie es nicht schaffen würde, auch wenn ihre Hände noch zitterten. Sie griff nach der Mappe. „Was ist das?“

Erschrocken streckte Rese die Hand aus. „Nichts Wichtiges.“

Aber Star hatte die Mappe bereits aufgeschlagen und sah den Briefkopf der Einrichtung. Die Adern in ihrer Stirn pochten. „Psychiatrische Klinik? Elaine Barrett?“

Rese ließ die Hand sinken. Ihre Kehle war wie zugeschnürt. Sie wollte mit Star nicht über Mom reden, hier nicht, überhaupt nicht. Stars Mutter war verantwortungslos und gleichgültig gewesen, aber sie hatte nicht versucht, ihre Tochter umzubringen. Wieder traf die Wirkung dieser Wahrheit sie wie ein Schlag, aber gleichzeitig hatte sie das Gefühl, ihre Mutter verteidigen zu müssen.

Star starrte sie an. „Elaine lebt?“

Rese nahm die Mappe und drückte sie an ihre Brust. „Ich habe es gerade erst erfahren.“

Star stieß einen traurigen Seufzer aus. „‚Zu viel des Wassers hast du, arme Schwester, drum halt ich meine Tränen auf.‘“

„Star“, ermahnte Lance sie sanft. Er verstand nicht, welche Wirkung das auf Star haben würde; dass Moms wundersamer Tod jetzt durch ihre Auferstehung geschmälert wurde. Rese verstand Stars Schock und die Gedanken dahinter. Wenn ihre Mutter sogar von den Toten auferstehen konnte, wie konnte Star dann jemals hoffen, ihre eigene loszuwerden?

Aber Rese hatte ihre Mutter nicht loswerden wollen. Sie trauerte um sie. „Sie ist in der Klinik seit der Nacht … mit dem Unfall. Viel mehr weiß ich auch nicht.“ Nur, dass ihre Mutter sie hatte töten wollen. „Ich nehme an, ich bin jetzt für sie verantwortlich.“

Star massierte ihren Kopf mit den Fingern. „‚So ging dem Licht die Motte nach! O diese weisen Narren!‘“

Es klingelte an der Tür, und Lance ging, um ihr Essen zu bezahlen. Star sah sie durchdringend an und sprang dann auf, um ihm zu folgen. Sie verdrängte die Sache bereits. Rese legte die Mappe zur Seite, froh über die Unterbrechung. Sie kamen beladen zurück und stellten die weißen Pappschachteln auf den Tisch. Star holte Servietten, Stäbchen, Päckchen mit Sojasauce und Glückskekse aus der Tüte.

Obwohl sie noch vor wenigen Minuten solchen Hunger gehabt hatte, war Rese sich nicht sicher, ob sie jetzt etwas essen wollte.

Lance nahm Rese und Star bei der Hand und sprach das Tischgebet. Dann fügte er hinzu: „Und schenke uns die Weisheit, deinen Willen zu erkennen, Herr.“

Mit erhobenen Essstäbchen taxierte Star ihn. „Für einen solchen Glauben würde ich meine Seele verkaufen.“

Lance lächelte. „Mehr ist auch gar nicht nötig.“

„Meine kranke und zerrissene Seele würde mir nur eine kurze Audienz bescheren, während der ich ins ewige Feuer geworfen würde.“

„So funktioniert das nicht, Star. Je kränker und zerrissener, desto größer die Gnade.“

Einen Augenblick sah Star aus, als wäre ihr Hunger nach dieser Gnade größer als ihr Hunger nach der Mahlzeit, die vor ihr stand. Aber sie hatte große Probleme, und die Vorstellung von Erbarmen entzog sich ihr. Rese konnte in Stars ganzem Leben kaum eine Spur davon entdecken. Und in ihrem eigenen Leben auch nicht, wie es schien. Und plötzlich wünschte sie sich, es gäbe mehr; sie wünschte es sich mit aller Macht.

Eine Wolke aromatischer Düfte stieg aus der ersten Schachtel auf, die Star öffnete. Sie stieß ihre Stäbchen hinein und zog ein Bündel brauner Nudeln hervor wie eine Perücke. Sie schaufelte mehr Essen auf ihren Teller als Lance, und sie würde auch alles vertilgen. Ob sie es bei sich behielt, wagte Rese nicht vorherzusagen. Stars Erregung war offensichtlich, aber sie war sehr gut darin zu ignorieren, womit sie sich nicht auseinandersetzen wollte.

Als sie ausgiebig von den würzig-heißen und süßsauren Gerichten gekostet hatten, trug Lance die Reste zum Kühlschrank. Star beobachtete ihn, wie sie es die ganze Mahlzeit über getan hatte, dann stand sie auf und machte eine dramatisch schwungvolle Bewegung mit den Armen. „Die Nacht ruft. Ich muss hinfort." Was bedeutete, dass sie loszog, um sich irgendwie zu trösten, und man konnte nie wissen, wann sie wiederkommen würde.

Lance blickte ihr nach, als sie mit schnellen, beschwingten Schritten zur Tür ging. Dann kehrte er an den Tisch zurück. „Geht sie wirklich weg?"

„Warum nicht?"

Er setzte sich. „Ich dachte, sie würde dich unterstützen."

„So funktioniert das nicht."

Er nahm ihre Hand. „Das scheint mir ein bisschen einseitig."

Rese zuckte mit den Schultern. „Sollte jemals der Tag kommen, an dem Star in mir etwas anderes sieht als ihren Anker, falle ich in Ohnmacht."

„Die starke, harte Rese." Er drückte ihre Hand. „Selbst dein Zusammenbruch war folgenschwer."

Etwas, was sie lieber vergessen würde. „Wie geht es deinen Seiten?"

„Gut. Innerlich habe ich Schwierigkeiten."

„Das hast du schon gesagt." Sie glaubte es ihm immer noch nicht. Nicht, wenn die Menschen, denen sie vertraut hatte, sie angelogen und versucht hatten, sie umzubringen. Es war besser, wenn sie damit rechnete, dass die Maus aus der Frühstücksbox heraussprang oder man sie verspottete oder über sie lachte. Es war besser, ihr Gesicht und ihr Herz zu verbergen, vor allem nachdem sie gesehen hatte, wie Star ihn ansah.

Er lehnte sich näher und küsste sie, und ihre Entschlossenheit zerstob wie ein Schwarm Schmetterlinge. „Du schmeckst nach Chop Suey." Selbst das klang aus seinem Mund zärtlich, aber sie würde sich nicht einwickeln lassen.

Sie sah ihm in die Augen. „Ich weiß, was du tust."

„Was denn?"

„Das, was du gerade mit Star gemacht hast."

Er legte den Kopf schief. „Ich habe Star nie geküsst."

Aber das hätte er genauso gut tun können. „Du hast ihr den Kummer genommen und ihr Kraft gegeben." Genau genommen hatte er ihre eigene Rolle übernommen und sie besser gespielt.

Er rieb mit dem Daumen über ihre Fingerknöchel. „Habe ich etwas getan, was dich verletzt?"

„Natürlich nicht." Sie streckte die Hand nach der Mappe aus. „Ich bringe es wohl besser hinter mich."

Er berührte ihr Ohrläppchen. „Die hier hast du auch überlebt."

Sie warf ihm einen finsteren Blick zu. „Nachdem ich auf deinen Köder angebissen hatte."

Er lachte. „Kann ich was dafür, dass du hoffnungslos ehrgeizig bist?"

Dem konnte Rese nichts entgegenhalten. Sie blickte auf die Mappe hinunter und holte tief Luft, während sie wünschte, dieser Schmerz wäre so greifbar wie der Stecker in ihrem Ohr. „Ich wusste, dass etwas nicht stimmt. Ich habe das Flüstern gehört. Aber ich habe es verdrängt. Es jetzt hier zu sehen", sie legte eine Hand auf die Mappe, „lässt es Wirklichkeit werden."

„Es ist besser, wenn du weißt, was Sache ist, Rese. Mich der Tatsache zu stellen, dass Tony nicht mehr da war, war letzten Endes besser als das schreckliche Warten."

Vielleicht. Aber das Ignorieren hatte lange funktioniert. Rese öffnete die Mappe, holte den Inhalt heraus und breitete die Blätter vor ihnen aus. Lance saß so nah, wie es ihre Stühle zuließen. Er hatte den Arm um ihre Schulter gelegt, und sie lasen das erste Informationsblatt gemeinsam. Beim zweiten Absatz war ihr, als würde eine riesige Faust ihren Magen treffen. Sie krümmte sich.

Lance spürte es und strich ihr mit der Hand über den Nacken. „Was ist los?"

Es war der genetische Zusammenhang, der sie wie ein Schlag getroffen hatte. Sie tippte mit dem Finger auf den Absatz. „Ich habe mir Gedanken darüber gemacht. Aber ich wusste nicht, dass ich wirklich ..:."

„Dreizehn Prozent ist nicht sehr viel."

Rese schluckte. „Für jemanden wie dich mit nur einem Prozent Risiko." Viele Faktoren spielten eine Rolle, darunter auch Viren, die willkürlich zuschlugen, aber die erblich bedingte Veranlagung erhöhte das Risiko deutlich.

„Bleibt immer noch eine siebenundachtzigprozentige Chance, dass du es nicht bekommst. Ich würde auf diese Chance setzen."

Rese starrte ihn an. Wie konnte er so gelassen sein? Aber sie wusste warum. Weil es nicht seine eigene Statistik war. Plötzlich erinnerte sie sich an etwas, was Brad gesagt hatte, als sie sich nach Dads Tod so eingeigelt hatte. Er hatte sich zu Jake hinübergelehnt und gemurmelt: „Ich hoffe, sie ist nicht schizo."

Er hatte es gewusst? Hatte Dad es ihm erzählt? Rese schlug die Hände vors Gesicht. „Lance, was hat Brad gesagt, als er hier war?"

„Er hat sich gefragt, wie es dir geht."

„Weil?" Sein Zögern war genug. „Er dachte, ich sei psychotisch?"

„Er fand deine Reaktion extrem, aber die Umstände waren es schließlich auch."

Sie ballte die Fäuste. „Hat er Mom erwähnt?"

Lance nickte. „Er hat mir erzählt, sie habe Schizophrenie gehabt."

„Du wusstest, dass sie noch am Leben ist?"

„Würde ich dir das verschweigen?"

„Ich weiß nicht." Wut stieg in ihr auf und drohte zu explodieren. „Warum wusste Brad über sie Bescheid?"

„Dein Vater hat es ihm erzählt."

Natürlich. Brad war sein Busenfreund gewesen. Wer wusste es sonst noch? Die anderen aus der Kolonne? Kein Wunder, dass sie immer wieder versucht hatten, ihr den Rest zu geben.

Lance lehnte sich zurück. „Brad sagte, dein Vater habe ihn gebeten, auf dich aufzupassen, falls ihm etwas zustoßen sollte."

„Ich kann schließlich nicht auf mich selbst aufpassen, wenn ich psychisch krank bin, richtig?"

„Ich glaube, es war eher allgemein."

„Er wusste über Mom Bescheid."

Lance rieb sich das Gesicht. „Nur über ihre Diagnose, Rese. Er hat nichts davon gesagt, dass sie noch lebt."

„Sie dachten wahrscheinlich alle –"

„Du weißt nicht, was die anderen gedacht haben oder was sie wussten." Er legte eine Hand auf ihren Arm. „Wäre Brad hergekommen, wenn er dachte, du wärest verrückt? Er will, dass du wieder mit ihm zusammenarbeitest, Rese."

Das stimmte. Aber es war keine Entschuldigung. Für keinen von ihnen. Wie oft würde ihr Vater ihr noch vom Grab aus ein Messer in den Rücken rammen? Sie rieb sich die Augen.

Er nahm ihre Hand. „Vielleicht sollten wir bis morgen warten." Seine Stimme war sanft, bot ihr einen Ausweg.

Sie schüttelte den Kopf und griff nach dem Papier, aber der nächste Abschnitt, der die Symptome beschrieb, war genauso schlimm. Mangelnde emotionale Reaktionen. Lance' Worte: *„Hast du eigentlich eine Vorstellung davon, was Gefühle sind?"* War ihre Selbstbeherrschung ein „negatives" Symptom der Krankheit? Frauen erkrankten normalerweise im Alter von fünfundzwanzig bis dreißig Jahren daran. Nächsten Monat würde sie fünfundzwanzig sein. Sie begann zu zittern.

Lance nahm sie in den Arm. „Du interpretierst zu viel da hinein."

„Du hast es doch selbst gesagt, Lance. Keine Vorstellung davon, was Gefühle sind."

„Du hast getrauert, Rese. Du hattest eine Menge Stress. Und du musstest dich schützen. Ich weiß, wie all das aussieht. Du bist nicht krank."

Das konnte er nicht wissen. Sie hatte sich nach Dads Tod vollkommen abgeschottet. Sie nannten es Schock, aber Katatonie war eigentlich treffender, und auch das war ein Symptom. „Du solltest besser das Weite suchen."

„Glaubst du, so bin ich?"

„Du hast keine Ahnung, was Dad mitgemacht hat. Du siehst ja, wie er reagiert hat."

Er seufzte. „Lass das jetzt mal. Hier geht es um deine Mutter. Lies es um ihretwillen." Er drückte ihre Hand. „Lass uns herausfinden, womit wir es zu tun haben."

Wir? Wie konnte er „wir“ sagen? Weil er keine Ahnung hatte. Er verstand es nicht. Er hatte nicht damit gelebt.

Mauern bauten sich in ihrem Innern auf, und der Gedanke versetzte sie in Panik. Woher sollte sie wissen, was ganz normaler Selbstschutz war und was eine schizophrene Reaktionsarmut? Sie las die restlichen Informationen auf dem Einleitungsblatt, über die Medikamente, die zur Behandlung eingesetzt wurden, die positiven Ergebnisse bei der Heilung oder Beherrschung der Krankheit, wenn sie früh genug erkannt und mit Dopaminblockern behandelt wurde, die seit den fünfziger Jahren benutzt wurden. Warum hatte Mom keine Medikamente bekommen? Wenn Dad alles gewusst hatte, und das musste er, sonst hätte er es Brad nicht erzählen können ... warum also?

Sie nahm den Betreuungsbeschluss in die Hand, der ihren Vater zum gesetzlichen Betreuer seiner Frau ernannt hatte.

Bundesstaat Kalifornien, Oberster Gerichtshof
Stadt und Kreis San Francisco
Fall Nr. 1982-CV-12875
In der Sache Elaine Barrett, durch ihren Vertreter, Vernon Barrett, Antragsteller.
Beschluss zur Ernennung eines gesetzlichen Betreuers und Vermögensverwalters.

Rese schüttelte den Kopf, während sie die juristischen Formulierungen überflog, die besagten, dass ihr Vater im Folgenden als Antragsteller und ihre Mutter als Barrett bezeichnet würden. Im Wesentlichen gab der Beschluss ihrem Vater die Kontrolle über Moms Schicksal, ausgehend von einer Aussage der untersuchenden Ärzte und anderer Zeugen. *Mrs Walden, eine Nachbarin von Antragsteller und Barrett ... Georgette Douglas, Schwester des Antragstellers ...* Tante Georgie? Rese hatte während der „Beerdigung“ bei ihr gewohnt, nachdem sie aus dem Krankenhaus entlassen worden war. Tante Georgie hatte gegen Mom ausgesagt?

Es gab auch einige Notfallberichte nach zwei verschiedenen Suizidversuchen und einer Gewalttätigkeit gegen eine Person, die Rese nicht kannte. Sie konnte sich an nichts von alldem erinnern. Sie schloss die Augen und kramte in ihrem Gedächtnis, fand aber nichts. Vielleicht hatte sie es verdrängt. Es hätte sie nicht gewundert, wenn es jetzt aufgetaucht wäre, so wie die andere Erinnerung es getan hatte. Ihre Mutter, die vor dem Haus stand und schwankte, aber keine Trauer oder Angst oder irgendeine andere Emotion zeigte.

Mom hatte geweint, aber nur wegen Walter. Und das Lachen war manchmal so unangebracht gewesen. Wie bei dem Kätzchen, das Rese und Star tot aufgefunden hatten. Das war eine Erinnerung, die sie vergessen hatte, aber jetzt stand sie mit einem Mal auf. Es gab noch andere. Aber sie wollte sich nicht erinnern.

Wegen des gesundheitlichen Zustands und der in den Berichten bezeugten Symptome und basierend auf dem Gewicht der Aussagen der Zeugen beschließt das Gericht, dass Barrett nicht in der Lage ist, die gewöhnlichen Dinge des täglichen Lebens zu bewältigen, sodass ein gesetzlicher Betreuer ernannt werden soll, der für ihr Wohlergehen sorgt bis zu dem Zeitpunkt, an dem sie die nötige Alltagskompetenz wiedererlangt.

Das Gericht hatte offenbar eine Verbesserung ihres Zustands oder sogar eine Heilung in Betracht gezogen. Wenn man die anderen Informationen zugrunde legte, schien das eher unwahrscheinlich. Aber nicht unmöglich. Rese rieb sich den Nasenrücken. Sie hatte Angst etwas zu hoffen, was vielleicht niemals Wirklichkeit werden würde, und noch mehr Angst vor dem, was vielleicht stattdessen eintraf.

Sie hatte gedacht, die Tatsache, dass ihre Mutter sie hatte töten wollen, wäre das Schlimmste. Dann wäre sie wenigstens nur tot gewesen. Dies … das Schreckgespenst, dass sie so werden könnte wie Mom, dass sie Dinge sah, die nicht existierten, und Dinge tat, die niemand tun würde, der bei Verstand war, dass sie eine Last und eine Gefahr sein könnte … Sie fühlte sich so erschlagen, dass sie den Gedanken nicht einmal zu Ende bringen konnte.

War der Zeitpunkt vielleicht schon gekommen? Ihre Gedanken machten einen Satz. Wenn die Berichte stimmten, hatte ihre Mutter die Dinge geändert, verdrängt, erklärt und anders wahrgenommen, als sie tatsächlich waren. Rese fröstelte.

„Was ist los?“

Sie konnte ihre Zweifel nicht zugeben, ihre Unsicherheit, ob sogar

Lance überhaupt existierte. Hatte er nicht einfach in der Tür gestanden? In ihrer Trauer und der schwierigen Situation konnte sie ihn erfunden haben. Ihn aus ihrer Einsamkeit heraus erschaffen. Welcher reale Mensch würde so für sie empfinden, wie er es tat?

„Hey." Er streichelte ihren Arm.

Sie bekam eine Gänsehaut unter seiner Berührung.

„Rese ..."

Sie konnte ihn nicht einmal fragen. Kein Produkt ihrer Einbildungskraft würde es jemals zugeben. Aber der Gedanke schien sinnvoller zu sein, als ein echter Mann, der auftauchte und sich als alles erwies, was sie brauchte. Wie konnte er sie nach so kurzer Zeit lieben? Wenn er echt war, würde er alle ihre Fehler sehen. Entsetzen durchfuhr sie, und sie schüttelte den Kopf, vergeblich leugnend, was immer offensichtlicher wurde.

Aber Star sah ihn auch. Sie redete mit ihm, sie ... War Star auch nur Einbildung? Eine Freundin, die sie in der Isolation ihrer Kindheit erfunden hatte? Jemand, der noch verrückter war als sie selbst, um das Stigma zu mildern? Ihre Zähne klapperten, so kalt war ihr.

Lance rieb ihre Hände. „Sprich mit mir, Rese. Was denkst du?"

„Weißt du das nicht?" Kein Wunder, dass er ihre Gedanken lesen konnte. Er war ja selbst ein Teil von ihnen. Ihr ganzer Körper bebte. Sie war verrückt. Genau wie Mom.

Kapitel 30

Lance hatte gesehen, wie seine Schwestern, seine Mutter unter dem Schock der Trauer gelitten hatten. Aber das hier war anders. Rese sah aus, als würde sie sich auflösen. Ihre Lippen waren bläulich und sie schnappte nach Luft. Ihre Gliedmaßen waren ganz steif, und in ihren Augen stand bodenloses Entsetzen.

„Sprich mit mir, Rese."

Sie schüttelte den Kopf und kniff die Augen zusammen, nur um ihn dann erneut anzusehen, als fürchtete sie, dass er verschwand.

„Ich kann nicht helfen, wenn du mir nicht sagst, was los ist." Er stellte sich Brad an seiner Stelle vor, wie er versuchte, sie zum Reden zu bringen, als sie vom Blut ihres Vaters bedeckt dagesessen hatte. Er stand auf.

Sie packte sein Handgelenk. „Was machst du?"

„Ich rufe einen Krankenwagen."

„Nein! Sie werden mich einsperren."

Herr! Hatte sie einen Nervenzusammenbruch? „Sie werden dich nicht einsperren, Rese. Sie werden dich behandeln, weil du unter Schock stehst."

Sie klammerte sich an ihn. „Sie werden dafür sorgen, dass du verschwindest."

Verschwindest? Er starrte sie an und versuchte, die verschlungenen Pfade zu ergründen, auf die ihre Lektüre sie geführt hatte. *Jesus, gib mir einen Hinweis.* „Sag mir, was los ist, oder ich rufe den Krankenwagen." Er wollte nicht schroff klingen, aber sie jagte ihm schreckliche Angst ein.

„Es ist mir egal, ob du echt bist oder nicht. Ich schaffe das ohne dich nicht."

Nicht echt. Verschwinden. Er schluckte, als ihm dämmerte, was hier vor sich ging. Sie hatte eine verrückte Schlussfolgerung gezogen und sich selbst damit in eine solche Panik versetzt, dass sie den Bezug zur Realität verlor. Er schloss beide Hände um ihre. „Hör auf."

Seine Worte drangen zu ihr durch. Sie blickte ihn an.

„Ich bin kein Produkt deiner Fantasie."

Ihr Atem ging in keuchenden Zügen.

„Du hast vielleicht eine Panikattacke, aber das ist ziemlich verständlich, wenn man bedenkt, wie viele Schläge dich viel zu schnell hintereinander getroffen haben, ohne dass du dir die Gelegenheit gegeben hast zu trauern. Mensch, Rese, wenn du nur wie eine normale Frau weinen könntest …" Falsche Wortwahl. „Du bist nicht verrückt."

„Woher willst du das wissen?" Ihre Stimme war tonlos. „Kannst du beweisen, dass du echt bist?"

Er lachte kurz auf. „Ich musste mich zwar schon auf mancherlei Art beweisen, aber noch nie so." Er betrachtete ihr Gesicht und versuchte, die Sache aus ihrer Perspektive zu sehen. Dann schob er seinen Stuhl zurück und nahm ihre Hand. „Komm mit." Er zog sie zur Küchentür hinaus, durch den Garten bis zur Hecke. Im Dämmerlicht war es schwierig, die Lücke zu finden, aber schließlich entdeckte er sie und zwängte sich hindurch in Evvys Garten.

„Was …"

Er klopfte an Evvys Gartentür, legte den Arm um Rese und drückte sie fest an sich. Ihr Zittern hatte nachgelassen, aber das war noch nicht genug. Er wollte ihre Zweifel endgültig ausräumen.

Evvy öffnete die Tür, auf ihren Gehstock gelehnt. „Was um alles in der Welt …"

„Tut mir leid, dass wir stören, Evvy. Aber können Sie mich sehen?"

„So deutlich wie meine Nasenspitze. Was soll denn das alles?"

Rese sank gegen ihn.

„Nur eine kleine Sorge von Rese."

„Wenn sie glaubt, Sie würden verschwinden, dann sollte sie genauer hinsehen." Evvy stieß Lance einen Finger in die Brust und blickte dann Rese an. „Dieser Mann ist verliebt, Schätzchen. Ich weiß, wie das aussieht."

Nicht genau das, was er im Sinn gehabt hatte, aber er hatte es ja ohnehin schon zugegeben. „Danke, Evvy. Einen schönen Abend noch."

„Ich werde mich in den Schlaf lachen. Ihr zwei seid besser als jede Komödie im Fernsehen."

Rese hätte ihn erwürgt, wenn sie nicht so erleichtert gewesen wäre. Eine Komödie? Fehlte noch, dass sie zur Attraktion des Viertels wurde.

Das hatte sie schon einmal erlebt, vielen Dank. Aber wie sonst hätte er sie überzeugen können? Obwohl die Abendluft kühl war, spürte sie die Wärme in ihre Glieder strömen, als sie ihm durch die Hecke auf ihr Grundstück folgte.

„Sollen wir es bei den Nachbarn auf der anderen Seite versuchen?"

„Nein."

„Irgendjemand auf der anderen Straßenseite?"

„Nein!" Wenigstens hatte Evvy eine andere Schlussfolgerung gezogen, weil sie dachte, es handele sich um einen Streit unter Liebenden, nicht um einen Fall von Wahrnehmungsstörung. Er hatte seinen Beweis erbracht, und sie hatte nicht vor, sich wie ein Monster herumzeigen zu lassen.

Sie gingen hinein, und er drückte sie auf einen Stuhl am Tisch. „Ich glaube, es ist an der Zeit, dass du die Eiersahne der Bronx kennenlernst."

„Ich habe keinen Hunger."

„Es ist nichts zum Essen."

Sie blinzelte. „Du hast doch gesagt, Eier –"

„Das habe ich. Aber es hat weder mit Eiern noch mit Sahne zu tun." Er ging zur Speisekammer und holte eine Flasche heraus. „Echter Schokoladensirup von Fox."

Glaubte er wirklich, dass Schokoladensirup half, wenn sie gerade die erschreckende Erfahrung gemacht hatte, sich Moms Welt auszumalen? Wellen des Kummers schlugen über ihr zusammen, während sie zusah, wie er ihr ein Getränk zubereitete.

„Zwei Drittel Milch, ein Drittel Schokosirup und Mineralwasser, das man über die Rückseite eines Löffels laufen lässt. Das ist entscheidend, damit es eine Schaumkrone gibt. Und lass dir von niemandem etwas anderes einreden. Es gibt bestimmt andere Zubereitungsmethoden, aber dies ist die einzige, um eine perfekte Eiersahne zu machen."

Was redete er da? Wie konnte er glauben, dass sie all das interessierte, während ihr Verstand vielleicht …

Er brachte das Glas zum Tisch und gab es ihr in die Hand. „Trink das aus."

Sie nahm einen Schluck, und der Schaum blieb an ihrer Oberlippe hängen. „Schokoladensprudel?"

„Mit anderen Zutaten anders zubereitet vielleicht. Aber das hier ist Eiersahne."

„Warum heißt es so?"
„Ich habe keine Ahnung."
Vielleicht war sie nicht die Einzige, die den Verstand verlor. Sie presste Finger und Daumen an ihre Stirn.
Lance zog ihre Hand fort. „Glaubst du wirklich, wenn du mich erfunden hättest, hättest du mir einen Diamanten ins Ohrläppchen gesteckt?"
Sie leckte die Milch von ihrer Lippe. „Wenn ich verrückt genug wäre."
„Aber das bist du nicht. Du hättest dir einen LKW-fahrenden, zigarettenrauchenden, hammerschwingenden Muskelprotz ausgedacht."
Die Beschreibung passte zu der Person, die sie sich wahrscheinlich vorgestellt hätte, und sie errötete. *Hoffentlich bemerkt er es nicht.* Pustekuchen.
Er hob ihr Kinn an. „Volltreffer?"
Sie blickte ihn finster an. „Vielleicht. Früher einmal."
„Brad?"
Wie machte er das? Wenn er kein Produkt ihrer Fantasie war, wie gelangte er dann in ihren Kopf und erriet ihre Gedanken? Sie versuchte ihn dazu zu bringen, dass er den Blick abwandte, aber er ließ nicht locker.
„Weiß er es?"
„Nein!"
„Wie alt warst du? Zwölf? Dreizehn?"
„Geht dich nichts an."
Er ließ ihr Kinn los und schob das Glas näher. „Trink deine Eiersahne. Sie ist ein Meisterwerk." Er stand auf und ging zur Gartentür hinaus. Sie folgte ihm mit ihren Blicken. Wann war es eigentlich dunkel geworden? Der Duft der schaumigen Schokolade stieg auf und sie trank davon. Es schmeckte gut, auch wenn sie nicht verstand, was das ganze Theater sollte. Aber das war Lance, der sich über Dinge aufregte, die sie offenbar nicht begriff. Waren Männer so verschieden?
Sie seufzte. Brad war älter als sie, aber jünger als ihr Vater. Er war ihr Hauptkonkurrent und größtes Ärgernis gewesen. Sie konnte sich gut vorstellen, dass Dad ihm die Dinge erzählt hatte, die er vor ihr geheim gehalten hatte. Wenn er auch nicht der Sohn war, den ihr Vater nie gehabt hatte, war Brad doch der Freund und Partner, den Dad sich

wünschte. Rese hatte bis zum Umfallen geschwitzt, um mitzuhalten, um zu beweisen, dass sie besser war als Brad. Und irgendwann hatte sie die Schwärmerei eines Schulmädchens entwickelt.

So wie jetzt? Ärgerte sie sich über Lance nicht genauso viel? Noch mehr sogar. Aber da hörten die Gemeinsamkeiten auch schon auf. Sie hätte ihn niemals erfinden können – wenn die ganze Sache so funktionierte. Aber hätte ihre Mutter Walter erfunden, wenn sie eine Wahl gehabt hätte? Rese rieb sich die Schläfen. Wie sollte sie das jemals alles verstehen?

Lance kam mit der Gitarre in der Hand zurück. Er warf einen Blick in ihr Glas, lehnte die Gitarre an die Wand und wartete. Sie trank pflichtbewusst aus, trug das leere Glas dann zur Spüle, wusch es mit Spüli und klarem Wasser aus und stellte es umgedreht auf die Abtropfplatte.

Lance deutete mit dem Kinn zur Tür. „Geh und mach dich fertig zum Schlafen."

„Ich werde bestimmt nicht schlafen."

„Doch, das wirst du."

Sie widersprach nicht. Mit Lance zu diskutieren war so, als wollte man dem Himmel verbieten zu regnen. Sie ließ ihn in der Küche sitzen, zog ihren Schlafanzug an, putzte sich ganz automatisch die Zähne und wusch ihr Gesicht. Als sie den schmalen Gang zu ihrem Zimmer hinunterging, streckte Lance den Kopf durch die Tür. „Darf ich die Schwelle übertreten?"

Sie sah ihn achselzuckend an. „Als ob du dafür eine Erlaubnis bräuchtest." Er hatte den Computer in ihrem Büro benutzt, wusste sogar ihr Passwort. Diese Tür war nie ein Hindernis gewesen, zumindest nicht, was ihn betraf.

Lance trat ein. „Ich war bislang nicht in deinem Schlafzimmer, aber ich verspreche, dass ich mich angemessen verhalten werde."

Rese seufzte. „Ich bin nicht einmal sicher, was angemessen ist." Und in ihrem jetzigen Zustand war es ihr auch egal. Sie war überwältigt und zu erschüttert, um auch nur zu weinen wie eine „normale" Frau.

Er schob sie in ihr Schlafzimmer und zeigte auf das Bett. „So, mach es dir gemütlich."

Wann genau hatte er sich zu ihrem Hüter ernannt? Aber sie kroch unter die Bettdecke, während er in dem dicken Polstersessel Platz nahm und die Gitarre auf dem Knie aufsetzte. „Willst du mich in den Schlaf singen?“

„Genau. Und je eher du einschläfst, desto besser – was nichts über mein Talent aussagt.“

Sie machte es sich unter der Daunendecke bequem. „Wenn du mich nach … alldem zum Schlafen bringen kannst, hast du wirklich Talent.“

„Nicht denken. Augen zu.“

„Ich würde dir lieber zusehen.“ Aber sie gehorchte.

Er begann melodisch die Saiten zu zupfen, und Rese drückte ihr Federkissen zurecht. „Sing mir deine Lieder vor.“

„Irgendein bestimmtes?“

„Alle.“ Dann würde sie so tun, als schliefe sie, damit er ging.

Aber ob es die Macht der Suggestion war oder die Erinnerung an ihren letzten gemeinsamen Erfolg oder einfach die tröstende Gegenwart von Lance – sie wurde schläfrig. Ein Lied ging in das nächste über und das Timbre seiner Stimme und die Klänge der Gitarre fesselten ihre Gedanken und ließen sie verstummen. Sie seufzte, als er sie sanft küsste, aber das leise Schließen der Tür nahm sie kaum noch wahr.

Lance stellte die Gitarre ab und setzte sich an den Tisch mit den Unterlagen vor ihm. Er hatte sich vorhin mehr auf Rese konzentriert als auf die Informationen. Jetzt las er die Einzelheiten aufmerksamer und verstand die Größenordnung ihres Dilemmas. Die Situation war in der Tat einschüchternd. Aber sie verstand sein Wesen nicht, wenn sie glaubte, er würde sie jetzt im Stich lassen.

Je größer die Not war, desto stärker war sein Wunsch, an ihrer Seite zu sein. Er hatte keine Erfahrung mit solch abgrundtiefen Katastrophen, aber es war für ihn undenkbar, sie allein damit fertigwerden zu lassen. Er war ihr in seiner typisch kompromisslosen Art verfallen, aber diesmal war da mehr, ein Gefühl der Verbundenheit, das ihn vom ersten Tag an gepackt hatte. Vielleicht würde er die Sache diesmal bis zum Ende durchziehen. Der Gedanke war ernüchternd. *Das wäre etwas Neues.*

Rese war keine Frau, die ihm in einer Menschenmenge aufgefallen wäre. Nicht, dass sie nicht attraktiv wäre – das war sie. Attraktiv, amüsant, nervig, bezaubernd … aber sie war auch einschüchternd. In der Vergangenheit war er jeder Frau aus dem Weg gegangen, die ihn derart umgarnen könnte. Rese war von allen am ungefährlichsten erschienen. Aber sie zwang, reizte, belebte. Und sie hatte es geschafft, ihn so zu fesseln, dass er nicht sicher war, ob er sich befreien konnte. Und ob er es überhaupt wollte.

Herr? Er neigte den Kopf zum Gebet. Nonno Quillan lag unidentifiziert im Keller, und Nonnas Geheimnisse waren noch immer unentdeckt. Aber Rese' Angst hatte die Küche so erfüllt, dass er sie förmlich schmecken konnte. Ihre ganze Zukunft war überschattet worden, und sie brauchte ihn. Zumindest vorübergehend würde er sich ihr ganz widmen.

Er spürte einen inneren Frieden angesichts dieser Entscheidung. Er würde diesen schwierigen Weg mit ihr gehen, komme, was wolle. Nonna würde das verstehen. Im Moment konnte er sich nicht mit zwei Dingen beschäftigen. Was auch immer er herausfand, was er erfuhr, konnte warten, bis er für Rese getan hatte, was er konnte. Er musste sich entscheiden, und diese Entscheidung schien ihm die beste.

Star war ihr keine Hilfe, und wen hatte Rese sonst? Er sammelte die Blätter zusammen und legte sie in die Mappe zurück. Sie war vielleicht Stars Anker, aber diese Strömung war für sie allein zu stark. Er blickte zu ihrem Zimmer hinüber und hörte nur Stille. Dann ging er ins Kutscherhaus. Der Geruch der Ölfarbe überdeckte den üblichen Kellergeruch und bekräftigte seine Entscheidung, seine Suche erst einmal ruhen zu lassen.

Kapitel 31

Schwer.
Hände wie Teig. Nutzlos.
Den Ball drücken.
Drücken.
Nutzlos, nutzlos, nutzlos.

Aus irgendeinem Grund schlief Rese wie ein Baby und erwachte früh am Morgen erfrischt und gestärkt. Zweifellos genau das, was Lance beabsichtigt hatte. Außerdem erwartete sie ein Teller mit Obsttörtchen und würzig gefüllten Eiern und dazu ein gefalteter Zettel an ihrem Platz am Küchentisch. Rese öffnete das Blatt.

Bin bald wieder da, ob es dir gefällt oder nicht. In Liebe, Lance.

Sie schloss die Augen. *In Liebe, Lance.* Das Ganze war eindeutig außer Kontrolle geraten. Rese betrachtete die Gerichte vor ihr und konnte ausnahmsweise einmal nicht ans Essen denken. Die Mappe lag auf dem Tisch, und sie nahm sie und setzte sich, um sich noch einmal in den Inhalt zu vertiefen.

Sie musste Entscheidungen treffen und wusste kaum, wo sie anfangen sollte. Irgendwann würde sie wahrscheinlich juristischen Rat brauchen. Aber im Augenblick musste sie erst einmal die Welt ihrer Mutter verstehen. Was sie letzte Nacht erlebt hatte, war furchtbar gewesen. Ihre Mutter hatte jahrelang damit gelebt. Rese rieb sich die Augen.

Zwei Visitenkarten waren an die Innentasche der Mappe geheftet: eine von der Verwaltung der Einrichtung und die andere von Dr. Wilbur A. Jonas. Sie sollte einen Termin mit ihm machen, um mit ihm zu reden und zu erfahren, was er ihr über Mom sagen konnte. Und dann … würde sie sie besuchen.

Rese atmete langsam aus. Nachdem sie über die Unterschiede im Gehirn gelesen hatte, die die Symptome der Schizophrenie verursachten, konnte sie ihrer Mutter nicht vorwerfen, was geschehen war. Wie konnte sie jemanden beschuldigen, der den Bezug zur Realität verloren hatte? Für Mom war Walter ebenso real gewesen wie ihr Kind. Aber sie hatte sich trotzdem entschieden, oder nicht? Und das tat weh; *es tut schrecklich weh.*

Rese ließ sich von dem Wirbelwind aus Wut, Trauer und Verrat mitreißen. Sie musste alles wissen. Sie konnte keine weiteren Überraschungen mehr ertragen. Sie kramte ihr Adressbuch hervor und fand die Nummer. Sie tippte sie ins Telefon und sagte, als die Frau am anderen Ende den Hörer abnahm: „Tante Georgie, ich bin's, Rese."

„Rese. Ich … wie geht es dir?"

Wie lange war es her, dass sie diese Stimme gehört hatte? Vielleicht war ihre Tante zu Dads Beerdigung gekommen, Rese war sich nicht sicher. Im Laufe der Jahre hatten sie kaum Kontakt gehabt. Aber Tante Georgie war vorher ein Teil ihres Lebens gewesen. „Ich weiß über Mom Bescheid."

Das Schweigen war Ausdruck der Geheimnisse und Lügen, die ihr Vater mit ins Grab genommen hatte. „Oh."

„Nach Dads Tod hatte sie keinen Betreuer mehr." Nicht, dass ihre Tante daran gedacht hätte; eine verrückte Schwägerin war nach all den Jahren kaum von Interesse.

„Es hat Vernon das Herz gebrochen, sie wegzusperren. Aber nachdem – als es für dich zu gefährlich wurde, hatte er keine andere Wahl."

So hatte Rese es noch nicht betrachtet, und der Gedanke schmerzte. Der Tod ihres Vaters war noch zu frisch. Sie wollte nicht daran denken, dass er gelitten hatte. Er hatte getan, was er für das Beste hielt. Als er sie erst einmal in Sicherheit gebracht hatte, war er immer ihr Beschützer gewesen. Auch wenn er sie durch Lügen beschützen wollte.

Sie schloss die Augen. *Oh, Dad.* Vielleicht hatte er deshalb so viel gearbeitet und war mit Brad weggegangen, sobald sie alt genug war, um eine Zeitlang allein zu sein. Hatte er ihr die Schuld daran gegeben, dass er Mom verloren hatte? Wie auch immer es gewesen sein mochte – er hatte seine Lösung gefunden und daran festgehalten, so wie er es mit allen Entscheidungen in seinem Leben getan hatte.

Sie bedankte sich bei ihrer Tante und legte auf. Ihre Brust wurde durch ein Schluchzen zusammengedrückt, das sie leer und schwach zurücklassen würde. Aber ihren Tränen freien Lauf zu lassen, während Lance nicht da war, wäre besser, oder? Wie eine normale Frau weinen? Wenn sie das nur könnte.

Rese schob ihren Stuhl zurück, erhob sich mit geballten Fäusten und begann auf und ab zu gehen. Es tat weh. Das musste ein gutes Zeichen sein. Sie fühlte Schmerz wegen etwas, was schmerzhaft war. Und auch Wut, egal, ob diese eine natürliche Reaktion war oder nicht. Die Gefühle waren da; aber sie hasste den Gedanken zu weinen. War das unnormal?

Sie stampfte mit dem Fuß auf. Warum gab es keine klare Linie, eine eindeutige Trennung zwischen normal und unnormal? Sie hatte sich in den vergangenen fünfzehn Jahren antrainiert, nicht zu weinen, keine Schwächen zu zeigen, die man darauf zurückführen konnte, dass sie ein Mädchen war. Warum sollte sie sich jetzt wie eines verhalten? Sie würde sich noch in den Wahnsinn treiben, wenn sie weiterhin versuchte, jemand zu sein, der sie nicht war.

Nicht zu weinen bedeutete nicht, dass es nicht wehtat. Sie vermisste beide. Vielleicht war ihre Liebe zu Mom irrational, aber sie war da. Und Dad? Sie hatte ihn mit aller Macht geliebt. Und dann hatte ein sinnloser Unfall ihn ihr weggenommen.

Wo war das unsichtbare Wesen da gewesen? Warum hatte der Herr ihr Leben gerettet und Dad dann in ihren Armen verbluten lassen? Oder war Gott da gewesen und Dad hatte ihn nicht gesehen, nicht wahrgenommen? *„Nach dem Tod gibt es nichts.“* Er war sich dessen ganz sicher gewesen.

Aber Lance war ebenso überzeugt davon, dass es mehr gab. *„Er wird ein offenes Herz finden.“* Konnte Gott da sein und auf ein Herz warten, das sich ihm niemals zuwandte?

Ein Schmerz, der noch schrecklicher war als alles andere. *Oh, Dad.* Aber niemand konnte Vernon Barrett etwas sagen, was er nicht hören wollte. Bis zur letzten Einzelheit seiner Arbeit und seines Lebens hatte er alles im Griff. Und sie hatte versucht, das alles nachzuahmen, indem sie den gleichen Respekt verlangte, wie er ihn bekam, den gleichen stummen Gehorsam. Selbst seine letzten Worte, *„Sei stark“*, waren ein Ausdruck seiner Unabhängigkeit und Entschlossenheit.

Dad hätte nie auf Stimmen gehört, nie einem unsichtbaren Wesen gehorcht. Trotzdem hatte sie eine verzweifelte Kraft aus dieser unerklärlichen Gegenwart geschöpft. Rese stützte ihre Arme auf den Tisch und atmete den Duft der Obsttörtchen ein, oder vielleicht nur eine Süße in der Luft, wie die Süße, die das Gift daran gehindert hatte, in ihre Lungen einzudringen. *Wehr dich. Gib nicht auf.*

Sie erinnerte sich genau. Nichts anderes aus dieser Nacht hatte sich so dauerhaft in ihren Gedanken festgesetzt. Nicht, dass ihre Gedanken besonders zuverlässig waren, wie es schien. All das hatte ihr gezeigt, wie verschwommen und verwirrt Wahrnehmung sein konnte. Ihr Verstand konnte sich drehen und ändern oder sie ganz und gar im Stich lassen. Aber wenn es etwas außerhalb von ihr gab, was ihre Sinne wahrnehmen konnten, würde das nicht bleiben?

Der Klang von Lance' Harley in der Auffahrt ließ ihr Herz höher schlagen. Er hatte sie wie ein Kind ins Bett gesteckt, und sie hatte es zugelassen. Erstaunlich, wenn sie darüber nachdachte. Sie hätte sich mehr denn je wehren sollen, jetzt, wo sie wusste, was beim letzten Mal passiert war, als jemand sie gedrängt hatte zu schlafen. Die Tatsache, dass sie dem erlegen war, überraschte und beängstigte sie zugleich.

Er kam herein, das Haar vom Wind zerzaust, die Lederjacke offen bis zur Taille, lebhaft und selbstbewusst. Er hatte seinen Tag mit Gott begonnen, was ihn auf irgendeine Weise, die er nicht näher erklärt hatte, zu einem besseren Menschen machte. Er war in einer gläubigen Familie aufgewachsen. Er brauchte sich nicht zu fragen, ob es echt war.

Sie hob das Kinn. „Und?"

Er verlangsamte seine Schritte. „Und was?"

„Was hat er gesagt?"

„Wer?"

„Gott."

Lance sah ihre verkrampfte Miene, ihren verkniffenen Mund. Er hatte sich für heute Morgen verschiedene Szenarios vorgestellt: dass sie bereute, ihm von ihrer Mutter erzählt zu haben, oder dass sie versuchen würde, ihn auszuschließen, alles zu verdrängen. Aber offenbar hatte Rese vor, die Sache sehr direkt anzugehen.

Nachdem er gerade Zeit mit seinem Herrn verbracht hatte, hätte er die Antwort parat haben sollen. Er hätte ihre Hand öffnen und die Antwort wie einen Schatz darauf legen können, eine Antwort, die so klar war, dass sie den Zweifel in ihren Augen mit einem Aha-Effekt fortwischte.

Aber wenn Gott jemals so zu ihm gesprochen hatte, war es ihm entgangen. Er kannte die Bibel, Choräle und Lieder, aber er war kein Mose mit einem brennenden Dornbusch. Er zog seine Jacke aus und warf sie über die Stuhllehne. „Wolltest du irgendetwas Bestimmtes wissen?"

„Warst du nicht in der Kirche?"

„Doch."

„Also hat Gott nicht mit dir geredet und dir gesagt, wie du dich bessern kannst?"

Er dachte an die Schriftlesung an diesem Morgen. Hatte sie einen indirekten Hinweis enthalten, den er weitergeben sollte? Er hakte die Daumen in seine Jeanstaschen ein und sagte: „Er hat Lazarus von den Toten auferweckt."

„Was?"

„Das war vor zweitausend Jahren, aber die Leute reden immer noch davon."

Sie warf ihm einen finsteren Blick zu. „Ich will etwas über heute wissen, was wir … was man tun soll."

Er betrachtete ihr Gesicht und begann allmählich zu verstehen, worauf sie hinauswollte, aber noch immer wusste er nicht, was er antworten sollte. „Gott ist nicht Walter, Rese. Er zerrt nicht an mir herum und brüllt Befehle. Wenn es das ist, was du suchst, dann ist das nicht mein Gott."

„Aber was ist er dann?"

Lance starrte sie an. *Erklären Sie in weniger als zwanzig Worten, um den Hauptgewinn zu erhalten: Was ist Gott?* „Er ist die Wahrheit; er ist der Sinn. Mein Ziel und deines. Während Terroristen Menschen töten und Dealer Kinder von Amphetaminen und Ecstasy, Gewalt und Grausamkeit abhängig machen, gibt es immer noch Liebe, Trost, Freude und Hoffnung. Das ist Gott. Ohne ihn ergibt nichts einen Sinn."

„Dann will er, dass all das, was du gesagt hast, geschieht."

„Er will Freiheit." Lance war nicht sicher, woher das gekommen war. Wie passte Freiheit zu Gottes Willen? Die Freiheit war der Grund, warum er sich verrannt hatte, Mist gebaut hatte. „Er hat uns nicht als Gefangene seines Willens erschaffen. Er hat uns unseren eigenen Willen gegeben und die Freiheit zu wählen."

Rese riss die Mappe vom Tisch. „Mom hatte keine Freiheit. Wenn sie hätte wählen können …" Der Schmerz huschte über ihr Gesicht, bevor sie ihn verbergen konnte.

Er wusste nicht, was er darauf antworten sollte. Freiheit setzte Verstehen voraus. Hatte Rese' Mom gewusst, wofür sie sich entschied? „Ich weiß nicht, wie das funktioniert, wie das bei jemandem wie deiner Mutter mit Verantwortung und Gewissen aussieht."

„Es ist also unterschiedlich. Es gibt nicht einen Weg für alle."

Baxter jaulte an der Tür, und Lance ließ ihn herein. Rese hatte ihm den Aufenthalt in der Küche nicht ausdrücklich verboten, und auch jetzt sagte sie nichts. „Manche Dinge sind festgelegt und nicht zu ändern, Rese. Was gut ist und was böse." Was ihre Mutter getan hatte, war böse, aber wusste sie das? „Was wir tun, ist Gott entweder ein Gräuel oder es verherrlicht ihn. Ich glaube nicht, dass es viel gibt, was ihm egal ist."

Sie schüttelte den Kopf. „Und was ist, wenn man es nicht weiß?"

Versuchte sie, das Verhalten ihrer Mutter zu rechtfertigen, oder sprach sie von sich selbst? Er nahm ihre Hände und setzte sich mit ihr an den Tisch. Baxter ließ sich neben Rese auf dem Boden nieder. Der Hund hatte vielleicht eine klarere Sicht auf die Dinge, wenn er sie nur ausdrücken könnte. „Ich dachte immer, das Leben wäre ein Labyrinth, durch das alle denselben Weg finden müssen. Viele falsche Wände, gegen die man rennt, Gruben und Fallen als Strafe dafür, dass man sich verirrt hat." Er kraulte Baxters Ohren. „Aber jeder hat andere Schwierigkeiten, unterschiedliche Bedürfnisse und Stärken. Entscheidungen haben Konsequenzen, aber ich glaube jetzt, dass Gott einen Weg findet, auch in den Gruben und Fallen."

„Sprichst du aus eigener Erfahrung?"

„Ich hatte den Fuß in der Falle – indem ich dachte, ich wüsste es besser, hätte alle Antworten und das Recht, hier und da ein Auge zuzudrücken."

Sie kaute auf ihrer Unterlippe. „Wenn jemand also etwas Falsches tut, es aber nicht weiß ..."

„Die Gnade ist ziemlich mächtig."

Sie schloss die Augen. „Ich verstehe es einfach nicht, Lance. Wo war die Gnade für Star?"

Er drückte ihre Hände. „Hier. Gott hat ihr dich gegeben."

Sie sah auf und blickte prüfend in sein Gesicht, während sie den Gedanken sacken ließ, nur um über den nächsten zu stolpern. „Und Mom?"

Sehr dünnes Eis. „Da brauche ich mehr Informationen."

Sie lächelte schwach. „Und dann weißt du die Antwort?"

„Vielleicht."

„Ich dachte, du wüsstest alles."

„Das dachte ich auch." Er streichelte ihre Daumen. „Diese Vorstellung hat Conchessa ziemlich zunichtegemacht."

„Conchessa?"

„Meine Großtante. Ich habe ein paar Wochen in ihrem Kloster in Rom verbracht."

„Um ihr Gelübde auf die Probe zu stellen?"

Er versetzte ihrem Kinn einen Stubs. „Großtante, Rese. Sie ist einundneunzig." Er lehnte sich zurück. „Sie hat meine Labyrinth-Theorie zerstört. Sie sagt, dass die Möglichkeiten das Entscheidende sind und dass Gott uns in ihnen begegnet."

Conchessa hatte seine ganze Lebensplanung in Frage gestellt – Gottes Willen zu erkennen und zu tun – und gesagt, er sei versessen darauf, die eine Sache zu suchen, die Gott für ihn vorgesehen hatte, obwohl jeder Augenblick eine Gelegenheit sei. Was, wenn sie recht hatte? Konnte eine Entscheidung Gottes Wille sein und eine andere ebenso? Vielleicht ging es gar nicht darum, die richtige Antwort zu finden, sondern Gottes Wesen zu kennen und sich für eine von mehreren Möglichkeiten zu entscheiden. Er verstand jetzt, was sie gemeint hatte, während er über seine eigene Lage nachdachte: Rese helfen oder Nonna helfen oder irgendwie einen Weg finden, beiden zu helfen.

Er wusste nicht, was er im Keller finden würde und welche Informationen er von Sybil bekommen hätte. Er wusste nicht, wie sich die Beziehung zu Rese entwickeln würde, oder auch nur, wie er sie sich vorstellte. Aber er wusste, dass Christus im Zentrum all dessen stand. „Wenn es irgendjemanden gibt, dem es zu vertrauen lohnt, dann ist das Jesus."

Rese seufzte. „Unsichtbares ist nicht gerade meine Stärke. Nicht nach der Sache mit Walter."

„Aber Walter war nicht unsichtbar. Für deine Mutter jedenfalls nicht."

Sie legte die Stirn in Falten, während sie darüber nachdachte.

„Was du in deinem Zimmer damals erlebt hast, war realer als jede Halluzination, die deine Mutter jemals gehabt hat." Er wartete, während sie sich erinnerte und die damalige Erfahrung noch einmal durchlebte. „Es gibt eine ganze Realität außerhalb unseres begrenzten Verstehens. Ein geistlicher Kampf zwischen Gut und Böse. Du hättest sterben können, aber Gott hat eingegriffen."

„Warum?" Die Frage war kaum mehr als ein Flüstern.

Das hatte sie ihn schon einmal gefragt, und die Antwort schien so offensichtlich, nur konnte Rese sie nicht sehen. „Weil du ihm gehörst und er noch etwas mit dir vorhat."

Du gehörst ihm. Dad hatte sie hinausgetragen und war ihr Held geworden. Aber die Wahrheit war, dass er nicht rechtzeitig gekommen wäre. Etwas hatte ein Luftkissen erschaffen, das nach Obst und Blüten roch, anstatt nach dem krank machenden Gasgestank. Irgendetwas hatte sie gedrängt, sich zu wehren, durchzuhalten.

Lance hatte gesagt, sie müsse nur glauben, aber er wusste nicht, wie schwer das war. Alle hatten sie angelogen. Mom und Dad, Tante Georgie, Brad, alle anderen, die das Geheimnis für sich behalten hatten …

Aber Lance hatte sie nicht angelogen. Er glaubte, was er sagte. Das sah sie in seinem Gesicht, wenn er das Tischgebet sprach, wenn er seine Geschichten erzählte, wenn er sie im Arm hielt und still betete, wenn er mit ihr über Gott sprach.

„Du wusstest, dass er da war, Rese. Du hast auf ihn gehört und bist am Leben geblieben."

Vielleicht stimmte das. Vielleicht war alles wahr. Aber sie wusste nicht genug, um es mit Sicherheit sagen zu könenn. Zu viele Dinge hatten wahr ausgesehen und sich als unwahr erwiesen. Schließlich waren es Dads Arme gewesen, die sie hinausgetragen hatten, nicht das unsichtbare Wesen, egal wie tröstlich es auch gewesen sein mochte.

Rese' Gesichtsausdruck machte deutlich, dass er sie nicht überzeugt hatte, aber sie sagte: „Dann hat Gott also die Welt erschaffen und Jesus hat sie gerettet. Was noch?"

Lance lachte. „Das war die Kurzfassung. Für den Rest brauchst du so ziemlich dein ganzes Leben."

„Dann fängst du besser an zu reden."

„Du kannst es in meiner Bibel nachlesen. Oh, ich hatte vergessen, dass du nicht liest."

Sie lehnte sich vor. „Ich will es von dir hören, warum du es glaubst, oder ist es einfach nur das, womit du groß geworden bist?"

Vor Tonys Tod hätte er vielleicht gesagt, dass es so sei. In einem Milieu aufzuwachsen, in dem jeder Gedanke, jede Bewegung an dem gemessen wurde, was bereits als Glaubensstandard und -kultur anerkannt war, machte es leicht, mit diesem Glauben zu leben, ohne ihn unbedingt zu verinnerlichen.

Aber als ihre Welt erschüttert wurde, war es nicht mehr so einfach. Entweder der Glaube war echt und er konnte sich daran festhalten, oder er wäre an dem Morgen damals ebenfalls verloren gewesen. „Ich glaube es wirklich, Rese. Das bedeutet nicht, dass ich es verstehe, aber ich werde dir erzählen, was ich weiß, und dann kannst du entscheiden."

Niemand würde jemals eine Entscheidung für sie treffen, und wenn Evvy glaubte, er hätte irgendeinen magischen Schlüssel, um Rese Barrett die Wahrheit aufzuschließen, dann hatte sie sich getäuscht. Sie würden sich noch durch einiges durchbeißen müssen, bis sie am Ziel war. Aber wenn es sein musste …

Lance holte seine Bibel, damit er ihr einiges schwarz auf weiß zeigen konnte. Er konnte der Versuchung, sie ein wenig zu necken, nicht widerstehen, beispielsweise mit: „Wenn dich dein rechtes Auge zur Sünde verführt, dann reiß es aus und wirf es weg! Es ist besser für dich, du verlierst eines deiner Glieder, als dass du ganz in die Hölle geworfen wirst." Ein Bibeltext, den er sich zu Herzen genommen hatte, indem er die eine Sache ausgerissen hatte, die ihm so viel bedeutet hatte und die ihn ständig in Bedrängnis gebracht hatte. Er versuchte ihr klarzumachen, dass Sünde Folgen hatte.

Dann kämpften sie mit dem Widerspruch von Hölle und einem liebenden Gott. Ihre Erfahrung mit dem Erlöser war so tröstlich gewesen, dass sie sich seine richtende Seite nicht vorstellen konnte. Oder vielleicht wollte sie es einfach nicht.

Sie gingen die Straße hinunter zu den leeren Feldern, während Baxter mit ausladenden Sprüngen, einer eifrigen Schnauze und dem festen Entschluss um sie herumsprang, jeden Zentimeter zu seinem Revier zu erklären.

„Du sagst also, dass Dad verloren ist?“ Der Schmerz in Rese’ Augen war klar zu erkennen.

Er hatte den Finger in eine Wunde gelegt, die er nicht hatte berühren wollen. „Ich weiß es nicht, Rese. Gott sieht das Herz an.“

„Und wenn Dads Herz verschlossen war?“

Lance nahm ihre beiden Hände und sah ihr in die Augen. „Würde ich hier bei dir sein, wenn du dich nicht geöffnet und mich hereingelassen hättest?“ Nicht, dass er Gott war oder ihm auch nur ähnlich, aber es bestand eine gewisse Vergleichbarkeit. „Gott gibt uns ein Leben lang Zeit, seine Liebe anzunehmen.“

„Aber wenn es plötzlich endet –“

„Jeder Tag ist ein Geschenk. Hast du dir den heutigen Tag verdient?“

Sie starrte ihn an, sichtlich verärgert. Sie wollte nicht in die Ecke gedrängt werden, aber für den Glauben war es entscheidend zu erkennen, wie hilflos sie waren.

„Es gibt keine Garantie, dass wir morgen noch hier sein werden. Sieh dir Tony an. Und deinen Dad.“ Beides starke Männer, aber einer hatte sich der Gnade ergeben und war bereit gewesen, dem Tod ins Auge zu sehen, als er kam, und der andere war nicht bereit gewesen, die Kontrolle aus der Hand zu geben.

„Würde Jesus nicht versuchen …?“

„Habe ich deine Tür eingetreten?“

Sie explodierte. „Du hast jede Schranke eingerissen, jede Grenze ignoriert und kein Nein gelten lassen.“

Er lächelte. „Du hast aufgehört, Nein zu sagen.“

„Aber …“

Er zog sie an sich und gab ihr einen Kuss auf die Stirn. „Gott ist, wer er ist. Das können wir akzeptieren oder nicht.“

„Es ist nicht fair.“ Sie sträubte sich mit aller Macht dagegen, und er konnte es ihr nicht verübeln. Sie hatte es wahrlich nicht leicht gehabt.

„Es erscheint dir vielleicht nicht fair, aber betrachte es mal von Gottes Standpunkt. Jesus hat den Weg frei gemacht, aber wir müssen uns entscheiden, ihn zu gehen. Der Vater erlaubt uns, ihn abzulehnen.“

Sie schüttelte den Kopf. „Das verstehe ich nicht.“

„Ich weiß, was du meinst. Ich versuche es jetzt seit achtundzwanzig Jahren."

Sie richtete sich auf. „Du bist achtundzwanzig?"

„Seit letztem Oktober."

„Warum wusste ich das nicht? Du erzählst mir all diese Dinge, und dann stelle ich fest, dass ich dich überhaupt nicht kenne."

Woher kam das jetzt? Wollte sie vom Knackpunkt des Glaubens ablenken? Sie konnten das Thema jederzeit wechseln, wenn sie wollte. „Was willst du wissen?"

„Alles."

Er hob die Hände. „Ich bin das jüngste von fünf Kindern, geboren und aufgewachsen in der Bronx, habe ein halbes Musikstudium hinter mir, ein Jahr in der Entwicklungshilfe in Zimbabwe, Brunnen graben, zwei Jahre bei *Habitat* in Jamaika und Nicaragua, vierzehn Jahre lang immer mal wieder mit einer Band auf Tour und jede Menge anderer Jobs, mit denen ich die Miete bezahlt habe. Du hast meinen Lebenslauf doch gesehen und mit meinen Arbeitgebern gesprochen. Wenn du das Geburtsdatum auf deinen eigenen Formularen angesehen hättest, wäre dir auch mein Alter bekannt gewesen."

Sie blinzelte. „Oh."

„Ich habe dir gezeigt, wer ich bin, Rese."

„Es ist nur …" Sie wandte den Blick ab. „Ich weiß nicht, was ich denken oder glauben soll."

Kein Wunder bei den Wendungen, die ihr Leben in den letzten Tagen genommen hatte. Und er war unter einem Vorwand hergekommen, den er noch erklären musste. Jetzt? Aber wie konnte er, wo doch ihr Vertrauen in ihn den Glauben stützte, den sie brauchte? So gut das Gefühl auch wäre, reinen Tisch zu machen, er konnte es nicht riskieren.

„Das ist verständlich." Er hätte es ihr früher sagen sollen. Je länger er zögerte, desto komplizierter wurde die Sache. „Aber du bist auf dem richtigen Weg."

Sie seufzte. „Wahrscheinlich möchte ich ein neues Gebäude und kriege nur eine Renovierung."

„Renovierung ist eine Kunst. Und du bist in der Hand des Meisters." Er hob ihr Kinn an. „Weißt du eigentlich, was Jesus war, bevor er anfing zu predigen?"

Sie schüttelte den Kopf.
Er fuhr mit dem Finger über ihre Wange. „Zimmermann."

Kapitel 32

Als sie in die Auffahrt einbogen, rannte Baxter los und bellte den dunkelroten Van an, der vor dem Schuppen parkte. Rese runzelte die Stirn. „Haben wir eine Reservierung?" Sie sollte bei dem Gedanken nicht eine solche Enttäuschung empfinden. Immerhin war das der Plan.

Aber Lance sagte: „Nein." Er hatte einen merkwürdigen Gesichtsausdruck, als er auf den Wagen zuging. Zwei Männer stiegen aus, und die drei begrüßten sich mit eingehakten Fingern und freundlichen Schlägen auf den Rücken, ein männliches Begrüßungsritual. Baxter warf sich mit Hundeeifer in das Durcheinander.

Das waren Leute, die er kannte. Sie beobachtete das Wiedersehen mit gemischten Gefühlen, und die Freude der drei Männer versetzte ihr einen unangebrachten Stich, schlimmer noch als gestern Abend bei Star. Als hätte Lance kein Recht, andere Beziehungen zu haben. Es war erbärmlich. Er winkte sie zu sich.

„Rese, das hier sind Rico Mirez und Chaz Fortier."

Sie gab Rico die Hand. Er trug zwei kleine Ringe in beiden Ohren und das Haar bis zu den Schultern gestuft mit einer Strähne an der Seite, in die bunte Fäden eingeflochten waren. Sein Gesicht war schmal und seine schlanke, kompakte Figur ließ Lance groß erscheinen. Dann wanderte ihr Blick zu den eleganten Zügen des anderen Mannes, den er Chaz genannt hatte. Er umschloss ihre Hand mit langen dunklen Fingern und sprach mit einem Akzent. Lance ließ eine Hand auf Rese' Rücken liegen, eine Geste, die sie als besitzergreifend erkannte, obwohl bisher noch niemand irgendwelche Ansprüche auf sie geltend gemacht hatte.

„Was macht'n ihr hier?" Mit diesem einen Satz gab Lance seine New Yorker Sprache zu erkennen, obwohl ihr das vorher noch nie aufgefallen war."

Rico schlug einen Rhythmus an der Autotür. „Du hattest einen Auftritt, Mann. Hat Jake uns erzählt."

„Ich habe einen Abend im Speisesaal gespielt." Lance legte die Hand um Rese' Taille. „Es war ein Experiment."

Rico zog ein zusammengefaltetes Blatt Papier aus der Hosentasche, faltete es auseinander und zeigte ihnen einen der Handzettel, die sie aufgehängt hatte. Lance und seine Gitarre blickten sie von dem Bild an. „Da steht samstags."

Lance runzelte die Stirn. „Wir sind noch in der Erprobungsphase."

Rese warf Lance einen Blick zu. Warum leugnete er es? Sein erster Abend war ein großer Erfolg gewesen. Sie hatte auf jeden Fall vor, ihn wieder auftreten zu lassen, und er hatte sich noch nie gesträubt, wenn es um seine Musik gegangen war.

Rico sah sie an. „Er war klasse, oder?"

„Klar, setz sie unter Druck, Rico." Lance versetzte seinem Freund einen spielerischen Boxhieb. „Und darum geht es nicht. Ich will nicht –"

„Du spielst."

„Ich bekomme kein Geld."

„Du trittst auf."

Lance rieb sich das Gesicht und warf Rese einen kurzen Blick zu.

Sie war nicht sicher, wohin das alles führte, aber sie sagte: „Wir hatten erst letztes Wochenende Eröffnung. Noch ist nichts geregelt."

„Wir regeln das." Rico war so drahtig und hartnäckig wie ein Terrier. Er öffnete die Heckklappe des Autos. „Wir haben die Ausrüstung mitgebracht. Ich habe Mr Samuels gesagt, dass wir eine CD schicken. Er hat Hunger, Lance. Wir müssen ihn füttern."

Rese beäugte die Anlage, die Instrumentenkoffer und das Schlagzeug auf der Ladefläche des Lieferwagens. War das die Band, mit der Lance gespielt hatte?

„Das hier ist eine Pension, Rico. Kein Tonstudio."

Chaz hatte die ganze Zeit grinsend danebengestanden. Jetzt wurde sein Lächeln noch breiter, sodass sich zwei lange Falten in seinen Wangen bildeten. Aber er sagte nichts, sondern ließ die zwei Männer, die er in der Länge deutlich überragte, diskutieren.

Rico zog einen Koffer heraus und öffnete ihn am Rand der Ladefläche. „Sieh sie dir doch nur an."

Das Holz der Gitarre hatte einen rötlichen Ton und war mit Perlmutt verziert, und Rese hätte schwören können, dass selbst die Ränder hölzerne Intarsien waren. Sie verstand nicht viel von Musikinstrumenten, aber dieses Stück war eine wundervolle Handarbeit.

Lance schob Rico zur Seite. „Wenn du die kaputt gemacht hast ..."

„Ich habe sie wie ein Baby eingepackt."

„Ich weiß, wie du fährst."

„Ich bin wie eine Oma gefahren." Ricos Finger klopften auf seinem Oberschenkel. „Das kannst du bezeugen, Chaz."

Chaz lehnte sich gegen den Wagen. „Wie deine Nonna Antonia."

„Mensch, die hätte Paris-Dakar gewinnen können." Lance berührte die Gitarre. Er nahm sie nicht aus ihrem Koffer, aber Rese sah, dass er es gerne getan hätte. Die andere Gitarre war sein Reisebegleiter ... und diese hier?

„Sie war einsam." Ricos Stimme klang samtweich. „Du kannst sie nicht so lange allein lassen, ohne sie zu streicheln."

Lance funkelte ihn an und schloss den Koffer. „Das ist ein billiger Trick, Rico."

Rico zog einen prall gestopften Schlafsack aus dem Wagen. „Wo schlagen wir unser Lager auf?"

Lance blickte von Rico zu Chaz. „Habt ihr zweihundert Mäuse für ein Zimmer?"

Chaz' Lächeln verebbte. „Ich hab doch gesagt, wir sollen anrufen, Mann." Er sah Rico an und schüttelte den Kopf.

Rese trat vor. „Wenn sie deine Freunde sind, Lance –"

„Sie können den Dachboden haben. Für heute Nacht."

Sie warf ihm einen Blick zu. Den Dachboden?

„Cool." Rico hängte sich seine Tasche über die Schulter und zog dann einen marineblauen Seesack heraus. Er bedachte Lance mit einem spitzbübischen Grinsen, das seinesgleichen suchte.

Rese verbarg ihr eigenes Lächeln hinter der vorgehaltenen Hand. Es tat gut, Lance ausnahmsweise einmal überrumpelt zu sehen.

Chaz sah sie an. „Ist das für dich in Ordnung?"

Sollte sie seine Freunde abweisen? Sie hätte ihnen nicht den Dachboden angeboten; vielleicht das Kutscherhaus bei Lance, aber er war schneller gewesen. Sie zuckte mit den Schultern. „Der Raum wird nicht benutzt."

„Außer von Geistern." Lance revanchierte sich seinerseits mit einem spitzbübischen Grinsen. „Es war doch ein Stöhnen, was du gehört hast, oder, Rese?"

„In letzter Zeit war es ruhig." Und es war zu viel geschehen, als dass sie auch nur an Geister hätte denken können. Sie blickte zum Dachbodenfenster hinauf.

Lance nahm seine Gitarre vom Wagen, bot den beiden anderen aber keine Hilfe bei dem übrigen Gepäck an. Widersprüchliche Emotionen gingen von ihm aus. Aufregung und Zuneigung, Verärgerung und Unbehagen. Als er den Weg zum Kutscherhaus einschlug, erklärte sie den anderen: „Ich zeige euch den Dachboden."

Rese war nicht mehr hier oben gewesen, seit Lance alles ausgeräumt hatte, und der Raum erstreckte sich überraschend geräumig und leer vor ihr. Die beiden Männer traten ein und sahen sich um.

„Wow. Da hinten könnten wir die Anlage aufbauen und Tische und eine Tanzfläche hier vorne einrichten – unser eigener Privatclub." Rico machte ein paar Schritte und eine schnelle Drehung, die selbst mit Armen voller Taschen fließende Bewegungen erkennen ließen. Sie konnte es beinahe in seinem Kopf arbeiten sehen, wie er die Möglichkeiten abwägte.

Chaz blickte auf sie beide hinunter. Rese hatte noch nie einen so vollkommen geformten Kopf gesehen wie seinen, der glatt rasiert war. Haare hätten ihn verdorben, so wie die Haare Rico seinen verwegenen Eindruck verliehen und Lance seinen Stil. Alle drei waren ganz anders als die Männer, mit denen sie zusammengearbeitet hatte. Oder vielleicht hatte sie die entscheidenden Merkmale vorher nur nicht bemerkt.

Aber dies waren Freunde von Lance; Menschen, die ihm etwas bedeuteten – konnten sie ihr vielleicht beweisen, dass er echt war? „Kennt ihr Lance schon lange?"

„Eine Weile." Chaz lehnte seine Sachen an die Wand. „Ricardo ist mit ihm zusammen aufgewachsen."

Rico zuckte mit den Schultern. „Wir haben zwar nicht an der gleichen Brust gehangen, aber so ziemlich alles andere geteilt."

Sie hatten sich tatsächlich wie Geschwister benommen, wie Menschen mit einer gemeinsamen Geschichte und einer besonderen Vertrautheit. „Dann nehme ich an, ihr wisst über Tony Bescheid."

Rico sah sie mit einem Blick an, der bestätigte, dass Lance die Sache nicht erfunden hatte. Hatte sie an seinen Aussagen gezweifelt? Der Schmerz, den er ihr gezeigt hatte, war zu echt gewesen.

Aber jetzt musterte Rico sie prüfend. Er warf Chaz einen Blick zu. „Das muss ein Rekord sein." Er ließ seine Taschen vor dem Fenster fallen und sah hinaus.

„Was für ein Rekord?“ Sie fragte Chaz.

Er hob die Hände. „Rico sagt verrückte Sachen. Achte gar nicht auf ihn.“

Am Fenster lachte Rico nur.

Lance nahm die drei obersten Stufen im Laufschritt, dann blieb er stehen und betrachtete die Anlage und die Instrumente, die am anderen Ende des Raumes aufgebaut waren. Nicht direkt ein Déjà-vu-Erlebnis, aber so ähnlich. Rico trommelte mit einem Besen auf einem Becken, das er gerade befestigt hatte. „Klasse Probenraum.“

Daran hatte Lance nicht gedacht, als er den Dachboden vorgeschlagen hatte, sondern nur daran, dass es dort nicht besonders bequem sein würde. So schön es auch war, sie zu sehen, er durfte Rico nicht ermutigen. Wenn er auch nur einen Hauch von Interesse zeigte, würde sein Freund zuschlagen. „Du verschwendest deine Zeit.“

Rico lachte. Wenn er sich ernsthafte Hoffnungen machte, würde es böse enden. Nur Rico war in der Lage zu glauben, er könnte mit dem ganzen Equipment herkommen und ihn in die Band zurücklocken.

Chaz lehnte an der Wand. „Du siehst besser aus.“

Verglichen mit dem letzten Mal, als sie sich gesehen hatten? Nonna bewegungsunfähig zu sehen und zu wissen, dass sie etwas von ihm wollte, hatte ihn belastet, und er hatte keinen Hehl daraus gemacht. Sie hätten einen solchen Versuch ohnehin durchschaut.

„Das sollte er auch.“ Rico vollführte mit den Fingern einen Trommelwirbel und endete mit dem Besen auf dem Becken. „Er hat eine heiße Schnecke.“

„So ist das nicht.“ Lance runzelte die Stirn. Er hatte seinen Arm um Rese gelegt, um Rico auf Distanz zu halten, aber der hatte offenbar eine andere Schlussfolgerung gezogen.

„Mann, nach deinem Gerede vom ‚Sinn des Lebens finden‘ habe ich mein Gewissen durchforstet und bin in Sack und Asche gegangen.“

„Das war mein Ernst. Und mit Rese läuft nichts.“

„Sie frisst dir aus der Hand.“

„Ich bin der Koch.“

Zehn Zentimeter kleiner als Lance und mit dem gleichen Körpergewicht, das er schon im Alter von fünfzehn Jahren gehabt hatte, war Rico immer noch so kampflustig wie ein Chihuahua. „Du hast ihr von Tony erzählt."

„Und?" Aber Rico wusste, dass er das nie jemandem anvertraut hätte, der ihm nicht viel bedeutete. Er nutzte seinen Vorteil aus. Mit ihrem hitzigen Temperament und Ricos schnellen Angriffen waren sie schon zu oft aneinander geraten, weil Rico ihn provoziert hatte, so wie er es jetzt auch tat.

„Ich mag sie. Aber da läuft nichts."

Rico schnaubte und erinnerte ihn damit an Rese.

„Was ich damals gesagt habe, war mein voller Ernst. Und ist es immer noch. Ihr verschwendet eure Zeit."

Chaz öffnete seine Tasche und holte eine Wasserflasche heraus. „Der Herr hat ihn aus der Dunkelheit gerufen." Er nahm einen tiefen Schluck.

Rico blickte ihn finster an. „Ich rede nicht von Dunkelheit, Chaz, nur von Ruhm und Erfolg. Soweit ich weiß, stehen sie nicht auf der Sündenliste."

„Sollten sie aber", sagte Lance leise. „Oder zumindest führen sie dazu."

„Nur, wenn man sie lässt." Chaz hatte das schon früher gesagt, aber Chaz hatte nicht mit den gleichen Versuchungen zu kämpfen. Der älteste Sohn eines Pastors in Kingston, Jamaika, hatte Demütigung, Gewalt und Ungerechtigkeit erlebt – und war zu einem Pfeiler der Integrität geworden, den Lance sowohl beneidete als auch bewunderte. Kein Lebensstil, keine Umgebung, keine Versuchung konnten ihn von seinem Kurs abbringen. Zumindest nicht, soweit Lance das beurteilen konnte.

Sie hatten sich bei einem gemeinsamen Projekt in der Kirche von Chaz' Vater kennengelernt, und an den Abenden, nach Tagen voller schweißtreibender Arbeit, hatte es Musik für die Seele gegeben. Wie viele Typen spielten schon Mozart auf einer Steel Pan? Chaz' Talent und Lance' Unterstützung hatten ihn nach New York gebracht, und das Geld, das er nach Hause schickte, ernährte seine Familie und unterstützte seine Gemeinde.

Sie hatten sich zu dritt eine Wohnung in dem Haus geteilt, das schon lange Lance' Familie gehörte. Sie hatten genügend Miete gezahlt, um die Grundsteuern zu bezahlen, und hatten sich um alle anfallenden

Arbeiten am Haus gekümmert. Was sie nicht selbst erledigen konnten, hatten sie finanziert. Es war eine gute Regelung für alle Beteiligten. Aber jetzt waren die Jungs nach Sonoma gekommen, und Lance wusste, warum.

„Ihr könnt einen anderen Gitarristen finden, Rico."

Rico schüttelte den Kopf. „Das ist nicht dasselbe." Er hielt zwei Finger zusammen hoch.

Ja, sie standen sich nahe, näher, als Tony und er es gewesen waren. Seit sie laufen konnten, waren Rico und er unzertrennlich gewesen – was der Hauptgrund dafür war, dass Lance so oft in der Klemme gesessen hatte. In der Schule hatte man schnell erkannt, dass die beiden Freunde bei einer Sitzordnung nach alphabetischer Reihenfolge nebeneinander zu sitzen kamen, und die Regeln geändert. Aber nichts konnte sie wirklich auseinanderbringen, abgesehen von der lebensverändernden Wirkung von Tonys Tod.

Lance rieb sich das Gesicht. „Habt ihr schon gegessen?"

Seine Freunde wechselten einen Blick und Rico grinste. „Um dir den Spaß zu verderben?"

„Ja, ja." Lance schüttelte den Kopf. Da er mit Nonnas Kochkünsten aufgewachsen war, sagte Rico nichts Abfälliges, wenn Lance dort weitermachte, wo sie aufgehört hatte. Er erkannte Qualität, wenn er ihr begegnete. Lance entging nicht die Ironie, dass die beiden zu Nonnas altem Haus gekommen waren, als er gerade beschlossen hatte, sich auf Rese zu konzentrieren. Es war eine weitere Komplikation in einer Situation, die er ohnehin nicht mehr im Griff hatte.

Evvy hatte lange nicht mehr an Ralphs Geschichten gedacht. Aber als sie aus ihrem Mittagsschlaf mit dem Namen Quillan Shepard auf den Lippen erwachte, erinnerte sie sich wieder an den Mann, von dem Ralph sagte, seine Familie habe fast ehrfürchtig von ihm gesprochen. Sie hielt von alldem nichts, aber sie verstand etwas von Verpflichtungen. Nach dem, was Ralph sagte, verdankte sein Vater Joseph Quillan Shepard das Leben, und das hing irgendwie mit der Villa nebenan zusammen.

Er hatte ihr nie erzählt, worin diese Schuld bestand und wie es dazu gekommen war. Sie vermutete, dass Ralph es nicht wusste, weil es ihm sonst sicher Vergnügen bereitet hätte, die Geschichte zu erzählen. Aber als sie ihn geneckt hatte, er solle aus dem alten Haus ausziehen, weil es zu groß für ihn sei, hatte er gesagt, es gebe nur eine Sache, die ihn aus dem Haus vertreiben könnte. Nur eine …

Evvy schüttelte den Kopf. Am Ende war es etwas anderes gewesen, etwas, was er nicht gewollt hatte, aber nicht verhindern konnte. Die Pläne seines eigenen Sohnes. Wahrscheinlich konnte man daraus etwas lernen, aber da sie keine eigenen Kinder hatte, verstand sie von diesem Bereich des Lebens nichts.

Sie hatte einmal gedacht, sie würde etwas verpassen, aber offenbar war es ihr doch nicht so wichtig gewesen, Mutter zu sein, sonst hätte sie dafür gesorgt, dass es geschah. Kinder zu bekommen, war eine ehrenwerte Aufgabe, aber es gab noch andere Möglichkeiten, Gottes Reich zu bevölkern – zum Beispiel, indem man sich um die Kinder anderer Frauen bemühte. Man musste sie nicht selbst zur Welt bringen, um mit seinen Mitmenschen zu leiden, und so ging Evvy, als sie hinaustrat und Rese und den Hund am Ende ihrer Auffahrt sah, gleich auf die beiden zu.

Sie war als Mädchen von einer gemeinen Bulldogge gebissen worden und hatte sich seitdem nie viel aus Hunden gemacht. Aber dieser bellte und biss nicht, soweit sie das beurteilen konnte. Allerdings schob er seine Schnauze in ihre Hand. Die ganze Spezies hatte einfach keine Manieren. Aber sie würde es sich gefallen lassen, um ihre Meinung zu sagen.

Evvy öffnete den Mund, um Rese nach dem Zustand ihrer Seele zu befragen, als ein Hustenanfall sie so heftig packte, dass sogar der Hund zurückwich. Rese streckte eine Hand aus, um sie zu stützen. „Ist alles in Ordnung, Evvy?“

Da klaute das Mädchen doch glatt wohlüberlegte Eröffnungsworte. Evvy wollte wissen, ob mit Rese und Gott inzwischen alles in Ordnung war und ob der zweifelnde Thomas, der für sie kochte, schon seine Pflicht getan hatte, aber sie vermutete, dass er noch nicht fertig war, denn schon wieder hatte der Herr sie am Sprechen gehindert. „Alles gut“, keuchte sie hustend.

Rese rief den Hund aus den Hortensien und forderte ihn auf, sich zu setzen. Eigentlich ein nettes, schlappohriges Tier. „Was ist er?“

„Eine Mischung aus Golden Retriever und Cockerspaniel, sagt Lance." Rese kraulte den Kopf des Hundes. „Kleiner als ein reiner Retriever, und den Spaniel sieht man an den Augen."

„Kann sein." Evvy hätte ein Spanielauge nicht von einem Retrieverauge unterscheiden können, aber sie glaubte es. „Mögen Sie Hunde?"

„Ich liebe sie. Ich wollte schon immer einen haben." Rese ging in die Hocke und umarmte den Hund wie ein Kind. „Aber natürlich ist Baxter Lance' Hund."

„Man sollte es nicht meinen, wenn man seinen Gesichtsausdruck ansieht."

Rese lächelte. „Er wickelt jeden um den Finger."

„Wie sein Herrchen?"

Rese zog eine Augenbraue hoch. „Kaum. Lance ist schwieriger als jeder andere, den ich kenne. Na ja ..." Sie blickte zur Villa hinüber. „Das stimmt wohl nicht ganz. Ich habe schon richtige Idioten kennengelernt, und das ist Lance nicht. Es ist nur ..." Sie zuckte mit den Schultern. „Ich weiß nicht."

Evvy lachte leise. „Er geht Ihnen irgendwie unter die Haut, nicht wahr?" Sie war nicht sicher, ob es sein jungenhafter Respekt oder seine freche Respektlosigkeit war, die sie mehr anzog. Irgendjemand hatte diesen jungen Mann gut erzogen, beschloss Evvy, auch wenn Lance selbst es nicht so sah. „Sie könnten es schlimmer treffen."

„Das gibt mir ja gerade zu denken."

Evvy hätte beinahe gefragt, was es da zu denken gab, aber sie hatte eine Vermutung, was los war. Rese hatte ein geringes Selbstwertgefühl. Sie wusste nicht, wer sie war, und konnte nicht sehen, was Lance sah und was der gütige Gott sah.

Mit dem schwanzwedelnden Hund an ihrer Seite drehte Rese sich um. „Ich gehe lieber wieder zurück. Lance' Freunde aus New York sind hier."

„Machen Sie sich deswegen keine Sorgen."

Rese blickte sie verständnislos an, fragte aber nicht. Hätte sie es getan, dann hätte Evvy ihr gesagt, dass Lance kein Mann war, der sich von anderen beeinflussen ließ, aber das musste Rese selbst herausfinden. Sie war nicht mehr ganz so schroff, aber sie musste noch eine Menge lernen. Evvy kannte ihre Geschichte nicht, aber sie sah eine wilde Entschlossenheit und Kraft. Die konnte Gott gebrauchen, wenn das Mädchen es zuließ. Aber würde sie das?

Rese sagte: „Es war schön, Sie zu sehen."

Der Hund leckte Evvys Hand, als sie sich wieder ihrem Haus zuwandte. Sie würde sich gründlich waschen müssen, und sie konnte noch nicht einmal einen Erfolg verbuchen. Manchmal dachte sie, dass Gott jede Menge Humor hatte, weil er ihr einen Hunger für Seelen gegeben hatte und sie dann nur am Rand knabbern ließ.

Als sie gesehen hatte, wie Evvy auf sie zukam, war Rese davon ausgegangen, dass sie sich über den Hund oder irgendetwas anderes beschweren wollte. Vielleicht litt sie unter Verfolgungswahn, aber was Nachbarn betraf, erwartete sie immer das Schlimmste. Wenn sie sich um ihre eigenen Angelegenheiten kümmerten, würde sie es auch tun. Aber Evvy ... Evvy war irgendwie anders. Warum hatte sie gesagt, Rese solle sich wegen Lance' Freunden keine Gedanken machen?

War es so offensichtlich, wenn sie von ihnen sprach? Klang sie besitzergreifend und unsicher? Zwei Dinge, die sie verachtete und rundheraus ablehnte. Rese zog ihre Stirn in Falten, ließ Baxter an der Tür zurück und gesellte sich zu den Männern im Haus.

Nach einem langen Abend mit Unterhaltungen in Bronx-Manier – schnell, durcheinander, unterstrichen mit Gesten – saß Rese in einem kleinen Sessel, den sie vom Wohnzimmer auf den Dachboden getragen hatten. Musik strömte über sie hinweg.

Sie war nicht besonders musikalisch, aber sie konnte hören, dass die Jungs gut waren. Die Stimmen von Lance und Rico harmonierten vollkommen miteinander. Er hatte geschimpft, weil Rico die rote Gitarre mitgebracht hatte, aber jetzt spielte er sie mit liebevollen Fingern, und das Zusammenspiel der drei war faszinierend.

Sie würde sie umsonst hier wohnen lassen, wenn sie an den Samstagabenden spielten, aber sie vermutete, dass das nicht Ricos Plänen entsprach. So nahe sie einander offensichtlich standen, gab es doch Spannungen zwischen ihm und Lance, und das machte ihr Sorgen. Wonach hatte dieser Mr Samuels Hunger? Nach Lance?

Rese lehnte den Kopf an die Rückenlehne und schloss die Augen. Lance war schon als Koch überqualifiziert gewesen, bevor sie diese Seite an ihm entdeckt hatte. Ein Mann mit vielen Begabungen. Was war, wenn Chaz und Rico gekommen waren, um ihn zurückzulocken? Gestern Abend hatte sie vorgeschlagen, er solle in seinem eigenen Interesse das Weite suchen, und er hatte sich geweigert. Aber jetzt?

Als das Lied zu Ende war, öffnete Rese die Augen. Rico sah aus, als wollte er mit einem Schlag seiner Drumsticks sofort den nächsten Song beginnen, aber Lance hob den Lederriemen über seinen Kopf und legte die Gitarre in ihren Koffer. Sie hatte keine Ahnung, wie spät es war, aber sie war müde. „Seid ihr schon fertig?"

„Du bist es." Lance reichte ihr die Hand.

Sie stand auf. „Es macht Spaß zuzuhören."

„Du bist müde."

Sie wollte nicht, dass er sie ausschloss. Sie hatte Angst, dass die drei, wenn sie sie allein ließ, morgen früh allesamt verschwunden sein könnten.

Lance und Rese gingen hinunter und blieben vor Rese' Tür stehen. Sie überlegte krampfhaft, was sie sagen könnte. „Ihr klingt wirklich gut."

„Na ja, Rico und ich singen seit der fünften Klasse zusammen. Chaz ist vor vier Jahren zu uns gestoßen. Es gibt noch ein, zwei andere, die aushelfen, wenn nötig, aber das hier ist der Kern der Truppe."

Und er liebte die Musik. Sie hatte es an dem Abend, als er allein aufgetreten war, schon gesehen, aber jetzt war das Gefühl noch stärker. „Warum habt ihr euch getrennt?" So viel hatte sie aus den Bemerkungen während des Abendessens geschlossen.

„Das ist nicht das Leben, das ich führen will." Seine Miene wirkte etwas angestrengt.

Es steckte mehr dahinter, das spürte sie, aber sie fragte nicht nach. Vor allem deshalb, weil er sie küsste. Ihr Herz schlug schneller, als sie die Finger in sein Hemd krallte. „Ich dachte, ich würde es schrecklich finden. Nach Charlie dachte ich, geküsst zu werden, wäre furchtbar."

„Soll ich aufhören?"

Sie lachte. „Als würdest du das tun."

„Wenn es dir etwas ausmachen würde, schon. Falls es dich an damals erinnern sollte. Ich möchte diese Erinnerung ausradieren." Und er machte seine Sache gut, denn sie wollte nicht, dass er aufhörte.

Er löste sich von ihr. „Wirst du schlafen?"

Sie zuckte mit den Schultern.

Er warf einen Blick über die Schulter, ging zum Küchentisch und nahm die Bibel, die sie dort hatten liegen lassen. „Wie wäre es mit ein bisschen Unterhaltungslektüre?"

Wenn diese Bibel ihm so wichtig war, dass er sie auf seinem Motorrad mitgebracht hatte, wo er doch sonst so wenig besaß, war es vielleicht einen Versuch wert. „Okay."

Er betrachtete sie einen Augenblick. „Alles in Ordnung?"

Er durchschaute sie schon wieder, so ein offenes Buch war sie geworden. Sie deutete mit dem Kinn in Richtung Dachboden. „Was wollen sie?"

„Etwas, was nicht passieren wird."

„Dich?"

Er hielt ihre Taille und überlegte, wie er antworten sollte. Aber bevor er etwas sagen konnte, fragte sie: „Was machst du eigentlich hier, Lance?" Er war auf ihrer Türschwelle aufgetaucht wie ein streunender Hund, und trotz all seiner Begabungen hatte er nichts vorzuweisen.

Sein Blick schwankte nur eine Sekunde, dann sagte er: „Nach Antworten suchen."

Vor wenigen Tagen hätte sie das noch nicht verstanden. Jetzt hatte sie so viele Fragen, dass sie die Antworten nicht einmal mehr wollte. Sie sah ihm in die Augen. „Ich hoffe, du findest sie."

Rese hatte gefragt, und er hatte ihr eine Antwort gegeben. Aber er hatte ihr nichts erzählt. Warum war er hier? Um zu beweisen, dass ihr Haus seiner Großmutter gehörte? Um einen Keller voller alter Weinflaschen einzufordern? Um einen ermordeten Mann, den er nie kennengelernt hatte, zu rächen?

Oder vielleicht zwei? Schließlich war da noch Quillans Skelett. War er in dem Tunnel erschossen worden? Aber den Gedanken verwarf Lance gleich wieder. Kein Mörder hätte ihn so sorgfältig aufgebahrt, und warum sollte seine Leiche versteckt sein und Vittorios nicht? Er brauchte tatsächlich Antworten, so wie er es zu Rese gesagt hatte. Aber was würde er tun, wenn er sie gefunden hatte?

Lance setzte sich unter den Dachbalken auf den Boden. Rico hatte den Großteil des Abendessens darüber geklagt, dass Steinbrenner die

Hälfte seiner Startaufstellung verloren hatte und dass die New York Yankees trotz einer Mannschaft, die an die legendäre Zusammensetzung von 1927 erinnerte, die Meisterschaft wahrscheinlich wieder verlieren würden. Lance war beinahe sein ganzes Leben lang bei jedem Eröffnungsspiel der Saison gewesen. Die Erinnerung daran versetzte ihm jetzt einen Stich, der das Unbehagen, das Rese' Frage verursacht hatte, noch verstärkte. Wer wäre er, wenn Antonia nicht von ihrem Besitz vertrieben worden und bis ans andere Ende des Landes geflohen wäre?

Er ließ die Unterarme auf den Knien ruhen und sah zu, wie Chaz und Rico ihre Betten ausrollten. „Wie geht es der Familie?" Seine Verwandten waren für die beiden ebenso Familie wie ihre eigenen Angehörigen. Ricos Vater hatte mehr Zeit im Gefängnis verbracht als draußen, und seine Mutter war mit ihrem Nachwuchs hoffnungslos überfordert. Es hatte sie kaum interessiert, wo Rico sich aufhielt. Chaz' Eltern waren liebevoll und zuverlässig, aber die wirtschaftliche Realität erzwang eine räumliche Trennung und eine Einsamkeit, die Lance' Familie gelindert hatte.

Rico schüttelte seinen Schlafsack aus. „Der Arzt deines Vaters sagt, er arbeitet zu viel. Er soll kürzer treten."

Lance lächelte. „Vergiss es." Der Tag, an dem Papa kürzer trat, war der Tag, an dem sie ihn beerdigen würden.

„Mama macht sich Sorgen um dich. Sie sagt, du hättest Nonnas Schlaganfall zu schwer genommen. Sie weiß nicht, was los ist, aber sie ist nicht begeistert darüber, dass ihre Schwiegermutter dich in irgendeiner geheimen Mission durch die halbe Welt schickt." Seine Mutter machte sich Sorgen, seit er denken konnte, und sie war auf seine Beziehung zu Nonna immer ein bisschen eifersüchtig gewesen. Aber Rico verlieh auch seinem eigenen Frust Ausdruck. Lance hatte ihm nicht erzählt, was er vorhatte, und Rico war es nicht gewohnt, ausgeschlossen zu sein.

Lance schluckte. „Und Nonna Antonia?"

Rico erwiderte seinen Blick und versuchte, die Mauer zwischen ihnen zu durchdringen. „Sie hat eine Nachricht für dich."

Lance setzte sich auf. „Sie redet?" Das musste eine aktuelle Entwicklung sein. Er hatte regelmäßig angerufen, aber niemand hatte ihm erzählt, dass sie mehr als ein, zwei Wörter herausbrachte.

Rico wiegte die Hand hin und her, um ein Na ja anzudeuten.

„Wie lautet die Nachricht?"

„Jacks Sohn."

Lance runzelte die Stirn. Meinte sie jemanden, mit dem er Kontakt aufnehmen sollte? „Wer ist Jack?"

Rico zuckte mit den Schultern. „Sie hat versucht, noch mehr zu sagen, irgendwas über Quellen, aber das hab ich wohl falsch verstanden."

„Quillan? Quillan Shepard? Oder vielleicht Nonno Quillan?"

Rico ging in die Hocke. „Es ist schwierig."

Lance wusste es. Er konnte sich ihr verzerrtes Gesicht vorstellen, ihren Mund, der versuchte Wörter zu formen, während Tränen über ihre Wangen liefen.

„Sie war ganz aufgeregt, als sie hörte, dass wir dich besuchen wollten. Es geht besser, wenn sie sich nicht aufregt. Vor allem jetzt, wo sie zu Hause ist."

Lance war erleichtert. Bei der Hilfe, die sie zu Hause hatte, würde sie sicher wieder gesund werden. Seine Familie war eine gute Idee, vor allem, weil sie ein vierstöckiges Haus besaß. Bei den Mieten rund um die Arthur Avenue waren die meisten Familienmitglieder froh, die Immobilie nutzen zu können. Und Nonna blühte auf, wenn sie mit ihren Lieben zusammen war.

Aber all das schien so weit weg. Er fing bereits an, die Pension als sein Zuhause zu betrachten, in die Zukunft zu blicken, Pläne zu schmieden. Rese brauchte ihn jetzt, und es fühlte sich richtig an, für sie da zu sein. Vor ein paar Minuten unten hatte es sich sogar noch besser als nur richtig angefühlt. Sie versuchte mit aller Kraft, allein mit allem fertig zu werden. Er bewunderte ihren Kampfgeist, auch wenn er den Verdacht hatte, dass sich in ihrem Innern eine Zartheit verbarg, die ebenso fesselnd wäre, wenn sie sie jemals herauslassen würde. Er wollte da sein, wenn es so weit war.

Aber irgendwo, verwoben mit alldem, war das, was er für Nonna tun sollte. Er musste einen Weg finden, und alles, was er hatte, waren widersprüchliche Möglichkeiten. Er stützte die Stirn auf seine Hände und betete.

Lance hatte gesagt, sie solle mit dem Neuen Testament anfangen, wenn sie nicht einen Knoten im Kopf riskieren wollte. Ihm war nicht klar, dass ihre Gedanken ohnehin völlig durcheinander waren. Aber sie nahm das Buch und machte es sich in ihrem Bett bequem.

Sie schlug die Seite auf, an der das Lesebändchen lag, und ihr Blick wanderte zu der großen Fünf am Anfang der zweiten Spalte. Lance hatte Teile dieses Kapitels unterstrichen. *„Nachdem wir nun aufgrund des Glaubens bei Gott angenommen sind, haben wir Frieden mit Gott. Das verdanken wir Jesus Christus, unserem Herrn. Er öffnete uns den Weg des Vertrauens und damit den Zugang zur Gnade Gottes, in der wir jetzt festen Stand gewonnen haben."*

Rese hatte ganz und gar nicht das Gefühl, Frieden mit Gott zu haben. Ihr war mehr danach, ihm entgegenzutreten und ein paar Antworten von ihm zu verlangen. Und je nachdem, wie die ausfielen, würde sie entscheiden, ob sie ihn behalten oder feuern würde. Ironischerweise stellte sie sich Gott nicht so wie Lance vor, wenn er derjenige war, der die Anweisungen gab, sondern eher wie die Jungs aus ihrer Kolonne, die ihr gemeine Streiche spielten.

„... weil wir die gewisse Hoffnung haben, dass Gott uns an seiner Herrlichkeit teilnehmen lässt. Mehr noch: Wir rühmen uns sogar der Leiden, die wir für Christus auf uns nehmen müssen ..."

Uns der Leiden rühmen? Wie funktionierte denn das? Sollte sie froh darüber sein, dass ihre Mutter versucht hatte, sie umzubringen? Dass ihr Vater sie zum Gegenteil der Frau gemacht hatte, die er liebte, und dann in ihren Armen verblutet war, bevor sie die Chance hatten, eine echte Beziehung aufzubauen? Rese blickte stirnrunzelnd die Seite an.

Das war der Grund, warum sie nicht las. Selbst in der Schule hatte sie Schwierigkeiten gehabt zu verstehen, wie der Lehrer die angebliche Bedeutung aus dem herauszog, was tatsächlich im Text stand. Immer wenn Mitschüler ihre eigenen klugen Schlussfolgerungen zum Besten gegeben hatten, hätte sie ihnen am liebsten etwas an den Kopf geworfen.

Aber dieser Abschnitt musste für Lance eine Bedeutung haben, wenn er ihn unterstrichen hatte. Sie las weiter. *„Denn wir wissen: Durch Leiden lernen wir Geduld, durch Geduld kommt es zur Bewährung ..."* Den Teil verstand sie. Nicht das Leiden war charakterbildend, sondern das Aushalten. Es waren nicht die Streiche gewesen, die sie stark gemacht hatten, sondern dass sie sie ertragen hatte, dass die Grausamkeit sie dazu gebracht hatte, besser zu werden. Das verstand sie. Lance hatte seine eigene Trauer ertragen, und war es nicht sein Charakter gewesen, den sie hinter seinem Aussehen, das nichts als Probleme verhieß, erkannt hatte?

Durch Geduld bewährte man sich also, und *„durch Bewährung festigt sich die Hoffnung"*.

Hoffnung. Nach dem, was sie über ihr eigenes Risiko, den Verstand zu verlieren, erfahren hatte? Dass sie ebenso eine Außenseiterin werden konnte wie ihre Mutter und nie wissen würde, was real und was ihrem verdrehten Gehirn entsprungen war? Und doch … die Angst hatte nachgelassen, als gäbe es tatsächlich eine Chance auf Hoffnung.

„… Unsere Hoffnung aber wird uns nicht enttäuschen. Denn dass Gott uns liebt, ist uns unumstößlich gewiss. Seine Liebe ist ja in unsere Herzen ausgegossen durch den Heiligen Geist, den er uns geschenkt hat."

Wie das kühle Wasser eines Baches an ihren nackten Füßen ergriffen diese Worte von ihr Besitz und spülten allen Widerstand fort. *„Seine Liebe ist ja in unsere Herzen ausgegossen."* Sie hatte diese Liebe gespürt, als Gott – wenn er das damals in ihrem Zimmer gewesen war – sie gestärkt hatte. Sie konnte sie nicht mit irgendeiner menschlichen Liebe vergleichen, die sie bis jetzt erfahren hatte. Moms Liebe war beängstigend und unberechenbar gewesen; die von Dad verlässlich, aber an Bedingungen geknüpft. Die Liebe, die sie in jener Nacht in ihrem Zimmer gespürt hatte, hatte nichts als Vertrauen von ihr verlangt.

Rese schluckte einen Kloß in ihrem Hals hinunter. Tränen traten ihr in die Augen, aber das Erstaunen darüber wurde bei Weitem von dem ungeheuren Trost überlagert, dass sie endlich fließen konnten.

Kapitel 33

Zeit.
Vergangenheit und Gegenwart verschwimmen.
Augenblicke wie Aquarelle.
Nonna Carinas Hand auf meinem Kopf.
Nein, es ist die Hand meiner Tochter.
„Ich bin's, Dori, Mama."
Glaubte sie, ich erkenne meine eigene Schwiegertochter nicht?
Wer weiß, was ich mit meinem sturen Mundwerk gemurmelt habe?
Es macht, was es will.

„Also, wie sieht der Plan aus?" Lance hatte Frühstück gemacht, und Rese war bereits draußen im Schuppen und arbeitete an seinem Kleiderschrank, wie er vermutete. Sie hatten kaum die Gelegenheit gehabt, unter vier Augen miteinander zu sprechen, und er wollte mit ihr auf sein Motorrad steigen und die tiefe Verbindung wiederfinden, die sie hatten, wenn der Rest der Welt sie nicht störte. Chaz duschte im Kutscherhaus, und er konnte Rico genauso gut jetzt die Chance geben zu sagen, was er sagen wollte.

„Du kennst den Plan." Rico fing an, die Eigenschaften von Saul Samuels aufzuzählen, dem Agenten aller Agenten mit Beziehungen, die bis in jeden Winkel der Erde reichten, wenn man Rico Glauben schenkte. Ihr großer Durchbruch war demnach nur noch ein Kopfnicken entfernt. Als Lance gestern Abend mit den beiden anderen zusammen Musik gemacht hatte, war ein Durst in ihm erwacht, von dem er geglaubt hatte, er wäre durch all die festen Absichten, dieses Leben hinter sich zu lassen, für immer überwunden gewesen.

Genau was er brauchte – noch eine Möglichkeit. *Herr! Hast du mich nicht schon genug auf die Probe gestellt?* Wenn er sich entschied, Nonnas Geheimnisse zu enthüllen, setzte er Rese' Vertrauen aufs Spiel. Wenn er sich auf ihre Beziehung konzentrierte, würde er Nonna enttäuschen. Wenn er sich für Ricos Traum entschied, würde er beiden anderen nicht gerecht werden. Wo war die Einfachheit, die Conchessa in ihrer Theorie von den verschiedenen Möglichkeiten fand?

Lance trocknete den letzten Teller ab und stellte ihn ins Regal. „Ich kann im Moment nicht mitmachen. Ich habe andere Verpflichtungen."

Rico stemmte die Hände in die Hüften. „Kochen?"

„Das gehört auch dazu. Ich habe die Stelle hier angenommen."

„Ich kann die Jobs, die du aufgegeben hast, nicht einmal zählen."

„Das hier ist anders."

Rico nahm eine Limette aus der Schüssel auf der Küchenzeile, warf sie hoch und fing sie wieder auf. „Nimm sie mit. Sie ist nicht die erste Frau, die mit dir auf Tour geht."

„Rese ist kein Groupie. Und sie gehört hierhin."

„Sie hat also ein Haus. Wir können auch von hier aus arbeiten, wenn du willst. Dein Vater wird für unsere Wohnung eine schöne Miete kassieren. Oder deine Schwester Monica kann sich ausbreiten."

Lance drehte einen Stuhl um und setzte sich rücklings darauf. „Du weißt, dass das nicht alles ist, Rico."

„Über den Rest habe ich auch nachgedacht." Rico setzte sich auf den Platz ihm gegenüber. „Okay, die Sache ist uns zu Kopf gestiegen. Und wir haben ein paar Fehler gemacht."

„Wir würden sie wieder machen, und das weißt du auch."

Rico schüttelte den Kopf. „Was mit Tony passiert ist, hat die Dinge geändert. Nicht nur für dich."

„Was, bist du zum Glauben gekommen?" Lance war skeptisch. Sie waren zu oft gemeinsam zur Kirche gegangen, aber die Gnade, die Lance dort fand, war an Rico abgeperlt wie Öl von einer heißen Pfanne. Er hatte ein gutes Herz, aber sein Kopf folgte diesem Herzen nicht.

„Mit dir und Chaz als Tugendbolzen kann ich doch gar keine Dummheiten machen." Rico lächelte schelmisch.

„Doch, das kannst du. Und wenn du es tust, ziehst du mich mit runter, und irgendwie falle ich auf die Nase, und Tony ist nicht da, um mich rauszuboxen, Rico." Der Schmerz traf ihn wie ein Schlag auf den Brustkorb. „Ich muss es selbst hinkriegen."

Rico wurde ernst. „Das weiß ich. Aber du bist näher dran, als du glaubst."

„Nah dran reicht nicht."

Rico beugte sich vor. „Du bist nicht vollkommen. Das wirst du auch nie sein. Und Tony war es auch nicht."

Lance starrte ihn an. Wenn irgendjemand Grund hatte, Tony zu verehren, dann war es Rico, dessen Hintern sogar noch öfter aus dem Feuer gezogen worden war als sein eigener. Er würde sich das nicht anhören. Langsam erhob er sich von seinem Stuhl.

„Du glaubst, er wäre ein Heiliger. Aber er hatte auch Fehler, genau wie wir anderen."

Lance' Kehle schnürte sich zusammen. „Nenn mir einen."

Rico wandte den Blick ab. „Ich finde nur nicht, dass du –"

„Einen Fehler, Ricardo."

Ricos Hände schlossen sich um den Stuhl vor ihm. Er wusste etwas oder glaubte zumindest, etwas zu wissen.

„Sag es. Was meinst du, was Tony –"

„Da war was zwischen ihm und Gabbi."

Lance starrte seinen Freund an. Der Atem wurde aus seinen Lungen gepresst, als hätte er einen Schlag in die Magengrube bekommen. „Willst du damit sagen, dass er Gina betrogen hat?"

„Ich sage nicht, dass er sie betrogen hat, Mann." Rico hob die Hände. „Aber ich habe ihn mit meiner Schwester gesehen."

„Gesehen inwiefern?"

Rico machte eine Faust. „Mit ihrem Herzen in der Hand."

Lance kochte. Er kannte Rico gut genug, um zu wissen, dass er die Sache nicht erfand. Aber er hatte irgendetwas missverstanden.

Rico gab nicht klein bei. „Es war nicht nur Gabriella. Ihm gefiel die Aufmerksamkeit, die er bekam."

Das war nun wirklich übertrieben. „Dafür konnte er nichts." Tonys Anziehungskraft war so wenig Absicht gewesen wie seine Haarfarbe. Er war damit geboren worden. „Was für Beweise hast du, dass er sie jemals ausgenutzt hat?"

„Keine Beweise." Aber Rico wich seinem Blick nicht aus, wie ein Hund, der zum Angriff bereit ist. Er glaubte, dass Tony es getan haben könnte, und das war zu viel.

Lance packte ihn am T-Shirt. „Du weißt nicht, was du da sagst." Seine Stimme war heiser vor Wut.

„Es ist gefährlich, zu viel in einen Menschen hineinzulegen. Und noch schlimmer, wenn du glaubst, du müsstest genauso sein."

„Hier geht es nicht um Tony."

„Es geht immer um ihn."

Lance ließ ihn los, als Chaz hereinkam, frisch geduscht und lächelnd. Aber er erkannte die Situation und wurde ernst.

Er hob die Hände. „Ich lasse euch beide wohl besser noch zehn Minuten allein …"

Keiner lächelte.

„Ich weiß nicht, wer hier Kain ist und wer Abel, aber wenn ihr vorhabt, euch die Köpfe einzuschlagen, Mann …"

Lance sah ihn mit finsterer Miene an. Er hätte Rico am liebsten geschlagen. Sein Freund konnte einfach nicht akzeptieren, dass die Dinge sich geändert hatten; dass er sich geändert hatte. Oder wollte er selbst das nur glauben? Er beherrschte seine Wut. Rico irrte sich. Tony hatte nur helfen wollen. Lance wusste, wie das war. Wenn Gabbi es falsch verstanden hatte …

Aber er wurde selbst von zu vielen Gesichtern verfolgt. Etwas an der Art, wie Rico seine Hand wie zur symbolischen Faust um das Herz seiner Schwester geschlossen hatte … Gabriella hatte selbst Probleme, genau wie die Mädchen, denen er zu helfen versucht hatte. So wie Rese? Lance schluckte und riss den Blick von Rico los, um Chaz anzusehen. „Niemand haut hier jemandem auf den Schädel."

„Aber jemand sollte es tun", sagte Rico. „Bevor deiner so groß wird wie der von Tony."

Lance machte einen Satz nach vorne, riss Rico von seinem Hocker und warf den Stuhl um, bevor Chaz dazwischengehen konnte.

„Das bringt doch nichts. Gewalt ist keine Lösung." Chaz starrte ihn an, bis Lance einen Schritt zurück machte.

Sein Gewissen meldete sich. Was fiel ihm ein, Rico anzugreifen? Das bewies nur, dass er sich kein bisschen verändert hatte. Er rieb sich mit den Fingern die Stirn. Sie hätten diese Auseinandersetzung nicht, wenn Rico nicht versuchen würde, die Band mit aller Gewalt wieder zusammenzubringen. Lance wusste, wie wichtig ihm das war. Aber Tony in den Schmutz zu ziehen, um seinen Standpunkt zu stärken …

Rese kam herein und roch nach Sägemehl und Lack. Sie rieb sich die Wange mit dem Handrücken. „Kannst du mir mal helfen?"

Lance musste unwillkürlich darüber lächeln, dass sie nichts um sich herum wahrnahm. Weil sie in Gedanken bei ihrem Holz war, bemerkte sie nichts von der Anspannung im Raum. „Klar." Er überließ Rico

Chaz und folgte ihr hinaus. Sobald sie vom Fenster aus nicht mehr zu sehen waren, zog er sie an sich und küsste sie.

„Wofür war das dennn?“

„Brauche ich plötzlich einen Grund?“

Sie legte den Kopf schief. „Es hat sich so angefühlt.“

Er stand immer noch unter Strom. Aber er legte den Kopf in den Nacken und versuchte eine Lässigkeit vorzugeben, die er nicht fühlte. „Die Sonne scheint, die Vögel singen, du duftest nach Holz und …“, sein Blick wanderte zu ihren Lippen, „ … sahst aus, als könntest du einen Kuss gebrauchen.“

Ihre braunen Augen verengten sich, als sie einen Blick in Richtung Küche warf. „Habe ich irgendetwas unterbrochen?“

„Ja, und gerade noch rechtzeitig. Ich wollte Rico eine verpassen.“

Sie runzelte die Stirn. „Warum?“

„Spielt keine Rolle.“ Er hakte sich bei ihr ein. „Komm, wir machen eine Spritztour.“ Er musste dringend die Straße unter den Rädern spüren.

„Ich arbeite.“ Aber sie wehrte sich nicht gegen sein Ziehen. Als er ihr den Helm reichte, fügte sie hinzu: „Seit ich dich eingestellt habe, hat meine Produktivität gelitten.“

„Hör auf zu jammern.“

Sie straffte die Schultern. „Ich jammere nie.“

Suchte er jetzt Streit mit Rese? „Dann steig auf.“

Sie starrte ihn an, und er sah, dass sie allmählich zornig wurde.

„Bitte.“ Er konnte nicht noch einen Streit gebrauchen. Baxter blickte ihn hoffnungsvoll an, aber Lance wollte Rese mitnehmen. „Bitte.“

Sie stieg auf, und er fuhr schneller, als er es ohne Ricos Worte, die in ihm brannten, getan hätte. Er hatte nie behauptet, dass Tony vollkommen war. Aber er und Rico zusammen konnten ihm nicht das Wasser reichen. Er erinnerte sich an Gina bei der Gedenkfeier. Sie hatte sich kaum auf den Beinen halten können. Das war keine Frau, die betrogen worden war.

Rese’ Arme verkrampften sich, sodass er vom Gas ging. Rico war eifersüchtig. Er hatte Tony immer beneidet. Das hatten sie beide getan. Natürlich hatten die Frauen ihn bemerkt. Tony war jedem aufgefallen. So ein Mann war er nun einmal gewesen. Ein Mann, der fest blieb und das Richtige tat. Aber Lance’ eigene Erinnerungen nagten an den Rändern seiner Überzeugung.

Er würde keine Sekunde glauben, dass Tony Gina hintergangen hatte, aber hatte Tony gewusst, was Gabbi empfand? Hatte er eine Art Heldenverehrung zugelassen oder sogar provoziert? Nicht nur bei ihr, sondern auch bei anderen? Lance ließ den Motor aufheulen. Er projizierte seine eigenen Probleme. Oder hatte er das von seinem großen Bruder gelernt?

„Es ist gefährlich, zu viel in einen Menschen hineinzulegen. Und noch schlimmer, wenn du glaubst, du müsstest genauso sein." Lance konnte nicht einmal annähernd so sein. Warum also versuchte er alles zu sein, was Rese brauchte?

Herr? Es war riskant, zu tief zu forschen. Motive und Absichten sahen nie so rein aus, wie er dachte. Wollte er wirklich Gottes Willen tun oder ein bisschen Macht und Anerkennung genießen? Er hatte hier eine schwierige, entschlossene Frau, eine Frau, die selbstbewusst und zielstrebig war und ihm – wie Rico es ausdrückte – aus der Hand fraß. Vielleicht hatte er mehr von Tony, als er dachte.

Die Straße half diesmal nicht, ihn zu beruhigen. Er bremste abrupt und bog ins Weingut Château St. Jean ein. Der lange Weg zum Haus war schattig und von Blumenrabatten gesäumt, elegant und herrschaftlich, und er stellte sich vor, dass Nonnas Besitz auch einmal so ausgesehen hatte. Sie kamen zu einem Parkplatz, wo er das Motorrad aufbockte und abstieg. Er öffnete ihren Helm und nahm Rese an die Hand, während er auf das Schloss zuging.

Die Gärten waren sorgfältig angelegt, um die Sinne zu erfreuen, und Tische warteten auf Picknickgäste. Er hatte keinen Hunger und war im Augenblick auch nicht sonderlich am Wein interessiert. Er führte Rese um das Anwesen herum in eine Ecke, von der er annahm, dass sie nicht für Besucher gedacht war, und sie wollte ihn gerade darauf hinweisen.

„Sag nichts. Küss mich." Er hatte die Anweisung gegeben, führte sie aber selbst entschlossen aus.

Sie stieß ihn fort und blickte ihn finster an. „Ich weiß nicht, was zwischen Rico und dir vorgefallen ist, aber ich bin nicht das Heilmittel."

Ihre Worte drangen durch seinen Dunst. Was tat er hier eigentlich, dass er sie so bedrängte? Sein ganzer Körper war voller negativer Spannung. Er war irgendwie in eine Machorolle geraten, mit dem Bedürfnis zu beweisen … ja, was eigentlich? Er senkte den Blick. „Es tut mir leid."

Sie wurde weich. „Was ist passiert, Lance?"

Er ballte die Fäuste. „Rico." Er konnte ihr nicht mehr sagen als das, konnte die Dinge, die sein Freund über Tony gesagt hatte, nicht wiederholen.

„Willst du, dass sie gehen?"

Er stellte sich vor, wie Rese Rico mit der gleichen Entschlossenheit hinauswarf, die ihn beinahe die Stelle gekostet hatte. Aber zwischen Rico und ihm gab es zu viel zu klären, als dass er es ihr hätte überlassen können. „Ich will nur, dass er sich zurückhält."

„Durch Leiden lernen wir Geduld, durch Geduld kommt es zur Bewährung."

Er zog die Augenbrauen hoch. „Woher hast du denn das?"

„Kapitel fünf aus einem römischen Brief."

Sein Herz schlug schneller. Hier stand sie und reichte ihm seinen Glauben, obwohl sie selbst ihn nicht teilte. Oder tat sie es? Es war ihm nicht klar. Sie widersprach immer noch vehement, aber andererseits hatte sie einen Teil des Römerbriefs auswendig gelernt und wandte den Text jetzt auf ihn an.

Er nahm ihre Hände. *„Und durch Bewährung festigt sich die Hoffnung … Denn dass Gott uns liebt, ist uns unumstößlich gewiss. Seine Liebe ist ja in unsere Herzen ausgegossen durch den Heiligen Geist …"* Hatte er sich im Glauben bewährt? War er geduldig und freute sich an der Hoffnung auf die Herrlichkeit Gottes? Das war ihm wichtiger als jede Rache an Rico, wichtiger als alles. Er versuchte nicht, vollkommen zu sein, sondern nur, das Richtige zu tun.

Er zog sie an sich und gab ihr einen Kuss auf die Stirn. „Danke."

Sie hob ihren Mund und berührte seinen mit all der Zärtlichkeit, die er sich erhofft hatte. Es berührte sein Herz unmittelbar und offenbarte alles, was zwischen ihnen stand, die Geheimnisse, die unausgesprochenen Dinge. Er seufzte. „Ich muss dir etwas sagen, Rese …"

Sie legte einen Finger auf seine Lippen. „Sag es nicht."

Er betrachtete ihr Gesicht und fragte sich, was sie wohl gedacht hatte, was er sagen würde. Sie konnte unmöglich mit dem rechnen, was er hatte sagen wollen.

„Wenn du gehen willst, dann geh einfach –"

„Ich gehe nicht."

Sie atmete langsam aus. „Nein?"

„Es sei denn, du willst es.“ Und das würde sie vielleicht, wenn sie die Wahrheit erfuhr.

Rese hatte Lance nicht so durcheinander gesehen, seit sie ihn beinahe gefeuert hätte, und es erinnerte sie daran, dass er nicht nur der Tröster war, als der er sich in der letzten Zeit erwiesen hatte. Von Anfang an war er emotional und sprunghaft gewesen. Aber nicht so wie diesmal, selbst als er über Tonys Tod geredet hatte. Damals hatte er Gefühle gezeigt, aber jetzt schien er regelrecht erschüttert. Weil er wollte, was Rico ihm bot?

Er leugnete es vielleicht, sogar vor sich selbst, aber mit Chaz und Rico Musik zu machen, hatte ihm mehr gegeben als alles andere, sogar sein Kochen. Damit konnte sie nicht mithalten. Es gab nur eine andere Sache, die er genauso sehr wollte. „Lance, ich mache dich zu meinem geschäftsführenden Partner der Pension.“

Er frohlockte nicht, wie sie es erwartet hatte, sondern starrte sie nur an und fragte: „Warum?“

Warum? Nachdem er es doch gewesen war, der seinen Namen in Leuchtschrift über der Haustür gesehen hatte?

„Weil du ebenso sehr zu diesem Ort gehörst wie ich. Ich habe das Haus renoviert und bewohnbar gemacht, aber du füllst es mit Leben.“ Sie wusste nicht, was sie erwartet hatte, aber jedenfalls nicht den schmerzerfüllten Blick, den sie jetzt in seinen Augen sah. Sehnte er sich so sehr danach fortzugehen? Sie sagte: „Willst du das denn nicht mehr?“

Er runzelte die Stirn. „Natürlich will ich das.“

Erleichterung durchströmte sie. „Wir können es offiziell machen, einen Vertrag aufsetzen.“

„Das ist nicht nötig.“

„Ich will es aber.“ Sie wollte alles konkret und geregelt haben. Das Anwesen mochte ihr Besitz sein, aber das Geschäft war zu einem größeren Teil, als sie zugeben mochte, Lance’ Werk. Und jetzt war es möglich, dass er mit seinen Freunden fortging.

Er sagte nichts, sondern ließ den Blick über den Weinberg schweifen, der sich jenseits des Châteaus erstreckte.

„Musst du darüber nachdenken?"

„Nein."

„Dann machst du es?"

Er legte eine Hand um ihre Taille, antwortete aber nicht.

Warum reagierte er nicht? „Ich dachte, du wärest glücklich darüber."

Er zog eine Augenbraue hoch. „Was, seh ich nicht glücklich aus, Baby?" Da war die New Yorker Redeweise wieder. Rico hatte ihn angesteckt.

„Ich dachte, du würdest es zeigen. Ich dachte, du würdest mich an die Wand drücken und mich küssen."

„Vielleicht küsse ich meine Geschäftspartnerin nicht."

Sie stemmte die Hände in die Hüften. „Klar."

Er atmete langsam aus. „Ich versuche nur, es mir vorzustellen."

„Ich werde alles schriftlich festhalten. Und ich werde mich auch nicht einmischen. Du kannst alles so machen, wie du willst."

„Das ist dann aber kaum eine Partnerschaft."

Sie schnaubte. War es nicht das, was er wollte? Sie straffte die Schultern.

„Tu das nicht." Er nahm ihre Hand.

„Was soll ich nicht tun?"

„Ganz steif und unnahbar werden."

„Ich bin einfach ein bisschen erstaunt."

„Eher genervt." Er lächelte.

„Sauer." Sie funkelte ihn an.

„Furchterregend."

Sie gab ihm einen Stoß.

Er packte ihre Handgelenke und setzte wieder seinen Bronx-Akzent auf. „Hey, willst du dich mit mir anlegen, Baby? Da steh ich doch locker drüber."

Sie schnaubte verächtlich. „Bis ich dir gebe, was du willst. Dann stehst du wie eine Salzsäule da und siehst ganz verloren und durcheinander aus."

„Das liegt daran, dass ich verloren und durcheinander bin. Aber das hat mich noch nie aufgehalten."

„Wir haben also eine Abmachung?" Sie brüllte es beinahe.

„Oh Baby, wir haben eine Abmachung." Jetzt schob er sie gegen die Mauer.

„Du musst ein ziemlich schwieriger Junge gewesen sein."
„Das bin ich immer noch."
„Willst du mich nicht küssen?"
„Nein."
„Warum nicht?" Weil er ein unverbesserlicher Sturkopf war.
„Weil meine Beherrschung Grenzen hat."
„Ha. Du würdest die ganze Welt beherrschen, wenn jemand sie dir gäbe."
„Diese Beherrschung meine ich nicht."
Es traf sie wie ein Hammerschlag, und ihre Beine wurden ganz weich.
Er seufzte. „Sieh mich nicht so an."
„Wie denn?"
„Als würdest du alles tun, was ich sage."
Aber genau das würde sie.
Sie standen lange genug so an der Mauer, dass ihre Beine sich wieder stabilisierten, dann ließ er sie los. „Kannst du laufen?"
„Natürlich."
Seine Mundwinkel gingen in die Höhe. „Hart wie Stahl." Dann stieß er langsam die Luft aus. „Ich hoffentlich auch."

Lance hätte sich seine Situation kaum noch schlimmer vorstellen können. Partner im „Wanderers Einkehr"? Geschäftsführender Partner, hatte sie gesagt. Alles so, wie er es wollte. Er hatte nicht geglaubt, dass sie es tun würde. Was dachte sie sich dabei, ihm ihr Unternehmen zu überlassen? Aber sie dachte nicht. Das war klar zu erkennen gewesen.

Er umklammerte die Griffe seiner Harley. Sie hätte ihrem Angestellten vielleicht ein blaues Auge verpasst, aber ihm gegenüber war sie eine einzige Einladung gewesen, wie sie dort an der Mauer gelehnt hatte. Kapitulation bei einer Frau, bei der er es am wenigsten erwartet hatte. Und sie merkte es nicht einmal. *Was soll ich damit anfangen, Herr?* Rese hatte sich von einer spöttischen, herrischen Xanthippe zu einer attraktiven Frau entwickelt, die er achtete und begehrte. Und er hatte sie in der Hand.

Hatte Rico recht? Lance hatte beobachtet, wie Tony es gemacht hatte, wie er geholfen, getröstet, sich unentbehrlich gemacht hatte. Welche Frau würde das nicht wollen? Und welcher Mann würde das nicht erkennen … und ausnutzen? Wie er es bei Rese getan hatte? Lance legte das Motorrad in die Kurve, und Rese ging mit der Bewegung mit. Von ihrer früheren Ablenkung, ihrem Widerstand war nichts zu merken. War das genau das, was er beabsichtigt hatte?

Er hätte ihr Angebot beinahe abgelehnt und gesagt, sie solle noch einmal darüber nachdenken. Sie hatte vielleicht Erfahrung mit den Arbeitern einer Baukolonne, aber in dieser Sache war sie schrecklich naiv. Warum also hatte er zugestimmt? Weil es das war, was er wollte. Für sie und für sich selbst.

Er verlangsamte das Tempo, um in die Auffahrt einzubiegen, und hätte beinahe Evvy umgefahren, die ihren Stock mit einer Dringlichkeit schwenkte, die ihm einen Stich versetzte. Er bremste abrupt, sodass das Hinterrad des Motorrads wegrutschte. „Was ist los, Evvy?"

„Es ist Ralph. Sein Herz." Sie sah aus, als ginge es ihrem eigenen auch nicht besonders gut. „Ich muss zu ihm." Sie hatte Tränen in den Augen.

Rese stieg ab. „Nehmt den Lieferwagen. Ich hole die Schlüssel." Sie eilte ins Haus, während er Evvy zum Wagen brachte. Wahrscheinlich hatte sie heute nicht die Kraft, Motorrad zu fahren, und Rese hatte das gesehen. Mit Evvy zwischen sich und Lance fuhr sie nach seinen Anweisungen zu dem Pflegeheim, während er sich um Evvy kümmerte.

Ralph hatte zittrig gewirkt, als sie ihn besucht hatten – warmherzig und liebevoll, aber nicht mehr ganz verbunden mit dieser Welt. Lance kannte die Hilflosigkeit, die Evvy jetzt fühlen musste, als hätte jemand die Luft aus ihrer Lunge gepresst und sie in einem Vakuum zurückgelassen. War es erst wenige Wochen her, dass er in einem ähnlichen Krankenhauszimmer bei Nonna gesessen und gehofft und gebetet hatte, dass es nicht zu Ende ging? Er wusste, dass ihre Zeit kommen würde, aber das machte das Abschiednehmen auch nicht leichter.

Im Zimmer waren mehrere kurz angebundene Mitarbeiter, die Platz machten, damit Evvy auf seinen Arm gestützt nähertreten konnte. Obwohl sie beinahe nichts wog, schien es Lance, als würde sie nur durch seinen Arm aufrecht gehalten. Ralph lag wach im Bett, aber er schien sie ebenso wenig zu erkennen wie alle anderen. Seine Miene war voller Schmerz, vielleicht körperlich, auf jeden Fall aber psychisch. Er wusste nicht, was geschah, und er hatte Angst.

Lance setzte Evvy in einen Stuhl neben dem Bett. Die Pflegekräfte gingen wortlos. Diesmal roch es aufdringlich nach Krankenhaus, und er bemerkte den Tropf und verschiedene Monitore. Während Evvy Ralphs Hand nahm, ging Lance an Rese vorbei, die in der Tür stand, um die Lage zu erkunden. Er war kein Angehöriger, deshalb würden sie ihm keine Einzelheiten sagen, aber sie informierten ihn, dass Ralphs Sohn unterwegs war, wenn er einen Flug bekam, und dass es gut sei, dass Evvy gleich gekommen war.

Lance nahm Rese an der Hand und ging wieder in das Krankenzimmer, wo er ein Stück vom Bett entfernt stehen blieb. Evvy sprach leise, erklärte, wer sie war, und fragte, ob Ralph sie verstehe oder nicht, und er klammerte sich an ihre Hand. Lance dachte an Nonna, die verzweifelt versucht hatte, zu verstehen und verstanden zu werden. Es tat weh. *Herr, erbarme dich.*

Evvy murmelte: „Wenn du noch Kraft hast, dann kämpf, mein Liebling. Wenn nicht, hat der Herr einen Ort für dich vorbereitet. Und ich werde bald kommen und bei dir sein."

Ralph wandte sich zu ihr und sah ihr in die Augen. „Evvy." Seine Stimme war so schwach, dass Lance überrascht war, sie überhaupt zu hören. Was er als Nächstes sagte, verschlug Lance den Atem. Es war die vertraute Wendung, die Nonno Marco nur Antonia gegenüber gebraucht hatte: *La mia vita ed il mio amore.*

Lance schloss die Augen, als Ralphs Blick trübe wurde und seine Hand aus Evvys glitt. So sollte es sein; ein langes Leben, ein friedvoller Tod. Aber er stand dort und kämpfte gegen die Tränen an bei dem Tod eines Mannes, den er nicht einmal gekannt hatte. Er war sich nicht sicher, warum er den Verlust so sehr spürte, außer vielleicht deswegen, weil Ralph irgendwie mit ihm verbunden war und diese Verbindung jetzt nicht mehr existierte. Mehr noch spürte Lance jedoch die bittere Asche von Evvys Trauer. Das war immer das Schlimmste für ihn, wenn er andere leiden sah.

Die Monitore signalisierten Ralphs Heimgang, und jemand kam und stellte sie ab. Evvy murmelte: *„‚Danket dem Herrn, denn er ist freundlich, und seine Güte währet ewiglich.'* Meine Hoffnung ist im Herrn." Dann war es lange still im Zimmer.

Rese hatte kein Wort gesagt, und er fragte sich, ob dies ihren noch frischen Verlust wieder aufleben ließ. Brad zufolge hatte sie sich nach dem traumatischen Tod ihres Vaters eine Zeitlang ganz abgeschottet.

Er war nicht sicher, an wie viel sie sich selbst jetzt noch erinnerte. Vielleicht hätte sie nicht mitkommen sollen, aber wenn es sie mitnahm, zeigte sie es nicht.

Er verstand das inzwischen besser. Sie war nicht aus Stein; sie war stark. Nicht gefühllos, sondern vorsichtig. Ihre Befürchtungen, was ihren Mangel an Gefühlen betraf, waren unbegründet. Jetzt, da er wusste, wonach er suchen musste, sah er sie. Als sie so aneinandergelehnt dastanden, fanden sie ein Gleichgewicht, das keiner von ihnen für sich allein hatte.

Aber Ralphs Tod schürte Lance' Angst, dass Nonna sterben könnte, bevor er die Gelegenheit hatte, ihr Frieden zu bringen. Das musste er tun, aber ohne Rese wehzutun. Wie konnte er das alles miteinander vereinbaren?

Rese konnte nichts tun, als dort neben Lance zu stehen, während Ralph starb. Es gab kein Blut, keine Panik, keinen Kampf, aber es war trotzdem Sterben. Und Evvys Worte hatten sie getroffen.

Es war wie bei dem Abschnitt in Lance' Bibel, wo man sich der Leiden rühmen sollte – aber wie konnte man Gott für Liebe und Freundlichkeit danken, wenn er einem einen lieben Menschen nahm? Dieser Glaube hatte etwas Radikales an sich, etwas Unnatürliches. Man dankte niemandem, der einem wehtat. Man schlug vielleicht nicht zurück. Und mit Sicherheit ließ man sich nichts anmerken. Aber danken?

Als Jake die Luft aus den Reifen des Lieferwagens gelassen hatte, hatte sie ihr Angebot neu terminiert. Als Sam Sirup in ihre Werkzeugkiste gegossen hatte, hatte sie sich nicht gerächt oder beschwert. Sie hatte gehört, wie die anderen sie „Steingöttin" genannt hatten, weil sie alles sauber gemacht hatte, ohne einen Aufstand zu machen. Sie ertrug alles, aber es gefiel ihr nicht. Keine Rede von Dankbarkeit! Das hätte nur Spott und Demütigung zur Folge gehabt, und so hatte sie sich wenigstens widerwilligen Respekt verdient.

Sie wollte Lance und Evvy sagen, dass sie sich irrten, aber sie musste immerzu an den Augenblick denken, in dem Ralph gestorben war, und spürte einen Unterschied. Vielleicht war es nur das Offensichtliche; sie kannte, liebte ihn nicht. Sein Tod war nicht gewaltsam und vorzeitig gewesen. Aber sie wurde das Gefühl nicht los, dass die Todesart nicht der entscheidende Faktor war.

An Lance' Schulter gelehnt, schloss sie die Augen und sah sich selbst, wie sie rannte, wie ihr Vater fiel, all die schrecklichen Einzelheiten. Aber was ihr jetzt zu schaffen machte, war der Augenblick, als das Leben aus ihm gewichen war. *„Sei stark."*

Seine Miene war voller Entschlossenheit gewesen, im Gegensatz zu der Ergebung, die sie vor wenigen Minuten erlebt hatte. Sie wollte keine Ewigkeit mit Jesus oder ohne ihn, nicht, wenn manche eine Entscheidung trafen, die andere ablehnten ... Warum sollte der Tod für einen Menschen anders sein als für den nächsten? *Warum sollte es an uns liegen, ob wir annehmen oder ablehnen, was Jesus getan hat – wenn er es getan hat, wenn das alles überhaupt geschehen ist.*

Aber der Raum war erfüllt von einem ehrfurchtgebietenden Frieden, einer Endgültigkeit, mit der sie ihre Mühe hatte. Hätte Lance sie nicht gestützt, wäre sie zusammengebrochen wie damals auf dem Gerüst, weil sie überhaupt keine Kraft mehr hatte. Dad hatte ihr den Auftrag gegeben, stark zu sein und alles zu ertragen, was das Leben ihr bescherte. Vielleicht hatte er über die Gemeinheiten der Arbeiter mehr gewusst, als sie dachte, und hatte sie ignoriert oder ... ermutigt. Wenn er dachte, dass es zu ihrem Besten wäre, hatte er sie dann absichtlich abgehärtet?

Zum zweiten Mal an diesem Tag gaben ihre Beine fast unter ihr nach. Hatte er an dem Tag, an dem Sam und Charlie „sich geprügelt" hatten, ihr verkratztes Gesicht und ihre geschwollenen Lippen gesehen? Er wollte nicht, dass sie litt; das wusste sie. Und er hatte die beiden in seiner Kolonne behalten, als sie die Arbeiter aufgeteilt hatten. Aber er hatte gewollt, dass sie hart wurde. Hatte er geglaubt, er könnte sie so stark machen, dass sie Moms Zustand widerstehen konnte? War er der Meinung gewesen, dass Willensstärke, die durch Schikanen geschärft worden war, ihr half, sich gegen die Krankheit zu wehren?

Lance legte die Hand um ihre Taille, zweifellos spürte er ihre Not. Er war das genaue Gegenteil von Dad. Bei Lance konnte sie ihren Kummer zeigen, und er ließ sie an seinem eigenen teilhaben. Tränen stiegen in ihrer Kehle auf. Sie hatte ihn zu ihrem Partner gemacht. Aber war das fair? Er wusste nicht, wie sehr sie ihn brauchte. Oder ihn vielleicht in Zukunft brauchen könnte.

Kapitel 34

Sie hatte nicht genug Kraft, um sich eine Tasse Tee zu holen, aber Lance brachte ihr eine und kauerte sich dann neben ihr Sofa, die Arme auf die Knie gelegt. Evvy blickte zu Rese hinüber, die in der Tür stand, ein wenig steif und unbehaglich. So war das mit dem Tod. Er ließ die Menschen verstummen.

Aber nicht Lance. Nachdem er sie nach Hause gebracht hatte, hatte er Ralphs letzte Worte voller Ehrfurcht wiederholt und ihr von seinen Großeltern und ihrer großen Liebe erzählt und davon, was diese Worte für sie bedeutet hatten. Manch einer hätte gezögert, ihr die Geschichte einer Liebe zu erzählen, nachdem sie gerade den Mann in ihrem Leben verloren hatte, aber Lance verstand, dass ihre Trennung nur vorübergehend war, und das wusste sie zu schätzen.

Evvy schluckte den Kloß in ihrer Kehle hinunter. Sie würde an Ralph denken; sie würde weinen. Aber es würde nicht viel anders sein als an den Tagen, seitdem er ins Pflegeheim gezogen war. Sie war schon zu lange an die Einsamkeit gewöhnt, als dass sie Angst vor der Trauer und Einsamkeit hätte. Leider reagierte ihr Körper noch immer. Ihre Beine trugen sie nicht, und die beiden jungen Leute hatten ihr zum Badezimmer geholfen, wo Rese sie dann hineinbegleitet hatte.

Ihnen war nicht klar, dass es nur ein weiterer Schritt hin auf das Unvermeidliche war, wenn Evvy fiel und sich die Hüfte brach. Sie war die Älteste in ihrem Freundeskreis, und sie war es leid zu warten, bis sie an der Reihe war, während die anderen vor ihr drankamen. *Ich will mich nicht beklagen, Herr, aber habe ich nicht lange genug gelebt?*

Sie dachte oft, dass James es am besten gehabt hatte, weil er diese Welt verlassen hatte, als alle seine Träume noch intakt gewesen waren. Aber andererseits waren genau diese Hoffnungen durch den Krieg sicher in einer Weise vernichtet worden, die sie kaum nachvollziehen konnte. Ihre waren einfach verblasst, so wie sie selbst verblasst war. Aber jetzt ließ sie sich von ihrer Melancholie hinreißen. *„Dies ist der Tag, den der Herr macht; lasst uns freuen und fröhlich an ihm sein.“*

Sie streckte die Hand aus und tätschelte Lance‘ Arm. „Sie werden noch steife Knie bekommen, mein Junge, und die halten auch nicht ewig." Ihre Stimme war heiser vom Weinen.

Er legte seine Hand über ihre. „Was kann ich Ihnen noch bringen?"

Sie schüttelte den Kopf. „Nichts. Bringen Sie Ihr Mädchen nach Hause und kümmern Sie sich um sie. Das Haus kann etwas Freude gebrauchen." Die Zärtlichkeit in seinem Händedruck gab ihr Trost, der von ihrer Hand zu ihrem Herzen floss und dort blieb. „Sie sind ein guter Kerl, Lance Michelli. Lassen Sie sich von niemandem etwas anderes einreden."

„Sehe ich so aus, als würde jemand das tun?"

Sie lachte. „Ehrlich gesagt, ja. Sie haben etwas von einem Freibeuter."

Er schüttelte den Kopf. „Das kriege ich öfter zu hören."

Sie konnte nicht weiter scherzen. Ihr Verstand wusste vielleicht, dass ein Wiedersehen auf sie wartete, aber ihr Herz war trotzdem ausgehöhlt worden wie ein Kürbis. Ihre Lippen bebten. „Nun gehen Sie schon. Ich werde –" Der Gedanke stockte. Jetzt? Wo sie so wenig Energie dazu hatte?

Aber sie wandte sich an Rese. „Es gibt nur eine Sache, die Bestand hat. Vertrauen Sie auf Gott. Auch wenn alle anderen Sie enttäuschen, er wird es niemals tun."

Sie konnte nicht erkennen, ob ihre Worte angekommen waren oder nicht. Das Mädchen konnte mit der Sphinx mithalten. „Natürlich müssen Sie zugeben, dass Sie ihn brauchen." Irgendetwas hatte Rese Barrett viel zu unabhängig gemacht. Evvy sank zurück. Sie hätte genauso gut in einen Spiegel sehen können.

Lance legte einen Zettel auf den Beistelltisch. „Hier sind meine Handynummer und die Nummer von der Pension. Wenn Sie irgendetwas brauchen ..."

Sie nickte. „Michelle und die anderen von der Gemeinde werden kommen und nach mir sehen. Keine Angst. Ich werde sie mit meinem Stock verjagen."

Lance erhob sich und Rese machte sich ebenfalls bereit zu gehen. War ihr eigentlich bewusst, was sie an diesem jungen Mann hatte? Aber wer erkannte das schon. Als sie zur Tür hinausgingen, murmelte Evvy ihre Gedanken gen Himmel: „Wenn du noch etwas mit mir vorhast, dann beeil dich besser. Sonst stehe ich plötzlich unerwartet vor der Tür."

Nicht, dass irgendetwas den Urheber und Vollender nicht nur ihres

Glaubens, sondern jeder Einzelheit ihres Lebens überraschen könnte. Als die Tränen kamen, sehnte sie sich nach der Freude, die Ralph erlebte, die Fröhlichkeit, mit der er den Himmel begrüßen würde, und die Ehrfurcht, mit der er vor dem Thron stehen durfte.

Lance grub die Pflanzkelle in den Erdboden, dankbar dafür, dass er ein paar Augenblicke für sich hatte. Er hatte sich gestern wieder mit Rico versöhnt und dabei zwar nicht dessen Verdächtigungen in Bezug auf Tony akzeptiert, aber seine eigenen Versuche zugegeben, mit seinem großen Bruder mitzuhalten. Vielleicht hatte es eine Explosion geben müssen, damit sie ein neues Gleichgewicht fanden, so wie er alle anderen Sachen neu ordnen musste.

Er hatte vorgehabt, am vergangenen Abend in den Keller hinunterzusteigen und ein für alle Mal herauszufinden, was sich dort befand, aber Rese konnte wieder nicht schlafen, und sie hatten bis in die frühen Morgenstunden geredet. Es war ihr ernst damit, ihn die Pension führen zu lassen, aber sie hatte ein gutes Gespür für Werbung und lokale Verflechtungen und Beziehungen.

Sie war Mund-zu-Mund-Propaganda gewöhnt, und in ihrem vorigen Beruf waren fast alle Aufträge durch Empfehlungen zustande gekommen. Ihm gefiel ihre Überzeugung, dass man etwas so gut machen musste, dass die Leute einfach nicht anders konnten, als darüber zu reden. Dass er ihr Schlüssel zum Erfolg mit der Pension war, machte ihm etwas Sorgen. Natürlich war er dazu in der Lage, aber war es seine Aufgabe?

Lance schüttelte den Kopf. Gott hatte ihn so eindeutig an diesen Ort geführt, wie er es noch nie zuvor getan hatte. Wenn die Sache jetzt etwas verworren war, dann war das seine eigene Schuld. Aber was hätte er anders machen können? Er konnte Rese in ihrer Krise nicht im Stich lassen. Jesus hätte sie nicht verlassen, um seine eigenen Pläne zu verfolgen. Die Zuneigung, die sich entwickelt hatte, lag nicht in seiner Hand. Er konnte ebenso wenig aufhören zu fühlen, wie er mit dem Atmen aufhören konnte.

Aber er musste seinen Gefühlen keine Taten folgen lassen. Er hätte ihr nicht zu zeigen brauchen, was er empfand; er hatte es gewollt. Er hatte sich gewünscht, dass sie ihn brauchte, dass sie ihn begehrte. Sie war seine bislang größte Herausforderung, stark und unabhängig, sarkastisch und bestimmend. Aber er hatte sie für sich gewonnen.

Er war bereit gewesen, die Situation auszunutzen, um zu bekommen, was er für Nonna brauchte. Er hätte Rese sogar ohne Hilfe zurückgelassen, wenn er die Antworten sofort gefunden hätte. Aber etwas in ihr hatte ihn angesprochen, etwas, was er nicht ignorieren konnte. Und je mehr er sie in sein Herz ließ, desto unsicherer war er, was seine Aufgabe war.

Er hatte sich gefragt, ob er jemanden finden würde, der seine Unruhe stillen konnte. Tony hatte Gina geheiratet, als er zweiundzwanzig gewesen war. Monica und Lucy waren noch jünger gewesen. Sofie – na ja, für Sofie war es in Sachen Ehe nicht so gut gelaufen. Nicht, dass er vorhatte, Rese zu heiraten – seine Hand rutschte von der Kelle in die Erde.

Partner, sicher. Er konnte in der Pension schalten und walten, in dem Haus, das Nonna gehört hatte. Sie hatten gestern Nacht ihre Abmachung schriftlich festgehalten und Rese hatte sie an ihren Anwalt gefaxt. Aber heiraten? Er war nicht sicher, ob er das jemals konnte. Dazu war jemand wie Tony nötig, der immer das Richtige tat. Jemand, der seinen Platz in der Welt kannte, nicht einen Zigeuner, der in jedem Menschen, dem er half, einen Sinn suchte.

Der Schotter der Auffahrt knirschte unter den Rädern von Stars gelben VW. Offensichtlich war sie zurück von ihrem Ausflug, wo auch immer sie seit ihrem gemeinsamen chinesischen Essen gewesen war. Er steckte die Kelle in das Beet vor dem Haus, wo er Eisenkraut pflanzte, und blickte auf, als sie ausstieg. „Hi, Star."

Sie war nicht dasselbe Mädchen, das ihm erst vor Kurzem das Gemälde überreicht hatte. Ihre Augen waren zu leuchtend, ihre Finger zitterten, als sie die Wagentür schloss und näher kam, in ein weißes Kleid aus hauchdünnem Stoff gehüllt, der in mehreren Lagen bis zu ihren Knien fiel. Der blaue Fleck an ihrem Hals konnte eine Menge Ursachen haben, aber Lance war nicht so naiv, die meisten davon zu glauben. Als sie sich neben ihn hockte und den Duft der Blumen einatmete, bemerkte er die feinen blauen Äderchen auf ihrer braunen und geröteten Haut und die Fingerspuren auf der anderen Seite.

„Was ist passiert?"

„Sieht man es?" Sie musste wissen, dass er es sehen konnte, und sie hätte es mit einem Schal verdecken können, wenn sie nicht wollte, dass er etwas bemerkte. „Rese wird mich umbringen."

„Sie ist nicht mehr so mordlustig wie früher." Und wer auch immer es war, der Star wehgetan hatte, schien ohnehin das wahrscheinlichere potentielle Opfer. Stars Haare rochen muffig und waren eine Weile nicht mehr gekämmt worden. „Wer hat dich so zugerichtet?"

„Das spielt keine Rolle."

Er berührte die Verletzung und sein Zorn wuchs. „Gibt es noch mehr?"

Der Wind packte ihr wallendes Kleid und presste es an ihren Körper – versteckte sie Spuren einer Misshandlung?

„War es Maury?"

Sie blinzelte langsam und zog die Augenbrauen zusammen. „Es hat ihm mehr wehgetan als mir."

Lance fluchte. Star warf ihm einen Blick zu, überrascht von seiner Heftigkeit. Aber wie oft würde er diese Lüge noch hören und schlucken müssen?

„Ich hätte es dir nicht erzählen sollen." Sie wurde ganz klein.

„Es ist nicht so einfach, die Würgemale zu übersehen."

„Er wollte es nicht."

Lance starrte sie an. Würde er sich nicht immer zu Frauen in Not hingezogen fühlen, müsste er auch nicht alle diese hässlichen Dinge sehen. Es gab gute, starke Beziehungen da draußen, die auf Liebe und Respekt basierten, und Frauen, die geachtet wurden. Wusste Star das überhaupt?

„Sag Rese nichts. Sie wird mir nur einen Vortrag über Respekt halten."

„Sie wird es selbst sehen."

Star schüttelte den Kopf. „Ich hole nur meine Sachen."

Er packte ihr Handgelenk, bevor sie sich erheben konnte. „Bleib hier, Star. Geh nicht zurück." Die Vorstellung, dass sie zu dem Kerl zurückging, schmerzte. Er lockerte seinen Griff und nahm ihre Hand. „Sieh mich an." Sie gehorchte, und in ihrem Blick lag eine Tragik, die ihm in der Seele wehtat. „Du bist misshandelt worden. Du solltest Anzeige erstatten." Aber er wusste im tiefsten Innern, dass sie es nicht tun würde.

„Er konnte mich einfach nicht gehen lassen." Ein Glanz erleuchtete ihre Augen. Offenbar glaubte sie es wirklich. In diesen Worten lag eine so tiefe Sehnsucht, die kein Schmerz auslöschen konnte, die Sehnsucht nach einer Liebe, die nicht loslassen konnte. Und sie glaubte, diese Liebe bei einem gewalttätigen Mann gefunden zu haben.

Lance kämpfte gegen die stärker werdende Wut an und gegen die Hilflosigkeit, die damit verbunden war. Was konnte er sagen? „Dieser Typ ist nicht das, was du brauchst, Star."

„Tja ..." Sie warf ihm einen schrägen Blick zu. „Ist das ein Angebot?"

Sie kannte die Antwort. Genauso musste Tony sich bei Gabbi und unzähligen anderen gefühlt haben. Zu viel Not für einen einzelnen Mann. *Herr, hilf mir ihr zu helfen, ohne Kompromisse einzugehen.* Er stand auf und zog sie mit sich hoch. „Bleib hier und lass die Wunden heilen."

Der Ausdruck auf ihrem Gesicht versetzte ihm einen Stich. „‚Krank zu sein, ist manchmal auch gesund.'"

Sie entglitt ihm, das merkte er. „Nicht so. Du musst nicht –"

Der dunkelrote Van, der vorfuhr, unterbrach seine Gedanken. Chaz und Rico. Super. Er ließ Star los und hätte sich nicht gewundert, wenn sie losgerannt wäre. Aber sie stand da, als die beiden Männer den Motor ausstellten und ausstiegen, und mit stiller Belustigung erkannte er, dass sie Star eingeparkt hatten.

Chaz war gefahren. Er hatte Stars Wagen mit Sicherheit bemerkt und war normalerweise die Höflichkeit in Person, aber trotzdem hatte er sich hinter sie gestellt. Jetzt kam er mit einem breiten Lächeln lässig um den Wagen herum geschlendert. Aber Rico war es, der Stars Aufmerksamkeit erregte. Das überraschte nicht, und es überraschte auch nicht, dass Rico ebenso interessiert guckte. Aber es war eindeutig eine Überraschung, dass all das als Antwort auf ein Gebet geschah.

Rese trieb den Beitel noch etwas tiefer und atmete den Duft von geschnittenem Holz wie Parfüm ein. Liebte sie das Arbeiten mit Holz oder eher die Tatsache, dass sie dadurch allem anderen aus dem Weg ging? In ihrem Bereich konnte sie so tun, als wollte niemand sie verletzen, niemand sie tot sehen. In ihrem Bereich hatte sie jede Einzelheit unter Kontrolle. Sie hatte Macht über das, was geschah; selbst ein Fehler konnte behoben werden. Aber im wahren Leben konnte ein Fehler unwiderruflich sein. Deshalb hatte sie mit aller Mühe versucht, Ordnung, Disziplin und Respekt aufrechtzuerhalten.

Rese fürchtete den Smalltalk, den Lance mit Leichtigkeit beherrschte. Er sagte, es sei kein Smalltalk; es seien kleine Beziehungen, bei denen sich die Wege von Menschen kreuzten, die einander vielleicht nie wiedersehen würden, die aber für diesen Augenblick aufeinandergetroffen waren. Er verstand jede Minute als Teil seines Lebensentwurfs, und er wollte diesen Entwurf so voll und verwoben haben wie nur möglich.

Seine Versöhnung mit Rico zu beobachten, hatte sie beinahe zu Tränen gerührt, als ihr klar wurde, dass Rico Tony verleumdet hatte. Sie wusste, wie weh das getan haben musste, aber Lance hatte ihre Beziehung gerettet und Rico wieder in sein Herz geschlossen, wie er es jedes Mal gemacht hatte, wenn sie ihn verletzt oder beleidigt hatte. Das hatte sie noch nie zuvor erlebt.

Nicht einmal mit Star. Am Anfang hatten ihre Unterschiede zu Streitigkeiten geführt, wie bei Lance und Rico, aber anstatt darüber zu sprechen, wie Lance es tat, hatte Rese einfach gelernt, von Star nichts zu erwarten und sie die Dinge auf ihre Art erledigen zu lassen, um dann da zu sein, wenn alles über ihr zusammenbrach. Da war kein Platz für große Ehrlichkeit oder echte Nähe, aber es war auch nicht viel Engagement nötig.

Lance war der erste Mensch, der sie dazu gebracht hatte, die Beherrschung zu verlieren. Nicht einmal Bobby Frank mit seinen Mutproben hatte das geschafft. Und Lance war der Erste, der sie dazu brachte, ihre Unabhängigkeit in Frage zu stellen. Er brachte sie nicht dazu, ihn zu brauchen, aber dazu, ihn zu wollen.

Sie hatten gestern Abend lange geredet. Lance hatte ihr vorgelesen, so wie er es einmal beschrieben hatte, als sie nichts damit hatte anfangen können. Aber es war nicht fremd gewesen. Während er las, hatte sie sich Jesus vorgestellt, wie er der Frau vergab, die gesteinigt werden sollte, wie er mit den Besserwissern diskutierte und für die Leute Wunder vollbrachte.

Es wurde viel lebendiger als alle Geschichten, die ihre Mutter ihr vorgelesen hatte, weil Lance es beschrieb, als wären sie selbst Teil der Geschichte. Er konnte nicht nur lesen, was dastand, sondern unterbrach sich, indem er sagte: „Stell dir das mal vor, Rese", oder: „Siehst du es vor dir?", und was dann folgte, blieb mit besonderer Eindrücklichkeit hängen.

Während sie zuhörte, spürte sie, wie ein Teil von ihr sich öffnete, ein Teil, den sie weggeschlossen hatte, wo er nicht verletzt werden konnte, ein Teil, den das unsichtbare Wesen in jener angsterfüllten Nacht gestärkt hatte. Sie konnte sich vorstellen, wie Jesus auf sie zukam und ihr Atem einhauchte, wie er der Tochter von Jairus den Odem des Lebens eingehaucht hatte.

Jetzt sah sie Gott nicht mehr als widerspenstigen Angestellten. Stattdessen sah sie, während sie mit Hobel oder Beitel arbeitete, die Hände Jesu vor sich, die das Gleiche taten. Jesus, der Zimmermann. Dadurch wurde er real, und das hatte Lance gewusst. Aber was ihn noch wirklicher machte, war Lance selbst. Seine Fürsorge für Evvy in ihrer Trauer war wunderbar zärtlich gewesen. Er hatte die Fähigkeit, Menschen auf einer tieferen Ebene zu begegnen, so wie sie es sich bei Jesus vorstellte, der Menschen berührte und heilte und liebte – so wie er sie liebte?

Niemand, der bei Verstand war, würde sich in sie verlieben, vor allem nicht, wenn er wusste, was Lance wusste. Aber seine Worte hatten sich in ihr eingenistet. Rese nahm den Beitel. Sie musste noch immer mit allem fertigwerden: mit Moms Situation und all den Ängsten, die damit zusammenhingen, mit der Pension und den Gästen. Lance würde –

Die Tür ging auf und er kam herein. Sie wusste, dass das Licht, das den Schuppen erhellte, von der Sonne kam, die durch die geöffnete Tür hereinfiel, aber …

„Star ist wieder da."

Es war nicht das, was sie erwartet hatte, und sie stellte überrascht fest, dass sie sich ein wenig ärgerte. Es war eine Sache, ein Gästezimmer weniger zu haben, wenn Star es benutzte, aber etwas ganz anderes, wenn es leerstand, während sie sich wer weiß wo herumtrieb. Die gesamte Hausarbeit war auf sie und Lance zurückgefallen, seit Star neulich verschwunden war, und wenn sie daran dachte, dass sie morgen Abend das Essen servieren musste, hätte Rese am liebsten Stars Sachen gepackt und aus dem Fenster geworfen. Aber Lance wirkte besorgt, als er jetzt näher kam.

„Was ist los?"

Er atmete langsam aus. „Sie ist verprügelt worden."

Rese ließ seine Worte auf sich wirken. Es war nicht das erste Mal, aber seit Star von zu Hause ausgezogen und damit dem Freund ihrer Mutter entkommen war, hatte es keine Vorfälle mehr gegeben.

„Sie glaubt, du würdest wütend sein."

„War es Maury?"

Er zuckte mit den Schultern. „Das vermute ich."

„Dann bin ich wütend. Sie wusste –"

Er zog ihr die Schutzbrille vom Gesicht. „So einfach ist das nicht. Sie ist nicht so stark wie du."

Wenn er sie so ansah, fühlte sie sich alles andere als stark. Aber da war es wieder: der Fels. Und sie würde auch in Zukunft zulassen, dass Star wie eine aufgewühlte Welle aufprallte, hin und her geworfen in einem endlosen Muster und den Gewalten, die größer waren als sie, auf Gnade und Ungnade ausgeliefert. Oder etwa nicht? „Man kommt einfach nicht an sie heran. Wenn ich das Gefühl hätte, sie würde auf irgendetwas hören –"

„Ich bin nicht sicher, ob es ein Problem ist." Er sprach leise.

„Du kennst sie nicht seit siebzehn Jahren. Jeden Moment kann sie wieder davonfliegen, höchstwahrscheinlich zu Maury, und –"

Lance legte die Hände auf ihre Schultern. „Ich glaube, Gott ist hier am Werk."

„Da bin ich sicher. Aber wie du schon sagtest, gehören zwei dazu, und Star ist ein bisschen stur, wenn sie sich nicht entfalten kann."

Er lächelte. „Was verstehst du denn schon von Sturheit?"

Sie streckte das Kinn vor. „Wir sprechen nicht von mir. Ich hätte mich nie auf sie verlassen sollen. Ich wusste es eigentlich besser."

„Rese!" Er nahm ihr Gesicht in beide Hände. „Ich glaube nicht, dass Star irgendwohin geht."

Sie verschränkte die Arme. „Und wieso glaubst du das?"

„Du weißt doch, was für eine elektrische Hochspannung wir erlebt haben?"

Gerade in diesem Augenblick traf sie wieder ein Stromschlag.

„Star und Rico erleuchten gerade den ganzen Garten."

Rese starrte ihn an. Bestimmt sah Rico farbenfroh genug aus, um Stars Aufmerksamkeit zu wecken, und welcher Mann würde nicht bemerken, was sie zur Schau stellte? Aber das Letzte, was sie gebrauchen konnten, war ihre Pension als Drehort für einen tragischen Liebesfilm.

„Na toll. Es wird ungefähr drei Sekunden dauern, bis Star Ricos Schlafsack gefunden hat, und dann kann sich ja wohl jeder ausmalen, wohin das führt."

Lance ließ die Hände auf ihre Schultern sinken. „Ich habe einen Trumpf in der Hand. Solange er glaubt, ich könnte Ja sagen zu seinen Bauplänen, wird Rico sich benehmen."

Rese schüttelte resigniert den Kopf. „Wunderbar. Ich verliere meinen Partner ans Showbusiness, aber Stars Tugend wird bewahrt."

Lance beugte sich vor und küsste sie auf den Mund. „Du verlierst mich nicht ans Showbusiness. Wir geben ihr nur ein bisschen Zeit."

Sie wollte nicht, dass er sich um Stars Probleme ebenso viele Gedanken machte wie um ihre, und dass er so mitfühlend guckte, wenn er über sie sprach, und dass er eine Lösung fand, bei der er auf Star aufpassen konnte. Wie hartherzig war es, dass sie Star das nicht gönnte, was sie selbst hatte und am meisten an Lance schätzte?

„Wir können ihr helfen, Rese. Und Rico ist kein schlechter Kerl." Er sagte das mit nur einem winzigen Anflug von Zweifel. Andererseits gab er auch seine eigenen Fehler offen zu.

Sie atmete aus. „Du bist der Geschäftsführer. Wenn du sie behalten willst, nur zu. Ich werde jedenfalls morgen Abend nicht bedienen."

Er lächelte. „Nein, für dich ist eine Spüle reserviert."

„Sehr witzig."

Aber er fand es tatsächlich einen gelungenen Scherz.

„Kannst du jetzt mal gehen, damit ich weiterarbeiten kann?"

Den Blick, mit dem er sie ansah, ließ sie vollkommen vergessen, was sie eigentlich arbeiten wollte. „Sag bitte."

Sie hielt seinem Blick stand. „Dann bleib da stehen, wenn du willst. Ich kann dich völlig ignorieren." Aber das konnte sie nicht, und sie hatte die Schutzbrille noch nicht ganz aufgesetzt, als ein „Bitte" über ihre Lippen kam. Pfeifend machte er auf dem Absatz kehrt und schlenderte hinaus. Sie warf ihm ein Stück Holz hinterher, aber er war schon durch die Tür verschwunden.

Als er an diesem Nachmittag mit Chaz und Rico zusammen Musik machte, fühlte Lance sich in alte Zeiten zurückversetzt. Mehrere Gäste waren heraufgekommen und standen herum oder saßen auf dem Boden, klatschten und wippten im Takt. Es war so wie damals, als er mit seinen Freunden gespielt hatte und den Freunden von Freunden – und Leuten von der Straße, hatte er manchmal den Verdacht gehabt – und Mama mehr als einmal mit dem Besenstiel an die Decke gehämmert hatte. Rese hatte angedroht, den Dachboden schalldicht zu machen, aber da das Haus ein Stück von der Straße zurückgesetzt stand und Evvys Haus weit genug weg war, hoffte Lance, dass die laute Musik kein Problem werden würde.

Star tanzte und zeigte nichts von der Angst, die er vorhin gesehen hatte. In ihrem dünnen Kleid, mit einem glänzenden Schal um den Hals, flog sie wie eine Nymphe über den Boden. Ricos Augen folgten ihr, während er den Rhythmus schlug, der sie in Bewegung hielt. Die Fremden dort schienen abwechselnd belustigt und fasziniert, und Lance spürte selbst etwas von beidem. Aber als sie um das Mikrofon bat, reichte er es ihr ohne die geringste Ahnung, was sie sagen oder tun würde.

„Spielt *‚Memory‘* aus Cats“, sagte sie zu ihnen. Chaz spielte eine Einleitung auf dem Saxophon, dann setzten Lance und Rico ein, und Star sang, mit klarer, kräftiger Stimme, die Bühnenerfahrung bewies und voller Emotionen war. Sie war keine alte Katze, die den Großteil ihres Lebens hinter sich hatte, aber sie hatte in ihren vierundzwanzig Lebensjahren genug erlebt, um das Pathos des Liedes einzufangen. Sie endete mit einer tiefen, eindrucksvollen Verbeugung und hielt das Mikro Rese hin, die aussah, als würde sie Star eher steinigen, als das Mikro zu nehmen.

„Ich mache es.“ Die junge Frau, die im Strandzimmer wohnte, stand auf. Sie nannte ihre Wunschmelodie, warf ihre üppige braune Mähne zurück und meuchelte „New York, New York“ mit ihrem affektierten Gesang. Rico sah aus, als würde er am liebsten den Stecker ziehen, aber die anderen applaudierten, und sie streckte die Hand mit dem Mikro aus, versuchte es noch einmal an Rese loszuwerden und befestigte es dann wieder auf dem Mikrofonständer.

Lance konnte sich beinahe ausmalen, dass der Dachboden zu einem angesagten Treffpunkt in Sonoma werden könnte. Sie würde die Werbung für die Pension entsprechend ausrichten müssen, damit sie keine Gäste hätten, die ihre Ruhe wollten, aber vielleicht konnten sie zwei oder drei Mal pro Woche spielen und sogar die Bühne freigeben. Er schüttelte den Kopf. Was sollten diese Gedanken? Rico wollte den Durchbruch, nicht irgendeine Dachbodengeschichte – obwohl man es nicht meinen sollte, wenn man ihn so sah.

Es war, als hätte er gerade zum ersten Mal die Sonne gesehen, so verzaubert war er. Lance holte langsam Luft. Er hatte nie viel Erfolg als Ricos Gewissen gehabt, aber er hatte deutliche Worte gesprochen – Star brauchte keinen Lückenbüßer. Erstaunlicherweise schien Rico ihn verstanden zu haben.

Lance blickte zu Rese hinüber, als sie das nächste Lied anstimmten. Von allen ihren Zuhörern genoss sie die Session am wenigsten. Etwas machte ihr zu schaffen, und er glaubte nicht, dass es die Sache mit dem Mikrofon war. Sie würde es wahrscheinlich abstreiten, aber da war etwas, etwas unter der Oberfläche ihrer nüchternen Miene.

Nach dem Lied legte er die Gitarre ab und verabschiedete sich von seinem Publikum. Er musste sich ums Abendessen kümmern, da die meisten ihrer Gäste sich dazu angemeldet hatten. Rese ging zusammen mit ihm hinunter, sagte aber nichts. Bedauerte sie ihre Entscheidung, ihm die Führung der Pension zu überlassen? Gestern Abend schien sie mehr als einverstanden damit gewesen zu sein.

Er nahm eine Rührschüssel aus dem Regal. „Willst du mir helfen?"

„Beim Kochen?" Sie sagte es mit einer Verachtung, die mehr von ihrer alten Zickigkeit hatte, als er in letzter Zeit erlebt hatte.

„Was ist los, Rese?"

„Ich will nicht kochen, okay? Dafür habe ich dich schließlich eingestellt."

„Genau. Dafür und für die Toiletten."

Sie warf ihm einen finsteren Blick zu.

„Warum sagst du mir nicht, was wirklich los ist?"

Sie atmete aus. „Ich bin einfach nicht gewöhnt, dass …"

„Leute sich ausgelassen und laut amüsieren?"

„So viele Leute. Es hat mir besser gefallen, als nur …"

„Wir beide uns gegenseitig angeblafft haben?"

Sie blickte ihn an. „Ja. Jetzt ist immer jemand anders da und will was von dir. Ich weiß, dass es Leute gibt, mit denen man mehr Spaß haben kann als mit mir, sogar Star, wie ich an deinem Gesicht gesehen habe, als sie gesungen hat. Und ich weiß –"

„Nein, weißt du nicht.“ Allmählich wurde er sauer. „Du unterstellst mir alle möglichen Dinge, die ich nicht getan habe. Wenn ich etwas von Star wollte, dann hättest du das schon mitbekommen. Nur weil ich nicht will, dass sie zu einem Typen zurückkehrt, der sie würgt, heißt das noch lange nicht, dass ich mit ihr schlafen möchte.“

Rese funkelte ihn an. „Es hat dir nichts ausgemacht, mit ihr zu singen.“

„Mir dir würde ich auch singen.“

„Ich kann nicht singen.“

„Ich würde es trotzdem tun.“ Er nahm ihre Hand und zog sie näher. „Habe ich dir nicht gezeigt, was ich empfinde?“

„Ich meine nur …“

Er schlang die Arme um sie und küsste sie zärtlich. Er hatte bei Rese keine Eifersucht erwartet, und wahrscheinlich war sie selbst davon überrascht. Aber wenn er sie verursacht hatte, war es auch seine Aufgabe, sie zu besänftigen. „Hast du es jetzt verstanden?“

„Also gut, dich küsse ich lieber als Charlie.“

„Offensichtlich.“ Er lächelte. „Du hast mich nämlich noch nicht stumm gemacht.“

„Das würde selbst Gott schwerfallen.“

Er grinste. „Hey, pass auf.“

Sie lächelte süffisant und ging hinaus, aber ihr Gang war nicht mehr annähernd so steif, wie er es gewesen war. Wenn er jetzt vorhätte, sie einzupflanzen, würde sie blühen.

Kapitel 35

Fortschritt.
Sie klatschen bei ein paar wackeligen Schritten.
Bin ich ein Baby, dass sie so viel Theater um so wenig machen?
Ein Schritt, zwei Schritte.
Was ich wirklich möchte, ist, ihnen einen Tritt zu geben … allen.

Der Dampf von Ricos Dusche zog ins Wohnzimmer des Kutscherhauses, als er den Kopf durch die Tür steckte. „Kannst du mir mal meine Sachen rüberschmeißen?"

Chaz brachte ihm seine Waschutensilien. Lance schüttelte den Kopf und grinste. Es war typisch Rico, dass er erst unter der Dusche die Dinge vermisste, die er auf dem Tisch hatte liegen lassen. Lance war es egal, dass Rico seine Seife und sein Shampoo benutzt hatte. Er teilte sich fast alles mit Rico, seit er denken konnte, auch wenn bei der Zahnbürste Schluss war. Selbst Freundschaft hatte ihre Grenzen.

Aber er musste zugeben, dass die Session mit den Jungs am Samstagabend und noch einmal am Sonntag beinahe ein Vorgeschmack auf den Himmel gewesen war. Wenn Rico es dorthin schaffte, würden sie die eine oder andere Sache mit den Engelchören einstudieren.

Auf dem Sofa hatte Chaz die Hände um das Knie seines langen, übergeschlagenen Beines gefaltet. „Wann erzählst du es mir eigentlich?"

„Was denn erzählen?" Lance lehnte sich an die Wand.

„Was du für Antonia tust."

Lance hatte versucht, nicht daran zu denken. Er war davon ausgegangen, dass Chaz und Rico inzwischen wieder abgereist sein würden und er Nonnas Suche ebenso weiterführen könnte, wie er es getan hatte – ohne dass jemand etwas davon mitbekam. Doch dann war Rico von Amors Pfeil getroffen worden, was seine unmittelbaren Prioritäten so geändert hatte, dass eine Abreise nicht in Sicht war. Aber Chaz hatte Nonnas Dringlichkeit gesehen und würde die Sache nicht auf die leichte Schulter nehmen.

Die Frage war, was und wie viel er erzählen sollte. Lance verschränkte die Arme, als der plötzliche Wunsch ihn packte, die Karten auf den

Tisch zu legen. Er war noch nie ein Mensch gewesen, der Dinge allein tat. Er hatte die besten Ideen, wenn er darüber mit Menschen sprach, die ihm wichtig waren.

Aber dies war eine komplizierte Angelegenheit, weil mehrere Personen in verschiedener Weise von ihm abhängig waren. Einen Augenblick lang fragte er sich, warum er das gewollt hatte. Er fühlte sich nicht mächtig oder bedeutend, sondern nur unzulänglich. Er rutschte an der Wand herunter, bis er auf dem Boden saß. „Niemand darf es erfahren."

Chaz nickte. Das war sein Code, auch wenn kein Stillschweigen gefordert wurde. Das Brummen des Föhns drang aus dem Bad herüber. Was war mit Rico? Wenn er es Chaz erzählte, konnte er Rico kaum außen vor lassen. Aber vielleicht war das der Grund, warum sie gekommen waren. Vielleicht lenkte Gott seine Sache. Er konnte ein bisschen Wegweisung gebrauchen.

Lance holte tief Luft und sagte: „Dies war Nonnas Elternhaus, als sie ein Mädchen war."

Chaz zog die Augenbrauen hoch.

„Sie konnte mir nicht sagen, was ich finden oder in Erfahrung bringen oder machen soll. Aber sie hat mich zu Conchessa geschickt, einer Verwandten in einem italienischen Kloster, die mir von diesem Teil der Familie erzählt hat, von ihrem Weingut und der Villa. Also bin ich hierhergekommen, um das Haus zu finden und irgendetwas, was Nonna all die Jahre geheim gehalten hat."

Chaz wiegte nachdenklich vor und zurück, die Arme immer noch um sein Knie gelegt. „Weiß Rese davon?"

Nicht: „Was hast du herausgefunden?", oder: „Was hast du in Erfahrung gebracht?" Chaz kam immer gleich zum Kern der Sache. Lance schüttelte den Kopf. „Ich brauche erst Antworten. Ich habe den Job angenommen, damit ich das Grundstück durchsuchen konnte."

Chaz ließ sein Knie los und beugte sich vor. „Wie es aussieht, ist es mehr als nur ein Job."

Lance rieb sich das Gesicht. „Na ja, jetzt schon." Er wusste, wie wenig überzeugend das klang.

Chaz schüttelte den Kopf. „Und was hast du gefunden?"

„Puzzlestücke." Lance' Blick wanderte unwillkürlich zu der Falltür hinüber. „Aber alles ist so kompliziert geworden, dass ich sie nicht zusammensetzen konnte." Er blickte das Porträt hinter Chaz an. „Das da ist Vittorio Shepard, mein Urgroßvater."

Chaz drehte sich um.

„Er wurde in der Villa ermordet und ich glaube, Antonia ist zur gleichen Zeit verschwunden. Ich vermute, dass sie nach New York gegangen ist, aber ich muss wissen, warum. Ich muss wissen, wer sie vertrieben hat. Ich glaube, sie will, dass die Wahrheit ans Licht kommt."

Chaz wandte sich ihm wieder zu. „Die Wahrheit ist eine gute Sache." Die Worte trafen Lance, und Chaz war das bewusst – er sprach nicht von Antonia.

„Ich habe vor, es Rese zu sagen, aber ich muss erst alle Teile haben." Lance fuhr sich mit den Fingern durchs Haar. „Und alles, was ich finde, wirft nur neue Fragen auf. Die Nachricht von Nonna – Jack's Sohn. Was soll das bedeuten?"

Chaz neigte den Kopf zur Seite. „Könnte sein, dass Rico das falsch verstanden hat."

Lance erwiderte erwartungsvoll den Blick seines Freundes. „Was hast du denn gehört?"

„Jack-Sohn."

Lance rührte sich nicht, während ihm der kleine Unterschied in der Betonung bewusst wurde. *Jack-Sohn.* Jackson. Ein kalter Schauer durchfuhr ihn. Sybil? Das konnte nicht sein. Woher sollte sie von Sybil wissen? *„Die Polizei hat diese Informationen nicht. Nur ich habe sie."* Weil es eine persönliche Sache war? Eine Familienangelegenheit? Ein Brief, hatte sie gesagt, der den Mord an Vito bezeugte – und der Nonno Marcos Namen enthielt.

Lance sank auf den Boden. Hatte Marco Michelli Nonnas Vater getötet? Er schüttelte benommen den Kopf.

„Du siehst nicht besonders gut aus."

Lance starrte auf die Luke, den Zugang zur Treppe, die hinunter in den Tunnel führte, in dem Quillan lag und wo Regale voller Weinflaschen lagerten, abgefüllt in einem Jahr, in dem ihr Verkauf verboten gewesen war. Er dachte an Nonno Marco, einen Polizisten, der Tony dazu gebracht hatte, ebenfalls zur Polizei zu gehen. Hatte er einen Verbrecher gestellt?

Vielleicht konnte der Brief die Sache aufklären. War das der Beweis, den er brauchte? Wer außer Sybil konnte noch davon wissen? Ralph, aber der war nicht mehr da, und seine Erinnerung war ohnehin schwammig gewesen. Evvy? Irgendjemanden musste es geben. Denn wenn Sybil die Einzige war …

Rico sah aus wie ein Rockstar, als er nach Lance' Rasierwasser duftend aus dem Bad kam. Er schlug einen Rhythmus auf den hölzernen Kanten des Sofas. „Und, was ist los?"

Lance lehnte den Kopf an die Wand. „Zu viel."

Rico hörte auf zu trommeln. „Was habe ich verpasst?"

Lance blickte zwischen den beiden hin und her. Rese hatte einen Termin bei dem Arzt ihrer Mutter und war gerade weggefahren. Er hatte alles versucht, damit sie ihn mitnahm, aber sie wollte ihn nicht dabeihaben, wollte ihn nicht an dem teilhaben lassen, was ihr wichtig war, was sie verletzte. Und vielleicht war das gut so. Vielleicht war der Zeitpunkt gekommen, sich um die anderen Dinge zu kümmern. Er würde niemals mit Sybil schlafen, um den Brief zu bekommen, also musste es eine andere Möglichkeit geben. Er musste nach Möglichkeiten Ausschau halten.

Er stand auf, durchquerte den Raum und öffnete die Falltür, indem er die vier Steinplatten anhob, um die Treppe freizulegen.

„Wow." Rico starrte auf die Öffnung. „Was ist denn das?"

„Eins der Puzzleteile." Lance fasste zusammen, was er Chaz erzählt hatte, und verlangte von Rico absolutes Stillschweigen. Das war selbstverständlich. „Kein Wort zu Star." Klare Ansagen waren ebenso nötig. Er sah Rico scharf an.

Rico legte den Kopf schief. „Hm, wie kann ich mir das zunutze machen?"

„Gar nicht. Wenn du mit von der Partie sein willst, hältst du den Mund. Meine Lage ist schon prekär genug."

„Das müsste sie nicht sein." Chaz sprach leise, wie er es immer tat, wenn er die Wahrheit sagte.

Lance ging ins Schlafzimmer, um die Stablampe zu holen. Baxter jaulte, aber Lance befahl ihm, dort zu bleiben, und ging die steile Treppe voran in den Tunnel, in dem Quillan lag. Sie quetschten sich durch das eiserne Tor. Rico blieb wie angewurzelt stehen und bekreuzigte sich, als der Lichtstrahl auf das Skelett fiel.

„Passt auf, wo ihr hintretet", sagte Lance, als er an seinem Ururgroßvater vorbeiging.

Chaz murmelte etwas, und die beiden Männer blieben dicht hinter ihm, als sie mit unterdrückten Ausrufen des Staunens zwischen den Weinregalen entlangliefen. Rico entfernte mit den Fingern den Staub von einem Etikett. „Ich frage mich, was du bei einer Auktion für die hier kriegen würdest."

„Ich kriege gar nichts, falls es Rese gehört."

Chaz zog die Augenbrauen hoch. „Falls?"

Lance zuckte mit den Schultern. „Wenn mein Urgroßvater ermordet und Antonia vertrieben wurde, könnte das eine interessante Besitzlage ergeben."

Rico dämmerte es. „Du würdest sie vor Gericht zerren?"

Lance schüttelte den Kopf. „Ich versuche herauszufinden, wie alles zusammenpasst."

Seine Freunde sahen einander an.

„Hey, ich wollte nichts mit Rese anfangen."

Rico verzog spöttisch den Mundwinkel.

Lance hob die Hände. „Ich weiß. Aber diesmal bin ich fest entschlossen, das Richtige zu tun."

Chaz schüttelte den Kopf. „Du hast das nicht gerade geschickt angefangen, Mann."

„Ich dachte, ich könnte für sie arbeiten, bis ich finde, was Nonna braucht, und dann ..." Ja, und dann? Der nächste Schritt war ihm nie richtig klar gewesen. „Die Sache mit Rese hat mich völlig überrumpelt." Aber daran war nichts zu ändern. Sie bedeutete ihm zu viel.

„Du kannst nicht beides haben", sagte Chaz. „Du wirst das eine lieben und das andere hassen."

Lance konnte es nicht leiden, wie Chaz manchmal die Bibel anwendete. „Ich liebe Nonna und ich liebe Rese." Seine Freunde kannten ihn gut genug, um zu wissen, dass er so etwas nicht leichtfertig sagte. „Ich muss einen Weg finden, wie ich beiden gerecht werden kann."

„Lass uns auf Tour gehen." Rico grinste.

Lance lachte auf. „Deine Antwort auf alles."

„Wenn du hierbleibst, wirst du Schwierigkeiten kriegen, so oder so."

Rico hatte recht. Aber er war aus mehreren Gründen an die Pension gebunden. Lance blickte sich zwischen den gespenstischen, von Schatten umgebenen Regalen um. „Ich muss das machen. Irgendetwas ist hier, etwas, was zu lange im Dunkeln geblieben ist."

Rico blickte über seine Schulter in die Richtung, in der das Skelett lag. „Du machst mich nervös."

„Du musst es ihr sagen", sagte Chaz.

„Das werde ich auch. Ich muss nur den richtigen Zeitpunkt finden."

„Wer ist die Leiche?" Rico deutete mit dem Daumen hinter sich.

„Mein Ururgroßvater Quillan."

„Puh. Schönes Begräbnis."

Lance packte die Kante des Regals. „Das ist auch ein Teil. Vielleicht ist es sogar der wichtigste, ich weiß es nicht. Aber ich kann nichts deswegen unternehmen, bis ich den Rest kenne."

„Du glaubst, hier unten gibt es noch mehr? Mehr als Knochen?" Rico schauderte theatralisch.

„Vielleicht ist dies der richtige Zeitpunkt, um das herauszufinden." Lance ließ den Lichtstrahl über die Mauern gleiten. Eine Maus huschte davon.

„Ich habe eine Lampe an meinem Schlüsselring." Rico zog eine winzige Taschenlampe aus der Hosentasche. „Wonach suchen wir?"

„Ich habe keine Ahnung." Chaz ging mit Rico in eine Richtung, Lance in die andere, und so schritten sie die Regale eins nach dem anderen ab. Sie wirkten so ordentlich wie ein modernes Warenlager, aber irgendetwas an ihrer geordneten Stille schien nicht zu stimmen. Noch etwas anderes als ein Prohibitionsjahrgang und ein Skelett im Tunnel.

Rico hatte das Ende einer Regalreihe erreicht und drückte gegen die Wand.

„Was machst du da?"

Rico zuckte mit den Schultern. „Lockere Steine, Geheimgänge, noch mehr Skelette. Ich bin für alles offen."

Lance lächelte und drückte an seinem Ende gegen die Wand. Solide. Er ging weiter zur nächsten Reihe und dann zur übernächsten. Wahrscheinlich gab es hier nichts als Wein, der darauf wartete, verkauft zu werden. Wenn Marco Vito auf die Schliche gekommen war … dann musste es Polizeiakten geben. Es sei denn, etwas war schiefgelaufen und die Sache vertuscht worden. Lance schüttelte den Kopf, weil er das nicht glauben konnte. Nonno Marco hätte die Verantwortung übernommen. Es musste eine andere Erklärung für seine Verbindung mit Vitos Tod geben. Und was hatte Antonia damit zu tun? Frustriert stellte er fest, dass zu viele Fragen zu spät gestellt worden waren.

„Shake, rattl an roll", sang Rico, während er an die Wand klopfte. „Knockin', knockin', knockin' on death's kitchen door."

Chaz schüttelte den Kopf. „Du solltest dich nicht über die Toten lustig machen."

Lance runzelte die Stirn. Das stimmte in der Tat. Jedenfalls hatten die Mauern sich überall als solide erwiesen. Aber als er um die letzte Ecke bog, blieb er stehen. Noch eine Treppe. Sie mussten beim Haus sein.

Sein Puls ging schneller, als er die Stufen hinaufstieg und anstatt einer Falltür eine Wand fand. Eine Metallstange war in die Vorrichtung geschoben und in der Ecke abgestützt. Die Stange rührte sich nicht, als Lance daran zog. Er ließ den Lichtkegel seiner Lampe über den Rand der Wandfläche gleiten und versuchte zu erraten, wo er war. Das Licht fiel auf einen Gegenstand, der unten vorstand.

Er beugte sich vor und erkannte das Stückchen Holz, das er in der Speisekammer in das Loch geschoben hatte. Das erklärte also Rese' Maus. Die Mäuse waren nicht in der Mauer, sie waren im Weinkeller. Ein kratzendes Geräusch hinter ihm ließ ihn herumfahren.

„Sieh mal einer an." Rico stieß einen Pfiff aus.

„Was ist?" Lance eilte die Treppe hinunter zu der Stelle, an der Chaz und Rico standen.

Das Licht seiner Stablampe fiel auf den Boden, wo Rico das Ende des Regals zur Seite geschoben hatte. Lance stockte der Atem. Ein Spalt im Boden war mit Bündeln aus Banknoten gefüllt. Er ging in die Hocke, als seine Knie plötzlich nachgaben. Wer hatte während der Weltwirtschaftskrise so viel Geld gehabt?

Rico hob eine Weinflasche an und warf sie ein wenig hoch. „Ich dachte mir, dass die leeren Flaschen was zu bedeuten haben."

Lance blickte von der Flasche zu den Flaschen im nächsten Regalfach. Er konnte den Wein darin sehen. Die Flaschen an diesem Ende waren ebenfalls etikettiert und mit Datum versehen, aber sie waren leer. Da in diesem Regal Weißwein lagerte, würde nur jemand, der genau hinsah, es bemerken. Lance steckte die Hand in das Loch und wühlte in den Geldbündeln. Das Geheimfach war beinahe so tief wie sein Unterarm, aber das war nicht das, worauf es ankam. Es musste eine Erklärung liefern, eine andere als die offensichtliche.

Rico nahm ein Paket und fächerte die Banknoten auf. „Ob das unrechtmäßig erworbener Reichtum ist?"

„Nicht unbedingt." Lance richtete sich auf. „Während der Wirtschaftskrise haben die Leute den Banken misstraut. Viele haben ihr Geld vergraben."

„Stimmt." Rico nickte.

Lance wühlte noch einmal in dem Geld. Bares war eine Sache; was er zu finden gehofft hatte, war ein Kassenbuch oder andere Unterlagen. Seine Finger berührten etwas Raues und Rissiges. Der Untergrund?

Er packte die Banknoten bündelweise und warf sie neben sich auf den Boden. „Leuchte mal hier hinein." Es sah aus wie Holz, und er konnte ungefähr einen Griff erkennen, der an der Seite eingeklemmt war. Er steckte den Arm wieder in das Versteck und befreite den Griff, sodass er anschließend einen Aktenkoffer herausziehen konnte.

Sein Herz hämmerte. Was immer hier drin war, erklärte vielleicht alles. Warum also zögerte er, den Koffer aufzumachen? Aus der Entfernung hörte er Baxter bellen, sodass er herumfuhr. War jemand oben? Er warf seinen Freunden einen Blick zu und schob dann das Geld in das Loch im Boden zurück.

Chaz und Rico lehnten sich gegen das Regal und rückten es wieder an seinen Platz, und im selben Augenblick hallte Stars Schrei durch den Tunnel.

Rese musterte den Mann, der vor ihr stand. Dr. Jonas hatte Lücken zwischen allen vier Schneidezähnen, und sein silberner Schnurrbart war borstig wie eine Flaschenbürste, die nur darauf wartete, über seine Lippen zu wirbeln und die braunen Flecken dazwischen zu schrubben. Seine Augen waren grüne Kugeln, die in Wülsten aus faltigem Fleisch unter zwei ebenso flaschenbürstigen Augenbrauen saßen. Trotz seines wilden Äußeren strahlte er Ruhe aus.

„Es ist mir ein Vergnügen, Sie kennenzulernen." Er drückte ihre Hand mit warmen, weichen Fingern. „Elaine ist einer meiner Lieblinge." Er beugte sich vor. „Verraten Sie mich nicht."

Sein Atem roch nach Pfefferminzbonbons, und Rese musste unwillkürlich lächeln. Sie hatte nicht erwartet, dass der Arzt ihrer Mutter wie ein struppiger Weihnachtsmann aussah. Aber er bat sie, Platz zu nehmen, und warf einen Blick auf die Mappe, die sie zu der Besprechung mitgebracht hatte.

„Unterhaltsame Lektüre?"

Wie sollte sie darauf antworten? Die Verzweiflung und die Angst, der Schrecken, sich mit der Realität ihrer Mutter und möglicherweise ihrer eigenen Zukunft zu befassen, hatten sie noch einmal neu überfallen, als sie den heutigen Termin vereinbart hatte. Sie hatte gedacht, es würde anders sein. Doch als Lance gefragt hatte, ob er mitkommen solle, war ihr bewusst geworden, dass ihre Panik und Scham immer noch da waren. Rese sollte die Verantwortung für die Frau übernehmen, die ihren Tod gewollt hatte, wo sie doch das Gefühl hatte, kaum für sich selbst sorgen zu können.

„Wenigstens weiß ich jetzt, was Schizophrenie ist."

„Ich wünschte, Sie wüssten es. Ich wünschte, ich wüsste es."

Also gut. Sie musste aufhören, sich von jeder Bemerkung, die dieser Mann machte, verunsichern zu lassen.

„Tatsache ist, dass wir einen Geist wie den Ihrer Mutter mit Staunen betrachten." Wieder diese Welle vollkommener Ruhe. Er sagte ihr, dass er keine Ahnung hatte, was mit ihrer Mutter los war, und es spielte überhaupt keine Rolle. Sie wusste nicht, wie sie reagieren sollte.

„Wir können Abweichungen sehen und kausale oder wenigstens zusammenhängende Faktoren annehmen, aber das Gehirn ist ein wahrhaft unerforschtes Gebiet. Ich verstehe mein eigenes nicht einmal. Sie etwa?"

Rese schüttelte den Kopf, unsicher, ob er meinte, dass sie ihr eigenes Gehirn verstand oder seines. Dieser Mann war ganz anders, als sie ihn sich vorgestellt hatte – als kaltes, gründliches Individuum, das mit ihrem Vater zusammengearbeitet hatte, um ihre Mutter unter Verschluss zu halten.

„Wir reden von Normalität und setzen aus juristischen und praktischen Gründen Maßstäbe für erwartete gesellschaftliche Normen fest. Aber kann irgendeiner von uns wirklich behaupten, normal zu sein?"

Rese hatte sich selbst nie für etwas anderes als normal gehalten. Sie hatte für dieses Recht gekämpft und jetzt war es durch die Unterlagen in dieser Akte zunichtegemacht worden. Aber während Dr. Jonas die schattige Landschaft des Verstandes darlegte und die Beschränktheit der wissenschaftlichen Theorien zugab, ließ ihre Anspannung nach.

Falls er ihr sagen sollte, sie sei verrückt, würde sie sich seiner Meinung nach wenigstens in den Rest der Menschheit einreihen.

Schließlich kam er wieder auf Elaine Barrett zurück und auf die Besonderheiten ihres Zustandes, der ihr einen Platz in der psychiatrischen Klinik eingebracht hatte. „Mit den neuen Medikamenten, die in letzter Zeit entwickelt wurden, hatten wir mehr Erfolg im Fall Ihrer Mutter als vorher. Sie zeigte Anzeichen einer deutlichen Verbesserung, bis Vernon sie nicht mehr besuchen kam."

Rese zuckte zusammen. „Dad hat sie besucht?"

„Jede Woche. Sie hat sich immer darauf gefreut. Aber dann kam er nicht mehr. Wir haben von seinem Büro erfahren, dass er gestorben ist. Mein Beileid."

Ihr Kopf drehte sich. Von seinem Büro? Und dann traf der Orkan sie mit voller Wucht – Dad hatte Mom die ganzen Jahre über besucht. Und sie hatte nichts davon gewusst. Wie blind sie gewesen war, wie eine Schildkröte in ihrem Terrarium. Es mochte aus Glas gewesen sein, durch das sie die ganze weite Welt sehen konnte, aber nur was drinnen war, hatte eine Rolle gespielt.

„Wer hat Ihnen erzählt, dass Dad gestorben ist?"

Ihre Frage schien ihn zu überraschen. Er zuckte mit den Schultern. „Ich kann nachsehen, wenn Sie wollen."

Sie nickte. Er öffnete einen Aktenschrank, holte eine Faltmappe heraus und blätterte in den Unterlagen. „Der Tod wurde online durch die Sozialversicherung bestätigt, und dann haben wir den Fall an den Staat abgegeben … Ach ja, hier ist es. Wir haben erfolglos versucht, Mr Barrett per Post zu erreichen –"

„Ich habe nie etwas bekommen."

Er las eine Postfachnummer vor, von der sie nichts gewusst hatte – offenbar absichtlich. „Dann haben wir die Telefonnummer angerufen, die er für Notfälle angegeben hatte, und haben mit Brad Plockmen gesprochen."

„Plocken", berichtigte sie. Brad musste sie informiert haben, als sie selbst mit niemandem gesprochen hatte. „Haben Sie ihm von meiner Mutter erzählt?"

Dr. Jonas schüttelte den Kopf. „Das ist eine vertrauliche Information. Die Sekretärin hat sicher darum gebeten, mit Mr Barrett sprechen zu dürfen, und hat von seinem Tod erfahren."

Aber sie hätten das Krankenhaus als Psychiatrie identifizieren können. Hatte Brad sich alles zusammengereimt? Oder vielleicht hatte er schon Bescheid gewusst. Dad hatte ihm Dinge erzählt, die er vor ihr geheim gehalten hatte. Brad, der seine tiefschürfendsten Augenblicke mit einem Bier und der Late Night Show verbrachte.

Das war nicht fair. Er hatte auch seine guten Seiten; eine Zeitlang hatte er durchaus ihr Interesse erregt. Er war für Dad wahrscheinlich eine Stütze gewesen. Rese kaute auf ihrer Unterlippe und dachte an die Leere ihrer eigenen Beziehung zu ihrem Vater außerhalb der Arbeit. Sie war das Einzige, was sie gemeinsam gehabt hatten. Aber wenn er so etwas wie wöchentliche Besuche bei Mom vor ihr geheim gehalten hatte, waren die Möglichkeiten für echte Gespräche vielleicht begrenzt. Und wenn er Mom genug geliebt hatte, um sie jede Woche zu besuchen, nachdem er sie hatte einweisen lassen, hatte es möglicherweise einen so tiefen Kummer verursacht, dass er ihn nicht mit einer Tochter teilen konnte, die der Grund dafür war.

Rese schluckte. „Mom hat also gemerkt, dass er nicht mehr kam?"

„Natürlich. Sie hat vollkommen klare Momente. Die neuen Medikamente haben sogar Phasen ohne psychotische Episoden gebracht. Wir sind sehr glücklich darüber."

„Hat sie denn vorher auch schon Medikamente bekommen? Ich meine, bevor sie in die Klinik kam?"

„Dopaminblocker wurden verschrieben, aber sie haben nicht viel bewirkt. Sie funktionieren nicht bei jedem. Deshalb suchen wir ständig nach neuen Behandlungsmethoden, neuen Erkenntnissen."

Sie hatten also erfolglos versucht, Mom medikamentös einzustellen. Ihr Vater musste sich der Gefahr bewusst gewesen sein, als er seine Tochter in der Obhut eines so labilen Menschen gelassen hatte, aber vielleicht hatte er es ebenso wenig wahrhaben wollen wie Rese. Vielleicht hatte er sich deshalb über die Zeiten, in denen Alanna aufgetaucht war, so aufgeregt. Und sie hatte zu seiner Blindheit beigetragen, indem sie Mom gedeckt und die Dinge, die er sie gefragt hatte, abgestritten hatte. Sie hatten beide versucht, Mom zu lieben, indem sie die Wahrheit geleugnet hatten, anstatt der Realität ins Auge zu sehen. Aber jetzt war es an der Zeit, sich ihr zu stellen.

„Kann ich sie sehen?"

„Ja. Aber Sie müssen bedenken, dass es etliche Jahre her ist, und ..."

„Meine Erinnerungen sind bestenfalls verblasst. Ich möchte nur meine Mutter sehen.“

Er nickte. „Wir können später über Betreuung reden und Entscheidungen treffen. Ich habe Elaine erzählt, dass Sie nach ihr gefragt haben. Ich wollte nicht, dass dieser Besuch eine völlige Überraschung ist. Überraschungen tun ihr nicht gut.“

„Mir auch nicht.“

Dr. Jonas lachte. „Hier entlang.“

Draußen blieb er vor der gepolsterten Tür stehen. „Sie ist mit diesem Treffen vielleicht überfordert. Erwarten Sie nicht zu viel.“

Das Besuchszimmer war warm und gemütlich, blass ockerfarbene Wände mit gewebten Vorhängen und Cordsesseln. Rese war nicht sicher, welcher Epoche sie entstammten oder welche Wirkung man damit erzielen wollte, aber es sah trotzdem freundlich aus. Eine Frau saß an einem Tisch, die Hände gefaltet, und beobachtete die Vögel an der Futterstation vor dem Fenster. Ein Stromstoß fuhr durch Rese' Glieder, als ihr bewusst wurde, dass diese Frau ihre Mutter war.

„Hier ist sie, Elaine. Sehen Sie, wen ich mitgebracht habe? Ihre Tochter Theresa.“

Mom wandte sich um. Ihre Augen waren unverkennbar, auch wenn ihr Haar weiß und ihre Haut blass und schlaff war. Sie war dünn, aber nicht abgemagert, und doch hing ihre Haut, als wäre sie im Nachhinein über Gesicht und Nacken gehängt worden. Rese fragte sich, ob sie abgenommen hatte oder ob das Gewebe einfach zu müde war, um straff zu bleiben.

„Ich lasse Sie beide allein.“ Der Arzt zeigte auf eine andere Frau, die an der Wand saß und einen geblümten OP-Kittel trug. „Bonnie ist hier, wenn Sie irgendetwas brauchen.“

Mom machte ein Geräusch, und Rese wurde bewusst, dass sie lachte, aber die ganze Situation wäre durch Tränen angemessener ausgedrückt worden. Obwohl sie innerlich bebte, ging sie zu ihrer Mutter und setzte sich auf einen Stuhl an den Tisch. „Hi Mom“, brachte sie heraus, bevor ihre Stimme sie verriet.

„Was hast du mit meinem kleinen Mädchen gemacht?“

„Ich bin erwachsen geworden.“ Sie kämpfte gegen den Kloß in ihrer Kehle an. „Ich wusste nicht, dass du hier bist. Ich bin sofort gekommen, als ich es erfahren habe.“

Mom legte den Kopf schief und sah sie an. „Das haben sie sehr gut gemacht. Du siehst wirklich aus wie sie."

Rese blickte forschend in die Augen ihrer Mutter. Glaubte sie ihr nicht? Erkannte sie ihr eigenes Kind nicht? Aber hätte sie selbst nach so vielen Jahren ihre Mutter auf der Straße erkannt? Ja, hundertprozentig ja. „Ich bin es wirklich."

Ihre Mutter begann sich hin und her zu wiegen. „Sie ist tot, sie ist tot, sie ist tot ..."

„Wer ist tot?"

„Tot, tot, tot, tot ..." Es war wie ein Pulsschlag, dann: „Ich habe den Präsidenten kennengelernt, und er war sehr nett. Aber ich weiß Bescheid. In seinen Zähnen sind kleine Bomben, kleine Gasbomben, giftiges Gas. Einatmen, einatmen ..."

Rese spürte Panik in sich aufsteigen. Ihr Atem ging in keuchenden Stößen. Wie konnte ihre Mutter etwas so Grausames sagen?

„Tot, tot, tot ..."

Hatte Dad ihr erzählt, Mom sei tot, damit sie dies nie erleben musste? Damit sie sich an eine Mutter erinnerte, die spielte und tanzte und Geschichten erzählte? Er hatte sie beide beschützt: Mom vor der Wut und dem Hass, den Rese hätte empfinden können, wenn sie die Wahrheit kannte, und sie vor der Wahrheit, die so schmerzte. Aber er war nicht mehr da und jetzt hatten sie nur noch einander.

Sie kämpfte gegen ihre Tränen an und nahm die Hand ihrer Mutter. „Mom."

„Ja, Theresa?"

Sie erkannte sie? Dankbarkeit durchströmte Rese. „Ich will dir helfen. Ich werde tun, was ich kann."

Ihr Blick schärfte sich. „Es ist unser Geheimnis. Du darfst es Dad nicht verraten."

Wellen des Schmerzes. Hatten sie es ihr nicht gesagt? „Das tue ich nicht."

„Warum kommt er nicht? Er ist tot, tot, tot." Wieder lachte ihre Mutter – über Dads Tod?

Mom konnte nichts dafür, aber ein Schauer lief über Rese' Rücken, und sie musste hier raus. „Ich muss jetzt mit Dr. Jonas sprechen."

„Wilbur ist ein Schweinename. Ein kleines Babyschweinchen."

Sie hatten das Buch *Wilbur und Charlotte* früher zusammen gelesen, aber sie erkannte den Zusammenhang erst, als sie das Namensschild von Dr. Jonas wieder sah. *Dr. Wilbur A. Jonas.* Er lud sie mit einer Handbewegung wieder in sein Büro ein. „Jetzt fragen Sie sich, was Sie tun sollen, nicht wahr?"

Rese nickte. Keine Bemerkung über das, was sie gerade erlebt hatte, kein Wort des Trostes oder der Erklärung. Wusste er, dass sie innerlich bebte? Ihre Gedanken wirbelten durcheinander, aber sie hörte zu, als er den Prozess beschrieb, durch den der Bundesstaat nach Dads Tod vorübergehend die Vormundschaft übernommen hatte. Da sie die Firma verkauft hatte und weggezogen war, hatte niemand sie gefunden, und Elaine brauchte einen gesetzlichen Betreuer. Sie würde eine Änderung beantragen müssen und man würde untersuchen, ob sie in der Lage war, diese Rolle zu übernehmen.

„Wird man versuchen, es zu verhindern?"

Dr. Jonas sah überrascht aus. „Glauben Sie mir, das Gesundheitsministerium wäre froh, wenn es bei jedem Patienten jemanden gäbe, der sich meldet. Wenn Sie geeignet sind, wird man Ihren Antrag schnell bewilligen."

„Wenn ich geeignet bin?"

Er zuckte mit den Schultern. „Es gibt einen genetischen Aspekt bei dieser Krankheit. Ihre Krankengeschichte wird untersucht und Ihre Fähigkeit, in Elaines Sinne zu handeln. Hatten Sie irgendwelche psychotischen Schübe?"

Er hätte genauso gut „Halsschmerzen, Kopfweh" sagen können.

„Wüsste ich das?"

Er lächelte. „Vielleicht nicht. Aber es stände in Ihrer Akte, wenn es diagnostiziert wurde."

„Nach Dads Tod wurde ich behandelt, weil ich unter Schock stand. Ich war bei ihm, als er den Unfall hatte."

Dr. Jonas nickte. „Der Staat wird festlegen, wie detailliert die Untersuchung sein wird, und Ihren Antrag bearbeiten."

Keine Bemerkung zu ihrer Enthüllung? „Ich habe mich drei Wochen lang abgeschottet. Habe kaum gesprochen."

Er nickte. „Ich habe jahrelang kaum gesprochen, als mein Sohn starb." Er sah sie an. „Dann habe ich von innerer Medizin auf Psychiatrie umgesattelt."

Rese sagte: „Ich habe mich von Renovierungen auf Gastronomie verlegt."

Sie lachten. Dann wurde er wieder ernst. „Sie haben die Statistik gesehen. Sie kennen Ihr Risiko. Am besten ist es, wenn Sie sich der Tatsache mit angemessener Aufmerksamkeit stellen und sich nicht hineinsteigern. Wenn Sie die Betreuung übertragen bekommen, werden wir zusammenarbeiten, um über die beste Versorgung für Elaine zu entscheiden."

Rese nickte. Sie hatte vom Gesundheitsamt bereits einen Anruf erhalten und Formulare zugeschickt bekommen. Diesen Prozess würde sie beginnen, aber der Prozess, alles andere zu verarbeiten, würde weitaus schwieriger sein. Ihre Mutter war nicht die Frau, an die sie sich erinnerte. Sie hatten sich nicht in tränenreicher Freude umarmt und einander von Liebe und Kummer erzählt. Mom hatte gelacht. Sie hatte ihre Tochter angesehen und gelacht.

Rese ging zu ihrem Lieferwagen hinaus. Sie durfte keine Erwartungen haben, sich keine Hoffnungen machen, was die Beziehung betraf, die sie verloren hatte. So konnte es nie wieder sein; vielleicht war es auch nie so gewesen.

Bevor sie zusammenbrach, musste sie noch etwas anderes tun. Sie nahm das Telefon zur Hand, das in ihrem Wagen installiert war, und wählte Brads Nummer. Er würde bei der Arbeit sein, aber das war ihr egal. Er ging dran und sie sagte: „Ich bin's, Rese. Ich muss dich sehen."

„Ja, klar. Bist du in der Stadt?" Er nannte ihr seinen Standort, eine Straße, die sie kannte.

„Ich bin in zwanzig Minuten da." Dann legte sie auf. Sie brauchte nur fünfzehn Minuten, und sie parkte an dem steilen Hang hinter Brads Wagen und stieg aus. Er stand vor dem hohen, schmalen Haus, das in einem Hellblau gestrichen war, das ihm sicher nicht gefiel, und besprach etwas mit einem Architekten, mit dem sie gelegentlich zusammengearbeitet hatten.

Sie wartete bei ihrem Wagen, aber er hatte sie gesehen und kam auf sie zu, sobald er das Gespräch beendet hatte. Er dachte wahrscheinlich, dass sie gekommen war, um sein Angebot anzunehmen. Darüber wollte sie nicht einmal sprechen. Sie hob das Kinn. „Warum hast du mir nicht erzählt, dass meine Mutter am Leben ist?"

Die Begrüßung erstarb auf seinen Lippen. Brad schloss den Mund und sah sie mit einem schuldbewussten Blick an, der Antwort genug war. „Vern hat mich gebeten, es nicht zu tun. Er hatte Angst vor der Wirkung, die es auf dich haben könnte."

„Dass ich durchdrehe? Und anfange, Leute zu sehen?"

Brad hakte die Daumen in die Taschen seiner verschlissenen Jeans. „Ich kann mir denken, dass du wütend bist."

War sie das? Vor allem fassungslos. „Was war nach dem Unfall, als das Krankenhaus dich angerufen hat und du ihnen erzählt hast, Dad sei tot? Sie haben mich gesucht."

„Ich war mir nicht sicher, was ich tun sollte, Rese. Du warst nicht gerade … sehr ausgeglichen."

„Wenn jemand in deinen Armen verblutet, hat das diese Wirkung."

Er nickte. „Ich weiß. Es war schrecklich." Er klopfte auf die Brusttasche seines T-Shirts, aber ausnahmsweise war sie leer.

„Keine Zigaretten mehr?"

„Ich habe aufgehört. Zumindest versuche ich es." Er legte den Kopf schief. „Sieh mal, dein Vater hat getan, was er für richtig hielt. Und ich habe nur getan, was er gesagt hat."

Alle hatten getan, was Vernon Barrett sagte. Er war so ein Typ gewesen. Rese wandte den Blick ab.

„Alles in Ordnung?"

„Abgesehen von all den Stimmen und den kleinen grünen Männchen."

Brad lachte kurz. „Mensch, Rese. Du bist hart wie Stahl."

Das hatte Lance auch zu ihr gesagt. Sie drehte sich um. „Gibt es noch mehr Überraschungen, von denen ich wissen sollte? Bist du in Wirklichkeit mein Bruder oder so was?"

„Ich hoffe nicht. Ich war ziemlich in dich verknallt."

Sie starrte ihn an.

„Habe ich gut versteckt, oder?" Er grinste. „Hast du über mein Angebot nachgedacht?"

„Die Pension läuft gut. Ich habe sogar eine Band."

Er blickte zu Boden und schüttelte den Kopf. „Das bist einfach nicht du."

Ihre Kehle war wie zugeschnürt. „Woher willst du das wissen? Für dich bin ich doch nur Vernon Barretts verrückte Tochter."

Er blickte auf. „Wohl kaum."

Sie trat einen Schritt zurück. „Leb wohl, Brad." Dann öffnete sie die

Tür ihres Wagens. Als sie noch einmal zurückblickte, sah sie, wie er den Mann auf der Veranda um eine Zigarette bat.

Kapitel 36

Rico erreichte Star als Erster, aber Lance war dicht hinter ihm. Ihre Taschenlampe beleuchtete Quillans zugegebenermaßen gruselige Überreste, und sie war starr vor Entsetzen. Hier würden sie einiges an Schadensbegrenzung betreiben müssen – sowohl was Stars Zustand betraf als auch sein Ziel.

Was machte sie hier unten? Sie musste die offene Falltür bemerkt, eine Lampe geholt und nachgesehen haben, was sie da unten machten. Die Jungs hatten wohl die Tür vom Kutscherhaus offen stehen lassen, als sie hereingekommen waren, um sich frisch zu machen. Vielleicht hatte Star nur den Kopf zur Tür hereingesteckt und die offene Luke gesehen. Wer wäre da nicht neugierig? Ein Skelett war offenbar mehr, als sie erwartet hatte. Rico hatte einen Arm um ihre Schultern gelegt, aber Lance war es, den sie ansah.

„Was … wer …?"

„Komm, wir gehen nach oben." Er konnte es nicht ertragen, dass sein Ururgroßvater angegafft wurde wie eine Attraktion im Zirkus.

Star blickte mehrmals über ihre Schulter zurück, bis sie die Treppe hinauf und durch die Luke geklettert waren, an der Baxter sie aufgeregt erwartete. Ein schöner Wachhund. Er hatte erst gebellt, als Star schon unten gewesen war, und dann auch nur, um sich zu beschweren, weil er nicht mit von der Partie war. Aber Lance beruhigte ihn. Er konnte von dem Hund nicht verlangen, dass er Star als Eindringling betrachtete, und als sie die offene Falltür gesehen hatte, war es ohnehin zu spät gewesen.

Rico setzte sich aufs Sofa, während Chaz die Luke schloss.

Lance ging vor ihr in die Hocke. „Alles in Ordnung?"

„Welches arme Wesen …? Was ist das für ein Ort?"

Lance rieb ihre Hände. „Nur ein Keller."

„Das Skelett war echt." Sie schauderte.

Er nickte. Rico setzte sich neben sie, aber weder er noch Chaz versuchten es zu erklären. Es war nicht ihr Problem.

Lance ließ Stars Hände los und ließ die Unterarme auf seinen Knien ruhen. „Hör mir zu, Star. Ich will nicht, dass Rese davon erfährt. Sie hat im Moment genug eigene Probleme."

Star sah ihn prüfend an. „Sie würde es wissen wollen. Du kannst nicht einfach so tun, als wäre nichts."

Lance hielt ihrem Blick stand. „Sie wird es erfahren. Nur jetzt noch nicht. Nicht, bevor ich weiß, was passiert ist."

Sie sah Rico an. „Was ist denn hier los?"

Er sagte: „Lance hat es im Griff."

Klar. Er versuchte so selbstsicher auszusehen, wie Rico ihn erscheinen ließ.

„Hat es was mit dem Bild zu tun?"

Er runzelte die Stirn. Was konnte ihr Gemälde ...?

Aber sie drehte sich um und starrte das Porträt an. „Wer ist das?"

Lance spürte einen Druck im Magen. „Vittorio Shepard."

Sie wandte sich ihm wieder zu und musterte ihn genau. „Und was hat er mit dir zu tun?"

Sie hatte ein zu gutes Auge. Er hätte es wissen müssen. Star mit all ihren Seufzern und ihren Shakespearezitaten hatte ihn durchschaut. Er lehnte sich zurück. „Mein Urgroßvater."

„Ist das der im Keller?"

Lance schüttelte den Kopf. „Eine Generation früher. Quillan Shepard."

„Warum willst du es Rese nicht erzählen?"

„Ich werde ihr alles sagen. Ich muss nur vorher erledigen, weshalb ich hergekommen bin."

Star krallte die Finger in ihre Locken. „Dann liebst du sie also gar nicht?"

Für sie musste es so aussehen, als hätte er eine Liebesgeschichte inszeniert, um zu bekommen, was er wollte. „Ich liebe sie. Deshalb muss ich das hier richtig anpacken."

Star schüttelte den Kopf. „Sie wird nicht glücklich sein."

Das war die Untertreibung des Jahres. „Ich werde es schon hinbiegen." Für alle. Wie er das anstellen sollte, wusste nur Gott.

Star schien das zu akzeptieren, oder vielleicht hatte er genug für sie getan, dass sie ihm etwas schuldig war.

„Sag ihr bitte nichts, Star. Gib mir noch ein paar Tage, und ich werde herausfinden, was ich kann." Selbst wenn es bedeutete, dass er zu Sybil ging? Nachdem die Dinge so aus dem Ruder liefen, konnte es durchaus dazu kommen. Rese würde sich nicht ewig hinhalten lassen. Aber sie war heute ziemlich wackelig gewesen, und er ging davon aus, dass der Besuch bei ihrer Mutter die Lage nicht unbedingt verbessern würde. Das Letzte, was sie gebrauchen konnte, waren Zweifel an ihm.

Lance erhob sich und begegnete Chaz' Blick. Seine Bedenken blieben unausgesprochen. Chaz hätte von Anfang an die Karten auf den Tisch gelegt. Er hätte bei Rese geklingelt und alles erklärt. Vielleicht hätte Lance das auch tun sollen. Aber sie war so feindselig gewesen. Was, wenn sie Nein gesagt und ihm keine Chance gegeben hätte, Nonna zu helfen?

Er hatte getan, was er für richtig gehalten hatte. Aber wann hatte das jemals funktioniert?

Lance war da, als sie in die Auffahrt fuhr, und sein Blick schien zu sagen, nichts sei wichtiger als sie und er werde sie nicht im Stich lassen, obwohl sie seine Begleitung an diesem Morgen abgelehnt hatte. Rese stellte den Lieferwagen ab und fragte sich, was sie sagen sollte. Wenn ihre Rollen vertauscht wären, würde er ihr alles erzählen. Er hielt nichts zurück, nicht einmal die Dinge, die ihn verletzten. Alle anderen in ihrem Leben hatten Dinge verheimlicht, aber Lance sagte ihr die Wahrheit. Konnte sie das Gleiche tun?

Sie sah ihn an, als sie aus dem Wagen stieg, und sagte: „Ihre Haare sind ganz weiß. Sie ist sechsundvierzig und ihre Haare sind weiß." Was für eine idiotische Bemerkung, als wäre es das, was wichtig war. Rese schluckte. „Sie hat mich nicht erkannt."

Lance schloss die Wagentür hinter ihr. „Es ist fünfzehn Jahre her."

Und sie hatte sich verändert. Das hatten sie beide. „Brad wusste Bescheid. Ich habe ihn gefragt."

Lance runzelte die Stirn. „Das tut mir leid."

„Es ist wie ein makabrer Witz." Wenn es nur nicht so wehtäte. Die Worte ihrer Mutter: *„Giftiges Gas. Einatmen, einatmen …"* Der Schmerz brannte in ihr wie die Flamme eines Lötkolbens. Hatten Dad und Brad gedacht, Rese würde genauso werden? Würde sie in zwanzig Jahren auch so dasitzen, über den Tod lachen und den Präsidenten mit Gasbomben in seinen Zähnen vor sich sehen?

Lance nahm sie in den Arm. „Du musst nicht stark sein."

Sie schnaubte. „Ich bin Vernon Barretts Tochter. Ich bin immer stark."

„Nicht hier in meinen Armen. Hier kannst du sein, was du willst. Du kannst brüllen und kreischen und mich beschimpfen. Du kannst sogar kneifen und beißen und mich demolieren."

Es war sein Ernst. Wenn sie völlig durchdrehen sollte, würde er da sein und die Verletzungen ohne Klagen erleiden. Aber sie wollte ihm nicht wehtun. Sie war es leid, Menschen zu verletzen. Bisher hatte sie immer nur das Leben der anderen durcheinandergebracht. Dad hätte Mom zu Hause behalten können; Mom hätte sie nicht loswerden müssen. Brad hätte seine eigene Kolonne gehabt und die Arbeiter den Boss, den sie wollten. Rese hatte versucht zu sein, was alle von ihr verlangten, aber niemand hatte sie gewollt – bis Lance gekommen war.

Der Gedanke war zugleich trostlos und überwältigend, und in ihrem Innern zerbrach etwas. Sie legte die Hände um sein Gesicht und küsste ihn, ohne sich zurückzuhalten, ohne Hemmungen. Sie spürte sein Erstaunen und seine Reaktion. Zum ersten Mal im Leben wurde sie geliebt. Es war vielleicht nicht viel, aber was sie hatte, würde sie ihm geben. Er erwiderte ihren Kuss, bis sich der Schock über das Lachen ihrer Mutter, die Angst vor ihrer möglichen Zukunft, der Schmerz der Einsamkeit und die Trauer in der Sehnsucht nach ihm auflösten.

Aber er löste sich von ihr. „Rese ..."

„Hör nicht auf. Wir können –"

„Nicht." Er hielt ihre Schultern gegen das Auto gedrückt, und ein grimmiger Blick verzerrte sein Gesicht. Eine Ader pulsierte an seinem Hals, und er schien nach Worten zu suchen, etwas, was Lance Michelli selten tat. Und dann verstand sie – er wollte sie auch nicht. Bevor sie reagieren konnte, zog er sie plötzlich vom Lieferwagen fort und kramte nach seinen Schlüsseln.

Sie wusste, was er vorhatte. „Nein, Lance." Wenn er sie nicht wollte, sollte er es sagen und nicht einfach mit dem Motorrad abhauen. „Vergiss es." Sie riss sich los, aber er hob sie hoch und setzte sie auf die Harley. Sie versuchte abzusteigen, aber der Motor heulte auf. Sie klammerte sich an ihn und brüllte: „Nein!", bis sie auf die offene Straße kamen und so schnell wurden, dass der Wind an ihren Haaren zerrte und ihr den Atem verschlug. Kein Helm. Keine Jacke. Nur Lance und die Straße und ihre Wut.

Es dauerte lange, bis er spürte, dass die Wut in ihr nachließ. Die Landstraße wand und senkte sich und flog unter seinen Rädern dahin, eine zweispurige Straße, auf der er sich konzentrieren musste, sich nicht mit sich selbst beschäftigen konnte. Was hatte sie vor?

Er hatte erwartet, dass er sie trösten musste, ihr die Worte aus der Nase ziehen, wenn es sein musste. Er hatte sogar Wut erwartet, dass sie um sich schlug, weil es so sehr schmerzte. Was er nicht erwartet hatte, war Überschwang, aber das hätte er tun sollen. Er war es doch gewesen, der sie zuerst mit einem Kuss getröstet hatte. Sie konnte nichts dafür, dass dieser Schmerz eine Leidenschaft erforderte, die er kaum beherrschen konnte.

Herr! Er würde fahren, bis er zur Küste kam, sich in Muir Woods und den steinigen Klippen verlieren, mit einem Segelboot aufs offene Meer hinausfahren, auf den Pazifik hinaus, und sich von dem Rhythmus der Wellen treiben lassen. Aber Rese war bei ihm, und soweit er auch fuhr, das Verlangen nach ihr würde mitkommen.

Nach Tonys Tod hatte er Keuschheit, Armut, Demut geschworen – was immer nötig war, um das zu sein, was Tony gewesen wäre. Er hatte die Band und ihren Lebensstil zurückgelassen, sich engagiert, wo immer jemand Hilfe brauchte. Und solche Menschen hatte es genügend gegeben. Dass Nonna seine Hilfe brauchte, hatte ihn nach Sonoma geführt. Und jetzt gab es Rese.

Denk nicht daran. Wie sollte er an etwas anderes denken? Hier ging es nicht um Sybil, die versuchte, ihn zu benutzen. Rese war ungeduldig und reagierte nur auf das, was er an jenem Abend in ihrer Küche angefangen hatte, als er versuchte, sie die schlimmen Erlebnisse vergessen zu lassen. Jetzt dachte sie, er würde es wieder tun, aber sie wusste nicht, was er wusste, nämlich dass kein Weg mehr zurückführte, wenn sie erst einmal so weit gingen.

Es schmerzte, daran zu denken. Er wollte sie so sehr, aber nicht auf diese Weise. Doch, schon auf diese Weise. Auf jede Weise, und wie sollte er das aufhalten? Zu viel Nähe, zu viel Knistern. War ihr nicht klar, welche Selbstbeherrschung er jedes Mal aufbringen musste, wenn er sie küsste?

Er war nicht aus Stahl; er war aus Fleisch und Blut, und im Moment kochte sein Blut über. *Herr, hilf mir.* Soweit er wusste, gab es zwei Möglichkeiten, damit umzugehen. Sie würde sich entscheiden müssen. Er fuhr auf den Seitenstreifen der Straße, kam rutschend zum Stehen und stieg ab.

Rese schwang sich vom Motorrad herunter wie eine Wildkatze, die zum Sprung ansetzt. Er hatte selbst genug Adrenalin, aber offensichtlich hatte er ihre nachlassende Wut falsch eingeschätzt.

„Willst du mich heiraten?“, schrie er.

„Wie bitte?“

„Du hast mich verstanden.“

Ihre Augen funkelten. „Hast du den Verstand verloren?“

„Beantworte die Frage.“

„Sag mir nicht, was ich tun soll!“ Ihre Hände zitterten, als sie sie zu Fäusten ballte.

Er stemmte die Hände in die Hüften. „Du wirst ja eine schöne gehorsame Ehefrau abgeben.“

Sie nahm ein Stück Teer vom Rand der Fahrbahn und warf es ihm an den Kopf.

Er duckte sich. „Ja oder nein?“

Sie warf noch ein Stück. „Nein.“

„Dann gibt es neue Regeln.“

Sie ließ die Arme hängen. „Was für Regeln?“

„Kein Küssen.“

Sie schnaubte verächtlich. „Klar.“

„Ich halte das durch, wenn du es schaffst.“

Sie warf ihm einen finsteren Blick zu. „Gut. Kein Anfassen.“

Seine Augenbrauen fuhren hoch. „Damit meinst du Nackenmassagen, Umarmungen, Händchenhalten?“

Sie straffte die Schultern. „Du bist hier doch der Regelkönig.“

Er sah ihre wütende Miene und wünschte, er hätte nicht damit angefangen. Aber beim nächsten Mal würde er sich nicht mehr beherrschen können. „Gut. Steig auf.“

Sie stand da, mit steifen Armen und einem Blick, als könnte sie ihn zu einem Haufen Blei einschmelzen.

„Los, Miss Knallhart, ich habe gesagt, du sollst aufsteigen.“

Sie ließ sich auf den Sitz fallen und packte seine Schultern so fest, dass er am liebsten gelacht hätte, aber das würde ihn den Kopf kosten.

Seine Energie ließ nach, als ihm bewusst wurde, was er getan hatte. *„Willst du mich heiraten?"* Er war wirklich froh, dass sie nicht Ja gesagt hatte, auch wenn ein wenig Bedauern mitschwang. Na gut, mehr als nur ein wenig. Es war ein verrückter Impuls gewesen, aber ihm war nichts anderes eingefallen, um die Situation in den Griff zu bekommen. Bei Rese galt alles oder nichts. Aber sie hatte nicht lange gezögert und sich für nichts entschieden.

Sie stürmten in entgegengesetzten Richtungen davon, Rese zum Schuppen, wo sie sich zweifellos vorstellen würde, sein Kopf wäre ein Stück Holz, und Lance ins Haus, wo Rico mit Star am Fuß der Treppe stand. Keiner sagte etwas, als er vorbeirannte, aber was er aus dem Augenwinkel sah, deutete auf blindes Verständnis hin. Im Gegensatz zu ihm und Rese. Gegensätze mochten sich anziehen, aber bei ihnen schuf es eine Energie, die einer Kernspaltung gleich kam.

Chaz hatte es sich in der Küche mit einem Bibelkommentar von der Größe eines Koffers gemütlich gemacht. Seine Beine waren ausgestreckt und übereinandergeschlagen und der würzige Duft seines Kräutertees stieg von einem Becher auf. Der Teebeutel lag zusammengedrückt und vom Faden ausgequetscht auf der Untertasse. Genauso fühlte Lance sich. Er warf die Schlüssel auf den Tisch und raunzte: „Fühl dich wie zu Hause."

Chaz blickte von seinem Buch auf. „Hast du es ihr gesagt?"

Lance öffnete die Tür zur Speisekammer und fing an, die Zutaten für eine Minestrone zusammenzustellen. „Nein."

„Und warum siehst du dann aus wie eine Palme nach dem Hurrikan, Mann?"

„Ich habe sie gefragt, ob sie mich heiratet."

Chaz sah ihn mit bewundernswerter Gelassenheit an. Rico hätte auf diese Nachricht mit einem vorgetäuschten Herzinfarkt reagiert. Chaz dagegen fragte nur: „Warum?"

Lance atmete heftig aus. „Ich weiß nicht. Es schien zu dem Zeitpunkt eine vernünftige Frage."

„Keine gute Grundlage für eine lebenslange Entscheidung."

„Na ja, sie hat sowieso Nein gesagt."

Chaz nickte. „Deshalb also der Hurrikan."

„Hör zu." Lance stemmte die Hände in die Hüften. „Ich weiß nicht, was Nonna will, und ich weiß nicht, was Rese will, aber ich bin absolut sicher, dass sie beide etwas wollen."

„Du könntest es mal mit Ehrlichkeit versuchen."

„Meinst du, das will ich nicht?" Lance hob ratlos die Hände. „Wenn ich es ihr jetzt erzähle, wird sie alles in Frage stellen, was ich gesagt und getan habe, seit ich hierhergekommen bin."

Chaz nickte. „Klingt logisch, Mann."

„Gut. Aber die Wahrheit ist, dass ich sie liebe, und es ist mir nicht egal, was passiert." Er schluckte. „Ich habe Nonna ein Versprechen gegeben. Sie hat mein Leben lang viel für mich getan. Jetzt ist sie schwach und hilflos. Erwartest du, dass ich die Sache einfach fallen lasse?"

„Es geht nicht darum, was ich erwarte. Was sagt Gott dazu?"

„Er ist ein bisschen zweideutig."

„Sein Wort ist nicht zweideutig. Wer von Herzen die Wahrheit spricht, wird nie wanken."

Lance schloss die Augen. „Ich weiß, Chaz. Sobald ich getan habe, was für Nonna wichtig ist, erzähle ich Rese alles."

„Er wird ans Licht bringen, was im Dunkeln ist, und wird die Beweggründe in den Herzen der Menschen offen legen."

„Darauf zähle ich." Lance stützte sich auf die Tischplatte. „Meine Beweggründe sind selbstlos."

„Aber deine Methoden bringen dich in Schwierigkeiten."

Lance erwiderte seinen Blick. Dem konnte er nichts entgegenhalten. Er stieß sich vom Tisch ab und holte ein großes Schneidebrett und ein Messer heraus. Star und Rico kamen herein wie Antonius und Kleopatra. Redeten sie eigentlich auch mal, oder waren ihre Augen in einer Art überirdischer Kommunikation miteinander verschmolzen?

Star fuhr mit dem Finger die Arbeitsplatte entlang bis zu dem Gemüse, das er bereitgelegt hatte. Sie arrangierte es kurzerhand zu einem Stillleben, bis ihr der Anblick gefiel, und breitete dann alles wieder aus. „‚Wer bessern will, macht oft das Gute schlecht.'"

Lance musste trotz allem lächeln. „Und das ist gut so. Dein Stillleben wird bald eine Minestrone sein."

„Trotzdem immer noch ein Kunstwerk. Die Hand eines Meisters schafft nichts weniger als das."

Manchmal war es schwer zu sagen, ob es Shakespeare war oder ihre eigene poetische Sprache. Er reichte ihr ein Messer. „Kannst du mir bitte einen Zweig Rosmarin holen?"

Sie nahm das Messer und ging zum Kräuterbeet hinaus. Er war ziemlich sicher, dass sie das richtige Gewürz holen würde, da sie ausgiebig über die verschiedenen Pflanzen gesprochen hatten. Er drehte sich um. „Erde an Rico."

„Keine Chance, Mann. Mir gefällt es hier draußen."

Was hatte dieser Ort nur an sich? Irgendeine Aura des Wohlwollens, die den Verstand schmelzen und ihn in Liebeswirren ertrinken ließ? „Star hat Probleme. Du hast vielleicht die Würgemale an ihrem Hals gesehen."

„Kein Problem. Ich habe einen Killer auf ihn angesetzt."

„Das ist nicht witzig." Lance nahm eine Zwiebel und schnitt das Ende ab, um anschließend die äußeren Schichten abzupellen. „Schon jetzt unterstellen Leute mir Piraterie und Mafiaverbindungen."

„Ich nehme ihn mir selbst vor." Ricos Hände ballten sich zu Fäusten.

Lance verstand, wie er sich fühlte. Aber es gab noch mehr gewalttätige Männer, und Star würde sie finden.

Chaz klappte sein Buch zu. *„Die Rache ist mein, spricht der Herr."*

Lance blickte über die Schulter zu den beiden hinüber. „Manchmal dauert es nur ein bisschen lange."

Rico schüttelte den Kopf. „Wie kann irgendjemand ihr wehtun? Sie ist …" Er seufzte.

Lance wandte sich wieder seiner Zwiebel zu. Er zeigte mit dem Messer auf Rico. „Denk an unsere Abmachung. Hände weg." Rico konnte bleiben, aber er würde nicht mit Star schlafen. Wenn Lance widerstehen konnte, schaffte Rico das auch. Sie konnten genauso gut beide leiden.

Nur dass Rico nicht zu leiden schien. „Ich bin ein neuer Mensch. Verwandelt von der Minne. Keine Berührung, kein weiblicher Blick hat bislang eine so sinnliche Wirkung gehabt."

Lance und Chaz wechselten einen Blick.

Rico zuckte mit den Schultern. „Sex würde es nur verderben."

Star kam mit dem stacheligen Zweig Rosmarin zurück und legte ihn vorsichtig auf die Arbeitsplatte. Ihre Finger waren schlank und feingliedrig, die Fingernägel kurz geschnitten. „Bitte sehr." Sie wandte sich an Rico. „Die Laken im Trockner müssen gefaltet werden."

Rico ließ ihr den Vortritt und sie gingen zusammen hinaus, um die schlichte Haushaltstätigkeit zu einem Werbungsritual zu machen. Lance stellte sich vor, wie sie die Kanten aufeinanderlegten wie Schritte in einem Tanz. Er konnte so um Rese werben … wenn er wollte. Er musste sie nicht berühren. Er hatte viel mehr Selbstbeherrschung als Rico.

Einige Gäste waren zurückgekommen, und er hörte sie im Salon, wo er die Appetithäppchen aufgebaut hatte, bevor er draußen auf Rese gewartet hatte. Normalerweise würde er sich mit ihnen unterhalten, aber dazu war er jetzt nicht in der richtigen Stimmung. Zum Glück trennten die Schwingtüren, die Rese an beiden Seiten der Küche angebracht hatte, ihre Privaträume und seinen Arbeitsplatz. Sonst wäre ein Gefühl der Einheit entstanden, das jetzt nicht mehr einleuchtend schien.

Er hatte zum ersten Mal das Wort „heiraten“ ausgesprochen, und sie hatte ihn rundheraus abgewiesen. Gut, er hatte die Frage gebrüllt, und sie hatten noch kein festes Fundament aufbauen können, worauf Chaz freundlicherweise hingewiesen hatte. Krisen schufen keine vollkommenen Verbindungen, und ihre ganze Beziehung war eine einzige Katastrophe gewesen.

Er konnte noch nicht einmal von einer langen Katastrophe sprechen, aber die kurze Dauer hatte die Intensität nicht verringert. Zeit war für sein Herz nie ein Thema gewesen. Zumindest nicht am Anfang. Es war wahrscheinlicher, dass er nach einem Monat einen Heiratsantrag machte, als dass er nach einem Jahr noch da war, um es zu tun.

Draußen auf der Straße war der Wunsch weiterzuziehen stark gewesen, aber zum ersten Mal hatte er sich vorstellen können, jemanden auf Dauer hinter sich auf dem Motorrad sitzen zu haben. Leider hatte Rese das nicht so gesehen.

Kapitel 37

„Ich … will …“
„Gut! Besser. Und jetzt zusammen. Ich will.“
„Ich … will …“
„Wasser. Ich will Wasser.“
„Ich … will …“ Ein schlaues Funkeln. „W…ein.“

Evvy nahm die Schachtel vom Regal. Sie hatte lange nicht mehr hineingeschaut, aber der Kummer nach Ralphs Tod ließ sie nostalgisch werden. Sie setzte sich vorsichtig in einen Sessel und legte die Schachtel auf ihren Schoß. Er hatte ihr die Dinge gegeben, die ihm am meisten bedeuteten, seine irdischen Schätze. Diese Schachtel war das Wertvollste, was sie besaß.

Tränen traten ihr in die Augen, als sie das kleine Schmuckkästchen nahm und aufschnappen ließ. Ein goldener Reif mit Weinranken und Trauben, die sich auf seiner Oberfläche wanden. *„Für den Tag, an dem du Ja sagst.“*

Aber das hatte sie nicht. Die Ehe hatte in ihrem Leben keinen Platz. Es hätte alles verdorben, was sie hatten, hätte sie selbstgefällig gemacht. Zumindest hatte sie sich das immer wieder gesagt. Zu unabhängig, um ihre Freiheit aufzugeben, zu eingefahren in ihren Gleisen. Zu viel Angst, loszulassen und noch einmal zu lieben.

Sie legte den Ring beiseite und nahm den nächsten Gegenstand. Einen Brief. Sie hatte ihn schon häufiger gelesen, aber sie entfaltete ihn und las ihn noch einmal.

Liebe Evvy,
diese Urkunde wurde seit zwei Generationen treuhänderisch für Antonia DiGratia Shepard aufbewahrt. Mein Vater hat sie von Quillan Shepard bekommen, damit er für seine Enkelin Antonia darauf Acht gibt, sollte er sterben. Sie ist die Erbin des DiGratia-Weinguts und die rechtmäßige Eigentümerin des ganzen Anwesens. Ich war nur ein Verwalter und habe selbst keinerlei Besitzansprüche. Aus diesem Grund konnte ich das Haus nicht verkaufen, selbst als es für mich zu viel wurde.

Dein Haus liegt ebenfalls auf dem Grund und Boden, auf den sich diese Urkunde bezieht. Ich weiß nicht, wie es kam, dass es gebaut wurde und das Grundstück aufgeteilt wurde und dass auf den Feldern das Viertel gebaut wurde, in dem wir jetzt wohnen. Aber den Teil, der mir anvertraut wurde, habe ich für Antonia verwaltet. Es ist eine heilige Treuhänderschaft in unserer Familie, weil wir etwas schuldig sind.
Aber mein Geist lässt nach, auch wenn du zu freundlich bist, um mich darauf hinzuweisen. Deshalb vertraue ich dir diese Besitzurkunde an für den Tag, an dem ich nicht mehr meine eigenen Entscheidungen treffen kann. Ich hätte sie meinem Sohn überlassen, aber er sieht nur den Geldwert der Immobilie und ich fürchte, er würde sie unrechtmäßig verkaufen. Behalte sie, bis Antonia wiederkommt, oder gib sie jemand anderem, der es ebenfalls tun wird.
Dein dich liebender Freund,
Ralph Martino

Soweit Evvy wusste, war Antonia nie zurückgekehrt. Sie musste inzwischen auch zu alt sein oder selbst schon tot. Wenigstens war Ralph zum Schluss so verwirrt gewesen, dass er nicht mehr mitbekommen hatte, was mit dem Haus geschehen war, dass es verkauft worden war, wie er es befürchtet hatte, und dass jetzt die jungen Leute nebenan es mit Leben füllten. Vielleicht sollte sie ihnen die Besitzurkunde geben.

Sie legte den Brief beiseite und nahm das Buch in die Hand. Antonias Tagebuch. Sie hatte vergessen, dass es in der Schachtel war. Wer hatte vor Kurzem erst danach gefragt? Sie wurde allmählich genauso vergesslich wie Ralph. Es machte nichts; irgendwann würde es ihr wieder einfallen. Evvy legte das Buch in die Schachtel zurück und seufzte.

Sie hatte die ganze Nacht gehustet, und das Brennen in ihrer Brust ließ vermuten, dass die Lungenentzündung sie erneut im Griff hatte. Diesmal würde sie das für sich behalten. Gott konnte ein Wunder vollbringen, wenn er sie weiterleben lassen wollte. Ansonsten würde sie an der großen Feier teilnehmen.

Die letzten Gegenstände in der Schachtel waren die hölzernen Vögel, die Ralph geschnitzt hatte. Er wusste, wie sehr sie es genoss, die kleinen Geschöpfe um ihr Futterhaus hüpfen und picken zu sehen. Sie fuhr mit dem Finger über das Holz. Das Mädchen nebenan hatte auch ein Talent für solche Dinge. Sie würde sich vielleicht über die Vögel freuen. Evvy stellte sie auf den Tisch, um sie ihr zu zeigen, wenn sie ihr das nächste Mal begegnete. Dann schloss sie die Augen und döste ein wenig vor sich hin. *Bald, mein Gott, bald.*

Abschleifen hatte etwas äußerst Befriedigendes. Die sich wiederholende Bewegung des Schleifpapiers auf dem Holz, bis es glatter war als ihre eigenen Finger, baute die Spannung ab, die sie wie eine enge Schlinge gefangen hielt. Mom zu sehen, hatte alle möglichen Erinnerungen ausgelöst, die sich wie Schatten hinter Türen anschlichen und drohten, sie zu erwürgen. Und Lance war auch nicht gerade hilfreich gewesen.

Rese legte das Schleifpapier beiseite und überprüfte die Rückseite der Schublade, wo Nut und Feder genau ineinanderpassten und der Leim getrocknet war. Wenn man die Schublade in die Führung schob, glitt sie mühelos hinein. Sie hatte den Bauplan für den Schrank aus dem Internet heruntergeladen und die Oberkante so abgeändert, dass sie passend zum Bett eine Welle dort ausführen konnte. Sie hatte den Schrank bereits drei Mal mit Beize und mit einem von Hand eingeriebenen Wachs behandelt. Dieser letzte Schliff wurde mit dem feinkörnigsten Papier gemacht, das sie besaß, um Unebenheiten auszumerzen, die nur ihr auffielen.

Lance hätte den Schrank sicher als fertig bezeichnet, und vielleicht übertrieb sie ja wirklich. Sie hatte Einbauschränke und Geländer und Schubladen gebaut, aber sie waren immer Teil des Ganzen gewesen. Dieses Einzelstück war wie eine Waise, die sich fragte, wo sie hingehen sollte, und sie zögerte, sie loszulassen. Rese runzelte die Stirn, weil sie sich nicht selbst in dem Möbel sehen wollte. Sie war keine Waise.

Ihre Mutter konnte sie vielleicht nicht vom Präsidenten unterscheiden, aber sie war immer noch ihre Mutter. Rese spürte, wie sie automatisch wieder in ihre Rolle zurückfiel, für ihre Mutter zu sorgen, als hätte sie nie etwas anderes gemacht. Gib einem kleinen Mädchen eine bedürftige, unberechenbare Mutter und einen eigenbrötlerischen Vater und was bekommt man? Einen emotional vernachlässigten Kontrollfreak.

Warum also hatte sie bei Lance die Kontrolle verloren? Ihr Hals rötete sich, als sie die Packung mit den Scharnieren aufriss. Hatte nicht jeder das Recht, ab und zu ein bisschen verrückt zu sein? Vor allem, wenn die Leute einen ohnehin dafür hielten? Sie hatte Alanna gespielt … nur dass es kein Theater gewesen war.

Und Lance … Lance war ausgesprochen unberechenbar, ein Ast im Holz, ein Kurzschluss in der Leitung. Wenn sie glaubte, sie wüsste, was er wollte, überlegte er es sich anders. Sie mochte keine Überraschungen, und er war sprunghaft geboren worden. *„Willst du mich heiraten?"* Sie konnte sich beinahe vorstellen, dass er sie auf den Arm genommen hatte. Oder aber er war sich sicher gewesen, dass sie Nein sagen würde …

Neue Regeln? Sie hatte die alten nicht gemacht. Sie hatte rein geschäftlich gesagt. Er war es, der die Dinge änderte, der in ihr ein Verlangen auslöste, von dem sie geglaubt hatte, er spüre es auch. Sie wünschte, sie hätte ihn mit dem Stück Teer getroffen. Neue Regeln? Konnte er haben.

Star stieß die Tür auf. „Das Essen ist fertig." Das bedeutete, dass die Gäste bedient worden waren und die anderen sich in der Küche einfinden konnten, um zu essen, was Lance an Köstlichkeiten fabriziert hatte, bevor er und die Jungs Musik machten, obwohl es nicht Samstag war und sie es nicht angekündigt hatten. Bis jetzt waren die Gäste von den spontanen Sessions freudig überrascht gewesen. Kein Wunder, denn sie hatten den ganzen Tag über auf den Weingütern Wein verkostet und waren jetzt geneigt, alles schön zu finden.

„Ich habe keinen Hunger."

Star wickelte eine Locke um ihren Finger. „Er hat gesagt, wenn du das sagst, kommt er selbst und holt dich."

Das hieß, wenn sie nicht hineinging, sah es so aus, als wollte sie, dass er zu ihr kam. Ihr Magen knurrte, und Star biss sich auf die Lippe und kicherte. Sie war heute ganz licht und luftig. Wie schön.

Rese warf die Scharniere auf die Arbeitsfläche. „Gut. Wenn er keine Türen an seinem Schrank möchte, sollen seine Leichen eben rausfallen."

Star sah sie erschocken an.

„Das ist nur so ein Ausdruck, Star." Sie schob sich an ihr vorbei, um essen zu gehen, bevor Lance sie holen kam.

„Spielt ihr nicht?“ Das waren die ersten Worte aus Rese’ Mund. Es war wie in den alten Zeiten gewesen, wo er ihr etwas zu essen gemacht und zugesehen hatte, wie sie verstummte. Rico, Chaz und Star hatten sich zwischen Auftragen und Abräumen unterhalten, aber bis die Spüle mit dampfend heißem Schaum gefüllt war, hatte Rese nichts gesagt.

Lance schüttelte den Kopf. „Heute nicht.“ Sie konnten es natürlich tun, für sich selbst oder irgendwelche Gäste, die Interesse hatten, auch wenn die Poster in der Stadt nur für Samstag Musik ankündigten. „Star zeigt den Jungs das Nachtleben von Sonoma.“

„Was für ein Nachtleben?“

„Was es halt so gibt.“

Rese ließ die Teller ins Wasser gleiten, aber er ging nicht. Ihre Miene verhärtete sich. „Hast du nichts zu tun?“

Er nahm ein Geschirrhandtuch.

Sie funkelte ihn an. „Das kann ich schon allein machen.“

„Ich habe deine Fähigkeiten nie angezweifelt.“ Er hatte halbwegs damit gerechnet, dass er Rese aus dem Schuppen zerren müsste, und war ein wenig enttäuscht gewesen, als sie zusammen mit Star in der Küche erschienen war. Aber dieser Wortwechsel machte ihm bereits deutlich, was Sache war. Sie waren ungefähr zwanzig Schritte zurückgegangen; sie benahm sich wieder ganz steif und fühlte sich offensichtlich nicht wohl, und die neuen Regeln hinderten ihn daran, das zu ändern.

Es war die richtige Entscheidung gewesen, oder nicht? „Rese, wegen vorhin …“

„Nicht.“

„Was?“

„Erinnere mich nicht daran.“ Sie drückte ihm einen Teller in die Hand.

„Du meinst, du hast es vergessen?“ Er trocknete den Teller ab.

„Ich versuche es.“

Er lächelte. „Und, klappt’s?“

Sie spritzte mit dem Spülwasser herum. „Ich bin ziemlich gut darin, mir etwas aus dem Kopf zu schlagen. Liegt in der Familie.“

So kannte er Rese. Er hatte schon gedacht, er hätte sie völlig verloren.

„Meinst du, du könntest es auch aus meinem Kopf schlagen?“

„Lance, dein Kopf hat seinen eigenen Kopf.“

„Sag das zehn Mal ganz schnell."

Beinahe hätte sie gelächelt. Und es erinnerte ihn zu sehr daran, warum er sie gefragt hatte, ob sie ihn heiraten würde. Unüberlegt, natürlich. Nur dieses Achillesherz, das dem Verstand davonlief. Seine Hand streckte sich zu ihr aus, aber sie drückte einen Teller hinein. Mann, Regeln einhalten konnte sie wirklich gut.

Er trocknete die letzte Gabel ab und reichte ihr das Geschirrtuch, während er bedauerte, dass der Schaum verschwand und der Glanz von ihrer Haut ebenso. Sie hatte wunderschöne Arme, stark und muskulös. Wie viele Dinge würde er noch bemerken, jetzt, wo er sich aus der Ferne sehnte?

Sie hängte das Handtuch auf. „Danke."

Sie wollte gehen, aber er nahm den Plastikbehälter mit Minestrone, den er vorhin gefüllt hatte. „Ich wollte nach Evvy sehen. Willst du mitkommen?"

Einen Augenblick lang sahen sie sich an, aber sie sagte: „Ich gehe morgen rüber."

Okay. Kein Händchenhalten.

Sie wandte sich ab. „Ich bin im Schuppen, wenn jemand irgendetwas braucht."

„Bitte nimm keine Elektrowerkzeuge heute Nacht."

„Das habe ich hinter mir." Er wusste nicht, ob sie meinte, sie sei geheilt oder bei ihrer Arbeit schon über diese Phase hinaus. In beiden Fällen hätte er wetten können, dass sie irgendetwas fand, womit sie sich da draußen die ganze Nacht beschäftigen konnte. Vermutlich würde sie sehr produktive acht Stunden haben.

Lance ging allein zum Nachbarhaus hinüber und klopfte an Evvys Tür. Es dauerte sehr lange, bis sie öffnete, und sie wirkte müde und geschwächt, ihre Augen von glänzend blauen Schatten umgeben, die Lippen blass.

„Wie geht es Ihnen, Evvy?" Er konnte die Besorgnis in seiner Stimme nicht verbergen.

Sie bewegte die Hand hin und her. „Es war schon besser, aber auch schon schlimmer." Ihre Stimme klang heiser und dünn.

„Darf ich reinkommen? Ich bleibe auch nicht lange."

„Warum nicht? Es ist wie auf dem Rummelplatz. Die Leute bringen was zu essen, schreiben Karten."

Er hielt die Suppe hoch, die er mitgebracht hatte. Sie begann zu lachen, und es wurde ein Husten daraus, das nach mehr klang als nach einer Erkältung.

„Haben Sie sich untersuchen lassen?"

Sie nickte. „Die Krankenpfleger von gegenüber kümmern sich um mich."

Also war er nicht der Einzige, der ihren Zustand bemerkt hatte, aber wenn jemand mit medizinischen Fachkenntnissen nach ihr sah, war es vielleicht nicht so schlimm, wie es aussah.

Sie trat zurück. „Ich bin froh, dass Sie gekommen sind. Ich habe etwas für Sie."

Er folgte ihr ins Haus.

Evvy ließ sich in ihren Sessel fallen. Sie sah erschöpft aus. „Vielleicht gefallen Rese die kleinen Vögel auf dem Tisch dort."

Er nahm eines der hölzernen Vögelchen, das den Kopf schief hielt.

Evvy sagte: „Ralph hat sie geschnitzt. Oder wahrscheinlich gedrechselt."

Er betrachtete sie. „Sie wird die Handwerkskunst zu schätzen wissen." Oder zumindest die Geste.

„Er wäre begeistert gewesen, wenn er gesehen hätte, was sie für das Haus getan hat. Das alte Gebäude bedeutete ihm viel." Sie lehnte sich vor, konnte aber das, was sie wollte, nicht erreichen. „Nehmen Sie doch bitte den Umschlag, Lance."

Er wollte ihn ihr reichen, aber sie wehrte ab und sagte: „Öffnen Sie ihn."

Er lehnte sich zurück und blickte in den Umschlag. Zwei Papiere befanden sich darin, von denen eins deutlich älter aussah als das andere. „Was ist das?"

„Lesen Sie den Brief."

Er holte das kleinere, neuere Blatt heraus, obwohl der Anblick des anderen ihn aus keinem bestimmten Grund faszinierte. Aber als er den Zettel auseinanderfaltete und las, wurde alles klar. Er konnte kaum Luft holen und reden schon gar nicht. Er sah Evvy an.

Sie murmelte: „Ich bin nicht sicher, ob ich die Kraft habe, diese Verantwortung weiter zu tragen. Sie und Rese machen aus dem Haus ein Heim, auch wenn es Fremde beherbergt und meine Fenster von der Musik wackeln." Sie lächelte, als sie das sagte. „Ich weiß nicht, wer

Antonia ist, aber wenn sie noch nicht gekommen ist, schadet es sicher nicht, wenn ich Ihnen die Urkunde überlasse."

Sein Herz hämmerte so heftig, dass er dachte, es könnte ebenfalls ihre Fenster zum Klirren bringen. Wenn er nichts sagte, würde sie sich wundern. „Danke, Evvy. Ich verstehe den Auftrag, und ich bin sicher, wenn Antonia kommt, können wir etwas machen."

Sie lehnte sich leise lächelnd zurück. „Irgendwie wusste ich, dass Sie es verstehen würden."

Er verstand es viel besser, als sie ahnte. Ihr Vertrauen erschütterte ihn und machte ihn demütig, aber wenn dies nicht Gottes Hand war, dann hatte er sie noch nirgends in seinem Leben gesehen. Er stand auf. „Werden Sie klarkommen?"

„Oh ja", murmelte sie.

Und er spürte, dass dies der Wahrheit entsprach.

Merkwürdig, wie friedvoll sie sich fühlte, als sie ihn gehen sah, als ob eine Last von ihrer Brust genommen wäre. Sie wusste nichts über Lance Michelli, außer dem, was er ihr erzählt und was sie gesehen hatte. Aber trotzdem …

Sie schloss die Augen. *Ich hoffe, ich habe es richtig gemacht, Ralph. Wenn nicht, kannst du ruhig mit mir schimpfen. Obwohl du das nie tun würdest.* Sie nahm den goldenen Ring aus der Tasche, in die sie ihn gesteckt hatte, und schloss ihre Finger darum. Das Leben war ein Kreislauf für jene, die glaubten, und das Ende nur der Anfang.

„Tut mir auf die Tore der Gerechtigkeit, dass ich durch sie einziehe und dem Herrn danke. Das ist das Tor des Herrn; die Gerechten werden dort einziehen. Ich danke dir, dass du mich erhört hast und hast mir geholfen."

Ihre Brust war zu schwer zum Husten, ihre Augenlider zu schwer, um sie zu erheben. Aber innerlich fühlte sie sich leicht wie die Luft.

Lance wankte irgendwie zum Kutscherhaus, und er war mehr als froh, dass die Jungs mit Star ausgegangen waren. Er konnte ihnen im Augenblick nicht gegenübertreten, wollte niemanden sehen. Es mochte vielleicht die Hand des Herrn sein, die er in der letzten halben Stunde gespürt hatte, aber sie drückte ihn so sehr nieder, dass er nicht stehen konnte. Er schloss die Tür hinter sich und fiel auf die Knie. Herr!

Er hielt Nonnas Urkunde und den Brief, der sie als Erbin nannte, in der Hand. „Was soll ich tun?“ Er beugte sich vor und stöhnte. Wenn er alles offen legte, würde er vernichten, was Rese sich erträumt und erarbeitet hatte. Sie würde ihn vielleicht vor Gericht anfechten, aber das wäre schlimmer, als er sich ausmalen konnte. Es konnte nicht das sein, was Nonna wollte, konnte nicht sein, was Gott wollte.

Und doch hatte das Haus vom ersten Augenblick an eine Wirkung auf ihn gehabt, hatte ihn aufgefordert, das Unrecht, das darin begangen wurde, wiedergutzumachen. Aber wie? Er presste die zu Fäusten geballten Hände vors Gesicht. Er konnte alles einem Anwalt übergeben, sich auf sein Motorrad schwingen und viele Meilen zwischen sein Herz und Rese bringen. Er konnte zurückgehen und Nonna sagen, dass er es geschafft hatte, dass er zurückgeholt hatte, was sie verloren hatte, ohne auch nur zu wissen, was sie wollte.

Sein Kinn sank auf seine Brust. *Bitte. Zeig mir deinen Willen. Ich kann das nicht allein tun.* Was waren seine Beweggründe, die Gott offenbaren würde? Einen Erfolg für die Familie zu verbuchen, die Tony verloren hatte? Zurückzuholen, was lange vorher unrechtmäßig geraubt worden war? Sein Atem ging in gepressten Stößen. Rese dazu zu bringen, dass sie ihn genug liebte und brauchte, um ohne Kampf aufzugeben?

Er seufzte wieder. Das war alles nicht richtig. Aber Quillan lag dort, unbegraben. Vito war erschossen worden, Nonna vertrieben, und zwei Generationen einer befreundeten Familie hatten den Besitz für sie treuhänderisch verwaltet. Er holte den Umschlag heraus und starrte auf die Urkunde, die sein Herz höher schlagen ließ. Sein Erbe. Sein Geburtsrecht. Kostbarer für ihn aus diesem Grund als wegen des gestiegenen Wertes des Anwesens. Der Wein, das Bargeld, nichts davon war so wichtig wie die Leben derer, die diesen Ort geprägt hatten. Ja, er wollte das Haus. Aber war er bereit, Rese dafür wehzutun?

Kapitel 38

Ich träume von Papa, wie ich es oft tue.
Lance versucht, das Blut seiner Wunden zu stopfen.
Es nützt nichts. Er kann nur eins tun.
Eine Sache.
Ob er es weiß?

Antonia schlug die Augen auf. Es gab kein Blut, keine Einschusslöcher. Das waren nur ihre Gedanken gewesen. Sie hatte es gehört, aber nicht gesehen. Sie schluckte, als sie sich an die Angst erinnerte, an die Eile, das schreckliche Geräusch. Nonnos Hand in ihrer. Sie hatte sich Papa tot vorgestellt, aber ihn nie tot gesehen.

Nur Nonno.

Eine Welle des Kummers. Warum hatte sie ihn in einem Tunnel liegen lassen, kein Grabstein, kein Nachruf, nichts, um sein Grab zu markieren? Er hätte neben Nonna Carina liegen sollen. Sein Herz war bei ihr auf dem Friedhof geblieben, als er sie dort zur letzten Ruhe gebettet hatte, und er gehörte zu ihr. Stattdessen lag er allein in dem dunklen, geheimen Tunnel. Verbarrikadiert, versteckt, aber nicht vergessen.

Tränen brannten. Was hatte sie sich nur dabei gedacht? Selbst Papa war beerdigt worden. Joseph Martino hatte bestimmt dafür gesorgt, da war sie sicher. Aber in ihrer Panik war ihr nichts anderes eingefallen, als ihren Nonno zu verstecken, damit sie ihn nicht fanden und den Keller und was immer Papa dort versteckt hatte.

Antonia wollte nicht an diese Nacht denken, aber die Vergangenheit kam jetzt hoch und lastete schwer auf ihrem Gemüt. Die Dunkelheit der Nacht ohne Mond. Die Feuchtigkeit der Luft. Autotüren, die draußen zufielen, als niemand dort hätte sein sollen. Ein kurzer Blick in den Garten, dann schnell Nonno holen, um sich im Keller zu verstecken.

Papa hatte ihr gesagt, sie solle bereit sein, wenn es Probleme gab. Er hatte ihr den Tunnel gezeigt, den Keller unter dem Kutscherhaus, von dem sie nichts gewusst hatte. Dann war er fortgegangen. Warum musste er mitten in der Nacht davonschleichen? Was konnte er um diese Uhrzeit wollen? Es hatte etwas mit Arthur Tremaine Jackson zu tun.

Wie er den Mann verachtet hatte! Er war kalt wie die Hand des Todes, und Papa hätte das erkennen müssen.

Aber das hatte er nicht, und deswegen waren sie alle in Gefahr. Nachdem sie Nonno geweckt hatte, nahm Antonia ihn mit hinunter in den Keller. War es das plötzliche Aufwecken, die Eile oder der Schock dessen, was sie über sich hörten, als sie sich davonstahlen, um sich in Sicherheit zu bringen? Vielleicht hatte all das sein Herz stillstehen lassen. Sie wusste es nicht.

Aber Arthur Jackson hatte Nonno getötet, so sicher, wie er ihren Papa getötet hatte. Und sie hatte beide dort zurückgelassen. Ihre Hand zitterte, an ihren Leib gedrückt wie ein gebrochener Flügel, steif und nutzlos. Antonia spürte immer noch die Hilflosigkeit, die sie in jener Nacht empfunden hatte. Sie hätte nichts tun können, um das Geschehene zu verhindern, hatte keine Chance, es wiedergutzumachen.

Die Ausführung des Kleiderschranks wäre eines Designermöbels würdig gewesen. Die Schubladen glitten wie Seide, die Türen hingen gerade und schlossen vollkommen. Das gute Stück stand nur nicht am richtigen Ort.

Es gehörte in Lance' Schlafzimmer, und Rese wollte um nichts in der Welt dort hineingehen. Sie konnte Chaz und Rico bitten, beim Tragen zu helfen, aber sie waren bei Lance in der Küche und wuschen nach dem Frühstück ab. Sie hatte sich in die Küche geschlichen, während er bei den Gästen war, hatte sich eine mit Obst gefüllte Teigtasche geschnappt und war wieder in den Schuppen geflüchtet, aber ihre Arbeit war getan. Selbst die Abfälle waren beseitigt, das Sägemehl aufgesaugt und die Arbeitsflächen gewischt.

Nur der Schrank war nicht dort, wo er hingehörte, Lance' Schrank. Der Aufbewahrungsort für seine Leichen, wie er im Scherz gesagt hatte. Er war beim Abwaschen gestern Abend freundlich gewesen und hatte so getan, als hätte sie nicht einen kompletten Narren aus sich gemacht, und danach hatte er sie in Ruhe gelassen. Sie konnte ihm nicht auf Dauer aus dem Weg gehen, aber ein oder zwei Jahre lang schaffte sie es vielleicht, bis sie die Kränkung und Demütigung überwunden hatte. Sie hatte Brad nie gezeigt, was sie für ihn empfunden hatte, aber bei Lance hatte sie alles offenbart. *Hier bin ich; nimm mich.* Stattdessen hatte er neue Regeln erfunden.

Die Sache hatte sie die ganze Nacht so beschäftigt, dass sie jetzt einen wunderbaren Kleiderschrank und dunkle Ringe unter den Augen hatte. Das machte nichts, solange er sie nicht sah, und er würde sie nicht sehen, solange sie etwas zu tun hatte. Sie hatte gesagt, sie würde Evvy besuchen, und wenn sie es jetzt tat, während er die Küche aufräumte, würde Lance nicht versuchen mitzukommen.

Rese verließ den Schuppen und ging die Auffahrt hinunter auf die Straße und dann zu Evvys Haus, aber dann wurden ihre Schritte langsamer. Der Krankenwagen, der vor dem Haus stand, machte kein Geräusch, aber das Blaulicht drehte sich … Ihre Kehle war wie zugeschnürt. Sie konnte nicht atmen, sich nicht rühren. Wellen des Entsetzens; Mom, die wie ein Ast im Wind schwankte. *„Geh schlafen, Theresa.“*

Sie begann zu zittern. Ihre Füße waren in den Beton gesunken, waren selbst aus Beton. Die Nachbarn standen draußen vor der Tür, das Pärchen, das im Krankenhaus arbeitete. Sie mussten den Krankenwagen gerufen haben. Wahrscheinlich hatten sie nach Evvy gesehen, als sie von ihrer Schicht nach Hause gekommen waren. Während sie zusah, kamen die Sanitäter mit einer Trage heraus, die Gestalt darauf völlig zugedeckt.

Rese schwankte, streckte die Hand aus, um sich festzuhalten und fühlte dann eine Hand auf ihrem Rücken. Sie drehte sich um, und Lance fing sie auf. Die Abmachung besagte, dass sie sich nicht berühren würden, aber sie erinnerte ihn nicht daran. *„Alles wird morgen früh anders sein.“* Sie schloss die Augen, und die Erinnerung brach so heftig über sie herein, dass es ihr war, als würde sie selbst hochgehoben und getragen, die Sauerstoffmaske auf ihrem Gesicht.

Ihr Atem ging flach und kurz, und sie bemühte sich krampfhaft, die Kontrolle über ihren Körper wiederzuerlangen. Sie hasste diese Hilflosigkeit. Sogar damals hatte sie dagegen angekämpft und sich geschworen, nie wieder hilflos zu sein. Sie versuchte sich loszumachen, aber ihr Körper war wie gelähmt.

„Es ist okay“, murmelte Lance.

Es war nicht okay, und es würde nie okay sein. Rese konnte die Erfahrung nicht einfach hinter sich lassen, so als hätte nie jemand versucht, sie umzubringen. Es war tief in ihrem Innern verankert. *„Giftiges Gas. Einatmen, einatmen."*

Seine Arme hielten sie fester. „Es ist in Ordnung, Rese."

Sie kämpfte, um sich aus sich selbst zu befreien. Sie war nicht diejenige auf der Trage. Es war Evvy. Und das brachte neuen Kummer. „Sie ist tot."

„Sie war bereit. Das habe ich gestern Abend gespürt."

„Ich hätte mit dir rübergehen sollen."

Er rieb ihren Rücken. „Hätte-sollen bringt niemanden weiter."

Nicht? Es schien alles zu sein, was sie hatte.

„Sie hat dir etwas geschenkt." Er holte einen geschnitzten Vogel aus der Tasche. „Es sind vier Stück. Ralph hat sie gemacht. Sie dachte, du würdest sie zu würdigen wissen."

Sie nahm den Vogel und strich über das gedrechselte Holz. Keine perfekte Arbeit, aber er hatte das Wesentliche eingefangen. Sie blickte zu Lance auf. „Ich wünschte, ich hätte ihr danken können."

„Deshalb habe ich versucht, dich einzuholen. Ich wollte sie dir geben, bevor du zu ihr gehst, aber du hast dich davongeschlichen."

Sie wandte den Blick ab, weil es ihr unangenehm war.

„Kannst du gehen?"

„Ich weiß nicht. Als ich den Krankenwagen gesehen habe …" Wieder wollte die Panik sie überrollen, aber sie kämpfte sie nieder.

„Das habe ich mir gedacht."

Typisch für ihn. „Wird es jemals aufhören?"

„Es wird besser werden. Vor allem jetzt, wo du dich damit auseinandersetzt."

Tat sie das? Bedeutete die Tatsache, dass sie beim Anblick eines Krankenwagens beinahe ohnmächtig wurde und sich gestern auf ihn gestürzt hatte, dass sie sich damit auseinandersetzte?

Er zog sie vorsichtig mit sich, und sie setzte sich zögernd in Bewegung. Sie gingen zum Tor, aber nicht zur Haustür. Stattdessen führte er sie am Haus vorbei, um den Mandelbaum herum und hinter das süßlich duftende Geißblatt. „Hier ist es gut."

„Wofür?"

Er antwortete nicht, sondern küsste sie lang und leidenschaftlich.

Was hatte er vor – sie so aus dem Gleichgewicht zu bringen, dass ihre Beine ihr gar nicht mehr gehorchten? „Ich dachte, das machen wir nicht."

„Das war gestern." Er legte die Hände um ihr Gesicht. „Neue Regeln."

Sie verdrehte die Augen. Was nützten Regeln, die sich ständig änderten?

„Nur Küssen und Umarmen. Oh, und Nackenmassagen – du kannst sie gebrauchen."

„Nützt es etwas, wenn ich Nein sage?"

„Nur, wenn du es wirklich meinst."

Tat sie das? „Wie gut ist dein Gedächtnis?"

„Wenn die Frage sich auf gestern am Lieferwagen bezieht …"

Sie zog eine Grimasse.

„Es ist hervorragend." Er hob ihr Gesicht zu ihm auf. „Ich sehe das einfach als dein Angebot an."

Sie runzelte die Stirn. „Wirst du noch andere einholen?"

„Wenn ich mich richtig erinnere, hast du meinen Gegenvorschlag abgelehnt."

Und schon wurden ihre Knie wieder weich. „Er war nicht ernst gemeint."

„Nein?"

Rese erstarrte erneut, als der Krankenwagen von Evvys Haus vorbeigefahren kam, aber die Lähmung ließ allmählich nach. Vielleicht setzte sie sich ja wirklich damit auseinander und bekam das, was geschehen war, in den Griff. So wie sie es mit den Streichen und Problemen in der Vergangenheit gemacht hatte. Durch Leiden lernt man Geduld, durch Geduld bewährt man sich, und Geduld führt zu Hoffnung. Vielleicht, ganz vielleicht …

Lance hatte die frühen Morgenstunden betend verbracht und Gott um Antworten angefleht. Er hatte jedes selbstsüchtige Verlangen in Bezug auf die Situation zutage gefördert und verurteilt: sein Interesse an dem Anwesen, den Rechtsanspruch seiner Familie, das Gefühl der Ungerechtigkeit, seinen Wunsch nach Wiedergutmachung, sein Verlangen nach Rese, seine Angst um Nonna. *Bitte gib mir ein Zeichen!*

Er hatte Frühstück gemacht, noch immer unsicher. Aber Rese beim Anblick des Krankenwagens schwanken zu sehen, war Zeichen genug.

Kein Wunder, dass sie in Panik geraten war, als er gedroht hatte, einen Krankenwagen für sie zu rufen. Er war kein Symbol für Leben und Hoffnung; er war Teil eines Albtraums. Andere Menschen hatten sie verletzt, aber er würde das nicht tun.

Evvy war nicht mehr da. Der Gedanke senkte eine langsame, sickernde Traurigkeit über ihn, obwohl er am Abend zuvor ihren Frieden, ihre Bereitschaft gespürt hatte. Es war ein ruhiger Schritt von dieser in die nächste Welt gewesen, und nun hatte sie es gut. Er würde ihren Geist, ihren Mut und sogar ihre Kritik vermissen.

Sie hatte ihm etwas anvertraut, was ihr wichtig war, und das nahm er nicht auf die leichte Schulter. Er konnte die Urkunde nicht zurückgeben, konnte nicht sagen, dass sie Rese in Schwierigkeiten bringen würde oder dass er Antonia kannte. Er konnte die Sache nur so weiterführen, wie er es für richtig hielt. Rese hatte das Haus gekauft, ohne dass man ihr etwas von unklaren Besitzverhältnissen gesagt hatte. Und Nonna hatte all die Jahre Zeit gehabt zurückzugehen, wenn sie es gewollt hätte, während jemand die Besitzurkunde für sie aufbewahrte.

Wie er Nonna das sagen sollte, wusste er noch nicht. Und wie er das alles Rese erklären sollte, noch weniger. Das war das Problem, wenn man am Anfang nicht bei der Wahrheit blieb. Chaz würde das auch so sehen. Aber er war Rese gegenüber eine Verpflichtung eingegangen. Sie waren Geschäftspartner, und er hatte vor, diese Verantwortung auch zu erfüllen. Und ob Rese es glaubte oder nicht – er hätte ihr gestern nicht diese Frage gestellt, wenn es nicht eine Möglichkeit wäre, die mit jedem Tag konkreter wurde.

Er würde versuchen zu verstehen, was Nonna brauchte, aber sie würde die Sache auch aus Rese' Perspektive sehen müssen. Er hatte nicht erwartet, dass die Dinge so laufen würden, und er wollte Nonna nicht enttäuschen, aber es war Zeit, unter den verschiedenen Möglichkeiten zu wählen. Und neben der hammerschwingenden Frau, die nach ihren Möglichkeiten versuchte, mit ihrer traumatischen Vergangenheit und einer beängstigenden Zukunft fertigzuwerden, verblassten alle anderen Alternativen.

Rese Barrett war mutig und entschlossen, anstrengend und amüsant und brauchte alles, was er zu bieten hatte. Es war ihm egal, wie lange es dauerte, bis sie zu dem gleichen Schluss kam. Diesmal würde er die Sache durchziehen.

Lance ging ins Kutscherhaus und nickte Vittorio zu. „Ich werde euch einander bald vorstellen.“ Er würde mit Nonna Kontakt aufnehmen müssen, vielleicht hinfahren, wenn es in der Pension mal ein paar Tage ruhig war, was zwischendurch vorkam. Er konnte Nonna zeigen, was er herausgefunden hatte, und hoffte, dass es genug war.

Er holte die Schachtel mit den Dingen vom Dachboden, das Buch, den Brief von Conchessa und die Urkunde heraus und legte alles auf den Tisch. Es war nicht viel, abgesehen von der Urkunde, der einen Sache, wegen der er sich mit ihr streiten würde, wenn es sein musste. Das Haus gehörte Rese.

Gerade hatte er angefangen, alles zusammenzusammeln, als ihm der Aktenkoffer im Keller wieder einfiel. Er hatte ihn an ein Regal gelehnt, bevor sie eilig alles zurechtgerückt hatten, als Star in den Tunnel gekommen war. In der ganzen Hektik hatte er ihn dort stehen lassen. Er schüttelte genervt den Kopf. Vielleicht waren darin endlich all die Antworten, die er noch nicht gefunden hatte, und er hatte den Koffer im Keller liegen lassen.

Rese schlief, nachdem sie die ganze Nacht an dem Kleiderschrank gearbeitet hatte, den Chaz und er vorhin ins Kutscherhaus getragen hatten. Er war ein Schmuckstück, und sie hatte bereits Pläne für einen Tisch und Stühle gezeichnet, aber sie hatte sich nicht lange gewehrt, als er ihr befohlen hatte, erst zu schlafen. Sie würden diese Schlaflosigkeit irgendwie in den Griff bekommen müssen, aber im Moment war er froh, dass sie schlief. Die Jungs waren auf dem Dachboden und brachten Star verschiedene Songs bei, und wenn Rico erst einmal in Fahrt war, würde er nicht so schnell aufhören.

Mit der Stablampe in der Hand öffnete Lance die Luke und stieg hinunter. Er blieb kurz neben Quillan stehen, nicht gerade, um die Sache zu erklären – schließlich waren es nur Knochen, die mehr als siebzig Jahre lang ungestört dort gelegen hatten –, sondern als Bestätigung für das Gefühl, dass es jetzt bald vorüber sein würde.

Die Luft war kühl und still, aber nicht feucht. Trotzdem spürte er, wie ein Schauer ihm den Rücken hinunterlief. Was befand sich in dem Aktenkoffer? Beweise für irgendwelche Missetaten? Der Grund für Vitos Mord? Antworten oder weitere Fragen?

Er ging zwischen den Regalen hindurch zu dem, das sie beiseitegeschoben hatten. Der Koffer lehnte an dem nächsten Regal. *Lass es die*

Antwort sein, Herr. Er ging in die Hocke und legte die Lampe ab. Das Schloss war nicht verschlossen. Sein Puls ging schneller, als er den Koffer öffnete.

In seinem Innern befanden sich braune Umschläge mit kleinen Pappscheiben und Kordeln als Verschluss. Er löste einen von ihnen und holte die Unterlagen, die darin waren, heraus. Ein Foto von einem Mann und ein paar handbeschriebene Blätter, die eine Art Akte darstellten: Name, Alter, Familienstand, Arbeitgeber. Dann kamen mehr Einzelheiten: mit wem er wann gesprochen hatte, Daten, Uhrzeiten und Geldbeträge.

Lance schob die Papiere wieder in den Umschlag und öffnete den nächsten. Wahrscheinlich ein ähnliches Dossier. Aber der Name stach ihm gleich ins Auge. *Jackson, Arthur Tremaine.* Der Name Jackson fiel ihm aus offensichtlichen Gründen auf, aber wo hatte er den Vornamen gehört? Sybil musste ihn genannt haben, aber in welchem Zusammenhang?

Er versuchte krampfhaft, sich an ihre früheren Unterhaltungen zu erinnern. Bankwesen. Sie kam aus einer Bankiersfamilie und … ihr Urgroßvater. Hatte sie nicht gesagt, er habe Arthur geheißen? Oder redete er sich da etwas ein, damit es in seine Vorstellungen passte? Er lehnte sich ein wenig zurück. Diese Akte las sich wie ein *Who is who* amerikanischer Familien. Es war nichts Ungewöhnliches, dass ein prominenter Banker mit solchen Leuten zu tun hatte, aber um vier Uhr morgens?

Er verstaute den Stapel wieder in dem Umschlag. Ohne die Unterlagen gründlich zu studieren, konnte er nicht sagen, worum es darin ging oder welchem Zweck sie hatten dienen sollen, aber sie waren siebzig Jahre lang in einem Geheimfach im Keller versteckt gewesen – in einem Geheimfach mit genügend Banknoten, dass es interessante Fragen aufwarf, auch bei ihm.

Er hatte sich Rico gegenüber herausgeredet, aber im Ernstfall würden die Antworten auf seine Fragen ihm vielleicht nicht gefallen. Lance ließ den Umschlag in den Aktenkoffer fallen. Sollte er ein letztes Mal in dem Loch nachsehen? Stars Schrei hatte ihnen das letzte Mal eine Heidenangst eingejagt, bevor sie alles gründlich untersucht hatten. Er stand auf und lehnte sich mit der Schulter gegen das Regal. Angesichts so vieler Bruchstücke an Antworten wollte er nichts übersehen.

Die Geldscheinbündel lagen noch genauso dort, wie sie sie hineingestopft hatten, und er fühlte mit der Hand bis zum Boden des Faches, wo seine Finger nur Stein berührten. Nichts befand sich darin, wenn man einige tausend Dollar nicht rechnete. Er nahm ein Bündel und fächerte es auf. Alles Zwanzigdollarnoten, und mindestens zwanzig davon in einem Stapel. Er konnte etwas Geld gebrauchen, um zurückzufahren und Nonna zu sehen, aber er würde nichts davon ausgeben, bevor er wusste, woher es stammte.

Hatte Vito die Bank ausgeraubt? Sybil hatte nicht gerade ein seriöses Bild von ihrem Urgroßvater gezeichnet. Wahrscheinlicher war, dass er und Vittorio gemeinsam in etwas verwickelt waren. Aber warum war Vito getötet worden? War er reingelegt worden? Hatte er Geld für sich abgezweigt, weil er dachte, er würde damit durchkommen? Lance legte eines der Geldbündel in den Aktenkoffer. Er würde das alles Nonna zeigen und vielleicht ein paar Antworten erhalten.

Er schob das Regal wieder an seinen Platz. Das kratzende Geräusch hallte an den Wänden wider, und die Bewegung ließ die leeren Flaschen in ihren gebogenen Halterungen klirren. Er blickte die Treppe hinauf zu der Tür, die in die Speisekammer führte. Gott sei Dank, dass er bald mit der Heimlichtuerei aufhören konnte. Er würde Rese alles sagen. Er musste nur erst mit Nonna sprechen und ihr Einverständnis bekommen.

Er nahm den Aktenkoffer und ging zurück durch den Tunnel, vorbei an dem ächzenden Eisengitter bis zur Treppe. Er würde die Puzzleteile, die er hatte, ausbreiten, hoffen, dass er sie zusammenfügen konnte, und beten, dass all das ausreichte. Gerade hatte er den Kopf durch die Luke gesteckt, als die Tür aufging. Lance erstarrte, aber Rese stand dort mit seinem Handy in der Hand.

Herr!

„Es ist ein Notfall." Rese hielt ihm das Telefon hin.

Es war, als hätte er einen Schlag in die Magengrube erhalten, als er herauskletterte und das Handy nahm. „Mama?"

„Es ist nicht dramatisch. Keine neue Entwicklung, aber Nonna gibt keine Ruhe, bevor sie nicht mit dir gesprochen hat."

Er schluckte. „Gib sie mir." Rese starrte auf die Luke, aus der er gekommen war. Ihre Verwirrung mischte sich mit seiner Angst um Nonna und dem wachsenden Gefühl, dass er es wieder einmal vermasselt hatte.

Ein Geräusch war zu hören, als das Telefon weitergereicht wurde, dann: „L-l-ance."

„Ich bin hier, Nonna." Sie sprach und war nicht bewusstlos wie beim letzten Mal. Nichts Dramatisches, hatte Mama gesagt.

„Fin-de Nonn-o Qu-Qu-Quil-lan."

Er schloss die Augen. „Ich habe ihn gefunden, Nonna."

„Be-gr-rab … ihn."

Lance fuhr sich mit der Hand über das Gesicht. War es das, was sie wollte? Ein ordentliches Begräbnis für ihren Nonno? „Das mache ich, Nonna."

„Gu-uter Jun-ge."

Seine Augen brannten. Sie sah immer das Gute in ihm. „Nonna, es gibt ein paar andere Sachen. Ich habe viele Fragen." Nicht so viele, wie Rese in diesem Augenblick haben musste, aber wenn Nonna sie einfach beantworten konnte …

Ein langes Schweigen am anderen Ende, währenddessen er sich vorstellte, wie sie nach Worten rang, dann presste sie heraus: „Be-grab Nonno."

„In Ordnung." Er schluckte. Er hatte schon genug Sorgen. „Ich liebe dich."

Er beendete das Gespräch und sah Rese an. Offenbar hatte er das Telefon auf dem Schreibtisch liegen lassen, als er die Reservierungen bearbeitet hatte.

Ihr Blick wanderte von der Luke im Boden zu den Dingen, die auf dem Tisch lagen. „Was ist das alles?"

Er hätte gewusst, wie er es erklären sollte, wenn er vorher zu Nonna hätte fahren können. Irgendetwas wäre ihm eingefallen, damit er nicht wie ein Lügner dastand.

„Lance?"

„Die gehören meiner Familie."

„Deiner Familie." Sie blickte wieder fragend zur Luke.

„Dieses Haus hat meiner Großmutter gehört." Er sagte nicht „gehört meiner Großmutter", aber sie betrachtete die Urkunde, die auf dem Tisch lag, und nahm den Brief daneben in die Hand.

„Rese …" Er nahm ihr den Brief weg, bevor sie weiterlesen konnte.

„Evvy? Der Brief ist an Evvy?"

„Er war von Ralph. Er hat die Besitzurkunde für meine Großmutter

Antonia aufbewahrt. Und dann hat er sie Evvy gegeben, damit sie darauf aufpasst. Gestern Abend hat sie mir die Urkunde gegeben." Und jetzt klang es, als steckten sie alle unter einer Decke.

„Die Besitzurkunde für dieses Grundstück?"

Er nickte. „Ich bin hierhergekommen, um Antworten zu finden. Dies sind die Puzzleteile, die ich gefunden habe."

Sie starrte ihn an. „Du bist hierhergekommen ... du wusstest das alles, als du die Stelle angenommen hast?"

„Ich habe es vermutet. Und als ich dann die ersten Dinge gefunden hatte, war ich sicher." Er konnte sehen, wie der Zorn in ihr aufstieg. „Ich wollte es dir erzählen."

Ihre Augen waren schneidend wie Glasscherben. „Wann?"

„Sobald ich alles ausgeknobelt hätte."

Rese sog scharf die Luft ein. „Oh, du hattest schon alles ausgeknobelt. Küss das Dummerchen und lass sie in dem Glauben ..."

„So ist das nicht."

„Von Anfang an." Sie presste eine Hand auf ihre Stirn. „Die ganze Zeit." Sie drehte sich um und starrte auf die Luke. „Was ist da unten?"

Viele Antworten verstopften seine Kehle. Schließlich sagte er: „Mein Ururgroßvater."

„Und das soll ich glauben?" Ihre Augen sprühten Funken. „Du hast dir die Geschichte von dem Grab ausgedacht, damit ich nicht weiterforsche, um mich abzuschrecken."

„Das stimmt. Aber es ist wirklich ein Grab. Geh nicht dort hinunter, bis ich ihn begraben kann."

„Du hast mir ins Gesicht gelogen." Sie schüttelte den Kopf. „Genau wie alle anderen."

„Hör zu, Rese."

„Verschwinde von meinem Grund und Boden."

„Bitte." Er berührte ihren Ellenbogen, aber sie zuckte zurück.

„Nimm, was du für dein Eigentum hältst, und verschwinde. Du hast eine halbe Stunde, bevor ich die Polizei rufe." Sie bebte bei diesen Worten, starrte ihn einen Augenblick lang an und stapfte dann hinaus.

Er schloss die Augen, und ein Schmerz stieg brennend wie heißer Teer in ihm auf. Aber es war ihr Schmerz. Sie hatte ihre Wut gezeigt, aber die Verletzung darunter hätte ihn beinahe umgebracht.

Rese ging in ihr Zimmer und verschloss die Tür. Sie fühlte sich, als hätte sie sich in Holz verwandelt. Ihre Arme schlenkerten herum, als gehörten sie ihr nicht. Ihr Mund war trocken. Sie ging ins Bad und trank etwas, ohne in den Spiegel zu schauen. Sie konnte es nicht ertragen, sich selbst anzusehen.

Von Anfang an. Er war mit einem Ziel gekommen, das nichts damit zu tun hatte, für eine kleine Pension zu kochen. Er hatte sie dazu gebracht, ihn einzustellen, ihn zu ihrem Partner zu machen und noch mehr. Der Kuss von heute Morgen wärmte immer noch ihre Lippen, aber jetzt waren sie zu Wachs geworden.

Sie stapfte vom Schlafzimmer ins Büro. Er war auf ihrer Internetseite, in ihren Ordnern. Er war überall in ihrer Küche und im Kutscherhaus. Sie ging in ihr Schlafzimmer zurück. Selbst dort, auf dem Sessel in der Ecke. Seine Musik hallte noch in ihren Ohren, sie sah sein Gesicht vor sich. Auch wenn sie die Augen schloss, verschwand er nicht. Es gab nur eins, was ihn ausblenden konnte.

„Rese!" Er klopfte an die Tür, aber sie antwortete nicht.

„Rese, sprich mit mir!" Seine Stimme klang belegt.

Sie reagierte nicht.

„Bitte!"

Sie schloss die Augen. In einer Minute würde er gehen. In einer Minute würde alles weggehen. Sie kannte das. Sie hatte diese Methode herausgefunden, als Dad gestorben war. Sie konnte es wieder schaffen. So ruhig. So still. Sie saß auf dem Bett und wünschte, sie könnte sich auflösen, alles würde sich auflösen.

Aber sie spürte das unsichtbare Wesen, Gott, das ihr den Weg versperrte. Sie wollte ihn nicht wahrhaben. Das gehörte jetzt zu Lance, und sie wollte nichts mehr damit zu tun haben.

Lass mich in Ruhe.

Aber ein Wort erklang so klar wie ihre eigenen Gedanken. *Niemals.*

Es tut weh.

Ich fühle es.

Sie wusste, dass es stimmte, obwohl sie nicht wusste, wie das gehen sollte. *Er hat gelogen.*

Nichts.

Ich hasse ihn.

Kummer sprudelte. Verrat. Jesus wurde von dem, den er liebte, verraten. Jesus kannte den Schmerz, die Verzweiflung, die sie jetzt verspürte. Er würde nicht zulassen, dass sie sich versteckte, aber er würde bei ihr sein. Wenn sie ihn ließ.

„Rese!"

Sie wollte diese Stimme nie wieder hören, diese Augen nie mehr sehen, diese Berührung nicht spüren, überhaupt keine Berührung. Es tat zu weh. Sie konnte sich nicht verstecken, dem allen nicht entfliehen. Sie hatte ihm alles gesagt, und er hatte sie die ganze Zeit nur benutzt. Ein kleiner Teil ihres Verstandes fragte sich, warum er nicht mit ihr geschlafen hatte.

Schmerz. Verrat. *Ich will mich verstecken.*

Friede.

Sie wollte keinen Frieden. Wut war besser. Wut war stärker. Stark und hart. Stein. Sie war aus Stein. Lance konnte an ihr abprallen. Sie würde nicht zerbrechen. Sie würde nie wieder zerbrechen.

Lance lehnte den Kopf an die Tür. Er hatte nicht geahnt, dass es so schlimm sein würde. Er hätte lügen und sagen können, er hätte die Dinge im Keller gefunden. Nichts darin stand offensichtlich mit ihm in Verbindung. Aber als er ihr ins Gesicht gesehen hatte, musste er ihr die Wahrheit sagen, und das hatte er jetzt davon.

Er rieb sich das Gesicht. *Herr.* Schweigen. Er hatte sich eingeredet, alles würde sich ergeben, er könnte alles einrenken. Chaz hatte ihn gedrängt, es ihr zu erzählen; das hatten sie alle. Und er hatte es ihr gesagt, aber zu spät. Er wusste, wie stur sie sein konnte. Sie würde nicht hören, nicht jetzt, nicht so.

Aber es machte ihm Angst, darüber nachzudenken, wie sie damit umgehen würde. Er trat von ihrer Tür zurück und ging zu den anderen in den Dachboden hinauf. Star und Rico sangen zweistimmig, und Chaz begleitete sie mit einer Flöte. Lance stand dort, bis sie ihn bemerkten und die Klänge verstummten. „Sie weiß Bescheid."

„Oh Mann", hauchte Rico.

„Ich muss gehen, bevor sie die Polizei holt, aber ich möchte nicht, dass sie allein ist. Wenn sie euch lässt, könnt ihr dann noch ein paar Tage bleiben, damit ich Zeit habe, eine Lösung zu finden?"

Star stand auf. „Hat sie dich gefeuert?"

„Das könnte man sagen." Aber es war viel mehr als ein Job, den er verloren hatte. Er sah Rico an und wunderte sich, dass er nicht sofort die Gelegenheit ergriff, ihn in die Band zurückzulocken. Aber dann wurde ihm bewusst, dass Star seinen Part gesungen hatte.

Rico sagte: „Klar, wir bleiben hier."

Lance wandte sich Chaz zu. „Du hattest recht."

Chaz nickte. Er brauchte nichts zu sagen.

Lance drehte sich um und ging die Treppe hinunter. Als er im Kutscherhaus ankam, hob Baxter den Kopf mit kummervoller Miene. Woher wusste der Hund, dass ihre Zeit hier vorbei war? Oder seine zumindest ... Nein. Aber Rese liebte Baxter.

Lance hockte sich hin und kraulte seinem Hund den Kopf. Er konnte ihn nicht hierlassen. Sie hatten schon so viel zusammen durchgemacht. Aber er musste an die langen Stunden denken, die Rese damit verbrachte, einfach nur mit Baxter zusammen zu sein. Lance drückte seine Stirn an Baxters. „Ich muss weggehen." Allein? Das musste er noch nicht sofort entscheiden.

Er ging hinein. Sein Blick fiel auf Stars Gemälde. Das würde an der Wand bleiben müssen, und Vitos Porträt auch. Rese hatte das Bett und den Kleiderschrank als seine Sachen bezeichnet, aber er wusste es besser. Er konnte seine Kleider und den Aktenkoffer in seinem Rucksack verstauen, die Reisegitarre in ihrer Hülle, und die Dinge, die er für Nonna gefunden hatte, in den Taschen seines Motorrads.

Er konnte weder das Geld noch den Wein mitnehmen. Aber er konnte seinen Anspruch darauf geltend machen. *„Nimm, was du für dein Eigentum hältst, und verschwinde."* Rese hätte ihn mit leeren Händen fortschicken können, aber sie gab ihm das, weswegen er gekommen war und von dem er gedacht hatte, er wollte es. Seine Brust zog sich zusammen.

Er wollte fahren und so viele Meilen zwischen Rese und sich bringen, wie der Kontinent hergab. Die Reise nach Hause würde dafür sorgen. Aber er musste Nonno Quillan beerdigen. Er musste Rese dazu bringen, dass sie es zuließ. Aber selbst wenn sie ihm gestattete, dass er Quillan begrub, konnte er doch nie den Schmerz begraben, den er ihr zugefügt hatte. Sie würde ihm nicht vergeben. Wie sollte sie auch?

Von allen Menschen, die sie verletzt hatten, war sein Verrat der schlimmste. Er hatte sie nicht vergiftet, aber dies würde sie innerlich umbringen. Sie hatte sich geöffnet und ihm vertraut. Er verurteilte sich selbst. Aber es gab nichts, was er tun konnte. Er schloss die Augen. Vielleicht gab es doch etwas. Er konnte sie in Gottes Hände legen. Wenn sie unter seinem Schutz stand, konnte noch nicht einmal Lance Michelli das vermasseln.

Er holte zitternd Luft, packte alle seine Sachen, wies Baxter an dortzubleiben und schwang sich auf sein Motorrad. Er fuhr bis zum Marktplatz und nahm sich ein winziges Zimmer im Hotel, in dem die Decken Risse hatten und ausgebessert werden mussten. Er traf eine Vereinbarung mit dem Besitzer, dass er die Reparaturen ausführte und dafür so lange blieb, bis seine anderen Angelegenheiten erledigt waren. Mit eingezogenem Kopf stand er unter der Dachschräge und warf seinen Rucksack aufs Bett. Dann holte er die Gitarre heraus. Er setzte sich auf die Bettkante und spielte das Lied, das er an jenem Abend in seinem Zimmer für Rese gesungen hatte. Das Lied seines Lebens.

Allein am Abgrund, steht er mit schnellen und ungeduldigen Füßen.
Spring hinüber und lauf, Junge, und sorge dich nicht, was dich erwartet.
Denn in den Tagen, die kommen, wird das Leben dazwischentreten
mit all den Dingen, nach denen du dich sehnst und die du schon gesehen hast …
Schließ nicht die Augen und frag dich nicht, was jenseits des Abgrunds liegt;
du siehst keine Straße vor dir, und du findest die Karte nicht.
Denn mit deinem Herzen bahnst du dir einen Weg, den selbst Engel nicht zu gehen wagen,
und sammelst deine Mühen für den Tag, an dem du tot bist,
und sammelst deine Mühen für den Tag, an dem du tot bist …
Lauf, Junge, lauf. Lauf mit aller Macht.
Der Sonnenaufgang brennt vor dir und die Nacht ist dir auf den Fersen.

Und wenn die Dunkelheit andauert, wirst du das Lied deiner Seele verlieren;
ja, wenn die Dunkelheit andauert, verlierst du das Lied deiner eigenen Seele.

Kapitel 39

Star blickte von Rico zu Chaz. „Das ist ziemlich übel, oder?"

Rico atmete langsam aus. „Es ist jedenfalls nicht gut."

Chaz ließ die Flöte auf seine Knie sinken. „Er hat ein gutes Herz. Aber er denkt nicht nach. Wie Petrus, der seine Sachen anzieht, um ins Wasser zu springen."

Star runzelte die Stirn. „Häh?"

„Aus der Bibel. Als die Jünger von ihrem Fischerboot aus Jesus am Ufer stehen sahen, zog Petrus seine Sachen an, um ins Wasser zu springen und zu schwimmen. Für jemanden wie mich, der von einer Insel stammt, ist das ziemlich unlogisch. Aber Petrus war leidenschaftlich. Wie Lance."

Lance war leidenschaftlich. Umwerfend attraktiv, warmherzig, ausdrucksvoll. Er wäre großartig auf einer Bühne. Sie würde jederzeit an seiner Seite spielen. Und sie hätte noch viele andere Dinge an seiner Seite getan, wenn Rese nicht gewesen wäre. Aber selbst daraus war nichts geworden. Er liebte Rese.

Aber sie kannte Rese, die Unbezwingbare. Sie würde dies wie eine frische Schicht Beton benutzen, sich selbst einzementieren und nicht zurückblicken. Star stockte der Atem, als Rico zu ihr kam und ihre Hände nahm. Ohne Lance brauchten sie sich keine Hemmungen mehr aufzuerlegen. Sie würde sich Rico hingeben, aber …

„Lance macht sich Sorgen um Rese. Vielleicht solltest du –"

„Sie braucht mich nicht. Sie hat mich noch nie gebraucht."

Ricos Züge waren kantig und geheimnisvoll, und er hatte eine vollkommene Figur. Sie würde sich in ihm verlieren und ganz und gar aufhören zu existieren. Was konnte besser sein? Keine Star mehr; keine bemitleidenswerte Star.

„Hast du es schon mal versucht?" Seine Stimme war samtweich, aber wovon redete er? Sie war beinahe dort gewesen, hatte sich fast vollkommen ausradiert.

„Was versucht?" Für ihn würde sie alles tun. Je mehr sie tat, desto weniger war sie.

„Rese zu helfen."

Rese helfen? Wie sollte sie ihr denn helfen? Rese war ihr Fels in der Brandung. Sie war immer die Starke gewesen. Rese helfen? Womit? „‚Befiehl, und schmeichelnd soll mein Wort dich locken: Wie eine Fee leicht übers Blumenland, wie eine Nymphe, mit gelösten Locken, spurlos mich schwingen will ich übern Sand.‘ Aber mehr als das kann ich nicht tun. Ich kann nicht."

Sie entzog sich seinem Blick, wandte sich um und rannte die Treppe hinunter in ihr Zimmer. Die Vorstellung, Rese zu helfen, würgte sie mehr, als Maurys Hände es tun konnten. *Hier bin ich, Rese. Hier bin ich, um dich zu trösten. Leg deinen Kopf auf meinen Schoß und lass mich deine Haare kämmen. Wie die Götter lachen würden! Seht sie euch an, das arme Echo, das versucht, gesehen zu werden.*

„Ich bin Wind; ich bin Sonne. Ich bin … nichts. Nichts."

Sie krallte die Finger in ihre Haare und wiegte sich hin und her.

Rese erhob sich von ihrem Bett, und der Zorn gab ihr Kraft. Sie blickte auf die Uhr. Beinahe eine Stunde, seit sie ihm sein Telefon gebracht hatte. Wenn er nicht fort war, würde sie die Polizei holen. Er wusste, wie das aussehen würde.

Sie riss die Tür auf und stapfte ins Kutscherhaus hinüber, aber sie zögerte, als Baxter aufsprang und jaulte und ihre Hand leckte. Sie hatte erwartet, dass Lance gehen und sie nicht zwingen würde, ihn gewaltsam hinausbefördern zu lassen. Sie drehte sich um, aber sein Motorrad war fort, und ihr Helm lag neben dem Schuppen.

Hatte er Baxter zurückgelassen? Sie ging neben dem Hund in die Hocke und schlang die Arme um ihn. „Was machst du denn hier, mein Junge?" Baxter jaulte, und eine klagendere Antwort konnte sie sich nicht vorstellen. Hatte Lance ihn verlassen?

Vielleicht war es ja gar nicht sein Hund; vielleicht hatte er das Tier benutzt, um sich bei ihr einzuschmeicheln. Nein. Sie hatte die Zuneigung zwischen den beiden gesehen. Sie richtete sich auf und betrat das Kutscherhaus, und Baxter folgte ihr. Nichts war fort außer seiner Kleidung und seiner Gitarre und den Dingen auf dem Tisch – einschließlich der Besitzurkunde für ihr Haus.

Würde er vor Gericht gegen sie antreten und versuchen, es ihr wegzunehmen? Ihr Herz sank. Aber was machte das schon? Ohne ihn konnte sie die Pension ohnehin nicht führen. Aber dann straffte sie die Schultern. Sie würde sich nicht belügen und das Haus wegnehmen lassen. Sie brauchte weder ihn noch sonst jemanden. Sie drehte sich um und starrte auf den Boden. Sie fand die Bodenluke nur, wenn sie in die Hocke ging und danach suchte.

Sie hatte die Sache mit dem Grab verdrängt und sich darauf verlassen, dass Lance sich darum kümmerte. Jetzt streckte sie die Hand aus und betätigte den Schnappverschluss. Dann zog sie die Falltür hoch und sah, dass eine Treppe hinunterführte. Lügen. Alles gelogen. Was war dort unten, was er so geheim halten wollte, dass er sogar heute noch gelogen hatte?

Die Stablampe stand auf dem Boden, wo er sie hatte stehen lassen. Rese schaltete sie ein und leuchtete in das Loch hinunter. Wahrscheinlich nur ein Keller, wie sie vermutet hatte, bevor er sie mit seinem Gerede von einem Grab abgeschreckt hatte. Sie stieg die Stufen hinab.

Der Lichtstrahl der Lampe erleuchtete nur wenige Meter Boden vor ihr, und dies war genau die Art dunkler, enger Raum, die sie hasste. Aber sie hob entschlossen den Kopf. Wenn Lance es konnte, konnte sie es auch. Zwanghaft konkurrenzsüchtig? *Darauf kannst du wetten.*

Es war kein Keller. Sie starrte in den Tunnel und versuchte das Ende zu sehen, aber das Licht reichte nicht weit genug. Eine Maus huschte vorbei und sie schrie auf. Wie das Tier ohne Warnung hervorgeschossen war … Sie hasste Dinge, auf die sie sich nicht einstellen konnte.

Der Schmerz versuchte sich einen Weg zu bahnen, aber sie unterdrückte ihn. Ihn zuzulassen, hatte sie schwach, blind und dumm gemacht. Lance sagte, sie könne nicht allein mit den Dingen fertigwerden, aber er irrte sich. Sie konnte und sie würde es. Und jetzt war die Wut wieder da, um ihr Kraft zu geben. *Natürliche Reaktion?* Wichtigster Abwehrmechanismus. Das würde sie nie wieder vergessen.

Rese hob die Lampe. Ein Eisengitter versperrte den Tunnel, aber es war nicht verschlossen. Sie zog es mit quietschenden Scharnieren auf und ging weiter in die Dunkelheit. Sie hatte nichts zu befürchten.

Der Lichtschein streifte etwas, was auf dem Boden lag. Sie richtete den Strahl der Taschenlampe darauf, während die Luft aus ihren Lungen wich, sodass sie nicht einmal schreien konnte. Sie tastete mit einer Hand nach der Wand und starrte auf den Boden. Nichts, was die Jungs ihr angetan hatten, war so schlimm gewesen wie das hier. Lance hatte gesagt, es sei da und sie solle nicht hinuntergehen. Woher hatte sie wissen sollen, dass dieser Teil stimmte?

Sie schloss die Augen und atmete den kräftigen, modrigen Geruch ein, und ihr Magen zog sich zusammen. Sie wollte zurückgehen, aber sie konnte nicht. Sie musste wissen, was sich hier unten befand – alles, was sich hier befand. Sie schob sich eng an der Wand entlang und an dem Skelett vorbei, und kurz darauf weitete der Tunnel sich zu einem Keller. Reihenweise Regale mit staubbedeckten Weinflaschen, aber erstaunlich wenige Spinnweben.

Sie ließ den Lichtstrahl durch den Raum gleiten und suchte die Regale ab, während sie weiterging. War dieser Wein etwas wert? So viel, dass Lance sie deswegen betrügen würde? Die Wut brach wie ein Geysir aus ihr heraus. Er konnte all das haben, solange sie nie wieder an ihn denken musste.

Sie erreichte das Ende der Regalreihen. Noch eine Treppe. Sie atmete erleichtert auf. Sie würde nicht noch einmal an der Leiche vorbeigehen müssen. Sie stieg hinauf, aber eine Metallstange versperrte den Öffnungsmechanismus. Ein Schauer lief ihr über den Rücken, und sie fuhr herum, um den Lichtstrahl über den Keller wandern zu lassen. Nichts. Aber sie wollte nicht den gleichen Weg wieder zurückgehen. Sie würde hier nach oben rauskommen.

Rese legte die Lampe ab und packte die Stange. Selbst wenn sie sie lockern konnte, klemmte der Mechanismus vielleicht. Dieser Keller war in keinem der Baupläne verzeichnet gewesen, und offensichtlich war es lange her, dass diese Tür geöffnet worden war. Sie rüttelte an der Stange. Sie rührte sich nicht. Rese hob die Lampe und untersuchte, wie der Verschluss funktionierte.

Die Stange musste zuerst in das Zahnrad gerammt und dann in die Mauer gedrückt oder gehämmert worden sein. Sie fasste sie noch einmal und riss daran, bis sie eine winzige Bewegung spürte. Oder bildete sie sich das in ihrer Verzweiflung ein?

Sie konnte immer noch den anderen Weg nehmen, wenn es sein musste. Ein Skelett würde ihr nichts tun. Wie Lance gesagt hatte, taten die Toten den Lebenden nichts. Es waren die Lebenden, vor denen man sich in Acht nehmen musste. Voller Wut biss sie die Zähne zusammen und zog. Die Stange löste sich, sodass sie stolperte. Dabei stieß sie die Lampe von der Stufe und hörte im gleichen Moment ein Knallen hinter ihr.

Instinktiv ließ sie sich auf den Boden fallen, wobei sie sich das Knie an der Kante einer Stufe anschlug und bis zum Fuß der Treppe hinunterrutschte. Sie konnte nichts sehen. Mit klopfendem Herzen tastete sie nach der Lampe. Sie lauschte angestrengt und hörte ein schwaches Geräusch. Es war niemand da, der auf sie zugekrochen kam. Keine verstohlenen Schritte.

Es klang wie ein winziges Rinnsal, und sie roch etwas Säuerliches. Sie rappelte sich auf und atmete tief ein. Wein? Sie stieß die Luft aus. Konnte es sein, dass man das Knallen durch die Wände hören konnte? Sie schloss die Augen und lächelte grimmig. So viel zum Thema Geister und Schüsse.

Ihre Kehle war wie zugeschnürt, und sie tastete wieder nach der Stablampe, während sie auf allen Vieren am Fuß der Treppe herumkroch und hoffte, dass ihr keine Mäuse über die Hände laufen würden. Sie stieß sich den Kopf an einem Regal, aber daneben fand sie die Lampe. Sie setzte sich auf und betätigte den Schalter.

Nichts. „Komm schon." Sie drückte wieder auf den Knopf, schüttelte die Lampe und drückte ein drittes Mal, aber die Glühlampe musste kaputtgegangen sein. Rese schleppte sich wieder zur Treppe und setzte sich auf die unterste Stufe, die nutzlose Lampe quer über ihren Knien. Eins war sicher; sie würde nicht im Dunkeln durch den Tunnel kriechen.

Sie zog sich die Treppe hinauf und tastete sich an der Wand entlang, bis sie die Zahnräder fand, zwischen denen die Stange gesessen hatte. An einer Stelle befand sich ein kleiner Griff, und sie versuchte ihn zu drehen, während sie hoffte, dass die Stange den Mechanismus nicht zerstört hatte. Das Metall knirschte, gab aber nicht nach.

Rese riss und schob, ließ los und drückte gegen die Wand. Geh auf. Sie hatte keine Angst vor der Dunkelheit, aber im Dunkeln hatte sie sich ihn immer vorgestellt … *Walter.* Und er hatte zu Mom gesagt, sie solle Rese töten. Ihr Puls ging schneller. *Er ist nicht echt.* Aber sie warf einen Blick über ihre Schulter, als könnte sie in der vollkommenen Finsternis des Kellers irgendetwas sehen.

Gab es in einem Keller nicht irgendwo Licht? Sie tastete die Wand am oberen Ende der Treppe ab. Auf einem schmalen Regalbrett könnte vielleicht eine Lampe gelegen haben, aber jetzt war es leer. Sie packte die Zahnräder erneut und versuchte sie zu bewegen, aber sie drehten sich nicht. Rese wusste genug über alte Maschinen, um zu ahnen, dass sie ihre Zeit verschwendete. Aber sie konnte nicht aufgeben. Noch nicht.

Sie kroch die Treppe hinunter und suchte nach der Stange, die heruntergefallen war. *Bitte lass mich nichts Warmes anfassen.* Die Stange lag an der Wand. Rese hob sie auf und ging wieder die Stufen hinauf. Sie schwang die Stange im Dunkeln, zielte auf die Zahnräder und schlug daneben. Beim zweiten Mal zielte sie besser, schlug zu und probierte dann noch einmal, die Zahnräder zu drehen. Wenn sie so weitermachte, würde sie eher den Knauf abbrechen, als sie in Bewegung setzen.

Sie würde nicht in Panik geraten. Sie war nicht gefangen; sie konnte auf der anderen Seite hinaus. Dazu musste sie nur durch die Dunkelheit gehen. Noch einmal probierte sie die Zahnräder. *Geh auf.* Aber nichts geschah. Warum sollte ihr auch etwas Gutes widerfahren? Dies war nur ein weiterer – Der Schmerz traf sie unvermittelt, sodass sie schwankte.

Hier in dem finsteren Loch konnte sie nicht dagegen ankämpfen. Die Tränen kamen. Tränen, von denen Lance niemals etwas erfahren würde, geschweige denn, dass er sie trocknete. Ein heftiges Schluchzen packte sie so, dass sie kaum Luft bekam. Doch dann gewann die Wut wieder die Oberhand. Sie schlug mit der Stange auf die Zahnräder ein und schrie: „Geh auf!"

Aber die Tür blieb verschlossen. Mit der Metallstange in der Hand, ging sie hinunter, indem sie jede Stufe mit dem Fuß ertastete, bevor sie ihr Gewicht darauf verlagerte. Dann war sie unten angekommen und tastete nach einem der Weinregale. Sie konnte sich von einem Regal zum nächsten durch den Keller vorarbeiten; sie musste sich nur konzentrieren.

Es war niemand da, der sie anspringen konnte, niemand, der ihr einen Streich spielte. Es war einfach nur dunkle, leere Luft. Die Regale würden sie auf Kurs halten. Es war gar nicht möglich, dass sie sich verlief. Schließlich war dies keine Höhle mit sich windenden Gängen. Sie musste einfach nur laufen. Aber die Angst kroch ihren Rücken hinauf.

Lance hatte ihr etwas von Dunkelheit vorgelesen und davon, dass man nichts Böses zu fürchten brauchte, aber Rese konnte sich nicht an die Worte erinnern, und es gab auch nichts Böses, das sie hätte fürchten können. Nichts Böses. Aber als sie am Ende der Regale angekommen war, brachte sie es nicht über sich, mit den Händen den Tunnel zu ertasten. Es war dumm. Sie konnte sich kaum verlaufen. Das Schlimmste, was passieren konnte, war ein angestoßener Zeh. Oder dass Walter sie packte.

Hör auf! Doch selbst das Wissen, dass er nicht echt war, konnte den Albtraum ihrer Kindheit nicht in Schach halten. Das Böse, das Walter bewirkt hatte, war real; die Erinnerung, die der Krankenwagen heute Morgen ausgelöst hatte, war Beweis genug. Vielleicht dachten die Leute nur, Mom hätte ihn sich eingebildet. Vielleicht hatte sie die Fähigkeit zu sehen, was wirklich existierte.

Sie schauderte und hob die Metallstange in der Dunkelheit. „Bleib mir vom Leib. Ich schlage dir den Schädel ein, wenn du einen hast."

Ihre Stimme hallte in dem unterirdischen Raum wider. Sie musste in den Tunnel gehen, mit den engen Wänden, der niedrigen Decke und irgendwo einer Leiche auf dem Boden. Sie schloss die Augen und wappnete sich, dann ließ sie das letzte Regal los und tastete nach der Wand. Nichts als Luft. Zwei Schritte, drei Schritte. Sie schwenkte die Stange, um zu sehen, ob sie sich schon im Tunnel befand. Einen weiteren Schritt lang nur Luft, dann Metall auf Stein.

Rese tastete sich vor und fand den Eingang zum Tunnel. Erleichterung machte sich breit. Sie würde nicht sterben, obwohl sie wütend genug war, um zu töten. Lance wusste, dass der Keller hier unten war. Sie hatte auf seinem Sofa gelegen, mit dem Keller unter sich, und er hatte kein Wort darüber verloren.

All diese Gelegenheiten, bei denen sie geredet hatten oder er ihr etwas vorgesungen oder vorgelesen hatte … Sie musste den Schmerz verdrängen. Wenn sie sich davon verletzen ließ, würde sie den Verstand verlieren, und dann würde sie dort landen, wo Mom war. Trauer war ein Auslöser für psychotische Schübe. Es konnte sein, dass sie jeden Augenblick Walter tatsächlich sah.

Sie fuhr herum und drückte den Rücken an die Tunnelwand, während sie versuchte, in der Finsternis zu sehen, die hier nicht ganz so schwarz war wie im Keller. War das eine Bewegung hinter ihr? Etwas, das sich in den Schatten rührte? Ihr Herz raste. Wenn Walter aus der Dunkelheit heraustrat, würde sie auf der Stelle sterben. Aber er blieb unsichtbar, wie er es immer gewesen war, und tat sein böses Werk in ihren Gedanken, in Moms Gedanken.

„Es gibt Gott und es gibt das Böse." Sie war sich nicht sicher, was Gott betraf, aber an das Böse konnte sie glauben; sie kannte es schon ihr ganzes Leben lang.

Die Wut kam ihr zu Hilfe. „Komm raus und hol mich, du großer Feigling!" Sie schwang die Stange in die erdrückende Dunkelheit und bereute es sogleich. Als das Metall auf die Wand traf und irgendwo weit entfernt auf den Boden rollte, waren ihre Hände plötzlich leer. Die Stange hatte ihr ein Gefühl der Sicherheit gegeben, und er hatte sie darum gebracht. Genau, wie er ihr in jener Nacht allein in ihrem Zimmer die Sicherheit geraubt hatte.

Sie stand zitternd da und hatte Angst, sich umzudrehen, sich an dem Skelett vorbeizuschleichen und dabei Walter den Rücken zuzukehren. *Er ist nicht hier!* Aber das war er. Ein unsichtbares Wesen, das ebenso real und einnehmend war, wie Jesus es gewesen war. Nichts, was sie sehen konnte; sie war blind, konnte kaum oben und unten auseinanderhalten. Aber sie konnte den Hass spüren, der ihren eigenen antrieb, und einen Schrecken, der schlimmer war als alles, was sie bisher erlebt hatte.

Ihre Wut verrauchte und sie war vor Angst sprachlos. Sie würde sterben, so wie er es all die Jahre für sie geplant hatte. Ihre Beine wurden weich, ihre Handflächen waren schweißgebadet. Sie konnte nicht laufen. Sie drohte einzuknicken. *Gib einfach auf.* Sie würde hinfallen, und er würde aus der Dunkelheit kommen und sie in seinen Schlund zerren.

Jesus. Sie konnte den Gedanken kaum formulieren, aber das Kind in ihr erinnerte sich.

„Rese?"

Sie fuhr herum und ein Lichtkegel fiel auf ihr Gesicht. Sie wankte und hielt sich an der Wand fest, als Chaz sich einen Weg zu ihr bahnte. Mit dem letzten Rest Kraft richtete sie sich auf. „Ich habe die Lampe zerbrochen."

Er drückte ihr seine in die Hand. Sie packte sie wie einen Pfahl im tosenden Meer, dann wandte sie sich um und leuchtete hinter sich. Nichts – jedenfalls, soweit der Lichtstrahl reichte. „Woher wusstest du, dass ich hier bin?"

„Ich habe dich klopfen hören, aber ich bin nicht durchgekommen."

Dann war er also von der anderen Seite gekommen. Sie schluckte. „Wusstest du, dass der Tunnel hier ist?"

Er nickte. Das bedeutete, dass Rico es auch wusste.

„Star?"

„Sie hat ihn gefunden."

Also wussten alle Bescheid außer ihr. Rese erinnerte sich an Stars prüfenden Blick, als sie Lance' Leichen erwähnt hatte. Aber Star hatte nichts gesagt. War sie unter Druck gesetzt worden? Lance machte seine Sache wirklich gründlich.

Sie ging an dem Skelett vorbei, das keine zwei Meter von der Stelle entfernt lag, an der sie beinahe zusammengebrochen wäre. Ihre wackeligen Beine stabilisierten sich, während sie sich bewegte. Sie spürte, dass Chaz ihr auf dem Fuß folgte, aber sie sah nicht nach. Sie hatte sich schon genug blamiert.

Als Rese die Treppe hinaufstieg, taten ihr die ganzen Beine weh, nicht nur die Knie, auf die sie gefallen war. Die Muskeln selbst waren verkrampft. Aber sie war draußen. Sie war in Sicherheit. Und sie war wütend. Sie wandte sich zu Chaz um. „Wo hast du mich klopfen hören?"

„In der Speisekammer. Ich bin durch die Küche gegangen und habe dich gehört."

Die Speisekammer. Sie schaltete die Lampe aus und stapfte zum Haus hinüber. In der Vorratskammer musste man auch am helllichten Tag das Deckenlicht einschalten, weil der Raum so groß war. Chaz stand hinter ihr im Türrahmen. Ohne sich umzudrehen, fragte sie: „Welche Wand?" Aber sie hatte es anhand der Ausrichtung und der Art, wie die Treppe hinaufführte, schon erraten.

„Ganz hinten."

Lance hatte die Regale mit Dosen und Flaschen gefüllt, aber sie durchsuchte sie nach einer wie auch immer gearteten Vorrichtung und fand ein Loch, das mit einem Stück Holz verschlossen war. Sie zog es heraus und fühlte den Hebel darin. Sie drückte den Hebel herunter und die metallenen Zahnräder lösten sich. Sicher hätte sie das auch von der anderen Seite bewerkstelligen können, wenn es nicht pechschwarz und furchteinflößend gewesen wäre.

Sie packte ein Regal und drückte dagegen, und die Wand schwang mit einem nachdenklichen Ächzen auf. Sie öffnete sie gerade weit genug, um den Zugang zum Tunnel zu überprüfen, dann zog sie die Tür wieder zu und achtete darauf, dass Chaz ihr Schaudern nicht sah. Rese verließ die Kammer und schloss die Tür.

Plötzlich traf der Hunger sie wie ein Schlag in den Magen. Sie musste Lance' Frühstück im Tunnel verbrannt haben, und es war ein gutes Gefühl, wenn sie es sich wie eine Läuterung vorstellte, aber was sollte sie ohne ihn machen? Sie hatte Reservierungen und keinen Koch. Keine Musik, keinen Geschäftspartner … Sie wirbelte herum, als Star mit Rico hereinkam, und alle drei starrten sie an, Lance' Mitverschwörer, die ihr jetzt gegenüberstanden.

Stars Augen waren trüb, aber als ihre Blicke sich begegneten, leuchteten sie auf. „‚Oh herrlich ist's zu haben eines Riesen Kraft.'" Typisch Star, nur das zu sehen, was sie sehen wollte.

Rese straffte die Schultern. „Ich nehme an, nachdem Lance weg ist, geht ihr auch." Die Bemerkung richtete sich an Chaz und Rico, aber sie vermutete, dass es dann auch für Star galt. Eine Welle der Panik schlug über ihr zusammen, als sie daran dachte, dass sie die Pension allein führen sollte, aber sie zeigte ihre Angst nicht.

Star sagte: „Sie müssen doch nicht, oder?"

Rese runzelte die Stirn. Sie waren Lance' Freunde und hatten ohne ihn keinen Grund hierzubleiben. Nichts hatte einen Grund ohne ihn. Sie verdrängte den Gedanken.

Star drehte ihre Haare zu einem Büschel zusammen. „Du brauchst Hilfe."

„Nein, brauche ich nicht." Ihr Aushilfe-gesucht-Schild hatte das alles ja erst verursacht. Sie machte es lieber allein, als sich noch einmal helfen zu lassen.

Star jammerte: „Du kannst uns nicht rauswerfen. ‚Im Elend bleibt kein andres Heilungsmittel als Hoffnung nur.'"

Wieso glaubte Star eigentlich, sie hätte das Recht auf Elend für sich gepachtet? „Ich werfe euch nicht raus. Ich bin nur davon ausgegangen, dass ihr abreisen wollt."

„Wie könnten wir dich im Stich lassen?" Star kam und nahm ihre Hände. „Freunde für immer."

Rese schluckte. Was bedeutete das? Und wozu sollte es gut sein? „Weiß einer von euch, wie man kocht?"

Lance drückte das Handy ans Ohr, und war erleichtert, dass Rese Chaz und Rico erlaubt hatte zu bleiben. Er hatte den Verdacht, dass Star Rico begleiten würde, wenn er ging, sodass Rese dann ganz allein wäre.

„Nur, bis sie eine Köchin eingestellt hat, Mann." Chaz sprach leise. „Ich dachte, das interessiert dich."

Das tat es. Er wollte alles wissen: wie es ihr ging, wie ihr Nacken sich anfühlte. Aber das wusste er, ohne dort zu sein. Er hatte ein Brecheisen genommen und es ihr zwischen die Schulterblätter gerammt, wo die Sehnen sein sollten. „Ich muss das irgendwie hinkriegen, Chaz."

Lance rieb sich den Nasenrücken. „Wie geht es ihr?"

„Sie ist ... stoisch."

Stein. Hart. Aus Selbstschutz. Er holte langsam Luft. „Wenn ich mit ihr sprechen könnte ..." *Sie im Arm halten, sie trösten.*

„Sie hat gesagt, wenn du noch einmal ihr Grundstück betrittst, erschießt sie dich."

„Dann hoffen wir mal, dass sie kein Gewehr hat." Er hatte ein paar raue Gegenden kennengelernt, vor allem die, in denen Rico gelebt hatte. Man hatte noch nie auf ihn geschossen, aber mit einem Messer war er schon angegriffen worden, und vielleicht war das eine zutreffendere Beschreibung der Schmerzen, die er jetzt empfand, langsam und schneidend.

„Nonna will, dass ich Quillan beerdige."

„Rese wäre darüber froh."

Lance schloss die Augen. „Ist sie runtergegangen?"

„Ich habe sie durch die Wand der Speisekammer klopfen und rufen hören. Als ich durch das Kutscherhaus hinuntergestiegen war, hatte sie ihre Taschenlampe zerbrochen und war ... ziemlich verängstigt."

Herr. Er schluckte. „Was soll ich machen, Chaz?"

„Such zuerst das Reich Gottes, dann wird dir alles andere zufallen."

Lance sank auf sein Bett. Tat er das nicht? Oder war es sein eigenes Reich, das er gebaut hatte? Indem er seinen Glauben weitergegeben hatte, weil er war – wer er war, und nicht, weil Gott der war, der er war?

Kapitel 40

Ausgelaugt und mit Kopfschmerzen ging Lance in den schmalen Barbereich des Hotelrestaurants, nicht in den eleganten Saal, in dem er mit Sybil gegessen hatte. Er wählte einen der kleinen Tische an der Wand aus und erinnerte sich, wie Rese in der Küche gestanden hatte, die Arme um sich geschlungen, das Kinn entschlossen. *„Ich gehe nicht mit Angestellten aus."*

„Warum nicht?"

„Es ist kein gutes Geschäftsgebahren."

Und das war es tatsächlich nicht. Wenn er ihre Beziehung ausschließlich geschäftlich gehalten hätte, würde sie jetzt nicht leiden. Sie wäre vielleicht wütend, kämpferisch. Aber damit konnte er umgehen. Was er nicht ertragen konnte, war das Wissen tief in seinem Innern darüber, wie sehr er sie verletzt hatte. Denn wenn das, was in ihm vorging, auch nur annähernd so war wie das, was sie wegen ihm fühlte …

Er sank in einen Sessel. Hinter der Bar befand sich ein geschnitztes Schild mit dem Jahr darauf, in dem die Prohibition aufgehoben wurde. Die Schnitzerei erinnerte ihn an Rese, das Datum an Nonna. Dort stand sein Dilemma auf einer hölzernen Tafel. Als er gerade gedacht hatte, er hätte die Lösung gefunden, hatte sich alles wieder gegen ihn gewandt.

Lance öffnete den Aktenkoffer mit den Dossiers, den er mit nach unten gebracht hatte. Er hatte keine Ahnung, wie er mit Rese ins Reine kommen sollte, also nahm er die Suche in Angriff, die ihn überhaupt erst zu ihr geführt hatte. In was für eine Sache war Vito verwickelt gewesen? Schmuggel? Geldwäsche?

Der Barkeeper fragte, was er wollte. Lance konnte das beantworten, wenn er ein oder zwei Jahre Zeit hatte. Aber er ging davon aus, dass der Mann seine Frage nicht so tiefschürfend meinte. Er hatte keinen Appetit, aber sein Kopf schmerzte vom Stress und von fehlender Nahrung, also bestellte er einen Hamburger mit Pommes und las dann die Blätter durch, die sich mit Arthur Jackson befassten.

Ein Abschnitt seines Lebens war auf diesen Seiten beschrieben, aber es gab nichts offensichtlich Belastendes, abgesehen von den merkwürdigen Tageszeiten, zu denen er sich mit Leuten zu irgendwelchen Transaktionen getroffen hatte. Wer immer der Verfasser dieser Notizen war, hatte sich viel Mühe gemacht, um ihm wenig mitzuteilen. Er wusste, wann und mit wem Jackson sich getroffen hatte, aber nicht, worum es ging, so als wäre der Grund bereits vorausgesetzt und dies nur eine Aufzeichnung dessen, was passiert war.

Lance studierte die Seiten mit prüfendem Blick. Daten, Zeiten, Abfindungen, Transaktionen. Jemand, der zusah und alles mitschrieb. Aber was war der Grund für diese akribische Überprüfung? Erpressung? Die beiden Fotos waren von schlechter Qualität, wahrscheinlich aus der Entfernung aufgenommen.

Er nahm eins in die Hand und dann das andere und sah sich Arthur Tremaine Jackson genauer an. Er sah keine große Ähnlichkeit mit Sybil. Die anderen Personen erkannte er gar nicht. Aber die Fotos hatten vielleicht jemandem etwas bedeutet.

Sein Hamburger kam und er biss ein paar Mal davon ab, während er die anderen Umschläge durchsuchte. Manche der Männer sahen wie regelrechte Schläger aus. Die Muskelkraft des ganzen Unternehmens? In ihren Akten standen auch Daten und Summen, aber wieder war kein Grund für die Zahlungen angegeben. Kein Verkauf von Ware, keine Dienstleistungen.

Wenn Vittorio diese Unterlagen zusammengestellt hatte, wusste er, was die Eintragungen bedeuteten – oder er hatte für jemanden gearbeitet, der es wusste. Es waren sehr diskrete Aufzeichnungen, aber die Tatsache, dass sie in dem Geheimfach versteckt gewesen waren, legte nahe, dass sie jemanden belasteten. Jemand wollte nicht, dass diese Unterlagen gefunden wurden.

Und was war mit dem Bargeld? Erpressung? Wenn Vito gegen diese Typen, deren Daten in diesen Umschlägen steckten, etwas in der Hand hatte, wäre das eine Erklärung für das gut gefüllte Versteck. Lance kaute auf einem lauwarmen Kartoffelstäbchen herum und schob den Teller von sich. Er wickelte gerade die Schnur des letzten Umschlags ab, als Sybil sich auf den Sessel neben ihm fallen ließ. Er hatte sie nicht hereinkommen sehen, und ihre plötzliche Anwesenheit erinnerte ihn an das Auftauchen eines Geiers. Sie musste das Aas gerochen haben.

Sie stellte ihr Weinglas ab. „Du siehst schrecklich aus."

Er seufzte. „Du siehst toll aus. Wie immer."

„Deine Schmeicheleien bringen mir auch nichts." Sie warf ihr Haar über die Schultern zurück.

Er lächelte grimmig.

„Ich habe gehört, dass du dir hier ein Zimmer genommen hast."

„Ach ja?" Das war schnell, selbst für eine kleine Stadt wie Sonoma.

Sie zwinkerte dem Barkeeper zu, der ihr eine Kusshand zuwarf. „Donny hat sich meine Tiraden beim letzten Mal angehört. Er dachte, es interessiert mich vielleicht."

Der Mann hatte Sybil ihm gegenüber nicht erwähnt. Aber wenn man ihre jeweiligen Reize verglich, war das verständlich.

Sie schob das Kinn vor. „In der Pension läuft es also nicht so?"

„Ich will nicht über Rese sprechen." Nicht mit Sybil und auch mit niemand anderem.

Sie fuhr mit dem Finger über den Verschluss eines Umschlags. „So einen habe ich noch nie gesehen."

Das Dossier ihres Ururgroßvaters war verstaut, aber Lance nahm alle Umschläge und schloss sie in den Aktenkoffer.

„Noch mehr Recherchen über die Pension? Oder Familiengeschichte? Oder beides?"

Er antwortete nicht.

Sie legte die Hand auf seinen Oberschenkel. „Ich bin auf deiner Seite, weißt du."

„Sybil …" Er entfernte ihre Hand.

Sie schüttelte den Kopf und lachte. „Du mit all den Dingen, die du nicht tun willst." Sie nahm etwas von seinen Pommes. „Du hast gar nicht aufgegessen."

„Ich habe keinen Hunger." Er wollte nur allein sein. Sich einen Plan überlegen, seinen Weg finden.

„Was, wenn ich dir den Brief trotzdem gebe?"

Ohne Bedingungen? Er stützte sich auf einen Ellenbogen. „Warum solltest du das tun?"

Ihre Blicke musterten ihn hintergründig. „Glaubst du an Schicksal?" Sie zuckte mit den Schultern. „Ich meine, dass Unrecht uns verfolgt?"

Oh ja. Er könnte ein Buch darüber schreiben. „Was für Unrecht?"

Sie trank von ihrem Wein. „Was meinst du, wie groß die Chance war, dass wir uns begegnen würden?"

„Wahrscheinlich ziemlich gut, da wir uns tatsächlich begegnet sind."

Sie lehnte sich vor. „Vorherbestimmt?“

„Sybil …“

„Ich starte keinen Annäherungsversuch.“

So, wie sie dasaß, übernahm ihre Bluse das für sie. Lance setzte sich anders hin, um nicht so viel Aussicht zu haben.

Das Kerzenlicht glänzte auf ihren geschminkten Lippen. „Es gibt einen Grund, warum du hier bist, warum wir uns begegnet sind. Wir haben eine Verbindung.“

Er schluckte. „Es gibt keine Verbindung, Sybil. Ich habe dich und Rese benutzt, um zu finden, was ich wollte. Und dabei habe ich so getan, als wäre es eine heilige Suche im Auftrag Gottes.“

Sybil zog die Augenbrauen hoch. „Hm, das nenne ich ehrlich.“

„Ich dachte, zur Abwechslung versuche ich es mal damit.“

Sie leerte ihr Glas, und Donny brachte Ersatz, noch bevor sie es abgestellt hatte. Sie fing mit dem Finger einen Tropfen auf und leckte ihn ab. „Der Unterschied ist, dass es dir etwas ausgemacht hat. Von wie vielen Leuten kann man das schon sagen?“

Er schüttelte den Kopf. „Ich weiß nicht.“ Aber bevor sie eine bessere Meinung von ihm bekommen konnte, als angebracht war, stand er auf. „Es tut mir leid, Sybil. Wirklich.“

Sie lehnte sich in ihrem Sessel zurück. „Und ich musste mich in den letzten Kavalier vergucken.“ Dann öffnete sie ihre Handtasche und holte den Brief heraus.

Rese ballte die Fäuste. Sie ging im Zimmer auf und ab, während die Wut sie verzehrte: ein dumpfer Groll auf Mom, die sie hatte töten wollen, Empörung über Dads Unehrlichkeit und Zweifel und ein beißender Zorn auf Lance. Sie konnte nicht in die Werkstatt hinübergehen und arbeiten, weil im Haus Gäste schliefen. Sie war erschöpft, aber der Stress hatte die Muskeln in ihrem Nacken so verspannt, dass sie kaum den Kopf bewegen konnte.

Wenn sie versuchte, sich hinzulegen, war es noch schlimmer. Jedes Mal, wenn sie die Augen schloss, fuhr sie in Panik hoch. Ihr Herz raste, ihre Brust zog sich zusammen. Dann stand sie wieder und lief in ihrem Schlafzimmer auf und ab.

Lance war hergekommen, um Antworten zu suchen. Sie kannte die Fragen nicht. Alles, was sie kannte, war der Schmerz. Sie hatte die Poster abgenommen, auf denen sie mit Hauskonzerten geworben hatte, sie hatte seinen Namen und seine Bilder von ihrer Internetseite gelöscht, aber sie konnte ihn nicht aus ihren Gedanken löschen. Und so wütend sie auf ihn war – über sich selbst ärgerte sie sich noch mehr. Wie Mom bei Walter hatte sie gesehen, was es nicht gab – einen Mann, der sie liebte.

Erbärmlich! Sie war erbärmlich. Ihre Augen fielen zu … aber sobald sie sich hinlegte, fing es wieder an. Aufsteigende Panik. *Mach nicht die Augen zu. Du darfst nicht schlafen.* Zu viele Dinge, die ihr wehtun konnten – Dinge in der Dunkelheit und Dinge im Licht. Sie konnte den Unterschied nicht erkennen. Wenn Lance sie so vollkommen täuschen konnte … Lance und Dad und Brad …

Woher sollte sie es wissen? Wie konnte sie jemals sicher sein? Sie krümmte die Schultern und holte keuchend Luft. *„Du magst also keine Kapitulation. Willst nicht die Kontrolle verlieren.“*

„Nein, Lance. Ich mag keinen Verrat. Und ich werde nie wieder die Kontrolle verlieren.“

Lance saß auf dem Bett, den Umschlag in der Hand. Er hatte ihn haben wollen, hatte haben wollen, was er kriegen konnte, was immer sie herausfinden konnte, und das wusste Sybil. Antworten, Informationen. Puzzleteile, die sich zusammenfügen ließen. Um Unrecht wiedergutzumachen. Um alles zu einem guten Ende zu bringen.

Er schob den Umschlag zwischen seinen Fingern hin und her. Sybil hatte ihn überrascht, als sie ihn ohne Gegenleistung hergegeben hatte. Warum hatte sie ihre Meinung geändert? Es spielte keine Rolle. Er hatte, was er glaubte zu wollen. Lance drehte den Brief um. Der Umschlag war neu. Wie die anderen Dinge von Sybil war es sicherlich ein Duplikat des Originals. Nicht wie die Briefe von Nonna und Conchessa.

„Nutze ihn weise“, hatte Conchessa gesagt, als sie ihm den Brief gegeben hatte, in dem Nonna von ihren Befürchtungen geschrieben hatte, aber Lance war weder weise noch ehrlich gewesen. Nonna hatte nicht gesprochen, sondern ihn nur zu Conchessa geschickt, aber er bezweifelte, dass sie mit seinen Entscheidungen seither einverstanden gewesen wäre. Die Augen auf das Ziel gerichtet, hatte er seine Methoden verteidigt und Rese wehgetan. Was immer der Brief offenbarte, daran würde er nichts ändern.

Er legte den schmerzenden Kopf in den Nacken. Sie würde nicht schlafen. Jetzt waren es zwei Nächte, und am Morgen würde sie ganz fertig sein, und er konnte nichts dagegen machen. Nicht einmal Tony hätte diese Sache bereinigen können.

Tony. Mit seinen kräftigen Muskeln und seinem fröhlichen Lachen und seinem weiten Herzen. Tony, der ihm eine Kopfnuss gab und den Arm um seine Schultern legte. Seine Geschichten und Vorträge, sein Mut, seine Hingabe und sein Opfer. Er hatte den Mantel getragen. Er verdiente den Ritterschlag.

„Es ist gefährlich, zu viel in einen Menschen hineinzulegen. Und noch schlimmer, wenn du glaubst, du müsstest genauso sein." Rico hatte es ihm auf den Kopf zugesagt. Das Problem war die Übertragung – dass Lance versuchte, Tony zu sein. Vielleicht hatte Tony Fehler, aber der eigentliche Fehler lag bei ihm selbst, nicht bei seinem Bruder. Er hatte sich ein Idol geschaffen und angehimmelt.

Jetzt war es an der Zeit, den Blick auf das zu richten, was echt war. Wenn er jemanden nachahmen wollte, an wen sollte er sich dann halten, wenn nicht an den, der nie versagte? Der Eine, wie er Rese erzählt hatte, der selbst durch Versagen und Fehler einen Weg bahnt. Aber wenn es schon Tony nicht schaffte, wie sollte er dann jemals Christus ähnlich werden?

Er legte den Brief auf den Tisch und holte seine Bibel heraus. Er schlug Jesaja auf und las: *„Alle verachteten und mieden ihn … Wir rechneten nicht mehr mit ihm."* Lance stellte sich Tony vor, wie die Leute in seiner Gegenwart buchstäblich die Hüte gezogen hatten. Nicht schlimm, es sei denn, man strebte danach als persönlichem Ruhm. Er wusste nicht, wie es in Tonys Herz ausgesehen hatte, aber es war klar, was das Herz Christi enthielt, und mehr als deutlich, was in seinem eigenen vorgegangen war.

„Er wurde misshandelt, aber er trug es, ohne zu klagen." Lance dachte daran, wie er die Demonstranten beschimpft und seiner Wut und seinem Groll Luft gemacht hatte. Nicht, dass es verwerflich gewesen wäre, sie an das Böse zu erinnern, das geschehen war, aber sein eigener

Schmerz und seine Wut hatten ihn angetrieben. Er hatte nicht wegen Tony gekämpft, sondern wegen dem, was er verloren hatte und nie mehr haben konnte.

Und im Brief von Paulus an die Philipper: *„Er war in allem Gott gleich, und doch hielt er nicht gierig daran fest, so wie Gott zu sein. Er gab alle seine Vorrechte auf und wurde einem Sklaven gleich."* Lance rieb sich das Gesicht. Er hatte sich gegen Rese' Autorität gewehrt und aufgelehnt, hatte sich in eine ebenbürtige Position geschwätzt – und dann die Kontrolle übernommen.

Dann die Aussage Johannes' des Täufers: *„Sein Einfluss muss wachsen, meiner muss abnehmen."* Das war die Herausforderung; nicht sich selbst zu beweisen, nicht um Anerkennung und Ruhm zu kämpfen. Sondern das Sprachrohr des Messias zu sein, das selbst keine Ehre für sich beansprucht.

Und schließlich Jesus, der den Jüngern die Füße wusch. Christus als demütiger Diener, der seine Jünger befähigt, an seiner Stelle weiterzumachen. Lance richtete sich ruckartig auf. Das war die Lösung.

Ricos Pfannkuchen waren deutlich besser als alles, was sie selbst zustande gebracht hätte, aber kaum das Gourmetfrühstück, das die Gäste erwartet hatten. Rese hatte sich nach einer schlaflosen Nacht in die Küche geschleppt, um Milchkaffee zuzubereiten, als Rico anbot, sich an den Pfannkuchen zu versuchen.

Star war im Esszimmer und erklärte den Gästen, der Koch sei wegen eines Notfalls nicht da, aber sie hoffte, die Pfannkuchen seien nach ihrem Geschmack. Rese konnte sich nicht überwinden, selbst hinauszugehen und Smalltalk zu halten. Sie würde diejenigen, die abreisten, verabschieden und ihnen für ihren Besuch danken, aber ohne Schlaf und mit dieser schrecklichen inneren Leere konnte sie jetzt nicht hinübergehen und freundlich lächeln.

Chaz berührte ihre Schulter. „Alles in Ordnung?"

„Natürlich." Sie schäumte die Milch im Glas auf und fügte den Espresso hinzu. Sie musste nur eine Köchin finden. Heute würde sie die Anzeige aufgeben, aber wie lange würde es dauern, bis sie jemanden fand? Bei Lance hatte es sofort geklappt, aber andererseits war er ja nicht wegen des Jobs gekommen. Der war nur ein Mittel zum Zweck gewesen.

Star kam herein, um die Getränkebestellung weiterzugeben, und verdrehte wortlos die Augen. Die Gäste waren nicht glücklich. Rese hätte Lance und seine Kreationen nie in die Werbung nehmen sollen. Sie waren ein größerer Magnet, als sie gedacht hatte, und hatten ihr Haus über Pfannkuchen und Muffins hinausgehoben. Es gefiel den Leuten nicht, wenn sie nicht bekamen, was man ihnen versprochen hatte, und sie hatte den ganzen Sommer über Gäste, die mit einem Koch wie Lance rechneten.

Es schien ihr immer verlockender, die Buchungen zu stornieren und das Geld zurückzuzahlen, aber das kam einer Kapitulation gleich. Die Wut stärkte ihr Rückgrat. Wie schwach war es eigentlich, sich in der Küche zu verstecken, während Star sich für die Situation entschuldigte? *Du bist nur ein kleines Mädchen. Irrtum. Du kannst nicht mit allem alleine fertig werden.* Irrtum.

Sie straffte die Schultern und stapfte ins Esszimmer. „Guten Morgen." Sie klang wie eine Geschäftsführerin, die eine Aufsichtsratssitzung eröffnete. Die Gäste murmelten ihre Erwiderungen und sahen aus, als erwarteten sie etwas. Na gut, man konnte nicht auftreten, als hätte man eine Ankündigung, und dann nichts sagen. „Ich möchte mich für die Abwesenheit meines Kochs entschuldigen. Ich werde so bald wie möglich einen Ersatz finden. Bis dahin müssen Sie sich mit Pfannkuchen zufriedengeben."

Das junge Ehepaar Hegle sagte gleich: „Kein Problem." Wahrscheinlich spürten die beiden Rese' Unbehagen.

Julia Feingold rümpfte die Nase. „Ihre Internetseite verspricht aber etwas anderes."

Ein älteres Ehepaar, die Harrisons, waren noch weniger entgegenkommend. „Wir sind extra wegen der Gourmetmahlzeiten hergekommen."

Rese wandte sich ihnen zu. „Ich weiß, dass Sie bestimmte Erwartungen haben, aber leider hat sich eine Situation ergeben, in der ich reagieren musste. Es gibt andere gute Restaurants in der Stadt."

Die Hautlappen unter Mrs Harrisons Kinn bebten. „Wir bezahlen einen horrenden Preis für ein Zimmer und die Garantie, einen Koch und Musik dabei zu bekommen."

Rese wollte gerade einen Preisnachlass anbieten, als ihr bewusst wurde, dass sie damit klein beigeben würde. „Meine Preise sind durchaus mit denen anderer Pensionen in Sonoma vergleichbar. Wenn Sie woanders hingehen möchten, werde ich Ihnen die nächsten beiden Übernachtungen natürlich zurückzahlen."

„Ich finde es nicht fair, dass wir umziehen sollen." Mr Jordan war klein, aber energisch wie eine Bulldogge. „Wir haben für die nächsten beiden Tage Weinbergtouren gebucht."

Und ihre Zimmer waren schöner als die anderer Häuser, auch ohne Lance. Sie wollte ihm das gerade sagen, als sie Star im Türrahmen entdeckte, die mit dem Finger quer über ihre Kehle fuhr. Also gut. „Bitte entschuldigen Sie die Unannehmlichkeiten." Sie drehte sich um und ging hinaus, wobei sie beinahe mit Rico zusammengeprallt wäre, der einen Teller mit frischen Pfannkuchen brachte.

In der Küche legte Star die Zeigefinger an ihre Schläfen und schloss die Augen wie eine gestresste Ballerina. „Meine Nerven ..."

„Was erwarten die denn? Ich tue, was ich kann." Aber sie hatte scharf und aggressiv geklungen. *„Du musst an deiner Präsentation arbeiten."* Rese biss die Zähne zusammen. „Was ist eigentlich gegen Pfannkuchen einzuwenden?"

Star sah sie prüfend an. Chaz wirkte zurückhaltend besorgt. Ricos Gesicht wollte Rese lieber nicht sehen, wenn er aus der Löwengrube zurückkam. Sie stapfte in ihr Zimmer und schloss die Tür. Die Hegles fuhren heute ab, und nach ihrer Ankündigung taten die anderen Gäste es ihnen möglicherweise gleich.

Wie hatte sie nur glauben können, es wäre ihr möglich, eine Pension zu führen? Sie wollte nicht, dass andere etwas von ihr verlangten, ihre Bemühungen kritisierten ... so wie sie ihre Kolonne kritisiert hatte? Das war etwas anderes. Sie hatte die Arbeiter auf Fehler hingewiesen, damit sie sie korrigieren konnten. Es richtig machen, perfekt. Das hier konnte sie nicht richtig oder perfekt machen. Aber sie hatte noch nie so wenig geleistet.

Bis jetzt. Gut. Sie war im Stress. Sie war erschöpft. Sie ... würde keine Ausreden vorschieben. Sie drückte die Finger gegen ihren Kopf, wie Star es getan hatte. *Meine Nerven?* Star sollte die Spannung in ihrem Schädel fühlen. Eine Minute davon, und sie wäre dankbar für ein Gehirn, das ...

Rese ließ sich aufs Bett fallen. Beneidete sie Star? Dann brauchte sie dringend Schlaf. Sie sah auf ihre Armbanduhr. Bis elf Uhr mussten die Gäste ausgecheckt haben. Vielleicht wollte ja niemand früher abreisen. Sie ließ den Kopf aufs Kissen sinken und durchlebte die Ängste der vergangenen Nacht noch einmal, aber jetzt brachte die Erschöpfung Schlaf.

Warum antwortete Rese nicht? Star klopfte erneut. Die Gäste wollten auschecken, und sie hatte keine Ahnung, was sie tun sollte. Wenn man sie vor ein Publikum stellte, ihr ein Mikro und eine Bühne gab – kein Problem. Aber Geschäfte? Keine Chance. Das war Rese' Zuständigkeit. Nicht, dass Rese heute Morgen eine Glanzleistung vollbracht hätte. Ihre Versöhnungsrede war schrecklich gewesen. Wusste sie denn gar nicht, wie man sich einschmeichelte?

Ricos Pfannkuchen waren nicht Lance' fantastisches Frühstück, und sie konnte nicht erwarten, dass die Gäste begeistert waren. Das ganze Haus war voll schlecht gelaunter Menschen. Star musste hier raus. Aber zuerst musste sie Rese wecken. Sie klopfte heftiger.

„Was willst du?" Rese zog die Tür auf.

„‚Pfui, pfui! Entrunzle diese droh'nde Stirn, und schieß nicht zorn'ge Pfeil' aus diesen Augen.'"

Rese rieb sich mit der Hand das Gesicht, aber es half nichts. Sie sah schrecklich aus, die Augen rot und eingesunken. Wo war die starke Felsenfrau?

„Deine Gäste erwarten deinen gnädigsten Dienst."

Rese funkelte sie an. „Wie spät ist es?"

„Dreiviertel Stunden nach zehn Uhr, Milady. Und Ihr seid noch zu Bett." Star streckte die Hand aus und strich über Rese' Haar, aber Rese schüttelte unwirsch den Kopf.

„Lass das."

„Dann sieh nach deinen Gästen."

„Den Hegles."

Star nickte.

„Ich wünschte, sie würden alle abreisen." Rese' Schmerz war greifbar, sie strahlte ihn förmlich aus, als sie ins Foyer ging. Rese, die Insel in einem Meer schwächerer Seelen. Rese, die sich mit Bobby Frank angelegt hatte, weil er ihre Freundin als verrückt bezeichnet hatte. Er hatte recht gehabt, aber Rese hatte sie beschützt.

Und wer beschützte jetzt Rese? Und wovor? Vor sich selbst? Sie hatte Lance weggeschickt. Ein Mensch konnte sich nicht das Herz herausreißen und erwarten, dass es nicht blutete. Aber was war, wenn sie einen Arzt brauchte? Wellen der Angst packten Star. Sie konnte das nicht. Jemand anders … aber wer?

Star machte sich auf die Suche nach Rico. Sie fand ihn hinterm Kutscherhaus, wo er mit einem Nunchaku trainierte. Er sah wie ein Pirat aus, mehr noch als Lance, aber die Sorte, die einen im letzten Moment vom Ende der Planke zurückriss und rettete. Aber wovor?

Er hörte mit seinen Übungen auf, als sie näherkam. Seine Haut glänzte vom Schweiß, und seine Haare waren feucht, die Augen fast ein wenig entrückt. Er hängte die asiatische Waffe über seinen Arm, während er von der Anstrengung schwer atmete. Star ging näher und brachte ihr Anliegen vor. „Was hat Lance hier gewollt, was wichtiger war als Rese?"

Rico rührte sich nicht, und das war vielsagend. Er war immer in Bewegung, ein Muskel immer im Gegenspiel zu einem anderen. Er sagte: „Das musst du ihn selbst fragen."

Sie hob die Arme und kreuzte sie über ihrem Kopf. „Wie kann ich eine Heilung finden, wenn ich die Krankheit nicht kenne?"

Rico nahm einen der beiden Stöcke, die mit einer Kette verbunden über sein Handgelenk hingen, und klopfte damit gegen den anderen. „Ich kann ihn nicht verpetzen."

Sie verstand etwas von Geheimnissen. Aber sie hatte Angst. „Rese blutet."

Er zuckte zusammen. „Was?"

„Man kann es nicht sehen, aber ihr Leben ist verwundet."

Rico schüttelte den Kopf. „Das ist eine Sache zwischen den beiden."

Aber es ging nicht nur um die beiden. Sie formten alle eine stützende Verbindung, und jeder von ihnen war Teil des Ganzen. Es war das erste Mal, dass Star das Gefühl hatte, wichtig zu sein, dass sie gehofft hatte, sie könnte besser sein, als sie war. Aber jetzt fiel all das auseinander. Und das war noch nicht das Schlimmste.

„Ich verliere sie." Star ließ die Arme sinken. Schon die Worte auszusprechen jagte einen Schauer durch ihren Körper. Rese war der einzige Mensch, dem sie vertrauen konnte. Sie brauchte sie.

Rico nahm ihre Hand. „Irgendetwas wird passieren."

„Woher weißt du das?"

Ricos Blick tauchte tief in ihre Augen. „Weil Lance einen Tick hat, Dinge geradezubiegen. Und er versteht sich ziemlich gut mit Gott."

Star hielt sich an dem Gedanken fest. Hatte sie es nicht selbst gesehen? Vielleicht hing es gar nicht von ihr ab. Vielleicht …

Kapitel 41

Rese holte die Post aus dem Briefkasten, ohne sie anzusehen oder sich dafür zu interessieren. Die Hegles waren fort, aber keiner der anderen Gäste war vorzeitig abgereist. Leider. Star hatte das Bett frisch bezogen und das Jasminzimmer geputzt und gelüftet. Rese kontrollierte ihre Arbeit nicht. Sie hatte nicht die nötige Kraft.

Sie legte die Post auf den Schreibtisch in ihrem kleinen Büro. Wenn irgendwelche Schecks als Anzahlung dabei waren, würde sie sie zurückschicken und die Buchungen stornieren, die sie übers Internet vorgenommen hatten. Jede Zahlung war ein Nagel in ihrem Sarg.

Aber jetzt betrachtete sie den Umschlag, der zuoberst lag, unbeschriftet und ohne Poststempel oder Briefmarke. Eine persönlich überbrachte Nachricht? Sie öffnete den Umschlag und zog eine gefaltete Rezeptkarte heraus. *Crêpes mit Ricottafüllung und Beerensauce.* Lance hatte das Rezept aufgeschrieben und eine Bemerkung darunter geschrieben: *Das kannst du. So wie neulich. Lance.* Rese nahm das Blatt und wollte es gerade zerreißen, aber dann hielt sie inne.

Das Fiasko von heute Morgen war ihr noch lebhaft im Gedächtnis, und seine Worte hatten die Erinnerung daran geweckt, wie sie Crêpes gemacht und dabei den Teig langsam in der Pfanne verteilt hatten. Es schmerzte, daran zu denken, aber würde sie es schaffen? Allein? Er hatte es in ganz genauen Einzelschritten beschrieben. Wenn sie übte, vielleicht. Sie hatte noch immer jede Aufgabe gemeistert, der sie sich gestellt hatte. Und sie hatte einen ganzen Tag Zeit, bevor sie etwas servieren musste …

Lance' Name unten auf dem Rezept ließ die Wut wieder in ihr aufsteigen. Sie wollte nichts von ihm. Aber dann sah sie Mrs Harrisons Gesicht vor sich. Crêpes mit Ricottafüllung und Beerensauce waren besser als Pfannkuchen. Wenn sie das schaffte, dann machte es den Gästen vielleicht nichts aus, wenn sie es jeden Morgen bekamen.

Rese kämpfte gegen den Zorn an und ging mit dem Rezept zur Speisekammer, wo sie die Zutaten zusammensuchte. Sie hatte alles bereitgestellt und den Teig schon halb fertig, als Star in der Tür stehen blieb und sie anstarrte.

„Das Rezept ist von Lance." Rese schob den Zettel in ihre Richtung. „Im Kühlschrank ist Obst. Du könntest dich mal an einer Deko versuchen."

Star strahlte und griff zu Küchenmesser und Obst, wie sie sonst zu Farben und Palette gegriffen hätte. Sie verbrachte die nächste Stunde damit, Beeren und Birnen und Äpfel zu schneiden und auf Tellern zu arrangieren, wie sie es bei Lance gesehen hatte. Dann fing sie an, selbst zu improvisieren. Rese hatte die drei Komponenten für die Crêpes fertig angerührt; jetzt musste sie sie backen.

Er hatte extra vermerkt, dass sie bei mittlerer Hitze gebacken werden mussten, und Rese erinnerte sich an das verbrannte Porridge, das sie ihm vorgesetzt hatte. Sie würde diese Crêpes nicht verbrennen, nachdem sie so viel Arbeit hineingesteckt hatte. Die Sauce ließ sie zwar beinahe anbrennen, aber konnte sie gerade noch rechtzeitig retten.

Nicht zu viel, hatte er geschrieben, ein wenig Teig reicht. Sie goss etwas in die Pfanne, schwenkte sie, ließ den Teig stocken und schob dann den Pfannenwender unter die Crêpe und drehte sie um. Sie hatte eine hübsche goldene Farbe und war so leicht und luftig, wie seine es gewesen waren. Ihr Herz raste. Sie nahm die Pfanne vom Herd, ließ die Crêpe auf einen Teller gleiten, füllte und rollte sie und löffelte Sauce darüber. Dann reichte sie Star eine Gabel. Wie auf Kommando fingen sie beide gleichzeitig an, von beiden Seiten zu essen.

Die Sauce schmeckte ein bisschen angebrannt, aber Star starrte sie an. „Du hast es geschafft."

Rese nickte, obwohl sie es kaum glauben konnte. „Zumindest eine." Es würde anders sein, wenn sie einen Raum voller zahlender Gäste hatte, aber an diesem Morgen waren sie nach und nach zum Frühstück erschienen. Das würde helfen. Sie stand auf, um die nächste Crêpe zuzubereiten, dann noch eine und noch eine, bis Teig und Füllung aufgebraucht waren. Star ging Chaz und Rico holen, und sie aßen ein verspätetes Mittagessen aus Crêpes mit jeder Menge Obstdekoration.

In der folgenden Nacht schlief Rese fünf Stunden und wappnete sich dann, um ihrem Schicksal ins Auge zu sehen. Würde sie es unter Druck wieder hinbekommen? Es war nur eine Mahlzeit. *„Es ist in jeder Kultur dieser Erde ein Ritual. Das Brotbrechen steht für Verbundenheit, Annahme, Beziehung."* Sie schüttelte den Kopf. Jetzt nicht mehr.

Das Ergebnis war nicht makellos, vor allem, was das Timing betraf, aber die Gäste waren angenehm überrascht und gnädig. Chaz und Rico trugen die Teller auf, die Rese gefüllt und Star dekoriert hatte. Es ärgerte sie, dass vier Leute nötig waren, um Lance zu ersetzen, aber sie schafften es.

An diesem Tag war wieder ein unbeschrifteter Umschlag im Briefkasten. Rese riss ihn auf und zog das Rezept heraus. *Frittata di carciofi* – Artischocken-Omelett. *Die sind einfach, aber du musst auf sie aufpassen, Rese, damit sie nicht austrocknen. Du weißt, wie sie aussehen. Du schaffst das.* Sie knallte den Zettel auf die Arbeitsfläche. Sie wollte keine Ermutigung von ihm.

Aber sie erinnerte sich daran, wie die Omeletts ausgesehen und geschmeckt hatten. Weniger Zutaten als bei den Crêpes und klare Anweisungen. Sie hatten Omeletts zum Mittagessen, ein bisschen verbrannt an den Rändern und trocken, wovor Lance sie gewarnt hatte, aber am nächsten Morgen waren sie perfekt und golden. Star fügte Joghurt zu ihren Dekorationen hinzu.

Wieder ein Frühstück geschafft. Keine Klagen. Jedes Mal, wenn eine Mahlzeit vorbei war, hatte Rese das Gefühl, als würde sie ein Stück in ihrem Innern an den richtigen Platz setzen. Sie wünschte nur, es würde nicht so nutzlos erscheinen.

Lance überraschte es nicht, dass die kleine Kirche bei Evvys Beerdigung gefüllt war, und auch nicht die Tatsache, dass die Stimmung im Gottesdienst so fröhlich war. Die Ansprachen zeugten von einem Leben voller Weisheit und Hilfsbereitschaft, gewürzt mit Humor und Energie. Während er hinten in der Kirche stand, lauschte er den Geschichten aus Evvys Leben, erzählt von den Menschen, die sie am besten und längsten kannten. Seine wenigen Begegnungen mit ihr konnte man kaum damit vergleichen, aber er hatte trotzdem eine Zuneigung zu ihr entwickelt.

Es überraschte ihn jedoch, Rese in der Kirche zu sehen. Selbst umgeben von all den Leuten wirkte sie einsam, und er sehnte sich danach, an ihrer Seite zu sein. Doch das war nicht möglich, das wusste er. Aber es musste ein gutes Zeichen sein, dass sie herkommen und Evvys Ende gedenken konnte. Trotz der Trauer, die in der Kirche zu spüren war, feierte die Gemeinde ein Leben, das sinnvoll gelebt worden war, das Leben eines Menschen, der es richtig gemacht hatte.

Nachdem er Rese entdeckt hatte, war er im hinteren Teil der Kirche geblieben, damit seine Gegenwart sie nicht ablenkte oder ärgerte oder, schlimmer noch, veranlasste zu gehen. Selbst unter traurigen Umständen machte diese Gemeinschaft Glaubender die lebensverändernde Kraft der Liebe Gottes deutlich, und er wünschte sich sehnlichst, dass Rese diese Liebe erfuhr, vor allem, nachdem er sie so enttäuscht hatte. Er betete, dass sie sein Versagen nicht Gott anlasten würde.

Als der Gottesdienst zu Ende war, sah er, wie eine Frau mit braunem Pferdeschwanz sie ansprach, und das war sein Signal, um hinauszuschlüpfen. Aber als er draußen vor der Tür stand, wurde ihm mit einem Schlag bewusst, wie viel er verloren hatte. Evvy war im Himmel, aber er und Rese mussten weiterkämpfen. Er hatte ihr Leben durcheinandergebracht, und im Augenblick schien ihm die Aufgabe, die Sache wieder zu bereinigen, unlösbar.

Lance wollte zu ihr gehen, mit ihr reden, alles erklären, seine Argumente vorbringen, ihr die Absichten hinter seinem armseligen Urteilsvermögen zeigen. Aber selbst das war egoistisch. Er würde sich nur verteidigen, damit sie ihn verstand. Er wusste, was er tun musste; er wollte es nur nicht. *Herr, ich will es nicht tun.* Und er war auch nicht sicher, dass er es konnte. Warum sollte es diesmal anders sein?

Er malte sich lieber nicht aus, was für Geschichten man nach seinem Tod erzählen würde, aber er stellte sich vor, wie Rese seine Sünden aufzählte. Sie mochten zwar vergeben sein, aber ihre Folgen waren dauerhaft. Er schwang sich auf sein Motorrad und fuhr davon, als die Leute gerade aus der Kirche kamen. Evvy zu Ehren würde es ein Festessen geben – abgesehen von dem im Himmel.

Vielleicht ging Rese ja hin, lernte neue Leute kennen, die ihr helfen konnten, ihren Glaubensweg zu gehen – und er fand einen neuen Bereich, den er aufgeben konnte. Musste denn jeder Verlust so wehtun? Er musste fahren. Er wollte lange und weit fahren, bevor noch mehr Unrecht ans Tageslicht kam. Das war das Problem, wenn es verschiedene Möglichkeiten gab. Aber so war Gott nun einmal: totale Freiheit, keine Entscheidung, die einem unwilligen Diener aufgezwungen wurde. Keine Mauern und Fallen, die den Ungehorsamen zu Fall brachten, nur die traurigen Konsequenzen der eigenen falschen Entscheidungen.

Rese verließ die Trauerfeier in Michelles vollgestopftem Auto. Die Frau hatte darauf bestanden, dass sie mit zum „Fest" kam, und behauptet, sie zum Haus zu fahren sei einfacher, als ihr eine Wegbeschreibung zu geben. Rese hatte sich ungesehen in die Kirche und wieder hinausschleichen wollen, aber sie hatten sie umzingelt wie weiße Blutkörperchen einen Krankheitserreger.

Als Einzige, die in Schwarz gekleidet war – einen Rock und eine Bluse, die sie für diese Gelegenheit gekauft hatte –, quetschte Rese sich in das Haus, in dem es vor überschwänglichen Menschen nur so wimmelte. Es ähnelte mehr einer Geburt als einem Todesfall, weil alle über die Freude ihrer „Schwester" redeten. Oder vielleicht war es eine Hochzeitsfeier, denn sie hörte auch eine Menge über Bräute und Bräutigame.

Rese hatte es leidgetan, dass sie Evvy nicht noch ein letztes Mal gesehen hatte, aber alle anderen freuten sich auf das nächste Mal, wenn sie ihr begegnen würden. Michelle reichte ihr einen Teller. „Fangen Sie an einem Ende an und essen Sie sich bis zur anderen Seite durch."

Der Tisch war beladen mit Fleisch- und Käseplatten und Brötchen und Salat und Eintöpfen und Desserts. Nichts Extravagantes wie die Sachen, die Lance kochte, aber gute, herzhafte Hausmannskost.

„Evvy war so glücklich, als Sie nebenan eingezogen sind."

Michelles Bemerkung überraschte Rese. Evvy hatte von ihr gesprochen? Positiv?

„Es war schwer für sie, als Ralph wegging. Das Haus leer stehen zu sehen, hat sie immer daran erinnert, wie sehr sie ihn vermisste." Michelle tat ein paar Oliven auf Rese' Teller. „Die müssen Sie probieren, sie sind mit Peperoni gefüllt. Jedenfalls hat sie Ihnen unheimlich gern bei der Arbeit zugesehen. Ich glaube, dadurch hat sie die erste Lungenentzündung überstanden. Sie wollte die entschlossene Frau und ihren schurkenhaften Gefährten kennenlernen. Evvys Formulierung, nicht meine."

Michelle tat sich einen Löffel Kartoffelsalat auf und merkte gar nicht, welchen Dolch sie gerade versenkt hatte. „Evvy war immer an dem interessiert, was draußen vor sich ging, sie hat sich nicht zurückgezogen, wie manche alten Leute es tun. Für sie war jeder Mensch eine Gelegenheit."

„Gelegenheit?" Rese' Teller war randvoll, aber Michelle schob noch eine Erdbeere unter das Salatblatt.

„Um anderen von der Liebe Jesu zu erzählen." Michelle führte sie zur Veranda, wo alle Stühle besetzt waren, aber am Geländer waren noch Stehplätze frei. Das Haus war gar nicht so klein, aber es beherbergte in jedem Raum und selbst auf der Veranda Lebensmittelspenden, Mäntel für Obdachlose und Spenden für die Schwangerennotunterkunft. Wie ihr Auto, hatte Michelle erklärt, war ihr Haus bereit, um in jeder Notlage zu helfen.

„Evvy wusste, was am wichtigsten war: Auf Gott zu vertrauen."

„Es gibt nur eine Sache, die Bestand hat. Auch wenn alle anderen Sie enttäuschen, er wird es niemals tun." Rese schluckte den Kloß in ihrer Kehle herunter und kämpfte gegen die aufsteigenden Tränen an. Sie war es so leid, die Fassade aufrechtzuerhalten. Die Wut in ihrem Innern wog schwer wie Blei. Alle hatten sie enttäuscht. Mom, Dad, Lance ... und jetzt enttäuschte sie sich selbst.

„Natürlich müssen Sie zugeben, dass Sie ihn brauchen." Wenn sie das tat, würde sie sich ganz und gar auflösen. Sie hatte sich selbst bewiesen, seit sie neun Jahre alt gewesen war. Niemand würde sie töten wollen, wenn sie gut genug war, stark genug, fähiger, begabter als alle anderen.

Aber das war sie nicht. Evvy hatte das erkannt. Wie Lance hatte sie hinter das gesehen, was Rese zu sein vorgab, hatte die Wahrheit gesehen. Tränen brannten, und in kurzen, gebrochenen Sätzen gab sie zu, dass sie Hilfe brauchte.

Lance blickte an der Hausfront hinauf, als er den Umschlag in den Briefkasten steckte. Es überraschte ihn nicht, dass er Rese niemals sah, wenn er kam. Sie hörte wahrscheinlich sein Motorrad und zog sich zurück.

Baxter kam ihm wie immer entgegengesprungen, aber nachdem er die Aufmerksamkeit genossen hatte, bettelte er nicht darum, mitfahren zu dürfen. Er wusste, wo er sein wollte. Wenigstens einer von ihnen hatte es richtig gemacht. Lance stieg wieder auf sein Motorrad und stellte sich Rese' Hände um seine Taille vor, als er zu seinem Hotel fuhr. Es hätte alles ganz anders sein können. Ganz richtig. Er hatte ihr gesagt, dass Hätte-sollen niemanden weiterbrachte, aber er aß, trank und schlief und dachte unaufhörlich an das, was er hätte tun sollen. Und nicht getan hatte.

Er ging in sein Zimmer hinauf und nahm Sybils Brief zur Hand, der immer noch ungeöffnet dort lag. Sollte er das letzte Puzzleteil in seiner Suche sein, wollte er für Rese getan haben, was er konnte, bevor er seinen Auftrag hier erfüllte. Aber Nonna wartete, und vielleicht war die Zeit jetzt gekommen.

Nach dem, was er aus den Akten geschlossen hatte, könnte der Brief Antworten enthalten, die ihm nicht gefielen. Missetaten und Fehler. Aber wer gab ihm das Recht, andere zu verurteilen? Er wäre der Erste gewesen, der sich hätte abwenden müssen, als Jesus sagte: „Wer unter euch ohne Sünde ist, der werfe den ersten Stein."

Aber er konnte der Sache nicht für immer aus dem Weg gehen, und außerdem fühlte er eine Nähe zu Vito, jemandem, dem sein Leben auch nicht gelungen war. Er drehte den Umschlag um, öffnete ihn vorsichtig und entfaltete dann den Brief. Die Anrede war geschwärzt, aber er vermutete, dass das Schreiben an Arthur Tremaine Jackson gerichtet war. Vielleicht meinte Sybil das mit der Verbindung zwischen ihren beiden Familien, wenn es auch mit Vittorio zu tun hatte.

Sein Blick wanderte weiter zum ersten Absatz des Briefes, und er las:

Da Sie dies lesen, müssen Sie mich so ernst genommen haben, dass Sie den Brief aus dem Depot geholt haben. Sie werden es nicht bereuen. Meine Informationen sind zutreffend und wertvoll. Wie wertvoll, müssen Sie selbst entscheiden.
Erstens: Marco Michelli ist vom FBI.

Nonno beim FBI? Lance starrte auf den Brief und stellte sich seinen Großvater in Uniform vor. New Yorker Polizei. Er hatte alle möglichen Geschichten erzählt, aber nie, dass er Agent gewesen war.

Er las weiter:

Zweitens: Es gibt einen Maulwurf bei Ihnen. Jemanden, der nicht genannt werden soll, bis wir eine Abmachung haben. Da diese Situation Ihre Zukunft gefährden könnte, sollten Sie meine Dienste für sehr wertvoll erachten. Treffen Sie sich morgen Mittag um zwöf mit mir am Depot, um das Problem zu eliminieren.

Keine Unterschrift. Aber der letzte Satz war vielsagend. Ein Killer? Von Arthur Jackson angeheuert, um Marco umzubringen? Hatte er Vittorio versehentlich getötet? Oder … Lance setzte sich aufs Bett. Es gibt einen Maulwurf bei Ihnen. War Vito der Spitzel? Der mit Marco zusammenarbeitete?

Unrecht, das einen verfolgt. Lance rieb sich die Nasenwurzel. Der Brief musste an Arthur Jackson adressiert gewesen sein. Warum sonst sollte Sybil ihn haben? *„Die Zeitung hat diese Information nicht und die Polizei auch nicht. Ich bin die Einzige, die davon weiß.“* Vielleicht ein Familienarchiv. Wollte Sybil die Vergangenheit wiedergutmachen, indem sie ihm jetzt half? Er schluckte. Vielleicht war ihre Begegnung vorherbestimmt, aber mit Schicksal hatte das nichts zu tun. Wieder einmal spürte Lance Gottes Hand.

Vielleicht war er ja doch nicht so nutzlos. Er griff zum Telefon. Als Lucy den Apparat an Nonna weitergereicht hatte, sagte er: „Sprich mit mir, Nonna. Was hatte Arthur Jackson vor?“

Ihr Schweigen bestätigte seine Vermutung.

„Ich habe einen Aktenkoffer mit Dossiers gefunden.“ Er nannte einige der Männer, die in den Unterlagen vermerkt waren. „Sieht aus wie irgendeine Betrügerei und –“

„N-nein.“

Er verstummte. „Was nein?“

„Nicht w-weiter.“

Lance nahm den Brief zur Hand. „Was meinst du? Ich bin dicht davor.“

„Beg-rabe N-nonno.“

„Darum kümmere ich mich. Aber –“

„L-l-l …“

Er presste die Finger an seine Schläfe, während sie nach Worten rang. „Ich erzähle dir, was ich gefunden habe.“

„L-l-lass es.“

Lance nahm das Telefon vom Ohr, als hätte er nicht richtig gehört, dann lauschte er wieder. „Nonna …“

„Nicht w-weiter.“ Ihre Stimme brach in einem Schluchzen.

Auf keinen Fall hatte er gewollt, dass sie sich aufregte. „Hör zu, Nonna. Mach dir keine Sorgen, hörst du?“

„Nonno Quil-lan.“

„Ja, ich weiß." Er arbeitete daran. Aber warum wollte sie nicht, dass er den Rest untersuchte? „Alles in Ordnung?"

„I-in Ord-nung."

Lance schaltete sein Handy aus und starrte auf die Tasten. Und was jetzt? Es lassen? Sie hatte ihre Meinung gesagt … mit Nachdruck. Alles andere wäre Ungehorsam. Kopfschüttelnd warf er den Brief auf den Tisch und nahm seine Gitarre in die Hand.

Tränen liefen über ihre Wangen. Scham. Wut. Verwirrung. Papa? Warum ging er so spät noch fort? Warum hatte er gesagt, wenn es Schwierigkeiten gebe, sollten sie sich verstecken? In welche Schwierigkeiten hatte er sie gebracht? Akten. Namen. Menschen, die sie vergessen wollte. Nicht weiter! Antonia wiegte sich, die Arme an ihre Seiten gepresst. Warum, Papa? Warum?

Der nächste Brief enthielt das Rezept für Mandelfocaccia. Lance schlug vor, Rico um Hilfe zu bitten, da dieser gesehen hatte, wie seine Großmutter es Lance beigebracht hatte. Es war deutlich komplizierter, mit Hefe zu backen, und selbst mit Ricos Hilfe musste sie drei Bleche herstellen, bevor sie eines servieren konnte. Aber mit jedem Mal wuchs ihr Selbstvertrauen, und Rese stellte fest, dass sie das Kochen gar nicht hasste; sie hatte nur das trostlose Ritual gehasst, das es früher gewesen war.

Sie bekam einen Anruf von jemandem, der die Stellenanzeige gesehen hatte, aber jetzt zögerte sie, die Tätigkeit aufzugeben. Sie konnte nicht erwarten, dass Chaz und Rico ewig blieben, und Stars Pläne waren wie immer unergründlich. Trotzdem sagte sie zu der Bewerberin, die Stelle sei zumindest vorübergehend besetzt. Sie war noch nicht bereit, sich auf jemand Fremdes einzulassen, selbst wenn die anderen heute abreisen sollten.

Chaz und Rico bauten am Samstagabend ihre Anlage auf und spielten, überwiegend Instrumentalstücke mit Chaz an Flöte und Saxophon und Rico am Schlagzeug. Ohne Lance' Gitarre und Gesang hatten sie nur begrenzte Möglichkeiten, aber Star sang einige Lieder zusammen mit ihnen, wenn sie nicht bediente. Rese machte den Kaffee und hatte Biscotti gekauft.

Da sie durch die Stadt gegangen war und alle Plakate abgerissen hatte, waren nur ihre eigenen Gäste da und ein paar von der vorigen Woche. Ohne Evvy hatte ihre alte Clique auch keinen Grund mehr, sich hier zu treffen. Ohne Lance fehlte die Lebensfreude. Und ohne Chaz und Rico würde es überhaupt keine Musik mehr geben.

Aber sie konnte die Pension auch ohne das führen, wenigstens im Sommer und Herbst. Dass Unterkünfte in dieser Saison knapp waren, würde dafür sorgen. Die Nebensaison würde eine größere Herausforderung darstellen, aber sie war froh, dass sie nach vorne schauen und sich vorstellen konnte, es zu schaffen.

In der folgenden Woche erweiterten sie ihr Repertoire um überbackene Crêpes mit Wurst und um Windbeutel. Alle Rezepte wurden persönlich überbracht, was bedeutete, dass Lance noch in der Stadt war, aber er hatte nicht versucht, Kontakt zu ihr aufzunehmen, und darüber war sie froh. Je klarer der Bruch, desto einfacher die Heilung – was nicht gerade ein gutes Argument dafür war, dass sie seine Rezepte annahm. Da hatte sie eine Ausnahme gemacht, weil die Situation es erforderte.

Aber in dem Umschlag, den Rese jetzt öffnete, war kein Rezept, sondern ein kurzer Brief, der sie misstrauisch werden ließ. *Rese, ich habe Vorkehrungen getroffen, um meinen Ururgroßvater zu beerdigen. Gibst du mir morgen die Erlaubnis, das zu tun? Gib deine Antwort Chaz oder Rico, sie wissen, wie sie mich erreichen können. Lance.*

Sie starrte auf den Zettel. Sie hatte das Kutscherhaus und den Keller und das Skelett verdrängt. Zum einen war sie zu beschäftigt gewesen, zum anderen steckte ihr die Erfahrung noch immer in den Knochen und sie war nicht bereit gewesen, die Schwelle zu überschreiten und sich dem Schmerz zu stellen, der damit verbunden war. Aber jetzt musste sie es tun, wie es schien.

Sie ging zum Dachboden hinauf, wo Star und Rico und Chaz sich aufhielten. Star hatte eine ganze Reihe bunter Sitzsäcke und einen ordentlichen, leisen Ventilator besorgt, sodass es dort gemütlicher war. Rese reichte Rico die Nachricht. „Lance will das Skelett beerdigen." Sie schluckte. „Könnt ihr ihm sagen, dass das in Ordnung ist?"

Mehr als nur in Ordnung. Wenn die Leiche fort war, konnte sie den Keller schließen und – Aber was war mit all dem Wein? Vielleicht hatte Lance dafür auch irgendwelche Pläne gemacht. Sie wollte es nur hinter sich bringen. Wenn er erst einmal hatte, weswegen er hergekommen war, würde er nach New York zurückfahren, und die Pension würde so sein, wie sie es sich von Anfang an vorgestellt hatte.

Na ja, sie hatte sich nie vorgestellt, selbst Frühstück zu machen, und sie würde immer noch ein Zimmermädchen brauchen, wenn die anderen weg waren. Sie hatte auch die Besuche bei ihrer Mutter und die Einladung zum Bibelkreis von Evvys Freundin Michelle. Die Dinge sahen etwas anders aus, aber sie war wieder auf dem richtigen Weg – es sei denn, Lance klagte wegen des Hauses gegen sie.

Sie sollte mit ihrem Anwalt sprechen, vor allem, weil sie Lance zum Geschäftspartner gemacht hatte. Schriftliche Vereinbarung und so. Da hatte sie ihm ja einen schönen dicken Trumpf serviert. Und sie konnte nur spekulieren, welche Besitzurkunde vor Gericht Bestand haben würde.

Aber wenn er ihr alles wegnehmen wollte, warum schickte er dann die Rezepte? Warum verhalf er ihr zum Erfolg in diesen ersten Tagen, an denen alles zusammenzustürzen drohte? Sie verließ den Dachboden und wurde sich plötzlich bewusst, wie viel sie von den anderen trennte. Wenn die Jungs abreisten, würde Star sicherlich auch gehen. Und dann war sie allein. Aber sie wusste jetzt, wer bei ihr bleiben würde, und dafür konnte sie dankbar sein. Allerdings nicht so dankbar, dass sie zu Hause sein wollte, wenn Lance morgen kam.

Lance nahm beim ersten Klingeln ab. Obwohl er ihr den Ausweg genannt hatte, wenn sie nicht mit ihm sprechen wollte, war er enttäuscht, dass er Ricos Stimme am anderen Ende hörte. „Sie sagt, es geht in Ordnung, Mann. Du kannst den alten Mann zur Ruhe betten."

Er atmete langsam aus. „Danke, Rico."

Die Polizei und der Gerichtsmediziner würden auf jeden Fall bei Rese vorsprechen, aber er hatte gehofft, dabei zu sein, damit seinem Vorfahren die Würde und Ehre zuteilwurden, die ihm gebührten. Die Identifizierung sollte nicht allzu problematisch sein, mit dem Foto in

Nonnas Schachtel, das Quillans Haar zeigte, und einer DNA-Analyse, die die Verwandtschaft mit Lance feststellte, sodass einem Begräbnis nichts im Wege stehen dürfte. Die Leiche war so weit skelettiert, dass eine Todesursache wohl nicht mehr festzustellen war, aber Lance vermutete, dass Nonna die sowieso schon kannte.

Und sie würde sie für sich behalten, wenn es nach ihr ging. Warum war sie so stur? Er hatte nicht noch einmal angerufen. Er wollte nicht riskieren, sie noch mehr aufzuregen, weil jeder Stress einen neuen Schlaganfall auslösen konnte. Aber da Gehorsam nicht seine Stärke war, hatte er im Internet und in der Geschichtsabteilung der Stadtbücherei Recherchen über die Männer angestellt, von denen in den Akten die Rede war – und hatte beinahe nichts gefunden. Einige von ihnen hatten Verbindungen zu kriminellen Organisationen in San Francisco, aber nirgends war davon die Rede, dass Arthur Jackson etwas damit zu tun gehabt hatte. Was immer sie in Sonoma getrieben hatten, musste geheim geblieben sein, und der Mord an Vittorio Shepard war nicht einmal in den ungelösten Fällen verzeichnet.

Das konnte er nicht ändern. Nonna wollte nur, dass Quillan beerdigt wurde, also neigte seine Mission sich dem Ende zu. Er fühlte sich wie ausgehöhlt, als wären seine Knochen abgespült und zum Trocknen aufgehängt worden. Aber er wurde nicht mehr von Schuldgefühlen zerfressen. Bedauern, ja, und Schmerz. Aber obwohl er mit Unaufrichtigkeit und egoistischem Stolz gestartet war, hatte er sein Bestes getan, um Rese zu geben, was sie brauchte, um von ihm unabhängig zu sein.

Er wusste von den Jungs, dass sie es schaffen würde. Er wünschte, er wäre dort, um sie mit gerötetem Kopf in der dampfenden Küche zu sehen. Aber bald würde er Baxter einsammeln und sich auf sein Motorrad schwingen. Er würde für eine Weile nach Hause fahren und sich vergewissern, dass Nonna zufrieden war. Dann würde er abwarten, wohin die Straße ihn als Nächstes führte.

Wenn er zu sehr darüber nachdachte, kamen ihm die Tränen, aber er versuchte das zu vermeiden. Er hatte das Lied seiner Seele eine Zeitlang verloren, aber er vermutete, dass er wieder singen würde … irgendwann. Rese hatte bald Geburtstag, und er fragte sich, ob sie jemals echte Rubine für ihre Ohrläppchen bekommen würde. Oder hatte sie die Stecker ganz entfernt?

Kapitel 42

Vielleicht war es keine so gute Idee gewesen, einen Besuch bei Mom zu vereinbaren, wenn ihre Gedanken ohnehin schon aufgewühlt waren. Wenn Lance erst einmal seinen Vorfahren begraben hatte, würden dann alle ihre Sachen packen und abreisen? Es spielte keine Rolle. Das war unvermeidlich. Ihre kleine Truppe konnte nicht ewig halten. Rese hatte gehört, wie Rico am Telefon mit seinem Agenten gesprochen hatte, und vielleicht konnte er Lance jetzt dazu bewegen, sich der Band wieder anzuschließen.

Sie fuhr sich mit den Fingern durch die Haare und verließ ihre Suite. Star stand im Foyer, in einen einfachen Wickelrock und ein ärmelloses Top gekleidet. Rese kam näher und fragte sich, wie sie Stars Miene deuten sollte. „Alles in Ordnung?"

Star nickte, aber ihre Anspannung war offensichtlich. Wollte sie sich verabschieden? Ihre Zunge huschte über den glänzend pinkfarbenen Lippenstift, den sie trug. „Ich dachte, du möchtest vielleicht, dass ... ich mitkomme."

Mitkommen? Rese sah sie prüfend an.

„Wenn du Elaine besuchst."

Rese musste alle verfügbare Selbstbeherrschung aufbieten, um ihren Schock nicht zu zeigen. Star wollte Mom sehen?

„Du weißt schon." Ihre Lippen bebten. „Für dich da sein."

Rese wurde von einer plötzlichen Wärme erfüllt. Wollte Star sie tatsächlich unterstützen? Würde sie eine Frau besuchen, die sie verachtete, damit ihre Freundin nicht allein war? Rese hatte keine Ahnung, wie sie darauf antworten sollte. Sie würde verletzlich sein. Der letzte Besuch hatte sie so fertiggemacht, dass sie Lance alles offenbart hatte.

Aber diese Wendung war völlig unerwartet, ganz und gar untypisch für Star. Sie sagte: „Klar, wenn du willst."

Star lächelte. Es war wirklich erstaunlich, was für ein strahlendes Lächeln sie hatte. „Gut. Glaube ich." Sie lachte.

„Weißt du, worauf du dich da einlässt?" Rese hakte Star unter.

„Wahrscheinlich nicht."

Sie gingen Arm in Arm zum Lieferwagen, aber Rese' Augen wanderten noch immer zu dem Platz, an dem das Motorrad stehen sollte. Er würde herkommen, während sie fort war. Sie würde ihn nicht sehen. Schmerz strömte durch ihre Adern. Was war nur mit ihr los? Warum blieb sie nicht, um ihn zu sehen? Sie mussten ja nicht miteinander reden. Sie konnte ihn einfach nur sehen.

Aber sie zog die Wagentür auf und öffnete die andere Tür für Star. Mom wartete, und ihre Freundin kam mit. Das war ziemlich klasse.

Star hatte Angst, sich übergeben zu müssen. Ihr Magen war wie eine Faust zusammengeballt, als sie neben Rese im Auto saß. Dies war das erste Opfer, das sie brachte, soweit sie sich entsinnen konnte. Sie hatte schreckliche Angst davor, Elaine zu begegnen.

Rico hatte sie gestern Abend gefragt, ob sie sich vorstellen könnte, mit ihm nach New York zu gehen. Sie konnte bei einer von Lance' Schwestern im Michelli-Haus wohnen, und sobald sie einen Gitarristen gefunden hatten, den er und Chaz ertragen konnten, würden sie es gemeinsam versuchen. Er hatte sie bislang noch nicht einmal geküsst.

Sie brauchte nicht lange zu überlegen. Aber sie wollte Rese etwas geben, bevor sie ging. Keinen Gegenstand, den sie mit dem Geld ihrer Mutter kaufen konnte, sondern etwas, woran Rese sich erinnern würde. Und dieser Besuch war alles, was ihr eingefallen war. Sie sprachen nicht viel auf der langen Fahrt. Star hatte Angst, sie könnte rufen: „Halt an! Ich will aussteigen!"

Stattdessen konzentrierte sie sich auf die Dinge, die Rese in all den Jahren für sie getan hatte, auf die Gelegenheiten, bei denen sie Star vom Abgrund zurückgezogen hatte. Dies hier konnte man kaum damit vergleichen. Sie gingen in die Irrenanstalt, um einen Besuch zu machen, nicht um dort zu bleiben.

Das Krankenhaus war kein Kerker, und sie sahen keine Zellen, sondern nur das Besuchszimmer. Star zögerte, als Rese auf die Frau am Tisch zuging. Ihr Haar war gesponnene Seide, ihre Haut weich und schlaff, aber sie erinnerte sich an diese Augen. Das gleiche Dunkelbraun wie bei Rese, mit dem verschwenderischen Überfluss an Farbe. Elaines Augen hatten sie zugleich fasziniert und abgestoßen, denn als Kind hatte sie nie gewusst, was für ein Wesen dahinter lauerte – ob freundlich oder grausam –, anders als bei ihrer eigenen Mutter, deren Gleichgültigkeit die einzige Konstante bei all den Variablen ihres Lebens war.

„Mom, du erinnerst dich doch an Star." Rese winkte sie zu sich.

Elaine hob den Blick, und Star erbebte. Sie war nicht sicher, ob sie wollte, dass Elaine sich an sie erinnerte, aber als sie der Frau ins Gesicht sah, spürte sie, wie etwas in ihr schmolz, und sie sagte: „Hi."

Elaine sah sie prüfend an. „Natürlich erinnere ich mich an das Feenkind. Du warst immer so leicht, hattest ganz viele Feen um deinen Kopf."

Star konnte nicht atmen. Sie setzte sich ihr gegenüber hin. „Sie haben Feen gesehen?"

„So schöne Farben." Elaine fing an sich zu wiegen. „Schöne, schöne Farben." Sie drehte sich zur Wand. „Jetzt ist alles grau; grau, grau, grau, grau, grau." Ihre Stimme klang heiser. Sie wandte sich zu Rese um. „Was hast du mit deinem Vater gemacht?"

Star sah fasziniert zu, als Rese ihr vorsichtig erklärte, dass ihr Vater tot war. Sie vermutete, dass diese Information nicht neu war, aber ob Elaine sie aufnahm, war nicht sicher. Was sie nicht verstehen konnte, war der Friede und das Staunen, die sie bei Elaines Worten erfüllt hatten. Sie wollte sie berühren, ihre Hand, ihr schönes Haar streicheln.

Nach einer Weile wurde Elaine unruhig, und eine Frau kam, die sie beruhigte. „Das ist vielleicht alles, was sie heute verkraften kann. Es ist immer noch neu." Die Frau sprach leise, aber ihre Worte hatten Autorität.

Star stand mit Rese zusammen auf. Sie hatte keine Ahnung, was Elaine aufgeregt hatte. Sie hatte nach den ersten Bemerkungen nicht mehr viel mitbekommen. Schweigend gingen sie zum Wagen, und dann saß sie auf dem Beifahrersitz. Rese sagte etwas und Star wandte sich ihr zu. „Was ist?"

„Ist alles in Ordnung?"

Star nickte, aber lange konnte sie nichts sagen. Sie waren über eine Brücke gefahren und in eine ländliche Gegend, bevor sie sagte: „Wenn es am schlimmsten war … wenn sie sich im Schlafzimmer auf mich gestürzt haben, habe ich nach oben gesehen und nur die schönen Farben gesehen." Sie starrte aus dem Fenster, vorbei an einem niedrigen Zaun, der sich über braunen Gräsern hob und senkte. „Ich habe so getan, als wären es Feen."

Lance war so nervös wie ein Teenager bei seinem ersten Date, als er zur Pension fuhr. Er parkte das Motorrad und Baxter begrüßte ihn, außer sich vor Freude. Lance umarmte den Hund eine ganze Weile, bevor er aufstehen und seinen Freunden gegenübertreten konnte, die beim Klang der Harley herausgekommen waren. „Hey." Er musste unwillkürlich zum Haus hinübersehen. Würde sie herauskommen?

„Sie ist nicht hier, Mann." Damit machte Chaz seinen Überlegungen abrupt ein Ende.

Rico sagte: „Sie und Star sind zu Rese' Mom gefahren."

Eine gute, sichere Entfernung und eine lange Abwesenheit. Er hätte gerne um Verzeihung gebeten, aber das entsprach offensichtlich nicht ihren Plänen. Er hoffte, sie würde den Besuch bei Elaine gut verkraften. Und dann wurde ihm bewusst, dass sie … Star mitgenommen hatte? Er war nicht sicher, was er davon halten sollte.

Star war nicht gerade eine große Hilfe gewesen, und Rese hatte sein eigenes Angebot abgelehnt. Aber bevor er noch weiter darüber nachdenken konnte, traf die Polizei ein, und er konzentrierte sich auf Quillans sterbliche Überreste. Er beaufsichtigte die Arbeit im Tunnel, das sorgfältige Einwickeln und Entfernen der Knochen von dem Ort, an dem sie gelegen hatten, seit Nonna ihn dort zurückgelassen hatte.

Ein Seufzer der Erleichterung entfuhr ihm. Sobald sie die Identifizierung vorgenommen hatten, würde Quillan auf dem Friedhof bei den DiGratias und den Shepards beerdigt werden. Er hatte sich geirrt, was das Grab betraf – es gab einen reservierten Platz für Quillan neben seiner Frau Carina. Der Boden war abgesackt und die Steine standen schief, aber der Platz war da.

Als der Leichenwagen und die Polizei fort waren, wandte Lance sich an die anderen. „Wie lange bleibt ihr noch?"

Chaz hob die Hände. „Ich muss arbeiten, um Geld nach Hause zu schicken."

Rico sagte: „Saul Samuels steht in den Startlöchern. Wir brauchen deine Gitarre und deine Songs, Lance." Er erwähnte seine Stimme nicht.

In New York gab es keinen Mangel an Gitarristen. Lance schüttelte den Kopf. „Sobald die Sache mit Nonno Quillan erledigt ist, gehe ich für eine Weile zurück. Aber sucht euch eine andere Gitarre."

Rico sagte: „Ich habe Star gefragt, ob sie mitkommt."

Lance hatte das schon vermutet. Er hatte sich Sorgen gemacht, dass sie nach einer gewalttätigen Beziehung noch nicht für eine neue Verbindung bereit war, aber sie und Rico schienen eine Harmonie gefunden zu haben, die vielleicht hielt. „Dann ist Rese allein."

„Das können wir nicht ändern."

Wahrscheinlich nicht. Sie waren sowieso schon länger geblieben, als er erwartet hatte. „Könnt ihr noch warten, bis sie jemanden gefunden hat?"

„Sie will nicht. Sie hat die Anzeige wieder gelöscht und den Leuten, die angerufen haben, gesagt, dass die Stelle besetzt ist."

Lance runzelte die Stirn. „Will sie das allein durchziehen?"

Rico zuckte mit den Schultern. „Sie sagt nicht viel."

Der Schmerz in ihm erwachte wieder zum Leben. Hatte sie Angst, noch einmal jemanden einzustellen, nach dem, was er getan hatte? Und er hatte gedacht, er hätte die Schuldgefühle hinter sich. Baxters Zunge schob sich in seine Hand. Der Hund spürte immer, was los war. Lance beruhigte ihn, indem er ihm über den Kopf strich.

Chaz lehnte sich an die Wand des Kutscherhauses und verschränkte die Arme. „Was wird eigentlich aus dem Wein und dem Geld?"

„Daran arbeite ich noch. Ich habe einen Freund von Tony gebeten, die Nummern der Scheine, die ich aus dem Geheimfach genommen habe, zu überprüfen. Um zu sehen, ob das Geld heiß ist."

„Und wenn es das ist?"

„Dann wird das FBI bald hier auftauchen."

Chaz legte den Kopf schief. „Und wenn nicht?"

„Dann wird Rese sich in nächster Zeit keine Sorgen um ihre Rechnungen machen müssen. Diese Scheine sind auf jeden Fall mehr wert als ihr nomineller Wert."

„Und was ist mit dem Wein?" Rico sah ihn neugierig an.

„Hängt von der Qualität ab. Er ist nicht gestört worden, und die Temperatur da unten ist perfekt. Bei dem Jahrgang könnte jede Flasche bei einer Auktion zwischen zweihundert und zweitausend Dollar bringen."

Rico pfiff. „Das würde einige Tourneen finanzieren."

Lance lächelte schief. „Das würde es wahrscheinlich." Er hatte ihnen nichts von der Besitzurkunde erzählt. Niemand außer Rese wusste davon. Nicht einmal Nonna. Es konnte sein, dass er ihr davon erzählen musste, wenn er wieder in New York war, aber vielleicht auch nicht.

Rese überraschte es nicht, dass sie abreisten. Sie hatte es erwartet. Aber Stars Geste, mit ihr zusammen ihre Mutter zu besuchen, hatte ihr sehr viel bedeutet. Es half, die Erfahrung mit jemandem zu teilen, der mitfühlte. Sie hatte nicht erwartet, dass Star es verstehen würde, aber das hatte sie. Und Rese war in der Lage, die Situation ihrer Mutter ohne diese lähmende Angst zu betrachten. Ja, ihre Mutter hatte Schizophrenie. Das war nicht gut, aber sie würden damit klarkommen. Was das betraf, konnte sie sich auf Gott verlassen.

Sie stand jetzt ein wenig entfernt und sah zu, wie sie das Skelett aus dem Keller begruben. Keiner der anderen wusste, dass sie hier war. Sie war nicht sicher, warum sie gekommen war, außer dass sie dachte, Lance würde vielleicht auf sein Motorrad steigen und direkt vom Friedhof aus die Stadt verlassen.

Also hatte sie beschlossen, sich mit einem letzten Blick zu quälen. Sie war viel zu weit weg, um irgendwelche Einzelheiten zu erkennen, sondern sah nur seine Gestalt mit dem locker fallenden Hemd und den Jeans, seine Haltung, ehrfürchtig, aber zugleich mit dem Anflug von Unruhe, den sie schon früher bemerkt hatte. Was dachte er wohl, als sie seinen Verwandten zur letzten Ruhe betteten? Oder, weil es Lance war, was fühlte er? Der Wind zerzauste seine und Ricos Haare. Stars' Locken waren zu einem roten Nest aufgesteckt und Chaz stand wie ein mitfühlender Engel daneben und führte die Aufsicht.

Als sie die Köpfe zu einem letzten Gebet senkten, ging Rese zu ihrem Lieferwagen. Sie war zu Hause und im Schuppen, bevor der Van vorfuhr, aber sie ging zum Fenster und sah hinaus. Kein Motorrad, kein Lance. Nur die anderen, die die Anlage, die Instrumente und Taschen aufluden. Die stechende Enttäuschung überraschte sie. Sie hatte nicht geglaubt, dass er kommen würde. Er hatte erledigt, was er vorgehabt hatte. Jedenfalls hoffte sie das. Aber ihn auf dem Friedhof zu sehen, hatte mehr geschmerzt, als sie erwartet hatte.

Star kam in den Schuppen und ihr Gesicht leuchtete. Rese stellte sich unwillkürlich die Feen um ihren Kopf vor. „Die entscheidende Frage ist", sagte Star, „bleiben die Frösche hier oder kommen sie mit?"

Rese lächelte. „Sie gehören dir. Entscheide du."

Star kam näher und umarmte sie lange. „Komm mit uns."

„Und was soll ich dann tun?"

„Diese Frage darfst du niemals stellen, wenn du den Regenbogen erreichen willst."

Regenbogen waren etwas außerhalb ihrer Reichweite, aber damit konnte sie leben. Rese blickte Star an. „Ich gehöre hierhin. Aber du weißt, dass du immer willkommen bist."

„Und was ist, wenn ich Rico mitbringen muss?"

„Rico auch. Er kann Pfannkuchen machen."

Star kicherte. „Ich dachte, du würdest ausholen und der Alten eine scheuern."

Rese schüttelte den Kopf. „Gar nicht so abwegig, der Gedanke." Sie konnte immer noch nicht leicht mit Leuten umgehen. Vielleicht würde das mit der Zeit kommen, vielleicht auch nicht. Wie auch immer, jetzt war sie dafür zuständig.

Sie war überrascht, wie sehr es ihr wehtat, die anderen abreisen zu sehen. Sie winkte, als der Van auf die Straße fuhr, und hätte am liebsten gebrüllt: „Fahrt nicht!" Aber dies war ihr Haus, sie war dafür verantwortlich. Und sie konnte nicht alles allein machen. Sie würde jemanden einstellen müssen.

Bei dem Gedanken war ihr nicht ganz wohl. Sie hatte mit sich gerungen, aber sie war völlig ausgebucht und würde es allein nie schaffen. Schon jetzt war es schwierig genug. Wer immer die Stelle bekam, würde nur zur Arbeit hierherkommen. Sie würde nicht Kost und Logis anbieten. Das fühlte sich zu sehr nach Familie an, und sie konnte nicht ertragen, dass sie ständig alle ihr nahe stehenden Menschen verlor.

Rese ging zum Kutscherhaus zurück und stand davor, ohne hineinzugehen. Es war richtig schön geworden, und wenn die Möbel fertig waren, würde sie eine ordentliche Miete dafür verlangen können. Wenn erst einmal genügend Leute dort übernachtet hatten, hörte es vielleicht auf, Lance' Haus zu sein. Neben ihr spitzte Baxter die Ohren und hob den Kopf. Er winselte leise, und einen Augenblick später hörte sie das Motorrad.

Natürlich. Er kam, um seinen Hund zu holen.

Lance hielt neben dem Schuppen und stellte überrascht fest, dass Rese mit Baxter im Garten stand. Sie musste gehört haben, dass er kam. Warum war sie nicht davongelaufen? Wollte sie sich weigern, den Hund herauszugeben? Sie wirkte kämpferisch genug.

Er stieg vom Motorrad und setzte seinen Rucksack ab. Er hätte einfach nach Baxter pfeifen können, aber vielleicht bekam er ja diesmal die Gelegenheit, etwas zu sagen. Rese stand da, als wäre sie im Garten festgewachsen, eine schöne Statue, die man wegen ihrer unwiderstehlichen Gestalt bewunderte. Keine launische Nymphe, die aus einer Lilienblüte Wasser rinnen ließ.

Er blieb einige Schritte von ihr entfernt stehen, und einen Augenblick lang kam kein Wort über seine Lippen. Dann sagte er: „Danke, dass ich Nonno beerdigen durfte."

Sie nickte einmal.

„Rese … ich war dir gegenüber nicht ehrlich, und das tut mir leid." So leid, dass schon das Aussprechen wehtat. „Ich habe alle Register gezogen, um zu bekommen, was ich wollte."

Ihr Unterkiefer war angespannt, und er ahnte, wie ihr Nacken sich anfühlen musste.

„Ich weiß, dass du mir nicht glauben kannst, aber ich habe nie gelogen, was meine Gefühle für dich betrifft. Ich habe jedes Wort ernst gemeint." Tränen brannten in seinen Augen, aber er wollte nicht ihr Mitleid erregen. „Das tue ich immer noch, und ich möchte, dass du weißt … Wenn du irgendetwas brauchst … Wenn es zu viel wird …"

„Was? Dann kommst du vorbei und rettest mich?"

Ein sauberer Stoß zwischen die Rippen. Er schluckte die Tränen hinunter, die nicht weggehen wollten. Es gab nicht mehr viel zu sagen. Sosehr er sich auch wünschte, es würde ewig dauern, konnte sie doch jeden Augenblick die Polizei rufen. Er griff in seine Jackentasche und zog heraus, was er mitgebracht hatte. Er hielt ihr den Zettel hin. „Hier sind der Name und die Nummer von jemandem, der den Wein schätzen kann. Ich würde aber noch eine zweite Meinung einholen, nur um auf Nummer sicher zu gehen."

Sie hob langsam die Hand und nahm den Zettel.

„Unter dem Regal mit den leeren Flaschen findest du ein Geheimfach mit Silberzertifikaten. Ich vermute, ungefähr zweihunderttausend Dollar nomineller Wert." Er reichte ihr ein zweites Stück Papier. „Und Sammlern sind die so viel wert."

Sie warf einen Blick darauf und ihre Augen weiteten sich.

„Sie stammen aus einem Geschäft, mit dem mein Urgroßvater zu tun hatte, aber es ist legale Währung und koscher, du kannst also damit machen, was du willst."

Sie sah ihm ins Gesicht, und der Schmerz war deutlich in ihren Augen zu lesen. Er hatte ihr damit nicht wehtun, sondern ihr Freiheit geben wollen. Wahrscheinlich hielt sie es für einen Trick, aber der letzte Teil würde sie überzeugen.

„Und dann ist da noch das hier." Er hielt ihr die Urkunde hin.

Ihre Finger zitterten, als sie den Umschlag nahm und hineinsah. „Die Besitzurkunde deiner Großmutter?"

„Sie wollte nur, dass Nonno beerdigt wird." Wenigstens war das alles, was sie zugegeben hatte, und er war zu erschöpft, um die Sache weiterzuverfolgen. Er wünschte sich nichts sehnlicher, als Rese in den Arm zu nehmen. Beinahe hätte er es getan, aber er zwang seine Hände, sich nicht auszustrecken. „Ich wünsche dir alles nur erdenklich Gute. Du wirst es großartig machen." Und jetzt konnte er nicht mehr kämpfen. Er drehte sich um und ging zum Motorrad.

„Lance?"

Er blieb stehen. Es war ihr gutes Recht, auch ihre Meinung zu sagen. Er sollte sich umdrehen und sich dem stellen, aber egal ob es Spott oder Dankbarkeit war, wenn er sie noch einmal ansah …

„Ich brauche ein Zimmermädchen."

Er verstand nicht. Dass sie Hilfe brauchte, war ihm klar, aber warum erzählte sie ihm das? „Keine Köchin?"

„Fünf verschiedene Frühstücksgerichte beherrsche ich schon ziemlich gut."

„Kein Abendessen?"

„Das Abendprogramm habe ich gestrichen."

Da er ihr immer noch den Rücken zukehrte, zuckte er zusammen, als sie ihn berührte.

„Ich brauche ein Zimmermädchen, aber ich würde auch mit einem Partner vorliebnehmen."

Er fuhr herum und starrte sie an. Bat sie ihn zu bleiben?

„Einem *Geschäfts*partner."

Eine entscheidende Klarstellung, nur für den Fall, dass er mehr erwartete als einen Job. „Ich bin nicht sicher, ob ich das kann, Rese." Er schluckte. „Ich genüge deinen professionellen Ansprüchen nicht." Das hatten sie gleich zu Anfang festgestellt.

„Na ja, wenn ich kochen lernen kann …"

Er schüttelte den Kopf und packte den Saum seiner Jacke. „Nein. Ich werde dich berühren, und dann feuerst du mich und dann sind wir wieder da, wo –"

„Ich kann dich nicht feuern. Du bist mein Partner." Ihr Blick begegnete seinem, als sie seine Zettel hochhielt. „Mit deinem eigenen Kapital."

Sein Kapital? Er legte den Kopf in den Nacken. Sah sie denn nicht, was er zu tun versuchte?

„Und Fähigkeiten. Star ist der Meinung, ich werde meine Gäste schlagen, und ich bin nicht sicher, ob ich wirklich Tag und Nacht in der Küche verbringen will."

„Rese …" Aber er wusste, dass sie Hilfe brauchte. War es besser, sie mit dem zurückzulassen, was sie finden konnte? Da stand sie und versuchte selbstbewusst und beherrscht auszusehen, die Ohrläppchen mit den glänzenden roten Steinen und der Mund, der so hart sein konnte, aber auch so unglaublich weich.

Sie zuckte mit den Schultern. „Wir brauchen nur … neue Regeln." Sie verschränkte die Arme und stand dort, als wollte sie sagen, so wäre es möglich. Aber sie hatten es versucht. Eine schreckliche Nacht lang.

Er ergriff ihren Ellenbogen. „Dieselben Regeln." Wenn sie ihn unter diesen Bedingungen nicht nehmen konnte, verstand er das. Er hatte sie verletzt, und schon die Gelegenheit zu haben, sie um Verzeihung zu bitten, war mehr, als er erwartet hatte. „Ich kann nicht so tun, als würde ich dich nicht lieben, und ich bin nun einmal so gebaut, dass ich das auch zeigen muss." So sehr, dass er Mühe hatte, sich zurückzuhalten. „Wenn ich bleibe, dann musst du wissen, dass ich die Zukunft mit dir verbringen möchte." Er sah den ungläubigen Blick und die Zweifel in ihrem Gesicht. Das war also nicht ihre Absicht gewesen. „Ich erwarte nichts."

Und da war der zynische Blick.

„Ich erwarte es nicht, aber das heißt nicht, dass ich es nicht will." Ihre Augen waren voller Schmerz. Seine eigenen brannten vor Tränen. „Nur eine Chance. Mehr verlange ich nicht."

Viel zu lang. Wenn sie könnte, hätte sie längst geantwortet. Er ließ den Kopf hängen. „Also dann ..."

„Wie lauten die Regeln noch mal?"

Er blickte von unten zu ihr auf, nicht sicher, was er sehen würde. „Nackenmassagen?"

Sie ließ sich nichts anmerken. „Könnte ich gebrauchen."

Er schluckte die Tränen hinunter. „Umarmungen."

„Können nicht schaden."

Oh, das konnten sie sehr wohl. Schon der Gedanke, sie an sich zu ziehen, kehrte sein Innerstes nach außen. Aber er tat es trotzdem. „An den Rest wirst du dich erinnern."

„Ich bin nicht sicher." Sie hob das Kinn.

Er lehnte sich vor, aber eine Frau kam von der Auffahrt auf sie zu und räusperte sich.

Rese löste sich. „Oh ... Michelle." Es war die braunhaarige Frau von Evvys Beerdigung.

„Tut mir leid, wenn ich störe." Das war an ihn gerichtet.

„Kein Problem." Aber die Vorfreude auf diesen Kuss musste beinahe zu sehen sein.

„Wir haben Evvys Sachen gepackt und das hier gefunden." Sie hielt ein Buch hoch, an das ein Zettel geheftet war. „Ich nehme an, Sie sind Lance?"

Er starrte auf das Buch und sah seinen Namen auf dem Klebezettel und die Worte *Antonias Tagebuch* darunter. Als das brüchige Leder in seine Hand glitt, spürte er, wie ein Friede sich über ihn legte. Nonna hatte sich geweigert, ihm mehr zu erzählen. Er würde ihr Tagebuch nicht ohne ihre Erlaubnis lesen, aber wenn er es ihr brachte, vielleicht ...

Er schloss die Augen und sagte zu der Frau: „Danke." Und er meinte nicht nur sie. Grazie, *Signore.*

Michelle drehte sich mit hochgezogenen Augenbrauen um und ging. Lance klemmte sich das Tagebuch unter einen Arm und zog Rese mit dem anderen näher. „Wo waren wir?"

Sie lächelte. „Du wolltest ein fantastisches Abendessen kochen."

Er lachte und ließ die Vorfreude sacken. Ein wenig Zurückhaltung war vielleicht nicht schlecht. „Willst du helfen?"

„Natürlich."

Sein Herz schwang sich in die Höhe. Er war kein Held, aber wie es schien, bekam er noch eine Chance. Wenn Gott mit ihm war und Rese an seiner Seite, würde er es vielleicht schaffen.

Ein weiteres Buch von Kristen Heitzmann

Das Schweigen der Nacht
ISBN 978-3-86827-021-1
450 Seiten, Paperback

Jill und Morgan hatten kaum ihren Schulabschluss in der Tasche, als das Leben – und ihre Eltern – die Teenager auf grausame Weise auseinanderrissen. Inzwischen sind sie erwachsen, doch die Wunden der Vergangenheit sind nie wirklich geheilt.
Morgan ist ein erfolgreicher Geschäftsmann. Er hat wie kein Zweiter die Gabe, Probleme zu erkennen und zu lösen. Doch sein eigenes Leben bekommt er nicht in den Griff. Zu tief hat der Verlust seiner Jugendliebe ihn verletzt.
Jill ist Lehrerin und schenkt ihren Schülern all ihre Liebe. Insgeheim sehnt sie sich jedoch nach einem anderen Leben. Als ein unerwarteter Brief Jills geregeltes Leben ins Wanken bringt, bleibt ihr keine andere Wahl: Sie muss sich Morgan stellen und ihm gestehen, was vor all diesen Jahren wirklich geschah. Doch wie wird er reagieren, wenn er erfährt, dass sie sein Kind geboren und weggegeben hat?

Ein wunderbarer Roman über zwei gebrochene Herzen, die sich nach Heilung sehnen. Und die lange brauchen, um zu erkennen, dass Gott Gutes für sie bereithält – trotz all ihrer Fehler.

Weitere Romane bei FRANCKE

Linda Nichols
Sehnsucht nach Eden
ISBN 978-3-86827-179-9
432 Seiten, Paperback

Miranda DeSpain ist eine richtige Weltenbummlerin. Spanien, Italien, Frankreich – diese Länder lassen ihr Herz höherschlagen. Doch was niemand weiß: Ihre permanente Sehnsucht nach dem Neuen wurzelt in einer furchtbaren Tragödie. Mit 16 schwanger geworden, hatte ihre Mutter sie gezwungen, ihr Kind zur Adoption freizugeben. Nicht einmal sein Geschlecht durfte sie erfahren. Noch heute, Jahre später, treibt dieser Verlust Miranda um und lässt sie nirgendwo langfristig Fuß fassen.
Als Miranda unverhofft auf einen Hinweis stößt, der sie zu ihrem Kind bringen könnte, gibt es für sie kein Halten mehr. Ihre Spur führt sie direkt in das kleine Städtchen Abingdon. Die schrulligen Einwohner und die quirlige kleine Eden machen es ihr leicht, sich dort heimisch zu fühlen. Doch mit ihrer Suche kommt sie nur mühsam voran. Außerdem hat es der örtliche Polizeichef auf sie abgesehen. Er macht ihr das Leben schwer und verfolgt sie auf Schritt und Tritt.
Trotzdem gibt Miranda nicht auf. Sie weiß: Dies ist ihre letzte Chance. Dies ist ihre Gelegenheit, die Puzzleteile ihres Lebens zu einem vollständigen Bild zusammenzufügen und endlich nach Hause zu kommen.

Eine zu Herzen gehende Geschichte über Liebe und Gnade, Vergebung und die immerwährende Chance auf einen Neuanfang.

Marlo Schalesky
Für immer Dein Paul
ISBN 978-3-86827-182-9
304 Seiten, Paperback

Eine Frau liegt bewusstlos im Krankenhaus. Ihr Ehemann harrt geduldig an ihrer Seite aus, hofft, bangt, drängt sie aufzuwachen und heimzukommen. Zwischen ihnen liegen ein Ozean der Angst und die Erinnerung an längst vergangene Zeiten. Die Erinnerung an Wunder. An Liebe. Erinnerungen an ein Mädchen namens Madison und einen Jungen namens Paul …

Madison Foster wusste, dass sie erblinden würde. Aber sie wollte kein Mitleid – weder von ihrer Mutter noch von ihrer Mitbewohnerin und schon gar nicht von ihrem besten Freund Paul – dem Mann, den sie heimlich liebte.

Paul Tilden schätzte kaum etwas so sehr wie seine Freundschaft zu Maddie Foster. Doch dann begann er sich in sie zu verlieben … ausgerechnet in dem Moment, in dem ihr Augenlicht sie im Stich ließ. Wie aber sollte er seine sture Maddie dazu bringen zu glauben, dass seine Gefühle nicht aus Mitleid geboren, sondern echt sind? Ihm und Maddie stand ein großer Kampf bevor – ein Kampf um ihre Hoffnungen, ihre Träume, ihre Liebe.

Jetzt muss Paul wieder um seine geliebte Frau kämpfen. Alles, was ihm geblieben ist, sind seine Worte, seine Erinnerungen und eine Liebe, die so stark ist, dass sie sie einfach hören muss … Doch kann er Maddie noch einmal dazu bringen, ihre Ängste zu überwinden und sich durch die Dunkelheit ans Licht zu kämpfen? Kann er sie davon überzeugen, dass er für immer ihr Paul ist – und dass er auf sie wartet?

Charles Martin
Am Ende gewinnt die Liebe
ISBN 978-3-86827-181-2
336 Seiten, Paperback

Miss Ella ballte meine Hand zu einer Faust und hielt sie mir vors Gesicht: „Tucker, ich möchte dir ein Geheimnis verraten. Das Leben ist ein Kampf, aber diesen Kampf kannst du nicht mit deinen Fäusten gewinnen. Du musst ihn mit deinem Herzen bestreiten.“

Tucker ist ein berühmter, international anerkannter Fotograf. Er hat die ganze Welt bereist und ist überall zu Hause. Doch als sein Bruder spurlos verschwindet, muss Tucker dauerhaft an den Ort seiner Kindheit zurückkehren und sich seiner tragischen Vergangenheit stellen.
Kaum ist er zurück in Alabama, begegnet Tucker seiner besten Freundin aus Kindertagen. Sie hat ein blaues Auge und ihren kleinen Sohn im Gepäck. Tucker möchte den beiden helfen, zumal Katie in ihm ganz neue Saiten zum Schwingen bringt, aber wie könnte er das? Schließlich hat er selbst nie eine heile Familie erlebt. Die Haushälterin Miss Ella war die einzige, die Tucker und seinen Bruder je geliebt hat. Sie hat sie gelehrt, worauf es im Leben ankommt. Und obwohl sie jetzt schon seit Jahren tot ist, kann Tucker noch immer ihre Stimme hören …
Tucker steht der größte Kampf seines Lebens bevor. Wenn er seinen Bruder, den kleinen Jase und Katie retten will, muss er alles geben. Doch kann er es wirklich wagen, diesen Kampf mit seinem Herzen zu bestreiten? Ist er bereit, alles zu riskieren: für eine Aussöhnung mit der Vergangenheit, für ein neues Leben, für die Liebe?

Ann Tatlock
Die Büchersammlerin
ISBN 978-3-86827-140-9
304 Seiten, Paperback

Die leidenschaftliche Büchersammlerin Elizabeth Gunnar hätte nie gedacht, dass sie Jahre nach ihrem Abschluss an ihr altes Internat zurückkehren würde – diesmal als Lehrerin. Unzählige Erinnerungen stürzen auf sie ein, sobald sie die Schwelle von Seaton überschreitet. Erinnerungen an schöne Zeiten mit guten Freunden, aber auch Erinnerungen an Ereignisse, die Elizabeth bis heute nicht loslassen. Wie zum Beispiel das mysteriöse Verschwinden ihres früheren Englischlehrers ... Ob es wirklich so eine gute Idee war, sich ausgerechnet in der einstigen Heimat niederzulassen?
Ihre alten Freunde nehmen Elizabeth freudig in ihrer Mitte auf. Und auch ihre Jugendliebe ist mehr als begeistert über ihre Rückkehr. Als Elizabeth in ihrer Schülerin Satchel dann noch ein Gegenüber findet, das Bücher beinahe ebenso sehr liebt wie sie, scheint alles perfekt. Doch wie ihre Lehrerin trägt auch Satchel schwer an schmerzlichen Erfahrungen, die sie anderen Menschen gegenüber haben misstrauisch werden lassen. Werden die beiden den Mut finden, sich ihren Ängsten zu stellen, nach vorne zu blicken ... und zu leben?

Karen Kingsbury
... denn er weiß nicht, was er tut
Die Wege meiner Kinder – Band 1
ISBN 978-3-86122-874-5
416 Seiten, Paperback

Ein anonymer Anruf genügt und Kari Baxter weiß von der Affäre ihres Mannes. Allerdings reagiert keiner der beiden so, wie man es von ihm erwartet hätte: Tim geht aufs Ganze und treibt die Scheidung voran. Kari jedoch will sich an den Ehebund halten, den sie vor Gott und der Gemeinde geschlossen hat. Wie aber soll sie es einordnen, dass mitten in ihren Kämpfen ausgerechnet der Mann auftaucht, mit dem sie einmal so viel verband – Ryan? Plötzlich gerät alles ins Rollen ...